鬼ゆり峠(上)

団　鬼六

幻冬舎アウトロー文庫

鬼ゆり峠（上）　目次

第一章　千津は語る　6
茶屋の老婆／地獄の旅路／悪人志願

第二章　悲運の駈落　30
山賊部落／カラス婆

第三章　姫泣き油　54
耽るお小夜／生木を裂く／抜けば玉散る

第四章　浪路到着　102
美女と狼／遺恨試合／折れた牙

第五章　緋桜の肌　128
狼の宴／松林の惨劇／お駒無残／裸流し

第六章　作戦会議　185
土手の仇討ち／邪魔者／悪の密談

第七章　悪夢の始まり　212
卑劣な罠／浪路捕わる

第八章　屈辱の裸身　247
花と野獣／裸試合／戸板責め

第九章　乱れた黒髪　306
無残肌／哀れ菊之助／稚児いじめ

第十章　初めての悦び　356
肉の修羅場／柔肌狂乱／無理難題

第十一章　地獄の入口　397
仇討ち放棄／縄人形／三つの枕

第十二章　獣たちの夜　429
床化粧／祝い酒／色修業／娼婦の手管／嗜虐の酒宴

第十三章　菊之助の涙　476
娼婦と少年／可愛い玩具／二匹の狼／酔うお銀

第十四章　悶える姉弟　515
獣の戯れ／男達の技巧／新入り

第十五章　無念の再会　546
望みの綱／涙の主従／千鳥の契り

第十六章　禁断の接吻　578
肉の踊り／女と女／哀しき媚態

第十七章　千津の恋　611
白と白／淫婦の手管／肉の合戦／汚辱花／汗と涙

第十八章　淫らな記憶　655
女の嫉妬／女の秘密／紅ぐも屋

鬼ゆり峠（上）

第一章　千津は語る

茶屋の老婆

月は深い雲の奥に隠れているが、道端の小石まではっきり見えるような明るさが感じられた。この峠は闇夜でも月夜のように明るく感じられる事があるので土地の馬子《まご》たちは夜道が楽だと悦んでいる。

この馬籠《まごめ》峠の頂上にある一軒茶屋の前に、日がどっぷり暮れてから一人の武士が一人の少年を連れて現れた。一軒茶屋は日の明るい内が商売で、日暮れと共に店の戸をおろしてしまう事になっている。武士とその子息らしい二人連れは一軒茶屋が閉店して一刻ぐらいしてから現れたのである。

「お願い申す」

と、武士は店の表戸をたたいた。

しばらくして内から閂《かんぬき》を外す音がして戸が開き、すっかり艶《つや》の抜け切って古びた人形のような老婆が曲がった細い身体《からだ》を現した。

武士は頭髪を総髪になでつけている四十年配の男であった。風体から察すると剣術指南か学者といった感じである。

これより中仙道をたどって妻籠《つまご》の宿へ入る予定であったが、途中で難儀に遭ってこんな時間となった。すまぬが一夜の宿を貸してはもらえぬか、と武士は老婆に頼んだ。

難儀に遭ったというのは途中で山駕籠《やまかご》に乗ったのだが、駕籠かきは馬籠峠に入ると、酒代を倍にしてくれ、と突然、理不尽な事をいい出し、刀に手をかけて威圧すると武士と少年を峠の真ん中に放り出したまま逃亡してしまったというのだ。

「左様《さよう》でございますか、今でもそのような性悪《しょうわる》な雲助がこの辺りにもいるのですねえ」

と、老婆は、それはお気の毒に、と、武士の連れていた少年に顔を向けた。まだ十四、五歳の紅顔で、涼しい瞳を山の上の星に向けている。

「ほんに可愛いお子だこと」

少年は美少女といいたい位の美形で下ぶくれの頬は臙脂《えんじ》色の艶を帯び、月の光波によってほんのりと青味を湛《たた》える時があり、そんな時は翳《かげ》りを帯びた一層の美しさに見えるのだった。

「ここは婆の一人住まいの茶屋で、こういう物騒な世の中ですので人を泊めるという事はお断り申しておるのでございますが、何といってもこのお子が可哀そうじゃ、むさくるしい所ですが、よろしければどうぞ」

と、老婆は戸口を大きく開いてこの親子連れの宿泊をみとめたのである。

「かたじけない。助かり申した」

武士は少年の肩に手をかけて茶屋の奥に入っていく。

老婆は二人を囲炉裏《いろり》のある大きな土間へ案内した。土間の横手には二枚積み重ねた古畳の上に郷土細具である竹細工やあけび細工が積み上げてあり、これはこの峠茶屋のみやげ品として日中、店で売られる事になっているらしい。

少年は物珍しそうに、積み上げてある郷土玩具のそばに坐りこんで見つめ、ふと、手をのばして竹笛に触れたりする。

「これこれ、商売用の品に手を触れるのではない」

と、囲炉裏のそばに坐りこんでいた父親は息子の方を見てたしなめるようにいった。

「いいんですよ。さ、これ、お気にいったのなら差し上げましょう」

老婆は少年の前に坐って竹笛を少年の手に握らせた。

「ありがとうございます」

竹笛を授かった少年は老婆の前に坐って丁寧に頭を下げた。

「おう、おう、お行儀のいい。さすがは武士のお子じゃな」

老婆は眼を細めて少年を満足そうに見つめている。明治に入って間もない年で少年は髪の毛を束髪に結んでいるが、

「もし、このお子が菊とじの狩衣《かりぎぬ》に烏帽子《えぼし》などかぶればお殿様の御曹司《おんぞうし》に見えましょうな」

と、老婆は武士の方を向いて語りかけ、

「それにしてもそっくりじゃ」

と、老婆はまた少年に眼線を戻して感慨深げにいうのだった。

「そっくりとは、何か御縁者の中にその子に似た子がおられるという事で」

武士は袴《はかま》を脱ぎながら老婆にたずねた。

「はい、昔、私が江戸で御奉公に上がっておりました時の御主人様のお子様で、名前は菊之助と申されましたが――」

ふと、老婆はその菊之助そっくりという少年に向かって、

「その竹笛を吹いてこの婆に聞かせてくれませぬかの」

と、いった。

少年は正座したまま、竹笛を口に運んでいく。


少年が吹く笛の音色に眼を閉じてしばらく聞き入っていた老婆は何か急に胸をつまらせたようで腰の手ぬぐいを眼に当てた。

「いかがなされた、お婆殿」

武士はあわて気味にかけ寄って老婆の肩に手をかけた。

「申し訳ございませぬ。つい、昔の事が思い出されまして――さて、お腹《なか》がお空《す》きでしょう、ただ今、婆が自慢の山菜うどんをお作り申しましょう」

老婆は武士の手を振り払うようにして立ち上がると調理場へよたよたと逃げるようにかけこんで行く。

「左様か。お婆殿はその昔、江戸の武家屋敷に御奉公なされた事があるのか」

武士はうどんの支度にかかっている老婆に囲炉裏のそばから語りかけている。

「はい、もう五十年も昔の事で、その当時の記憶などほとんど残っておりません」

「ここに住まわれてもう何年になる」

「もうかれこれ、四十年になりましょうか」

頂きます、と、少年は老婆の手作りだという山菜うどんを父と並んで行儀良く正座して喰べ始めている。老婆はそんな少年を眼を細めて頼もしげに見つめているのだ。

「少し、お酒でも召し上がりますか」

食事が終わると老婆は武士に酒をすすめた。

「酒か。拙者は好きな方でござる。重ね重ね申し訳ないな」

武士は酒を飲み、少年は老婆が近づけてくれた行灯《あんどん》の灯《ひ》のそばで読書を始めた。

武士は酒が入るとかなり饒舌《じょうぜつ》になった。

これから自分達親子は松本にいる親戚をたずね、学問塾でも開いて一からやり直すといった。一からやり直すというのは江戸で何か失敗をやらかしたらしい。将軍、徳川慶喜が突然、将軍職を辞職するとは心外であった、とか、何のために彰義隊《しょうぎたい》で我々、決起したか、わけがわからないと愚痴ったりした。近く武士の社会は完全に崩壊するといってそれを残念がっていた。

「おい、明日は早発《だ》ちだぞ。もう絵草紙《えぞうし》なんか読むのはそれ位にして早く寝ろ」

と、いって武士は少年から和綴《わとじ》の絵草紙を取り上げた。

「崇禅寺《そうぜんじ》馬場の仇討《あだう》ちか」

武士は息子の読んでいた絵草紙の表紙を見てフン、といった表情になった。浄瑠璃《じょうるり》や歌舞伎にもなった仇討ち物語でこれは仇討ちに出た兄弟を卑怯者の生田伝八郎が助っ人《と》を大勢頼んで返り討ちにするという仇討ち悲劇なのだが、

「そういえばお婆殿、間もなく仇討ち禁止令が太政官布告で発令される事になるそうですぞ。親が殺されようと兄が殺されようと仇討ちが出来ぬとは世も末だと思わぬか。わしを殺した奴がおって、その仇《かたき》がわかっておってもこの息子は仇討ちが出来ぬというのだ。そんなばかな話があろうか」

かなり父親が酔ってうるさくなって来たと見てとったのか、少年は、

「では、お休みなさいませ」

と、父と老婆に手をついて挨拶し、破れ襖《ぶすま》の向こうに老婆が整えた寝床に入って行った。

「ほんに、よいお子じゃな。あれが我が子、いや、我が孫であったら父親の仇討ちに出ると申しても私なら許すまいと思いますな」

「どうしてじゃ。それなら武士の子として意気地がなさ過ぎる。面目も立ち申さぬ」

「面目が立たぬと申されましても、崇禅寺の仇討ちではないが、仇が生田伝八郎のように卑怯者の場合もありまする。息子がわざわざ騙《だま》し討ちにされるような仇討ちを、好む母や婆がありましょうか」

老婆の口調がふと昔の武家出を物語るような気品に満ちて来たので武士は何となく不気味さを感じて来た。

「いや、これは、拙者も少々、酔い過ぎたようだ。つい依怙地《いこじ》になってしもうた。申し訳ない」

「私も少し、お酒のお相伴《しょうばん》にあずかりとう存じます」

老婆が自分も酒が飲みたいといい出したので武士は急に気が楽になった。

武士は茶碗をつかんで老婆の手に持たせ、徳利の酒を注《つ》ぎ出した。

「お婆殿は昔から酒は相当にいける口でござろう」

「いえいえ、もう年でございますから、ほんの一口で結構でございます」

ああ、そうだ、と、老婆の酌をしながら武士はふと思い出したようにいった。

「岩宿を出る時、土地の者から聞いたのだが、この峠あたりは昔、鬼ゆり峠と申したそうだな」

老婆は押し頂くようにして茶碗酒を口に流しこみながら、

「左様でございます」

といった。

鬼ゆりは人里に近い山野に自生する草花で、朱色の花弁の全面が、暗紫色の血痕のようなまだらに覆われている、毛の多い花でございます、と、老婆は答えた。

パッと天に向かって開く、姫ゆりなどと違って、何か横によじれた歪《いびつ》な形で咲き、どことなく不気味な感じがするが、七、八月頃が満開期、今でもこの茶屋の付近で多少は見られると思います、と、老婆はそこで目を閉じた。

「そこで、拙者、今の絵草紙の崇禅寺の仇討ちを見て思い出したのだが、四、五十年前、この鬼ゆり峠で姉弟の仇討ち事件があったと聞いた事があるが――」

「ええ、返り討ちになりました。戸山浪路とその弟でございます」

「戸山浪路というのは浜松五万石、青山家の家臣、戸山主膳の妻女で比類のない美女の上に女ながらも一刀流の達人であったと聞くが。その当時の話、お婆殿はくわしく御存知か」

はい、と、老婆はゆっくりと酒を飲み乾《ほ》して茶碗を置きながらいった。

「あれほど残酷な地獄図は、この世のものとは思えませなんだ」

老婆はふと破れ襖を開けて少年がぐっすり寝入っている事を見定めてから、フラフラと囲炉裏の前に坐りこんだ。

「これは私の色懺悔《いろざんげ》と申すものかもしれませんがお酒のつまみになるかもしれません。あのような色地獄を私が経験したとは恐らくお信じになれないでしょう。私は仇討ちに出発された戸山浪路様、弟の菊之助様、その二人の身の回りの世話役として随行致しました大鳥家の腰元、千津でございます」

えっ、と武士は驚いて酒の茶碗を置くと、その場に慌てて坐り直した。

菊之助とは、討たれた大鳥善右衛門の嫡子であったのかと武士は急に顔面を強張《こわば》らせた。

地獄の旅路

――酒井家江戸留守宅より菊之助様、浪路様、御姉弟の仇討ち願い出が相模国御用番老中、大久保加賀守様へ届けられましたのは、文政元年の四月の事でございました。

この届け出によりまして、かの姉弟は天下晴れて父の仇を討つ事が出来るように相成ったのでございます。

仇の所在地をたしかめて国表へ知らせ、助太刀《すけだち》を整えて仇を討ちとるという約定《やくじょう》にはなっておりましたが、浪路様は、もとより助太刀の手はかりずとも憎い仇を我が手で討ちとりたいというお気持ちを強くお持ちだったのではと思います。

浪路様は先にも申しました通り、浜松五万石青山家の家臣、戸山主膳様の奥様でございまして、それはそれはお美しいお方でございました。七難隠す色の白さとはあの浪路様の事を指して申すのではないかと思うほどで、お肌の色艶はほんとに肌理《きめ》も細かく、雪白に輝くばかりでございました。相模国でもその比類のないお美しさは評判になっておりまして、お顔立ちは優雅な上にしっとりと深味のある情感がどことなく匂い立ち、ほんとに浪路様のような美女を妻にお迎えになる事ができました戸山主膳様は天下一の果報者だと姫路城下の侍衆は寄ると触るとその事を噂し合い、口惜《くや》しがっていたようでございます。

けれども、御気性は父親ゆずりと申しますのかなかなかしっかりしたものをお持ちで、最初、戸山主膳様は浜松の市中の町道場をお持ちになっていたのでございますが、剣客の妻になるためには自分も武芸を身につけなければならぬとお稽古に励まれまして、一年後には門弟と試合をなされても決してひけを取らぬような腕前になられたという事で、この知らせを受けた父上の大鳥善右衛門様は思わず微苦笑をなされたものでございました。

あれだけの美人で、しかも、一刀流の使い手、そんな妻をお持ちになったから主膳様の御運が開けたのかもしれませぬ。浪路さまの事が浜松でもかなりの噂となり、それが、主膳様の青山家への仕官の糸口になったようでございます。

さて、不祥事が生じましたのは浪路様が浜松へお輿入《こしい》れになってから二年目の頃で、場所は酒井雅楽頭《うたのかみ》様の江戸上屋敷でございました。殿様は帰国の留守で、留守居役の御金山奉行、善右衛門様が屋敷の戸締りを見廻っておられた時、塀の外から邸内に入ろうとする者がいる。びっくりなさって龕灯《がんどう》をかざして凝視すると、何とこれが善右衛門様の中間《ちゅうげん》である熊造と伝助ではありませんか。二人は博徒の家に出入りして博奕《ばくち》を打ち、負けた腹いせにどこかで喧嘩をしたり、酒を飲んだりして相当に悪酔いしていたそうでございます。

門限を忘れて、塀から屋敷へ飛びこんできたこの不良中間二人に善右衛門様は腹を立て、棒切れを持ってこらしめのために打ち据えようとなされたのですが、虫の居所が悪かった熊造と伝助は脇差を抜いて善右衛門様に切りかかり、頭といわず、滅多切りにしてそのまま何処《どこ》かへ逐電してしまったのでございます。

あっという間もない出来事で、物音に驚いて留守居役の侍衆がかけつけてきた頃にはもう善右衛門様は虫の息、しかし、気丈に下手人は誰かと介抱する侍がたずねると善右衛門様ははっきりと、熊造と伝助の名前を告げ、そして間もなく息を引きとられたのでした。

江戸上屋敷において父親が中間の手にかかり、死を遂げたのを菊之助様と浪路様はどんなに嘆き悲しまれた事でございましょう。

その後、浪路様の必死なお働きによって姉弟の仇討ちが認められる事に相成りますと、浪路様は御主人の主膳様に二年間のいとまを乞われて姫路の実家にお戻りになられました。主膳様は殿様に背いて恋しい妻と仇討ちの旅に出るわけには参らず、この二年間の別離をどれほど、悲しまれたかわかりませぬ。しかし、敵の居場所を浪路様が探り出せば当然、殿様よりの助太刀の許可が得られるわけでございますから、仇を見つけても自分の腕を過信し、軽はずみに打って出るような真似はするな、という事を別れに際して主膳様は浪路様に何度も念を押されたのでございます。

姫路に戻られてからの浪路様の日課の一つは弟の菊之助様に剣術の稽古をつける事でございました。姉が弟に剣術の稽古をつけるというのは見ていて奇異な感じがしないではありませんが、何しろ、浪路様は剣客である御主人の指導を受けられて皆伝《かいでん》に近い腕前、菊之助様は殿様の寵愛《ちょうあい》を受けたとか受けないとかのうわさも立つ美形のお小姓《こしょう》でありますから、どちらかといえば性質は女性的でよく生前の善右衛門様は浪路が男で菊之助が女であってくれればよかった、と嘆かれていた事もある位で、剣術などは到底姉上の足元にも及びませぬ。しかし、この御姉弟が共に凛々《りり》しく白鉢巻白襷《だすき》をかけて庭に出てこられ、共に木刀を構えられた光景はそばで眺める私の眼には一幅の美しい絵のように映じるのでございます。

高貴で優雅な面《おも》立ちの御姉弟が真剣な表情で木刀を構え合うその頭上に、そよ風にあふられた遅咲き桜がちらちら振りかかり、菊之助様の前髪の上にも浪路様の島田髷《まげ》の上にも花びらはふりつもって、それはもう歌舞伎の一場面をのぞき見ているような光景でございました――

「何をしているのです。菊之助。うしろへ退《さ》がってばかりいてはなりませぬ。私を父の仇だと思って突いて出るのです」

浪路は下ぶくれの柔媚な頬を少し紅潮させながら、ジリジリ後退する菊之助を叱咤《しった》した。

菊之助は薄墨を掃いたような眉《まゆ》を上げ、真剣な眼差《まなざし》で浪路を睨《にら》み返しながら何とか打って出ようとするのだが、姉にはつけこむ隙《すき》が全く見当たらないのだ。

いざ、と浪路が一歩前進すると菊之助は威圧されて一歩後退する。

「なりませぬ。退がっては」

と、再び、浪路に叱咤されて菊之助は臙脂をぼかしたような頬を更に染め、えいっと袴の袖で草を蹴《け》り、浪路に打ちかかるのだったが、たちまち菊之助の木剣はカーンと浪路の木剣ではね返されるのだ。

キリキリ舞いして足元をよろめかせる菊之助の肩先を浪路の木剣はしたたかに打ち据える。

「あっ」

と声を出したのは菊之助ではなく、縁先に坐って成行きを見ている女中の千津であった。

浪路の稽古のきびしさに驚き、あわてて縁先から庭先に千津は飛び降りた。

「大丈夫ですか、若様」

地面にひざまずいて姉に打たれた肩をさも痛そうに手で押さえる菊之助を千津はしきりに介抱するのだ。

「千津、斟酌《しんしゃく》は無用です」

浪路は、千津がまだ年若い菊之助にこのような手きびしい稽古は少し酷でございますという意味の事をいうと、首を振ってそういった。

「間もなく私達が仇討ちの旅に出る事はそなたも承知のはず。敵の居場所を探索するのが目的とはいえ、敵に面を合わせれば果し合いになる事は必定です。このような未熟な腕で本懐が遂げられましょうか」

浪路は柳眉《りゅうび》を上げて、

「菊之助。情けないではありませぬか。さ、もう一度、私に立ち向かうのです」

と、菊之助に強い言葉を浴びせかけるのだった。

浪路の冷たく冴えた雪白の頬は冷酷なばかりに凍りついている。

下郎二人に父を惨殺されてからというものは浪路はすっかり人間が変わったように千津には感じとれるのだ。

浪路の深味のある優雅な顔が微笑するのを千津はここ何日間見たことがない。善右衛門が非業の死を遂げてからというものは浪路はその復讐の鬼と化して、人間性すら失ってしまったような気がする。

「菊之助、立ちなさいっ」

「ハ、ハイ」

姉の鋭い声に菊之助はおろおろして立ち上がった。

その時、小間使いの老婆が障子を開いて縁側に膝を折った。

「ただ今、佐野喜左衛門様がお越しになりました」

「まあ、佐野様が――」

浪路は千津に木刀を渡して襷を外し、すぐに座敷へ上った。


佐野喜左衛門は亡き父の朋輩で同じく御金山奉行の役務についている五十年配の武士であった。浪路の仇討出願の届け出のため色々と奔走した男である。

「その節は、色々と御面倒をおかけ申しました」

と、奥座敷に入った浪路が礼をのべると、喜左衛門は、

「御出発はいつになされたかね」

と、千津の運んで来た茶を一飲みしてから皺《しわ》の多い顔を浪路に向けていった。

「明後日の予定でございますが」

「左様か。実はのう」

喜左衛門はここへ突然自分がやって来た用件を切り出した。

「上州の岩宿あたりで熊造と伝助を見かけたという者がおる」

「ええ、上州？」

浪路のうすら冷たい象牙《ぞうげ》色の頰に赤味がさした。

「それは真《まこと》でございますか」

浪路は熊造と伝助の故郷が共に近江の安土付近である事をつきとめていたから、仇討ち旅の目標地点を近江《おうみ》付近にしぼっていたのだ。

熊造と伝助が上州に現れたという事は実に意外であった。

「上州で熊造に出会ったというのは佐助というう ちの小者《こもの》でござってな。そやつは母親の葬式に出るためしばらく閑《ひま》をとって故郷の上州へ戻っておったのだが、そこでばったりと熊造に出くわしたらしい。佐助と熊造とは中間仲間でござったからよもや顔を見間違える事はないと思われるが。第一熊造と伝助は佐助を見たとたん、あわてて逃げ出したというからまずこれは奴等に間違いないと思われる」

しかし、それにしてもなぜ、あの下郎達、上州くんだりにまで足をのばしおったか、と喜左衛門は不思議な顔つきになるのだ。

逃亡者は知人、縁故の者を頼るのが常套《じょうとう》である。

「お待ち下さい。上州の岩宿とおっしゃいましたね」

浪路は思い当たる事があった。

以前、浜松で夫の戸山主膳が町道場を開いていた時、大月重四郎という浪人者が入門を希望してやって来た事がある。

主膳はこの浪人者に入門を許したが、剣術の稽古にはまるで気を入れずその上何かにつけて自堕落な男で、酒を飲んでは夜中に道場へ戻って来てごろ寝している。それに若い道場の門弟を色街へしきりにさそったり、また、やくざの賭場にもこっそり出かけたり、一体、何のために道場へ入門したのかわからない退廃した浪人であった。

一度、江戸詰めになった善右衛門が浪路にみやげの品や手紙などを中間の熊造に持たせて浜松に寄こした事があったが、この熊造が重四郎とその時、気のあった友人になったのだ。

不良侍と不良中間だからうまがあったのかもしれないが、熊造は二日滞在している間に重四郎に悪所にもかなり連れて行かれたらしい。重四郎の如《ごと》き誠実味のない男を置いておくのは道場の恥だと門弟達は遂に排斥運動を起こし、気のいい主膳も重四郎が妻の浪路に恋文までとどけるというような悪ふざけをするようになって来るともう捨ててはおけず、貴公、少し頭がおかしいのではないかと説教して道場より破門してしまった。

その重四郎がそれから何ヵ月かたって主膳に手紙を寄こした。――これまでの御薫陶、真にかたじけなく、拙者もようやく芽が出て、今では上州、岩宿にあって一つの道場を持つ事に相成った。土地の博徒や雲助相手に喧嘩のやり方を教えるだけの珍妙な道場でござるが、これが結構、金になる――という意味の事が書かれた手紙で主膳はそれを読んで、全くあいつらしい、と腹をかかえて笑ったが、今浪路はその手紙の文面にあった上州、岩宿の地名を思い出し、熊造は恐らく伝助を連れて大月重四郎を頼っていったのに違いない、と覚《さと》ったのである。

「ほう、なるほど」

と、喜左衛門は浪路の話を聞くと大きくうなずき、

「恐らく熊造達はその重四郎という浪人を頼っていったのに相違あるまい」

と、いった。

「一日も早くたしかめてみとう思います。明日にでも菊之助と共に旅立とうと存じますが」

「うむ。しかし浪路どの。奴等にはひょっとするとその重四郎とか申すごろつき侍が加勢するやも知れぬ。決して果し合いに及んではならんぞ。重四郎のもとに、熊造達がひそんでいるか、いぬか、をたしかめるだけでいいのだ。熊造、伝助両人の所在がわかれば早飛脚を立てて我等に連絡する事、よいな、浪路どの。知らせが届けばこちらよりすぐ助太刀《すけだち》を上州へ送りこむ」

「わかりました、佐野様。おっしゃる通りに致します」

浪路は柔媚な白い頬を凍りつかせて、何かを思いつめたようにじっと一点を見つめながらうなずいて見せるのだった。

悪人志願

浪路と菊之助が仇討ちの旅に姫路を出発したのは四月の終わりのことだった。

姫路から上州までの長い道のり――上州境にそびえ立つ長い連山が見えるあたりにたどりついた時はもう五月も半ばで、むせ返るような新緑の匂いがあたりに立ちこめていた。

菊之助は羽二重《はぶたえ》の二枚重ねに道中袴、腰には柄《つか》が白黒だんだん織りになった大小二本を差し、脚絆草鞋《きゃはんわらじ》の旅姿で、浪路も色変りの緋縮緬《ひちりめん》に黒の丸帯、水色の脚絆に草鞋ばきで手には菅笠《すげがさ》の旅姿である。初々《ういうい》しい勝山髷《まげ》の浪路と若衆髷の菊之助の姉弟は道行く人の眼には美しい対《つい》の歌舞伎人形とでも映じるのであろうか、立ち上がっては眺め、振り返っては眺める旅人があとを断たないようだった。

千津は自ら望んでこの仇討ちの旅に加わったのだという。

親類縁者に助太刀を頼まずとも討たれた父の仇を姉弟の手だけで晴らしたいという浪路の思いに心を動かされ、せめて長い道中、姉妹の身の回りの世話をし、首尾よく本懐を遂げるのを見届けたかったのだと。


上州へ向かう旅の途中で三人が一番心配したのは、佐野喜左衛門の中間、佐助という男に顔を目撃された熊造と伝助が、身の危険を感じて岩宿からまたどこかへ逃亡を計るのではないかということだった。

ところが、何というふてぶてしさだろうか、熊造と伝助は、姫路にいる仲間の知らせで、浪路と菊之助が仇討ちにやってきているのを知り、大月重四郎に頼んで返り討ちにしてくれようと、手ぐすね引いて待ち受けていたのだった。

「心配するな。たかが、相手は女一人、子供一人ではないか」

重四郎は道場の床の間に肘枕《ひじまくら》して面白そうに熊造と伝助の顔を交互に見つめている。

道場では一眼見てごろつき浪人とわかる連中がナア、オー、木刀を振り廻して練習仕合をやっている。練習仕合といっても彼らは一勝負にいくらと金を賭けていた。

参った、と相手が小手をとられて木刀を床へ投げ出すと「ハイ、二十文」と勝った方は負けた方にニヤニヤして毛むくじゃらの手を出すのだ。

このごろつき浪人のたまり場になっているような剣術道場は山腹の林道を突き切った渓谷ぞいに建てられている。

道場の表には神変竜虎流大月重四郎道場と怪しげな看板が掲げられてあって、門弟はそれでも七、八人はいる。門弟といってもほとんどが兇状《きょうじょう》持ちか敵《かたき》持ちで、重四郎はいくらかの手数料をとって彼等をかくまっているわけであり、山の麓《ふもと》からは二里もある山中に建てられているる事も兇状持ちをかくまうための考えであったし、また、それらの兇状持ちを無為にかくまっているわけではない。ほとぼりが覚めた頃には重四郎は彼等に就職を斡旋《あっせん》していた。近郷近在のやくざの用心棒に彼等を推薦しているのだった。

渋川の三五郎一家、足利の甚八一家の所にはすでに神変竜虎流道場出身の用心棒が派遣されている。もちろん斡旋料は充分にとってある。

大鳥善右衛門を殺害してここへ逃げこんで来た熊造と伝助にもここで一応、喧嘩の手ほどきを受けさせてからこの山のにある紅ぐも屋という女郎屋の用心棒にと重四郎は考えていたが、もうこの二人は紅ぐも屋に出入りしているうちに奇妙な能力をかわれてそこのお座敷狂言を演じ、相当な収入を得るようになっていた。

お座敷狂言というのは宴席で男女の交接を演じ、それを見世物にするわけで、熊造と伝助は紅ぐも屋の主人の勘兵衛に頼まれて村の大尽がやって来た時など、その酒席でベテランの女郎とからみ、組んずほぐれつの愛技を実演して見せるようになったのだ。熊造の男の部分は人間離れした巨大なものだし、伝助はまた技巧と耐久力が抜群で充分に見世物になった。

「紅ぐも屋でお座敷狂言を演じるまでになったとは、いやはや、お前達も落ちぶれたものだ」

と、最初は重四郎も笑っていたが、そのうち、重四郎もそのお座敷狂言なるものに興味を覚えるようになり、自分もそれに一丁嚙《か》んでお座敷狂言の狂言作者になったり、演出を手がけたりするようになった。

「なるほど、女郎屋商売と申すものは面白いものだ」

遂には紅ぐも屋の相談役みたいなものに重四郎はまつり上げられるようになる。

そして、重四郎は今では紅ぐも屋相手にもっと悪どい商売を考えつくようになった。

いわば、人身売買である。

重四郎の道場からそう遠くもない場所に山賊部落がある。この界隈《かいわい》の山道を縄張りにしている雲助達の集落だが重四郎はそこの親分の権三と取引きを結ぶようになったのだ。

権三の正体は追いはぎで、いい娘が網にかかればこれを寄ってたかって凌辱し、あとはどこかの女郎屋へたたき売っている。

重四郎はこの権三から網にかかった哀れな娘を買いとりそれを道場へ運んでみっちり色修業をつませ客の楽しませ方などを教えこんでから調教料という変なものを加算して紅ぐも屋へ売りつける事にしたのだ。

これが、神変竜虎流道場のあつかっている職種の中では一番、金になった。

元はタダではないか、散々、楽しんでおきながら強欲な事をいうな、と、値切り倒して山賊の親分から十両で買った娘が紅ぐも屋へ持って行けば五十両にはなる。

この山賊達も月に何度かは重四郎の道場で神変竜虎流の怪しげな剣法を習っているのでそこの先生に頼まれれば嫌とはいえなかった。他へ持っていけばもっといい金になる事はわかっていてもかどわかした女は一律して十両で重四郎に引き取らせる事に約束させられたのである。

世の中というものは悪事を働き、不純に生きてこそ、面白い――というのが重四郎の信念である。東海道筋をあちこち放浪していた時は何をやっても面白くなかったが、この土地へ来て悪事の限りを尽しているうち、重四郎は自分の生甲斐《いきがい》というものを感じ出すようになったのだ。

土地のやくざも可愛いもの、山賊だって純粋さがある。女郎屋の親父もなかなか話がわかるではないか、それに自分を頼って集まって来る兇状持ちだって皆《み》んな愉快な連中だ、と重四郎は現在の自分に大いに満足していた。

そんな重四郎に感化されてか、熊造も伝助もここへ来てようやく自分で自分の天職というものを発見した気分になり、日々を快適に過ごすようになったのだが、姫路より浪路と菊之助が親の仇討ち旅に出たという情報が入ると、重四郎がいうようにいくら相手が女と子供だといっても落ち着いた気分ではいられない。それに浪路は浜松、青山家の剣術指南番の妻女であり、女ながらも一刀流の達人というではないか。

「心配するな。神変竜虎流がお前達二人を見殺しにするはずはないではないか」

重四郎は貧乏徳利を引き寄せてニヤリと笑った。

「それに俺は久方ぶりに浪路どのに逢えるかもしれぬと思うとそれが楽しみでならんのだ。俺も随分とあちこち放浪して来たが、あれだけの美人は見た事がない。ぜひ、もう一度、あの美貌に接したいものだ」

「そんな呑気《のんき》な事をいってもらっちゃ困りますよ、大月先生。浪路は先生に御無沙汰の挨拶をかわすためにここへ来るんじゃないんですよ。俺と熊造を果し討ちにくるのです。そうニヤニヤされていちゃ困りますよ」

「あれだけの美人なら討たれてやっても悔いは残るまい」

「冗、冗談じゃありませんよ、先生」

と、熊造も酸っぱい表情になるのだった。

ハハハ、と重四郎が大口を開けて笑うと、その時、門弟の一人、阿部万之助がやって来て、

「権三の使いという者が玄関に来ておりますが」

と、重四郎に告げた。

「何か獲物が入ったのだろう」

すぐに重四郎は道場の床を音を立てて踏みながら玄関に向かっていく。

道場の玄関口にはボロ切れをまとった髭もじゃの雲助が六尺棒を片手に突っ立っていた。

「来てくんろ。うちの親分が取引きだというてはる」

「今度の獲物はどうだ。この前のは少し年をとり過ぎて感心しなかったぞ」

「今度のは今までで一番の別嬪《べっぴん》じゃ。年は十九、江戸から来た呉服屋の娘らしい。芝居役者と駈落《かけおち》して来た所を捕えた」

「そうか。そいつは値打ちがありそうだな」

重四郎は片頰を淫靡《いんび》にくずして、熊造と伝助に、

「お前達も一緒に来い。一度、山賊部落という所を見せておいてやる」

といった。

第二章　悲運の駈落

山賊部落

権三の使いでやって来た平作という雲助のあとについて重四郎は熊造と伝助をうしろに従え、山道を登って行く。

左右の岩峰をのぞみながら原始林に入り、そこから渓谷の丸太の橋を渡ってしばらく行くとなだらかな平地に出た。藁《わら》ぶき小屋が十数軒、円陣を組むように並んでいる。

その一番南側の一軒が首領の権三の家であった。

軒下には草鞋が一杯に吊るされていて雨戸には六尺棒が十数本あまり立てかけてあった。平作が戸口を開けるとそのあたりにいた鴨《かも》が驚いて、ククク、ククク、と鳴きながらあたふたあちこち逃げ廻る。

権三の家の中の土間はかなり広い。その土間の隅の荒むしろの上に黄八丈《きはちじょう》に鹿《か》の子《こ》の帯をしめた小町娘ががっくり高島田をくずして深くうなだれていたが、すぐその横に紺地の結城《ゆうき》の上に千弥染《せんやぞめ》の羽織を着てかもじ雛髷の髪に紫の手絡《てがら》をつけた、芝居の女形《おやま》らしい色白の男がこれも娘と同じように眼を伏せて小刻みに慄《ふる》えている。

二人とも荒縄できびしく後手に縛られ、上がり框《かまち》をあがった奥の床の上では蓬頭垢面《ほうとうこうめん》の雲助達が十人あまり、茶碗酒を呑んで騒ぎながらその美麗な獲物をからかい続けているのだ。

「おう、よう来たの」

平作に案内されて入って来た重四郎を見ると、綿のはみ出たどてらを着ている大柄な男が茶碗酒を手に持ちながら立ち上がった。それがここの首領の権三であった。

「どうだい、今度の獲物は。江戸からの駈落ものだぞ。今までのとはちょっとものが違う。今度は少々、色をつけてもらいたいもんだな」

権三は黄色い歯をむき出してニヤリと笑った。

「なるほど、娘の器量は悪くない」

重四郎は歌舞伎役者らしい男と後手に縛られた身体を寄せ合うようにしている蒼ざめた表情の娘をのぞきこんだ。

薄肉の美しく緊《し》まった顔立ちの娘で、育ちの良さが感じられる。高島田に黄八丈を着たままで芝居の女形役者と駈落して来たというのはおかしいが、発作的に江戸を二人で逃げ出して来たらしい。

「名は何と申す」

と、重四郎が土間に腰をかがませて聞くと娘は恐怖の慄えで薄い唇をわなわなさせながら、

「お小夜、お小夜と申します。江戸、猿若町の呉服問屋の娘でございます」

と、答えたが、つづいて隣の女形役者も重四郎に問われもせぬのに、

「手前は新富座で女形を演じておりまする立花屋雪之丞と申します者――」

と、声を慄わせて答えるのだった。

「へえ、雪之丞ねえ」

重四郎はいかにも女形らしくくねくね身をもじつかせながら言葉を吐く雪之丞を微苦笑して見つめた。

お小夜と雪之丞は重四郎が雲助ではなく、二本差しの侍だから話せばこの地獄から救い出してくれるかもしれぬと思い、必死になって哀願するのだ。

雪之丞はお小夜とは最初、若衆歌舞伎の女形とその贔屓《ひいき》筋という関係だったが、今では熱烈に愛し合う仲となり、しかし、双方の親は二人の間柄を認めてはくれず、越後の知人を頼ってここまで手に手をとって駈落して来たのだが、

「悪い雲助とは知らず駕籠に乗ったのが運のつき――」

と、芝居もどきの口調で涙を流しつつ重四郎に訴える。

「何卒《なにとぞ》、この哀れな二人をお助け下さいませ。無事、越後に着きましたなれば充分にお礼をさせて頂きます。ああ、お武家様、お願いでございます」

雪之丞とお小夜は後手に縛りつけられた身体を重四郎の方へにじり寄らせるようにしてくり

返し哀願する。

「助けてやりたいのは山々であるが——」

と、重四郎は顎をさすりながら薄笑いを浮かべて雪之丞のおろおろした顔を見つめた。

「今、お前が申したようにこの山中の駕籠に乗ったのが運のつきだ。ま、あきらめるより仕方がないな」

「そ、そんな無慈悲なっ」

雪之丞はベソをかきながら、

「雲助達は一体、私達をどうしようというのです。路銀のすべてをもう雲助達に奪い取られてしまいました。この次には私共の命まで奪おうというのでございますか」

と、ひきつった声音でいうのである。

「いや、娘の方は殺さん」

重四郎は咥《くわ》えていた爪楊枝《つまようじ》をぶっと吐き出しながらいった。

「今夜、ここにいる雲助達の玩具《おもちゃ》にさせてから明日は近くの女郎屋へ売り飛ばすわけだ。これが雲助達の仕事の定法になっておる」

「えっ」

と、雪之丞とお小夜の顔面からは一気に血の気が引いた。

「そ、そ、それで、この私、この私はどうなるのでございます」

雪之丞がガタガタ全身を慄わせながらいうと、

「ああ、貴様か、貴様は女郎屋が引きとってくれぬからお陀仏してもらう。玉斬りの刑だ」

「玉斬り？」

「貴様の前の一物を試し斬りする」

それを聞くと雪之丞は魂を宙に飛ばしたようにポカンとした表情になり、全身の力がすーと抜けたのかペタリと土間に尻もちをついてしまうのだった。

「女と違って男は身ぐるみ剝《は》いでからの処置が困るのだ。面倒だから拙者が頼まれて試し斬りする事にしている。これまで拙者の切った男の一物は大中小取り混ぜて十数本になるかな。木に縛りつけて糸で引っ張り、そいつを居合い抜きでスパッと斬る。こいつは実に爽快なんだ」

雪之丞は何か口をパクパク開いているが言葉にはならなかった。

「貴様は芝居の女形でも男には相違あるまい。一物は所有しておるだろうな。なければ困るぞ」

つづいて重四郎がそういうと、雪之丞は蒼白な顔面を更にひきつらせ、失神寸前の表情に変わっている。

捕えた獲物は身ぐるみ剝いで素っ裸にし、女なら凌辱の限りを尽した後、女郎屋へたたき売り、男なら股間の一物を斬り落としてお陀仏させ、死体は谷間に投げこんで風葬にする——それがここにいる雲助のやり方だと重四郎に聞かされてお小夜と雪之丞はもう生きた心地もない。あまりの恐ろしさに口すらきけない状態に追いこまれているのだ。

更にそんな二人に追い討ちをかけるように酒盛りしていた雲助達数人がぞろぞろと土間に降りて来た。

周囲を人相の兇悪な雲助達に取り囲まれたお小夜と雪之丞は縛られた身体をまたぴったりと寄せ合って全身をガタガタ慄わせている。

「さて、身ぐるみ剝ぐか」

雲助の一人が手の甲で口のあたりを拭いながらそういうと、お小夜と雪之丞は頭から冷水を浴びせかけられたようにゾクッとして身を縮みこませた。


その時、戸が開いて、はい、ごめんよ、と二人の薄汚い中年女が入って来る。油っけのないバサバサした髪を肩にまで垂らし、つぎはぎだらけのボロ切れみたいな着物を着ているこの頰骨のとがった二人の女はやはりこれも雲助の捕えた獲物に喰らいつくハゲ鷹の一種であった。

「この女達に救いを求めても無駄だぜ。こいつ達はな、おめえ達の身に付けている着物から下着までを買いに来たんだ。安い値で俺達から買って江戸から来た商人に高い値で売りつける、これを商売にしてやがるんだぜ。カラス婆のお松とお里といえば悪どさじゃ、雲助より名が通ってらあ」

首領の権三がそういうと乾分《こぶん》の雲助達は一せいにゲラゲラ笑い出した。

お松とお里という二人の薄汚い女はそんな雲助達は無視して土間の隅に縮みこんでいる哀れ

な捕われの二人を見つめていたが、へえ、と感極まったように同時にうめいた。

「こりゃ凄《すご》い獲物じゃないか。こんなのが網にかかるなんて十年に一度もありゃしない。どうも昨夜《ゆうべ》見た夢がいいと思ったが、やっぱりこの事のお告げだったんだね」

などとお松は卑しい険のある眼を細めていい、するとお里はお松の袖をひっぱるようにして、

「ね、ちょいと、その女形は立花屋雪之丞じゃないか」

と、はずんだ声を出した。

「なんだ、おめえ、この役者を知ってるのか」

と、権三が声をかけると、

「私はこう見えても芝居にゃくわしい方ですからね。その女形は新富座の若手でなかなかの売れっ子ですよ。また、こんな所で雪之丞に逢えるなんてねえ。人間は長生きしなきゃいけないとつくづく思うよ」

と、お里はいい、まわりに隈《くま》の出来た眼をとろりとさせてさも頼もしげに雪之丞の蒼ざめた横顔をしげしげ見つめるのだった。

かといって雪之丞を助けてやってくれなどとはいわない。新富座の若手女形が、美しい小町娘と一緒に今から身ぐるみ剝がされて素っ裸になるのだと思うとカラス婆二人はぞくぞくした気分になって、

「ね、今夜の酒は私がおごるからさ、一緒に楽しませておくれよ」

と、権三にいうのだった。

「よし、じゃ、みんな、この二人を身ぐるみ剝いじまえ。素っ裸にして酒の肴《さかな》にするんだ」

権三に命じられた雲助達は一せいに立ち上がって雪之丞とお小夜に襲いかかるのだった。

「ああっ、お嬢様っ」

雲助達に引きずり起こされた雪之丞はつんざくような悲鳴を上げた。

「ああっ、雪之丞様っ」

と、お小夜は雲助達の毛むくじゃらな手で抱き起こされ、絹を裂くような悲鳴を上げている。

二人の着物を剝ぐために雲助達は一旦、縄を解《ほど》いたが、すると雪之丞もお小夜もさらに激しい抵抗を示して雲助達の手の中で悶《もだ》えまくるのだ。

「ちょいと、着物に泥をつけたりしないように気をつけておくれよ。商売にならないからね」

雲助達に解かれたお小夜の帯が埃《ほこり》っぽい床の上にひきずられているのを見ると、お里は顔を歪《ゆが》めていった。

朱地の帯揚げが抜きとられ、鹿の子の帯がくるくる外しとられていくお小夜は、泣きじゃくりながら、

「誰か、ああ、誰か、助けてっ、助けて下さい」

と、必死になって叫び続けた。

「ここは山の中だぜ。いくら呼んでも叫んでも、助けてくれる人なんか来るものか」

せていく。
「もし来たら、そいつの身ぐるみも剝いで金にするだけよ」
などと雲助達は笑い合いながら、次には黄八丈の黒繻子《くろじゅず》の襟に手をかけて一気に肩から脱が
「ああっ」
薄桃色のなまめかしい長襦袢《ながじゅばん》姿にされたお小夜は畳の上に俯《うつぶ》してがっくりくずれた高島田を
慄わせながら号泣している。お小夜のおどろに乱れた柔らかい黒髪や雪白の艶々しいうなじの
あたりから匂ってくる香料と脂粉の甘い悩ましい香りに雲助達は劣情を一層、刺激されて、更
に狂暴性を発揮するようになるのだ。
「さ、お嬢ちゃん、生まれたままの素っ裸にしてやるからな。そう泣くんじゃねえ。いい子だ、
いい子だ」
などといいながら泣き伏しているお小夜をひっぺ返すようにして上体を起こさせ、長襦袢の
伊達巻《だてまき》をせかせかと解き始め、有無をいわさず、それを肩から引き剝がす。
陶器のように冷たい光沢を持った小町娘の柔肌《やわはだ》が露出すると雲助達は歓声を上げる。胸元ま
でずり落ちた長襦袢の襟元をお小夜は両手で必死に抱きこみ、これ以上は死んでも剝がされま
いと泣きじゃくりながら悶えるのだったが、それもたちまち数人の雲助達の手で荒々しく引き
むしられ、とうとう薄紅色の湯文字《ゆもじ》一枚を残すのみの裸身にむき上げられてしまったお小夜は
あまりの口惜しさと羞《は》ずかしさに気が遠くなったのか、可憐な美しい両乳房を両手で覆い隠し

ながら二つ折りに身を倒していった。

一方、雪之丞の方も数人の雲助達に押さえつけられて、羽織も帯も着物も片っ端から剝ぎとられている。

「この野郎、女みてえな腰巻してやがるぜ」

雪之丞が腰にうぐいす色の布を巻いているのを見た雲助達が声を立てて笑った。

「引き剝がして男のものをぶらさげているかどうか調べてみろ」

権三が笑いながらいうと、雲助達の手は畳の上をのたうち廻る雪之丞の腰布へかかっていく。

「ああ、何を、何をなさいます。やめて下さいましっ」

と、雪之丞は女っぽい言葉で悲鳴を上げ、また雲助達をどっと笑わせるのだった。

遂に丸裸にされてしまった雪之丞は悲鳴を上げ、両手で股間を押さえこみながら猿のようにその場に縮みこむ。

「いかに追いはぎが渡世とはいえ、下穿《したば》きまで剝ぎとるは、あ、あまりにもむご過ぎまする」

前かがみに身を伏せながら髪につけた紫の手絡をフルフル慄わせて嗚咽《おえつ》しているのだ。

「こいつやっぱり女みてえな餅肌してやがるぜ」

「だが、股ぐらにはちゃんとぶら下げてやがる。全く変な野郎だな」

雲助達は泣き伏している雪之丞を見て哄笑《こうしょう》したが、一方お小夜も悩ましい薄紅色の湯文字まで剝ぎ取られ、雪之丞と同じく一糸まとわぬ素っ裸にされてしまったのだ。

「ああ、雪之丞様っ、私、どうすればいいのですっ」

お小夜は泣き伏しながら艶々と光る白磁の肩を大きく慄わせている。この哀れな二人をこれから酒の席の肴にするべく雲助達は天井の太い梁《はり》に荒縄を二本、巻きつかせている。それにこの二人を吊り立てて周囲を取り巻きながら酒盛りを続けようという魂胆なのだ。

「お嬢様っ」

「雪之丞様っ」

と、素っ裸の二人は我を忘れてつめ寄っていき互いにひしと抱き合って嗚咽にむせぶのだ。

「いつまでも芝居の濡れ場を演じ合っているんじゃねえ。さ、二人とももう一度、手をうしろに廻しな」

「ああ、神も仏もないものか」

と、雪之丞は悲痛な声音でうめくのだったが、

「何をぶつぶつぬかしているんだ。馬鹿野郎」

と、雲助の一人がピシャリと彼の横面《つら》をひっぱたく。

お小夜も雲助達に茎のように細くて華奢《きやしや》な両腕を背中へねじ曲げられて透き通るように白い肌に麻縄をかけられていくのだ。まだ完全に熟し切らないが形のいい、溶けるような柔らかい乳房の上下にヒシヒシと縄がけされているお小夜はもう反発する気力も失《う》せたように涙に濡れた睫毛《まつげ》を閉じ合わせ、固く唇を嚙みしめている。

れる。

「さ、立ちな」

雲助に縄尻をとられて雪之丞とお小夜は一糸まとわぬ素っ裸をその場に無理やり引き立たさ

雲助達の眼はすぐに無防備の二人の股間に注がれた。

「見ろ、女形に似合わねえ位、立派なものをぶら下げてやがるぜ」

豊かな茂みの間からのぞいている雪之丞の生身の肉塊をはっきり眼にして雲助達は哄笑した

が、お小夜のその部分の煙のように淡く盛り上がった柔らかそうな繊毛を眼にすると雲助達は

一せいに血走った眼つきになり、音を立てさせて生唾を呑みこんだ。

「どうだい。あのいじらしい生えっぷり。もう俺はカッカッと身体が燃えて来たぜ」

畳二枚を剝がした板の間へ雪之丞とお小夜は並んで立たされ、天井の梁から吊り下がった荒

縄に二人を縛った麻縄の先端が結びつけられる。

二人をそこにさらしてその周囲を十数人の雲助達が取り囲んでどっかと坐り、酒盛りの続き

を始めるのだ。

「よ、神変竜虎流の先生。先生もここへ来て飲みなよ」

権三は重四郎と熊造、伝助の三人を自分の隣の席へ呼び寄せ、さらしもののお小夜の方を得

意そうに顎で示した。

「どうだい。今度はこの通り、飛び切り上玉だぜ。いつもよりちょっとばかり色をつけてもら

いたいものだな」

「うむ」

重四郎は権三の酌を受けて茶碗酒を喉へ流しこみながら真っ赤に染まった頬を横へねじってすすり泣いているお小夜の全裸像を凝視した。


麻縄に上下を固く緊め上げられている乳房は触れれば溶けるような瑞々《みずみず》しい色気を含み、可憐な薄紅色の二つの乳頭は羞じらいをそのまま示すかのように慄えている。すべすべした滑らかな腹部、可愛い縦長の臍《へそ》――まだ十九歳というだけに上半身は華奢で繊細だが、腰部から下にかけては太腿《ふともも》など充分にムチムチした肉が実ってもう充分過ぎるほどの色気を匂わせているのだ。その上、その粘っこい肉づきの両腿の付根にはさも柔らかそうな艶っぽい茂みがほんのりと盛り上がって情感を充分に備えている。

「どうだな、熊造。その娘を一つ、座敷狂言の娼婦に仕上げてみるか」

重四郎がそういうと、熊造は、へえっ、と喜ぶ。

「ほんとですか、重四郎先生。俺達にすりゃ願ったり叶《かな》ったりですよ。紅ぐも屋の薄汚い女郎を相手ばかりにして実の所、少々俺達も嫌気がさしていたんですからね」

こんな江戸育ちの器量のいい小町娘とからむ事が出来るのなら、俺達は紅ぐも屋から頂く手当を半分に減らされたってかまわねえ、と熊造はいうのだった。

「な、伝助、手前だってそう思うだろう」

熊造がそういうと伝助は重四郎の茶碗に酒を注ぎたしながらいった。

「ね、お願いしますよ、先生。娘をこちらへ下げ渡してくれませんか。仕事にやり甲斐が出て来ますよ」

「よし、わかった」

重四郎は長い顎《あご》をさすりながら楽しそうに大きくうなずいて見せた。

カラス婆

天井の太い梁から吊り下がった二本の荒縄にお小夜と雪之丞は後手に縛られて、雲助達の酒盛りの肴にされている。

屈辱と羞恥でお小夜の頬も雪之丞の頬も火がついたように真っ赤に火照《ほて》っていた。

やたらに喉へ茶碗酒を流しこんで大笑いしている雲助もいれば一糸まとわぬ素っ裸を後手に縛りつけられて立位でさらされている美しい小町娘を痴呆のようにとろんとした眼つきでものもいわず眺めている雲助もいた。

「十年に一度の獲物だ」

と、雲助の首領である権三はくり返しいうのだが、その通り、このように雪白の美肌を持つ江戸育ちの美しい小町娘が網にかかったのだから雲助達はすっかり興奮状態に陥っている。

きびしく緊め上げられている白桃のように柔らかそうなお小夜の乳房は雲助達の劣情を痺《しび》れさせ、白磁のスベスベした肌や、繊細で、しなやかさを持つ腰部から太腿そして下肢に至るまでの曲線は雲助達の魂まで溶けさせるのだ。酒に濁って妖しく血走る雲助達の視線は、一せいにお小夜の美麗な太腿の付根に柔らかくふくらむ夢のように淡い茂みに注がれる。後手に縛り上げられているため、そこは全くの無防備で野卑な男達の貪《むさぼ》るような眼にお小夜はもう生きた心地もなく、ぴったりと閉じ合わせている柔らかい太腿の筋肉をブルブル慄わせているのだ。

「たまらねえな。俺あ、もう頭に血が昇りつめてきた」

豚松という片眼の雲助はお小夜の色香に血迷ったようにフラフラと立ち上がり、吸い寄せられるようにさらしものになっている哀れなお小夜のそばへ近寄っていくのだ。

「いやあっ」

お小夜は蓬頭垢面の雲助がヌーと前に寄って来たことに気づくと硬化した頬を一層、強張らせ、恐怖に大きく眼を見開いて悲鳴を上げる。

「よさねえか、豚松。何もそうガツガツする事はねえ」

首領の権三は足で豚松の足を掬《すく》ってひっくり返し、

「まだ、おあずけだ」

といって笑うのだ。

「親分、眼の保養もこうなりゃ、むしろ身体に毒ってものですぜ。いつになったらこの娘と遊ばせてくれるんです」

豚松だけではなく、甚六、平助など、権三の乾分達はもうすっかり頭に血を昇らせている。

お小夜の美麗で雪白の裸身に雲助が劣情を催すのは当然だが、更に欲情を昂《たか》ぶらせるのは素っ裸のお小夜の身も世もあらずといった風情の身悶えようであった。

羞恥で真っ赤に染まった細面《ほそおもて》の美しい頬を右へ伏せたり、左へ伏せたり、そして、雲助達の視線が一せいに集中する下腹部の羞恥の茂みをほんの少しでも覆い隠そうとして片膝《ひざ》を上げてみたり、華奢な腰部をよじってみたり、そのたびにくずれた高島田の乱れ髪が煙のように片頬に垂れかかってフルフル慄えている——雲助達の眼にはそんなはかない身悶えをくり返すお小夜が一層、なまめかしく映じて股間はやり切れないばかりに怒張し始めるのだ。

「ものには順序ってのがあらあな」

権三はどっしり腰を落ちつけて茶碗酒を口へ運んでいる。

「おい、お松にお里、手前達、この二人の着物をいくらで引き取るんだ」

権三は雲助達の酒盛りに加わって一緒に茶碗酒を飲み合っている、カラス婆のお松とお里に声をかけた。

「そうそう、商売の方を忘れちゃいけないね」

お松はすぐそばに花の山のようにうずたかく積み上げられてあるお小夜の華美な着物や帯、

それになまめかしい下着類を一枚一枚数えながらお里に算盤《そろばん》を入れさせている。

「権三という男は指の数しか計算の出来ぬ男だがあれでなかなかの商売人なんだ。ちゃんと商談を成立させてから色事を楽しもうとする。そのようにけじめをはっきりつける事など雲助にしては感心な男だ」

重四郎は柱を背にして酒を飲みながら熊造と伝助に向かって面白そうにいった。

「それにしても捕えた娘の身ぐるみを剝いで衣類はカラス婆に売り飛ばし、中身は乾分達と一緒に散々弄んでから女郎屋に売り飛ばすとは、これほど、ひどい商売はあるまい」

重四郎はそういって笑うのだ。


お小夜から剝ぎとった衣類と雪之丞から剝ぎとった衣類を合わせて計算し、お松が、

「一両二分でいかがでしょう、親分」

と、いうと、権三はフン、と不服そうな顔をする。

「女形役者の下帯から娘の湯文字まで文字通り身ぐるみ剝いでやったのにたったの一両二分か。お松、手前の商売は悪ど過ぎるぞ」

「悪どいのは親分の方じゃありませんか。元はといえばただなんでしょ。駕籠に乗ったお客を、ここへ連れこんだだけで随分とぼろい儲けになる。こんなぼろくて悪どい商売は他にありますかねえ」

お松は負けずに、酒に酔った眼を権三に向けて皮肉っぽくいうのだ。

「このアマ、俺をゆする気でいやがる」

権三は舌打ちして、お松にかかっちゃ仕方がねえや、と吐き出すようにいうのだった。

「おや、まだ金目のものがあったよ」

お松は素っ裸のさらしものにされているお小夜の方に眼を向けると、お里と一緒にそわそわとして立ち上がった。

「娘は生まれたまんまの素っ裸だ。もう剝ぎとるものは何も残っちゃいねえよ。茂みでも抜き取ろうってのかい」

権三はお小夜につめ寄っていく二人の薄汚い女達に声をかけてゲラゲラ笑った。

お松とお里はお小夜の乱れた高島田の簪《かんざし》や櫛《くし》に眼をつけたのである。

金目になるものはたとえ糸屑一本でも見逃さぬとばかり二人はもう眼の色を変えて銀の簪やべっ甲の櫛など次から次に抜きとり、そのためお小夜の黒髪はまた無残に乱れて元結《もとゆい》まで切れたのか白磁の艶々した肩先までバサリと崩れ落ちるのだ。

雲助も雲助なら、その雲助に寄生して彼等の獲物のおこぼれに喰らいつくハゲ鷹のような女達のいる事を知り、重四郎も呆然《ぼうぜん》とする。

それにしても哀れなのはお小夜と雪之丞であった。一枚残らず剝ぎとられた衣類はカラス婆二人に奪い去られ、もはや逃亡など不可能、あとは雲助達に凌辱の限りを尽されるだけの運命しかない。

「雪之丞様、お、お小夜は一体、どうすればいいの」

お小夜は肩にまで垂れかかる艶々しい黒髪を激しく慄わせて号泣し、その隣で立位でさらされている丸裸の雪之丞もまた、

「お嬢様、こんな場所で、こんな目に遭おうとは、ああ、何と哀れな――」

と、あとは言葉にならず泣きじゃくるのである。

「へへへ、いくらでも気がすむだけ泣きな」

雲助達は手をたたき合って哄笑する。

「この二人の持っていた路銀が七両、着物をお松に売った代金が一両二分、合わせて、えーと」

権三は両手の指を使ってしきりに計算しているのだ。

「わかった。八両と二分だ。おい、みんな今日の稼ぎは八両と二分だぜ」

権三は胸を張るようにして乾分達を見廻していった。

「今夜は娘をたっぷり楽しんで、明日になればそこにいる神変竜虎流の先生に十両で売り渡すんだ。こんな飛び切りの上等を十両じゃ損みてえな気がするが、ま、仕方がねえ、先生にゃ色々と世話になっているからな」

権三はニヤリと笑って重四郎の持つ茶碗に徳利の酒を満たした。

「着物を安く下げ渡してもらったお礼といっちゃ何だけど――」

お松はお小夜の衣類と雪之丞の衣類とを風呂敷に包みこんでから、権三にみやげとして持って来た茶色の小さな壺を取り出して小刻みに慄えているお小夜の足元に置くのだ。

「こいつはね、姫泣き油といって私と取引きしている古着屋から教わった、秘伝の妙薬さ」

壺の上には、後家よがり薬、姫泣き油、といったふざけた効能書きが張りついている。

「こいつをほんのちょっぴりでいいんだ。奥の院から貝柱のあたりにまで塗ってもらってごらん。じーんと疼《うず》き出して相手が雲助であれ山賊であれ、男なら誰でもいいから突きまくってほしくなる」

お松がそういうと雲助達はどっと笑ったが、お小夜はその意味がわかると細面の美しい頰を更に燃えるように真っ赤に火照らせ、全身を石のように硬くするのだ。

「何しろ随分と稼がせてもらったんだ。そのお礼の意味で今夜は腰が抜けるほど、楽しませてやるぜお嬢さん」

権三はニヤニヤしながらお小夜の前に進み、壺の蓋を開ける。

青味がかった粘っこいくず湯のようなものがたっぷり入っていて権三がそれを指先でかき廻すのをふと眼にしたお小夜は背筋に悪寒《おかん》が走ったのか、ブルっと華奢でしなやかな裸身を痙攣《けいれん》させるのだ。

思いなしか、お小夜の下腹部の煙のように淡くふくらんだ柔らかい繊毛も恐怖と羞恥のためにフルフル慄えているようだ。

「とにかくここにゃお嬢さんと遊びたがっている連中が十人近くもいるんだ。だからお嬢さんも今夜は腰を据えてたっぷり楽しむ気になってもらいてえんだよ」

そのためにこんなものも塗りこんでおいた方がいい、と権三が、壺の中のそれをたっぷり指先に掬いとると、お小夜は悲鳴に似た声で、

「嫌ですっ、や、やめて下さいっ」

と、叫んだ。

緊縛された裸身をガタガタ慄わせてお小夜が舌たらずの悲鳴を上げると、雪之丞もたまりかねたように、

「お、お嬢様に、そ、そのような淫《みだ》らな真似をなさらないで下さいっ」

と、わめくようにいい、つづいて、

「このお嬢様は江戸、猿若町の越後屋という大きな呉服問屋のお嬢様なのです。あ、あなた達が相手に出来るような身分の方ではありません」

するとたちまち雲助達の顔色が変った。

「何だと、もう一度、いってみろ。やい、男か女かわからねえ化物め」

と、彼等は一せいに冷酷な眼つきになって雪之丞を睨みつけるのだ。

「ここは地獄の三丁目だ。ここまで迷いこんで来た奴は大家のお嬢さんだろうが若旦那であろうが、こちとらは犬猫同然に扱う事になっているんだ。よく覚えときやがれ」

豚松はそういっていきなり雪之丞の頬を激しく平手打ちするのだ。

「あっ」

と雪之丞は悲鳴を上げて苦しげに顔を横にそむけたが、そこをすかさず甚六がつめよって雪之丞の股間の肉塊を鷲づかみにする。

「ああっ、何を、何をなさいますっ」

いきなり自分のその部分を甚六の手でつかみ上げられた雪之丞は激しい狼狽《ろうばい》と狂乱を示し、それを見た仲間の雲助達は腹をかかえて笑いこけた。

「この野郎、芝居の女形にしちゃ、人並みにでけえものをぶら下げてやがる」

甚六が鷲づかみにしたそれをねじるようにしてしごき始めると、雪之丞はまたけたたましい悲鳴を上げて緊縛された裸身を狂気したようにのたうたせるのだ。

「ハハハ、こいつは女を嬲《なぶ》るより面白いかもしれねえ。よし、その野郎のケツの穴に姫泣き油を塗ってみろ、甚六」

茶碗酒を手に持つ権三が腹を揺すって笑いながらいった。

「お嬢さんの方は俺が塗りこんでやる」

権三は茶碗酒をボロ畳の上に置いて再び壺の中の怪しげな液体を指先で掬い上げる。

お小夜も雪之丞も気が遠くなりそうな屈辱感と恐怖で真っ赤に火照った顔を激しく振り、緊縛された裸身を共に狂おしく悶えさせる。

「後生ですっ、そ、そのような淫らな真似はやめてっ」

権三が舌なめずりしてお小夜の前に腰をかがめるとお小夜は悲鳴を上げて華奢な腰部を横へねじり、両腿をすり合わせるようにして権三の淫虐な行為に強い拒否を示すのだ。

「ハハハ、これは酒の肴としては最高だなあ。そうは思わんか、熊造」

重四郎は左右に坐る熊造と伝助に声をかけながら雲助達のいたぶりに対してはかなり抵抗を示しているお小夜と雪之丞のあがきを面白そうに見物しているのだ。


生来、嗜虐的な性癖を持つのか、一糸まとわぬ素っ裸をしかも後手に縛られている哀れなお小夜が雲助にいたぶられようとしている光景を眼前にすると、重四郎は憐憫《れんびん》の情がわくどころか、もっとこの美しい小町娘が彼等の手で残酷にも冷酷にも扱われ、泣きわめく情景が見たいものだと胸は妖しく高鳴り出すのだ。

「ああ、お、武家様っ、助けて下さいましっ」

せっぱつまったお小夜は腰部を激しく揺さぶって権三の手を振り払いながら敵とは知りつつも重四郎に救いを求めるのだ。

すると重四郎はのっそりと腰を上げ、

「おい、権三、いいかげんにせんか」

と片頬に微笑を浮かべて声をかける。

お小夜は涙に濡れた睫毛をしばたたかせて重四郎の方に哀切のこもった瞳を向けた。一瞬、お小夜は重四郎がこの場の危機を救ってくれると感じたのだが、

「貴様達が力ずくで挑めばいかに小娘とはいえ必死で反発を示すものだ。それに身体は固くなるばかりで思いを遂げるのにいよいよ手間どる事になる。一つここは、玄人《くろうと》の熊造と伝助に任してみろ。たちまち女の壺をしっぽりと濡らさせて、その小娘にやる気を起させてくれるわ」

と、重四郎は権三に向かっていうのだ。

「まず、この両人の肢《あし》を開股にして縛れ」

重四郎に命令されて雲助達は短い棒ぐいを何本か持ち出して来るとお小夜と雪之丞のぴったり縮め合っている両足の左右に二本ずつ木槌《きづち》を打ちこみ始めるのだ。

重四郎に救いを求め、その重四郎によって一層、淫虐ないたぶりを受けることになったお小夜は顔面からすっかり血の気がひいている。

「さ、お嬢さん、いい子だからおとなしくあんよを開くんだよ」

恐怖感と屈辱感が昂ぶり過ぎてお小夜の全身からは反発の気力も抜け落ち、虚脱したような表情を前に向けながら熊造と伝助の手でズルズルと線の美しい乳色の二肢を左右にたぐられていく。

第三章　姫泣き油

耽るお小夜

鴫居に縄尻をつながれてそこにさらされている素っ裸の美しい小町娘があられもなく両腿を大きく左右に割り開いて陶器の細工物のような足首を棒ぐいに縛りつけられてしまったのだから、それを見た雲助達はまるで魂を宙に飛ばしてしまったような表情で一様にとろんとした粘っこい眼を向けている。口元から涎《よだれ》を流してもそれを拭う事すら忘れているのだ。

お小夜は美しい眉をギューと辛《つら》そうにしかめて固く眼を閉じ、片頬にもつれる黒髪の端を固く唇で噛みしめているのだが、左右に大きく割られた美麗な両腿の付根に微妙さと繊細さで柔らかく盛り上がる淡い繊毛は小高くふくれ上がり、その底の秘密っぽい花層の谷間をうっすらと浮き立たせているのだった。

「ああ、俺は、もう我慢が出来ねえ」

と、薄汚い褌《ふんどし》のあたりを押さえこんでその場に身をかがませる雲助もいて、重四郎は声を立てて笑った。

雪之丞の方も熊造と伝助の手で強引に両肢を割らされ、お小夜と同じように両足首を床に打ちこまれた二つの棒ぐいに縛りつけられた。

むしろ、お小夜より雪之丞の狼狽が激しい位であった。

「ああ、何をなされます」

と、左右にたぐられた両肢を棒ぐいにつながれるといかにも女形らしくなよなよと腰部をくねらせ、すると股間の肉塊が左右に揺れて、お小夜のあられもない挑発的な姿態に欲情を昂ぶらせて見入っていた雲助達は一せいにそれを見てゲラゲラ笑い出すのである。

鴨居に縄尻を吊られて素っ裸のさらしものになっていたお小夜と雪之丞が共に両腿を割り開き、羞恥の部分を共に生々しく誇張し合うような姿態を示し出すと、雲助達で人いきれしているこの小屋の中にますます淫らな熱気が充満してくるのだった。

なるほど、雲助稼業は三日やればやめられぬと権三はいったが、たしかにその通りだな、と、重四郎は美しい小町娘と女形役者が共に素っ裸で両腿まで割り、酒盛りの肴になっているのを見るとニヤニヤしながら長い顎を手でさすっている。

「おい、お前達の稼業はいいいな」

重四郎はさらしものにされたお小夜と雪之丞をぎっしりと取り囲む雲助を見廻していった。

「旅をする美しい娘を襲って路銀を奪い、しかも身ぐるみ剝がして衣類はカラス婆に売り飛ばす。しかも素っ裸にした娘をいたぶり抜き、あとは女郎屋へたたき売るなど、骨までしゃぶるとはこの事だ。こんな痛快な稼業はないぞ。うらやましい位だ」

さて、と重四郎は割り開いた両腿の筋肉を痙攣させて言語に絶する羞ずかしめを血を吐く思いで耐えているお小夜と雪之丞に眼をもどした。

「お小夜とか申したな。もうこうなれば不憫《ふびん》だが諦めるより仕方がない。こうなったのも前世からの因縁だと思って観念するのだ」

重四郎は雪白の冷たいお小夜の肩に手をかけ、熱い耳たぶに口を寄せながらいった。

重四郎の手が肌に触れるとお小夜はブルッと嫌悪の戦慄で全身を慄わせたが、叙情味のある繊細な頰に熱い涙をしたたらせながら、

「もう観念致しました。そ、そのかわりお願いでございます。雪之丞様のお命だけはお助け下さい。雪之丞様さえお助け下されたら、ああ、私はもうどうなったって――」

と、重四郎から視線をそらせると耐えられなくなったようにしなやかな肩先を慄わせて号泣するのだ。

「ほう。男の命を助ければ雲助達の嬲りものになってよいと申すのか」

「ハイ、死んだ気になって耐えるつもりです。ですから、お願い、雪之丞様だけは――」

と、お小夜は片頰にもつれかかる黒髪を慄わせながら重四郎に向かって哀願するのだった。

「何を、何をおっしゃいます、お嬢様っ」

お小夜の隣に同じく開股に縛りつけられた雪之丞が激しく首を振りながらいった。

「私は新富座にも迷惑をかけ、越後屋さんにも顔向けのならない事をしでかしたその罰が当ったと思っているのです。これでも私は男、こんな生恥をさらしているよりは綺麗さっぱり首を斬ってもらった方がいい」

「いや、首を斬るのではない。貴様の玉を斬る事になっているのだ」

と、重四郎が手にしていた刀の鞘《さや》で雪之丞の股間の肉塊を小突くと雲助達はまた手をたたいて笑いこけた。

雪之丞は屈辱に真っ赤に火照った顔を歪めながら、

「私はどこを切られたってかまやしない。そ、そのかわりお嬢様を雲助達の手で嬲りものにするような、そんなむごい事はやめて下さいまし、お武家様」

と、これも重四郎に向かって悲痛な表情になって哀願するのだ。

「そういうわけにはいかん。見ろ、雲助達の股間を。どいつもこいつも褌をはちきれそうにしておるではないか」

重四郎は雪之丞の女っぽい餅肌を見つめていたが、

「貴様、女形なら男の遊ばせ方ぐらい心得ているだろう。お小夜一人に辛い思いをさせたくないと思うなら貴様も尻でも使って雲助を楽しませろ」

といい、雪之丞を面喰らわせるのだ。

「こいつの尻にも姫泣き油を塗ってやれ」

と、重四郎がいうと、そりゃ面白え、と雲助ははしゃぎ出した。

「俺は独り者で、自分の身体をもてあますと豚を相手にした事だってある。こんな色白の女形となら喜んで遊ばせてもらうぞ」

などという雲助もいた。

「ね、その仕事、私にさせておくれよ。立花屋雪之丞にやる気を起こさせればいいんだろ」

と、カラス婆のお松とお里が淫靡な微笑を口元に浮かべて立ち上がった。

「たまには私達にだってこんないい男を玩具にさせておくれよ。ここ半年あまり男気がなくて身体が凍りついているんだよ」

お松がそういうと、権三は笑いながら、

「よし、手前達にも今日は功徳をほどこしてやらあ。その女形を嬲りたいだけ、嬲らせてやる」

と、いった。

「それでは、熊造に伝助、お前達はお小夜の身体を優しくほぐして姫泣き油を塗ってやれ。お小夜がその気になったら一度、気をやらせてみろ。そうすれば羞じらいもなくなり、雲助達と腰を揺すり合う気になるだろう」

と、重四郎は熊造と伝助の顔を交互に見ながらいうのだった。

がむしゃらに女の獲物と見れば凌辱しようとする雲助達に重四郎は女の肉体のほぐし方とい

うものを伝授してやる気持ちになっている。

よしきた、と熊造と伝助は人の字の形でそこに素っ裸をさらしているお小夜に左右からまといつくのだった。

「へへへ、そう固くなるなよ、お嬢さん。これからうんと楽しむ気にならなきゃ損だぜ」

熊造と伝助はお小夜のしなやかな雪白の肩先からスベスベした艶っぽい背中の中ほどに縛り合わされている繊細な白い腕に至るまでを柔らかく掌で撫でさすり、それから美しい眉根をさも苦しげにしかめているお小夜の火照った頬から朱を滲《にじ》ませた熱っぽい耳、そして、細くて艶やかなうなじのあたりを唇と舌で甘くくすぐるのだった。


お小夜は嫌悪の戦慄に身慄いしながら白い歯をカチカチ嚙み鳴らしているのだが、女郎屋商売の紅ぐも屋で、新入り女郎達の身体を淫乱なものに作り変えるための、いわば調教師である熊造と伝助にとっては素人娘の身体を溶かす事ぐらいはお手のものである。

しかも、お小夜は雪之丞とは情を通じ合った仲で生娘《きむすめ》ではないのだから更に仕事はやりいい。

やがて二人の手は麻縄できびしく緊め上げられているお小夜の可憐な胸のふくらみにかかり、優しさをこめてそれをゆっくり揉《も》みしごきながら薄紅色の花の蕾《つぼみ》に似た可愛い乳頭を指でコリコリ揉んだり、また、唇を押しつけてチューチュー音をさせて吸ったりする。

「いいおっぱいだねえ。全く溶けるみてえに柔らけえや」

熊造はそういいながら手馴《てな》れたやり方でお小夜の白桃に似た形のいい乳房を甘く揉んだり吸ったりを手際よくくり返し、そのたびにお小夜は、あっあっ、と断続的な小さい悲鳴を上げて人の字の形に縛りつけられている優美な裸身をうねり舞わせるのだ。

それを見物している雲助達はもう酒を飲む事など忘れ、情欲的なギラギラ光る眼差を一せいに注いでいる。

熊造と一緒になってお小夜の乳房を粘っこく愛撫《あいぶ》していた伝助の手は次第に下方へ移向し、滑らかな鳩尾《みぞおち》から雪白のスベスベした腹部を撫《な》でさすり、それから左右へ大きく割り開いたなよやかな白磁の太腿、内腿のあたりを撫でるようにさするように掌《て》でくすぐり始めた。

「ああー」

お小夜は白い陶器のようなうなじを大きくのけぞらせ、ねっとり脂汗を滲ませている額をしかめて歯をカチカチ嚙み鳴らした。

耐えようのない嫌悪感に混じって何か胸が緊めつけられるような切ない情感が身体の深い所から急激にこみ上げてきたのだ。

その被虐的な甘い悦楽の感覚を振り払おうとして、お小夜は乱れ髪のもつれた顔を右に左に揺さぶったが、いつの間にか全身が甘い不可思議な情感でジーンと痺れ切り、下腹部の方から力が抜け出ていくようで無気力にくねくねと緊縛された裸身を悶えさせるだけとなる。

お小夜に情感が迫り、喘《あえ》ぎの声が段々と熱っぽくなって来た事に気づいた熊造と伝助はこうなればもうこっちのものだとばかり腰を据えて追いこみにかかっていく。

お小夜の両腿の付根あたりを伝助は揉みほぐし、淡くて繊細な柔らかい茂みの上をわざと下から上へそっと掌で撫であげただけでそれ以上、追い討ちをかけようとはせず、ブルブルと欲情の昂ぶりを示すように痙攣し始める太腿、その内側に熱っぽい口吻を注ぎかけるのだった。

「なるほどな、女を可愛がるにはあんな調子でやるのか。こちとらあんなに根気のいる手管は使った事がねえ」

と、権三は鳥の羽毛を取り出してお小夜の左右につながれている華奢な白い脛《すね》のあたりから下肢そして太腿という風に徐々にくすぐり始めた伝助を見て舌を巻くのだ。

「女というものはな、男と違って複雑怪奇な肉体を所有しておるのだ。お前達のように何でも田楽刺しにすればいいってものではない。根気よくほぐして身も心もどろどろに溶かしてやり、それから男の思いを貫く。それ位の事はよくわきまえておけ」

重四郎は女郎屋の相談役をしているだけあり、お小夜を徐々に燃え上がらせていく熊造と伝助の技巧を見物する雲助達に解説しているのだ。

お小夜は心とはうらはらに熊造と伝助の技巧にすっかり煽《あお》られてさも切なげにすすり泣きと一緒に、狂おしく迫った情感を訴えるような甘い身悶えを示し出している。

その頃には伝助は太腿、内腿をくすぐり続けていた鳥の羽毛でお小夜の煙のように薄くて淡い繊毛をまるでその形を整えるかのようにさすり上げ出し、お小夜は進退窮まったように咽喉《のど》の奥からひきつった嗚咽を洩《も》らすようになっていた。

「鳥の羽毛一本でもこれだけ女を有頂天にさせる事が出来るんだ」

重四郎は痴呆のような顔つきでポカンと見とれている雲助達を得意そうに見廻していった。

雲助達は熊造と伝助の粘っこい女体愛撫法に半ば呆《あき》れているのだ。

前面をくすぐるだけではなく伝助は急にお小夜の背後へ廻ると形よく盛り上がっている悩ましい双臀を柔らかくくるむようにし、暗い翳りを持つ深い肉の切れこみの間を羽毛でくすぐったりするのだ。

ヒイッ、とお小夜は悲鳴を上げて今度は双臀を激しく痙攣させた。

奥深くに秘められた菊花をくすぐられる言語に絶する羞ずかしさと汚辱感――お小夜は昂ぶる声をはり上げて伝助の淫らにくすぐる羽毛を振り払おうとして腰をぶらっとするのだが、完全に酔い痺れたように力は抜け切って腰も動かず、双臀も揺すれず、男二人のするがままになって激しい啼泣《ていきゅう》を口から洩らすのだった。

そんなお小夜にぴったりまといついて可憐な乳頭に接吻したり、熱い耳たぶを柔らかく噛んだりをくり返している熊造は、淫猥な微笑を片頬に滲ませながらしきりに卑猥な言葉をお小夜の耳に吐きかけている。

熊造のそうしたいやらしい言葉が今では嫌悪を通り越して燃えさかったお小夜の情欲に油を注ぎこむ事になるのだ。

「ああ、雪之丞様っ、お、お小夜は気が、気が狂いそう――」

お小夜は熊造の淫らな言葉を耳から振り払おうとして、むずかるように首を振りながらうわ言のように雪之丞の名を口にしたが、その雪之丞もまた気が狂いそうな汚辱の思いをお松とお里の手で味わわされているのだった。

お松の手にそれを握られて翻弄《ほんろう》され、お里の指先で臀部をいたぶられている雪之丞は女っぽい悲鳴を上げて、

「ああ、お嬢様っ、雪之丞も気が狂いそうでございます。こ、このような羞ずかしめを、ど、どうして私達、受けねばならないのでしょう」

と、気持ちをすっかり顚倒《てんとう》させてわめいたりしているのだ。

鳥の羽毛で股間をくすぐられているだけでお小夜のその淡い悩ましい繊毛の部分は浮き立ち、新鮮な魚肉にも似た羞恥の花層は盛り上がるように露《あら》わとなっている。

ほっそりした腹部と優雅な線を描く左右に割った両腿を痙攣させ、完全に上気した繊細な頬をわなわな慄わせているお小夜を恍惚《こうこつ》とした表情で見つめていた重四郎は、

「どれ、俺にも手伝わせろ」

と、いうと、熱っぽく喘ぎ続けるお小夜の前に腰を据え、開股に縛りつけられているお小夜の両腿に両手をまきつかせると、いきなり唇を押しつけていったのである。

「あっ」

とお小夜は絹を裂くような悲鳴を上げた。

名状の出来ない汚辱感と妖しい悦《よろこ》びの戦慄を同時に知覚して内腿の筋肉をピーンと緊張させ、お小夜は全身をひきつらせている。

お小夜の内部はもう燃えるような熱さになっている。重四郎は舌先でたしかめながら更にその粘っこく焼けつくような愛撫を始め、自分もまたお小夜と同様に身体の芯まで酔い痺れた気分になってしまっているのだ。

お小夜の喘ぎと啼泣は息の根も止まるような激しいものになり、すると、雪之丞のそれをゆるやかにしごいて淫らな微笑を口元に浮かべていたお松は腰をかがめると唇を押し当てるのだ。

「ああっ」

と、雪之丞も悲鳴を上げて苦しげに身をよじり、

「何を、何をなさいますっ、やめて下さい、ああ嫌っ、嫌っ、いけません」

と、女っぽい啼泣を洩らし始めたので雲助達はまたどっと哄笑した。

お松はまるで色餓鬼になったように、すっかり自分を忘れて雪之丞に貪りつき、遮二無二《しやにむに》、愛撫する。

お里は雪之丞の臀部を両手で立ち割るようにして奥深くに秘められた隠微な部分を指でいたぶり、舌先を押しつけたりする。今度はそれを真似て伝助が、重四郎に舌先で愛撫されている

お小夜の背後へ廻り、悩ましい双臀の深い亀裂の奥に秘められた菊の蕾を愛撫し始めるのだ。

肉体の前後を同時にいたぶられるお小夜と雪之丞の興奮と悲鳴は言語に絶するものであり、雲助小屋の中には揺らぐような淫風が吹き荒れる。

「へへへ、どうだい、おめえ達。こんな楽しい思いを味わう事が出来たんだ。雲助に捕まってよかったと思わねえか」

と、権三は人の字に縛りつけられた素っ裸を激しくのたうたせて泣きわめくお小夜と雪之丞を痛快そうに見物しながらいうのである。

「よし、熊造、娘はすっかり身体を溶かしたぞ。今度は姫泣き油を塗って泣かせてやれ」

お小夜からようやく唇を離した重四郎がそういうと、よしきた、と熊造と伝助は身も心も溶けたように酔い痺れさせているお小夜に再び、まつわりつき、怪しげな油を身体の奥深くに塗りつけようとする。

お小夜はそのおぞましい行為を激しく拒否する気力もなかった。心身とも打ちひしがれたように大きく汗ばんだうなじをのけぞらせているお小夜は今は口惜しくも幾層も生々しく開花させた部分を熊造と伝助の手にゆだねてしまっている。

前面から双臀の亀裂の部分にまで怪しげな油を塗りつけられるお小夜は嫌悪感よりもむしろ五体がどろどろに溶かされていく快美感というものをいつしか感じるようになったのか、陶酔の火照りに真っ赤に上気した頰をひきつらせながらカチカチ歯を噛み鳴らしているのだ。同時にお小夜はまるで堰《せき》が切れたように生暖かい樹液をとめどなくあふれさせてくる。

「ああ、か、かゆいっ」

お小夜が美しい眉根《まゆね》をしかめて唇を慄わせると、重四郎はニヤリと笑った。

「そうか、そんなに痒《かゆ》いか。では、その悩みはここにいる雲助達にねだって解きほぐしてもらうより仕方がないな」

つづいて今度は雪之丞が、これもわなわなと唇を慄わせて腰部を揺さぶりながら、

「ああ、かゆいっ、かゆいっ」

と、のたうち始めるのだ。

お松の手で肉塊の先端にそれを塗りつけられ、お里の手で臀部の奥深くにもそれを塗りつけられた雪之丞はこれもお小夜と同様、気もそぞろになっている。

「ああ、雪之丞様っ、お小夜は、お小夜はどうすればいいのっ」

「お嬢様、雪之丞は気が狂いそうですっ、ああ、どうしよう」

人の字に縛りつけられた裸身を汗みどろにさせて痛烈にこみ上げてくる痒みを訴え合いながらのたうち出したお小夜と雪之丞を、

「こいつは面白えや」

と、雲助達は楽しそうに見物するのだ。

「もっと腰を振っていい声で泣きやがれ」

雲助達はどっとはやし立てる。

お小夜の淡い繊細な茂みで覆われたその部分は小高く盛り上がっておびただしい樹液を吐きかけているのがよくわかるし、雪之丞のそれは垂直に上に向かってはね上がり、火のように硬化している事もよくわかるのだ。

「それほど、痒いのならもうどうしようもないな、お小夜。雲助に悩みを解いてもらうより仕方があるまい」

お小夜は重四郎のそんな意地の悪い言葉に答えるゆとりもなく、ただ、歯ぎしりをくり返して悶え苦しんでいる。

重四郎はほくそ笑んで権三の方に顔を向けると眼くばせした。

「ここで開始すれば雪之丞が気がかりでお小夜も気分が乗らんだろう。奥へ連れこんで楽しめ」

重四郎にそう声をかけられた権三は黄色い歯を見せてニヤリと笑い、すぐに棒ぐいに縛りつけてあるお小夜の足首の縄を解き出した。

太い梁につないである縄尻を解くと、お小夜はその場に緊縛された裸身をよろめかせて縮みこんだが、肉芯から突き上げてくる痒みに腰部をブルブル痙攣させせながら、

「ああ、痒い。後生です、この縄を解いて下さいまし」

と、気もそぞろになって悲鳴を上げ続けるのだ。

「縄を解いてもらえば痒い所を自分の指でゴシゴシやるってわけか。いい所のお嬢さんがそん

なみっともない真似はおかしいぜ」

と、権三は笑ってお小夜の縄尻を手に取り、力一杯、たぐり寄せた。

権三は両手で背後からお小夜の白磁の肩を抱きしめて、

「俺達がおめえの痒い所を肉棒を使って揉みほぐしてやろうといってるんだ。ま、こっちに任しておきな」

と破れ障子の向こうへ連れこもうとする。

お小夜が足元を乱れさせてつんのめると、

「もう痒くて歩けねえのか。なら、おぶってやる」

権三が腰をかがませると豚松や甚六がそれに手をかして後手に縛られたままのお小夜を背中へ乗せ上げるのだ。

「親分、二番手はこの俺に頼みますぜ」

と、豚松がいうと、

「俺は三番手だ。なるたけ親分、早いとこ、すましておくんなさいよ」

と、甚六が権三の背中におぶわれたお小夜の形のいい双臀を手で撫でさすりながらいうのだ。

「ああっ、お、お嬢様っ」

と、その場に取り残され、裸身を狂おしく悶えさせている雪之丞は破れ障子の向こうへ運ばれていくお小夜を見ながら悲痛な声をはり上げた。

権三の背中に俯し、乱れ髪を啼泣と一緒に慄わせていたお小夜は雪之丞の声にハッと我に返り、権三の両手でたぐり上げられている双臂を揺さぶりながら、

「ああ、雪之丞さまっ、助けてっ」

と、気持ちをすっかり顛倒させて嬲りものになっている雪之丞に救いを求めた。

お小夜が権三以下三人の雲助達に包まれるようにして破れ障子の向こうに姿を消すと、雪之丞の肉体的な苦痛に精神的な苦痛が加わり、啼泣は一層、激しくなる。

「よ、いつまでメソメソしてやがるんだ。いいかげんにしねえか」

残った雲助達は茶碗酒をあおりながら股間の肉塊を屹立させて泣きじゃくっている雪之丞をゲラゲラ笑って見つめていたが、

「あの娘が俺達の番に廻ってくるのはいつだかわかりゃしねえ。しょうがねえ、この野郎でちょっとの間、熱を冷ましておこうぜ」

と、平助という雲助がいうと同時に立ち上がって薄汚い褌をくるくる解き出したので重四郎と熊造は苦笑した。

お嬢様、お嬢様、とうめくようにくり返して泣きじゃくっていた雪之丞は、背後に廻って来た平助がいきなり鉄のように硬化したものを臀部に突通して来たので眼を白黒させ、けたたましい悲鳴を上げた。

「あっ、何をなさいますっ、何という無体《むたい》なっ」

雪之丞は逆上して眼をつり上げ、臀部と腰を激しくよじって平助を振り放そうとしたが、平助は雪之丞の女っぽい両肩を背後からがっしりとつかんで、その隠微な個所を突き抜こうとし、懸命になっているのだ。

重四郎と熊造達はこらえ切れずに吹き出した。

「こいつら捕えた獲物はたとえ男でも容赦せず凌辱しようという肚《はら》だ。全く呆れたわい」

重四郎は平助に背後からまといつかれて狂乱状態になっている雪之丞が何とも滑稽に思われて笑いつづけている。

今まで痒い、痒い、と悲鳴を上げていた雪之丞は今度は眼から涙を流して、痛い痛い、とわめき出しているのだ。

「そんなに痛えか。そんならもっと油を塗って風通しをよくしてやる」
二、三人の雲助がゲラゲラ笑いながらまるで女のような肉づきを持つ双臀を割り裂くようにし、壺の中の油を強引に塗りつけてがむしゃらに奥深くに秘められた個所を揉みほぐすのだ。
「あっ、あっ」

「何が、あっ、あっだ。手前、芝居の女形なんだろ。こんな事は初めてじゃねえはずだ」

泣きじゃくる雪之丞の上気した頬をひっぱたく雲助もいて、その落花《らっか》狼藉《ろうぜき》ぶりにお松とお里も呆れ果てて眼をパチパチさせている。

大体、芝居の女形というものは衆道《しゅどう》の経験は多少でも積んでいると雲助達もそれ位の事は知っていたから泣こうがわめこうが、何としてでも貫通させようとしてむきになっているのだ。

「娘の方だって今頃は権三親分のでっけえもので田楽刺しにされているんだぜ。手前だって少しは娘の気持ちになってみろい」

平助は再度、雪之丞の両肩を背後からがっしりとつかんで押し当てていく。

平助のその固く硬化した火のような肉塊が自分のその部分に一気に喰いこんで来た時、雪之丞は痛烈な痛みと刃で突き刺されたような異様な快感を知覚してギャーと鋭い悲鳴を上げた。

必死になってそれから逃れようとし人の字型に縛りつけられた裸身を悶えさせようとしたが全身に力が入らず、更に奥深くえぐられて雪之丞はさらに昂ぶった声をはり上げる。

汚辱の極限が異様な被虐の快感となって雪之丞の腰も背骨も一気に痺れ、頭の芯まで痺れ切ってしまったのだ。

「へへへ、ざまあみやがれ」

平助は遂に美貌の芝居女形とつながる事が出来た悦びで有頂天になっている。

「どうでえ、兄貴、気分はいいか」

「女じゃ味わう事の出来ねえ気分だな。第一、緊まりが違うさ」

と、答えて彼等を面白がらせるのだった。

たしかに固く緊まったそれを突き破った快感は何ともいえぬ爽快なもので、これが江戸では人気のあるという新富座の雪之丞だと思うと平助は嗜虐的な悦楽の痺れを感じとっている。

「手前なんぞは色の生っ白い若旦那の贔屓筋に可愛がられて時々、こんな事もしてやがるんだろ。どうだい。雲助の方が頼もしいとは思わねえか」

平助は遮二無二、腰を押し上げながらせせら笑っていうのだ。

「フフフ、身ぐるみ剝がされた上、雲助達にうしろまで使わせなきゃならないなんてとんだ災難に遭ったものだねえ、雪之丞さん」

と、お松はお里と顔を見合わせながらキャッキャッと笑いこけるのだ。

「おい、口を吸ってやるぜ。こっちに顔を向けな」

平助は倒錯した性技に没入して雪之丞をうしろから髯もじゃの頰でくすぐりながらいった。

雪之丞は真っ赤に上気した頰をさっとよじらせて平助のヤニ臭い唇から必死に逃れようとしたがそれもほんのわずかの間であり、平助のそれを深く喰い緊めて汚辱の中の妖しい快感に全身を痺れ切らせている雪之丞は抗し切れなくなったように汗ばんだうなじを大きくのけぞらせて半開きになって喘ぎつづける唇を平助の唇でぴったり覆われてしまうのだった。

見物している雲助達もお松達も手をたたき哄笑する。

女達の嬌声も雲助達の哄笑も灼熱の感覚で全身が麻痺してしまった雪之丞の耳にはもう聞こえないのか、うっとりと眼を閉ざして平助に舌を強く吸わせているのだ。

「この女形野郎、すっかり気分を出してやがるぜ」

見物する雲助の一人は雪之丞の股間を指さしてゲラゲラ笑った。

雪之丞のそれは信じられないほど、膨張し、鋼鉄のような固さで屹立している。どう見ても芝居で女形を演じる優男《やさおとこ》のそれとは思われず、お松もまあ、と眼を瞠《みは》るのだ。

雲助の一人がそれを面白がってつめ寄り、いきなり鷲づかみにすると、平助から唇を離した雪之丞は真っ赤な顔を左右にくなくな揺さぶりながら甘えかかるようなすすり泣きを洩らした。

「お、お慈悲でございます。こ、これ以上の生恥はかかせないで下さいまし」

と、それを握って激しくしごき出した雲助に哀願するのだが、雪之丞はここに至ってすっかり女に変身してしまった感がある。

身の悶えよう、すすり泣き、声を慄わせての哀願など情感がますます昂ぶるにつれて雪之丞の神経はすっかり倒錯して完全な女に成り切ってしまっているのだ。

「そのような事をされますと、雪之丞はこの場で死ぬより辛い恥をさらす事に相成ります。ああ、もうそれは許して下さいませ」

「へえ、どんな恥をさらすか楽しみじゃねえか」

雲助達は一層面白がって二、三人がかりで雪之丞のそれを嬲り出すのだ。

付根を持つ者、先端をつかむ者、それぞれ好き勝手に嬲り始めて淫靡で微妙な刺激を加え始めると雪之丞は進退極まった悲痛な表情になる。

「お手が汚れます。ああ、もうお許しを――」

「いいって事よ。そんな事に気を使わなくてもいいぜ」

美貌で売っている江戸の女形役者を絞ってやったとなりゃ話の種にもなる、と雪之丞をいたぶる雲助達は笑いながらいうのだ。

背後より雲助の一人に突き上げられ、前面もまた雲助達の手でいたぶられる雪之丞はもう耐えようのない陰密で奥深い快感が急速にこみ上げて来て、すると、それがそうした衆道の心得になっているのか、せっぱつまった雪之丞は背後から責めかかる平助にうなじをのけぞらせて甘えかかるような仕草を見せながら、

「お、お願いでございます。先に思いを遂げて下さいまし、雪之丞が先に狂態をさらすのは嫌でございます」

と、声を慄わせて狂おしく哀願するのだ。

このように雲助達の手で落花無残の狼藉を受けている身であるのに残忍な暴力者に対して気を配る雪之丞を見て重四郎は、ほう、と感心したような声を出した。

「さすがは江戸の女形だ。色事には区別をつけず相手に気を使いおる」

平助は雪之丞に甘えた声音《こわね》で催促されると、よしきた、とばかり激しさを加え始めた。

そして、平助が快楽の頂上を極め、雪之丞の両肩を痺れるばかりに強く背後から激しく抱きしめると雪之丞もまた絶息するように一声を口から洩らす。

「うっ」

と、雪之丞は火のように燃えた顔を悲痛なばかりに歪めて、汗ばんだうなじをまた高々と浮き上がらせる。

左右に割り裂かれて縛りつけられている二肢がガタガタ慄え、それと同時に雪之丞のほとばしり出る熱いものを掌に感じた雲助達はひえっといって笑いながら身を引いた。

「凄えな、こいつ、男なみに吐き出しやがるぜ。全くこの野郎、女みてえだし、男みてえだし、わけがわからねえ」

生木を裂く

深い渓谷に朝の光が射しこみ、屛風《びょうぶ》を立てたような山々の形が影をくっきり見せ始めた。

雲助部落の鶏が鳴声を競い始める。

雲助達の首領である権三の家の戸が開いた。大きな伸びをしながら重四郎がのっそりと出て来る。

「今日はいい天気になりそうだぜ」

重四郎はすっかり明るくなった空を見上げてそういい、次に権三の家の中をのぞきこんで、

「では、そろそろ参るか」

と、声をかけた。

家の中のひん曲がった上がり框に腰をかけていた熊造と伝助は、咥えていた煙管《きせる》をとって雁首《がんくび》をポンとたたいてから腰をあげる。

「おい、もういいだろう、娘を連れて来な」

破れ障子の奥に向かって熊造が声をかけると、よしきたと雲助の一人が返事をする。

「さ、お嬢さん、しっかり立つんだ」

「ハハハ、腰が抜けたのかよ、しっかりしねえか」

「さ、縄をかけるからも一度、お手々をうしろに廻しな」

などと、雲助達のせせら笑いが障子の奥から聞こえて来る。

「おい、女形役者、手前も腰が抜けたのかよ。だらしのねえ野郎だ。しっかりしろい」

やがて破れ障子が開いて一糸まとわぬ素っ裸を後手に縛り上げられたお小夜と雪之丞が蓬頭垢面の雲助達に縄尻を取られて足元をよろめかせながら引き立てられて来たのだ。

二人がよろめきかけると縄尻をとる雲助は、

「しっかりしねえか」

と、叱咤して邪険に背中を突き、無理矢理土間の方へ引き立ててくる。

「大分、両人とも参ったようだな」

家の庇《ひさし》から中をのぞきこんだ重四郎は血の気が失せて蒼白い硬化した表情になっているお小夜と雪之丞を見くらべるようにして片頬にうすら笑いを浮かべた。

後手に縛り上げられたお小夜の肌理の細かい雪白の美肌のあちこちには昨夜一晩中雲助達に吸いつかれたらしい薄青い痣《あざ》が散らばっている。また、結髪の元結は切られて白磁のしなやかな肩先から白桃に似た美しい乳房の上にまで煙のようにもつれかかっているのだ。

重四郎は長い顎をさすりながら戸口にまで引き立てられて来たお小夜の美麗な両腿の付根に眼を向けた。柔らかくて淡い微妙な繊毛もそそけ立つように乱れて、まるで暴虐の嵐のすさまじさを示しているかのようだった。

「昨夜は大奮戦で、ほとんど休む間もなかったようだな」

重四郎はお小夜の股間を指さし、熊造の顔を見て笑った。

お小夜はふと腰をかがめて熊造と伝助がその部分を凝視し、ニヤニヤ口元を歪めても、それに対し、屈辱を感じる気持ちの余裕すらないのである。ただ、哀しげに柔らかい睫毛を薄く閉じ合わせたまま、おどろに黒髪の端を軽く歯で噛みしめている。

「駕籠の用意は出来ておるのか」

ぞろぞろ権三の家から表に出て来た雲助達を見廻して重四郎はいった。

「よ、駕籠の用意をしろ。行先は麓の紅ぐも屋だ」

と、綿のはみ出たどてらをひっかけた権三が庇から顔をのぞかせて乾分の雲助達にいった。

「いや、まず拙者の道場へ運んでもらう。そこで一ヵ月ばかり女郎の修業をつませ、それから紅ぐも屋へ身柄を移す事にするのだ」

「へえ、剣術の道場で女郎の修業をさせるとは驚いたな」

「拙者の道場は武芸十八般ではなく、十九般になっておる。余分の一般は色道だ」

重四郎は権三の顔を見ながら大口を開けて笑った。

「貴様に乾分がいるように拙者の所にも門弟がいる。たまには連中にも楽しい思いをさせてやりたいからな」

重四郎は懐に手を突っこんで財布を抜き出した。

「では取引きだ。権三」

重四郎は小判を数えて十両を権三の手に握らせた。

「へっ、こちとらは一日しか娘と遊んじゃいねえのにそっちは一ヵ月、たっぷり楽しんでそれから紅ぐも屋へいい値で売りさばく。頭のいい侍は違うな」

と、権三は皮肉っぽくいうのだ。

「そういうな。元はただではないか。それに最初は貴様達が手をつけて一晩だけでもたっぷりいい思いをしたんだ。その上、娘の路銀は奪い、着物から下着に至るまでカラス婆に売りつけ、しかも中身はしゃぶり尽して拙者に十両で買いとらせる。いやはや、これほど、悪どくてぼろい商売は他にあるまい。今度、拙者、生まれ変わって出て来る時は雲助になりたいものだ」

「わかった、わかった。全くよくしゃべる侍だな」

先生にかかっちゃ、かなわねえよと権三は髭だらけの頬に苦笑を浮かべるのだった。

「ところで駕籠は一丁でいいのだね」

権三は手下の雲助が駕籠を一丁運び出して来ると、重四郎にいった。


雲助の平助と豚松に縄尻を取られてそこに立つお小夜と雪之丞は疲れ果てた裸身をぴったり触れ合わせている。お小夜は雪之丞の肩にぐったりともたれかかるようにして乱れ髪をもつらせた白磁の頬を伏せているし、雪之丞はお小夜の黒髪に片頬を埋《うず》めるようにして、もうかわす言葉もなく、放心忘我の状態である。

そんな二人をチラと見てから重四郎は権三にいった。

「左様。駕籠は一つでよろしい。お小夜だけ運べばそれでよいのだ。雪之丞の方は気の毒だが斬り捨てる」

重四郎のその言葉が耳に入ったとたん、今までぴったりと緊縛されていた裸身を触れ合わせていた雪之丞とお小夜はいきなり冷水を浴びせかけられたように顔を起こした。

二人の蒼ざめた表情から更に血の気が引く。

「お、お願いでございます。御武家さまっ」

と、お小夜は涙に濡れた長い睫毛をフルフル慄わせながら必死なものを眼に滲ませて重四郎を見つめた。

「何卒、雪之丞様のお命だけはお助け下さいまし。私はもうどうなってもかまいません。女郎にでも何にでも喜んでなります。で、ですから、雪之丞様だけは助けて」

織細な白いお小夜の頬に大粒の涙がしたたり落ちている。

「どうして、雪之丞様をここで斬らなければならないのです。私と同じように散々な羞ずかしめを受けた雪之丞さまを最後には斬り捨てるなど、ああ、あまりにも酷《むご》過ぎます」

お小夜は重四郎に対し、必死になって哀願するのだ。

「ハハハ、よくよく貴様、この娘に惚《ほ》れられたと見えるな。幸せな奴だ」

重四郎は恐怖に慄えてバタバタ膝頭をあたりを動かせている雪之丞を面白そうに見ていった。

「どうだ。命が助かりたいか、雪之丞」

重四郎は手にぶらさげていた大刀の鞘で慄えている雪之丞の下腹部を小突いた。

「命が助かりたいのならお小夜だけ命乞いさせずに、貴様もここにいる雲助達に哀願しろ」

重四郎がそういうと、お小夜は雪之丞に身をすり寄せながら、

「雪之丞様。恥を忍んで命乞いなさって下さい。あなたが死ぬような事になれば私も生きてはいられません」

生きていればいつかはあなたとめぐり合える時も来ると思います、と、泣きじゃくりながら雪之丞にかき口説くように告げるのだ。

「ど、どうか、命、命ばかりはお助け下さい」

雪之丞は声を慄わせて重四郎に命乞いをする。

お小夜に泣きつかれて重四郎に命乞いしたのではなく、実際に雪之丞は斬られるという事が恐ろしかったのである。死ぬほど、辛い羞ずかしめを雲助達に味わわされた雪之丞だったが、命だけはやはり助かりたかった。

「いいか。お小夜は今日から拙者の道場へ引き取られて女郎の修業をつみ、ひと月後には山麓の女郎部屋に売り飛ばされるのだ。よいな」

「い、いといませぬ。雪之丞様のお命を救って下さるのなら――」

どのような辛い目に遭わされようと辛抱致します、と、お小夜はすすり泣きながら重四郎にいった。

「では、雪之丞、お前は今日からこの雲助部落に住みつき雲助達のなぐさみものとして生きていくのだ。よいか、雲助達にこれから一生、尻を貸しつづける事になるのだぞ。それでも生きていきたいか」

重四郎はそういって雲助達と一緒に笑い出す。

「お、お願いでございます。命だけは、命だけはお助け下さいまし」

雪之丞はもう見栄も体裁もかなぐり捨てて声を慄わせ、重四郎や雲助達の慈悲にすがりつこうとしている。

「腰抜けめ。それほどまでにしても命が惜しいか」

重四郎は吐き出すようにそういうと、芝居の女形という人種に対する生理的な嫌悪感もあって腹立ちまぎれに刀の鞘で雪之丞の脛を払った。

あっと雪之丞は地面の上へ横倒しに転倒する。

雲助達がどっと哄笑したが、お小夜は驚いて、雪之丞様っと悲痛な声をふり上げ、後手に縛り上げられた裸身をもどかしげに揺さぶりながら地面に転倒した雪之丞にかけ寄るのだ。

「よし、娘を駕籠に乗せろ」

と、重四郎は熊造と伝助に眼くばせした。

「素っ裸のままで駕籠に乗せますか」

「かまわん。何か着せてやりたくても身ぐるみカラス婆に買い取られてしまったんだ。仕方がないではないか」

どうせ、道場へ戻れば血の気の多い門弟達の慰みものになるわけだ。丸裸の方が手間がはぶけるといって重四郎は愉快そうに笑っている。

豚松が駕籠の蓋をはね上げ、熊造と伝助が泣きじゃくるお小夜を雪之丞のそばから無理やり引き離す。

「お、お嬢様っ」

「ああ、雪之丞様っ」

このまま別れてもう二度と雪之丞に逢えぬかもしれぬと思うとお小夜の胸ははり裂けるばか

りに悲しくなり、縄尻をとる伝助や肩を押さえこむ熊造の手を振り払おうとして狂気したように身悶えするのだったが、

「おとなしくせんか。雪之丞の命を救えるならばどのような目に遭ってもよいと申したではないか。おとなしく駕籠に乗るのだ」

重四郎は急に取り乱し始めたお小夜を叱咤して、

「猿ぐつわを噛ませろ」

と、熊造にいった。

へい、と熊造は帯にはさんでいた豆絞りの手ぬぐいを抜きとって形のいい顎を押さえこむ。

お小夜は観念したように柔らかい睫毛を固く閉じ合わせた。

「さ、アーンと口を開けな、お嬢さん」

雪之丞の命を救いたければ、おとなしくいわれた通りにするんだ、と熊造に頬をつかれたお小夜は小さく紅唇を開き、すると熊造は素早く小さな布切れをお小夜の口中へ押しこんで、すぐにその上に豆絞りの手ぬぐいをきつく巻きつかせる。

元結の切れた艶々しい黒髪は猿ぐつわをきつくかけられた沈んだ翳の深い頬から乳色の両肩にかけて房々と垂れかかり柔らかい綺麗な睫毛を固く閉じ合わせているお小夜の横顔にはしっとりした色気が滲み出ているようで、それをそばで見つめる重四郎は恍惚とした気分に浸っている。

「そら、駕籠に乗んな」

「へへへ、おとなしくしているんだぜ。向こうに着きゃ、また昨夜みてえな楽しい事をしてもらえるんだからな」

熊造はそういって駕籠の中に小さく膝を折って坐っている素っ裸のお小夜をからかったが、猿ぐつわを噛まされたお小夜の潤んだ二つの瞳は雲助達の足で肩先を押さえつけられている雪之丞の方へじっと注がれている。

もうこれが永遠の生き別れとなるやも知れぬ、といった悲哀の色がお小夜の涙に濡れた瞳にも暗く沈んだ翳りのある頬にも現れていた。

駕籠の蓋を下ろした熊造は、その駕籠の周りを伝助と一緒に麻縄で二重三重に縛り始める。

「よし、それでは熊造、お前達、一足先に道場の方へ娘を連れて戻れ。娘は大分、お疲れの様子だからな。すぐ門弟達の玩具にさせては可哀そうだ。一まず、地下牢に閉じこめて休息をとらせてやれ」

俺はまだ、もう少し、この雲助部落に用があると重四郎はいうのだ。

「へい、わかりました。じゃ、一足先に道場へ帰っております」

熊造は雲助二人に駕籠を担がせる。

「じゃ、行くぜ」

ホイサ、ホイサ、とゆっくり走り出す駕籠の左右に熊造と伝助が寄り添って一緒になって走り出す。

遠ざかる駕籠を泣き濡れた眼で見ていた雪之丞は、

「お嬢様っ」

と、耐えられなくなったように大声で叫び、すぐにがっくりと肩を落すと、全身を慄わせて号泣するのだった。

抜けば玉散る

「何をいつまでもメソメソしておる、立たんか」

重四郎にいきなり腰を蹴り上げられた雪之丞は次に豚松に縄尻を取られて強引にその場へ引きずり起こされた。

「松林の中がよかろう」

重四郎が権三の顔を見ていった。

「そうだな。その方が手間がはぶける」

権三は黄色い歯を見せてニヤリと笑った。

お小夜と雪之丞の衣類が入った風呂敷包みを肩に背負ってお里とお松が藁ぶき小屋から出て来ると、権三は、

「もう、帰るのか、お里。これから人気女形の玉斬りが始まるんだぜ。見ていかねえか」

と、笑いながら声をかけた。

それを耳にした雪之丞の眼はつり上がり、唇は紫色になった。恐ろしいほど、頬をひきつらせて重四郎を息をつめて見つめるのである。

「ハハハ」

重四郎は雪之丞の恐怖に歪んだ顔を面白そうに見ていた。

「気の毒だな、雪之丞、この雲助部落に貴様の身柄を預けて一生、雲助達の慰みものにしてやろうと思ったのだが、万一、貴様にここから逃亡されたりすればこの雲助部落は捕方《とりかた》の手入れを受けねばならぬ事となる。災いの芽は早いうちにつみ取っておくのが拙者のやり方なのだ」

真に不憫だが御陀仏してもらう、と重四郎がいうと、雪之丞は紫色に変じた唇を金魚のようにパクパク動かし、それは全く言葉にはならず、瘧《おこり》にでもかかったように後手に縛られた裸身をガタガタ慄わせるのだ。

「お仕置の場所は向こうの松林の中だ。さ、歩きやがれ」

雪之丞の縄尻をとった豚松は小鼻を動かしてどなり、足をあげて雪之丞の尻を蹴り上げた。

それでやっと喉につかえていた声が出て、雪之丞は悲痛な表情を重四郎に向けながら、

「そ、それでは約束が違います。先ほど、あ、あなた様は私の命だけは救うて下さるとおっしゃいました。ああ、ここまでの羞ずかしめを耐えさせて最後に命まで断つなど、あまりにも無

慈悲でございます」

何卒、命ばかりは、と雪之丞は気持ちを顚倒させて再び、必死に重四郎に哀願するのだ。

「先ほど、貴様の命を助けてやるといったのはお小夜のいる手前、その場をつくろっただけだ。女郎に売られる哀れなお小夜に対し、せめて気持ちだけでも安心させてやりたいではないか。嘘も方便と申すからな」

「嘘も方便だなんて、よくもそのような無慈悲な事が――」

雪之丞は半ば気が狂いかけている。

死ぬのは嫌、ああ、殺さないで、と泣きわめく雪之丞を取り囲んで雲助達はゲラゲラ笑い出している。

「早く歩け、歩かねえか」

甚六は六尺棒で女っぽくなよなよ尻をくねらせながら必死に哀願する雪之丞の尻をピシャリとたたくのだ。

「手前も江戸、新富座の人気女形なんだろう。往生際を汚くしちゃ、末代まで笑い草になるぜ」

と、甚六に浴びせかけられた雪之丞はもういくら哀願し、哀泣したとて所詮、無駄だと観念したのか、深く前へ首を垂れさせ、どんと豚松に背中を突かれると前のめりによろめきながら松林の方に向かって歩き始める。

彫りの深い雪之丞の端正な頰はすっかり凍りついたように蒼白く硬化し、一歩一歩、前へ踏み出す足元は危なっかしく、ともすればよろめいてつんのめりそうになっている。

朝風が樹々の枝をそよがせ、雀は賑《にぎ》やかにさえずり合っていたが、そんなものは雪之丞の眼にも入らず、耳にも聞こえない。死を意識した冷たさだけが硬化した白い頬に次第に滲み出るようになってきた。

「よし、ここらあたりでいいだろう」

権三は松林の中に入ってしばらく先に立って歩いていたが、キョロキョロ周囲を見廻し、そばの切株に腰を降ろした。

からみ合った松の枝が日の光をさえ切って周囲の空気は薄暗く沈んでいる。

「では、女形をそこの木に縛りつけろ」

真《ま》っ直《す》ぐに立つ松の幹を重四郎は顎で示し、雲助達にいった。

「よ、ここへ立つんだ」

甚六と豚松は雪之丞の縄尻をたぐって重四郎のさし示した松の木を背にさせて立たせ、緊縛された雪之丞をひしひしとつなぎ始めると、他の雲助達は権三の命令ですぐ近くの土を掘り始めた。

「なるたけ深く掘れ」

切株に坐っている権三は煙管を横に咥えながら穴を掘る雲助達に声をかけている。雲助達が今、掘っている穴は自分の死体を埋めるためのものとわかった雪之丞は慄然としてそれから眼をそらせるのだった。

　新富座の若手女形で将来を期待されていた自分がああ、何という事か。下衆《げす》な雲助共に身ぐるみ剝がされた上に凌辱の限りを尽され、そのあげくここで嬲り殺しにされて死体は山中の松林の土の底へ埋められる。自分の運命のあまりの悲惨さに雪之丞は松の木に縛りつけられた裸身をガクガク慄わせて嗚咽するのだ。

「そう泣くな。これも前世からの因縁だと思って諦めるのだ。これまであのお小夜とか申す可愛い娘と充分に楽しみ合い、もはや思い残す事はないはずだ」

「ああ、私の亡骸《なきがら》がこんな誰も気づかぬ山の中へ埋められてしまうなど、あ、あまりにも酷過ぎます」

　もう逃れられぬと諦めて覚悟はきめたものの、すぐ眼の前で穴を掘り始めた雲助を見ると雪之丞はあまりの恐ろしさに身悶えし、再び声を慄わせて泣きじゃくるのだった。

　屈辱と恐怖はそれだけではなかった。

　充分に深く穴を掘り下げられると権三の眼くばせを受けた豚松が蔦《つた》の長い蔓《つる》を手にして松の幹に縛りつけられている雪之丞に近づき腰をかがめたのだ。

　豚松の毛むくじゃらの手がいきなり雪之丞の股間の肉塊を鷲づかみにしたのである。

「あっ」

　と、今まで泣きじゃくっていた雪之丞は仰天して大きく眼を見開き、昂ぶった声をはり上げた。豚松は蔦の細い蔓で雪之丞のそれをつなぎ引っ張ろうとしているのだ。

「な、なにをなさいますっ」

雪之丞は逆上して腰部を揺さぶり、股間を握りしめる豚松の手を払いのけようとする。重四郎も権三も雪之丞の眼を白黒させての狼狽ぶりを見て大口を開けて笑った。

「何を今さら、うろたえておる。貴様の玉を斬り落とすと申したはずだ」

「そ、そんな、あ、あんまりですっ」

雪之丞は狂気したように腰部をよじらせて豚松の手をさけながら、

「こ、これでも雪之丞は少しは恥を知る女形でございます。股間のものを切られて悶絶するなど、そのような死恥だけはさらしとうございません」

と、必死な声を上げ、つづけて、

「殺すなら一思いに首をはねて下さいましっ、玉を斬り落すなど、ああ、嫌でございますっ」

雲助達はどっと笑った。

「女形役者なら最後に玉を斬り落とされて女になってくたばった方が本望じゃねえのかい」

雲助の言葉に重四郎はつられて笑いながら雪之丞のそばへ一歩つめ寄った。

「玉を斬られるのは貴様だけではない。拙者はこの雲助共が捕えた男達の大物をこれまで何本も斬り落とした。その事はもう説明してやったはずではないか」

どんな風に斬り落とすか、説明してやる、といって重四郎は地面に落ちていた木片を取って甚六に投げた。

それを手に受けた甚六は雪之丞の股間のあたりへその木片を近づけ、豚松がそれを蔦の蔓で縛って引っ張るようにする。

蔦の蔓は三尺ぐらいの長さで先端を豚松にたぐられてピーンと張り、すると、重四郎は、

「よく見ておれ」

と真っ青になっている雪之丞に声をかけて帯に差した木刀の柄を手にかけながら蔦に引っ張られている木片との間合を計った。

「えいっ」

と、激しい気合が重四郎の口からほとばしり出ると眼にも止まらぬ速さで彼の大刀は鞘を離れ蔦の蔓に引っ張られている甚六の手にある木片を真っ二つに断ち割ったのだ。

半分だけを甚六の手に残して蔦の蔓につながれている木片はさっと宙に舞って地面に落ちた。

雪之丞はまるで自分の股間の肉塊が真っ二つに断ち割られたような衝撃を受けて、キャッと悲鳴を上げ、雲助達をどっと笑わせた。

「わかったか、雪之丞、まず、こんな要領で斬り落とすわけだ。別に大してむつかしい事ではない」

雪之丞は虚脱した表情になっている。

「おい、女形、わかったかい」

雲助達が再び股間をまさぐろうとして手をのばして来ると、雪之丞はもう救われる道はないと意識しながらも、最後の気力を振り絞るようにして腰部をうねらせ、両腿を必死にすり合わすのだった。

「往生際の悪い野郎だ。足も縛っちまえ」

ぴったり脛と脛とを揃《そろ》えさせると素早くそれに雲助達は荒縄をきびしく巻きつかせて遂に両肢の自由も封じてしまった。

「へへへ、これで観念出来たろう」

豚松はそういってゆっくり腰を据え、改めて雪之丞の股間の肉塊を鷲づかみにする。

雪之丞は細い眉根をギューとしかめた。

「情けねえ。おびえ切ってぐんにゃり萎《しぼ》ませてやがる」

豚松は手につかんだそれを二、三度しごいて仲間達と顔を見合わせ、ゲラゲラ笑った。

「雁首《かりくび》のあたりを蔦で強く縛り、引っ張るんだ」

重四郎は久しぶりに玉斬りが出来るわい、と舌なめずりしながら刀の鯉口《こいぐち》を切って、激しくすすり泣いている雪之丞のそばへ近づいて行く。草の蔓で雁首を縛った豚松がそれを引っ張ると雪之丞の萎縮した肉塊はそれでもゴムのように腿と直角に伸びるのだ。

「ああ、こんなみじめな殺され方があるでしょうか。死んだら化けて恨みを申しに参ります」

と、周囲につめかけて哄笑している雲助に向かってうめくようにいった。

「タマのねえ女形の幽霊なんぞ怖かねえよ」

雲助達は手をたたいて笑い合う。

「では、斬り落とす。覚悟はよいな、雪之丞」

重四郎が近寄って腰を構え、刀の柄に手をかけると、まだ、観念し切れぬのか雪之丞はうろたえ気味に、

「待、待って下さいましっ」

と、悲鳴に似た声で叫んだ。

「男と申すものはそこを切られればすぐに死ぬ事が出来るのでしょうか。苦しまずに往生出来るのでしょうか」

「何だ。切られてからの事を心配しておるのか」

重四郎はせせら笑った。

「楽に死ぬのはむつかしかろうな。今までの例を見ても急所を斬られた男はポタリポタリと血をたれ流しながら半刻ばかりはそのまま苦しんで生き続けているようだ。身体の血が失せるまでに時間がかかるのではないかな」

「ああ、恐、恐ろしい。お願いでございます。もうこうなれば私の最後の望みはただ一つ、どうか、楽に死なせて下さいまし」

「よしよし、苦しみが長びくようなれば心臓を一突きにしてくれる」

「な、なむあみだぶつ――」

雪之丞は眼を閉じて念仏を唱えたが、それも喉につまってはっきり声にはならなかった。

「ちょいと、重四郎先生」

向こうからお里と一緒にあたふたかけて来たお松は小さな瓶を手にかかえている。

「何だ、それは」

「焼酎ですよ。斬り落とした雪之丞のキンを焼酎漬けにしておこうと思いましてね」

重四郎は吹き出した。

「まむしの焼酎漬けというのは聞いた事があるが、男のキンの焼酎漬けとは聞いた事がない」

美形の女形、立花屋雪之丞のそれを焼酎漬けにして家宝として保存しておきたい、とお松はいうのだが、

「それよりその焼酎漬けを精力酒として毎晩お里と一緒に飲むつもりなのだろう」

といって重四郎は笑った。

「おい、雪之丞、貴様の玉をこの女共は焼酎漬けにし、家宝として残しておくそうだ。ありがたく思え」

草の蔓に股間の肉塊をたぐられている雪之丞は足元に置かれた焼酎入りの瓶を見ると、ぞっとしたようにあわててそれから眼をそらした。

ここにいる雲助といい、重四郎といい、またカラス婆と異名を持つお里とお松といい、すべ

てが残酷な性癖を持つ人種であることが雪之丞にはわかった。この連中にくらべれば地獄の鬼の方がまだましだといった気持ちになる。

「では、お松、これより斬り落とすから少し下がって見物しておれ。念仏の一つも唱えてやればどうだ」

「ね、重四郎先生。このままばっさりやっちまうなんて、ちょっと可哀そうじゃありませんか」

お松は固く眼を閉じ、身体を石のように硬化させて斬り落とされるのを待っている雪之丞を淫猥な微笑を口元に浮かべて見つめるのである。

「今生《こんじょう》の思い出に最後に少しいい気分にしてやっちゃどうなんです。優しくもみもみしてやり、気をやらせてからチョン切ってやった方が少しは功徳《くどく》になりますよ」

「なるほど、それが功徳というものか」

重四郎は苦笑して雪之丞の方に眼を向けた。

「お松達が来てくれたおかげで貴様、少し寿命がのびたというものだぞ。チョン切られる前にせんずってやろうとお松達はいうておるのだ」

ここでせんずられるのが嫌ならすぐに斬ってやる。と重四郎につめ寄られた雪之丞は、わずかに寿命がのびるという事にすがりつきたい思いになって、薄紅く染まった顔を横にそむけながらも羞ずかしげに声を慄わせて、

「お、お願いでございます。せ、せんずって下さいまし」

と、いうのだ。

重四郎は雲助達と顔を見合わせて哄笑する。

「よし、お松、雪之丞の最後の願いを叶えてやれ」

「あいよ」

お松とお里はシクシクすすり上げている雪之丞の腰の前に身をかがませてその雁首に結びつけてある蔦の蔓を解いてやりながら、

「まあ、可哀そうにこんなにぐんにゃりと縮めてしまってさ。今に隆々とさせてあげるからね」

と含み笑いしていい、その萎縮した肉塊を掌でそっと包むように握りしめてゆるやかに揉み上げ始める。

土壇場に追いこまれて更にここで醜態を演じなければならぬという屈辱感などなく、少しでも自分の命をのばすために懸命になっている雪之丞を重四郎は唾棄《だき》したい思いになって冷やかに見つめている。

松の幹を背にして両手、両肢をかっちり縛りつけられている雪之丞は、しかし、お松の掌で肉体が嬲られると、この一瞬だけでも死の恐怖を忘れようとするかのようにうなじを大きくのけぞらせて切なげな喘ぎを洩らしながらくねくねと女っぽい身悶えをくり返しているのだ。それは、必死になって最後の性の恍惚感を貪ろうとしているように重四郎の眼に映じるのだった。

「貴様が気をやり、したたらせた時がこの世の終わりだ。すぐに斬り落とすからその覚悟をしておれ」

と、重四郎はカラス婆二人に肉塊をしごかれながら顔面を紅潮させて次第に熱っぽい喘ぎをくり返すようになった雪之丞を嗜虐的な気分になって見入りながらいった。

「極楽にたどりついた時が地獄に落ちる時だ」

ハハハ、と大口を開けて口で笑っていても重四郎の眼は異様な位に冷酷な光を帯びている。持って生まれた残酷な血が今、重四郎の体内で熱っぽく燃焼し始めているのだ。時々、重四郎が見せる親でも殺し兼ねない冷酷で残忍な眼の光を見ると雲助達でさえぞっとする時がある。

次第に激しさを加えるお松の手技で雪之丞の身悶えはますます露わになり、急激に昂ぶった快感を嗚咽に似た声で訴えているようだ。お松の掌にある雪之丞のそれはいつの間にか先ほどまでのそれとは逆に熱を持って太く膨張している。

「ああ、お、お嬢様」

雪之丞は身体の芯にまで情感が沁《し》み入って夢うつつの恍惚状態に陥るとお小夜の姿を脳裡に浮かべたのか、お嬢様、お嬢様、と唇をわなわな震わせてうめくように呼んだ。

「フフフ、そうそう、お嬢さんを抱いた夜の事でも思い出すんだよ」

お里は風呂敷包みを開いて中からお小夜の薄桃色のなまめかしい湯文字を抜き出し、それを激しく喘ぎつづける雪之丞の鼻先へ押しつけて、

「さ、お嬢さんの匂いをたっぷり嗅《か》ぎながら往生するがいいさ」

というのである。

お小夜の湯文字を鼻先へ押しつけられた雪之丞はその甘い悩ましい脂粉の匂いに官能の芯を一層疼かせ、

「ああ、お嬢様」

と再び、吐息をまじりにうめいて緊縛された裸身を切なげに悶えさせるのだ。

「重四郎先生、この野郎、間もなくしたたらせるぜ」

とお松の手技で気もそぞろになっている雪之丞を盛んに揶揄《やゆ》しながら見物していた豚松が声をかけると、

「よし、桶《おけ》に水を汲《く》んで参れ」

と重四郎は切株から腰を上げていった。

雲助の一人が桶に水を汲んで戻って来ると重四郎は大刀を引き抜いて斜めにたらす。その朝日にキラキラ輝く刀の刃に雲助が竹杓でくんだ水を注ぎかけた。

「まだ気をやらぬのか。早く致せ」

大刀を二度三度、宙に振って刃にしたたる水を振り落とした重四郎は気もそぞろになりながら噴出するのを必死に耐えているような雪之丞をうんざりした表情で見つめた。

「こやつ、少しでも命をのばそうとして懸命に耐えておるわ。こうまで命が惜しいものか」

重四郎は権三の顔を見てせせら笑い、再び、眼を雪之丞に戻すと、

「よし。お松、それ位、いい気分にしてやれば充分だ。斬り落とすからそこをのけ」

「嫌っ、も、もうすぐでございます。このままでは蛇の生殺し、いっそ思いを遂げさせて下さいませ」

お松が手を引こうとすると、急に雪之丞が女っぽくすねてくねくねと腰部をじれったそうに悶えさせるのである。

「よし、俺達が思いを遂げさせてやるぜ」

お松にかわって今度は豚松と甚六がつめ寄るとがむしゃらに雪之丞のそれを強く握りしめて激しくしごき始める。

「ああ、そ、そのような乱暴をされると、むしろ気分がそがれます」

「何をぜいたくな事をぬかしやがる。さ、早く昇天しやがれ」

雲助達の乱暴な手技を受けながらも、雪之丞は、ああ、と切なげにうなじを浮き上がらせたり、激しく喘いだり、嗚咽に似た声で喜悦のうめきを上げていたが、遂に快楽の頂上に昇りつめる時が来て、昇ります、ああ、昇ります、と絶叫するや真っ赤に上気した顔をさっと横へねじるのだった。

「とうとうやりやがったぜ。ざまあみやがれ」

雪之丞が松の木に縛りつけられた裸身をガクガク痙攣させながら熱いしたたりを断続的に噴出させると雲助達はどっと嘲笑《ちょうしょう》した。

「よし、これで思い残す事はなかろう。そやつの一物を、も一度、蔓につないで引け」

重四郎が手にした大刀でがっくりとなっている雪之丞の股間を指しながらいうと、お松とお里が、もうちょっと仕事させておくれ、と雲助達をかき分けて雪之丞の前に腰をかがめるのだ。

お松はチリ紙を出して雪之丞のしたたらせたものの後始末をしてやりながら、袂《たもと》から剃刀《かみそり》を取り出したので雲助達は妙な顔をした。

「おい、手前がその女形をチョン切ろうというのかい」

「何いってるんだよ。焼酎漬けにする松茸《まったけ》がこんなに毛を生やしていちゃおかしいじゃないか」

切ってからでは剃《そ》りにくい、切らぬ前に剃っておくのだ、とお松がいうので雲助達はゲラゲラ笑った。

「いよいよ、お別れだね。雪之丞さん」

お松は雪之丞の太腿にまでしたたる熱い体液をチリ紙で拭いとりながら、

「だけど、最後にこんないい思いをさせてもらうなんてまだお前さん、幸せな方なんだ。それに、松茸は焼酎漬けにしてもらえるんだから」

と、お里と顔を見合せて、笑いこけるのだった。

「毛が生えたままの焼酎漬けはおかしいだろう。だから今のうちに剃らせてもらうよ」

お松は桶の水を竹杓で掬って次第に萎《な》え始めた雪之丞のそれにひっかけ、

「すぐに終わるからね」

と、周囲を覆う濃密な繊毛を剃刀で素早く剃り始めるのだ。雪之丞は死んだようにがっくりとなったままお松やお里のするがままとなっている。

「早く致さんか。道場の方が気になる」

と、重四郎がいらいらして声をかけると、

「もうすぐですよ」

と、お松とお里は二人がかりで雪之丞のすっかり萎縮《いしゆく》して肉塊をつまみ上げ、せかせかと剃刀を動かしている。


その時、雲助部落の方から二、三人の雲助があたふたと松林の中へかけこんで来た。

「親分、大変だ」

息せき切ってかけこんで来た兵六というチビの雲助は、

「親分、仲間三人が若侍と武家女に斬られちまった」

と、半泣きになってわめくようにいったので権三は、

「何だと、もう一度いってみろ」

と血相を変えて切株から腰を上げた。

第四章　浪路到着

美女と狼

　雲助の兵六の説明によると、こうである。

　兵六を含む四人の雲助は昨夜から鬼ゆり峠の近くで獲物をあさっていたのだが、旅人は一人も現れず、しけこんでいた所、今朝方になって願ってもない獲物に出くわしたというのだ。

「武家女とその弟らしいまだ前髪の若侍、それにお付き女中らしい三人連れの旅人だったんです。その武家女の器量のよさといえば正に天女みてえなもんで、世の中にはこんなまぶしいぐれえの美人もいるものかと、俺達は最初の内は商売っ気を忘れてポカンと見惚《みと》れていたんです」

「相手の女っぷりの良さなんかどうでもいい。それからどうしたってんだ」

　権三は兵六の頭をぼかりとなぐりつけてどなった。

「ようやく商売っ気を起こして俺達、そっと三人のあとをつけたんです。相手は三人だが、女二人に子供一人だし、俺達四人がかりで手を出しゃ造作もなくからめとる事が出来ると思ったんです。こんな女っぷりのいい武家女と男っぷりのいい若侍をみやげに持って帰りゃ、さぞかし親分が喜ぶと思って――」

　ところが、無理やりに駕籠へ乗せようとして襲いかかると、女中の方は真っ青になって縮み上ったが武家女の方はびくともせず、真っ先に襲いかかった仲間の一人を眼にも止まらぬ速さで投げ飛ばしたと兵六はいうのである。

「女が雲助を投げ飛ばしただと」

　と権三が眼をパチパチさせていうと、

「あれは、柔《やわら》の手に間違いありません。仲間が女に投げ飛ばされて黙って引っ込めるかと俺達、六尺棒を振り上げて打ってかかったのですが――」

　すると、武家の妻らしいその女は遂に懐剣を抜き、弟らしい前髪の武士に、「これは試練だと思って戦うのです。相手を仇と思いなさい」と励ますように声をかけたという。


　権三より驚いたのは重四郎であった。

　結局、その武家女の懐剣で仲間二人、脇腹をえぐられ前髪の若侍の刀では一人が脳天をたたき割られて雲助側は無残な敗北を喫した、と兵六は報告するのだ。

　権三は女と子供に乾分が三人仕止められたと聞くと頭から湯気をたてんばかりに怒った。

「草の根をかき分けてもその武家女と若侍を探し出せ。乾分の仇をとらねば、俺の男がすたる」

「いいや、権三。相手は雲助達の手におえるような者達ではない」

「何だって、じゃ、あんたはその武家女と前髪の侍を知っているのか」

「ああ、その武家女と申すのは――」

遠州浜松五万石、青山因幡守《いなばのかみ》の家臣で青山家の剣術指南番まで務める戸山主膳の妻女、浪路に間違いない、と重四郎は権三に教えた。

「女ながらも一刀流の免許を持つ腕前だ。お前達が束になってかかったとて太刀打ち出来る女ではない。その若侍と申すのは浪路の弟の菊之助、十五万石、酒井雅楽頭の小姓だ。相手が悪い。うかつに手を出すととんだ目に遭うぞ」

「なんで、あんた、そんなにくわしく相手の事を知ってるんだ」

と、権三が眼をパチパチさせていうと、

「その二人が仇とつけ狙っている男を拙者はかくまっておる」

と、重四郎は胸をはるようにしていった。それが熊造と伝助の両人である事を重四郎から聞かされると、権三はへえ、と頓狂《とんきょう》な声を出す。

「じゃ、あの二人、敵持ちだったのか。道理で人相が悪いと思った」

と、権三はいい、すぐにキッとした表情になって、

「なら、俺達雲助が熊造達に加勢してその武家女と若侍を返り討ちにしてやる」

と、わめくようにいうのだ。

「ハハハ、それは結構だが、お前達の腕ではとても、とても」

と、重四郎は笑い、しかし、その笑いをふと消して、むつかしい表情になった。

「いや、俺もこうしてはおれん。さっき、娘を駕籠に乗せて送っていった熊造と伝助がもし途中で浪路達の一行とぶつかったらえらい事になる」

重四郎にしてみれば熊造と伝助が浪路に打ち取られるのは別にどうって事はない。そのついでに駕籠に乗せているお小夜が救出されたりする事がこわいのだ。あの娘には元手が十両もかかっているし、まだ、こちらは娘の身体を一つも楽しんでいない。とびに油揚げみたいな事になったら大変だとうろたえるのである。

「とにかくこうしてはおられぬ。俺は帰る」

重四郎はあわてて手にぶら下げていた刀を鞘へ戻し、雲助は雲助で仲間を斬り殺したその武家女と若侍の行方をさぐろうとして松林から飛び出して行くのだ。

「ちょいと、立花屋雪之丞の方をどうするんだよ。チョン切ってくれないのかい」

お松とお里は不服そうに立去りかける重四郎を見ていった。松の幹を背にして丸裸のままで立位に縛りつけられている雪之丞の股間は密生していた茂みをすっかり剃り取られて、剃りあとの蒼々とした生身の肉塊をだらりと露呈させている。

「松茸の焼酎漬けは一日のばせ、お松。チョン切るのは明日にする」

重四郎はもうあとも見ずに山道をかけ降りて行くのだった。

——神変竜虎流大月重四郎と怪しげな看板が掲げてある道場へかけ戻った重四郎は大声で、

「熊造と伝助は戻っているかっ」

と、叫んだ。

奥から門弟の一人、阿部万之助が顔を出して、

「熊造達はとっくに戻っております」

と、稽古着の袖で鼻を拭きながら重四郎に告げた。

「娘を運んで来たろう。どうした」

「地下牢に閉じこめたようです。何しろ、器量のいい娘を熊造が素っ裸にして連れて来たものですから、門弟達は大騒ぎで全く稽古になりません」

皆、地下牢の牢格子から娘の裸をのぞきこんでわいわいやっていると万之助に聞かされると重四郎はほっとした気持ちになった。

この大月道場の門弟といってもすべてが兇状持ちやら敵持ちやらで、それがここにかくまわれているわけであり、中には阿部万之助みたいに生真面目な門弟もいるが、ほとんど不良浪人で、こんな所へ素っ裸の娘を連れこんでくればもう剣道の稽古などは打っちゃらかして娘の閉じこめられた牢に眼の保養に出かけるのは当然であった。

「ごめん下さいまし」

と、その時、玄関で女の声がした。

こんな所へ女客が訪れるのは初めての事で不思議に思いながら玄関へ出たが、とたんにハッとした。

「や、こ、これは、浪路どのではござらぬか」

高貴で優雅な匂いに満ちた端正な浪路の容貌をそこに見た重四郎は妖しく胸が慄える。

「やはり、重四郎様でございましたか」

浪路は二重瞼《ふたえまぶた》の美しい深味のある瞳をじっと重四郎に注いで白蠟《はくろう》のような﨟《ろう》たけた頬に柔らかい微笑を浮かべた。

浪路は色変わりの縮緬に黒の丸帯を緊め、水色の脚絆をつけて手に管笠の旅姿である。

「三年ぶりではござらぬか。いや、あの時は御主人の主膳殿に色々と厄介になり申した。いつか手紙でお知らせした通り、手前もようやく芽が出て曲がりなりにもこのような道場の一つを構える身分に相成りました」

と、重四郎はペラペラしゃべり出す。

三年前、重四郎は浜松で戸山主膳道場の門人となり、主膳の妻の浪路を一眼見た時の衝撃は今でも覚えている。何という美しさだ。俺も男と生まれたからには一生涯に一度でいい、こんな女と寝てみたいものだと、しっとり濡れたように情感のある美しい浪路の容貌に心を乱し、人妻とは知りつつも矢も楯もたまらぬ思いで恋文まで出してしまったのだが、その美女が今、自分のすぐ前に立っている。何の目的で浪路がこの岩宿にまでやって来たか重四郎にはよくわかっているのだが、何よりも甘ずっぱい懐かしさのようなものが胸にこみ上げて来るのだ。

「ま、このような所で立ち話するのはおかしい。何はともあれ、むさい道場でござるが上がって下さいませぬか」

「いえ、実は弟の菊之助を宿に待たせてありますので、すぐにおいとまさせて頂きます。ぶしつけな事をおたずね致しますが、この地に元、大鳥家の中間を致しておりました熊造と伝助と申す両名、立ち廻ってはおりますまいか」

そういった浪路の切れ長の美しい瞳にはふと燐光に似た妖しい光が走った。

「はて、熊造に伝助、はてはて」

と、重四郎はわざと遠い記憶の糸をたぐるように長い顎をさすりながら小首をかしげた。

「この地のどこかで見かけたような、見かけなんだような——ま、ここで立話もまずかろう。上へお上がり下さい。色々とつもる話もござる」

重四郎は獲物に喰いさがる雲助のような昂ぶった気分になり、浪路の手をとらんばかりにしていった。

遺恨試合

「ここが拙者の作った道場でござる。いかがでござるかな、浪路どの」

重四郎は浪路をほとんど無理やりに道場へ連れこむと、八幡大菩薩の軸のかかった床の間や道場の梁や柱、そして、門弟達に毎日一応は磨かせている板敷の床などを指さして、

「あなたの御主人がお持ちになっておられた浜松の道場とは比較になりませんが、これでも材料だけはしっかりしたものを用いました。柱にしても床の間にしても木の質だけは見事なものです」

などと、やたらに自分の道場を自慢するのである。

浪路は、本当に立派な道場でございますわ、と重四郎のいう事に一つ一つうなずいて見せながらもあきらかに当惑した表情になっている。

ここへやって来たのは重四郎の作った剣術道場を見学するためではない。父の大鳥善右衛門を惨殺した元、大鳥家の中間、熊造と伝助が重四郎を頼ってこの土地へ流れてきたのではないか、それを重四郎の口から聞き出すためであったのだ。

それには一切、触れようとせず、重四郎は、では、浪路どの次にこちらへどうぞ、と道場脇の六帖の控え室へ浪路を案内するのだった。

襖は破れ、すり切れた畳の上には貧之徳利やら欠けた湯呑み茶碗などが乱雑にとり散らかっていたが、重四郎はそれらを部屋の片隅へ押しやって梨の木でできた卓を部屋の中央へひっぱり出す。

「うちの門弟は無精者ぞろいで困ったものです。拙者がそのうち、嫁でも貰うようになれば少

しは家の中も片づくようになると思いますが」

　重四郎は座布団を持ち出し、それが綿のはみ出ているのに気づくとあわててひっくり返して畳に敷き、

「さ、どうぞ、それへお坐り下さい」

　と、浪路にすすめるのであった。

「お茶を持って参りました」

　この道場では、一番の真面目人間である阿部万之助が盆に茶をのせて部屋の中へ入ってきたが、卓の前に膝を折って坐った浪路のうすら冷たい気品のある美貌をはっきり眼にすると、一瞬、金縛りに遭ったようにその場に棒立ちになった。

「浪路どのと申される拙者の古くからの知り合いだ。御主人は浜松の青山家の剣術指導南番である戸山主膳と申されるお方である。以前は戸山氏について剣を学んだ事もある。その事はいつかお前にも話した事があったろう」

　つまり、このお方は拙者の師匠の奥様だと、重四郎は浪路を万之助に紹介し、

「この男は万之助と申して拙者の身の回りの世話をやいてくれる男でござる。剣術の腕前はからきし駄目だが、家計のやりくり、それに炊事、洗濯の才能もあり、この道場になくてはならぬ貴重な男でござる」

　と、浪路には、そんな風に万之助をひき合わせた。

「おい、万之助、ちょっと」

重四郎はふと立ち上がって万之助を道場に連れ出し彼の耳に口を寄せて、

「地下倉にいる熊造と伝助を裏口からそっと外へ逃がせ」

と、小声でいった。

「あの二人はそこへ来ている浪路にとっては親の仇なのだ。浪路は熊造達二人を打ち果すためにここへ来たのだ」

万之助は硬化した表情になってうなずき、急いで地下倉の方へかけていった。

「いや、お待たせ致しました。えーと、熊造と伝助の事をおたずねでございましたが、あの二人がどうかしましたか」

と、重四郎は何喰わぬ顔をして浪路のそばにもどり、万之助が卓の上に置いて行った渋茶をガブッと一飲みした。

「あの両名のために父の善右衛門は江戸において殺害されました」

「え、何と、何と申されました」

重四郎はわざわざ大仰に驚いて見せ、大きく目を瞠いた。

浪路は酒井雅楽頭の江戸の上屋敷で留守居役であった父の善右衛門が自分の小者であった熊造と伝助のために殺害された顚末を語り、ようやく仇討ち許可を得て弟の菊之助の助太刀人として姫路を出発し、この土地までやって来たという事をくわしく重四郎に語るのだった。

「左様でござったか。それにしてもあの熊造と伝助の両人、自分の主人を殺害するとは正に悪虐非道の権化みたいな輩《やから》ではありませんか」

と、重四郎は眼に涙まで浮かべて憤慨して見せるのだ。

「この土地に熊造と伝助両人が立ち廻っているのではないかと教えて下さいましたのは父と同じくあの当時、江戸上屋敷の留守居役でありました佐野喜左衛門様でございます。何でも喜左衛門様の中間の一人がこの界隈で熊造達を目撃したという事でございますが——」

私は恐らく彼等はあなた様を頼ってこの土地に参ったのではないかと想像するのです、と浪路は二重瞼の美しい黒瞳の中にふと猜疑《さいぎ》の色を滲ませてじっとうかがうように重四郎の表情を見つめるのだった。

「いかにも拙者の援助を求めて熊造達はここへ参った事がござる。しかしそのような大それた罪を犯して当地へ流れて来たという事は熊造の奴、一言も語らなかった。もし、その事実がわかっていたなら奴をおめおめその場より立ち去らす事はなかったのに」

いくらかの小遣いを与えてここより熊造達を追い立てたという事は返す返す残念であったと重四郎はさも口惜しげな表情を作って一芝居打つのである。

「では熊造と伝助の両人はまだこの土地のどこかに潜伏しているというわけでございますか」

「恐らく、まだここを立ち去っておりますまい。最速、拙者もうちの門弟達を使って奴等の居場所を探らせましょう」

「重四郎さま。浪路は何とお礼を申してよいやら」

ここで重四郎様に逢えたという事は百人の味方を得た以上に心強く思います、と浪路は重四郎のその言葉を好意以外の何ものでもないと受け取って畳に白魚のように美しい繊細な指先をついて礼をのべるのだったが、

「そのように両手までつく事はありますまい、浪路どの」

と、重四郎は優雅な匂いに満ちた浪路の情感的な美貌を見つめているうちにふと激情的なものが胸にこみ上げてきて思わず身を乗り出し、畳についた浪路の手を握りしめるのだった。

「何をなさいます」

瞬間、浪路はさっと身を引いて重四郎の手を払いのけた。

「何もそうここまで来てつれない態度をとる事はあるまい。旅の恥はかき捨てと申すではないか。また、魚心あれば水心。な、浪路どの。拙者はあの時、一眼、浪路どのを見てからというもの、人妻という事は充分、承知しておりながら――」

寝ては夢、起きてはうつつ幻の、と重四郎は必死な思いになって自分を忘れ、浪路に取りすがるようにまといついていくのだった。

どうしてこんなに急に衝動的な行為に出てしまったのか重四郎は自分でもわけがわからない。

このような山中に道場を建てても門弟はすべて浮世をくずれて来た浪人ばかり、それを近郷の博奕《ばくち》打ちに用心棒として斡旋したり、雲助と共謀して人身売買みたいな真似をしたり、それ

でこれほど、気楽で愉快な渡世はないと自分では思っていても、やはり、浮世から隔離されてしまったという観念は耐えられないものだったのだろう。重四郎は浪路の抒情的な美貌に都の花の香を嗅ぐような懐かしさとそれにとりすがりたいような発作に似た心境に陥ったのだ。

「な、浪路どの。恥を忍んでお願い申す。せめてせめて一夜の情を――」

重四郎は半泣きになって呆気《あっけ》にとられている浪路の肩を力一杯、抱きしめようとしたが、

「重四郎さま。恥をお知りなさい。山暮しが長びいて頭が変になられたのですか」

と、浪路は手きびしい言葉を浴びせかけ、さっと身を起こした。

「私はここへあなたに口説かれに参ったのではございませぬ。人妻であることを知りながらまたいい寄るなど、昔の悪い癖は少しも治っておいでにならないようですね」

重四郎はすげなく浪路に一蹴され、畳の上に俯したまま凍りつくような屈辱感を噛みしめた。

「重四郎さま。せっかくこうしてあなた達のお作りになった道場を見せて頂いたのですから、ここで一手御教授お願いしとうございます」

浪路は重四郎ががっくりと畳の上に俯して男泣きしているようなので、とりつく島がなく、優雅な頰に蔑《さげす》みの微笑を浮かばせていった。

すると、いきなり重四郎は、「よしっ」と大声を出し、上体を起こすと、きっとした表情で浪路を見返すのである。

「しからばお相手致そう」

と、重四郎は大声でいった。

恋の恨みを返す意味でこの女を道場のど真ん中でたたき伏せてくれるわ、と、重四郎は胸の中でほざいたのである。


こちらが涙まで見せてかき口説いているのに冷笑を浮かばせて拒否するとは何という憎い女だ。それに、山暮しが長びいて頭が変になられたのではないですかとは何というい草だ、と重四郎は無性に腹立たしくなってきたのだ。

せめて、道場で散々、打ち据えてやらねば腹の虫がおさまらぬと、浪路にすげなく振られた重四郎は捨鉢気味になっている。

道場に出た浪路に木刀掛けの中より一本を選ばせると重四郎は自分も一本を手にして二度三度、大きく宙を空振りして見せた。

その時、地下倉にもぐりこんでいた不良浪人の門弟達がぞろぞろと道場に戻ってくる。

「ひゃ、見ろ、凄い美人だ」

「青山家の剣術指南番、戸山主膳の妻女という事だぞ。名は浪路というらしい」

「それにしても、うちの先生、なんでここであんな美人と木刀を交えるのかな。稽古をつけるにしては大層、興奮気味のようだが」

無精ひげをのばした門弟達は小声でひそひそ語り合い、それにしても、これは面白い見物だと道場の隅にどっかり腰を降ろし始めている。浪路は無遠慮にじろじろこちらを見つめている浪人門弟達を無視して片隅に膝を折り、白鉢巻をし、きびきびした動作で白襷をかけ始めた。

やや蒼味を帯びて澄んだ浪路の象牙色の横顔を片隅に並んでいる門弟達は溜息をつくようにして見惚れているのだ。

「正に天女だな。紅ぐも屋の白首《しろくび》しか抱いた事のない我々にとってはあの美しさはちとまぶし過ぎる」

京、堺の商家で強盗を働き、この土地へ流れて来て重四郎の庇護を受けている村上進三郎という浪人が刀傷のある頬をニヤリと歪めて仲間の一人にいった。

「寿命が少々、縮んだとてかまわん。あの位の美女を一度でもいいから思いのままにしたいものだ」

と、栗田卯兵衛という浪人が大きくうなずきながらそれに答えた。この男も尾張で酒の上の口論から人を斬って逐電し、重四郎の門人となったといういわくつきの人間であった。

しかし、その美女がなぜ、ここで重四郎を相手にして女だてらに木刀を交えようというのか、それはこれらの門人達にもはっきりわからない。女に稽古をつけるのなら当然、重四郎と稽古用の竹刀を用いるべきであるのに双方とも樫の木剣を手にしているのは何ともおだやかではないと彼等は不思議に思うのだった。

「では、参ろうか、浪路どの」

重四郎が道場の真ん中に突っ立って声をかけると、凜々しく身支度を整えた浪路は軽くうなずいて立ち上がり、

「何卒、お手柔らかにお願い申します」

と、重四郎にいった。

「いやお手柔らかというわけには参らんぞ。浪路どののおっしゃる通り、拙者、山暮しが長びいて相当、頭にきておるからな」

と、皮肉っぽいいい方をして重四郎は片頰を歪め、

「こちらは山男流の荒々しい剣法だ。相手が女子であろうとは容赦はせぬ。覚悟して立ち向かいなさい」

というや、すでに木刀を大上段に構え、エイヤッと頭のてっぺんから奇声を発するのだった。

浪路は木刀を正眼に構えたまま、切れ長の美しい眼で重四郎の眼をキッと睨み、その場より動こうとはしない。

相手が女だからといって重四郎はあなどっているのではない。青山藩の剣術指南番の夫より指導を受けて浪路は女ながらも一刀流の達人の域に達している事は重四郎もよく知っている。

しかし、長い間、山中に閉じこもって神変竜虎流を編み出した自分がいくら何でも浪路にひけをとるとは考えられない事だった。

再び、重四郎は威嚇的な気合の声をはり上げたが、浪路は動ぜず、一分の隙も見出《みいだ》す事がで

きないのだ。

ヒソヒソ何かしゃべり合って見物していた門弟達も今は水を打ったように静かになり、息をつめてこの試合にじっと瞳を注ぎ入れている。

重四郎の方に段々とあせりの色が見え始めた。額が汗ばみ、息使いが荒々しくなっている。それに対して浪路の方は一分の乱れも生じない。冴えた氷のように冷たい容貌を息の乱れた重四郎の方に向けながら、重四郎が一歩後退すれば一歩踏みこみ、二歩下がれば二歩進んで重四郎の動きを正眼に構えた木刀でぴったり封じているような感さえする。

（これはうちの先生の方が怪しくなって来たぞ）

と、道場の隅に並んで坐り、試合の成り行きを見つめている門弟達は一様にそう感じた。

道場の北側の壁にまでじりじり浪路に追いつめられた重四郎はもうどうにも身動きがつかなくなり、捨鉢になって激しく床を蹴り、浪路に向かって飛びかかっていく。

それは門弟達の眼にも破れ障子が風に吹かれて倒れかかっていくような何ともだらしのない自爆行為にしか見えなかった。

浪路の身体はそれと同時に踊りのような華麗さで横へ飛び、その瞬間、着物の裾前がわずかに翻って陶器のように冷たく、雪のように白い脛のあたりがチラと見物の門弟達の眼を痛いばかりに刺激した。

ニヤリと口元を歪めかけた門弟達の顔はしかし、すぐに硬化した。横に飛んだ浪路の木刀が眼にも止まらぬ速さで掬い上げるように重四郎の脇腹をえぐったのである。

すっと風が通り抜けていくような素早さで、それは明らかに浪路が手かげんして重四郎の胴を軽く払ったと門弟達の眼にははっきり映じたのだが、それなのに重四郎はまるで真剣で脇腹をえぐられたようにギャーと浅ましいばかりの悲鳴を上げ、木刀をほうり投げて道場の床にでんぐり返ってしまったのだ。


何と無様《ぶざま》な――門弟達は一せいに苦虫を嚙んだような表情になったが、捨ててはおけず、

「先生、大丈夫ですか」

と、あわてて立ち上がる。

「何もそれほど、大仰に騒ぐ事はありません。手かげんして打ったのですから」

床に這《は》いつくばって苦しげに脇腹を押さえこんでいる重四郎の肩や背中に手をかけて門弟達が抱き起こそうとすると浪路は美しい眉をしかめて声をかけた。

女の武芸者に道場主が打ちのめされるなど前代未聞なのに、しかも、彼女に手かげんして打ったなどといわれては恥の上塗りというべきか、道場の面目も何もあったものではない。

重四郎は浪路にそういわれてみると、たしかに脇腹の痛みが大したものでない事に気づいて眼をパチクリさせたが、同時に気が変になるばかりの屈辱感に打ちのめされてしまった。

「そ、その女をここから逃がすな」

半泣きになって重四郎は肩を支えている門弟達にわめき散らすのである。

「ぼんやりするな。馬鹿。師匠がこれほどの恥をさらしているのにどうして仇をとろうとはせぬ。その女をここから逃がせば神変竜虎流道場の名折れだぞ。かまわぬ、その女を斬り捨ててよろしい」

すっかり逆上して重四郎は支離滅裂な言葉を吐き出すのである。

「やむを得ん。我等の師匠がこうまで恥をかかされれば、あんたを生きてここから帰すわけには参らんのだ」

村上進三郎が大刀の鯉口を切った。

つづいて栗田卯兵衛、大川影八などいずれも凶悪な人相の浪人達がわらわらと浪路の前を立ち塞ぎ、一せいに刀を抜いた。

「私をここで斬ると申されるのですか」

浪路は手にした木刀を構え直して浪人数人と対峙《たいじ》しながらジリジリと後退する。

「あんたのような美人を斬り捨てるなんて何とももったいない気がするが、師匠の命令だからやむを得ん。うちの師匠は我々にとっては大恩人に当たる人だからな。命令にそむくわけには参らんのだ」

浪人達は浪路をジワジワ取り囲むようにしていきながら刀の切っ先を揃えて円陣を組んだ。

一人、この浪人達の中ではまともな神経を持っているらしい阿部万之助だけがおろおろして、

「ここで腹いせに女を寄ってたかって斬ったという事になればそれこそ我が道場の恥です。先生、どうかそれだけはおやめ下さい」

　と、道場の床に尻もちをついたままでいる重四郎に声をかけるのだ。

「うるさい。貴様は裏庭で稽古着の洗濯でもしておればいいのだ」

　と、重四郎は吐き出すようにいったが、ふと思い直したように浪路に向かって構えている浪人達に対し、

「出来ればその女を生け捕りにしろ。皆んなのなぐさみものにさせてやるぞ」

　と、命令を変更させるのだった。

「心得た。このようないい女をむざむざ殺すのは何とももったいない。拙者が生け捕りにしてくれるわ」

　刀傷のある頬を醜く歪ませてそういった進三郎は刀を鞘に収めて、道場の壁にかけてあった鎖鎌を手にした。

　鎖鎌の鎖を使って浪路の手にしている木刀をもぎ取ろうというのだ。

「よいか。俺が女の木刀をもぎとれば、貴様達、すぐに女をからめとって縛り上げろ」

　進三郎は仲間達にそういってから鎌の柄尻についた長くて細い鎖を右手で持ち、小さく回転させながら次第に大きく宙へ舞い上がらせていった。

　ビュン、ビュン、ビュン、と空間に弧を描くように大きく鎖を回転させながら進三郎は醜い

頬をひきつらせてせせら笑い、浪路の敵意をはっきりと滲ませた切れ長の美しい瞳を見つめている。

折れた牙

その日は神変竜虎流道場始まって以来、最悪の日というべきかもしれぬ。

たかが一人の女武芸者に道場主の重四郎が打ち据えられるという事も信じられない事だったが、師匠の重四郎の仇をとろうとしてそのあと立ち向かった門弟四人がことごとく彼女の木剣でたたき伏せられるなど、これも全く信じられない出来事であった。

道場主の重四郎は最初に浪路と立ち合っただけにまだ幸せな方であった。浪路に手かげんされて胴を払われただけの軽傷にすんだが、門弟達四人は白刃を持って浪路に立ち向かっただけに彼女の心証を害したといえるだろう。

浪人達の卑劣さを憎み、また、我が身を守るためにはっきり敵意を見せて抵抗し、浪路の振り廻す木刀はうなりを生じて素早く右を斬り、左を払った。

浪路が道場から逃げ出したあとには四人の重軽傷者が床の上に転がり、脂汗を流してうめき合っていたのである。

「大丈夫ですか、村上さん、しっかりして下さい。どうです、まだ、痛みますか」

うんうん唸《うな》りつづけている怪我人の間を阿部万之助がおろおろしながら走り廻って打撲の傷を水に濡れた手ぬぐいで冷やしたりし、懸命に介抱しているのだった。

「一体、貴様達、何のために剣の修業をこれまで積んで参ったのだ。たかが女一人に四人揃って打ち据えられるとは、情ないとは思わんか」

床の間に苦り切った表情で腰を落としていた重四郎は怪我人達のうめきが段々と腹立たしくなってきて吐き出すようにいった。

鎖鎌を使って浪路に挑戦し、一瞬の隙に肩先を浪路の木刀で一撃されてしまった進三郎は苦しげにうめきながら顔を上げ、恨めしげに重四郎の顔を見た。

「そ、それはあまりにも無慈悲過ぎるお言葉ではないか。先生こそ、御自分の事を棚に上げて――」

「うるさい。俺は自分の事を棚に上げているのではない。貴様達は四人がかりで一人の女に立ち向かいながら何をもたもたしていたのだ。眼つぶしを投げるなり、網を投げかけるなり、何とでも卑怯な方法がとれたはずだ。勝つためには手段を選ばず、それが俺の教えであったはずだぞ」

また、何か怪我人の一人が口をとがらせて文句をいおうとすると、それに対しても重四郎は、うるさい、黙れっ、とわめき、神経的に相当、参っているようであった。

振られた女におまけに木刀でなぐられる、踏んだり蹴ったりとはこの事だ、と重四郎は口惜しさに歯がみするのだが、痛烈にこたえたのは自分の編み出したこけおどしみたいな神変竜虎流の剣法など所詮、田舎やくざの喧嘩用の剣法で、つまり、邪剣というもの、正統派の剣技を学んだ武芸者の前では通用しない事がわかると重四郎は全身から力が抜けて暗い救われない気持ちにもなるのだった。

（おのれ、浪路め、このままでは捨ておかんぞ）

と、重四郎は歯がみして胸の中でいった。

まさか、浪路が外でこの道場の主人を始め門弟数人を打ちのめした事を吹聴して廻るという事はないだろうが、もし、これが近郷近在の博奕打ちの親分の耳にでも入ったらえらい事になると重四郎は思うのだ。

博徒達に喧嘩剣法を教える事で親分より月極《つきぎ》めでいくらという契約が結ばれ、それがこれまでの神変竜虎流道場の大切な収入源になっているのだ。女の武芸者に重四郎始め門弟四人が木刀で打ち据えられ、だらしなくのびてしまったという事が彼等の耳に入ればどうなるか。いわずと知れた契約破棄という結果になる。彼等のもとへ派遣している神変竜虎流道場出身の用心棒もさぞかし肩身のせまい思いをしなくてはなるまい。いや、もう結構でござんす、お引き取り下せえ、と解雇されてここへ悄然《しょうぜん》として用心棒達は戻ってくるかもしれない。

「明日、当道場において軍議を開く」

と、しばらくあれやこれやと考え悩んでいた重四郎は急にさっと顔を上げると、苦痛にうめき合っている怪我人達を見廻して大きな声を出した。

「軍議――？」

怪我人の肩をさすり続けていた万之助が頓狂な声を出す。

「左様、軍議だ。何としても浪路を捕えてこの世から抹殺しなければ当道場は滅びる事になる。浪路はいかなる手段に訴えても捕えねばならぬ。そのための作戦会議を開くのだ」

重四郎は手に持っていた木刀で道場の床をポンとたたいていった。

浪路は親の仇を討つため、この岩宿にまで弟の菊之助と女中一人を連れてやって来たのであり、目ざす親の仇とは実は熊造と伝助の事である、と重四郎は門弟達に説明した。

「ほう、あの熊造と伝助が――」

万之助に傷の手当を受けている門弟達は揃って、あぐらを組む重四郎の方に眼を向けた。

「そうだ。浪路の真の目的は熊造と伝助を打ち果す事である。熊造と伝助は今では我々の身内同様の男だ。我々は熊造と伝助を見殺しにする事は出来ない」

だから、我々は熊造達側の加勢をして、浪路と戦うまでだ、と重四郎はすっかり興奮気味になって弁舌口調になっているのだ。

「それには雲助達の加勢も必要だ。雲助達に否応はない。奴等も身内の者三人を浪路に斬られ、血眼《ちまなこ》になって浪路の行方を探しておる」

おい、万之助、と重四郎は阿部万之助の方に眼を向けて、

「貴様、雲助部落に行き、軍議に加わる代表者を一人連れて来い」

と言った。

「それから、伝助と熊造をここへ呼び戻してくれ」

それから、渋川の三五郎親分の所にも行き、あそこで用心棒をしている斎藤定次郎にもここへ来るよう連絡をとってくれ、と、重四郎は矢つぎ早に万之助へ注文を出すのだった。

「斎藤定次郎は当道場では一番の刺客であった。あの男の加勢もこの際、必要だ」

と、重四郎はしきりに、うむ、とうなずきながら一人合点しているのである。

その時、玄関の方で、「ごめんなすって」と男の声がした。

取次に玄関へ出ようとする万之助を制して、

「よし、俺が出る」

と、重四郎が腰を上げた。

玄関にはやくざの三下らしい単衣《ひとえ》物を着た小柄な男が突っ立っている。

「重四郎先生にお取り次ぎ願いたいのですが」

「拙者が重四郎だ」

「あ、こりゃ失礼しました」

三下はたちまち腰を低めて慇懃《いんぎん》に頭を下げた。

「手前は渋川の三五郎親分の使いで参りました。うちの親分がちょっと先生のお顔を拝借したいと申されまして」

重四郎はギョッとした。

つい先ほど、浪路と試合をして無残な敗北を喫した事がもう三五郎親分の耳に伝わったのではないかと重四郎はうろたえたのである。

顔をかしてくれなどといい、自分がのこのこ出かけていくと、急に刃物を持ったやくざ達が一せいにどこからか現れて、自分の剣の技が本物か偽物か試すために斬りかかってくるのではないか、と重四郎は想像したのだ。

「一体、どこへ拙者に来いといわれるわけですかな。三五郎親分は」

と、重四郎は声を慄わせて三下にたずねた。

「へい、真に御足労をおかけして申し訳ありませんが、ここより上流の雲助部落にお越し願いたいんで」

「ええ、雲助部落？」

今朝方まで自分がいた雲助部落へどうしてまた出かけねばならぬのか、と重四郎は露骨に嫌な表情を見せた。

第五章　緋桜の肌

狼の宴

雲助部落には三五郎一家の乾分達がものものしい喧嘩支度をしたままであちこちに駐屯しているのである。

何かこの近くで縄張り争いの合戦でも始める気なのかと重四郎はキョロキョロ周囲を警戒深い眼で見つめながら歩いて行くと、

「重四郎先生、お呼び立てして申し訳ない」

と、大口を開けてカラカラ笑いながらこちらへ近づいて来たのは三五郎一家の用心棒をしている斎藤定次郎だった。定次郎だが芝居の定九郎みたいに黒紋付の単衣物に角帯をしめ、裾からげしている。白い褌の布端を着物の裾の間からヒラヒラのぞかせているのもこの男のお洒落《しゃれ》であった。

重四郎に推薦されて三五郎一家の用心棒になった男だが、山の道場にいる時から重四郎に次ぐ好色な男であり、また、重四郎に負けずおとらずの残虐趣味も持ち合わせていた。

それに剣の腕前は重四郎より相当勝れている。

「どうしたのだ。三五郎親分は喧嘩の助っ人《と》に拙者の腕も借りたいというのか」

「何をおっしゃる。そんな馬鹿げた事でわざわざ大先生をわずらわせるはずがありません」

定次郎は大きく手を振り、

「それにもう喧嘩は終わったのでござるよ」

というのだった。

「実はこれより、上州一の美人女親分のお仕置が始まるので、ぜひ先生にも御覧願おうと思ったのでござる」

「へえ、女親分のお仕置ねえ」

ま、あれを御覧あれ、と、定次郎は近くの雑木林の方を指さした。


恐らく敵側のやくざ達だろう。全身泥まみれになった襷がけのやくざが五人ばかり荒縄でぐるぐる巻きに縛られ、木の幹に一人一人つながれているのだ。五人が五人とも精魂尽き果てたようにがっくり前かがみにざんばら髪になった頭を垂れさせて苦しげに肩先で息づいている。

「あいつら、緋桜《ひざくら》一家の身内でござるよ」

この山を一つ越して幾里か離れた所にある長尾村、薬師寺界隈を縄張に持つ緋桜一家の事は重四郎も知っていた。

まだ、じかに見た事はないが、緋桜一家の親分は年の頃、三十ぐらい、の小股の切れ上がったいい女だという。斎藤定次郎は緋桜お駒と三五郎の関係について次のように説明した。

元は女壺振り師として近郷近在の貸元の間で名を売った通称緋桜のお駒で、これが長尾村の貸元、松川伝右衛門に見込まれてその養女となり跡目をついでから緋桜一家と名を改めて渡世をはる事になった。といっても身内の数はせいぜい十人足らずの微小な一家で、持っている縄張りだって薬師寺界隈《かいわい》ぐらいしかない。薬師寺の縁日なんかで賭場を開いても寺銭のあがりなんか知れたものでこんな吹けば飛ぶような緋桜一家の縄張りなんかを狙うような物好きな親分はいないはずなのだが、

「ところがうちの親分の場合は違った別の事情があって緋桜一家と喧嘩になってしまったのです。つまり、お駒にうちの親分は惚れてものの見事に振られたというわけですな。俺の妾になるなら緋桜一家の縄張りをもっとふやしてやると、うまい話をお駒に持ちかけたのです。が、鼻であしらわれた。そこで頭に来たうちの親分は縄張り争いの名目で緋桜一家に喧嘩をふっかけたのです」

定次郎は三下の運んで来た床几《しょうぎ》を重四郎にすすめて、今朝からこの達磨山付近で行われた緋桜一家と三五郎一家の合戦について地面に木の枝で図を描いたりしながら講談師風な語り口で解説するのだった。

「とにかく拙者は三五郎一家の軍師として総勢八十人を率い、この達磨山の渓谷に到着したの

は今日の明け方——」

などと定次郎は得意げに説明するのだが、八十人の三五郎一家に対し、緋桜一家はそれを十二人で迎え撃ったというのだから、まるで最初から戦《いくさ》にはならない。それなのに定次郎は拙者、軍略を用いて敵側の一人をこちらに内通させた、というのだから重四郎も半ば呆れて、

「貴公の念の入れ方にはほとほと感心するよ」

と、いったが、しかし、自分の道場出身の定次郎が今では単なる用心棒ではなく、三五郎の片腕となり、喧嘩にあってはその軍師の役を務めていると聞かされるとまんざら、悪い気分ではなかった。

「そして、その大合戦の結果、三五郎一家は大勝利をつかんだというわけだな。ところで肝心の女親分はどうしたんだ」

重四郎はたずねると、この達磨山の渓谷をはさんでの斬り合いで緋桜一家五人が生け捕られ、四人は斬り殺され、お駒を含めて残る三人は山中の洞窟に籠《こも》って最後の抵抗を試みたが、もはやこれまで、と観念したお駒は降伏を申し出たと定次郎は説明した。

「そのお駒という女親分は実に見上げた奴で、自分と引きかえに生け捕られている乾分と洞窟に籠っている乾分達の命を救ってくれ、と、それを条件に降伏を申し出て来たのでござる」

「ほう」

これからお駒の風変わりな処刑が始まるところでござる。まずは奥にお入りあれ、と定次郎

は重四郎を案内した。

雲助の首領である権三の藁ぶき小屋が三五郎の休憩所になっている。

板敷きの上に荒筵《あらむしろ》を敷いただけの座敷へ床几を据え、それに三五郎はでんと腰かけて茶碗酒を飲んでいた。その親分の周囲に何人か親衛隊みたいな乾分が坐り込んで酒好きの親分の酌をかわるがわるやっているのだが、すぐそばに敷布団を二枚重ねにした上に洗い髪姿の不器量な女がだらしなく寝ころんだ形で煙管を横に咥えていた。

「なんだ、あの妙な女は」

戸口に入ったとたん、重四郎がたずねると定次郎は重四郎の耳に口を当て小声で教えた。

「あれはお銀といって三五郎親分の妾です。元は酌婦だったそうで、器量はあんなに悪く、しかも気が強く、それに嫉妬《やきもち》やきで三五郎親分も相当に手こずっているようです」

「三五郎親分は秀吉の北条成敗の古事にならい、長期戦を覚悟して妾を同伴させ、また芸者や酌婦など連れて行く事もあります」

それは自分の進言によるものだと定次郎がいうので、ますます重四郎は呆れかえるのだった。

そういえば破れ障子をへだてた奥の間には酌婦達も来ているらしく、甲高《かんだか》い笑い声や矯声が聞こえ、三味線の音じめを合わす音まで聞こえて来る。

最初から勝ち戦という事がわかっているから、ここらで勝戦祝賀の宴でも張るつもりで最初から酌婦達も連れて来ているのかもしれない。

土間の向こうの台所でかまどに火をたき、大根などを刻んで炊事の仕事にとりかかっているのは雲助達であった。まるで炊き出しにでもかかっているように彼等は三五郎一家のために懸命に働いている。雲助達にとって名のある貸元に我が家を休憩地に選ばれた事は大変な光栄なのである。カラス婆のお松やお里までかり出されて台所で煮つけをしている。

三五郎は戸口から入って来た重四郎に気づくと、

「よう、待ってました、大先生っ」

と、三五郎は酒に火照った顔面を皺だらけにくずしていった。

「喧嘩は大勝利に終わりましたぜ」

と、三五郎は嬉々《きき》とした表情でいうのだが、八十人の手勢を率いて女親分の率いる十二人の相手を打ち負かしたのだから自慢にならない。

「相手の女親分と生き残った奴等五人、ひっ捕らえたんですから大勝利だ。な、手前達」

と三五郎は乾分達に対してもこの勝利をしきりに得意がっているのだ。

三五郎の妾がのっそり起き上がって重四郎に向かって初対面の挨拶をする。

「この大喧嘩にはぜひ、重四郎先生にも助っ人をお願いしようとうちの親分がいったんですが、重四郎先生は道場のほうで現在、色々とお忙しい最中だからと私が止めたんです。幸い、緋桜一家の健作という乾分がお駒を裏切ってくれましてね。味方は大勝利というわけでござんす」

よくペラペラしゃべりまくる女だと重四郎はうんざりした表情になった。敵の十二人に対し八十人が挑んで敵の中に裏切者が出なければ勝てなかったのかと重四郎はおかしくなって来た。

「それで、女の敵将にはこれから変わった処刑をいい渡されたそうだが――」

と、重四郎が聞くと、そうなんですよ、先生、と三五郎は愉快そうにいって、まあ、一杯、やっておくんなさい、といって重四郎の手に茶碗を渡し、それにお銀が徳利の酒を注いだ。

「全く強情なアマなんですよ。ま、聞いておくんなさい、先生」

と、お銀は捕われたお駒がここへ引き立てられて来た時の話を三五郎と一緒に哄笑しながら重四郎に語り出した。


――お駒は麻縄で後手に縛られた身を三五郎の前に引き据えられた時、さ、早いとこ、ばっさりやっておくれ、と、三五郎に顔をそむけながら固く眼を閉ざして激しい口調になっていったという。山道での激しい白兵戦でお駒の顔面は返り血で染まり、縞柄の着物は縄襷も切れ、袖の袂も乱闘で引きちぎられ、裾前も泥まみれになっていたらしい。髪もざんばらに乱れて、両肩にまで垂れかかり、

「さすが緋桜一家の美人親分で通っていても女って喧嘩に加わるもんじゃねえな。せっかくの器量がまるで女阿修羅みたいに見えました」

と三五郎はその時、苦しげに息づきながら自分に毒づいてきたお駒のその時の模様を語るのだった。

「緋桜一家の家も縄張りもすっかりお前さん達のものにするがいい。私がこうして自害もせず、縄目の羞恥を受けてここへ引き立てられて来たのは私の命と引き換えに表につながれている捨吉や吉造達の命を救ってやってほしいからなんだよ」

お駒は眼を開くと必死なものを表情に滲ませて三五郎の顔を見上げた。

「三五郎親分、どうか、表につながれている捨吉達の命だけは助けておくんなさい。あの連中には親御さんもいるし、おかみさんだっているのです。そのかわり私は八つ裂きにされても恨みには存じません」

「面、面白いじゃねえか。じゃ、手前、八つ裂きにされたって、恨、恨まねえというんだな」

三五郎はほくそ笑んで定次郎の顔を見た。

「よし、お駒」

定次郎は三五郎と二人だけが通じ合う秘密っぽい含み笑いをかわしてからお駒にいった。

「表につながれている捨吉達五人は実は玉斬りの刑に処するつもりだったのだ。これは我が師、大月重四郎先生が最も得意とする技でここへわざわざ先生にお越し願おうと思っておる。三五郎親分にその珍妙な居合い斬りをぜひ見て頂こうと思うのだ」

時々、定次郎はこのように自分の一応、剣の師匠という事になっている重四郎を愚弄したようないい方をするのだが、重四郎は大して気にならなかった。悪気があっていうのではなく、人を茶化すのがこの男の癖だと重四郎は見ている。

「お前が捨吉達の身代わりになるため、縄目の羞恥に甘んじてここへ参ったというのは大いに結構だ。となると、捨吉達の代わりにお前の玉を切り落とさねばならないが、お前、玉を持っておるのか」

定次郎がそういうと、周囲を取り囲んでいた三五郎一家の乾分達はどっと笑い出した。

三五郎も彼の妾のお銀も声を揃えて笑いこけている。

お銀はお駒の線の綺麗な頬が屈辱に歪むのを何とも楽しげな気分で見つめながら、

「何しろ、女だてらに長脇差《ながドス》を振り廻し、三五郎一家を相手に大立廻りを演じたお駒姐さんじゃないか。男みたいに大きなものをぶら下げていらっしゃるんじゃないだろうかね」

と、いい、また乾分達と一緒に笑いこけるのだった。

三五郎は近くで乾分達と一緒に突っ立って腕組みをしている定次郎に気づくと、皺だらけの顔をくずしてその方に眼を向けた。

「重四郎先生は奇妙な趣味を持ち合わせて、生かしては眼ざわりになる男のチンを斬り落として来たが、相手が女だといかに先生が居合い斬りの達人とはいえ、どうも勝手が悪いようだ」

「なるほど、違いねえ」

三五郎は腹をかかえて笑った。

何しろ、こいつは長い間、三五郎一家に楯《たて》をつき通した緋桜一家の親分だから、男なら玉を斬り落とし、カラス婆に聞いた松茸の焼酎漬けにして三五郎一家の物置の中に保存しておきてえんだが、という残忍な言葉を三五郎が笑いながら吐くと、

「いや、焼酎漬けとは面白い。松茸が無理ならば赤貝の焼酎漬けという事もありますぞ、親分」

と、定次郎は更に残忍な言葉を吐くのだ。

「そ、そ、そいつは面白れえや。よ、よし、それに決めた」

と、三五郎は激しくどもりながら興奮していった。

「わかったかい、お駒姐さん。お前の赤貝で焼酎漬けが出来上がったら、表につながれている捨吉達はここから解き放されるというわけさ」

お銀は、血の出るほどきつく唇を噛みしめ、固く眼を閉じ、必死に屈辱と戦っているお駒に向かって冷やかな言葉を浴びせかけるのだった。

「よ、こうなりゃ、お前も緋桜一家の女親分だ。往生際はきれいにする事だな」

三五郎一家の代貸を務める参謀格の武造がついと立ち上がってお駒に命令する。

「それじゃ、緋桜一家の姐御、素っ裸になんな」

お駒の乱れ髪をもつらせた柔媚な頬からは血の気が引いて硬化する。

切れ長の瞳に憎悪の色をはっきり滲ませて代貸の武造の顔を見上げたお駒は、

「私しゃお前さん達の嬲りものになるためにここへ来たんじゃないんだよ。捨吉達の命と引き換えにばっさり斬ってもらうためにやって来たんだ」

「わからねえアマだな。すぐばっさり斬っちまったんじゃ、俺達の腹の虫がおさまらねえんだ」

散々、嬲りものにしてから、焼酎漬けにしてやるぜ、と周囲を取り巻く男達も調子づいて口々に罵るのである。

武造はお駒のうしろに廻ってお駒の両手を固く縛《いまし》めている麻縄を解いた。お駒が両手の自由を取り戻したとたん、周囲を取り巻くやくざ達は一せいに竹槍を構え出して土壇場に追いつめられたお駒の抵抗を封じようとする。

「皆んな用心しろ、相手はすでに我等が身内数人を斬り捨てた女だぞ。死にもの狂いで暴れ出せばまた当方にも怪我人が出るかもしれぬ」

などと定次郎は周囲を見廻して声をかけ、万一の場合、親分の身だけは守るのだといわんばかりに三五郎を背にして立つと、刀の鯉口を切り、キッと芝居がかった表情になって眼の前にすわっているお駒を睨み据えるのだった。

三五郎に対する自分の忠誠心を見せびらかしているわけで、つまり、ごまをすっているのだが、何とまた大仰な、と、聞いている重四郎は半ば阿呆《あほ》くさくなり、定次郎の芝居もどきの動作を想像して酸っぱい表情になった。今さら八十人の三五郎一家を相手どって抵抗する気力などあるはずはないのだ。

しかし、武造がつめ寄って、

「やいお駒、ぐずぐずせず、素っ裸にならねえか」

と再び、荒っぽい声で催促すると、乱れ髪を煙のようにもつらせているお駒の硬化した頬に敵意と反発の色がはっきりと浮かび上がる。

「一思いに私を斬っちゃ下さらないのですか」

と、キリキリ柳眉をつり上げてお駒は武造と三五郎に怨念をこめた凄艶《せいえん》なばかりの表情を向けるのだった。

「俺達のいう事が聞けぬというのなら、これからすぐに捨吉達を処刑する。重四郎先生に斬ってもらった奴等の玉をお前の前に並べ立ててやってもいいのだぞ」

と、定次郎がいうとお駒は全身の力が抜け落ちたように土間に坐りこんでしまった。

お駒に抵抗の気力が喪失している事を見てとって定次郎は口を歪めながらいった。

「八つ裂きにされる気でここへ参ったのなら、死ぬ前に素っ裸となって自慢の刺青《いれずみ》などをさらけ出し、我々の眼の保養をさせてくれてもいいではないか。死出の恥はかき捨てと申すぞ」

と、定次郎は因果を含めるようにお駒に声をかけたというのだが、死出の恥はかき捨て、などという言葉は聞いた事がないぞと重四郎は眼をパチパチさせながら得意そうにしゃべっている定次郎の顔を見つめた――

「とにかくそれから若い奴等が寄ってたかってお駒を素っ裸に剝いたのですが、驚きましたねえ、お駒の肌は色白で見事な身体つきでしたが、肌の彫物がまた見事なものでしたよ」

と、三五郎は感心したように重四郎にいった。

三五郎の乾分達の手で身につけているものを一切、剝ぎとられ、素っ裸にされたお駒は露わになった形のいい両乳房を両手で覆い隠しながら土間の片隅に腿を組んで縮みこんでいる。

さも口惜しげに唇を嚙み締め、羞恥に染まった頰を横にそむけて長い睫毛を固く閉じ合わせているお駒を見下ろす三五郎は胸のすくような思いになり、

「思い知ったか、お駒」

と、毒づいたが、卵の白身に似たお駒の肌の粘りのある白さに眼を瞠る。

「いい身体をしているねえ。さすがは女っぷりのよさでも名の通ったお駒姐さんだ。身体の線にしろ肌の白さにしろ男殺しといわれるだけの事はあらあね」

と、三五郎の情婦であるお銀も思わず身を乗り出してその場に縮みこんでいるお駒の柔肌に意地の悪い視線を向けるのだ。

肌の白さや肉づきの良さだけに感じ入っているのではなく、三五郎もお銀も乾分達も息をつめて凝視するのはお駒の柔軟な乳色の肩から二の腕にかけて彫られた芳烈な緋桜の朱刺《しゅぼ》りであった。それは絖《ぬめ》のようなお駒の美肌に絢爛《けんらん》として光り輝いている。

「ほう。噂には聞いていたが、なるほど、見事な彫物だ」

と、定次郎は両乳房を両手で必死に覆いながら小さく身を縮ませているお駒の背後に廻り、その女盛りの熟れ切った肌の上に絢爛として咲き誇っている緋桜の刺青を恍惚とした表情で見つめた。

天稟《てんぴん》の美肌に朱を注いで刺青をほどこすという女侠客の心情は武士である定次郎には理解出来ぬ事であったが、その芳烈な緋桜の刺青がお駒の女っぷりのよさを一層、妖艶なものにしている事は事実である。

「彫物に感心ばかりしていたって、は、始まらねえ」

と、三五郎はふと我に返って周囲の乾分達を見廻しながら微笑して見せた。

「このアマをも一度、後手にふん縛って二階へ連れて行け。戸板の上へ倒して大股開きにして縛りつけるんだ。それから、赤、赤貝を切りとって焼酎漬けを作ってやらあな」

三五郎が大声でがなり立てると武造を始め、三五郎の乾分達がも一度、お駒の廻りにわらわらとつめ寄り、麻縄を使って有無をいわせず乳房を覆うお駒の両腕を後ろからからめとった。

お駒の両腕を背面へねじ曲げると、次に三下達が素早くお駒に縄がけを開始する。

柔軟な肩先から数本の麻縄を上下に何重もからませている熟れ切った乳房、そして鳩尾から腰廻りにかけてまで乳房の脂をこってりのせてこの婀娜《あだ》っぽさをムンムン匂わせたお駒の裸身は凝視する三五郎の官能を切ないばかりに燃え立てるのである。

「よし、引き立たせろ」

かっちりと後手にお駒が緊縛されるのを待って三五郎は乾分達に声をかけた。

やくざ達に縄尻をたぐられてお駒は三五郎とお銀の眼の前に立ち上った。

縦に切れたいじらしい臍、滑らかでふっくらした腹部、それに続くムチムチと肉の実った太腿も息苦しいばかりの官能味を盛り上げている。そのぴったり揃えさせている両腿の付根あたりで丸味を持って柔らかく盛り上った漆黒《しっこく》の繊毛はそれも女盛りの婀娜っぽさをムンムンと匂わせているような悩ましさで、やくざ連中は一せいにその部分に血走った眼を走らせ、固唾《かたず》を呑んでいるのだ。

お駒の巻き上げた黒髪はおどろに乱れて艶っぽい肩先の緋桜の刺青を覆うばかりに垂れかかり、その乱れ髪の一端をお駒は噛みしめながらさも口惜しげに薄赤く火照った頬を横にそむけているのだ。

「へへへ、お駒、手前《てめえ》、三十歳になったばかりだってな。いい女が往生するにはちょうどいい年頃だぜ」

三五郎はせせら笑っていうと、

「親分、戸板の用意が出来ました」

と、二階でお駒を仕置するための支度にかかっていた乾分達が階段を途中まで降りて来て三五郎に報告した。

「よし、お駒を仕置き場へ連れて行け」

と、三五郎が乾分達に命令すると、ちょいと、お待ちよ、とお銀はお駒の腰の前に低く身をかがませ、お駒の腿の付根にふっくらと盛り上がる濃密な茂みに淫猥な微笑を口元に浮かべて眼を向けた。

「そこもふっくらと盛り上がって見事な上つきのようだね。茂みの色艶もなかなかいいじゃないか。私しゃ三五郎一家を相手どって長脇差を振り廻すような女親分だからてっきり男の玉をぶら下げているんじゃないかと思ったよ」

といって三五郎と顔を見合わせ笑いこけた。

お駒は屈辱に血の出るほど、固く唇を噛みしめている。

「ま、何もあせる事はないさ。大股開きに戸板へつながれりゃ、赤貝の割れ目が口をぱっくり開いて自分が女である事を嫌でもうちの若い連中に教えてやることになるさ。お前さんを生け捕るまで皆んな苦労したんだ。せっかくだから核《さね》までのぞかせて皆んなに少し楽しませてやっとくれよ」

お銀が嘲笑した時、やくざ連中はお駒の縄尻をとって、さ、二階へ行くんだ、と、邪険にお駒の豊満な双臀を足蹴《あしげ》にした。二階へ乾分達に引き立てられるお駒のあとに三五郎もついて行こうとしたが、

「駄目ですよ。お前さんは」

とお銀はいって三五郎の角帯をうしろからつかんだ。乾分達に楽しませりゃいいんですよ、

お前さんは親分の貫禄を示してここにでんと腰を据えるべきですよ、と、三五郎は床几の上へお銀に引き戻された。

そこに至るまでの話を三五郎やお銀、そして定次郎に聞かされた重四郎は、なるほど、とうなずいた。

「ところで、お駒のその珍妙な処刑は終わったのか」

と、重四郎は定次郎の顔を見ていうと、いや、その前に三五郎親分の案で面白い余興を思いついたのでござるが、と定次郎は苦笑していった。

二階の戸板に乗せ上げるまで、お駒は緊縛された裸身をのたうたせて随分をこちらを手こずらせたが、手前の一個の赤貝が手前の乾分達、五本のタマを救うんだと健作に脅かされると観念したのか戸板の上に仰臥《ぎょうが》し、堂々と二肢を割って開股位に戸板の上につながれたという。お駒が観念してくれたのはよかったがお銀からの提案もあって、この世の思い出にあの熟れ切った三十女の身体を燃え上がらし、一度、三五郎の乾分達の前でお駒の気をやらせようと思いついたというのだ。

お駒に散々、痛めつけられた乾分達も敵の女親分が張形など使われて快楽にのたうち、樹液を噴き出しながら気をやるのを酒の余興として見物させれば大いに溜飲《りゅういん》が下がる事だろう、と、酌婦上がりのお銀の嗜虐趣向にはさすがに重四郎は驚いた。そして、誰がお駒を責めて快楽にのたうたせるかという色責めの使行者の相談になると、緋桜一家を裏切って今度、三五郎一家の盃を受ける事になった健作がいいだろうと三五郎が指摘したという。

「それが問題でござってな。健作を呼び寄せ、二階へ連れて行った時、戸板の上に大股開きでつながれているお駒の逆上ぶりはすごいものでござった」

といって定次郎は笑った。

健作が三五郎一家に内通していたとは夢にも思わず、畜生、よくも私を裏切って、ここへ顔を出せたものだ、と、お駒は逆上して全裸を戸板の上へ人の字の形でつながれている羞ずかしさも忘れ、全身をのたうたせ、畜生っ、畜生っと歯ぎしりして口惜し泣きをしたという。

武造が笑いながら重四郎にいった。

「健作の奴、緋桜一家の三下だったが、親分のお駒に惚れていやがったんですよ。だから、お駒のいまわの際にお駒の乳を吸わしたり、玉門をいたぶらせたりして、いい思いをさせてやろうと思ったんだが、これがまずかった。健作の手がちょっと肌に触れるだけで、お駒はつんざくような悲鳴を上げてじたばた悶えやがるんです。もっともお駒にしてみれば裏切り者の健作に嬲られるなんて死ぬより辛い口惜しさには違いありませんが――」

乳房を吸われようが、また、陰門に口を当てられようが、指先で掻《か》き立てられようが、お駒はのたうちながら健作に対して毒づくばかりで、その女の源は潤むどころか、石のように固く殻を閉ざしたまま全く軟化を示さなかった、と、武造はいった。

三五郎の乾分達もお駒の肉体を溶かせるため、お駒の狂ったように左右に揺さぶる首筋に口吻したり、悶え動く太腿の表皮を舌で舐《な》めさすったりしているのだが、むしろ、お駒に敵意と反発を強めさせるだけで逆効果になっていると武造はいった。


その時、表に足音がしてひょっこり首をのぞかせたのが熊造と伝助で、重四郎は驚いた。

「何だ、お前達、ここにいたのか」

重四郎が呆れた顔になると、浪路が来たと万之助に聞いて逃げまくり、今まで近くの山林に隠れていたんですが、と熊造はいった。

「三五郎親分の身内に聞いたんですが、緋桜一家の女親分がなかなか気分を出さねえという事なんでお手伝いに来ました」

と、熊造はいうのである。伝助は茶色の小さな壺を持っていた。カラス婆が秘伝と称して女郎屋に売りつけるために製造している姫泣き油が入った壺で、

「こいつはたしかに効果ありますよ。いざとなったらこいつを使ってやろうと思いまして――まあ、俺達二人に任せておくんなさい」

と、伝助はニヤリと口元を歪めていった。

「それにお駒の赤貝の焼酎漬けをお作りになるそうで、そんな作業なども、一切、俺達二人に

任せておくんなさい」

熊造は色事に関する事なら何でもお引き受け致します、といった調子で三五郎の茶碗に酒を注ぎながら得意げにいうのである。

「ほう、そのような事がお前に出来るのか、熊造」

女のその急所の部分を摘出するような医術の真似事をこの男はやれるのかと重四郎は不思議そうに熊造の顔を見つめた。

「へえ、私にゃ経験がございます」

熊造はえへらえへら口元を歪めながらいった。

「昔、唐の国の安禄山という大将は残忍な事が大好きで、敵の捕虜の男からは玉、女からは核を斬りとったという事がものの本に書かれてありました」

「ほう、貴様、なかなか才があるな。というと、うちの親分は唐の安禄山という事になる」

定次郎は大きく口を開けて笑いながら、

「しかし、女のそんなものが男の玉みたいにうまくえぐり取れるものか」

というと、熊造は皺の多い頬をくずして自信ありげにうなずくのだった。

熊造の説明によると、貝柱の根を弓の弦みたいな強い紐で固く結び、その紐の先端を長時間、何かにつないでおくとそれは次第に突起するようになる。それを紐で結んだ所より切り取るのだと熊造はそんな残忍な説明を顔色一つ変えずつづけるのだった。

以前、自分は武州の何とかという親分の所の食客になっていた事があり、その時、賭場でいかさまをやった女渡世人がいて、自分は提案してその女渡世人を核抜きの刑にしたが、案外とうまくいった、と熊造はけろりとした表情でいった。

「よし、面、面白れえ。緋、緋、緋桜一家の女親分は核抜きの刑だ」

と、三五郎は興奮して叫んだ。

「じゃ、熊造、手前に任せるぜ。俺達にとっちゃ恨み重なる緋桜のお駒の赤貝の焼酎漬けは手前の仕事だからな」

熊造は武造に肩をたたかれて、へえ、と皺だらけの頬をくずした。

今度は重四郎がつられて得意げに語り出した。

「これまで拙者、三五郎親分と争った敵方の大将を捕らえてその玉を幾本か斬り落とした事がある。拙者もいささか学のある事を披瀝《ひれき》するが、これは宦官《かんがん》の刑と申して漢の時代よりあちらの国では行われている痛快な刑罰で、それにならったまでの事、座興で思いついたのではない。今度捕らえた敵の大将は女親分だから玉抜きにあらず核抜きの刑だ。ハハハ、いや、面白い」

と、一人ではしゃぎ出すのだ。

玉斬りはまず男の機能を失わせてから、核抜きは女の機能を失わせてから処刑するという方法で、漢時代にあっては重罪人に対する極刑で、皮剝ぎの刑に次ぐものであると重四郎は自分でも嘘か本当かわけのわからぬ事を得意になってしゃべりまくるのだった。

「だが、熊造、貴様、あの鉄火姐御のお駒からえぐり取る自信はあるのか」

「へえ、ま、任しておくんなさい」

熊造は卑猥な笑いを口元に浮かべて懐《ふところ》に手をつっこんだ。懐から取り出した二枚折りの手ぬぐいの中から熊造が指でつまみ出したものは長い弓の弦であった。先端が輪状に小さく結んであって、これにひっかけてえぐり出すのだと熊造が説明するとお銀がぷっと吹き出した。

「そんな事が出来るなんてちょっと信じられないね」

お銀はそんな淫虐な刑をこれからお駒が受ける事になると思うと痺れるような嗜虐の情欲がこみ上げてくるのである。

「よし、赤貝が口を開こうが開くまいがそんな事にこだわるな。無理やりこじ開けて赤貝をひきずり出し、えぐり取れ」

と、三五郎はがなり立てるようにいったが、伝助は、何もそんなに荒立てる事はありませんよ、といった。

「俺達が手管を使ってお駒の身体を溶かして見せますよ、気分が乗ってお駒がマメを突き出して来た時、へへへ」

と、伝助が、それじゃ、健作さんの助っ人をやって参ります、といって雲助小屋の二階へ上がって行くと、三五郎は重四郎の方に眼を向けて、

「それじゃ、重四郎先生にはお手数だが、緋桜一家の生き残りの始末をお願い致しましょう」

そういうと、床几から、腰を上げた。

松林の惨劇

表に出ると重四郎は何やら重苦しい気分から解放された気分で大きく山の空気を吸った。核抜きの刑とか、赤貝の焼酎漬けとか、全く淫虐地獄へさまよいこんだ感じだ。重四郎は三五郎のあとについて歩きながら溜息をつくようにいった。俺も相当に嗜虐趣味者だがこの三五郎親分は俺より何倍も上だ、と重四郎は喧嘩支度のまんまの乾分達、数人に取り囲まれて歩く三五郎の後ろ姿を不思議そうにみつめた。その三五郎が振り返って重四郎に声をかけた。

「先生、これから斬って頂く玉は全部で五つだ」

重四郎はそれを聞いて、赤貝獲《ど》りの次は松茸獲りか、と、さすがにうんざりした気分になっていく。

そいつらの玉もみんな焼酎漬けにして三五郎一家の土蔵の中にしまいこんで記念に保存すると三五郎はいった。

「お、お駒の赤貝を焼酎漬けにした壺を囲むようにして松茸漬けの壺を五つ並べ、棚の上に置く、そ、そこで俺が日夜、緋桜一家の回向《えこう》をしてやるってわけよ」

そういって三五郎はクックックッと小柄な身体をひねって笑い出した。

松林の中、緋桜一家の五人の乾分はそれぞれ、松の木の幹を背にして立位で縛りつけられている。五人とも揃って丸裸にされているのだ。

そんなみじめな緋桜一家の捕虜を三五郎一家の身内達がぎっしり取り囲んで腹をかかえて哄笑していた。

「見ろ、からっきし喧嘩にゃ弱えくせに、どいつもこいつも一人前にでけえものをぶらさげてやがる」

三五郎一家の一人がいうと仲間達はどっと笑い出した。

「くそ、殺すなら早く殺しやがれ。いつまで見世物にする気なんだ」

緋桜一家の中では代貸の役を務める捨吉がブルブル屈辱に全身を慄わせながら、

「手前らも博奕打ちの端くれなら、喧嘩の定法ってのを知ってるだろう。敵側の生け捕りにこんなに赤恥をかかせるのが、手前らのやり方なのか」

と、昂ぶった声をはり上げるのだ。

「赤恥だと」

三下の源次は小鼻を動かせていった。

「それが赤恥なら、手前らの女親分はどういう事になるんだ。赤恥も赤恥、三五郎一家の酒盛りの席で大赤恥をさらしたんだぜ」

「なんだと。じゃ、手前ら、お駒親分を――」

木の幹を背にして素っ裸で縛りつけられている五人の男は揃って顔面を強張らせた。

「お駒はな。手前らのように素っ裸にされてよ。可哀そうに戸板に乗せられて、御開帳さ。わんさとつめかけている三五郎一家の眼の前に股をおっぴろげて奥の院までさらけ出したお駒の気持ちになってみな」

武造が笑いながらそういうと、木の幹につながれている緋桜一家の捕虜は逆上したように激しく身悶えし始めた。

「畜生。よ、よくもお駒姐さんを手前達――」

捨吉は歯を嚙み鳴らして口惜しがり、それが何とも痛快で三五郎一家の乾分達はどっと哄笑した。

「ハハハ、それから、お駒が今までどんな目に遭わされたか、手前達には想像出来ねえだろうな。ハハハ、緋桜一家を裏切った健作の手で張形責めにまでお遭いなすったんだよ」

「な、何だとっ」

捨吉達を一層、逆上させるために武造はお駒が三五郎一家の酒の席でどのような羞ずかしめに遭ったか、それを彼等に説明するのである。

「今頃は可哀そうにお駒姐さん、三五郎一家の戦勝の余興を演じさせられているぜ、裏切者の健作の手で核の皮を剝がされてヒイヒイ泣いている所までは俺も見たが、さてあれからどこまで進んだやら」

と、三五郎がさらに緋桜一家の捕虜達をカッカッさせるために揶揄した。

畜生っと捨吉達は憤怒に全身を痙攣させている。

「じゃ、野郎達の血も大分、上りつめて来たようですから重四郎先生、よろしくお願いします」

三五郎はそこに突っ立っている重四郎の方に顔を向けてニヤニヤしながらいった。

「うむ」

と重四郎はうなずいたが、ふと、前方に眼をやって、

「その前に、一つ、余興がある」

と、いった。

「いま、雲助連中に注意されて気づいたのだが、一人、玉斬りするのを忘れていた奴がおった。そいつを今、ここでチョン切り、玉斬りとはいかなるものか、そこの五人に示してやろうと思うのだ」

「へえ、つまり、前景気をつけるってわけですね。そいつは面白れえや。ところでチョン切る相手ちゅうのはどこのどいつなんです」

武造がたずねた時、松林の中へ数人の雲助が、女のように色白で華奢な体つきの男を後手に縛り上げて引き立てて来る。

髷の上に紫の手絡をつけて一眼で芝居の女形とわかる男だったが、滑稽なのは、なまめかし

い淡紅色の湯文字一枚を腰につけた裸身で、一歩、歩むごとにガタガタ腰のあたりを慄わせ、へなへなとその場にくずれそうになっている。

「しっかりしねえか、この野郎」

地面に膝をかがませようとすると、縄尻を雲助がぐいと邪険に引っ張って、その美貌の芝居女形を強引にこちらに向かって引き立てて来るのだ。

「この男はな、江戸、新富座の若手女形、立花屋雪之丞と申す奴だ」

「へえ」

武造も三五郎も眼をぱちぱちさせて女の腰巻を身につけている餅肌の奇妙な男を見つめるのだった。

雲助達に引き立てられて来る雪之丞の左右にカラス婆のお松とお里がぴったり寄り添い、出っ歯をむき出しにさせて何か楽しげに語り合っている。

お松はうるし塗りの壺を両手に抱えていたが、その中にはたっぷり焼酎がつまっているはずで、お松は今度こそどうしてもこの美貌の女形役者の松茸を手に入れるつもりになっている。

「今日は最後だから、お前さんの願いを聞き入れて恋しい恋しいお小夜さんのお湯文字をさせてあげたんじゃないか。お仕置の場に来て見苦しいあがきはおよしよ」

お里は蒼白な表情になって足元をガクガク慄わせている雪之丞を叱咤する。

「よし、そこの太い枝に女形の縄尻を結べ」

重四郎は緋桜一家の丸裸の捕虜が並ぶ、すぐその前の松の木を指で示し、雲助達にいった。

「さ、こっちへ来な」

雲助達は今にも泣き出しそうな雪之丞のスベスベした肩や背を押し、重四郎に示された松の木へ引き立てていく。

太い松の枝に縄尻をつながれて、そこに立った雪之丞はすぐ眼の前に五人の丸裸の男が横に並びそれぞれ、木の幹にかっちり縛りつけられているのに気がつくと仰天したのか、一瞬、眼を丸く見開くと、ブルッと全身を痙攣させた。五人の男の屈強な肉体、赤銅《しやくどう》色の肌、五本の見事な肉塊——雪之丞はまるで生娘のように真っ赤に頬を染めて、狼狽気味に視線を横にそらし、再び、ガクガクと腰のあたりを小刻みに慄わせるのだった。

「何もそんなに羞ずかしがる事はないじゃないか。女形とはいえ、あんたのものだって、あの連中にはひけはとらないさ。その湯文字をとりゃ、前の連中もきっと驚くよ」

お松は、モジモジ女っぽく身をよじって必死に紅潮した顔を伏せる雪之丞の腰のあたりを頼もしげに見つめるのである。

「雪之丞、あれからしばらく貴様の寿命を伸ばしてやったがもう見逃すわけには参らんぞ。覚悟は出来ておろうの」

重四郎がゆっくりと雪之丞の方に歩み寄って行くと、雪之丞はハッとして顔を上げた。

「お、お武家様、もはや、雪之丞、命は助からぬものと覚悟は致しております。でも、でも、私も一度は檜舞台《ひのき》を踏んだ事もある役者、追いはぎに身ぐるみ剝がされ、散々、嬲りものにされたあげく男の玉を斬り取られて往生しなくてはならぬとは、あまりにも、あまりにもみじめでございます」

重四郎は吹き出しそうになるのをこらえて、

「だから、何と申すのだ」

「一思いに、この首をはねて下さい。何卒、楽に死なせて下さいまし、お願いでございます」

「ならぬ」

と、重四郎はわざと吐き出すようにいった。

「そこにいる五人の男もこれから玉斬りの刑にあうのだ。だから、まず、貴様をここで血祭りに上げ、その連中に見本を示してやる」

「ああ、何と無慈悲な――」

「ブツブツ申すな」

天を仰ぐようにして雪之丞が情けなさそうにうめくのを重四郎は痛快そうに眺めてから、お松とお里の方に眼を向けて、

「雪之丞の腰のものを剝げ」

と、命じた。

お松とお里の手が雪之丞の腰をわずかに覆っているなまめかしい淡紅色の湯文字にかかって

その腰紐をゆっくりと解きにかかる。

「お小夜さんのお湯文字を最後に腰につける事が出来てよかったね」

お松はそういいながら、さっと雪之丞の腰より色っぽい湯文字を剝ぎとった。

「ああ、お嬢様っ」

お小夜の肌の温《ぬく》もりがまだ感じられるような淡紅色の薄い腰布が身から剝ぎ取られると雪之丞は自分の心の守護神も自分から離れて行ったような耐えられない気持ちになり、さっと横に顔をねじり、髷につけた紫の手絡をフルフル慄わせながら泣き出すのだ。

「何だ、こいつ、おびえやがって。小さく縮みこませてしまっているではないか」

重四郎は萎え切っている雪之丞の股間の肉塊を見ると声を立てて笑い出す。

「おい、カラス婆、少し揉んででっかくしてやんな。これじゃ、紐を結ばせる事が出来ねえよ」

雪之丞のそれに真田紐を結ばせて引張ろうとしていた雲助の一人は舌打ちしていった。

あいよ、とお松とお里はさも楽しそうな表情になって小刻みに慄える雪之丞の前に身をかがませると、だらりと力なく垂れ下がったその肉塊に手をのばし、柔らかく握りしめる。

「ああ——」

雪之丞は彫の深い、端正な顔立ちを苦しそうに歪め、のけぞらせるように白いうなじを浮き上がらせた。

その仕草がいかにも女っぽく、なまめかしく感じられて、三五郎と武造はふと顔を見合わせ、

「こういう野郎は、女とも出来、男とも出来、という不思議な生物なんだな。だが、案外、面白いものかもしれねえ」

と、薄笑いを浮かべ合う。

「よ、役者」

と、三五郎は声をかけた。

「一つ、ここで雲助を相手にして、どんな風に遊ぶのか、演じてみな。気に入ったら、先生に頼んで手前の玉斬りは勘弁してもらってやるぜ」

「ほ、ほんとうですか、親分さま」

雪之丞の表情に一瞬、生気が蘇《よみがえ》った。

「役者の手前が女っぽい色気をどこまで振りまき、雲助を楽しませるか、面白けりゃ、手前の命を助けてやろうってんだ」

「一生懸命演じます。で、ですから、どうか、玉斬りのようなむごい仕置だけは、堪忍して下さいまし」

雪之丞は三五郎の言葉に取りすがるように、必死な声を出すのだった。

よし、そんなら俺が、と雲助の中からまた豚松が名乗り出て、その女形役者とのからみを三五郎の前でやって見せようとする。

黄色い歯をむき出してニヤリと笑った豚松は汚い赤褌をその場で解き出して丸裸になると、

松の枝に縄尻をつながれている雪之丞の背面に廻るのだ。

　ここで雲助相手に実演して見せれば命が助かる――そう思った雪之丞は、背後から豚松の獣のように毛むくじゃらの汚い裸身に抱きすくめられると必死になって女っぽいしなを作って身悶えて見せる。

「ううっ」

　豚松の怒張した肉塊を受け入れるのはいわずと知れた双臀だが、雪之丞は両腿を左右に割って豚松のそれを深く沈ませるべく懸命に悶えているのだ。

「ハハハ、こいつは面白えや」

　三五郎一家の乾分達は雲助に背後からからみつかれている女形役者を取り囲むようにして声を上げて笑った。

「よ、手前らも冥土のみやげによく見ておきな。女形と遊ぶにゃ、あんな風にするんだ」

　処刑される前にこんな珍しい見世物を興行して下すったうちの親分に感謝するんだな、と武造は松の木の幹を背にしてずらりと丸裸に縛りつけられている緋桜一家の、まるで地獄の景色を見ているかのように、血の気を失った顔をした捕虜達五人を見廻し、面白そうにいった。

「おい、女形、しっかりケツを振って雲助を楽しませねえと手前の玉を斬られるんだぜ。わかってるのか」

　やくざの一人に声をかけられると雪之丞は狼狽気味に、ハ、ハイ、と返事をし、必死の様子で甘い悶えを示すのだった。

　そして、雪之丞の女っぽい華奢な肩先を背後から両手でがっしりとつかんだ豚松が腰部を荒々しく躍動させせて雪之丞を貫いた。

「あっ、アアー」

　と、雪之丞はうなじを大きくのけぞらせて大きく喘ぎ、双臀をうねり廻すのである。

　それだけではなく、雲助に熱い悦びを訴えるかのよう、麻縄に縛り上げられた火照った裸身を弓なりにさせて背後から責める豚松に甘えかかっていく。

「ああ、豚松さん、私しゃ、嬉しい。お願い、舌を舌を吸って下さいまし」

　上気した顔をぐっとねじ曲げるようにして背後の豚松に気もそぞろになって口吻を求める雪之丞を見物するやくざ達は揃って哄笑する。

　垢にまみれた豚松の顔に顔をすり寄せるようにして舌を吸い合う白色の女形役者はその最中にも巧みに双臀をうねらせるようにして豚松を求めようとし、次に豚松から口を離すと女っぽく悶えて、

「ああ、何と、気分のいい。ねえ、豚松さん」

　と、熱っぽく喘ぎつづけるのだった。

　見物人達に男同士の愛欲行為を面白おかしく見せるための演技だけではない事が、雪之丞の

股間の隆起に現れている。

先ほどまでは完全に萎えてしぼんでいた雪之丞は見事に屹立して双臀に合せてブルブル慄えている。

「へへへ、見ろ、気分を出してやがる」

雲助の一人が面白がって正面から雪之丞のそれを鷲づかみにすると、雪之丞は、ああ、とか、うう、とか女っぽく身をよじらせて嗚咽するのだ。

「江戸で名を売っている若い綺麗な女形をこんな風にいたぶるのは小娘を玩具にしているより面白え時がありますよ、親分」

雲助の首領である権三が愛想笑いしながら切株に坐っている三五郎にいった。

「なるほどな」

三五郎はいささか嫌悪に顔をしかめながらも口元に冷笑を浮かべていった。

そして雲助達もただ見物しているだけでは物足りなくなったのか、豚松に尻を貸している雪之丞につめ寄っていたぶり出したのだ。

「ああ、そ、そのような——嫌っ、嫌っ」

雲助達の毛むくじゃらな手で一物をつかまれ、激しくしごき出されると、雪之丞は羞恥と狼狽を示して真っ赤に火照らせた顔を激しく揺さぶり出す。

それがいかにも女っぽい身のこなし方なので周囲を取り巻く三五郎一家の乾分達はまた、どっと笑い出しからかうのだった。

「豚松さん、お、お願い、早く思いを遂げて下さいまし、このままでは私の方が先に気が——ああ豚松さん」

荒々しく喘ぎながら雪之丞はうめくようにいい、豚松を一気に追いこもうとしてまた激しく尻をうねらせる。

「ふん、お前、女みてえな事言いやがって、それじゃお望みどおり、そうさせてもらうぜ」

雪之丞はそうした努力の甲斐があって豚松がさらに腰を前後に動かし、痙攣を示すと、雪之丞は狼狽のうちにも媚《こ》びを含んだ声音で、ああ、豚松さん、嬉しいわ、といい、力一杯、抱きしめられた豚松の手の中で甘えかかるようにくなくなと緊縛された裸身をよじらせるのだった。

と、同時に雲助のごつい手で握りしめられているその部分を通じて背骨まで沁み入るような鋭い感覚が走り、

「お手を汚します。許して下さいまし」

と、絶息するような口調でいうと、うう、と背面にまだしがみついている豚松の肩のあたりにまで真っ赤に火照った顔をのけぞらせた。

雲助の握りしめている毛むくじゃらのごつい手の中へ熱いものをほとばしらせた雪之丞はそのまま、ぐったりと上気した美しい顔を横に伏せて女のような長い睫毛をうっとりと閉じ合わせるのである。

「どうだい、おい、女形。気分がよかったか」

雲助達は雪之丞に放出させると、歯をむき出して笑い合う。

「親分さんの前で、こ、こんな無様な姿をさらし、雪之丞は気が狂うほどの羞ずかしさでございます」

雪之丞は眼を閉じたまま喘ぐようにしていい、まあ、たっぷりと出したわね、とカラス婆のお松やお里にその部分をチリ紙で拭わせると、とろりと潤んだ色っぽい瞳をそっと開いたり、閉じたりして何ともいえぬ羞じらいの色を顔面に滲ませるのである。

「こ、このようなみっともない恥をさらし、穴があれば入りたい気持ちでございます」

と、声を慄わせて、その通り、消え入るような風情を見せる雪之丞をお松とお里は頼もしげに見つめながら余韻のしたたりを綺麗に拭い取ってやる。

「なかなか面白かったぜ。江戸の人気女形に雲助とのからみを見せてもらえるとはな」

三五郎は武造の顔を見て笑った。

雲助達に満座の中で凌辱され、情念のしたたりを噴出させてしまった身体をカラス婆二人に始末された雪之丞は、自分をそこで更に女っぽく泣いて見せる事によって、やくざ達の好奇心を煽り、また、憐憫の情を起こさせる事になると計算したのか、そのまま身も世もあらず羞恥の身悶えを示しながら、声をひそめてシクシクと泣き出すのである。

大恥をさらしたが、これで何とか自分の一命だけはとりとめたいという思いであったに違いないが、雲助達数人が武造の命令で自分のすぐ前に棒ぐいを打ちこみ、それに真田紐を手にして自分の股間と棒ぐいの距離を計り始めているようなので雪之丞はギョッとしたように泣き濡れた瞳を開いた。

「おい、女形役者。最後にそれだけ楽しませてもらえばもうこの世に思い残す事はねえだろう」

武造のせせら笑いながらいったその一言が雪之丞の肺腑をえぐった。

「そ、それは、どういう意味でございます」

眼をつり上げて、わなわな唇を慄わせる雪之丞に向かって武造はいった。

「きまってるじゃねえか。今度は玉斬りの見世物を披露して頂こうってわけさ。そこに並んでいる緋桜一家の玉を斬り落す前に手前に前座をつとめて頂こうってわけさ」

「な、なんですって。そ、それでは、約束が――」

違います、というのも恐怖の慄えで言葉にならなかった。

「その代わり、俺達に雲助とのからみを見せてくれた礼というわけで、チョン切った後はすぐに首を吊り、楽に死なせてやるぜ」

武造はそういって乾分達に地面に転がっていた酒の空き樽を運ばせて来る。

「さ、その空き樽の上に乗りやがれ」

雲助達は恐怖に眼をつり上げている雪之丞の緊縛された裸身に左右前後から手をかけて無理やり空樽の上に乗せ上げる。

松の太い枝の根元に首吊り用の縄をしかけた雲助はそれを酒樽の上に乗った雪之丞の首にひっかけてピーンと張り、腹をかかえて笑い合った。

「この期《ご》に及んで、そんな情けない面《つら》をするねえ。手前だって男の端くれなんだろう」

生まれたままの丸裸を麻縄で後手に縛り上げられ、酒樽の上に乗せられて、次に荒縄の環《わ》を首にかけられ、絞首刑にかけられようとしている何とも哀れで、また、滑稽な女形を見ると、三五郎も武造も手をたたいて笑いこけるのだった。

「この酒樽をポンと足で蹴り飛ばしゃ、手前はここで宙ぶらりんで、すぐにあの世行きだ」

雲助達は酒樽の上でガクガク全身を慄わせ、もう生きながら死んだように顔面を蒼白にしている女形を面白がり、わざと酒樽を足で揺り動かしたりして相手をおびえさせようとしている。

「あ、あまりにも無慈悲でございます。散々に弄《もてあそ》んでおきながら、最後にはこのように嬲り殺しにするなど――ああ、助けて誰か、お助け下さいっ」

雪之丞は雲助達に揺さぶられる酒樽の上で身慄いしながらもはや恥も外聞もないといった風に大声で救いを求めポロポロ涙をこぼしているのだ。

「馬鹿野郎、ここは、雲助部落のお仕置場だぜ。カラスにでも助けてもらう気か」

やくざ達は縄の首環をかけられた顔を歪めて泣きじゃくっている雪之丞を見上げて哄笑したが、今まで切株に腰を降ろし、徳利の酒を飲んでいた重四郎が腰を上げた。

「後がつかえておる。早く支度を致せ。もう女形には食傷気味だ。斬るなら早く斬ってしまいたいものだな」

へい、と雲助達は真田紐をつかんで雪之丞の一物を再びつかみ上げようとする。

「ああ、そ、そればかりは——ああ、嫌っ、嫌っ」

雪之丞は屈辱感に泣きわめきながら、緊縛された裸身を揺さぶり、腰をひねらせ、懸命に逃れようと身悶えしている。

「そんなに暴れると、酒樽が倒れて宙づりになっちまうぞ」

「そ、その方がましでございます。そんな所を斬られる位なら、先に死なせて下さいましっ」

雪之丞は泣きわめいて雲助の手が一物を握りしめてくると激しい狼狽を示し、むしろ、自分の足で酒樽を蹴り、首を吊って生恥をさらす事より逃れようとしているのだが、

「おとなしくしねえか、この野郎。こいつをバッサリ斬ってもらって女になって死ねるなんて手前にとっちゃ本望じゃねえのかい」

と、雲助達はがなり立て、別の麻縄を持ち出して来るとガクガク慄わせている雪之丞の下肢をぴったり揃え合わせて縛り始め、身動きを完全に封じこめようとする。

雪之丞の女のように色白の華奢な足首からツルツルした脛あたりまで麻縄をきびしく巻きつかせて固く縛り上げると、完全に身動きを封じられた雪之丞はもうなす術がなくなったようにがっくりと前に首を垂れさせ、肩先を慄わせて嗚咽している。

「どうだい、これで諦めがついたろう、ざまあみやがれ」

雲助達はゲラゲラ笑いながら雪之丞の一物を鷲づかみにするのだ。

「早く支度にかかれ。時間が惜しい」

重四郎は腰の太刀を抜きながら、チラと権三の方に眼をやった。

「権三。この土地へ流れこんだ浪路と菊之助は何としても生け捕りにしなくてはならんぞ。貴様の乾分を斬り捨てた菊之助はこのような方法で処刑してやるからな」

重四郎の手にした反りの入った太刀に雲助の一人が桶の水を竹柄で掬って注ぎかけている。

それを眼にした雪之丞はもはや顔面からすっかり血の気を失っていたが、紫色に変じた唇をわなわな慄わせて、

「お、お武家様っ、こ、これでも雪之丞は江戸で檜舞台を踏んだ事もある役者でございます。そんなむごたらしい方法で殺さないで下さいまし」

いっそ、そのお刀でこの首をはねて下さいまし、と最後の哀願をくり返すのだったが、重四郎は耳をかさず、雲助はつべこべぬかすな、といいながらキリキリと紐で一物の根を縛りつけていくのだった。

「袋つきのまま斬り落すからなるべく根元の方を固く縛れ」

「へい」

雲助達が雪之丞のその付根に真田紐を二重三重に巻きつけ出すと、雪之丞は両腕、両肢をきびしく縛り上げられた裸身を痙攣させながら、すっかり自分を失って、

「嫌っ、ああ、嫌です。そんな所を斬られるのは嫌っ、死んでも死にきれません」

と、泣きじゃくり、また、見物の男達をどっと哄笑させるのだった。

雪之丞のそこを固く結んだ真田紐はたぐられて前の棒ぐいに結びつけられ、雪之丞のそれはピーンと前に引っ張り出された形になっている。

「お松、焼酎漬けにする用意はいいな」

重四郎はカラス婆のお松の方をチラと見てから酒樽に乗っかっている雪之丞の方へ近づいた。

首吊り縄を首にかけられ、酒樽の上でガタガタ慄えている丸裸の女形を見ると、重四郎は思わず吹き出すのだ。

「何というみっともない姿をさらしておるのだ」

それでも、雪之丞は狂気したように首を振り、うわ言のように、嫌ですっ、そこは斬らないでっ、とはかない哀願をくり返している。

「お前さんもちっとは名を売った役者なんだろ。この期に及んでそんな悪あがきをしちゃ、末代までの笑いものになっちまうよ」

お松が笑いながら雪之丞を見上げていった。

「重四郎先生が見事に斬り落として下さりゃ、綺麗に水洗いして、この焼酎壺に漬けてあげるよ。それから毎晩、お前さんの事を思い出しながらお里さんと二人でこの焼酎を頂く事にするからね。これは私達にとっちゃ、若返りと長生きの妙薬になるんだよ」

「ああ、お前様方は、気が、気が狂っているのです。お願いです。そ、そのような馬鹿な真似はおやめ下さい。ああっ」

重四郎がわざと太刀の切っ先を真田紐にえぐられている肉塊にふと触れさせると、雪之丞は絞め上げられるような声を出した。

「覚悟をきめろ、雪之丞」

重四郎は腰を据え直して太刀を振り上げる。

「嫌っ、嫌ですっ」

土壇場に追いつめられても雪之丞は緊縛された裸身を身悶えさせて泣きわめいているのだ。

「化物め。くたばれ」

重四郎は振りかざした太刀を、えいっ、と振り降ろした。


「ギャ――」

と、その瞬間、雪之丞は魂を押し潰されたような悲鳴を上げる。

鮮血が飛び散り、雪之丞の太腿にしたたり落ち、脛のあたりまで真っ赤に染めている。

うわっと、驚きとも歓声ともつかぬ声が見物の男達の口から洩れた。「お見事」と、重四郎の玉斬りの芸をほめるやくざもいた。

少し離れた所に縛りつけられている捨吉達、緋桜一家の捕虜達はそのむごたらしさに思わず顔をそむけたが、残忍さを売りものにしているような三五郎一家は顔色一つ変えない。

「女形を殺すと、本当に化けて出るかもしれませんぞ」

定次郎が苦笑しながらそういい、

「さ、楽に死なせてやるから、そんな恨めしい顔をするな」

と、前に進むと、首縄でぐったりとなった身を支えられている血の気のない雪之丞の足元を刀の鞘で払った。

踏み台にしていた酒樽が定次郎の足で蹴り倒され、雪之丞はそのまま首縄で体重を支えられたようにブラリと宙づりになる。

玉を斬り落としたあと、絞首刑を執行したわけだが、三五郎一家の身内はそんな無残な姿となった雪之丞に対しても罵倒し、嘲笑を浴びせかけるのだった。

「どうだい。女となってあの世へ旅立てるんだ。いい気分だろ」

といい、博徒達は、次に緋桜一家の捕虜達に興奮した顔を一せいに向ける。

「わかったかい。玉斬りの刑とは大体、こんな要領でやるんだ」

さ、次は手前らの番だぜ、と、武造はせせら笑っていうと、重四郎に向かって、

「じゃ先生、あの野郎達の方もお願い致します」

と、声をかけるのである。

お駒無残

三五郎が緋桜一家の生き残りの処刑をすませて雲助部落まで引き返すと、権三の小屋から定次郎が慌て気味に飛び出して来て、早く、早く、と三五郎と重四郎を痛快そうに手招きした。

「間もなくお駒が昇天するところだ。今、見物として一番、愉快な所でござる」

そんな事で何を子供みたいに悦んでいるのだ、と重四郎は一瞬、はしたないぞ、というむつかしい顔を見せたが、それっとばかりに小屋めがけて走り出す三五郎のあとに続いて、重四郎も負けずとばかり駆け出していた。

「いやはや、熊造と伝助の手管は見事なものであった。あの姫泣き油とか申す妙な薬を二人がかりでお駒の女陰、奥深くに塗りこみ、巧妙な手管で指先で掻き立てる。乾分達に乳房を揉まれ、両腿に口吻され、足の指先までしゃぶられたとなってはお駒ももはや耐えようはあるまい」

と、定次郎は重四郎に寄り添ってニヤニヤしながら低い声でいった。

お銀がいいかげんに酔っ払って二階へ上がりお駒のいたぶりに荷担しているというのだ。

三五郎の乾分達、それに酔っ払ったお銀に酌婦達が戸板の上へ仰臥位につながれた素っ裸のお駒にからみついていたぶりの限りを尽していた。左右に大きく割れた両腿の中心、女の羞恥の源泉を一手に引き受けて巧妙な技巧を発揮しているのは熊造と伝助の両人であって、熊造の指先は甘く溶け出した花襞《ひだ》の奥にまでくぐりこんで遮二無二、掻き立てているし、伝助は微妙な突起を示し出した肉芽を指先で軽くつまんで小刻みに揉み上げている。先ほどまで裏切り者の健作の手が肌に触れて来た時は憤怒の極《きわみ》に達したように、

「健作っ、お、お前という男は――」

と、毒づき、嫌悪感と怒気とでお駒は柳眉をつり上げて狂ったような反発を示したのだったが、熊造と伝助が健作と持ち場を交代してお駒の腿の付根あたりに密着し、濃密な漆黒の繊毛を優しさをこめて撫で上げ、催淫薬などを使って巧妙に掻き立てるとお駒のつんざくような悲鳴は次第に稀薄《きはく》なものになっていく。色の道の奥義を極めたと自慢する遊び人の熊造と伝助の手にかかってお駒は進退極まった感じになったのだ。

やはりそこは女の哀しさ、お駒の女陰は熊造と伝助の淫らな刺激を徹底して加えられると、花襞は潤みを湛えて膨張し、膣口の開口をはっきり示し出す。お銀と健作の二人は左右からお駒の両乳房を掌で粘っこく揉み上げていたが、そうしたたまらない嫌悪の感情が熊造と伝助のいたぶりと呼吸して甘美な肉の疼きに変わり出したのだ。

お駒の怒号に似た叫び声や悲鳴が次第にかすれて来て喜悦を告げるような狂おしい啼泣に変化し始めたのでお銀は、おや、といった表情になってお駒の下腹部に眼を向けた。そして、お銀は熊造の巧みに操作する指先にお駒が粘っこい樹液をはっきり伝えているのを感じとると、何ともいえぬ嬉しそうな表情になった。

「さすが玄人の熊造さんの手管は見事なもんだね。男嫌いのお駒姐さんもとうとう身体を濡らして来たよ」

そこへ三五郎が重四郎や定次郎達と一緒に階段をかけ上がってくる。

「お前さん、お駒姐さんはようやく気分を出してくれたようだよ」

くなくなと左右によじらせているお駒の腰のあたりに三五郎がニヤニヤしながらお銀と並んで腰をかがませると朦朧《もうろう》とした気分に陥りかけていたお駒はハっとして、狂気したように大股開きにされた裸身をのたうたせたが、それはお駒の最後のはかない悶えに過ぎなかった。敵方の親分とその妾の眼前にこのような醜態をさらしている我が身の情けなさ、みじめさにお駒は声を慄わせて泣き出すのだが、熊造は嵩《かさ》にかかったように激しく指先二本で掻き立て、お駒の熱い樹液はまるで汲みだされるようにあふれ出てくる。

「あっ、あっ」

と、お駒は汗ばんだ首筋を大きくのけぞらせ、我を忘れて喜悦の叫びを洩らすのだった。重なり合った肉壁が熱く溶けて開花し、奥の院まで露わになったのを見てとると三五郎は周囲を埋めている乾分達を見廻してケッケッケッと異常者めいた笑い方をして見せた。

「どうだい、見ろ、お駒親分、すっかり燃え上がっちまったぜ。三五郎一家に可愛がられて可愛いお核まではっきりのぞかせてやがる」

乾分達は一せいに哄笑した。

「自分の方から貝柱をおっ立てて早くえぐり取ってくれとねだっているんだ」

三五郎は腹を揺すって笑いながら、

「まあ、待ちな、お駒。今生の思い出にもう少し、いい思いを味わわせてやるぜ」

三五郎は熊造の背中を小突いて、お駒に一度、こってり気をやらせてやんな、と声をかけた。

へい、と熊造はそばに置いてある金盥《かなだらい》の中から男根をかたどった筒具をとり出した。牛の骨で出来た張形だが、周りがぐるりと細い繊維みたいなものでくくってある。これは女泣かせの妙具で周りを包んでいるのは九州特産の肥後ずいきなんです、と熊造は三五郎に説明した。先ほどから金盥の中に入れたお湯でずいきを柔らかくしておいたから効果抜群、こいつを使われりゃいかに男嫌いのお駒姐さんでもすぐに気をやりますぜ、と、熊造はせせら笑いながらその珍妙な筒具をお駒のしどろに溶けた女の部分に当てつけようとした。お駒は懸命にそれを避けようとして腰部を揺さぶったが、心身共に疲れ切ったのか、くなくなと身体が揺れるだけでもはや反発の気力は喪失している。

「ロ、口惜しい」

と歯がみして泣くだけで熊造がぐっと押して出る筒具を抗す術もなく、熱く熟した襞の層は無意識のうちにそれを包みこんでいる。

「ちょいと待ちな」

と三五郎は張形責めを開始しようとする熊造に声をかけた。

「どうせそいつが終わったら、赤貝を抜き取られてこの世からおさらばする女なんだ、最後なんだからうんと楽しませてやろうじゃねえか」

三五郎はお駒の乳房に頬をすり寄せたり、赤い乳頭を口に含んで吸い続けている健作を手招きしてそばへ呼び寄せた。三五郎に耳うちされた健作は、

「そりゃ、ありがたいんですが、何しろ相手は緋桜のお駒さんですよ。そんな事すりゃ頭に血が昇って噛み切られてしまいますよ」

と、苦笑いして尻ごみしたが、三五郎は、

「もうお駒にそんな気力は残っていねえよ。うんといい思いをしたいと燃えたぎった身体をもてあましているはずだ」

といって笑った。

三五郎は健作にお駒の顔の上にまたがっておめえの一物をとことんお駒にしゃぶらせてやりな、と告げたのである。そして、熊造には、

「おめえがうまく間合いを計って、二人、同時に気をやらせてやんな」

というのだ。

緋桜一家にとっては恨み骨髄に達するといいたい位の健作の一物を女親分のお駒にしゃぶらせるという着想に三五郎は酔ってしまっている。

「やい、お駒、手前を裏切った健作に俺は何か礼をしてやりてえんだ。何がいいかと健作に聞

くとおめえにしゃぶられてお前の口の中で気がやりてえだとよ」

三五郎がそういうと乾分達はどっと笑い出した。

熊造の手で太いずいき巻きの張形を深々と女陰に呑みこまされているお駒だが、嘔吐《おうと》が出るような嫌悪感を感じたのか、一瞬、形のいい頬からは血の気が失せた。三五郎はそんなお駒ににじり寄るようにしていった。

「何でい、その顔は。いいか、いくら裏切者の健作を恨んだところで手前は間もなくこの世とおさらばするんだ。なら、裏切者の健作の一物を吸い上げて口の中へ出させてやる位の善根をほどこしてやんなよ。手前も腰を揺すって張形を奥へ吸い上げ、健作と同時に気をやり合う。な、俺はなかなかいい事を思いつくだろう」

そして、三五郎は、

「いわれた通りにしねえと捨吉以下五人の玉は斬り落とすからそう思え」

と、お駒をおどしにかけるのだが、それをそばで聞いていた重四郎は呆れ果てた顔になった。斬り落とすからそう思え、といったってつい今しがた五名の捕虜の玉を重四郎は斬り落とし、風変わりな処刑執行人の役を果たして来たのである。今、階下ではお松達がカラス婆から鬼婆に移行して雪之丞以下の六個の玉を区分けして焼酎漬けの作業にかかっているはずである。

三五郎はまだ捨吉達五人が生きているとお駒に思わせ、お駒を脅迫する材料にしているのである。

「あの悪どさ、卑劣さにおいて俺達、親分の足元にも及ばぬな」

と、重四郎は定次郎の耳に口を寄せて小声でいった。

「そうさ。恐らくあの親分、お駒の赤貝を抜きとる直前に五個の焼酎壺をお駒の眼の前に並べる魂胆なんだろう。三五郎親分は嗜虐の鬼でござるよ」

「それでは親分さんのお言葉に甘えて」

健作はふと照れ臭そうに笑って周囲を見廻しながら、裾からげしてお駒の顔の上にしゃがみこむようにした。

「さ、お駒姐さん、お願い致しましょうか」

健作は屹立した一物を横にそむけているお駒の頬にすりつけた。

身も心も微塵《みじん》に打砕かれてしまったお駒だが、それでもまだわずかに嫌悪の感覚が残っているのか、ハッと狼狽したように上気した顔をねじり、それから逃れようとして懸命に身悶えした。しかし、それもほんの一瞬で、

「やい、しゃぶらねえか」

と、武造に激しく頬をぶたれ、健作に両頬を押さえられてぐっとたぐられると精と魂も尽き果てたように大きくうなじをのけぞらせ、健作の醜悪な肉塊に固く結んだ唇を押しつけるのだった。

「そんな熱のないやり方じゃ、捨吉達の命を救ってやるわけにはいかねえぜ」

三五郎一家の乾分達は健作のそれに唇を押し当てたお駒を見ると全身を息づまらせ、口を揃えてはやし立てた。

(捨吉、吉造、裏切者の健作にこんな事をしなきゃならない私をどうか、許して)

お駒は錯乱の中で血を吐くように口の中で叫ぶと、淫鬼に化したように執拗に押しつけてくる健作の肉棒にはっきり舌先で奉仕し、やがて、唇を開いていくのだった。

そこに至って、雲助小屋の中は興奮の坩堝《るつぼ》と化した。

緋桜一家を裏切って三五郎一家に内通していた健作を心身ともに打ち砕かれた緋桜一家の女親分が唇と舌先を使って愛撫している――正に信じられない出来事で、三五郎とお銀は肩をたたき合うようにして狂ったように笑いこけている。

顔面にまたがるようにして、のしかかって来た健作の一物をしっかり口に含んだお駒は、その瞬間はさすがに火のような汚辱の戦慄にガクガク全身を慄わせたが、熊造と伝助の巧みな筒具使いにたちまち肉芯は痺れ切り、不思議な被虐性の快美感の中にお駒はどっぷり浸り切ってしまったのである。

酌婦のお紋はこの淫虐の余興を更に調子づけるために三味線を取り出し、都々逸《どどいつ》など唄い始めている。

――抓《つね》りゃ紫、喰いつきゃ紅よ、色で仕上げたこの身体――

押すと見せかけて引き、引くと見せかけて押す巧みな熊造と伝助のさばきでお駒はぎっしり埋め尽す男女の眼前で女の狂態をはっきり示すようになった。

健作を到達させねえと捨吉達の命は保障しねえぜ、と、武造におどされるとお駒は無意識のうちに荒々しい息使いになって一気に健作を追い上げようとするかのようにせわしげに舌先を使い始めるのだ。

と同時に、自分もまた、極楽の頂上に達しようとするかのように腰部を浮き上がらせ、貪欲に熊造の責め具操作に応えようとするのだった。

そんな狂態を示し始めたお駒にぴったり寄り添うようにしたお銀が、

「フフフ、お駒さんよ、緋桜一家の裏切り者をしゃぶり抜く気分はいかが」

などと、からかったが、お駒の耳にはもうそれも聞こえず、全身を火柱のように燃え立たせて狂乱したように遮二無二、健作を愛撫するのだった。

何か魔物がとり憑《つ》いたような激しさを発揮するお駒に煽られて、下腹部が痺れ切り、健作が耐え切れずに自失すると、お駒は喰いしめたまま、歯の間より異様な声をはり上げた。同時にお駒も遂に快楽源を突き破られ、咆哮《ほうこう》に似たうめきを洩らしたのである。

開股にかっちりと縛りつけられている伸びのある両肢が痙攣し、青や赤の血管が美しい地図のように滲んでいる乳色の内腿がピーンと張る。

「へへへ、緋桜一家の女親分さん、とうとう極楽往生なさいましたぜ」

熊造がそういうと、息をつめて周囲を埋めていた男達がわっと歓声を上げた。

健作から口を離したお駒は精根尽き果てたようにがっしり横に上気した頬を伏せる。

乱れに乱れた黒髪で半ば覆われているお駒の頬には白濁の涎が粘りつき、そのまま長い睫毛をうっとり閉じ合わせている横顔には凄艶なばかりの婀娜っぽさが滲み出ている。

「健作、手前がお駒に嚙み切られるんじゃねえかと、実は冷や冷やしてたんだ。無事でよかったな」

武造は思いを遂げて立ち上がり、褌をしめにかかっている健作を見てゲラゲラ笑った。

「最後にお駒に一発かませて、何ともいえぬいい気分だろう。どうだい、健作」

などと三五郎の乾分達から次々に冷やかされ、健作は、えへら、えへら笑ってキョロキョロ周囲を見廻している。

一方、戸板の上のお駒は陸《おか》に打ち上げられた魚のようにぐったりとなり、しかし、麻縄に緊め上げられた形のいい乳房を大きく波打たせているのだ。

「へへ、ざまあ見やがれ」

裏切者をしゃぶりながら、筒責めにされ、三五郎一家の酒盛りの席で気をやるなんて、とんだ女親分だ、などと三五郎と武造は顔を見合わせて笑い合った。

どのように嘲笑されようと愚弄されようとお駒には反発の気力など微塵もない。まだ、昂ぶりの覚めない熱い頬を戸板に押しつけるようにして、恍惚の余韻にうっとり浸るかのよう、薄く眼を閉ざし、半開きにうっとりした唇で息づいているのだ。

「見ろ、お駒の奴、ぐうの音《ね》も出やしねえ」

三五郎はせせら笑って、乾分達を見廻してから再び、お駒に向かっていうのだった。

「これで思い残す事はねえだろう、お駒、焼酎漬けにされる覚悟はできたろうな」

裸流し

二艘の船は黒い水の流れの上をゆるやかに進んでいたが、途中でそれぞれ方向をかえた。一艘には女郎屋へ遊びに行く重四郎と定次郎、もう一艘の方にはこれから簀巻《すま》きにしたお駒を川下の方へ流しに行くために武造、そして熊造に伝助、それに健作などが乗り合わせている。

武造達の乗る舟の板張りには荒筵で簀巻きにされたお駒が転がっている。まだ死んではいない。荒筵の間から麻縄を巻きつかせた乳房がのぞき、かすかに波打っている。

重四郎と定次郎は簀巻きにされたお駒が乗った舟の護衛と川底へ沈められるお駒の検死役を三五郎に頼まれたのだが、もうこれ以上、気味が悪い、という理由で熊造と伝助にあとを託し、自分達は岸辺に舟をつけて土手づたいに今夜の先勝祝賀会会場になっている紅ぐも屋という女郎屋へ向かう魂胆だった。

「さらばじゃ、お駒」

と、定次郎は遠ざかって行く熊造達の舟に手を振って徳利を片手に舟の先に坐りこんだ。

「今日は玉斬りをやらされたり、赤貝のくりぬきを見せられたり、全く持って残酷に尽きた一日だったな。それに焼酎漬けに簀巻きの川流しか」

重四郎は川の中へ唾を吐いた。

重四郎は雲助小屋でいよいよお駒の赤貝が切りとられるという時、俺は血を見るのが嫌いだといって小屋から逃げ出したが定次郎は三五郎の用心棒だから最後まで仕置の場と化した雲助小屋にとどまり、三五郎の横についていたという。

「いや、お銀を始め、お松やお里、それに酌婦達まで立ち合って酒に浮かれて仕置の手伝いをするから驚いた。あそこは異常者村、いや、鬼畜生村とでもいうかな。驚き入ったよ」

松茸とか赤貝の焼酎漬けを作る村が他にあろうか、と、重四郎はゲラゲラ笑った。

南方の蛮族の中には捕虜の首を切り落して乾首にしたり、頭蓋骨で食器を作ったり、また、一物を切ってそれを乾し物にして、お守りなどにする風習を持つという事を誰かに聞いた事があったが、三五郎一家の残虐性はそんな蛮族の行為を上回るものであると重四郎はいった。

生け捕りにして敵側の女親分を酒席で散々、嬲りものにしたあげく、核を切りとって焼酎漬けにするとは、その淫虐さは常軌を逸したものだが、三五郎一家の乾分達はそれをまるでお祭り騒ぎのようにはしゃぎながら演じようとしているのである。やくざ達だけではなく、雲助達も大喜びで三五郎一家の接待にかかり、自分達もまた、この酒盛りの席に加わって嬲りものにされる美しい女親分を見物し、嗜虐の興奮をやくざ達と一緒に享受しようとしている。

また、紅ぐも屋からかり出されてきた娼婦達ももうこんな事には馴れ切っているのか、男達の酒の酌をしたり、男達と抱き合ってふざけながらこれより淫虐に責めさいなまれる俎《まないた》の上の美女に好奇の眼を走らせているのだ。

いや、むしろ、やくざ達より娼婦達の方が貪欲にこの嗜虐の興奮に酔い痺れようとしているようだ。三五郎一家の接待のためにかり出されてきた紅ぐも屋の娼婦は、お紋、お春、玉枝など、すべて古狸のような女郎ばかりであったが、自分とは異質の世界にある女、まして、緋桜一家の女親分であるお駒のような女に対しては一種の陰険な敵愾心《てきがいしん》を抱いている。美貌と恰好よさだけを売り物にしやがって、という異常なひがみを持っているわけで、それが男達の手でいたぶられ、万座で赤恥をさらす事になると思うと、胸のすくような気持ちになるのだった。大勢の乾分達にチヤホヤされて、親分とか姐御とか呼ばれて、自分達にとっては影さえ踏めぬ雲の上の恰好のいい女がその高慢ちきな鼻をへし折られて汚辱の泥沼へたたきこまれるのだと思うと少しは自分達、苦界《くがい》にいる女の辛さを味わうがいいといった痛快な気分になる。

お駒を嬲りものにする酒の席へそうした陰険さを持つ娼婦達を連れてきたというのは残忍さを売りものにしているような三五郎の計算がそこにあったのかもしれない。男達よりも女達の方がむしろ陰性の残忍性を持っている事を三五郎は知っているようだし、また、男達より女達の眼の前で生恥をさらす方がお駒のような気丈な女にとってはどれほど辛いか、それも三五郎は知悉《ちしつ》しているようであった。

だから、重四郎はこの三五郎という男、なかなか面白い男だと、彼が自分と共通した嗜虐性を持っている事に気づき、親近感に似たものを感じ出したのである。

「だが、どうも今日のような日は気が重い。お駒の怨念で何か不吉な事が起こらねばいいと思っているのだが――」

と重四郎は薄赤く染まった夕暮れの空を見上げていった。

不吉な事が生じたのは熊造と伝助の方だといえるだろう。簀巻きにしたお駒をまだかすかに息のあるうちに川底へ沈めた熊造達は、不気味にゆらぐ黒ずんだ川面《かわも》を見つめながら、何だか後味が悪いな、さ、早く舟を岸へつけてこれから飲み直しだ、と三下に櫓《ろ》を漕ぐ速度を早めさせたのだが、事件が生じたのはそれから間もなくの事だった。

第六章　作戦会議

土手の仇討ち

岸に舟をつけて、土手の上に上がった武造達は健作達の一行をせかせるようにして女郎屋商売の紅ぐも屋へ向かった。

土手の草を踏んで、坂道を降りようとした時、すぐそばの柳の木のうしろから、

「お待ちなさい」

という女の声がして、男達はギョッとして身をすくませた。

もう日は落ちかかって、風が強く吹き出し、柳の枝は激しく揺れて、場合が場合だけに今、川底へ沈めたお駒が幽霊となって出現したと思ったのだろう、三下の一人はキャーと叫び、その場に尻もちをついてしまったのである。

「誰だ。手前は誰なんだ」

と、武造も膝頭のあたりをガクガク慄わせながら柳の木の方に眼を向ける。

「そこにいるのは熊造、それに伝助の両名に相違いなかろう」

と、いう女の声はお駒ではなく、武家女の口調なのだ。

その声が終わると同時に柳のうしろから飛び出した人影は一人ではなかった。

一人は二十七、八歳の武家女、もう一人は十六、七歳の前髪の若侍なのである。

あっ、と声を上げたのは熊造と伝助であった。

「武造兄貴、こ、この二人が俺達を仇とつけ狙ってやって来やがった浪路と菊之助なんだ」

熊造は武造の背に隠れるようにし、ガクガク慄えながらいった。熊造と伝助にとっては柳の下に立つ武家の姉弟は幽霊よりずっと恐ろしいものであったに違いない。

浪路と菊之助は熊造と伝助を見つけると、たちまち顔面を紅潮させ、草を蹴って前に進んだ。

浪路は道中着の疋田《ひった》絞りの小袖を着て、すでに白襷、白鉢巻の身支度になっている。菊之助も同様、紫地の小袖に襷がけして、凜々しく白鉢巻を緊め、刀の柄に手をかけているのだ。

「おのれ、熊造に伝助、よくも我が父、善右衛門を手にかけおったな。貴様達が生き長らえていた事は天の助け、いざ尋常に勝負致せ」

と、菊之助は定法通り、仇討ちの名乗りを上げて腰の刀を抜き取った。

「菊之助の姉浪路、助太刀致す。熊造、伝助、覚悟」

浪路も用意して来た小太刀を抜いて菊之助と並んで構えながら、あっけに取られた表情になっている武造達三五郎一家の乾分達に向かっては、

「そこにおります熊造、伝助の両名は手前ども姉弟にとり不倶戴天《ふぐたいてん》の親の仇でございます。何卒、ここでその両名と勝負させて下さいませ」

と、礼を尽して言葉をかけるのだった。

「兄貴っ、武造さんっ、どうか、助けてくれ、お願いだ」

熊造と伝助はうろたえて武造に取りすがりながら半泣きになっている。そして、また、切れ長の美しい眼にはっきりと敵意を滲ませて小太刀を構えている浪路に向かっては、ぺたりと地面に坐りこんで、ペコペコ頭を下げ、

「戸山家の若奥様、お、お願いでございます。私もかつては御主人様の戸山主膳様に眼をかけて頂いた事もある中間です。今はこのようにやくざに身をくずしてしまった二人。私どもを今さら、斬ったってお刀の汚れになるだけ、しかもお父上様が生きて返っていらっしゃるはずはないじゃありませんか」

と血迷っておかしな理屈を並べ、必死になって命乞いをするのだった。

「見、見苦しいではありませんか、熊造。父を殺害しておきながらそのようないい逃れ、聞く耳は持ちませぬ。さ、立って、尋常に勝負なさい」

浪路は柳眉をキリリとつり上げて叱咤した。

「おい、熊造。本当に手前、見苦しいぞ」

と武造は地面に這いつくばっている熊造の尻を蹴り上げた。

「相手は手前、女と子供じゃねえか。こんなのに勝負を挑まれて尻ごみするなんて、みっともないにもほどがあるぜ」

女とはいえ、浪路は一刀流の免許を持つ女流剣士である事をこれまで武造は熊造に聞かされているのだが、今、眼の前に立ちはだかっている浪路の情感を匂わせる優雅な美貌を見つめていると、どうにもそれが信じられないのだ。

「それにどうでい。文句のつけようがねえほどのいい女じゃねえか。こんなのに勝負を挑まれるなんて男冥利ってもんだぜ。よし、手前らが嫌なら俺がかわって勝負に応じようじゃねえか」

武造は腰の長脇差を引き抜いた。

それに続いて、相手が美女と美少年である事に安心したやくざは一せいに長脇差を引き抜き、浪路と菊之助を取り囲むようにする。

「あなた達にはかかわり合いのない事です。怪我をしないうちにここから立ち去りなさい」

と、浪路が燐光のような鋭い光を美しい黒瞳に滲ませていうと、

「怪我しねえうちに立ち去れだとよ。何と生意気な事をぬかしやがる」

と、源次は吐き出すようにいって戦闘態勢をとった。

「待ちな、源次。これだけのいい女と、いい若衆をむざむざ殺すのはもったいねえ。生け捕りにしようじゃねえか」

武造はこの浪路という美しい武家女に対して重四郎がなみなみならぬ恨みを抱いているのを

思い出した。あの女に狼藉の限りを尽して、最後は赤貝をえぐり抜き、このお駒と同様に焼酎漬けにしてやりたい、と重四郎が雲助小屋でいった言葉を武造は思い出したのだ。

「いいか、皆んな。この武家女と若侍を生け捕り、素っ裸に剥いで重四郎先生の所へ連れて行こうぜ。また、面白い余興が見られるかもしれねえ」

武造が美しい武家女と前髪の少年を取り囲んだ乾分達に声をかけると、よしきた、とやくざ達は舌なめずりしながらジワジワと距離をつめて行く。

「私共に無益な殺生をさせる気なのですか」

浪路はその美しい象牙色の頬を冷たく硬化させながら迫ってくるやくざ達を睨むようにした。

「畜生。いう事が一つ一つ癪《しゃく》にさわるぜ。だから俺は武家女ってのは嫌いなんだ」

やくざ達は舌打ちし、こうなりゃ、とっつかまえて、この場で嬲りものにしてやる、と、口々にわめき、まず源次が浪路の持つ小太刀をたたき落とそうとして、横手から飛びかかった。

「うわっ」

逆に刀をたたき落とされた源次はもんどり打って地面の上を転がっていく。浪路の小太刀は源次の長脇差の直撃を受ける前にはね上がって源次の小手を強く打ったのだ。峰打ちだが、骨の折れるばかりの痛撃で、源次は大仰な悲鳴を上げる。

「くそ、味な真似をしやがる」

博徒の一人が続いて背後から襲いかかったが、浪路の上背のある伸びやかな姿態は飛鳥のように横にはねて、つんのめった博徒の肩先に小太刀を打ち降ろした。

これも峰打ちだが、打たれた博徒は真っ向微塵にたたき斬られたように、ギャッ、と悲鳴を上げて地面に転倒する。

「斬れっ、たたっ斬れ」

浪路の小太刀さばきのあざやかさとその身の軽さに肝を潰した武造は、生け捕る事は到底不可能だと知って、斬れっ、斬れっ、と叫びまくった。

「武造さん。ここは逃げた方がいい。あの女は雲助達が束になってかかったって勝てなかったのです。もう雲助達は二人もあの女に斬られているんですよ」

健作はつづいて浪路に斬りかかろうとしている武造の袖をつかんでいった。

「雲助達と俺達を一緒にするねえ。こんなにコケにされて三五郎一家がだまって引き揚げられるか」

「しかし、何といっても相手が悪すぎる」

「うるせえっ」

武造は健作を突き飛ばすようにすると、長脇差を振りかざすようにして真っ向から浪路に襲いかかった。

浪路の切れ長の美い眼に殺気がよぎった。

チャリンッと武造の振り降ろした長脇差は浪路の小太刀で払われて青い火花を飛ばし、二の太刀を浴びせかけようとする武造の顔面に裾元を乱して宙に飛んだ浪路の小太刀が眼にも止まらぬ速さで打ち降ろされる。

「うわっ」

と、小太刀の峰で額を割られた武造はその場にはじき飛ばされたようになってひっくり返る。

「菊之助、博徒は私が引き受けます。早く、熊造と伝助を――」

浪路は土手の上に逃げ出して行く熊造と伝助を眼にすると、狼狽気味になって菊之助に声をかけ自分は次に斬りこんで来た博徒の長脇差をはね返して必死になって渡り合っている。

菊之助は白刃をかざして熊造と伝助を必死になって追って行くのだ。

「おのれっ、待てっ、待たぬか、熊造」

菊之助の叫びが耳に入ると、熊造と伝助の背筋には寒気が走り、土手の上をつんのめりそうになってこれも必死になって逃げて行く。

邪魔者

菊之助に追われて熊造と伝助は土手の上へ必死になって逃げて行く。

相手は十七歳の少年とはいえ、一刀流の免許皆伝を持つ女剣士、戸山浪路の実弟であり、美貌の烈女といわれる姉の手ほどきを受けて相当に腕は立つはずだ。しかも、雲助の一人を斬った実績もある。

しかし、川っぷちまで追いつめられると熊造と伝助、窮鼠《きゅうそ》猫を嚙むの血走った気分で振り返り、懐から匕首《あいくち》を引き抜いた。

「おのれ、熊造、父の仇、覚悟っ」

紅顔可憐の美少年は土手の草を蹴り、熊造めがけて飛びかかっていく。

「うわっ」

菊之助の切っ先の鋭さに熊造ははじき飛ばされ、草むらに尻もちをついた。

「この野郎っ、手前のような若造に討たれてたまるか」

伝助が横手から匕首を斜めに構えて突進したが、態勢を取り戻した菊之助は掬い上げるように刀を振り、すると、伝助の持つ匕首は菊之助の刀にはじかれて根元からポキリと折れてしまったのである。

菊之助の腕も立つが、彼の持つ刀も相当な業物《わざもの》で、伝助の顔面は真っ青になる。

「待、待っておくんなさい。お坊っちゃま」

などといい、伝助はへなへなとその場に腰を落としてしまった。

とても腕ではかなわぬと見ると、元大鳥家の中間二人は地面に頭をすりつけんばかりにして命乞いを始めるのである。

「手前どものようなうじ虫同然の下郎を斬ったとてお手柄にもなりますまい。手前共二人、頭を丸めてお父上様の菩提《ぼだい》をとむらいます故、何卒、命ばかりは――」

「何を申すか、卑怯者、今さら、命乞いなど、聞く耳は持たぬ。さ、落ちた短刀を拾えっ」

と、菊之助は眼をつり上げて叫び、その落ちている匕首の刃が割れているのに気づくと自分の腰の小刀を抜いてペコペコ頭を下げている二人の前へ投げ出した。

「武器がなければ貸してやる。さ、その小刀を拾って向かって参れ」

それが武士の情けというものかと伝助は感じながらも、しかし、戦う気力はなく、腰のあたりをガクガク慄わしているのだ。

「何をしているのです。菊之助」

三五郎一家の身内達を蹴ちらした浪路が小太刀を引っ下げて土手の上へかけ上がって来ると熊造と伝助はいよいよ生きた心地はなくなり、顔面はすっかり土色になってしまった。

博徒達はその中でも一番腕の立つ武造が浪路の小太刀で眉間《みけん》を割られると一ぺんに戦意を喪失させ、手負いの仲間を肩に担ぐようにして逃亡してしまったのである。

「姉上、こやつ等、腰がくだけて戦おうとしないのです」

「何という情けなさ、それでもあなた達は男なのですか」

浪路は地面に這いつくばっている下郎二人に向かって吐き出すようにいった。

「立ちなさい、卑怯者っ」

腰くだけになっている二人をこのまま斬るというのは武道に反すると思ったのか、浪路は鋭い声音で二人を叱咤するのだが、何をいわれても二人は、戸山家の若奥様、何卒お慈悲を、お情けを、とくり返し、地面に頭をすりつけてばかりいる。

姫路より上州まで、こんな意気地のない男を苦心して探しに来たのかと浪路はペコペコ頭を下げ続ける熊造と伝助を見ているうち、耐えられない気持ちになって来た。

父の善右衛門はこんな卑怯未練な男達の手にかかって果てたのかと思うとたまらない屈辱感さえ生じてくる。

「立ち合う気力がないのならここで腹を切りなさい」

と浪路は侮蔑の眼で二人を見つめながらいった。

「私が介錯してあげます。さ、この場でいさぎよく切腹するのです」

それすら二人はおびえて、おろおろし始め、どうか、命ばかりは、と哀願する。

「何という未練な。あなた達は腹を切る勇気もないのですか」

やむを得ぬ、しからばこの場で二人の首を打ち落とすより仕様がない、と浪路が小太刀を持ち直すと、本当に腰が抜けてしまったのか、熊造と伝助は逃げようと上体を起こしかけたものの、足元をよろめかせてまた地面の上にだらしなくひざまずいてしまうのだった。

「待たれよ」

ふと、背後から武士らしい男の声がして浪路は振り返った。

黒紋付の単衣物を裾からげして土手の上に立っているのは三五郎一家の用心棒である定次郎で、そのうしろにいるのは神変竜虎道場の道場主、大月重四郎であった。

「大月重四郎様ではありませんか」

浪路は重四郎の顔を見たとたん、あきらかに不快な表情を見せた。

「拙者は重四郎先生の一番弟子である定次郎と申す者、浪路どのとはお初にお眼にかかる」

定次郎は口元に冷笑を浮かべ、ゆっくりと浪路の方に近づいて来る。

重四郎の方はむしろ定次郎の肩に隠れるようにしながら憎悪の眼だけ浪路の方に向けた。

重四郎と定次郎はお駒の始末をつけた武造達と紅ぐも屋で落ち合う約束になっていて、土手の上の道を一杯機嫌で歩いていた時、浪路のために傷を負って敗走して来た武造達に出くわしたのである。

熊造と伝助の危急を知らされ、人数を揃えたりする余裕はなく、定次郎と重四郎はすぐさまかけつけて来たのだ。

重四郎は浪路の剣の腕前を骨身にこたえて知っているが定次郎は何といっても相手は女、子供ではござらぬか、といって大して信用はしていない。

どれほどの強さか、一度、拙者が立ち合ってみる、といって聞かないのだ。

「なるほど、重四郎先生から聞いてはおりましたが、浪路どのはなかなかの美人でござるな。いや、拙者、生まれてこの方、浪路どののような美人を見たのは初めてでござる」

それでいながら一刀流の達人とは全く見上げたものでござる、などと定次郎はペラペラしゃべりまくるのだ。

「一体、私に何の御用があるというのです」

ここにいる両人は父の仇、邪魔立て致されると容赦はしない、とばかり、浪路の切れ長の美しい瞳には敵意が滲み出ている。

「拙者は三五郎一家の用心棒でござる。うちの若い連中が浪路どのの剣さばきで、相当な傷を負って帰って参った。となると、用心棒である拙者は黙っているわけには参らぬ」

それにもう一つ、と定次郎はいった。

「そこにいる両人は拙者にとって身内も同然の男達でござる。いかに父の仇とはいえ、浪路どのに討たすわけには参らぬ。助太刀させて頂こう」

というや、スラリと大刀を引き抜くのだった。

浪路と菊之助の表情は強張った。

「やむを得ませぬ。どうしても邪魔立てなさるならお相手致しましょう」

浪路は小太刀を定次郎に対して正眼に構えた。

「拙者も熊造達の助太刀を致す」

重四郎も大刀を引き抜いて定次郎と並んだ。

「重四郎先生、道場で受けた羞恥をそそぐ時でござるぞ。よろしいですな」

定次郎は自分の横に立つ重四郎に励ましの声をかけ、じわり、じわりと浪路との間合をつめていくのである。

「菊之助、あなたは熊造達を見張っているのです。決して取り逃がさぬように」

浪路は自分も戦おうとする菊之助に声をかけ、後退させると、いざ、と小太刀の切っ先を上向かせ、定次郎の視線に視線を合わせた。

濡れたような深味のある浪路の黒瞳にはっきり殺気が滲み出る。冷たく冴えた優雅な顔立ちに血の気が浮かんだとたん、あっと定次郎は大きく、後退した。

一瞬の隙を見つけた浪路は飛鳥のような素早さで自分の方より斬りこんで来たのである。

浪路の剣法は攻めより受けだと重四郎に聞かされていた定次郎は度肝を抜かれて二度三度、大きく刀を横に振った。

神変竜虎流の道場では定次郎が何といっても一番腕が立ち、重四郎もいかに相手が浪路でもそう簡単に斬りこめまいと思っていたが、浪路に機先を制されて定次郎は足元まで乱れ、破れ障子のように隙だらけになってしまったのである。

定次郎を助けようとして重四郎は浪路に斬ってかかったが、間に合わなかった。

裾元を大きく乱して一瞬、先に斬りこんだ浪路の切っ先を受け損じて定次郎は、ギャーと大仰な悲鳴を上げた。

定次郎の片一方の耳が半分ばかり浪路の激しく打ち降ろした小太刀に斬り取られてしまったのである。

斬られた耳を押さえ、定次郎はもんどり打って地面に転がり、重四郎は浪路に体《たい》をかわされて宙を切った所、一回転した浪路の小太刀に尻の肉をえぐられた。

うわっ、と重四郎はだらしなく刀を投げ出して定次郎のそばに転倒する。

「無、無念だ。斬れ、一思いに斬ってくれっ」

女の剣さばきに不覚をとったと思うと、定次郎は口惜しく、情けなく、切られた耳のあたりを手で覆いながら駄々っ子のように足をばたつかせてわめいた。

一度ならず二度も浪路に不覚をとった重四郎などは声をはり上げて泣き出している。

「あなた達を斬るために上州へ参ったのではありません。さ、失せなさいっ」

自分が斬らねばならぬのは父の仇である熊造と伝助なのだ。浪路はキッとした表情になって激しく肩で息づきながらいったが、その時、

「あっ、姉上っ」

浪人者二人と激しく渡り合っている姉の方を菊之助がおろおろして見ていた隙に熊造と伝助は土手の草の上を滑るようにして川の方へ逃げ出して行ったのである。

「おのれっ、待たぬかっ」

二人を追う菊之助のあとを追うようにして浪路も血刀を引き下げながら土手の下へ走ったが、

熊造と伝助は黒い瀬をなして流れている暗い河の中へ頭から飛びこんだのだ。

「あっ」

と叫び、菊之助と浪路はその場に棒立ちとなった。せっかくここまで追いつめた仇に逃亡された口惜しさで菊之助も浪路もひきつった表情になる。

熊造も伝助も水泳術の心得はあるらしく、黒い水の上を抜き手を切って泳ぎ、また、深くもぐりこんだりしながら必死に逃げて行くのだ。


「ここまで来ながら仇を取り逃がすとは、姉上、申し訳ありません」

菊之助は地団駄踏んで口惜しがるのだった。

ふと、うしろを見ると、浪路に耳を斬られた定次郎と臀部を斬られた重四郎が互に抱き合うようにしながら、これもよろよろと土手の上に逃げて行くのだ。

「おのれ、あの二人が邪魔だてしなければ――」

菊之助は憤怒の色を顔面に浮かべ、刀を持ち直して二人のあとを追おうとしたが、

「おやめなさい、菊之助。あの二人は充分にこらしめてあります。命まで取る事はありません」

と、叱咤するようにいった。

「無念な事をしましたが、熊造と伝助を討つ機会はなくなったわけではありません。この土地にいる事がはっきりした上は、もはや逃がしません。今日は一まず、宿に引き揚げる事に致し

ましょう」

浪路は血のついた小太刀を懐紙で拭い、鞘に収めた。もう空はすっかり光を失って周囲には暗い影が射し、流れる川の音だけがはっきり聞こえている。

悪の密談

「先生までがこりゃ一体、何てざまだ」

紅ぐも屋の二階の表座敷では三五郎一家の戦勝祝賀の宴がこれから始まろうとしていたのに突然一大事が持ち上がって三五郎は苦虫を嚙んだような表情になっている。

お駒を川の底に沈めて始末をつけて来たのはよかったがその帰途、武造を始め、三五郎一家の身内が数人も武家女の振るう小太刀で手傷を負って担ぎこまれて来たのだ。

それだけでも腹の煮えくり返る思いになっていたのに加勢するためにかけつけた用心棒の定次郎が、その師匠格である重四郎とともに大怪我して戻って来たのだから三五郎は開いた口がふさがらない。

「こりゃ一体、どうなっているんだ」

お多福風邪をこじらせたように頰から顎にかけて包帯を巻いた定次郎とぎっくり腰になったような変な歩き方をする重四郎が、

「いや、親分、全くもって面目次第もござらぬ」

と、自分達の不甲斐なさを詫《わ》びるため座敷へ入って来たので三五郎は何ともいえぬ酸っぱい表情になっていった。

「殿様の剣術指南番の女房で、一刀流の使い手だっていう事はよくわかりましたよ。しかし、何てたって相手は二十七、八の女なんでしょう。お侍が二人がかりでかかって、手傷を負わされるなんて何ともみっともない話じゃありませんか」

と、三五郎の妾のお銀まで茶碗酒をあおりながら皮肉っぽいいい方をするのである。

「いや申し訳のしようがござらぬ。拙者とした事が女流剣士に不覚をとるとは。つい深酒をしていたため、手元が狂い、このざまでござる」

定次郎は浪路に斬り落とされた耳のあたりを包帯から押さえて、ハハハ、とごまかしたような笑い方をした。その包帯にはべっとりと血が滲んでいる。

「あきれて、ものがいえねえ」

と、三五郎は腹立たしげにいった。

せっかくの祝いの酒盛りにけちがつけられたみたいで三五郎は面白くないのである。

「本来なれば切腹ものでござるが」

定次郎は三五郎の機嫌が悪いのを見てとるとおろおろしながらそんな事をいい、

「しかし、このままでは拙者、武士として死ぬにも死ねぬ口惜しさでござる。草の根をかき分けても浪路とその弟の所在をつきとめ、この復讐を果しおえねば――」

と、口ごもりながらいうと、

「ああ、そう願いたいものだな」

三五郎は白々しいいい方をして、うしろの床の間に置いてある青磁の壺を乾分の一人に持って来させた。

「こいつはお駒の焼酎漬けだが――」

三五郎は壺の蓋を開けて割箸でその中の濡れた小さな肉片をつまみ上げる。

「その武家女房を生け捕りにし、このように赤貝の焼酎漬けを作って頂きたいものですね、先生」

と、三五郎はいうのだ。

「聞けばその浪路っていう武家女は権三の乾分達二人も斬り捨てたそうじゃありませんか。もちろん生かしちゃおかねえが、ただ殺すだけじゃ腹の虫が収まらねえ。お駒のように素っ裸に剝いで散々嬲りものにした揚げ句、こんな風に赤貝をえぐって焼酎漬けにする。どうです、先生方、出来ますかい」

まず無理だろうな、二人がかりで斬りこんでも簡単にあしらわれて耳や尻の肉をえぐられるんだから、と、三五郎は嫌味たっぷりないい方をするのだ。

大体、神変竜虎流などと、こけおどしの名前をつけたあの道場じゃ、何を教えているんでしょうかね。喰いつめ者の浪人ばかりを抱えて博奕打ちの一家に用心棒を推薦したりしているが、女子供にも歯が立たねえ剣法じゃ仕様がねえな、と、つけ加えて三五郎は嫌味をいうのだった。

浪路に道場の門弟達が打ち据えられた事もどうやら三五郎は知っているらしい。そう思うと重四郎も落ちつきを失った。

「親分、必ず浪路は生け捕りにし、親分の御希望に添うべく努力致すつもりでござる」

などと重四郎はおかしないい方をするのだった。

「当てにはしていねえが、ま、しっかりやってくんな」

と、三五郎はわざと投げやりないい方をして、箸につまんだ小さな肉片をしげしげと見つめている。

「へへへ、お駒のアマ、とうとうこんなものになってしまいやがった」

三五郎は冷酷な微笑を口元に浮かべて箸につまんだそれをそばに控えている乾分達に見せつけるのだった。

「おい、皆んな、面白くねえ顔をするな、飲み直しだ」

三五郎一家の身内数人が、一人の武家女のために手傷を負わされ、腹が立つやら、癪にさわるやらで席につく乾分達は全員、いらいらした表情になっていたが、三五郎はそんな連中に対して活を入れ、肉片を差し上げると、

「おい、一人一人、こいつを醤油につけて嘗めろ」

といい、自分もその見本を示して膳の上の醬油にそれを浸し、舌先を押しつけるのだ。

お駒の肉片を乾分達の酒の肴にさせようという肚なのだろうが、重四郎は三五郎の異常なばかりの残忍性に今さらながら舌を巻くのである。

昔、織田信長は自分に敵対した浅井長政の頭蓋骨をうるし塗りに加工して酒盃を作り、家来達に酒の廻し飲みをさせたという話があるが、正にそれに似た残忍さで、箸から箸へと廻されたまだ生々しい肉片に口をつけるのをためらう乾分がいると、三五郎は、

「よ、手前、親分の盃《さかずき》が受けられないのか」

と、たちまち不快な表情を見せるのだ。

「なかなか乙な味がしますよ、親分」

などといい醬油に浸したそれを口に含んでクチュクチュ味わってから水盃で水洗いし、次に廻す乾分もいた。

「その浪路っていう武家女の貝柱もこんな風にしてぜひ皆んなで味わってみたいもんだな」

と、三五郎は定次郎と重四郎に聞かせるために乾分達に向かっていい、口を開けて笑うのだ。

「大月先生、御門弟の方がお見舞いにいらっしゃってますよ」

座敷へ酒を運んで来た酌婦の玉枝が情けなさそうに眼をしょぼつかせている重四郎に声をかけた。

「先生。御門弟がお見舞いに来たそうだぜ。浪路に斬られた尻に膏薬《こうやく》をはりつけに来たんだろ」

と、酒に酔った三五郎はいい、また、腹を揺すって笑い出すのである。

「しばし、御免を」

重四郎は居たたまれない気持ちになって立ち上がったが、とたんに浪路に斬られた臀部に激痛が生じ、あいたっ、と顔を歪めて畳の上によろめいた。

三五郎やその乾分達は重四郎の恰好を見て思わず吹き出すのである。

「大丈夫でござるか。お手を貸し申そう」

定次郎もこんな場所には長居は無用だとばかり、重四郎に手を貸して立ち上がるのだ。

「今日ほど、恥ずかしい思いをした事はない」

廊下へ出てから重四郎は定次郎の肩につかまりながらうめくようにいった。

「拙者とて同じですよ。耳を半分、斬り落とされた口惜しさもさる事ながら三五郎親分に散々、嫌味をいわれた事が何よりも辛い」

三五郎に何と皮肉られても嫌味をいわれても定次郎と重四郎は黙ってうなだれているより仕方がないのだ。定次郎にとって喰う道は用心棒しかない。重四郎も三五郎に嫌われれば近郷近在の親分衆にあそこの道場はデタラメだといいふらされ、用心棒の雇い手もなくなるだろう。道場に稽古を受けにやって来るやくざもいなくなる。道場はたちまち経営難に陥る事になる。

何としても、この一帯では大親分である三五郎の機嫌を損じてはならないのだ。

それにしても、こんな破目に陥ったのは浪路と菊之助の姉弟が親の仇である熊造と伝助両人を討つため、この土地へ侵入したからなのだ。最初は浪路の色香に迷っていた重四郎も今は浪路に対する憎悪で燃えている。浪路のために道場は荒らされ、道場の信用はがた落ち、その上、浪路のため小太刀で尻の肉をえぐられるなど、踏んだり蹴ったりとはこの事だろうと重四郎はやり切れない思いになるのである。


「ああ、先生、御無事で」

「人を馬鹿にしたいい方をするな」

重四郎はむっとした表情で畳の上に坐った。坐るといっても怪我をした尻を畳につけるわけにはいかず、重四郎は横に足を投げ出すようにして坐りこむ。

「定次郎さんまでがあの女に不覚をとるとはちょっと信じられない事ですが」

重四郎の横にぺたりと腰を落とした定次郎の頬かむりしたような包帯を見て万之助は気の毒そうな表情になった。

定次郎は万之助達にとっては神変竜虎流道場の先輩に当たるわけで、その剣技は師匠の重四郎より上廻ると見ていただけに、二人はいうべき言葉を失っている。

「何だ、その男は」

万之助の背後に色の赫黒《あかぐろ》い町人風の男が神妙に坐っており、定次郎は不審な顔つきになった。

「実はこの男、私とは以前からの顔見知りで、ここからそう遠くもない場所に青葉屋という小さな旅籠《はたご》を営んでおります。この男の名は伝兵衛と申しますが」


その伝兵衛の話によれば、彼の営む旅籠にもう十日も前より投宿している武家の姉弟がおり、それはまぎれもなく浪路と菊之助であると万之助より聞かされた重四郎は、えっと顔を上げた。

「そ、それは真《まこと》か」

伝兵衛は、へえ、と白眼がちの眼で重四郎を見て、

「実は今朝方、姫路よりこのような手紙が浪路様に参りました。まだ、これはあの姉弟には見せておりません。こっそりここへお持ち致しました」

といい、懐から一通の封書を取り出した。

手紙の封は浪路達に気づかれぬよう薄い刃物で剝がしてある。

それは酒井雅楽頭の奉行役務、佐野喜左衛門から浪路に宛てたものであった。

「なるほど、これはよいものを持って来てくれた。恩に着るぞ伝兵衛」

充分に礼をさせてもらうからな、と伝兵衛にいう重四郎に向かって、

「一体、何が書かれてあるのですか」

と、定次郎がたずねて来る。

「菊之助に後を継がし、大鳥家を再興させる事が決定したらしい。だから菊之助に直接仇を討

たせるような危ない橋を渡らせるな、と奉行から恩情をかけて来ているのだ。こちらから助勢を送りこむまで仇に手出しをしてはならぬといっている」

「では、姫路城からこの地へ菊之助の助太刀がやってくるのですか」

「うむ。こちらの情勢を知らせるために女中の千津を一旦帰国させろといっている。それを待って十人あまりの助太刀を派遣させるといっているのだ」

浪路と菊之助の使命は仇の熊造、伝助の動静を探り、他へ移動する気配はないか、充分に見張る事、そして、最も肝要な事は大鳥家の後継者となった菊之助の身の安全をくれぐれも計る事、これは殿様の御命令でもある、という意味の事が手紙には書かれているのだ。

「あの菊之助は殿様のお気に入りの小姓だったに違いない。全く女にしてもおかしくないような美少年だからな」

重四郎はじっと一点を見つめて何かしきりに考えているようだったが、ニヤリと急に口元を歪めると、

「よし、明日の夜、青葉屋を襲撃だ。武造をここへ呼んでくれ」

と、定次郎にいった。


——武造、源次、音八など今日の夕刻、浪路に煮湯を呑まされた博徒達が奥座敷に集まり、いかなる方法で青葉屋に夜討ちにかけるか、そのための作戦会議を開いた。

「伝兵衛と申したな。明日、青葉屋はかなり土足で蹂躙《じゅうりん》される事になるが、一つ、これでよろしく頼む」

と、重四郎は親しい紅ぐも屋の亭主から借り出して来た十両を伝兵衛の膝の前に並べるのだ。

座敷の隅に坐り、手酌でチビリチビリ酒を飲んでいた伝兵衛は眼の前に並べられた十枚の小判を見て眼をパチクリさせ、

「こんなに頂けるのでしたら、青葉屋の一つ位、吹っ飛ばして頂いても結構ですよ」

というのである。

そこへ菊之助と浪路に追われ、川に飛びこんで命からがら逃げて来た熊造と伝助が「どうもお騒がせ致しまして」と、恐縮し切ったような表情でやって来た。

お駒の貝柱をえぐり取った健作も持ち前のにやけた表情でやって来てこの作戦会議に加わるのである。

「三五郎一家ではどれ位、人数を出して頂けるかな」

「なぐり込みに馴れている連中を三十人位、用意致しましょう、それでどうです」

「うむ。拙者の道場の門弟が約十人だ。それに雲助の権三からも手下を十人位、動員しよう。約五十人集めて寝こみを襲えば浪路の捕縛もむづかしくあるまい」

武家女一人と前髪の若侍一人を捕縛するのに五十人もの人数を集めなければならないのかと青葉屋の主人、伝兵衛は何とも不思議な表情になっているのだ。

「うむ。面白い考えがある」

と、しばらく腕を組み、眼を閉ざしていた定次郎が重四郎の方を向いていった。

「五十人で夜討ちをかけても浪路が必死に立ち向かってくれば五人や十人の死傷者をこちらは出す事になる。それに生け捕りにするという事はなかなか困難を極めると思われます」

策略を用いましょう、と定次郎はいうのだ。

「おい、亭主、浪路は風呂に入るか」

「風呂？」

伝兵衛は眼をパチクリさせて、

「へえ、そりゃ、お武家の奥様でございますから身だしなみのいいお方で、寝る前には必ずお風呂にお入りになります」

「それだっ」

と、定次郎はびっくりするような大声を出した。

「浪路が風呂に入ったのを見計らい、襲撃をしかけるのです。いかに相手が気丈な女だとはいえ、素っ裸ではまもとに我々に対し、刃向かう事は出来ますまい。いかがでござる」

「なるほど」

と、重四郎は口元に淫らな笑みを浮かべてうなずき、武造も、「そいつは面白えや」とほくほくした表情になって身を乗り出して来る。

「風呂場を襲って捕えれば、嬲りものにする時に衣類を剝がす手間がはぶけますよ」

定次郎は得意そうな表情になって重四郎にいい、次に伝兵衛の方を見ると、

「よいか、浪路が風呂に入ればこっそり脱衣場へ忍びこみ浪路の衣類を一切、奪い取るのだ。湯文字一枚、残してはならんぞ」

と、いうのだった。

「浪路を素っ裸のままで生け捕る事が出来ればお前にまた十両の謝礼を出してやる。ここはぜひとも我々に協力してほしいのだ」

重四郎にそういわれた伝兵衛は、えびす顔になった。

「よござんす。皆様のお役に立つ事なら何なりと協力させて頂きますよ。うちの女房だって金になる事なら何でもやるって奴なんですから」

女房にもこの仕事を手伝わせますよ、という伝兵衛に重四郎は浪路宛てに来た佐野喜左衛門の手紙を返した。

「これは浪路に渡すがよい。とにかく明晩、我々は青葉屋の近くの瓢箪《ひょうたん》池附近に集結する、浪路の風呂に入る気配を感じればすぐに手引きしてくれ。よいな」

第七章　悪夢の始まり

卑劣な罠

旅籠、青葉屋は岩宿の町から一里ばかり離れた瓢箪池のすぐそばにある。

部屋数はわずか三つの旅人宿で、十日前からここに滞在する事になった浪路、菊之助、そして、お付き女中の千津の三人だけでほとんど貸切りみたいになっていた。

天井の低い二階の六帖、西日のさす窓を背にして端然と坐る浪路の前に、菊之助と女中の千津もまたかしこまった形で正座していた。

浪路の手には昼間、この宿の主人、伝兵衛より手渡された佐野喜左衛門の手紙がある。

「わかりましたか、菊之助。佐野様の御尽力によりあなたは大鳥家の後継者となったのです。父があのような結果となり、大鳥家は取り潰されるのではないかと不安に思う事もありましたが、これで私は安堵《あんど》致しました」

浪路の冷たく冴えた優雅な頬に匂うような美しい微笑が浮かび出る。

姫路よりここまで二人のお供をして来た女中の千津はこの仇討ち道中の中で浪路のこのような幸せそうな表情を見たのは初めてだと思った。

「若様、おめでとうございます。これで草葉の陰におかくれになったお父上もさぞ御満足されている事でございましょう」

千津は菊之助の方を向いて両手をつき、祝いの言葉を向ける。

菊之助の下ぶくれの柔らかい頬に赤味が差した。

「これと申すのも私の仇討ちの助勢をして下さった姉上のおかげです。私が仇討ちの旅に出なければ大鳥家再興はおぼつかない事でございました。一切の手続きをすませて下さった姉上のおかげでございます」

「いいえ、菊之助」

と、浪路は深味のある優雅な顔を左右に振って、

「私ではなく殿様の御恩情である事を忘れてはなりませぬ。この上は佐野様のお手紙にもある通り、あなたは危ない橋を渡ってはなりません。姫路より助勢の方々が到着するまで二度と刀を抜くような真似は慎むのですよ。あなたに怪我でもあれば私が殿様に対していいつけにそむいた事になります」

熊造や伝助に対し、もう刀を向けてはならぬ。助勢が来るまでここで待機し、仇の二人の行動を見張るだけにとどめる、と姉にいわれると、菊之助はいささか不満そうな表情になったが、

「いいですね。殿様の御命令なのですよ」

と、姉に念を押されると、菊之助はわかりました、と素直に頭を下げるのだった。

「それでは奥様。私はこれより奥様のお手紙を持ち、姫路へ旅立ちます」

一刻も早く、この地へ助勢人を送るよう、姫路へ急ぎたい、という千津はもうすでに旅支度を整えていたのだ。もう夕刻だし、明朝にすればいいという浪路の言葉を千津は聞かなかった。

「では、千津、ここはいわば敵地、充分に気をつけて旅をするのですよ」

浪路は千津の衷心《ちゅうしん》に感動しながら道中、くれぐれも気をつけるようにと細かい注意を与えたが、姫路からきた佐野喜左衛門の手紙の内容は重四郎達にすでに読みとられ、伝令のために姫路に旅立つ千津を途中で捕えるための罠が張られているという事は夢にも知るはずはなかった。

千津が姫路に向けて旅立つのを見送ってから、浪路と菊之助は久しぶりに姉弟二人だけのなごやいだ夕食をとった。

「では、姉上、お先に休ませて頂きます」

風呂に入り、寝巻に着がえた菊之助は机に向かって日記を書いている浪路の部屋に坐り、膝を折った。

「お休み、菊之助。くどいようですが、明日からは自重の上にも自重して、一人で表を出歩かぬように。熊造や伝助は土地の博徒に庇護され、怪しげな浪人者達もあとについているようです。あなたの身に万一の事があれば私も生きてはおられません」

「わかりました、姉上」

菊之助は白い頬に微笑を浮かべてうなずいた。

この美しい姉は時として自分にとっては兄のように思える時があると菊之助は思った。

学問も、そして、剣の技もすべて、このたった一人の姉に菊之助は教わったのである。

この姉さえいれば十人刀、いかに不逞《ふてい》の浪人共の博徒達が押しかけてこようとも少しも恐れる事はない。

そして、菊之助は姉の浪路に対し、屈強な兄を持つような心強さや頼もしさを感じる自分を何とも不思議なものに感じるのである。

「奥様、ちょうどいい湯かげんにお風呂がわいておりますが」

青葉屋の女房であるお常が、菊之助が自室へ戻ってから間もなくやってきて、書きものをしている浪路に告げた。

「ありがとうございます。御内儀様には色々と御厄介になり心苦しく思っております」

「何をおっしゃいますやら。手前どもは商売でございますもの。お礼を申すのはこちらではありませんか」

お常は浪路の引き緊まった端正な顔立ちをまぶしそうに見てふと視線をそらせるのだった。

亭主の伝兵衛と共謀して金のためにこの武家の美しい妻を罠にかけようとしているのだが、呵責《かしやく》めいたものがキリキリお常の胸を緊めつけるのである。

この武家女は土地の親分、三五郎の乾分に手傷を負わせまた、剣術道場を荒らし、散々、暴れ廻っている悪質な烈女だなどと亭主はいうのだが、そんな事はとても信じられない。

この端正で優雅な雰囲気と比類のない高雅な美貌を持つ武家女のどこにそんな狂暴性があるのか、とお常は亭主の言葉を頭から信用していなかったが、しかし、下手《へた》にこの武家女をかばえば土地の親分の怒りを買い、ここでは商売をやっていけぬ事になる。

「御案内致します。さ、どうぞ」

とお常は燭台を持って浪路を湯殿に案内していくのだ。

渡り廊下から庭に降り、隅にある瓦《かわら》ぶきの小さな湯殿に入って行く浪路を少し離れた灯籠《とうろう》のかげから伝兵衛は息をつめて見つめていたが、よし、とうなずくと、裏木戸をそっと開け、近くの瓢箪池に向かって突っ走って行った。その池の周辺には三五郎一家、雲助、そして神変竜虎道場の門弟達による五十人の連合軍が待機しているはずである。

自分にそんな危機が迫っているとは夢にも知らず、浪路は湯殿の脱衣場で錆朱《さびしゅ》の帯をもう解き始めている。

「奥様、今夜はいい月が出ておりますよ」

風呂の釜を竹の筒で吹きながらお常は外より声をかけてくる。

「ほんに。いいお月様です事」

竹の格子窓から燐光のような光を射しこめてくる大きな月を眺めながら浪路は帯あげ、帯じめを解き、濃い紺地に桔梗《ききよう》の花をつけ下げにした縮緬の着物を脱ぎ出していた。

お常はそっと湯殿の入口に近づき、戸口の破れ穴から中をうかがってみる。

折り鶴を散らした綸子《りんず》のなまめかしい長襦袢姿になった浪路が献上織の伊達巻を解き出しているのを見たお常は、もう大丈夫だと思った。浪路が風呂に入ればすぐに浪路の衣類をすっかり持ち去る事がお常の仕事である。

長襦袢を脱ぎ、軽く折り畳んで脱衣籠《かご》に入れた浪路は遂にさらしの肌襦袢も脱いでその上へ重ね、水色地に麻の葉の湯文字だけの姿となった。

お常は露わになった浪路の肌を見て思わず息を呑みこんだ。

その陶器のような光沢を帯びた浪路の肌はその薄暗い脱衣場がそこだけねっとり光って見えるような美しさに映じたのである。

身をかがませて湯文字の紐を解き、それを脱衣籠の上へ乗せた浪路は竹の物かげから手ぬぐいを一本抜き取ると素早く前を隠すようにして立ち上がった。

浪路は一糸まとわぬその滑らかで艶っぽい裸身を、のぞき見しているお常の方に見せながら、湯殿の方に向かって行く。

上背があり、むっとするばかりの女っぽい官能味を湛えながら、しかし、肩先から両肩にかけては繊細なしなやかさを匂わせる浪路の裸身の美しさにお常は圧倒された気分になった。剣術で鍛えた故か、腰から太腿にかけては粘っこい豊満さを湛え、双臀は婀娜っぽく盛り上がって女の色香をムンムンと匂わせている。その見事な引き緊まりを見せている双臀をぐっと縦長に削いだような割れ目が、秘密っぽい暗い翳を含んだ何ともいわれぬ色っぽさなのだ。

女でありながらお常は浪路の肉体の美しさに胸苦しさのようなものを感じるのだった。

ポンとうしろから背をたたかれ、お常がびっくりして振り返ると、亭主の伝兵衛がいつの間に戻ってきたのか、そこに立ち、シーと唇に指を当てている。

「風呂に入ったか？　間もなく、竜虎道場の先生方や三五郎一家がここへ押しかけてくる。お前は時間かせぎに風呂へ入って奥様のお背中でもお流しするんだ」

時を稼ぐのと同時に風呂場の中に浪路が護身用の短刀などを持ちこんでいないかよく調べ、あれば盗み出して来いと伝兵衛はいうのである。

「随分と念を入れるんだね」

「重四郎先生の命令だ。武家育ちの女ってのは風呂に入っている時でも賊の来襲を警戒し、護身用の懐剣を身近に置いているそうだからな」

ちょっと男達、意気地がなさ過ぎないか、と顔をしかめる女房に伝兵衛は、

「ブツブツいわず、いわれた通りにしろ。十両にもなる仕事なんだぞ」

と、叱咤するようにいった。

お常はやむを得ず、赤い襷をかけ、裾からげすると、湯殿に向かって進んで行く。

「失礼致します」

湯殿の戸をお常が思い切って開けると、流し場に腰を降ろしていた浪路は狼狽して反射的に両乳房を両手で覆うようにした。

突然、風呂場に入ってきたお常の非礼をとがめるように冷たい視線を戸口の方に向けたが、

「お背中を流させて頂きましょう」

と、お常が何喰わぬ顔つきで湯殿の扉をしめてズカズカ近づいてくると、こうした事は田舎の習慣なのかと、浪路の一瞬強張った頬に微苦笑が浮かんだ。

「こ、これは痛み入ります」

お常が背中に廻って流し始めると、浪路の冴えた美しい頬に羞じらいと当惑の色が薄紅く染み出る。

「このような事を申しますと失礼ですが、ほんとに奥様のお肌は美しい。女である事も忘れ、私、惚れ惚れ致しますわ」

「まあ、御冗談を」

浪路はお常の手で背中を洗われながらくすぐったそうに笑った。

乳房の脂肪をねっとり浮かべて艶々と輝いている柔軟な肩から背筋にかけて、お常は手ぬぐ

いで磨いては湯を浴びせかける。白い油で塗ったような艶っぽい美肌には湯のしずくが玉のように乗ってキラキラ輝くようだ。

浪路はお常に背を洗われながら官能味を湛えた肉づきのいい両腿を立膝に組み、熟れた白桃のように瑞々しく、そして形のいい両乳房の上に両手を軽く交錯させるようにしている。膝から下の下肢はこれも滑らかでよく伸び、足首さえ気品のある繊細さを持って、いかにも品格のある武士の妻といった情感と優雅さを兼ねた浪路の裸身であった。

綺麗に揃った長い睫毛をうっとり閉ざすようにしている﨟たけた美しい浪路の横顔は、湯気のために冷たく冴えた端正な頬を薄く上気させている。

そんな浪路の腰のあたりまで丹念に洗い始めたお常は、ふと立膝に組んでいる妖しいばかりの白さを持った両腿の付根あたりを見るとはなしに眼を向けて見た。艶々しい漆黒の柔らかい丸みを持った茂みがぴっちり立膝に重ね合わせた両腿の付根からほんのりその翳りをのぞかせているのを眼にしたお常は、自分が同性であるのに妙に胸のときめきを感じるのである。烏《からす》の濡れ羽色というが、浪路のそれは正にその通りの色艶があり、それに羽毛のような柔らかさを感じさせ、美麗にして高雅な武家の妻女というのはこういう所まで美しく、つつましやかにできているものかとお常は不思議な気持ちになるのだ。

「お内儀様。もう充分でございます。ありがとうございました」

縮ませている太腿のあたりまで洗い出そうとお常がして来ると、浪路は当惑そうな表情をして身をよじらせながらいった。

「左様でございますか。では、どうぞ、ごゆっくり」

お常は一度、桶に汲んだ湯を浪路の艶っぽい乳色の肩にざっと注いで立ち上がったが、その時、湯殿の隅の流し台に上に黒塗りの鞘の懐剣が定紋入りの手ぬぐいにくるまれるようにして隠してあるのに気づいた。

やっぱり——お常は湯槽《ゆぶね》に入った浪路に気づかれぬようにそれを袂に押しこむと、「失礼致しました」と、戸を開き、何喰わぬ顔つきで湯殿の外へ出て行く。

脱衣場に入ると浪路の衣類が入った竹籠を両手でつかみ、お常は急ぎ足で庭へ飛び出した。

「よくやったぞ、お常」

渡り廊下のそばで待機していた伝兵衛はお常が浪路の衣類を残らず奪って風呂場からかけ出してきたのに気づくと顔面を皺だらけにくずして喜んだ。

「守り刀も取り上げて来たよ」

「そうか、御苦労だった」

お常が袂から取り出した黒塗りの鞘の見事な短刀を受け取って伝兵衛はニヤリと片頬をくずしたが、その時、そっと、裏木戸が開き、ものものしい喧嘩支度に身を固めたやくざ達が抜き足差し足で青葉屋の庭へ侵入してくる。それにつづいて、六尺棒を肩にかついだ雲助達が十人あまり、これも襷がけで一人前の喧嘩支度をして足音を忍ばせて後につづくのだ。それだけでも、お常はびっくりしたのにまだ、そのあとに神変竜虎道場に巣くう浪人達まで長槍などを持ったりし、十人ばかり気色《けしき》ばんで入ってきたので、お常は呆れ返るのである。

湯殿の中にいる女は護身用の短刀を盗み取られ、衣類まで一切、奪いとられている。手も足も出ない状態にされているというのに、この大仰な喧嘩支度の人数はどうだろうと、お常は眼をパチパチさせているのだ。

全体の総指揮をとっているのは神変竜虎流の道場主である重四郎であり、副隊長は三五郎一家の用心棒である定次郎であるらしいが、重四郎はびっこをひき、定次郎は頬かむりのような包帯を顔に巻きつかせているのだ。

「へへへ、重四郎先生。この通り、うまくいきましたよ」

伝兵衛は竹籠の中にぎっしり入った浪路の色香の匂い立つような衣類を手にかかえて、重四郎に示した。

「この通り、守り刀も奪いとりました」

「うむ、御苦労、よくやってくれた」

重四郎は伝兵衛に手渡された黒塗りの短刀を鞘から引き抜く。

「見ろ、定次郎、これは相模守政常の短刀だ。名刀中の名刀だぞ。それを護身用の短刀にするとはさすがは名門の妻女だ」

と、刀剣にくわしい重四郎がいうと、定次郎の方はその方には見向きもせず、伝兵衛のかか

えている脱衣籠から浪路の薄水地に麻の葉を散らしたなまめかしい湯文字を抜き取って、

「ほう。あの美しい女剣士のはく湯文字はこれか。なかなか色っぽい腰巻きではないか。プーンといい匂いまでするようだ」

定次郎は浪路の悩ましい腰布をヒラヒラさせてやくざ達に示しながら哄笑するのだ。


庭の奥の方に大勢の気配を感じた湯殿の浪路はハッとして顔を上げた。

湯槽からあわてて流し場へ出た浪路は竹格子の入った窓より庭の方に眼を向けると、そこには喧嘩支度をしたやくざ浪人者達がぎっしりつめかけ、風呂場の方の様子をうかがっているではないか。浪路の顔面からは血の気が引いた。

「よし、あの風呂場にいる女が我々の敵だ。あの風呂場を取り囲めっ」

と、号令を発しているのは重四郎に相違ない。

「卑怯なっ」

浪路は歯がみして叫び、すぐうしろを振り返った。が、たしかに流し場の隅に隠したはずの護身用の短刀が忽然《こつぜん》として消え失せているのだ。

更に脱衣場へ走りこんだ浪路の口からは思わず、あっと声が出た。

脱衣籠に入れた衣類が一切、誰かに持ち去られているではないか。さすがの浪路も気持ちを動転させ、蒼ざめた表情になる。この旅籠の主人とその女房に計られたのだと気づいた浪路の切れ長の瞳に憤怒の色が滲み出る。

「浪路どの。お気の毒だが、お召物はお湯文字に至るまで当方でこっそり頂戴《ちょうだい》致した。そら、この通り」

そっと竹格子の窓からのぞくと風呂場をやくざに取り囲まれた浪人達は手に手に浪路の長襦袢や肌襦袢、それに湯文字などを持って旗のようにヒラヒラ振り、どっと笑い出している。

「いかに浪路どのが一刀流の達人であるとはいえ、一糸まとわぬ素っ裸では思うように立ち廻りを演ずる事は出来まい。それがこちらのつけ目というわけでござる」

と、哄笑しているのは定次郎であった。

「それに守り刀である政常の名刀もこちらへ頂戴致した。ハハハ、素っ裸の上に武器すら持たぬ身ではどうしようもあるまい。観念して縛につかれよ」

と、嘲笑するのは重四郎であった。

定次郎と重四郎の言葉を聞くと浪路の裸身は憤怒と口惜しさでガクガク慄える。

「さ、おとなしく観念して出て来るのだ、浪路どの」

どさりと地面に麻縄の束が投げ出される。

「出て来ぬとあらば、こちらから参るぞ。さすがの浪路どのも羞ずかしい個所を丸出しにして暴れる事は出来ぬはずだ」

浪人達が踏みこむ気配を示すと、浪路は脱衣場から湯殿に逃げて戸をぴしゃりと閉め、内鍵を下ろした。

脱衣場まで踏みこんで来た浪人達は湯殿の戸を槍の柄でたたき、

「どうした。もはや悪あがきをしても無駄だぞ。早く我々にその柔肌をはっきり拝ませて頂きたいものだ」

と、もはやどう転んでもこっちのものだとばかり余裕を見せて哄笑するのである。

「卑、卑怯者っ」

流し場でどうしようもなく素っ裸を縮ませ、乳房を両手で覆う浪路は声を慄わせて叫んだ。

「湯殿に入った女の衣類まで奪って、騙し討ちにかけるなど、そ、それでも、あなた達は武士ですか。男なら恥を知りなさいっ」

口惜しさに歯がみしながら浪路は吐き出すようにいったが、

「これが神変竜虎流のいわば流儀というものでござる」

などと戸口の向こうにつめ寄っている浪人達はうそぶいてゲラゲラ笑い合っている。

その時、庭の方で激しい乱闘の音が聞こえ、浪路はハッとして窓際に身を寄せた。

やはり、菊之助を雲助の一群が襲ったのである。

白綸子の寝巻姿の菊之助は裸足《はだし》のままで庭へ飛び降り、刀を振って雲助達と戦っているのだ。

やくざ達も浪人達もそれを面白そうに見物している。姉の浪路さえこうして封じこめておけば前髪の稚児《ちご》剣法などどうって事はないとたかをくくっているのだ。

「おい、権三。その若衆を殺しちゃいけねえぜ、生け捕りにするんだ」

と、頭に包帯を巻いている武造が声をかけると、

「わかってまさあね。この若造の玉を斬って焼酎漬けにしねえと腹の虫がおさまらねえ」

そう楽に死なせてたまるか、といいながら雲助達は菊之助をからめとろうとして六尺棒を横なぎにしながら囲みを縮めて行くのだ。

「姉、姉上っ」

次第に雲助達に追いつめられ、危なっかしく足元まで乱れさせた菊之助は荒々しい息を吐きながら無意識のうちに姉に救いを求めている。

「ハハハ、姉上は出るにも出られぬ素っ裸。風呂場の中でおろおろしていなさるだろうよ」

前髪の美少年との乱闘を面白そうに見物していたやくざ達はそういってどっと笑った。

やくざ達のいう通り、湯殿の中に素っ裸で閉じこめられている浪路は菊之助の危機を窓から見ておろおろしている。そして、思わず、

「菊之助っ、ひるんではなりませぬ。相手の一人に斬りかかり血路を開くのです。逃げなさい。逃げるのですっ」

と、昂ぶった声をはり上げるのだったが、姉上はとうとう頭に血が昇ったようだぜ、とやくざ達はまたどっと哄笑するのだった。

雲助の一人に六尺棒で足を掬われた菊之助は地面に転倒し、手にしている刀も雲助の六尺棒でたたき落とされた。

「ふざけやがって。おい、この若造を姉のように丸裸にしちまえ」

地面の上を転げ廻る菊之助に寄ってたかって雲助達はのしかかり、泥まみれ、土まみれの寝巻を剝ぎに取りかかる。

もうこっちのものだと雲助達は鼠をいたぶる猫のように菊之助を揺さぶり、振り廻し、褌一つの裸身にむき上げてしまったのだ。

それでも菊之助は雲助の毛むくじゃらの手に嚙みついたり、髯もじゃの顎を蹴り上げたりして悲痛な反抗をくり返している。

「お、おのれ、人でなし」

浪路はそれ以上、雲助達にいたぶられる菊之助を見る勇気はなく、窓から離れると、悲痛な覚悟をきめたように流し場の桶にあった手ぬぐいと自分の手ぬぐいとを急いで結び合わせた。

もうこうなれば戦うより方法はない。浪路は結び合わせた手ぬぐいで素早く腰の周りを覆い、しっかりとつなぎ止めたのだ。

あと何日かで姫路から助勢が到達し仇討ちの本懐が遂げられようというのに――浪路は屈辱の思いで血の出るほど、固く唇を嚙みしめながら髪より簪を引き抜き、それを逆手に握った。

菊之助だけは何としても救わねば――素っ裸の羞ずかしさも忘れて浪路が戦う気力を持ったのは大鳥家を継ぐ事になった菊之助をこんな所で死なせてはならぬという一心からであった。

相手はならず者ばかりとはいえ、喧嘩支度までした多人数でこちらは衣類まで一切、奪いとられたこのようにみじめな姿、万に一つの勝ち目とてないが、もうこうなれば死に物狂いで暴れ、菊之助だけは何とか逃がしたい。

死中に活を求めるより方法はないと浪路は悲壮な決心をしたのだ。

「おい、この湯殿の戸を突き破り、素っ裸の美女を引きずり出せ」

定次郎の声がし、同時に湯殿の戸は槍の柄や棍棒などで外よりたたき破られた。

「わあっ」

真っ先に湯殿に踏みこんだ浪人は、横手に隠れていた浪路に飛びかかられ、大声を上げた。

浪路の持つ簪に額を突かれた浪人がつんのめると、腰部に手ぬぐいを巻きつかせただけの浪路は憤怒に燃えた瞳をつり上げ、飛鳥のような素早さで湯殿から飛び出して行ったのである。

浪路捕わる

湯殿の脱衣場から衣類一切を奪い取れば、いくら浪路が気丈とはいえ、もうどうする術もあるまい、と思っていたのに、突然、湯殿から浪路が飛び出してきたので重四郎も定次郎も肝を潰した。

手ぬぐい二本をつなぎ合わせて腰部をぴっちり覆い隠しただけの丸裸、髪の簪を逆手に握りしめ、柳眉をキリリとつり上げた浪路は飛鳥のように庭へ飛び降りると、一せいに襲いかかった博徒達の竹槍の中をかいくぐって阿修羅のように暴れまくった。

月の粘っこい光波を浴びて庭の中で博徒と乱闘を演じる浪路の裸身を少し離れた所から重四郎は息を呑んで見つめている。

月の光波を浴びた浪路の裸身の何という妖しいばかりの美しさ——雪を溶かしたような光沢を帯び、ねっとりえたその肌は高雅なばかりに色白で、身体の線は見事な成熟味を見せ、腰といい、太腿といい、さすがに武芸で鍛えているだけあり、息苦しいばかりに肉が緊まっている。それに二つの乳房は熟した白桃のように美しく盛り上がり、博徒達との乱闘の中でブルブルと揺れ動き、それが見ていて何とも悩ましく、これが長い間夢にまで見た浪路の裸身なのかと、重四郎は思わず痺れるような官能の疼きを感じてしまうのだった。

しかし、そんな事に感心し、いつまでも恍惚とした気持ちにはなっていられない。

浪路は斬りかかる博徒の一人に簪を投げつけ、ひるんだ隙に長脇差を奪いとると、眼にも止まらぬ早業で襲いかかる一人を斬り伏せ、博徒の囲みを突破しそうになったのである。

浪路は雲助達に縛り上げられた菊之助を奪い返そうとしている。

「姉上っ」

白いさらしを腹に巻いただけの裸身を雲助達の手で雁字《がんじ》搦目《がらめ》に縛りつけられてしまった菊之助は、こちらに向かって突進してくる姉を見ると、狂ったように身悶え、縄尻をとる雲助に背中を激しくぶつけた。

あっ、と雲助が地面に転倒すると、菊之助は緊縛された裸身のままで姉の方に走り寄る。

「この野郎っ」

走る菊之助を背後から六尺棒でぶちのめそうと一人の雲助が追ったが、それはたちまち浪路に蹴散らされた。

「菊之助っ、私のそばから離れてはなりませぬ」

わずかに腰部を手ぬぐいで覆い隠した浪路は緊縛された菊之助を背後にかばうようにしながら周囲を取り巻く雲助達に刀を構えるのだ。

菊之助の縄を解きたいがその余裕はない。少しでも隙を見せれば雲助達はいっせいに襲いかかってくるに違いなかった。

「見ろ、腰の手ぬぐいが邪魔っけだが、武家女は丸裸だぜ。いい身体してやがるじゃねえか」

雲助達はジリジリと囲みを縮めていきながら口々にやじり始め、哄笑する。

そんな羞ずかしい姿のまま、浪路がどこまで暴れられるか。しかも、背後に自由を封じられた菊之助をかばって——と思うものの、しかし、浪路の手に白刃が握られている限り迂闊《うかつ》には手出しできない。浪路の剣技の冴えは雲助の博徒達も思い知らされているのだ。

「このアマっ」

浪路を取り囲んだ雲助達はいっせいに浪路の足元めがけて六尺棒を投げつけた。何としてでも浪路をからめとろうとするのだが、浪路は切れ長の瞳に憤怒の色を滲ませながら飛んでくる六尺棒を脇差で必死に払い飛ばす。

「行けっ」

雲助の権三が声をあげると、わあっとばかり雲助達はいっせいに浪路めがけて打ってかかったが、その内の二人がたちまち身をひるがえした浪路の持つ脇差で胴を払われ、肩先を斬りつけられ、血煙をあげて地面に転倒する。

「おいっ、侍衆は何をしているのだっ」

乾分達が浪路の刀でばったばったと斬り倒されていくのを眼にした権三は逆上したように重四郎の門人達の方を見ていった。

「行けっ」

今度は重四郎の声で彼の道場の門人達が浪路の前に大刀の切っ先を揃える。

「浪路どの。もういいかげんに観念なさるべきだな。そのような羞ずかしい姿のままで、どこまで我々と戦う気なのだ」

重四郎は元結の切れた艶やかな黒髪を柔軟な乳色の肩にもつらせながら火のように熱い息を吐いている浪路に声をかけた。

やくざや雲助達と激しく斬り合い、浪路はもう相当に疲れ切っている事が重四郎の眼にははっきりわかった。

「我が道場を荒らされた礼を致してくれる。いざ」

栗田卯兵衛、大川影八など、浪路の木剣であの時たたきのめされた浪人達は復讐の念に燃えて大刀を上段に振りかざしながらジワジワと間合をつめて行く。

「卑、卑怯な」

浪路は必死な眼を浪人達に向け、大きく肩で息づきながら脇差を構え直すのだった。

「湯殿から衣類まで奪って女を騙し討ちしようとは見下げ果てた男達――重四郎様、あ、あなたはそれでも武士ですか」

浪路は荒々しく息づきながら、口惜しげに重四郎の顔を睨みつけるのだった。

「勝つためには手段を選ばぬというのが、拙者達の信条でござる」

重四郎はせせら笑っていった。

「姉上、うしろに雲助どもが」

浪路の背に身を寄せている菊之助がおろおろした声で告げた。

浪路はハッとしてうしろに眼を向ける。

数人の雲助が投網《とあみ》を持ち出してきて、反動をつけて揺さぶりながら浪路に浴びせかけようとしている。投網をすっぽり頭からかぶせて浪路をからめとろうとしているのだ。

「菊、菊之助っ」

浪路は背後の菊之助に必死な声をかけ、横手へ走り出そうとしたが、その前を重四郎の門人達がわらわらとかけ寄って塞《ふさ》ぎ、刀の切先を揃える。

「この前は不覚をとったが、今夜はそうは参らぬぞ」

刀傷のある頬を歪めてそういったのは鎖鎌を使う村上進三郎だった。

鎌の柄尻についた長くて細い鎖を右手で持ち、ニヤニヤ笑いながら回転させる。やがて、進三郎の振る鎖は、ビュン、ビュン、ビュン、と大きく空間に弧を描くように回転し始め、浪路との間合をせばめていくのだ。

浪路は投網を持つ雲助を背後に、鎖鎌を使う進三郎を正面に抑えて、それこそ、進退窮まった感があり、悲痛な表情になった。

「お、おのれ、卑、卑怯者っ」

艶やかな雪白の肩にまで垂れかかる黒髪をさっと首を振って払い上げ、敵意をこめた凄艶な眼をつり上げた浪路は手に持つ脇差を中段に構えた。鎖が飛んでくる前に相手の懐へ飛びこんで脇腹をえぐるより手段がない、と浪路は進三郎の隙を見つけようとするのだが、その時、背後に廻った雲助は、わっと喊声を上げて投網を投げかけてきたのである。

菊之助は姉の身を守るために自分の方から緊縛された裸身を投網の中へ走りこませていった。

「あ、菊之助っ」

すっぽり頭から投網をかぶった菊之助はそのまま狂気したようにあっちへ走り、こっちへ走り、遂には網に足をからませて地面に転がるのだ。

そんな菊之助を見て狼狽した浪路の一瞬の隙を見つけた進三郎は、えいっ、と鋭い掛け声をかけ、鎖を投げかけた。

「あっ」

進三郎の投げた鎖は浪路の持つ脇差の鍔元《つばもと》から白刃にかけてギリギリ巻きつき、浪路は激しく動揺する。浮足立った浪路を見て、いっせいにやくざ達が躍りこんだ。

遂に浪路の持つ脇差は進三郎の鎖にからめとられ、地上に落下し、武器を失った浪路はもうどうにも身をふせぐ術はない。六尺棒と竹槍の柄で足を払われてその場につんのめった浪路に、それっとばかり、やくざと雲助が襲いかかり、組み敷いたのだ。

「縛れっ、縛れっ、身動きの出来ぬよう、きびしく縛り上げるんだ」

重四郎はすっかり興奮してわめき散らしている。

七、八人の博徒と雲助が皆んな、眼をつり上げ、のたうち廻る浪路の柔肌に寄ってかかり、浪路の両腕を懸命になって背後へねじ曲げようとしているのだ。

「勝った。勝ったぞ」

重四郎は我を忘れて定次郎の肩をどんと押し、顔面をひきつらせ、昂ぶった声で笑い始めた。

遂に浪路の白い陶器のような艶っぽい両腕は博徒達の手で背後にねじ曲げられ、かっちり重ねさせた両手首にキリキリ麻縄が巻きつけられていく。

「お、おのれっ、下郎っ、離せっ」

裸体を縄がけされていきながら、浪路は必死に元結の切れた黒髪を揺さぶって悶えるのだ。

「何を、下郎だと。このアマっ」

博徒の一人はカッとなって浪路の蒼ずむばかりに硬化した頰を平手打ちした。

「こうなったら、もういくらじたばたしたって無駄だぜ、観念しな」


浪路の両手首をかっちり麻縄で縛り上げた博徒達はその縄尻を前に廻して、ほどよく盛り上がった優美な乳房の上下を二重、三重に緊め上げていく。

「へへへ、どうだ、もうこれで諦めがついたろう」

ようやく縄止めをすませたやくざ達は、さも口惜しげに歯を噛み鳴らし、屈辱に慄える浪路の乱れ髪をもつらせた凄艶な横顔を見つめながら哄笑をした。

「随分と手こずらせて下さいましたな、浪路どの」

重四郎は、後手に麻縄で縛り上げられた浪路のむっとするような官能味を湛えた優美な裸身を眼を細めて見下ろしながらいった。

小さく立膝に身を縮めている浪路は、重四郎が近づくと眼一杯に憎悪の色を浮かべていった。

「重四郎様、あ、あなたがここまで卑怯な人間とは――このような卑怯な手段を用いて、それでもあなたは武士ですか」

「何といわれても結構。要するに勝てばいいのだ。この期に及んで世迷《よま》い言《ごと》を申される方がむしろ見苦しいというものでござる」

重一郎は顎をつき出すようにして、せせら笑った。

浪路は無念そうに固く眼を閉ざしながら、

「もう何も申しますまい。あなたのような卑怯な侍と口をきくのさえ汚《けが》らわしい。さ、ひと思いに首をはねて下さいまし」

と、屈辱の思いに声を慄わせながらいったが、

「ま、そう急ぐ事はあるまい。浪路どののような美女や菊之助のような美男をそうむざむざ殺すのは何とももったいなく思われてくる」

と、重四郎は口元をニヤニヤ歪めていった。

「姉上っ」

雲助の一人にどんと背中を突かれて浪路のそばへ膝を落とした菊之助は口惜し泣きする。

「無念です、姉上。仇の熊造と伝助をここまで追いつめながら」

後何日かで父の仇が討て、本懐が遂げられようというときに、このざまは一体、どういう事

か、と、菊之助は歯ぎしりしながら血を吐くような声音でいうのだった。

「真にお気の毒でござるな」

定次郎はさも無念そうに眼を閉じ、唇を嚙みしめる浪路の白蠟のように硬化した頰と菊之助の蒼ざめた頰とを楽しげに見くらべていたが、二人の縄尻をすぐそばの松の幹につなぐと、

「さて、重四郎先生、この二人をこれよりどう致しますかな」

と、重四郎の顔を見ていった。

「この二人の身柄は俺達が引き取ろうじゃねえか」

と、雲助の首領である権三が身を乗り出していった。

「この二人に俺の可愛い乾分が三人も斬り殺され、二人が大怪我を負わされたんだ。嬲りものにしてから、この武家女の赤貝と若侍の玉をえぐり取り、焼酎漬けにしなきゃ、死んだ乾分に申し訳が立たねえ」

「いや、三五郎親分の所へしょっ引き、お仕置にかけるのが筋だぜ。うちの乾分達もこの女の手にかかって死人も出たし、怪我人も出ているんだからな」

と、三五郎一家の武造も口をとがらして浪路と菊之助をこちらへ引き渡せ、と主張する。

「いや、我等が道場へ引き立て、処分致すのが筋というものだろう。この女に我等が道場は荒らされ、世間の物笑いになりかけたのだ」

と、鎖鎌を腰に戻した村上進三郎がいった。

菊之助の玉と浪路の貝柱を漬ける焼酎ぐらい、こちらにもたっぷり貯《たくわ》えてある、と進三郎がいったので、権三も武造もゲラゲラ笑い出した。

「とにかく、当道場へこの美女と美男をお連れ致そう。熊造と伝助も首を長くして待っておる」

熊造と伝助という言葉を耳にすると、固く閉じ合わせていた浪路の長い睫毛がふと開いた。

怒りを含んで燐光のように輝く黒瞳を重四郎の方に向けた浪路は、

「私共姉弟をこのようにみじめな姿のまま、父の仇の前に突き出そうというのですか」

と、声を慄わせていった。

「左様でござる。その腰のものも剝ぎ、生まれたままの素っ裸にむき上げて熊造達と対面させる所存だ。ハハハ、熊造も伝助もさぞかし喜ぶ事だろう。あの二人にとっては何より結構なみやげを拙者達は持ち帰ってやることができるというわけだ」

重四郎は腹を揺すって笑うと、雲助達の方を向いていった。

「浪路と菊之助の部屋へ入り、この二人の所持品をすべてここへ運び出せ。戦利品はすべて道場へ持ち運び、それから公平に分配する。猫ババしてはならぬぞ。いいな」

雲助達は庭から座敷の方に上がりこみ、浪路と菊之助の部屋をひっかき廻して金目のものを略奪しようとする。博徒達は浪路に斬られて怪我を負った仲間達の手当てにかかり、重四郎の門人達は、まずは一息入れよう、と縁に坐りこんで旅籠の主人に酒を出させるのだった。

「菊之助」

凍りついた冷たい横顔を見せて固く眼を閉ざしていた浪路は、浪人達がふと周囲から離れたのに気づくと菊之助に低い声で語りかけた。

「望みを失うてはなりませぬ。最後まで熊造と伝助を討つ機会を狙うのです。屈辱に耐え、出来る限り、命を保たねばなりませぬ」

「しかし、姉上、もはや、こうなっては仇を討つのぞみは万に一つもないではありませんか。これ以上、生恥をさらすよりいっそ、この場で舌を噛み——」

菊之助が口惜しさに肩先を慄わせてそういうと、急に浪路は鋭い声で、

「なりませぬっ」

と、叱咤するようにいった。

「このように肌身をさらした上に縄目の恥辱を受けるなど、まして私は女、舌を噛み切りたいほどの口惜しさ、情けなさはそなた以上です。しかし、それでは仇の思う壺、これまでの苦労が水の泡ではありませんか」

時を稼ぐのです、と浪路はいうのだった。

姫路からの助勢がこの地に到着するのは七日後になるか、十日後になるかわからないが、あなたはたとえ、あの浪人共に命乞いしてでも生きのびなければなりませぬ、と、浪路がいうので、菊之助は驚いた顔になった。

「私も武士です。命乞いをしろなど、そのような事、断じて出来ません」

「菊之助、私のいう事をよく聞いて」

浪路の長い綺麗な睫毛にはしっとりと涙が滲んでいるのだ。

「屈辱に耐え忍んで、いつかは必ず目的を果す。これが武士というものです。それに、あなたは大鳥家を相続する事にきまったのです。あなたがここで死ねば大鳥家は断絶、お殿様や御家老様を裏切ったも同然の事になる。私は見苦しいあがきと思われても、最後の時が来るまであなたの命を守り抜くつもりです」

大鳥家を断絶させてはならぬ、という点に浪路は異常な執念を見せるのだった。

「まだ、十七歳のあなたに仇討ちを強行させた事、これは私の過ちでした」

浪路はそういうと、さも哀しげに睫毛を閉じ合わせ、奥歯を噛みしめるのだった。

浪路と菊之助が縄尻をつながれている松のうしろに先ほどからじっと身を隠していた三下の源次がニヤリと笑い、そっと抜け出して縁側の方に行くと、そこで酒を飲んでいる重四郎の耳に口を寄せた。

「ほほう、浪路は菊之助の命乞いをする気になっているというのか」

重四郎は愉快そうにうなずいた。

(何日か後には姫路からの救援がつくと信じているのだな。馬鹿め。浪路の密書を持った女中の千津は鬼ゆり峠で雲助連中にとっくにとっ捕まっておる。密書もこっちの手に渡っておるわ)

重四郎は胸の内でつぶやき、声を上げて笑った。

「どれ、そろそろ参るか、定次郎」

重四郎は隣で酒を飲む定次郎の肩をポンとたたき、腰を上げると、

「よし、松の木につないでいる美女と美男を駕籠に乗せろ」

と、博徒達に声をかけた。

「さ、立つんだ」

松の幹につないだ縄尻を外して浪路と菊之助をその場に立ち上がらせたやくざ達は、すぐに二人を庭の隅に並べてある二丁の駕籠の方に引き立てて行く。

後手に麻縄で縛り上げられた上背のある浪路の裸身は、冷たいほどの光沢を帯びて、ねっとり乳色に輝き、滑らかな腹部から腰部にかけての曲線、ムチムチと引き緊まった肉づきのいい太腿など——重四郎はその見事な官能味に満ちた浪路の裸身をあらためて横から見つめて、妖しく胸は慄え出すのだ。

「さすがは武道で鍛えた身体だ、見事に肉が緊まって、隙がない。それに、あの肌の白さ、まるで雪を溶かしたようではないか」

定次郎も溜息をつく思いで、やくざ達に引き立てられていく浪路の緊縛された美しい裸身に見惚れている。

「うむ。乳の形といい、腰の丸みといい、全く申し分がない。拙者、これまで随分と女を見て

来たが、あれだけの美しい身体を見たのは初めてだ」

　先ほどまでは浪路が白刃を振り廻して阿修羅のように暴れまわったので、ゆっくり観賞するゆとりはなかったが、今捕われの身となり、腰部をわずかに手ぬぐいで覆っただけの裸身を引き立てられていく浪路を見ると、それが想像以上の妖しい美しさなので、重四郎も定次郎も思わず眼を瞠るのだった。

「あの腰に巻きつけた手ぬぐいが、こうなれば邪魔っけでござるな」

　定次郎は好色な薄笑いを口元に浮かべて重四郎を見た。

「あとの楽しみという事もある」

　重四郎も淫らな笑いを片頬に浮かべて小さくいったが、その時、駕籠の前までやくざ達に引き立てられた浪路はふと足を止め、重四郎の方に悲哀のこもった美しい黒瞳を向けた。

「重四郎様、せめて、武士の情けをおかけ下さいまし」

「ほう、武士の情けとは？」

　重四郎が顎を突き出すようにして近づいて行くと、浪路はすぐに重四郎から視線をそらし、悲しげに形のいい眉根を寄せるのだ。

「菊之助も私もこのようにみじめで羞ずかしい姿、せめて襦袢なりとも身につけさせて下さい」

　乱れ髪をもつらせた柔媚な頬に羞じらいをこめて浪路はいったのだが、とたんに、

「何を勝手な事をぬかしやがる」

と、浪路の縄尻をとる博徒はどなりつけ、浪路の量感のある双臀をいきなり蹴り上げるのだ。

「散々、俺達を痛めつけやがって、襦袢でも身につけさせてくれとはよくもぬかせたものだ。素っ裸にして道場までの道のりを歩かせてやろうじゃねえか」

「そうだ、そうだ、何もわざわざ駕籠に乗せる事はねえ。二人とも丸出しにさせて道場までしょっ引こうぜ」

やくざ達は浪路の腰に巻きつく手ぬぐいを引ったくろうとして周囲からつかみかかってくる。

「な、なにをするっ、下郎っ」

菊之助はやくざ達が下穿きまで剝ごうとして腰をかがめてくると、逆上したようにわめき、緊縛された裸身を悶えさせた。

浪路も顔面を真っ赤に染めながら、腰に手をかけてきたやくざを陶器のような艶っぽい脛で払いのけ、思わず、無礼者っ、と昂ぶった声をはり上げる。

「おお、聞いたかい。無礼者だってよ」

やくざ達は顔を見合わせてゲラゲラ笑ったが、狂気したように暴れた菊之助の下肢で一人が鼻っ柱を蹴り上げられると、

「畜生、まだ、手こずらせる気か」

と、いっせいに脇差を抜き始めるのだ。

とっさに浪路は緊縛された優美な裸身を走らせて菊之助を背後にかばうようにし、白刃の前

に正面像を向けると、切れ長の美しい瞳に敵意をはっきり滲ませる。

「待て、待たんか」

重四郎は脇差を抜き出した博徒達を両手で制した。

「ここで斬ってはならんぞ。よいか、せっかく苦心して捕えた姉弟なんだ。道場へ連れ戻ってからゆっくり料理すればよい」

そして、重四郎は菊之助を背後にかばってそこに立つ浪路に向かって、

「ここに至れば浪路どのも菊之助も観念なさるべきですな。じたばたなさるのはむしろ、見苦しいというもの。浪路どのの心根次第では菊之助の一命は助けてやらぬでもない」

と、いうのだ。

「菊之助の一命はお救い下さるというのですか」

氷のように冷えた浪路の端正な顔にふと血の気が滲み出る。

「左様、浪路どのは多数の博徒、雲助を斬った罪により、処刑せねばなるまいが、菊之助は、まだ、十七歳との事、処刑するのはいささか気がとがめる」

浪路は重四郎のその言葉にすがりつきたい思いとなって象牙色の頬に垂れかかる乱れ髪をさっと振り、翳りの深い、沈んだ眼差に生気さえ浮かばせた。

「おっしゃる通り、菊之助はまだ十七の子供でございます。浪路はたとえ八つ裂きにされてもかまいませぬ。何卒、菊之助の命ばかりはお助け下さいまし」

憎みても余りある重四郎に哀願せねばならぬとは――自分を呪いたくなるほどの口惜しさだが、浪路は必死な思いになって重四郎の眼を見つめるのだ。

「だから、それは浪路どのの心次第というておるではないか。これより我が道場において拙者の門弟達の前に女の羞ずかしい生肉までむき出し、尻の穴までさらけ出して、詫びを入れる勇気が浪路どのにおありかな」

浪路の柔媚な頬が再び、蒼ずむばかりに硬化したのを見て重四郎はせせら笑うのだった。

「とにかく、道場へ参ってから色々と相談致そうではないか。おい、この二人に猿ぐつわをかけて駕籠に乗せろ」

重四郎は博徒達を見廻して命じた。

へい、とやくざ達は浪路と菊之助にわらわらとつめ寄り豆絞りの手ぬぐいで二人に猿ぐつわを噛ませ始める。

重四郎は、もはや抵抗の気力をなくしたかのよう、やくざ達に形のいい顎を押さえられ、固く猿ぐつわをはめられる浪路を心地よさそうに見つめている。線の美しい鼻の頭をきつく猿ぐつわで緊め上げられ、無念そうに長い睫毛を閉じ合わせている浪路の白蠟のように美しい頬は屈辱に歪んでいるのだ。

「さ、駕籠に乗るんだ」

猿ぐつわをかけられた浪路と菊之助は、それぞれやくざ達に追い立てられて身を低め、駕籠に入った。

「さぞ、御無念でござろうな。昨日は、いま一息のところで仇の熊造と伝助を討ち取る事が出来たのに——」

今日はその仇の前に丸裸で引き出され、尻の穴まで見せねばならぬとは——と、重四郎はいい、腹を揺すって笑い始める。


駕籠に乗せられた浪路の閉じ合わせた切れ長の眼尻より口惜し涙が一筋、二筋、したたり落ち、白蠟の頰を歪むばかりに緊めつけた猿ぐつわを濡らし続けているのだが、乱れ髪をもつらせた、そのしっとり濡れたような浪路の横顔は重四郎の眼にもふるいつきたいばかりの妖しい色香を感じさせるのだった。

「よし、道場へ運べ」

重四郎は駕籠の蓋を閉め、雲助達にその上を荒縄で二重三重に縛らせると、昂ぶった声で命令する。

「そらよっ」

と、雲助達は二丁の駕籠を担ぎ上げ、ホイサッ、ホイサッ、と動き始めた。

第八章　屈辱の裸身

花と野獣

　その、神変竜虎流の怪しげな看板をかかげた田舎道場では、盆と正月が一度に来たような大騒ぎであった。道場に巣くう浪人達にとっても、三五郎一家の博徒達にとっても、鬼ゆり峠を根城にする雲助達にとっても、散々、煮湯を呑まされた恨み重なる女武芸者の浪路、それを弟の菊之助と共にやっとの思いで捕えることができたのだから歓喜の極に達している。

「何はともあれ、酒盛りの支度をしろ」

　重四郎は浪路に斬られた腰部の痛みなどすっかり忘れたようにはずんだ声を出し、満面に喜色を浮かべて道場の中をかけずり廻っているのだ。

「道場の床の間に柱を二本、ぶちこめ。そこに浪路と菊之助をくくりつけるのだ。二人をさらしものにして、酒盛りの肴にしようではないか」

　八幡大菩薩の掛軸のかかった道場の床の間に白木の柱が二本、横に並べてぶちこまれていく。

もうこうなれば、道場など叩き潰したってかまわぬとばかり、重四郎も、その門弟達も興奮し切っている。

浪路と菊之助を乗せた駕籠は雲助達に担がれて、そのまま、道場の中にまで運ばれた。

「二人をあの柱に縛りつけろ」

駕籠から博徒や雲助達の手で引きずり出された浪路と菊之助はすぐに猿ぐつわを外されたが、そのまま、引き起こされて床の間へ押し上げられていく。

わずかに腰を手ぬぐいで覆っただけの裸身を麻縄できびしく後手に縛り上げられた浪路は、もはや、抵抗しても無駄と観念したように固く眼を閉じ合わせ、氷のように冷たく、蒼ずんだ横顔を見せながら柱を背にして立つと、雲助や博徒達の手でキリキリと別の麻縄を使ってつなぎ止められていく。

同じく、菊之助も無念の涙で頬を濡らし、血の出るほど、固く唇を噛みしめながら、雲助達の手で柱につながれていくのだ。

それを眼にした重四郎と定次郎は、胸の中が掻きむしられるような甘い疼きを感じ合う。

「今度ほど、楽しい酒盛りはまたとあるまい」

と、重四郎がいうと、

「同感でござる」

と、定次郎も答えた。

道場の板の間には酒や肴が運ばれる。いつやって来たのか、カラス婆のお松とお里が台所と道場を行ったり来たりして酒盛りの支度を手伝っているのだ。

「姉、姉上、武士でありながら、このような恥辱を受け、菊之助は気が狂うばかりの口惜しさです」

と、菊之助が柱につながれた裸身を慄わせていうと、浪路も固く閉じ合せた睫毛をフルフル慄わせながら、

「それは姉とて同じです。武士の妻でありながら、敵の前に肌身をさらさねばならぬ口惜しさ、情けなさ、女である身が恨めしくさえ思います」

実の弟の眼に肌身を見せるのさえ、身を切られるほどの辛さなのに、重四郎達、不逞の輩の眼前にさらされ、このような生恥をかかされるなど、それは浪路にとっては死ぬより辛い屈辱であるに違いない。しかし、浪路は、くり返し、

「菊之助、耐えるのです。希《のぞ》みを捨ててはなりませぬ。卑怯者、未練者といわれても自分で命を断つような真似をしてはなりません。これは姉の最後のいいつけだと思って下さい」

と、悲痛な声音で菊之助にいうのだった。

「何をブツブツ弟に告げておられるのだ。浪路どの」

酒盛りの支度がすっかり出来ると、重四郎は床の間の柱を背にしている浪路の方に眼を向けて笑いながらいった。

「これより、浪路どのと菊之助を生け捕った祝いの宴を張る所存でござる。その前に本日の戦利品の分配だ」

浪路と菊之助の部屋より雲助達が奪い取って来た着替えの衣類や刀剣、道中袋から脚絆類に至るまで床の間にうずたかく積み上げられると、カラス婆のお松とお里が早速、台所の方からやって来て、算盤を手にして坐りこむのだ。

「路銀が三十両か。ほほう、豪勢な仇討ち旅でござるな」

道中袋の中から出て来た小判を数えて定次郎は楽しそうにいった。

「当道場と三五郎一家、それに雲助達、仲よく、そいつは十両ずつ分ける事に致そう」

重四郎は武造と権三を呼んで小判を分配しながら、ふと、顔を上げて、固く眼を閉ざし、優雅な顔を硬化させている浪路を見た。

「武士でありながら追いはぎの真似をしている拙者をさぞや憎く思われるだろうな。ハハハ、しかし、こういう楽しみがあればこそ、拙者はこの土地が気に入ったのだ。そう、不快な顔をなされるな」

重四郎は口惜しげに奥歯を嚙みしめているような浪路と菊之助の強張った顔を交互に見ながらせせら笑っている。

「ほう、これは驚いた。菊之助の所持する刀は、備前兼光の名刀だぞ」

重四郎は菊之助の大刀を引き抜いて蠟燭《ろうそく》のそばに近づけると、舌を巻いた。

「反りといい、波状の刃といい、これは正しく、備前兼光だ。な、見ろ、定次郎」

と、重四郎は興奮気味になって、定次郎の方に刀の刃を近づけたが、定次郎は刀剣には興味をまるで示さず、床の間の柱を背にして縛りつけられている浪路の蠟燭の灯《あか》りに艶々と輝く滑らかな乳色の肌と、心をそそり立てるばかりに優雅な肉体の線を先ほどから凝視している。

「拙者は、備前兼光なんぞより、浪路どのの臍下三寸をとくと拝見したいものですな。どうもあの手ぬぐいの覆いが邪魔で困る」

「こいつめ」

重四郎は定次郎を見てゲラゲラ笑った。

「ここまで来たのだ。もうあわてる事はない」

重四郎は、床の間にずっしり積み上げられた浪路と菊之助の衣類を手にとっては算盤を入れているカラス婆二人を愉快そうに見て、

「おい、命がけで手に入れた戦利品だ。いい値で引き取るのだぞ」

といった。

「さすが、お武家の奥様のお召物ってのは違うねえ。こんな立派なもの、どれ位の値をつけていいか、わかりませんよ」

これが町人娘の黄八丈とか紬とか、いうのならわけはないが、こんな華美で豪奢なものは見た事はない、とお松はいうのだ。

漆《うるし》塗りの文様を留袖にとり入れた豪奢な手描き友禅、銀の地色に源氏車を染めた色留袖など、上級の武家の女房とはこんな見事な衣裳を持つものかとカラス婆二人は溜息《ためいき》をつき合っている。

紅藤の長襦袢、水色地の湯文字、献上織の伊達巻、紋綸子の伊達締め、そんななまめかしい武家女の下着類まで一枚一枚、数えて大きな風呂敷につめこんで行きながら、お松とお里はホクホクした表情になっている。

菊之助の黒羽二重に道中袴、下着に至るまですっかり風呂敷に包みこんでいるのを見た重四郎は、

「遠慮するな。菊之助の腰に巻いておる褌もくれてやる。脱がせて持って行け」

と、笑いながら声をかける。

とたんに菊之助の顔からは血の気が引き、眼がつり上がった。

「浪路どの。おわかりか。追いはぎは拙者の楽しい内職でござる。女子とはいえ、情け容赦なく、これまで網にかかったものは身ぐるみ剝いで参ったのだ」

重四郎は浪路の腰部を覆い包んでいる手ぬぐいを指さし、

「浪路どの、それは青葉屋の手ぬぐいではないか。それは青葉屋の主人に返さねばならぬ。おい、誰か浪路どのの腰のものを剝ぎとれ」

と、周囲に声をかけると、博徒や雲助達は待ってました、とばかり腰を上げた。

「我が道場を踏み荒らした女武芸者の秘所をまずはじっくり拝見させて頂こうではないか」

重四郎の門人達もいっせいに腰を上げて、柱を背にかっちりと縛りつけられている浪路につめ寄ろうとする。

さすがに浪路の形のいい象牙色の頰も、怖いほどに蒼ざめひきつった。

「こ、この上、私共の姉弟に生恥をかかせる気なのですか。この上の狼藉は許しませぬっ」

浪路が憤怒に燃えた瞳をカッと見開き、昂ぶった声をはり上げると、博徒も雲助もゲラゲラ笑い出す。

「おい、皆んな、聞いたかい。この上の狼藉は許しませぬだとよ」

三下達は手をたたいて笑いながら、全身を鋼鉄のように固くしている浪路を取り巻くようにした。

「文句がいいたきゃ、その貝をむき身にしてからいいな」

三下の一人が身をかがませ浪路の腰に手をかけようとしたが、とたんに全身の血を逆流させた浪路は思わず、

「何をするっ、無礼者っ」

と、鋭い声で叫び、優美な下肢を激しくばたつかせた。

浪路の陶器のように艶やかな脛のあたりがはね上がって、腰布を剝がそうとしていた三下の鼻っ柱に炸裂する。

あっ、としたたか鼻を蹴り上げられた三下はうしろへひっくり返った。

「やりやがったな」

博徒達は浪路に蹴り上げられた仲間が鼻血を出して苦しがっているのを見ると血相を変えて、いっせいに襲いかかった。

「おのれっ、人でなしっ」

浪路は柱に縛りつけられた裸身を狂気したように悶えさせ、二肢をばたつかせて腰部に手をかけて来る男達を振り切ろうとする。

「足を縛れっ、足の動きを封じるのだ」

浪人達は浪路の必死にのたうたせている二肢で払い飛ばされている博徒達に声をかけるのだ。やくざ達は別の麻縄を持ち出して浪路の両肢を柱につなごうとし、再び、襲いかかった。いくら浪路が激しい反発を示しても、もう、どうしようもない。

柱のうしろへ廻った二人が腰をかがませてばたつかせる浪路のなよやかな線を持つ白い下肢を柱ごとかかえこむと、すかさず雲助達が横から腰をかがませて荒縄をキリキリそれらにからませた。

「卑、卑怯な。あなた達は自由を奪った女を、な、嬲りものにする気ですか」

両足を揃えさせて、それを柱ごと縄がけされる浪路は歯ぎしりして口惜しがり、おどろに乱れた黒髪を激しく揺さぶるのだった。

菊之助も姉と同様、褌まで剝ぎとろうとして迫って来る雲助達を罵倒し、足をばたつかせて蹴り払おうと、必死に身悶えをくり返していたが、遂に両肢をからめとられ、これも同じように柱にかっちりと麻縄で縛りつけられる。

「おのれっ、縄を解けっ、卑怯者っ、この縄を解けというのがわからぬのかっ」

と、両腕、両肢の自由を封じられた菊之助は口惜し泣きしながら身動きをくり返している。

「ハハハ、うんと悶え泣きしろ。その方が見ていて面白い」

重四郎と定次郎は両肢も柱にきびしく縛りつけられて、口惜し泣きする美貌の姉弟を見て哄笑するのだ。

「おお、ちょうどいい所へ熊造と伝助が来おったぞ」

定次郎がふと顔を上げていった。

紅ぐも屋にいた伝助と熊造は、浪路捕わるの報《しら》せを受けて三五郎の妾のお銀と一緒に道場まで駕籠でかけつけて来たのだ。

「おい、熊造。お前達にとっては何よりもありがたいみやげであろうが」

道場に入って来た熊造と伝助、それにお銀の三人は、酒盛りを始めている雲助達の間を縫って床の間の方に近づいて来る。

熊造と伝助の顔を見たとたん、浪路と菊之助は再び、全身の血が逆巻くばかりの憤怒と憎悪を露わに表情に出した。かっちり麻縄に縛りつけられている浪路と菊之助の二肢までが憤怒のためにブルブル慄え出している。

二人に向かって憎悪の言葉を浴びせようと思っても、口惜しさと屈辱感が火の玉のようになって胸元に突き上がり、浪路も菊之助も声が出ないのだ。

不倶戴天の父の仇の前にこのような浅ましい姿をさらしている自分を浪路と菊之助は呪いたくさえなる。呼吸を止めて、恨みをこめた血走った視線を一瞬、熊造達に向けた浪路はその瞳をさも口惜しげに閉じ合わせていき、蒼ざめて硬化した顔をさっと横にねじ曲げるのだ。

「まさか、ここで戸山の家の若奥様の素肌を見られるとは。へへへ、人間、長生きしなきゃ損ってものだな、伝助」

熊造は浪路の絖のように光沢のある美肌と官能味のある肉体の滑らかな曲線を恍惚とした表情で見つめながら伝助にいった。

「熊、熊造っ」

菊之助が血を吐くような声音でいった。

「貴様は、それでも人間か。男ならなぜ、尋常に立ち合おうとはせぬ。このような卑怯な策を用い、他人の手をかりて生け捕りにするとは——」

「うるせえっ」

と、熊造ははじき返すようにいった。

その態度は昨日、菊之助に土手の上まで追いつめられ、地面に頭をこすりつけて命乞いをした男とはまるで打って変わっている。

「他人の手を借りようが、借りまいが、そんな事、手前に文句いわれる筋合はねえ。まだ、餓鬼のくせに粋《いき》がりやがって、昨日はよくも俺達に恥をかかせやがったな」

頭を下げ、降参を告げている者に小刀を投げて、尋常に立ち合えとぬかしやがった。全く腹の立つ餓鬼だぜ、といって周囲の男達を笑わせた熊造は、いきなり、菊之助の前に進み寄り、

「もう大人になっているのかよ、ここは」

と、いうや、さらしの褌の上から股間の肉塊をぐっと掌で握りしめるのだった。

「あっ」

と菊之助は狼狽して真っ赤に頬を火照らせ、

「な、なにをするっ、下郎っ」

と悲鳴に似た声で叫ぶと、緊縛された裸身を狂おしく揺さぶった。

頭の芯まで痺れるような屈辱感に菊之助は逆上し、離せっ、やめろ、と我を忘れて昂ぶった声をはり上げている。

「なんという事を、熊造っ、お、お前という男は――」

隣の柱に縛りつけられている浪路も逆上し、ひきつった声を上げるのだ。

熊造は、稚児いじめってのもまんざら、悪くはねえ、と、見物する男達を見廻して一緒に笑いながら、布の上からつかんだそれを淫らな手つきで揉みほぐしている。

菊之助が汚辱にのたうち、悲鳴を上げればそれだけ一層、狂暴な発作に見舞われて、熊造は掌でしっかりと握りしめ、激しく揉み上げるのだ。

「ちょいと、熊さん。そんな事すりゃ、お坊っちゃん、褌を汚しちまうよ。どうせなら、さっぱり脱がしてからしておやりよ」

そのお褌まで、私はもう買いとっているんだからね、と、カラス婆のお松が笑いながら声をかけた。

「それじゃ、俺は奥様の方を受け持とうか」

伝助は浪路の腰部に近づき、腰を覆い包んでいる手ぬぐいの結び目に手をかけるのだ。

「ハハハ、他の者は手を出さず、伝助と熊造に任せろ。親の仇の手で臍下をさらけ出させるのも一興ではないか」

定次郎は重四郎の持つ茶碗に徳利の酒を注ぎながら愉快そうにいった。

伝助の手が腰布の結び目にかかると、浪路は名状の出来ぬ悲痛な表情になる。﨟たけた、うすら冷たい頰がわなわなと慄え、美しい富士額をさも苦しげにギューとしかめた浪路は、

「伝助、こ、この恨みは必ず晴らします。お、覚えておくがいい」

と、うめくような声音でいうのだった。

「恨みを晴らすのはこっちの方じゃありませんか。昨日はもう少しの所で、奥様にばっさり斬られる所だった。全くあとから考えても冷汗が出ましたぜ」

さて、一刀流を使う女武芸者の秘め所はどんな具合か、景気よくさらけ出して頂きましょうか、と、伝助は笑いながらいい、さっと浪路の腰部を覆っていた手ぬぐいを剝ぎ取ったのだ。

とたんにつめ寄っていた男達から、ほう、と熱っぽい吐息が洩れ始める。

肉づきのいい官能味のある太腿の付根が遂に露わにむき出され、浪路のその部分を覆う漆黒の艶々した繊毛が露呈すると、重四郎も定次郎も思わず眼をキラつかせ、生唾を呑みこんだ。

それは絹のような柔らかさで、夢のようにふっくら盛り上がり、武家女のそれらしく気品とつつましやかな感触と同時に女盛りの妖艶さも匂わせながらさも暖かそうに小判形のふくらみを示している。それをいっせいに凝視する男達は、ふと、酒を飲むのも忘れたように情欲の昂ぶりに圧倒されて、一様に茫然《ぼうぜん》とした表情になっているのだ。

満座で、遂に一糸まとわぬ素っ裸にされた浪路は、綺麗に揃った睫毛を固く閉じ合わせ、薄紅く染まった頰にもつれかかる黒髪の端を歯に嚙みしめながら、必死になって身を切り刻むような屈辱と羞恥に耐えている。

「乳房の美しさといい、腰のまろみといい、あのいじらしい生えっぷりといい、全く申し分がないではないか。俺もかなり女遊びをして来た方だが、あんな見事な肉体を持った女にお眼にかかった事がない。それに、比類のない美女と来ている。ただ、残念な事は、女だてらに一かどの剣客という事だ」

これがもし、花街の花魁《おいらん》であったなら、どれだけの人気を得るかわからないと重四郎は浪路の羞恥と屈辱に火照った横顔のしたたるような美しさと、見事に均整のとれた全裸像を心を疼かせて凝視しながら定次郎に語りかける。

「そら、お姉様の方もああして、丸出しになさっているんだ。おめえもいさぎよく一物をさらけ出しな」

熊造はゲラゲラ笑いながら、腰をかがませて、菊之助の六尺褌の結び目を解き、くるくると外し取っていく。

もはや、両足の自由も麻縄で封じられてしまった菊之助はどうする術もなく、顔面を火のように紅潮させ、歯を喰いしばった表情になっているのだ。

「正に紅顔の美少年ではないか」

定次郎はまるで女のような菊之助の下ぶくれの愛らしい顔が真っ赤に火照り出したのを見てニヤリと口元を歪めた。

「憎い親の仇の手で褌を解かれ、一物をさらさねばならぬとは、さぞ、無念だろうな、菊之助」

定次郎がそういって嘲笑すると、菊之助は遂に前髪をフルフル慄わせて号泣する。男とは思えぬ菊之助の淡い小麦色の餅肌にも赤みがさした。

「菊之助っ、耐えるのです。死、死んだ気になって耐えるのですっ」

一糸まとわぬ素っ裸を野卑な男達の眼前にさらしている浪路も乱れ髪を慄わせて嗚咽しなが

ら菊之助に向かって声をかけた。

熊造と伝助、その憎みても余りある親の仇の前に素っ裸のさらしものになるなど、これはこの世の出来事かとさえ浪路は思い、半ば気が遠くなりかけて来る。まだ十七歳の純真な菊之助が熊造の手で下穿きまで奪いとられるなど、その屈辱感はおそらく自分のそれより激しいものであるはずだと浪路は我が身の辛さより菊之助の辛さを思い、おろおろするのだった。

「ざまあ見やがれ」

菊之助の腰から熊造がようやく六尺褌を引きむしったのを見た雲助達はどっと笑い出した。

菊之助は首も顔も燃えるように熱くして、ガクガク全身を痙攣させている。

屈辱の極致に追いこまれて火照った頰を横に見せながら激しく嗚咽する菊之助は姉に似た美貌の持ち主であるだけに少女が身も世もあらず羞恥に悶え泣いているような何ともいじらしい風趣さえそこに感じられた。

股間の肉塊がそこに露呈しなければ娘だと間違うかもしれぬほどの美貌の菊之助を先ほどから溶けそうな粘っこい眼で見つめているのは三五郎の妾であるお銀である。

熊造は菊之助から剝ぎとった六尺褌をくるくると丸めてカラス婆の方へ投げつけると、菊之助の股間のそれを見て「へえ、なかなか見事なものをぶら下げてやがる。ちゃんと皮もむけかかってるぜ。もう立派に大人のものじゃねえか」

と、いい、腹を揺すって笑うのだ。

菊之助も浪路も肌理の細かい頬を赤く染め、緊縛された全身を固く強張らせながら、もう一言も口をきかず、必死になって火の玉のように胸の中にこみ上げて来る屈辱と戦っているようだった。

「フフフ、お坊っちゃん。とんだ仇討ちになってしまったね。親の仇の眼でチンチンまで見られるとは思わなかったろう」

立膝になって茶碗酒を手にしているお銀がそういうと、博徒も雲助もどっと哄笑した。

「ハハハ、浪路どのもまさか、親の仇と素っ裸の丸出しで対面する事になろうとは思わなかったろうな。いや、御同情申し上げる」

重四郎も調子づいて、素っ裸のさらしものにされた浪路を見ながら楽しそうにいった。

「さ、皆んな、今夜は浪路と菊之助を生け捕った祝いの酒盛りだ。遠慮せずにどんどんやってくれ」

と、定次郎は道場の板の間に坐りこんでもうかなりいい気分に酔っ払っている博徒や雲助達にいった。

酒の肴はその柱につないでいる素っ裸の浪路と弟の菊之助だ、と、加えて重四郎がいうと、

「何よりも結構な酒の肴でござんす」

と、武造と健作は酒で火照った顔をくずして声を上げた。

重四郎と定次郎はどっこいしょ、と柱を背にしてさらされている浪路と菊之助の前にあぐらを組み、徳利を引き寄せる。そして、相好《そうごう》をくずして、浪路と菊之助の裸身を見くらべるのだ。

女っぽい、どことなく華奢な線で取り囲まれている菊之助の小麦色の滑らかな裸身と、女盛りの成熟味をムンムンと匂わせる浪路の雪白の艶っぽい裸身——菊之助の胸の上には三本から四本の麻縄が強く喰いこみ、浪路の熟した形のいい乳房の上下には合計五本の麻縄が痛々しいばかりに喰いこんでいる。菊之助の鞣皮《なめしがわ》のように引き緊まった腹部の縦長の臍、浪路のスベスベした絹のように滑らかな腹部の丸みを持った可憐な臍、それらをニヤニヤしながら見くらべていた重四郎は次に二人の太腿の付根あたりを舌なめずりするような顔つきで見くらべる。

菊之助の繊毛はまだ充分に密生はしていないが、淡い茂みに縁取られた肉塊はもう充分に熟れて先端の包皮ははじけ、薄紅の綺麗な色に染まった生の肉塊をはっきりとのぞかせていた。浪路のそれは女盛りの婀娜っぽさを示すように、艶っぽい漆黒の繊毛は絹のような柔らかさで生暖かく盛り上がり、しかも、手入れを念入りにほどこしたような形よさなのだ。

「十七歳の新鮮な松茸と二十八歳の熟れた蛤《はまぐり》の身、この二つを焼酎漬けに致すのは何とも惜しい気が致しますな」

と定次郎はほくそ笑みながら重四郎の耳に口を寄せて小声でいった。

「いや、三五郎親分とも約束した事だし、出来るだけ早く浪路の焼酎漬けを作らねばならぬが、お駒の時よりこいつはなかなか骨が折れるぞ」

と、重四郎は微苦笑して定次郎にいった。

「何しろ、相手はこれまで散々、我々を手こずらせた女剣客だ。素っ裸のさらしものにされ、観念したように見えるが、いざ核抜きの刑をほどこすという事になると、かなりこちらを手こずらせるかもしれぬ。そこで、これにも策略を用いねばなるまい」

重四郎は含み笑いしながら定次郎の耳元に口を寄せて小声でささやいた。

何としても菊之助の命だけは救いたいと、それに浪路は最後の望みをかけている所がある。それにつけこむのだ、と、重四郎はいうのだった。

うまくいけば、今夜、浪路はおとなしく我々に抱かれるかもしれぬぞ、と、重四郎は声をひそめて定次郎にいった。

「あのように美しい裸身をじかにこう見せつけられてはこのまま浪路を処刑するのは何としても惜しい。今夜はあの美しい茂みの奥の出来具合をじっくり調べて楽しみたい、そうは思わぬか、定次郎」

いわずもがなだと定次郎はうなずいた。

菊之助の玉を斬り落とすのも、浪路の貝柱をえぐるのもすべて明日の事にすればよい、今夜は何としてでも浪路と菊之助を嬲りものにしてくれるわ、と、重四郎は武者震いまでしていうのである。

浪路を嬲りものにするといっても、相手は重四郎も定次郎も剣を交えて勝つ事の出来なかった女武芸者であり、一筋縄ではいかない事はたしかだが、それだけにまた、楽しみがあると重四郎は思った。

「のう、重四郎先生。二人をただ、こうしてさらしものにしておくだけでは何か物足らぬ。酒の席の面白い余興はござらぬか」

定次郎は茶碗酒をぐいと一飲みしてから重四郎にいった。

「たとえば、この場で浪路のあの男心を溶かすような茂みを剃り上げ、割れ目を披露させるとか。菊之助の一物を蠟燭でジリジリ焼くとか」

定次郎がニヤリと笑みを浮かばせてそういうと、酒気を帯びた博徒や雲助達は、先ほどからどうしようもない位にこみ上げて来ていた欲情をまた一層、昂ぶらせて、一斉に歓声を上げた。

「そいつは面白えや。早速、やろうじゃありませんか」

「おい、剃刀と蠟燭をこっちへ持って来い」

と、気の早いやくざ達はすぐに私刑の準備を始める。

「へへへ、浪路様。昨日、土手の上で追い廻されたお礼に俺が茂みを剃ってあげますぜ」

一本一本、念入りに剃り上げ、女剣客の割れ目をくっきりむき出しにさせてやる、と熊造が興奮し切って声を上げると、博徒も雲助達もわっとはやし立てた。

「それから皆んなで上つきか下つきか、じっくり調べ、貝柱の頭にお灸《きゅう》をすえてやる」

と、一人がわめき、道場の中は狂暴と興奮のむっとする熱気が充満し始めた。

浪路と菊之助の表情はさすがに一変する。

「さてと。昨日のお礼をこれからたっぷりとさせてもらうぜ。お坊っちゃん」

と、伝助がニヤニヤしながら蠟燭を差しこんだ燭台を菊之助の前に置くと、菊之助の顔面からはたちまち血の気が引いた。

「意気地なしとか卑怯者だとか、散々、昨日は俺に毒づきやがったが、その口で今夜はどんな声を上げるか、楽しみな事だ」

伝助は蠟燭の芯に火をつけると冷酷な微笑を口元に浮かべた。

「な、なんというむごい事を。伝助っ、待って。待って下さいっ」

菊之助のそれを蠟燭で焼くという残忍な事を伝助が冗談ではなく、本気でする気になっているのに気づいた浪路は象牙色の頰をひきつらせて上ずった声を上げた。

「菊之助はまだ年端《は》もいかぬ少年です。そのようなむごい事はやめて下さい。あなた達が憎むのはこの浪路であるはず。菊之助に加える責めはこの浪路に加えて下さい」

必死な声でそう叫んだ浪路の翳りのある睫毛には涙が一杯に滲んでいるのだ。

「菊之助なんか、かまっている閑はねえぜ。おめえはおめえで熊造のお仕置を受けるんだよ」

武造がせせら笑いながらいった。

熊造は剃刀は持って、ニヤニヤしながら浪路の前にぬーと馬面を出して来る。

「大丈夫だ、熊造。女剣客の両肢も身動き出来ぬよう、かっちり縛ってある。ゆっくり剃り上げて、赤貝をむき身にさせちまいな」

武造達は、浪路の前に腰を落とし、浪路のその悩ましい漆黒のふくらみを舌なめずりして見つめる熊造に声をかけた。

浪路の優雅な氷のように冷たい頬も今は憤怒と羞恥と屈辱に歪み、妖しいばかりに熟れ切った色白の太腿もブルブル慄えた。

しかし、浪路は父の仇の手でそのような死ぬより辛い汚辱の思いを味わわされるという事より、菊之助の急場を救いたい一心が先に立って、

「私はもうどのような羞ずかしめを受けてもかまいませぬ。お願いです、菊之助だけは、菊之助だけは何卒、お助け下さい」

と、重四郎の方に涙に潤んだ瞳を向け、声を慄わせて哀願するのだった。

「往生際が悪いぜ。おめえも武家の女房だろう。女剣客も土壇場に来ると随分、気が弱くなるじゃねえか」

と、見物する男達は嘲笑し合っている。

「仇討ちに来て、とっ捕まり、素っ裸に剝がされてさらしものにされるなんて、だらしのねえ話だ。しかも、親の仇の手でこれから玉を焼かれたり、毛を剃られたりするってんだから、こんな返り討ちに合った仇討ち話は聞いた事がねえ」

男達は手をたたいて笑いこけている。

「始めろ、伝助。まず、お坊っちゃまの一物に火がよく燃え移るよう油を塗ってやれ。それから袋の方からジリジリ焼くんだ」

三五郎の乾分だけあってこの連中のいう事は全く残忍だ、と重四郎は感心したように、見物しているやくざ達を見廻すのだった。

お松が台所の方から運んで来た油壺を菊之助の足もとへ置き、伝助はその中へ指を入れて飴色の油をたっぷり掬い取る。

「お、おのれっ、何をするっ、離せっ」

伝助の仕事に雲助達が手伝って、柱にかっちり両手両肢を縛りつけられている菊之助にからみつき、股間の隆起を鷲づかみにすると菊之助は狂気したように首を振り、つんざくような悲鳴を上げた。

「た、助けて下さい、重四郎様っ、菊之助だけは何卒、ああ、重四郎様っ」

浪路はもう見栄も体裁も忘れて、必死な声で重四郎に向かい哀願し始める。

その浪路も、雲助達にがっちり優美な下肢から熟れた肉づきのいい太腿あたりを押さえこまれ、身動きを封じられていよいよ熊造の手で剃毛されようとしているのだが、浪路の狼狽は自分に加えられる羞ずかしめの故ではなく、菊之助に加えられようとしている恐ろしい拷問のためであった。

「弟の悲鳴を聞きながら、毛を剃られるってのはまんざら、悪くはねえだろう。ガタガタ慄えるんじゃねえ」

雲助達はおどろに乱れた黒髪を激しく揺さぶる浪路を左右から押さえこみながら、浪路の黒髪や艶っぽいうなじから匂い立つ女の香をくんくん鼻で嗅ぎ、官能の芯をすっかり疼かせてしまっている。

「待て。熊造も伝助もちょっと待て」

と、重四郎は腰を上げていった。

菊之助に油を塗りこもうとしていた伝助も浪路の絹のように柔らかく美しい繊毛を剃り上げようとしていた熊造も急に燃え上がった火に水をかけられたような腹立たしい気分で、

「待てとはどういう事です、重四郎先生」

と、不服そうな声を出し、重四郎の方を不思議そうに見つめた。

「このまま、二人を嬲り殺しにしてはいささか気がとがめる。浪路どののような気丈な女が涙を流して、拙者に菊之助の命乞いをなさっているのだ。玉を火で焼けばそのまま菊之助は絶命するかもしれぬ。そうは思わぬか」

「そんな事、こっちの知った事ですか。どうせ、二人は最初から嬲り殺しにするときめているじゃありませんか」

「武士の情けという事もある。浪路どのもこのまま、嬲り殺しにされてはさぞ無念だろう。最後に親の仇である熊造と伝助に一度だけ立ち合わせてやりたいと思うのだ」

重四郎がそういうと、熊造と伝助は、

「と、とんでもない」

と叫び、顔色を変えた。

「一刀流の女剣客と俺達がまともに戦えると思っているのですか。第一、重四郎先生だって、この女にゃまるきし歯が立たなかったじゃありませんか」

「よけいな事を申すな。何も双方、太刀を取って立ち合えといってるのではない。浪路どのは、この通り、後手に縛り上げられたままの素っ裸で貴様達二人ともこの道場で立ち合うのだ」

な、これも面白い酒の余興になるではないか、と、重四郎は定次郎の顔を見て笑った。

「それは面白い。夜は長いのだ。何もあわてて浪路どのをいたぶる事はない。熊造と伝助に木刀を持たせ、縛られた素っ裸の浪路どのがそれを相手にどこまで戦う事が出来るか、こいつは面白い酒の余興でござる」

と、定次郎も愉快そうにうなずくのである。

裸試合

後手に麻縄でがっちり縛り上げられた全裸の浪路に、熊造、伝助が木刀を持って立ち合うという重四郎の珍妙な着想を道場の床に腰を落としているやくざ達は面白がり、手をたたきあった。

「最後に一度、親の仇と立ち合いを演じなければ、浪路どのも死ぬにも死ねぬ口惜しさでござろう。これがせめてもの武士の情けというものでござる」

などといい、重四郎は門弟達に命じて浪路の裸身を柱から解き放させた。解き放したといっても浪路の後手に縛った麻縄を解いたのではない。

緊縛された素っ裸のままで浪路は重四郎の門弟達に追い立てられ、道場の床の上へ、フラフラと足を踏み出したのだ。

見物の男達はそんな浪路の哀れっぽい姿を見て、どっと哄笑する。

道場の中央へ追い立てられた浪路はすぐその場へ立膝に身を縮みこませ、さも口惜しげに眼を閉じ、歯を喰いしばった。

重四郎の門弟も三五郎一家の乾分達も、そして、雲助達も酒に酔った顔を歪めて笑い合いながら、そんな浪路の周囲を遠巻きに取り囲むのだった。

重四郎は道場の床に身を縮みこませている浪路の妖しいばかりに雪白の艶っぽい裸身を舌なめずりして見つめながら、

「そんな風に縮みこむばかりでは立ち合いにはならんぞ、浪路どの。相手は親の仇でござらぬか、堂々と立ち上がり、自由な肢だけを使って熊造と伝助を蹴ちらすのだ」

といい、定次郎と一緒に腹を揺すって笑い出すのだ。

熊造は手に木刀を引っ下げ、伝助は稽古槍を手にして見物人達の拍手を浴びながら道場に入って来る。

「へへへ、さて、戸山家の若奥様。勝負と参りましょうか、へへへ」

伝助は綿玉のついた稽古槍の穂先で、身を縮みこませている浪路の冷たい光沢を放つ乳色の肩先を軽く押し、熊造は浪路の官能味を盛って引き緊まった腰のあたりを木刀の先で突くのだった。

「この間、川原の土手で奥様に追い廻された時はもうこの世の終わりかと観念しましたぜ。あの時のお礼を今、させて頂きますからね」

いざ、いざ、勝負。

と芝居もどきで伝助は緊縛された裸身を縮みこませている浪路に稽古槍を突きつけ、大見得を切って見物人達を笑わせている。

後手に麻縄で縛られた素っ裸の女に稽古槍や木刀を突きつけ、勝負しろとは何という卑劣で下等な男達——浪路は口惜しげにキリキリ奥歯を噛み鳴らし、美しい眉根をきっとつり上げると、憤怒に燃えた切れ長の瞳を開いて、伝助と熊造を睨むように見た。

「へへへ、そんな風にして怒ると女っぷりがまた一層上がるじゃありませんか、戸山の若奥様」

と、熊造は柳眉を逆立てている浪路を見てせせら笑い、ふと、狂暴な発作に見舞われてそんな浪路につめ寄ると、ぴったり立膝を閉じ合わせている肉づきのいい両腿の間に木刀をねじこませようとするのだ。

「お、おのれっ、下郎っ、何をするのですっ」

耐え切れず浪路は昂ぶった声をはり上げると、身をよじらせ、さっとその場に立ち上がった。

艶々とした陶器のような光沢を帯びる浪路の緊縛された裸身が、その正面像を熊造の構える木刀の前にさらしてすっくと立ち上がったので見物する男達はいっせいにはやし立てた。

「よ、相手はやる気を起こしたぜ、熊造に伝助、ぬかるんじゃねえぞっ」

羞恥もためらいもかなぐり捨てたように浪路は後手に縛り上げられた一糸まとわぬ素っ裸を熊造の持つ木刀の前にはっきりさらしながら憎悪をこめた瞳を向けつつ、じわじわと後退していくのだった。

浪路の乳色の柔軟な肩のあたりも憎悪のためかわなわな慄え、麻縄できびしく上下を緊めつけられている、ほどよく盛り上がった優美な乳房も怒りに波打っているのだが、その女っぽく成熟し切った浪路の悩ましい身体の曲線を重四郎は息をつめて見つめている。

木刀と稽古槍の先端を揃えて熊造と伝助は薄笑いを口元に浮かべながら浪路の緊縛された裸身に向かって、ジリジリ間合をつめていくのだが、浪路はそんな姿のままでも、とうとう二人の挑戦を受けて立つ気になったのか、その切れ長の燃えるような瞳にふと殺気めいたものが滲み出るのだった。

熊造が一歩前進すれば一歩後退する浪路の下肢に針のような緊張感がみなぎっている。そのピリピリ緊張する浪路の下半身は武術で鍛えている故か、腰から太腿にかけての肉づきが豊満であると同時に見事に引き緊まり、膝から下、脛から足首にかけての線はほっそりとして優雅さを湛え、何ともいわれぬ官能味を持った優美さを感じさせるのだ。また、妖しいばかりに雪白の悩ましい肉づきを持つ太腿の付根——そこにふっくらと茂る絹のような感触の柔らかそうな繊毛は雪白の美肌とは対照的に漆黒の艶を持ち、それをまともに眼にした熊造は身内に衝き上げて来る劣情を敵意に変えて、

「このアマっ」

と、ほざくと木刀を上段に振りかざすのだった。

「遠慮はいらんぞ、熊造。貴様の命をつけ狙ってこの土地へわざわざやって来た女だ。叩きのめして、道場の床に這いつくばらせろ」

定次郎は茶碗酒をぐいとあおりながら熊造に声援を送った。

「ハハハ、浪路どの、女の秘所をそのように丸出しにした素っ裸で親の仇と戦わねばならぬとは。さぞ、辛い事でござろうな」

今度は重四郎が嘲笑って浪路を揶揄した。

つづけて、村上進三郎が、

「しかも後手に縛られたままでは相手が剣の持ち方も知らぬ熊造でもどうにもほどこしようが

あるまい。いい戦法を教えてやろう。腰を悩ましく揺さぶって秘所をもっと露わにむき出し、相手を悩殺する。これ以外に勝つ方法はないぞ」

といって、仲間と一緒に大口を開けて笑うのだった。


後手に縛り上げた素っ裸の浪路を親の仇である熊造と伝助に追い廻され、打ち据えられる。

重四郎がいい出した酒の余興に一座はわき返っている。

「どうした、浪路どの。相手は親の仇ではないか。いまこそ、機会だぞ。戦え、戦うのだ」

蹴るなり、嚙みつくなり、それが出来ねば尻を振って相手を悩ますなり、と浪人達は手をたたいて笑い合い、浪路を嘲弄するのである。

「伝助、いいか。その武家女の股ぐらの急所を狙うんだ。いつまでももたもたしてねえで早く槍を突き出さねえかっ」

三五郎一家の身内達もけしかけるように槍を構えている伝助に声をかけた。

「よしきた」

伝助は手に唾をかけて稽古槍を持ち直すと、くそっ、とばかり、熊造より先に浪路に向かって突進して行く。

伝助の狙いは浪路の股間であったが、床の上を、跳躍するように危うくそれをそらした浪路は緊縛されているために均衡を失い、足元を乱してつんのめりそうになるのだ。

見物の男達はどっと笑い出した。

股間の茂みさえ覆う事も出来ぬ緊縛された素っ裸を必死によじらせ、ねじらせながら伝助の槍と熊造の木刀をさけている浪路が何とも滑稽であり、哀れであり、美しい武家女の裸おどりがここで見られるとは思わなかったぜ、などとやくざ達は茶碗を箸でたたきながら、哄笑するのだった。

「お、おのれ、姉上を酒の上の嬲りものにするとはっ」

道場の床の間の柱に立位で縛りつけられている素っ裸の菊之助は前髪を揺さぶりながら真っ赤に頬を染めて歯ぎしりし、半泣きの表情になっているのだ。

「へへへ、お坊っちゃんも黙って見物していな。姉上が熊造達に打ちのめされりゃ、お前さんのおチンチンは蠟燭の火で焼かれる事になるんだぜ。それが嫌なら姉上を応援しなきゃ駄目じゃねえか」

三五郎一家の武造がゲラゲラ笑いながら柱を背にして身悶えする菊之助に浴びせかけた。

「その通りだ。菊之助を救いたければ浪路どの、熊造と伝助を逆に打ち据えなければならぬぞ」

重四郎は熊造と伝助に追いつめられている浪路に向かって愉快そうに声をかけた。

二人を打ち据えなければならぬといっても後手に縛られた素っ裸の浪路に何が出来ようというのか。重四郎も定次郎も右に左に危なっかしい足どりで逃げまどう浪路の女っぽく熟れた官能味のある裸身を一座の酒の肴にさせているだけに過ぎない。

　そして、熊造の打ち降ろす木刀をさけて浪路が裸身を跳躍させるたびに、

「ハハハ、浪路どの。そのように派手に股を開かれると奥の院までが露わになるではないか」

　と、意地の悪い揶揄を飛ばすのだ。

「おい伝助、まだ、女の急所が突けねえのか。相手は縛られたまんまなんだぜ。何を手間どってやがる。早く返り討ちにしてしまわねえか」

　武造が大声で叫ぶと、伝助は、へい、とうなずき、

「素っ裸にされていても全くすばしこいアマだ」

　と、口の中でブツブツいいながら、も一度、稽古槍を構え直し、道場の壁にまで追いつめた浪路の下腹部をねらって、ヤア、と力一杯、突いて出た。

　浪路のその豊かに盛り上がった悩ましい繊毛のあたりに吸い寄せられるようにくり出した稽古槍は間一髪、浪路が体をひねったために空突きとなり、道場の壁にどんと穂先がぶち当たる。その振動で両手が痺れ、伝助はフラフラとよろめいたが、そこをすかさず、浪路は踏みこんで行ったのだ。

「あっ」

　浪路の優美な片肢が眼にも止まらぬ早さで伝助の脇腹を蹴り上げた。伝助は悲鳴を上げ、道場の床へ転倒してしまったのである。

伝助のつかんでいた稽古槍はその瞬間、遠くへ跳ね飛び、床の上をカラカラころがって行く。

あっという間の出来事で丸裸で逃げまどう浪路を酒の肴にしていた男達はあっけにとられた表情になった。

「やりやがったな」

浪路に伝助が蹴り飛ばされたのを見た熊造は頭に血をのぼらせて横手から浪路に打ってかかった。

燐光のような敵意を滲ませた瞳をチラと熊造の方に向けた浪路は危うく体をよじって熊造の一撃をそらせ、同時に緊縛された裸身をかがめるようにして熊造の懐へ捨身で突進したのである。熊造は毛頸のあたりに浪路の素早い足払いを喰ってだらしなく仰向《あおむ》けに床の上へひっくり返った。

あわてて起き上がろうとする熊造の木刀をつかんだ利き腕を浪路は片足で押さえつけたのである。

「痛えっ、痛えよっ」

熊造は右腕を浪路の足で踏みしめられ、骨まで痺れるような痛さに顔を歪めた。

「卑、卑怯者っ、尋常に立ち合わず、人手をかりて私共を罠にかけ、しかも、こ、このような羞ずかしめを加えるとは――熊造、あなたは人間ではない。けだものですっ」

浪路はこらえ切れず口惜し涙を流しながら更に力を入れて熊造の利き腕を足でギュウギュウ

踏みにじるのだ。

　両手の自由を奪われていなければ、この場で熊造の木剣を奪い取り、脳天をたたき割って父の仇を晴らしてくれようものを、といった口惜しさで浪路は全身を慄わせ、口惜し涙を流した。

　武士の妻でありながら満座であます所なく肌身をさらけ出すという死ぬより辛い羞ずかしめに耐えているのは、この父の仇をいつかは打ち果さんがためなのだ。そう思うと、今、この場で熊造、伝助を討てぬ無念さに全身の血が逆流するような思いになる。肌身をきびしく縛めているこの麻縄が何とも恨めしく、浪路は情けなさにわなわな唇を慄わせるのだった。

「ああ、重四郎先生、定次郎先生、早く助けておくんなさい。腕の骨が折れそうなんですっ」

　熊造は床の上でのたうちながら苦痛に顔を歪めて悲鳴を上げている。一方、浪路にしたたかに脇腹のあたりを蹴り上げられた伝助もいまだに道場の床に這いつくばったままで起き上がる事が出来ないのだ。

「いや、お見事でござる。浪路どの」

　しばらく呆然とした表情で床の上に倒れた熊造を足だけで押さえつけている浪路に眼を向けていた重四郎はうめくようにいった。

「素っ裸にされ、後手に縛られた身であっても親の仇を前にすれば羞恥も忘れ、武芸の早業を発揮する――いや、その執念たるや感服致した」

　などと片頰に薄笑いを浮かべながらいい、つづけて、

「そのあっぱれさに免じて、菊之助の一物を蠟燭責めにする事は許して遣わそう」

と、腰を上げながらいうのだった。

重四郎の眼くばせを受けた彼の門弟や博徒達はわらわらと道場の板の間に飛び出して行き、熊造を足で踏みにじっている浪路の縄尻をとったり、その柔軟な白磁の肩に手をかけたりする。

浪路は無念そうに唇を嚙みしめながら熊造の利き腕を踏んでいた足を引いた。


「馬鹿者っ」

と、重四郎はよろよろ起きあがって来た熊造を叱りつけた。

「自由を奪われた裸の女にも貴様達は太刀打ち出来ぬのかっ」

浪路に蹴られた脇腹を痛そうに押さえながら伝助もモソモソ起き上がって来たが、それも重四郎に頭ごなしに叱りつけられ、情けなさそうに眼をしょぼつかせるのである。

一時の緊迫と興奮が覚めると浪路は多数の男達の眼前に一片の布も許されぬ裸身をさらしている事に身も世もあらぬ羞じらいを示して床の上へ身を縮ませようとしている。

「しかし浪路どのも浪路どのだ。いつまでもそのような女武者ぶりを発揮してもらっては困る」

重四郎は汗ばんだ頰に乱れ髪をもつらせて大きく息づいている浪路を見て微笑を口元に浮かべた。

「親の仇に対する浪路どのの裸試合はこれでひとまず終了だ。では、次の余興にとりかかるか、定次郎」

定次郎の方に眼を向けて重四郎がいうと、その意味を心得て定次郎は大きくうなずいた。

「控えの間の六帖に支度させましょう」

定次郎は浪路の縄尻をとる三下やくざ達に、その女を控えの間に引き立てろ、と命じた。

男達にぎっしり廻りを囲まれた形で浪路が引き立てられようとすると、道場の柱に縛りつけられている菊之助がまた激しく裸身を悶えさせながら悲痛な声をはり上げた。

「待、待てっ、姉上を一体どこへ連れて行こうというのだ。貴様達、まだこの上、姉上を嬲りものにしようというのだな、待てっ」

狂おしく身悶えしてわめき続ける菊之助を見ながら雲助達が笑い合っている。

「おい、若造、そう前のものをブラブラさせてわめくな。ここにいるお銀姐さん達が変な気になるじゃねえか」

今までねっとり潤んだ淫らな眼差を柱に縛りつけた全裸の美少年に向けていたお銀は雲助にからかわれるとふと我に返り、何かをごまかすような笑い方をして一気に茶碗酒を飲み乾した。

「重、重四郎様。幾度も申す通り、菊之助はまだ年端もいかぬ年少の身でございます」

この浪路の身に代えて何卒、何卒菊之助だけは、と、やくざ達に引き立てられようとする浪路は、屈辱を忍んで菊之助の命乞いをするのだったが、すると、雲助達はいきり立ち、

「勝手な事、ぬかすな。その年端もいかぬ子供が俺達の仲間をたたっ斬ったのだぞ」

と、怒号に似た声をはり上げるのだった。

「まあ、待て。熊造を相手にして見せたいまの奮戦に免じて、弟の菊之助の命は助けてやろうではないか」

重四郎は雲助達を笑いながら制して、

「そのかわり、浪路どのには我々好みのお仕置を受けて頂こう。引き立てい」

と、浪路の縄尻を持つ三下に声をかけた。

「さ、歩きやがれ」

三下達は浪路の白磁の滑らかな背中をどんと突き上げる。

浪路は固く唇を嚙みしめながら歩みかけたが、ふと、柱に縛りつけられている菊之助の方に悲壮味を帯びた表情を向けた。

「菊之助、望みを失うてはなりませぬ。最後の時が来るまでいかなる屈辱にも耐え忍び、命を守り抜く事、これを姉の最後の言葉だと思うのです」

自分で自分の命を断つような軽はずみな真似をしてはなりませぬ、と、菊之助に声を慄わせていい含める浪路の長い睫毛の間からは熱い涙が一筋、二筋、したたり落ちて乱れ髪をもつらせた優雅な頰を濡らすのだった。

「姉、姉上っ」

柱を背に立位で縛りつけられている全裸の菊之助は火照った顔面を横にねじらせて号泣する。

浪路は再び、縄尻をとる博徒達に肩や背を押され、凍りつくような表情になって歩み始めた。

重四郎の門弟や博徒達がそんな浪路をまたすぐ取り囲み、一緒になってニヤニヤしながら歩き出す。

歩く度に浪路の量感のある女っぽい双臀がかすかに揺れ動くようで、それが何とも悩ましく、引き立てられる浪路の背後について歩く重四郎の門弟達は好色な笑いを口元に浮かべ合うのだ。

「男泣かせの見事な尻でござるの、浪路どの」

官能味を持ってむっと割れ目までが何か優美でまた色っぽく、それを見つめる浪人達は疼くようなものを感じて思わず生唾を呑みこむのだった。

劣情を催した浪人達は更に前に廻って浪路の下腹部に眼をこらす。

一歩、一歩、静かに足を動かす浪路の熟れた肉づきのいい太腿の付根、そこを柔らかく包むような艶っぽい繊毛はいかにも武家女らしいつつましやかにふっくらと盛り上り、今まで熊造と伝助を相手にして暴れ廻った女とは思えない。浪人達は情欲の芯を燃えたたせ、揃って眼をぎらつかせるのだった。

その部分に男の貪るような視線を受けても浪路はそれをわざと無視したように綺麗な睫毛をそよとも動かさず、冷たく冴えた表情をかたくななまでに硬化させて引き立てられるまま、ゆっくりと歩き続けている。

戸板責め

浪路が押しこめられた控えの間は重四郎の門弟達が休息場にしている小部屋であった。

「一まず、浪路どのはそこに坐ってお待ちなされよ。すぐに支度を整える」

重四郎は部屋の隅にわざわざ座布団を敷き、その上へ後手に縛られた素っ裸の浪路を坐らせようとする。

浪路は固く眼を閉ざしながら重四郎に命じられるまま、膝を二つに折って座布団の上へ静かに坐ったが、これから一体、自分をどうしようというのか、何か淫猥な不気味さを感じてさすがの浪路も繊細な象牙色の頬を蒼白く硬化させている。

「おい、おい。こんな狭い部屋にそう人数を押しこむわけにはいかんぞ。これ以上は無理だ」

浪人者だけでも十人近く入りこんでいるのに博徒や雲助まで六帖一間の狭い部屋に無理やり入りこんで来たので、立錐の余地もない。

それで重四郎と定次郎は最初は自分の門弟達だけに限定し、博徒と雲助達を外へ締め出した。

「お前たちはしばらく菊之助の相手をしてやれ。最初、浪路にはこの道場の門弟達に詫びを入れさせる。次は三五郎一家、その次は権三の乾分達、とにかく順番にしようではないか」

ぴしゃりと襖を閉めた重四郎は、浪人達に取り囲まれるようにして部屋の隅に身を縮めさせている浪路のしいんと凍りついたような優雅な横顔を、楽しそうに見つめるのだった。

「へい、お待ちどお様」

熊造と伝助が襖を開けて二人で戸板を運んで来る。そのあとに色の手管師である健作が片手に風呂敷包みを抱えてニヤニヤしながら、入って来るのだ。


熊造と伝助の顔をふと見ると浪路の表情には再び、憎悪の色が浮かび出て翳の深い眼の中に敵意と反発の色が滲み出るのだった。

「ハハハ、浪路どの。そういつまでもこわい顔をなされるな。そう睨みつけられると熊造も伝助もおどおどするではないか」

「重四郎様」

浪路は今度は重四郎の方に悲哀の色を湛えた眼を向けていった。

「一体、これから私に何をなさろうというのです」

熊造と伝助が部屋の中央に戸板を置き、その端に健作が青竹を横にして乗せ、更に麻縄の束などを持ち出して来ると、得体の知れぬ不気味さと恐怖を感じて浪路の優雅な象牙色の頬は次第にまた強張り始めている。

「いや、何もそう固くなる事はないぞ、浪路どの。今まで我等と刀をかわし合ったり、熊造達相手に大奮戦なさった浪路どのを今度はそのような殺伐な方法ではなく、優しくいたわり、お慰め申そうという趣向でござる」

　重四郎は彼特有のねちねちしたいい廻し方で深い憂いを滲ませたような浪路の、睫毛の長い黒瞳勝ちの瞳を見つめるのだった。

「浪路どのの見事な剣技には感服つかまつった。到底、我等田舎道場に巣くう浪人達の剣技では、歯が立ち申さぬ。しかし、女剣客の浪路どのは女としての価値というものの方はどの程度、有しておられるか、我々はそれに興味を抱いたわけだ」

　こう申しても理解出来ぬか、浪路どの、と、重四郎は浪路の蒼ずみ始めた線の綺麗な頬を愉快そうに見つめながらいうのである。

「つまり、今度は浪路どのの敏捷に動くその肢の自由まで奪い、女にとって最も羞ずかしい個所一つで我々と戦って頂こうというわけだ」

　定次郎がそういうと、浪路も男達の狙いをはっきり覚り、その瞬間、いきなり冷水を浴びせかけられたように全身を慄わせた。

　しかも、つづけて定次郎が、

「名誉挽回のためにも一度、熊造と伝助を立ち合わせる事にする。浪路どのの足蹴りさえ封じればこの二人、まさかさっきのような不覚はとるまい」

　というと、浪路の顔面からはすっかり血の気が失せ、屈辱のために二つ折りに膝を折っている浪路の全身は小刻みに慄え出すのだ。

「よいか、浪路どの。次はこの戸板の上におとなしく仰向けに寝て、青竹を足枷《あしかせ》に両肢を堂々と割り開くのだ。まず、親の仇の眼前に浪路どのがふだん隠している、その赤貝までむき身にしてさらして頂こう」

定次郎が酒臭い息を吐きながらせせら笑うようにそういうと、浪路は呼吸も止まるばかりの衝撃を受けて発作的に立ち上がろうとする。

そんな浪路の柔軟な肩に周囲を取り囲む浪人達が前後左右から毛むくじゃらの手をのばして押さえつけた。

「この期に及んでおびえるとは情けないぞ、浪路どの。一刀流の女剣士ではござらぬか」

名状の出来ぬ屈辱と恐怖に優雅な頬をひきつらせている浪路を見つめて重四郎は腹を揺すって笑うのだ。

「ハハハ、さすがの浪路どのも顔色を変えられたな。そりゃそうだろう。不倶戴天の親の仇の眼前に奥の院までさらけ出し、色責めにかけられる口惜しさ、心より御同情申し上げる」

などと重四郎はいい、しかし、浪路どののような男勝りの気性の強い武家女にはこういう色責め、羞恥責めが最も効果的であるという意味の事をいうのだった。

「仇の熊造や伝助達に私を、この場で嬲らせようというのですか」

柳眉をつり上げ、憤怒に燃える瞳を熊造達の方に向けた浪路に向かって、

「左様。早く申せばそういう事だ。憎き仇、熊造と伝助達の指先で襞を拡げてもらい、赤貝を

つまみ出される浪路どのの口惜し泣きの涙をこれからの酒の肴にしようというわけでござる」

と、重四郎は更に浴びせかけ、門弟達と一緒に大口を開けて哄笑する。

「ここにいる門弟達はほとんどが浪路どのに剣を見舞われ恨みつらみを抱いている者ばかりだ。可哀そうとは思わぬか。それ等の門弟達に対し、それ位の眼の保養はさせてやって頂きたい」

重四郎のその言葉が終わらぬうちに逆上した浪路は肩先を押さえこむ浪人達の手を振り切って再び懸命に立ち上がろうとする。

「往生際が悪いぞっ」

浪人達は必死に悶える浪路を寄ってたかって押さえこんだ。

「おとなしく戸板の上に乗るのだ。この期に及んで手こずらすなれば菊之助の一物は今、すぐに斬り落とす。それでいいのか、浪路どの」

重四郎が荒っぽい口調でいうと、浪人達の手の中で緊縛された裸身を狂おしく悶えさせていた浪路は機先を制されたように動きを止め、無念そうに眼を閉じ、奥歯をぎゅーと嚙みしめた。

「菊之助の命を救うも救わぬもすべて浪路どのの心がけ一つにかかっているわけだ」

おとなしく我々の嬲りものになればよし、反発を示すなれば今すぐにでも菊之助の一物を斬り落としてここへ持参するが、それでもよいか、と、重四郎は浪路につめ寄るようにして浴びせかけるのだった。

浪路は姫路からの救援隊がここへ来る事を信じ、必死になって時を稼ぎ、菊之助の命だけは助けようとしている――それを重四郎は承知しているから、わざと腰を落として浪路をじわじわ追いつめていくのだ。

「どうだ、浪路どの。おとなしく戸板に乗って色責めを受けるか、それとも菊之助の一物を斬り落とすか、はっきりきめて頂こう」

更に意地悪くそういった重四郎は浪路が深く前かがみに首を垂れさせて乱れ髪を慄わせながら嗚咽したのに気づくと、ほくそ笑んで定次郎の顔を見た。

「やむを得ぬ。今すぐ菊之助の玉を斬り落としてくれ、定次郎」

心得た、と定次郎は大刀を腰に差してのっそり立ち上がった。

「お、お待ち下さいっ」

浪路は狼狽気味に顔を上げ、悲哀の涙に潤んだ切れ長の瞳を定次郎に向けた。

「何卒、菊之助の命はお救い下さい。浪路の身はいかにされようとかまいませぬ。そのかわり、何卒、菊之助の命だけは――」

浪路は魂も凍りつくような口惜しさをぐっと呑みこむようにして唇を慄わせながらうめくようにいった。

「では、おとなしく戸板の上に乗り、足枷をかけられてもよいと申すのだな」

「――ハ、ハイ」

「襞をまさぐられ、張形責めにかけられてもよいと申すのだな」

「ああ――」

浪路は薄紅く染まった頰を横へねじり、白磁の柔軟な肩先を慄わせて嗚咽にむせぶのだった。

「どうなのだ、はっきり返事をして頂こう。菊之助の命と引きかえにこの場で羞ずかしめの限りを尽されてもよいと申されるのだな」

重四郎が血走った眼つきになって更につめ寄ると、浪人達の手で左右からがっちり肩先を押さえつけられている浪路はすすり上げながら小さくうなずいて見せた。

「よし、それでは浪路どのを戸板の上に縛りつけろ」

門弟達に向かってそういった重四郎はすっかり胸を昂ぶらせている。

「さ、こちらへ来るのだ」

浪人達は浪路の縄尻を力一杯引っ張ってその場へ強引に立ち上がらせ、戸板の方へ押し立てて行った。


優雅で端正な容貌をさも哀しげに歪めながらフラフラと戸板の上へ足を踏み入れて行った浪路はすぐまたその上へ小さく身を縮みこませてしまうのである。

「さ、浪路どの。そのまま、うしろへ背を倒すのだ」

重四郎の門人達は戸板の上で立膝に身を縮ませている浪路の艶っぽい肩先や滑らかな背筋へ

一せいに周囲から手をかけ、一気にうしろへ引き倒そうとするのだ。

　ここで卑劣極まる浪人達や熊造、伝助の手にかかって凌辱の限りを尽されるのかと思うと、菊之助の一命を救うため、何としても時を稼ごうと悲痛な覚悟をきめた浪路だったが、全身の血が逆流するような屈辱感が衝《つ》き上げ、狂おしく身を拒むのだった。

「もう悪あがきは見苦しいぞ、浪路どの」

　重四郎は叱咤するようにいい、その声を合図にしたように門弟達はよってたかって浪路を戸板の上へ仰向けに押し倒していく。

「それっ、青竹を足枷にして浪路の両肢を縛れ。出来るだけ大きく開かせるのだ。早く縛らんかっ」

　と、重四郎は浪路が門弟達の手で仰向けに寝かされたとたん、声をはり上げた。

　浪人達は戸板の上に仰臥した浪路の優美な下肢をからめとろうとしたが、浪路はまっ赤に火照った顔を激しく揺さぶり、同時に下肢を縮めたり、かたくなに閉じ合わせたりして最後のあがきを示している。

　いくらでも悶えたりあがいたりするがいいぞ、もうこうなれば貴様もこの前の女侠客、お駒と同じ運命をたどるのだ、と重四郎は嗜虐の情欲を昂ぶらせて、戸板の上でのたうち廻る浪路を粘っこい眼で見下ろしているのだった。

「菊之助を救うためではないか。いつまでも駄々をこねてもらっては困るな」

そういって嘲笑しながら浪人達は遂に浪路の雪白の脛と官能味のある太腿をつかみ取り、

「そら、御開帳だ」

と、左右に力一杯、割り裂いていくのだった。

「ううっ」

浪路は全身から血が噴き出るばかりの屈辱と羞恥に狂気したような乱れ髪を振り廻し、傷ついた獣のようなうめきを口から洩らした。

息苦しいほどにムチムチ肉の実った乳色の両腿がぐっと左右に開き、卵の白身のような粘りのある艶っぽい内腿が耐えようのない屈辱感を示すように、わずかに痙攣している。溶けるような生暖かさでむっと悩ましく盛り上がる艶っぽい繊毛はそのため、露わに浮き上がり、浪路の二肢をからめとりながらそれを眼にした浪人達は思わず生唾を呑みこむのだった。

「おい、ぼんやりせずに浪路の足首を青竹に縛りつけろ。かまわん、もっと大きく股を開かせるんだ。急げ、早く縄をかけろ」

両腿を開いた浪路の姿にすっかり官能の芯を昂ぶらせてしまった重四郎はもうじっとしていられなくなったように、その場でそわそわしながら、開かせろ、とか、縛りつけろ、などと口走っている。

戸板の端に配置されている青竹の両端に更に大きく割り開かれた浪路の足首は押しつけられ

てキリキリ縄がけされていくのだ。

門弟達に戸板の上で人の字に縛りつけられていく浪路を見て、重四郎は、やったぞ、と胸の中で歓喜の声を上げた。

いかに相手が一刀流を使う女剣士であれ、素っ裸のまま、このような姿に縛りつけられれば、そのあと、落花無残の生恥をさらす以外、どうしようもない。

屈辱の慄えを示す浪路の品位を帯びた形のいい両足首を青竹の両端に厳重に縛りつけた浪人達はほっとしたように顔を上げ、額に滲む汗を手の甲で拭っている。

「やれやれ、随分と手間をとったが、どうやらこれで一段落した感じだ」

重四郎は小躍りしたくなる悦びを抑えながら門弟達を見廻していい、次に戸板の上に人の字に縛りつけられた浪路の身も世もあらぬ悶えようを見て薄笑いを口元に浮かべるのだった。


浪路は火がついたように真っ赤に染まった頬を右にそらせたり、左にそむけたり、そして、緊縛された上半身をガクガク揺さぶったり、開股に縛りつけられた優美な二肢をくねらせるように悶えさせ、艶やかな内腿まではっきり見せて割り開いた悩ましい両腿をさも哀しげにくなよじらせているのだ。と同時に上気した頬をわなわな慄わせながら屈辱の口惜し泣きをくり返している。

「一刀流の女剣客もそうして羞じらいの身悶えを示し、すすり泣く所を見ればやっぱり女でござるな」

定次郎はそういって笑い、羞じらいと屈辱の身悶えをくり返す浪路のくねり合わせている両腿の付根に好色に潤んだ眼を注ぐ。

浪路のその男心を疼かせるような艶やかな繊毛のふくらみは浪路が悲痛な身悶えをくり返す度にそよぎ出し、その奥に秘められた女の色っぽい亀裂をふと露わにするようでいながらなかなか見えず、それが見ていて何とも悩ましく、定次郎はぐっと肉棒にこみ上げて来た欲望の息吹きに耐えられなくなったように、腰を上げたり、下ろしたりをくり返している。

「重四郎先生。こ、この眺めはちと刺激が強過ぎるようです。拙者はもう腰の下が疼いてしまい、満足に坐れなくなりました」

定次郎が照れ笑いをしてそういうと、重四郎も先ほどから全身、痺れる思いで浪路の悶えを凝視していたが、ふと顔を起こし、ニヤリとした。

「まだ何も手出しせぬうち、気の弱い事を申すな」

さて、いつまでもこのまま、じらしておくのはむしろ浪路どのに失礼というわけだ。そろそろ、料理にかかるか、と重四郎は熊造の方に眼を向けた。

「色責めの小道具は用意したか」

へい、と答えたのは健作で、戸板のそばへぺたりと坐りこむと持参した風呂敷包みをいそいそと開き始めた。

「相手はお駒以上のはねっ返りだから､ぜひとも手をかしてくれと熊造さんにいわれましてね」

「そうか、お前のような色の手管師が手をかせば正に鬼に金棒だな」

と、重四郎は満足そうな表情を見せる。

健作が風呂敷包みから取り出した責めの小道具というのは大小幾つかの張形、それに姫泣き輪とか指人形とか、花竹輪とかいう今まで重四郎が聞いたこともないような何だか得体の知れぬ淫らな小道具類である。

「私も一生に一度でいい。武家育ちの女ってのをさめざめ泣かせてみたいと思っていた所なんですよ」

健作は淫らな笑いを片頬に浮かべて、油紙を開き、その中にある二つの小さな金色の玉を熊造の眼に示した。

「熊造さん、こいつを御存知ですか。こいつは琳《りん》の玉といいましてね。じっとり身体が潤んで来た時を見計らって、こいつを奥深くに含めるんですよ。それから張形責めにかける。すると、二つの玉が触れ合って、いい音色をたてるし、また、コリコリ肉がこすられて女の方はたまらねえ気分になる」

いくら気性が強かろうが、堅物だろうが、こいつにかかっちゃ、声をはり上げて泣き出すはずなんですがね、と、健作はわざと戸板の上に開股の姿態で縛りつけられてる浪路の耳にも聞こえるように声を大きくして熊造に語りかけるのだった。

「へへへ、いかがです、戸山家の若奥様。俺の仲間が加勢に来てこんな面白い玩具をかしてくれましたぜ」

熊造は反りまで入った実物そっくりの張形や琳の玉などを手にし、横にねじるように伏せている浪路の真っ赤に火照った頰へ近づけていくのだ。

狼狽と羞恥の身悶えをくり返せば、それだけこれらの野卑な男達を悦ばせるだけだと覚って浪路は胸元に熱っぽくこみ上げて来る屈辱に必死に耐えながら歯を喰いしばっているのだが、熊造の持つ張形の先端で頰を小突かれ、さらには麻縄をきびしく巻きつかせている乳房のあたりをくすぐられると、突然、悪寒が生じたようにブルッと全身を痙攣させ、浪路は怒りに燃えた瞳をカッとばかり見開くのだった。

「け、けだものっ」

と、昂ぶった声をはり上げ、

「まだ、この上、私を羞ずかしめようというのですか」

「冗談いっちゃいけねえ。羞ずかしめられたのはこっちの方だぜ。道場のど真ん中で蹴り上げられたり、踏みつけられたり、こちとらは満座でお前さんから散々な羞ずかしめを受けたんだ」

と、熊造は手の甲で鼻をこすり上げながらいった。

「こ、このような手足の自由を奪われ、死ぬほどの羞ずかしめを味わう私に更にいたぶりを加えようとは――ああ、何という人非人」

「ああ、俺は人非人って事を売り物にしている男なんだ。第一、お前さんにとっちゃ憎さも憎し、親の仇じゃねえか」

　熊造は顎をつき出すようにして、汚辱と屈辱の涙を一杯に滲ませている浪路を見下ろし、せせら笑った。

　浪路は進退窮まって、戸板のそばへあぐらを組んで酒を飲む重四郎の方へ悲痛な眼差を向けたのである。

「重四郎さま。浪路の願いを一つだけお聞きとどけ下さいまし」

「ほう、願いとは何かな、浪路どの」

　重四郎は浪路のせっぱつまった悲壮な表情を薄ら笑いを浮かべて見下ろした。

「熊造と伝助は手前にとっては、倶《とも》に天を戴《いただ》かざる父の仇でございます」

「それは今さら、いわなくともわかっておる」

「お、お慈悲でございます。もはや、覚悟は致しましたが、熊造と伝助の手で浪路を羞ずかしめる事だけは何卒、お許し下さい。父の仇の手でいたぶられるなど、ああ、そのような事になれば浪路は生きてはおられませぬ」

　浪路は見栄も体裁もかなぐり捨てたように必死になって重四郎に哀願するのだった。

「ハハハ、いっとくが、浪路どのが舌を嚙むような真似をすれば菊之助はただちに処刑される事になるのだ。それだけはよく心得られた方がいい」

浪路のひきつった顔を見下ろしながら重四郎はいい、

「親の仇の手で嬲りものにされる無念さはわかるが、これがつまり、こちらの流儀でいう返り討ちというものだ。ま、諦める事だな」

「ああ、そ、それだけは、お願いでございます、重四郎さまっ」

「くどいぞ、浪路どの」

重四郎が吐き出すようないい方をすると浪路は最後の望みも断たれたように涙に潤んだ睫毛を固く閉じ合わせ、唇を血の出るほど、固く噛みしめるのだった。

そこへ、定次郎の注文を受けていたカラス婆のお里とお松が姫泣き油をたっぷり入れたすり鉢を二人がかりで持って入って来る。

「出来たか、よし、熊造、そろそろ浪路どのの料理にかかれ」

お松とお里がどっこいしょ、とすり鉢を戸板のそばに置くと重四郎は顔面に喜悦の色を浮かべて、はずんだ声を出すのだった。

「よいか。親の仇の手でいたぶられる浪路どのの口惜しさを察して、あまり、手荒に扱うのではないぞ。柔らかく開かせていき、油は優しく奥の方までお塗りするのだ。浪路どのがたまらなくなって御希望されるようならばお尻の穴にもお塗りするのだ」

重四郎がそういうと、戸板の周囲を取り囲んで坐る浪人達はどっと笑い出した。

「それじゃ、戸山家の若奥様。ケツの穴にもお塗り致しますからもう少し、腰を浮かせて頂きましょう」

熊造と伝助は浪路に腰枕を当てさせるべく二人がかりで官能味のあるムチムチした両腿を抱き上げ、見事に盛り上がった双臀を浮き上がらせようとする。

「熊、熊造。たとえ、そなたの嬲りものに合うても、浪路の心はひるみませぬ。必ず、必ず、父の恨みは晴らしてみせます」

浪路は真っ赤に火照った頬を強張らせながら美しい眉根をしかめ、血を吐くような声音でいった。

鼻でせせら笑いながら熊造は浮き上がらせた浪路の双臀の下へ素早く枕を押しこんだ。

宙に向かって浪路の腰は浮き立ち、そのため、羞恥の源である微妙な部分は更に露わにむき出され、強調された感になる。

緻密で艶やかな繊毛は一層、浮き立って、その奥に秘められた甘美な女肉が生々しく露呈し、羞じらいを秘めた桜の蕾までもがその片鱗をのぞかせて、その可憐さと悩ましさに熊造と伝助は思わず息をつめるのだった。

ほう、と重四郎達も浪路の露わにさらけ出した羞恥の丘の見事な盛り上がりを見て熱っぽい息を吐いた。

暗い秘密っぽい翳りを持つ縦長のそれが新鮮な果肉にも似た淡紅色の肌を露呈させ、さも羞ずかしげに花芯をわずかにのぞかせているなど、ふと、いじらしいような風趣さえ感じられ、これが自分達を散々手こずらせた女剣客の姿だと思うと何とも信じられないのだった。

と同時に、身体の芯まで揉み抜かれるような官能の陶酔に重四郎は浸り切り、そして、それをごまかすように声を上げて笑い出す。

「何とも、すさまじい恰好になられたではないか。しかしこれで拙者、ますます浪路どのが気に入った。器量もよし身体もよし、そして、そこの部分もまた結構、申し分のない出来映えでござるよ」

浪路は乱れ髪を煙のように赤らんだ頬にもつらせながら奥歯をキリキリ噛み鳴らし、屈辱と羞恥のため、気が狂いそうになるのを必死に耐えているようだった。

枕の上へ双臀を乗せ、更に露わに開花したその部分へ男達の眼が貪るように集中していると いう事も浪路は感じとる。息も止まるばかりの汚辱に浪路は眼がくらみかけているのだ。

熊造と伝助は、耐えようのない屈辱感のために痙攣さえ示し始めた浪路の太腿を左右からそっと掌で撫でさするようにし、クスクス笑い出す。

「へへへ、戸山の若奥様。いいんですかい、憎き親の仇の前にそんな羞ずかしい花びらまでのぞかせてしまって」

魂まで押し潰されそうな、言語に絶するこの屈辱――浪路は全身の毛穴から血が噴き出そうになる口惜しさと羞ずかしさに幾度、舌を嚙もうと思ったか知れない。しかし、自分が自害すれば菊之助はどうなる——それを思うと浪路は気が遠くなりそうな自分を叱咤し、火の玉のような憤辱の火照りをキリキリと奥歯を嚙み鳴らして耐え切ろうとするのだった。

そんな浪路の悲壮味を帯びた悶えを眼にすると、熊造や伝助は恨みを返すのはこの時とばかり、わざとすぐには手を出さず、嵩にかかって揶揄し、嘲笑するのだった。

「おや、奥様、お尻の穴まで見えてますよ、可愛いね、全く」

「憎さも憎し、親の仇の前にケツの穴までのぞかせるとはさすがは一刀流の女剣客、相手の動揺を狙った武道の極意ってものですかね」

熊造と伝助はそういって、キャッキャッと笑い合っている。

重四郎もそれにつられて笑いながら、

「おい、熊造、そう浪路どのをからかうな。哀れにも浪路どのは素っ裸のまま足を封じられ、貴様達と戦う武器はもうその二つの穴しかないというわけだ」

というと、定次郎が、よいか、熊造、と酒に濁った粘っこい視線を熊造と伝助の方に向けていった。

「我々が貴様達のためにここまで膳立してやったのだぞ。その女は仇討ちのために貴様達を追って来たのだ。ここで見事に返り討ちにするがよい。いかに卑劣な手段を用いても一向にかまわん。卑劣さは貴様達の看板だからな。とにかく、あらん限りの手管を用いて、この場で女に気をやらせるのだ」

相手は何といっても厳格に育った武家の女、しかも、女剣客、むき身にさせたとはいえ、気をやらせるというのはむずかしいぞ、お駒の時より手こずるはずだ、と定次郎がいうと、

「へい、そりゃよく承知してます。ですが、他の事はとにかく、事、色の道にかけちゃ、こっちはみっちり修業をつんでおりますからね。それに健作という強い味方もついておりますしね」

その強い味方である健作はいつの間にか微温湯《ぬるまゆ》の入った金盥を持ち出して来て、その中に細長い干瓢《かんぴょう》のようなものを浸している。

それがお駒を責める時に使った肥後ずいきであるのに気づいた定次郎は、

「ほほう、早速、策を用い始めたな。大いに結構。卑怯な手段を遠慮なく発揮するがよい」

と、楽しそうにいうのだった。

「張形は出来るだけ大きいのがよいぞ。何しろ、相手はこのように見事な体つきの女剣客だ。お駒の時よりでっかいのを用いるがよい」

戸板の周囲をぎっしり埋め尽している浪人達はいよいよ浪路に対する淫靡残忍な責めの幕が切って落とされそうになると、血走った眼つきになり始める。

健作は持って来た張形の中より一番太いのを選び、その先端から柄の部分に至るまでを濡れたずいきでキリキリ巻きつけ出した。

戸板の上に一糸まとわぬ素っ裸を人の字に縛りつけられている浪路は、チラと健作の手にあるものを眼にしたとたん、たちまち嫌悪の戦慄が身内に走ってさっと視線を横にそらせる。

死んだつもりになって、この羞ずかしめを耐え切ろうと必死になって冷たさを装う浪路だったが、麻縄に緊め上げられた光沢を放つ美しい二つの乳房は恐怖のために波打ち、開股に縛りつけられている優美な二肢も断続的な嫌悪の痙攣を示している。

また、すぐそのそばではカラス婆のお里とお松がすり鉢の中味のねっとりした油をすりこ木でせっせとかき廻しているのだ。

「お駒の時よりもうんと効き目をきかせてこしらえましたよ」

そういうお松に対して、重四郎はさも満足そうにうなずき、そうか、よくやった、などといい、小刻みに嫌悪の痙攣を示し出した浪路の方に身をすり寄せていく。

「どうだ、浪路どの。このように皆が浪路どのを真から楽しませるべく、色々と協力してくれているではないか。この婆さんの作ったものは秘法によるもので、姫泣き油と申し、山芋、ずいき、唐辛子、その他、様々の薬草を溶かしたものだ。この前もこいつを男勝りの女侠客に用いた事があったが、ヒイヒイ泣き出し、すっかり女らしくなったものでござる」

重四郎は必死に顔をそむけている浪路の真っ赤に染まった優雅な頬を指先で軽く突きながら低い声で笑った。

「とにかく一度、熊造達の手で襞の奥までこれを塗られ、太巻きの張形をしっかり呑みこんで御覧じろ。女である事のありがたさがしみじみわかり、熊造を討とうなどという了見は消し飛んでしまうかもしれぬ」

へい、この通り、支度は出来ました、と、健作はずいきを二重に巻きつかせた筒具を重四郎の手に握らせた。

「ほう、これはまた、見事な」

重四郎は戸板の周囲を取り囲んでいる門弟達に手にした太巻きの張形を見せびらかすようにして笑いこけ、

「しかし、このような太いものが浪路どのの寸法に合うかな。かなり大き過ぎると思うが」

と、すぐにそれを下向きにして、戸板の上に縛りつけられている浪路の腿の付根に近づけるのだった。

その中間に浮き立つ深々とした悩ましい漆黒の繊毛にふとそれが触れると、とたんに浪路は、あっ、とつんざくような悲鳴を上げて激しい狼狽を示す。

「な、なにをするっ。淫らな真似は許しませぬっ」

と、逆上してそんな怒りの言葉を口にした浪路に対して戸板の周囲を取り巻く浪人も熊造達もどっと笑いこけた。

「聞いたかい。淫らな真似は許しませぬ、だとよ」

憤怒のためか、繊毛を浮き立たせてわずかに見せている可憐な薄紅色の花肉までが蠢《うごめ》くようで男達は衝き上げて来た情欲にむせたように、更に周囲から浪路の裸身に吸い寄せられていくのだった。

「では、熊造、料理にかかれ」

「へい」

熊造は責めの分担をきめ合うのか、伝助や健作と何か楽しげに顔をつき合わせてヒソヒソ語り合っている。

茶碗酒を一息に飲み乾した重四郎は、固く閉じ合わせた眼尻より熱い涙をとめどなくしたたらせている浪路を小気味よさそうに見て最後の因果を含めるようにいった。

「浪路どの。もはやかくなる上は仇討ちの事など綺麗さっぱり忘れて、女である自分を取り戻す事だ。熊造と伝助の手管に肉が燃えさかれば遠慮なくいい声をはり上げて泣くがよい。また、誰にも気兼ねなく、悦びのしたたりを噴き上げるがよい。そして、憎くてならぬ熊造が押し込む責め具をしっかり咥えて、仇を討つ気で力一杯、緊め上げるのだ。それより他に、熊造と戦う手段はもう浪路どのにはないのだからな。な、そうであろう、浪路どの」

第九章　乱れた黒髪

無残肌

「ううっ、くくっ」

浪路は熊造と伝助の毛むくじゃらの手が肌に触れたとたん、喰いしばった歯の間からむせるようなうめき声を上げ、麻縄で縛り上げられた上半身を狂気したように揺さぶり、同時に青竹の両端につながれた優美な線を描く二肢を狂おしくうねらせた。

熊造と伝助の手は青竹の両端に縛りつけられている浪路の高貴な細工物のような足首から陶器のようにスベスベした繊細な下肢、それも、妖しい官能味を湛えてむっちりと引き緊まる太腿あたりを粘っこく撫でさすり出したのだが、浪路はもうそれだけで肉芯をズタズタに引き裂かれるような屈辱と嫌悪を感じ、人の字型に戸板に縛りつけられた全身をのたうたせて苦悩のうめきを上げるのだった。

「そうじたばたしなさんな。見苦しいじゃないですか。これから骨身に応えるよう、たっぷりいい思いをさせてあげるのですぜ、浪路様」

　左右に割り裂かれた優美な二肢をくなくなと悶えさせながら嫌悪の戦慄を示す浪路を熊造は舌なめずりして見つめながらそういい、

「おい、伝助。浪路様のおっぱいを優しくお揉みしな。うんと気分が乗るように上手にお揉みするんだぜ」

　と、伝助に含み笑いしながら声をかけた。

　合点だ、と伝助は屈辱に火照った浪路の頬に触れるばかりに寄り添っていき、浪路の麻縄を強く巻きつかせている形のいい乳房にそっと掌をかけていく。

　とたんに浪路は、ううっ、とひと際激しいうめきを口から洩らし、さも口惜しげにキリキリ奥歯を噛み鳴らして艶っぽいうなじを大きくのけぞらせるのだった。

「へえ、何て柔らけえおっぱいだ。まるで掌の中で溶けてしまいそうな感じですぜ」

　伝助は浪路の熟れた白桃のように瑞々しい両乳房を両手で柔らかく包みこみ、ゆるやかに押し上げたり、揉み上げたりを粘っこくくり返すのだ。

「じゃ、俺も一つ、手伝わせて頂きましょうか」

　と、健作も乗り出して来て、一方の浪路の乳房を両手で包みこみ、ゆるやかに揉み上げながら、その薄紅色の可憐な乳頭にそっと唇を押しつけると、チューチュー音をさせて吸い始める。

「あっ、ああっ」

浪路は元結の切れて乱れに乱れた黒髪を激しく揺さぶりながら遂に悲鳴に似た声をはり上げたのだった。

「武、武士の妻を、こ、このような者共の手で嬲りものにさせるとは、重、重四郎様、この恨み、忘れは致しませぬっ」

浪路の悲鳴を耳にして重四郎は門弟達と一緒にどっと哄笑したが、浪路は憤怒に燃えた瞳をカッと見開くようにして昂ぶった声をはり上げるのだった。

「そう野暮な事は申されるな、浪路どの。それより、熊造達がこのように努力して浪路どのの身体を柔らかくほぐそうとしておるのだ。御自分でも気分を出すようつとめてみてはどうだな」

重四郎はせせら笑っていい、茶碗酒をぐいと一飲みして隣に坐る定次郎に徳利を廻している。

伝助と健作は浪路の乳房を揉み上げつつ、左右より浪路の赤く染まった耳たぶ、うなじ、そして、咽喉首あたりにせかせかと口吻を注ぎ始めるのだが、浪路は美しい眉根を曇らせ、世にも哀しげな表情になって抗《あらが》う術もなくその屈辱を受け入れているのだった。

一方、熊造も浪路の優美な下肢に接吻の雨を降らしまくっている。這いつくばるような恰好になって青竹に縛りつけられている足首に顔を押しつけ、足の裏から華奢な足の指先にまで舌を押しつけ、それからぐっと削《そ》いだように美しい線を描く下肢、膝頭のあたりより徐々に肉づきが豊かになっていくムチムチした乳色の太腿、内腿にまで唇と舌先を押しつけるのだった。

「色の道の達人三人が、三人がかりで責めているのだ。普通の女子なれば、もうそろそろメラメラと燃え上がるはずだが――」

重四郎が酌をしてやりながら定次郎にいうと、

「いや、もう相当に酔い痴れているはずですよ。そこはそれ武家女のたしなみ、必死に歯を喰いしばって耐えているのでしょう。つまり、痩《や》せ我慢というやつです」

と、定次郎は笑って答えるのだった。

定次郎が小声でそういったとたん、ヒイッと浪路は喉の奥から絞り出すような声を出した。見れば、熊造が鳥の羽毛を取り出して浪路の乳色の脂肪でねっとり潤んだような内腿あたりをくすぐり始めているのである。

へへへへ、と熊造はいやらしく笑いながら浪路の内腿と太腿の表皮を微妙にそして粘っこく鳥の羽毛でくすぐり始めたのだが、乳房を伝助と健作に揉みほぐされ、全身の肉がただれそうになって来た矢先、下腹部にジーンと痺れるばかりの刺激を受けた浪路は進退窮まったような悲痛な悶えを示し始める。

「熊、熊造っ、たとえ、そなたの羞ずかしめを受けても、浪路の心はひるみませぬ。必ず、必ず、いつかは父の、父の仇を――」

と、浪路は狼狽と一緒にひきつった声で口走るのだったが、左右に割れた婀娜っぽい浪路の両腿は官能の痺れの故かその白い表皮はそれと同時にブルブルと小刻みの痙攣を示すのだった。

「俺と伝助をいつかは討ち果すというのですね。ようがす。討って頂こうじゃありませんか」

熊造はニヤニヤしながらそういい、更にぴったり身をすり寄せていくと、遂に浪路の最も辛い部分に鳥の羽毛を触れさせるのだった。

「ああっ」

浪路は火のように真っ赤に火照った頬を横へねじらせて全身をわなわな慄わせる。絹のように柔らかで緻密なふくらみが熊造の持つ鳥の羽毛でゆるやかにまさぐられ、浪路は思わず悲鳴を上げて腰枕を当てられた双臀と開股に縛りつけられた両腿とを狂おしく悶えさせるのだ。

「お、おのれっ、熊造、こ、この恨みは――」

浪路は遂に声を慄わせて泣き出した。

伝助と健作の手で巧妙に乳房を愛撫され、うなじにも頬にも粘っこい口吻を注がれた浪路の肉体はやはり女の哀しさ、嫌悪感や屈辱感と並行して身体の芯にまで疼くような甘い痺れがこみ上げて来たのだが、さらに熊造の持つ羽毛のくすぐりといたぶりとではっきりと官能の芯に火がともされたのだ。

そんな自分におびえて浪路は自分を威嚇し、叱咤するつもりで熊造や伝助をののしり、呪いつづけるのだったが、熊造の微妙に動かす鳥の羽毛に乳房を揉まれて甘い官能の疼きをはっきり知覚し始めた浪路の肉体は更に溶かされ燃焼させられていく。

「ほほう。木剣を持たせると全く様にはならぬがこいつ、鳥の羽毛など持たせるとなかなかの

かせている。

定次郎は熊造の手管に酒に濁ってとろんとした眼差を向け、しきりに感心したように首を動かせている。

開股に縛りつけられ、しかも腰枕まで当てられて浮き上がって見える浪路の艶やかな悩ましい繊毛は熊造が動かす鳥の羽毛で逆撫でされてその形をくずしたり、また、元通りに梳《す》き上げられて形を整えたりをくり返しているのだ。

「なるほどね。一刀流の女剣客ともなれば下の口の開けっぷりも見事なものだ」

熊造は上から下へさすり上げて根底の花層の谷間を無残な位に露わにさせ、ゲラゲラ笑った。

今や抗う術もなく、憎い仇の眼前に綺麗な色を生々しくさらしている浪路に、熊造は俺は今、夢を見ているのではないかとさえ思い、恍惚とした嗜虐の感激にとっぷりと浸っている。

その思いは熊造や伝助だけではなかった。

浪路の縛りつけられた戸板の周囲にあぐらを組み、いたぶり抜かれている浪路の口惜し泣きを酒の肴にしている重四郎や定次郎、そして、その門弟達も、ふと酒を口に運ぶ事も忘れて花層を露わにしている浪路を息をつめて凝視しているのだ。

道場荒らしまでやってのけるほど、腕の立つ美貌の女剣士。それを捕えてここまで生恥をかかせる事が出来るとは――門弟達はこうまで徹底した復讐が出来るとは夢にも思っていなかったのである。

「少しは気分が乗ってきましたかい。ええ、戸山家の若奥様」

麻縄に緊め上げられた浪路の形のいい乳房を愛撫していた伝助は額にじっとり脂汗を滲ませた浪路が固く眼を閉じ、切なげに喘ぎ出したのを見てほくそ笑み、熊造のそばへ身を寄せつけて来る。

そして、さて、お湯かげんの方はいかがでしょうかね、と、伝助がそっと指先を含ませようとすると、浪路はまた、あっ、と甲高い声を上げ、左右に割られた肉づきのいい太腿の筋肉をピーンとつっぱねて狂気したように首を振り出した。

「そ、それだけは――ああ、ならぬ。なりませぬっ」

取り乱して、うわ言のように口走る浪路を見て重四郎と定次郎は顔を見合わせて笑い出した。

「ここまで来て、ならぬ、なりませぬ、とは痛み入るな、浪路どの。さ、もういいかげんに観念するのだ。腰を据えて熊造と伝助の手管をじっくり味おうて御覧じろ。親の仇がそのうち、憎からぬ男に思えてくる」

重四郎は汗ばんだ肩先を慄わせて激しく嗚咽する浪路にそういい、つづけろ、と熊造の方に眼くばせを送った。

「父の仇である熊造と伝助の手管にかかって身を燃やさねばならぬのは浪路どのにとって死ぬよりの辛さである事はよくわかる。しかし、これも菊之助の命を救うためと自分にいい聞かせるのだ。わかったな、浪路どの」

重四郎の言葉が終わらぬうちに熊造の指先と伝助の指先は同時に浪路をまさぐり始めていく。

「あぁっ」

浪路は憎みても余りある二人の指先をそこにはっきりと感じたとたん、全身の血が逆流し、魂が押し潰されるような痛烈な汚辱感で一瞬、気が遠くなりかけた。

「ああ、菊、菊之助――」

父の仇から羞ずかしめを受けるこの姉をどうか許して――と、浪路は胸の中で血を吐くように絶叫した。

いかに防ごうとしても手足の自由さえ奪われた素っ裸、その上――自分の意志ではどうにもならぬ官能の痺れが口惜しくも浪路の全身を包みこんでいるのだ。

「へへへ、何だかんだといってもやっぱり女ですねえ。ここがもうしっとりと潤んでいるじゃありませんか」

そんな熊造の言葉が浪路の汚辱感を一層昂めたが、もう浪路は屈辱の口惜し涙を流すより他に手だてはなかった。

「さて、一刀流女剣客の身体のつくりをくわしく拝見しようじゃありませんか。この奥に強さの秘密が隠されているのかもしれねえ」

浪路の肉体は熊造と伝助に一枚一枚剝がされるように押し開かれていく。熊造も伝助もこれまで浪路に呑まされた煮え湯の恨みをこれで充分に晴らす事が出来たという悦びで胸が高鳴り、更に残忍なものを自分にけしかけ合っているのだ。

「おや、さすがに女剣客のこいつは普通の女よりでっかく出来ているようだぜ。お駒のアマより形もいいようだ。こいつは焼酎漬けにするのにもって来いだな」

と、熊造はそっと指先を触れさせて浪人達をどっとわかせるのだった。

「ああっ、嫌っ、嫌ですっ」

熊造につかまれたとたん、思いがけなく浪路が真っ赤に火照った顔を揺さぶりつつ女っぽい悲鳴を上げたので重四郎は何ともいえぬ嬉しそうな表情を見せる。

「ハハハ、浪路どの。どうやら女の正体をさらけ出されたようだな」

熊造と伝助は手馴れたソツのない手管で浪路の女を溶かしにかかり始める。

一気に責め立てようとはせず、切なげなうねりを見せ始めた両腿の付根をジワジワと揉み、漆黒の艶やかな繊毛を掌で上方へ撫で上げ、美麗な花肉を浮き出させると、さあ、どうだいといわんばかりに二人の淫虐者は得意になって技巧を発揮するのだった。

重四郎も定次郎も全身、痺れ切った思いになり、身を乗り出し、血走った眼差で熊造達が懸命になって凌辱している浪路の肉体を凝視する。

あろう事か、あるまい事か、美貌の女剣客、戸山浪路は父の仇である熊造と伝助の巧妙極まる指さばきによって女の悦びに犯されていこうとしている。婀娜っぽく膨らんだ肉体を二人にゆだねて身も世もあらず悶え泣いているではないか。

「ほう。一刀流を用いる美貌の女剣客も遂に城門を開き、降伏を示す決意になられたようだな」

定次郎が意地の悪い揶揄を浴びせると、浪路の頬は一層、赤く火照り、啼泣の声も一段と激しくなる。

素っ裸をさらすだけでも武家女として死ぬより辛い羞ずかしめであるのに、しかも、戸板にあられもない開股の姿態で縛りつけられ、倶に天を戴かざる親の仇の手管で臓物までむき出しにされる浪路の無念さと屈辱感はいかばかりか、それを想像すると、重四郎は身内に慄えが生じるほどの嗜虐の悦びを感じるのである。その嗜虐の悦びは、じかに浪路を責め立てている熊造と伝助の方が大きいかもしれぬ。指先にまつわりつく浪路の熱く熟した肉体を二人は魂まで溶けてしまいそうな甘美なものに感じ合い、嗜虐の情念は最高潮に達しているのだ。

「このように、俺達仇の眼前に奥の院までさらけ出して下さるのはありがてえが、へへへ、奥様、少し、潤みかげんが足りねえようでござんすよ」

「まだ、親の仇である俺達にこだわっていらっしゃるようですね。もうこうなりゃ、そんな事は忘れて仲よくやっていこうじゃありませんか」

さ、遠慮しっこなしだ、うんと気分を出して、たっぷりとしたたらせておくんなさい、と、熊造と伝助はせせら笑いながら小刻みに指先を使い始める。

浪路の喘ぎは荒々しくなり、乱れ髪を激しく揺さぶって、あっ、あっ、と断続的な悲鳴を上げたが、

「さて、少し、特別の御奉仕させて頂きましょうか」

と、熊造は更に身を乗り出して左右に割り開いた浪路の太腿を両手でしっかり抱きこみ、その生々しく開花した女体にいきなり唇を押しつけて来たので浪路はけたたましい悲鳴を上げた。

「ああ、何をするのですっ、いけないっ、いけないっ、ああっ」

浪路は逆上して舌足らずの悲鳴を上げたが、いけないもくそもあるか、と熊造はがむしゃらになって愛撫するのだった。

浪路はつづけてひきつったような悲鳴を上げ、上半身を激しく悶えさせたが、それをなだめるように健作は汗ばんだ浪路の肩を押さえこみ、荒々しく波打たせている乳房を再び、粘っこく愛撫するのだった。

憎い仇の舌先で味わわされる痛烈な屈辱感、嫌悪と恐怖に全身を痙攣させながらも浪路は次第に五体がどろどろに溶かされていくような被虐性の快感をはっきりと知覚するのだった。

それだけ熊造のそうした愛撫の技巧が堂に入った巧みさであったのだが、幾度も幾度もくり返される愛撫にあげていた浪路の悲鳴が次第に力が抜けたようにかすれ始め、甘くて鋭い快美感の中に浪路が、どっぷり浸り身をまかせ始めた事は見物する重四郎の眼にもはっきりわかる

ようになった。

ようやく唇を離した熊造は悦楽と屈辱に打ちひしがれて熱っぽく喘ぎつづけている浪路の乱れ髪をもつらせた汗ばんだ横顔をしてやったりといった楽しい気分で見つめ、改めて指先を触れさせてみたが、それはもう焼けつくほどの熱さで柔らかく熟し切っている。

それにしても浪路のその部分は人妻とは到底思われぬ薄紅い美麗な色合を見せて潤み、まるで、十七、八の乙女のようないじらしい花片を羞じらいの慄えと一緒にくっきりと浮き出させているのだった。

「拙者も随分と女遊びをして参ったが、器量といい、身体つきといい、しかも、その部分までこうも美しく揃っている女を見たのは始めてだ」

と、浪路に喰入るような眼差を向けていた定次郎は感に耐えないといった表情でいった。

「これはどうあっても、あとで賞味せねばなるまい。な、定次郎」

重四郎もごくりと生唾を呑みこみながらいったが、官能の芯をすっかり燃え立たせてしまった浪路はそんな言葉がもう耳にも聞こえぬのか、唇を半開きにして荒々しい喘ぎをくり返しているのだった。

淫靡な笑いを口元に浮かべながら熊造は腰を据え直すようにして五本の指先を巧みに使い、遮二無二、責め立てた。これまでのつもる恨みを一気に晴らすかのように熊造も伝助も眼を血走らせてむきになっている。

ああ、ああ、と浪路は緊縛された上半身を苦しげによじらせながら、熱っぽい喘ぎはますます荒々しくなる。

美麗な肉体は毒っぽい魅惑の花をぽっかり咲かせたように更に露わとなり、黐《とりもち》のような粘っこい収縮まで示すのだった。

「へへへ、嬉しいね。戸山家の若奥様はとうとう御気分をお出し遊ばしたぜ」

熊達は巧みに愛撫しながら酔い痴れた気分になって伝助に声をかけた。

「さ、もうこうなりゃ遠慮する事はありませんよ、奥様。うんといい声を出して、たっぷりしたたらせておくんなさい」

伝助も全身、揉み抜かれるような陶酔に浸り切りながらその感触を味わっていた。

今はもう、憎さも憎し熊造と伝助の責めを無抵抗に受け入れ、周囲を埋める浪人達の心に沁み入るようなすすり泣きの声を洩らしながら、切なげに身をよじらせつつ、熱い女の樹液をおびただしいばかりに噴き上げるようになった浪路——これが、門弟共と一緒に襲ってもつけ入る隙を見せなかった女剣客の姿か——と重四郎は信じられない思いになる。

おどろに乱れた黒髪を慄わせながら真っ赤に火照った柔媚な頬を右に左に揺さぶって、激しい啼泣を洩らすようになった浪路の全身からは、胎内の深い所から発する百合の花の香りにも似た甘い女の体臭と一緒に、揺らぐような女の色香さえ渦巻くようになったのだ。

「どうだ、熊造。このような美女をこのような方法で返り討ちにする事が出来て、さぞや嬉しかろう」

と、定次郎が声をかけると、熊造は浪路を愛撫する手は休めず、ニヤリと笑って見せる。

「嬉しいどころじゃありませんよ。正に天にも昇る気持ちでござんすね。中間時代から影すら踏む事の出来なかった戸山家の美しい若奥様にこのような御奉仕をさせて頂けるなんて夢なら覚めねえでいてほしいと思いますよ」

と、熊造は興奮し切った口調でペラペラしゃべりまくるのだった。


「それにね、重四郎先生。こりゃ全くの驚き、桃の木でござんすが――」

熊造は浪路のその部分が実は何百人、いや何千人に一人か二人の名器の持ち主であるらしいという事を昂ぶった口調で告げるのだ。

「ほう、それは真か」

「へえ、こちらもこの道にかけちゃ玄人でござんすから見立てに間違いはございませんよ」

実際、熊造は浪路の肉体が溶け始めてからその部分が一種の機能を自然に発揮し始めた事に気づいて驚いているのだ。

「ほう、一刀流の達人ともなれば、その部分まで非凡な技をお持ちか」

揶揄しながら重四郎は熊造の手で生々しく押し開かれたそれを見て再び音をたてて生唾を呑みこんだ。もはや、快楽源の堰が切れたよう浪路は熊造の小刻みに操る手管に煽られて、噴き上げるばかりになり、咆哮に似た啼泣の声を洩らしているのだ。

「浪路どの。いかがでござる。憎みても余りある親の仇の手管でこのように燃え上がった心地は。ハハハ、さぞ、口惜しい事でござろうな」

と、定次郎がからかうと、浪路は汗と涙で濡れた頬にべったりと乱れ髪をもつらせながら、

「口、口惜しい――。舌を嚙んで死ねぬのが、無、無念でございます」

と、息も切れ切れの声でうめくようにいうのだった。

「そう、そう。舌を嚙むような真似をなすっちゃ、菊之助坊っちゃまは即座にあの世行きでござんすからね」

まあ、せいぜい口惜しがって頂きましょうか、と熊造は乳房を粘っこく揉みほぐしている健作と呼応して、更に指先の技巧をこらしたが、その時急に瘧にでもかかったように浪路の全身に戦慄めいた痙攣が生じた。

「やめてっ、ああ、もう、やめてっ」

と、浪路は何かにおびえたような真っ赤な頬をねじるように横へそむけ、激しく奥歯を嚙み鳴らす。浪路に快楽の頂点が近づいた事に気づいた熊造はあわてて愛撫を中断した。

「まだ、気をやるのは早過ぎますぜ、奥様」

熊造はニヤニヤ笑いながら、最高潮に達した浪路の興奮をなだめるよう、乱れて、おどろに濡れた絹のような悩ましい繊毛を優しく掌で撫ぜさする。

こうなれば、何とでもこちらの好きなようにいたぶり抜く事ができると、余裕を持った熊造と伝助は調子に乗って、冷酷さを発揮し、わざと一呼吸を浪路に入れさせるのだった。

憎悪の的以外の何者でもない父の仇の手管に操られるままとなり、今、正に淫情に破れて狂態をさらしかけた浪路は、必死に耐えてその生恥は免れたものの、そのため、一層の屈辱感を味わわねばならぬ事となる。

「そら、奥様。健作がわざわざずいき巻きのこんな立派な張形を作ってくれたんだ。どうせなら、こいつを奥深くまでしっかりと咥えこみ、こってりと気をおやり遊ばした方がいいじゃありませんか」

熊造は太巻きの珍妙な筒具を手にすると、それで小刻みに慄える浪路の割り開いた太腿をくすぐるのだった。

「ハハハ、何もそんな情けない顔をする事はあるまい、浪路どの。仇討ち旅に出られ、御主人と枕をかわさぬようになってもう久しくなるはずだ。淋しい思いをしておられたのではないか。熊造の持つそれを戸山主膳の愛《いと》しい一物と思い、心いくまで緊め上げて見られよ」

重四郎がからかうと、ところがね、重四郎先生と、熊造は太巻きの張形を金盥の中の微温湯に浸しながら嬉しそうにいった。

「戸山主膳はどうもあの方はさっぱり駄目らしいようですぜ」

「ほう、どうしてだ」

「剣術の稽古の最中、背骨をかなり痛めた事があるのです。それがもとで、一物は不能になったらしいと門弟の一人が私に話した事があります」

それは浪路と祝言をあげてから間もなくの出来事で、その不慮の事故によって主膳が性的不能者に陥ったとしたならば、浪路は女として何とも不幸な境遇にある――重四郎はその事実を熊造の口から聞かされると、

「それは真でござるか、浪路どの」

と、浪路を興味深そうに見つめた。浪路は何も答えなかったが、薄く眼を閉じ、容易にやまない荒い喘ぎの中で、重四郎の問いに反応するようにして、一層頬を赤らめたのだった。

「左様でござるか。ほほう、となれば浪路どのが女だてらに剣の修業に励んでこられたのも納得出来る」

つまり、肉体の火照りを忘れんがためではないか、といって重四郎は笑い、

「それでは、こうして捕えられて素っ裸にされ、数々のいたぶりを受ける事はむしろ本望ではないかな、浪路どの。御主人が不能であるなら女盛りのその身体があまりにも可哀そうだ」

父の仇の熊造と伝助の手管に煽られてそのように燃えさかってしまったのも、つまり、長い間の欲求不満が一気に炸裂し、火となって燃え上がったようなものだという意味の事を重四郎はいうのである。

（お、おのれ。夫まで誹謗《ひぼう》し、羞ずかしめる気か、何という口惜しさ……）

と、麻のように乱れた浪路の心に追い討ちをかけられたような屈辱感がこみ上がったが、それも一瞬の事で、官能に五体がすっかり、痺れ切っている浪路には反発の気力など完全に喪失してしまっている。

それに夫が性の不能者という事は事実であり、今、自分が父の仇の手でいたぶられるという言語に絶する苦悩の中で、口惜しくも不思議な妖しい性の快美感を知覚したのも事実で、女の性のもろさというだけでは片づかない何かがそこにあった事も事実である。

ああ、何というみじめな——浪路は上気した顔を横にねじって声を上げて泣きじゃくった。

「よし、熊造、今度は拙者共と少し交代しろ。拙者が夫、戸山主膳になったつもりで浪路どのをいささかお慰めしてみたい」

熊造と伝助だけに浪路の柔肌をいたぶらせるのはちと不公平だと重四郎は笑いながら熊造の手より太巻きの筒具を取り上げる。

「いざ、浪路どの。拙者も今度は刀を張形に持ち替えての勝負だ。尋常にお立ち合い願おうか」

重四郎は熊造達の指先に凌辱され、蠱惑《こわく》の花びらをふくらませている浪路のその部分へ手にした責め具をそっと触れさせるのだった。

とたんに全身に悪寒が走ったように浪路は再び激しい慄えを示し、真っ赤に上気した顔を激しく揺さぶりながら、

「お、お許しを――ああ、重四郎さまっ」

と、ひきつった声をはり上げた。

今度は熊造や伝助にかわって、浪人達が欲情に狂った眼をギラつかせながら戸板に縛りつけられた浪路にどっとからみついていった。

健作にかわって今度は待ちかまえていたように村上進三郎がその毛むくじゃらの手でゆさゆさと浪路の麻縄に緊め上げられた乳房を荒々しく揉み始め、卯兵衛、影八など、札つきの不良浪人達が狂おしく身悶える浪路の柔肌を押さえこんだ。

「今さら、お許しをはないだろう。拙者の可愛い門弟どもをことごとく木刀で打ち据え、当道場を荒らし廻って去ったのはどこのどいつだ」

と、重四郎が荒っぽい口調になっていうと、浪路のうねらせる太腿をしっかり押さえこんだ進三郎が、

「そうだ。貴様にあの時、拙者は木刀で頭を打たれた。それ以来、拙者の頭はちとおかしくなったのだぞ」

といって他の浪人達をゲラゲラ笑わせた。

「ここにいる門弟どもは皆、浪路どのに相当な恨みを抱いているわけだ。さ、おとなしくこれを呑みこみ、しっかりと喰い緊め、女だてらに道場破りを働いた罪を詫びて頂こう」

重四郎が当てがったそれを一気に沈めようとすると、浪路はけたたましい悲鳴を上げ、

「嫌っ、嫌でございますっ」

と、浪路は激しく泣きじゃくりながら必死になって腰を揺さぶり、重四郎が一気に押し込もうとする矛先をそらせようとするのだ。

「これ、これ、そのようにいつまでも駄々をこねるのではない。心は拒否を示しても身体はこの通り、はっきり扉を開いて求めているではないか」

左右に開いた婀娜っぽい乳色の太腿を狂おしげに浪路がもじつかせると、一層、そのため、官能の火に油を注がれた思いになり、重四郎は眼を血走らせ、激しい息使いになった。

懐剣も奪われ、着物を剝がされ、その生まれたままの素っ裸を戸板にかっちりと縛りつけられてしまった浪路はもはや敵と戦うには臓物まで露わにした女の武器を用いるより仕方がない。

そう感じると重四郎は魂が疼くような嗜虐の悦びを感じるのだった。

「重四郎先生、肝心なものを忘れているじゃありませんか」

と、横で煙管を咥え出した健作がニヤニヤしながら重四郎にいった。

「せっかくカラス婆の二人が腕によりをかけて作った姫泣き油。こいつを今使わない手はないでしょう」

そいつを塗りこめられりゃ、自分の方から泣いて張形責めをおねだりするようになりますよ、と健作がいうと、

「なるほど、そうであったな」

と、重四郎はそわそわして部屋の隅にあったすり鉢を定次郎に運ばせる。

その鉢の中の青味がかってねっとりしたとろろ状の油に眼を注いだ定次郎は、よし、これは拙者がお塗り致そう、と舌なめずりするようにいった。

「それから琳の玉を使うのをお忘れなく」

と、健作は油紙にくるんだ金色の小さな二つの玉を重四郎の前に置いた。

「塗られたあと、痒みを訴え出したら、まずそいつを優しく含ませてやるんですよ。そうすりゃ痒さで慄える肉襞に操られて二つの玉がこすれ、コロコロ音をたてるようになる」

肉の手管師と異名をとる健作の説明を重四郎はポカンと口を開けて聞いている。

「それから、頃を見て張形責めにかけてやるんです。激しくしごいちゃ駄目ですよ。気をやらせねえよう気を配って優しく、ゆっくりと——そうすりゃ、その美しいお武家の若奥様は悩ましい肉ずれの音と鈴の音をはっきりとお聞かせになる」

「もういい、健作。貴様の説明を聞いているだけで、むずむず身体中が痺れてくる」

重四郎は苦笑していった。

「それでは、定次郎。浪路どのに優しくその油をお塗りしろ」

「心得た」

定次郎は浪路の腰部のそばにつめ寄ってどっかり腰を降ろすと、すり鉢の中の粘りのある油をすりこ木でゆっくりかき廻し始めた。

哀れ菊之助

道場の床の間の柱を背にして立姿で縛りつけられている素っ裸の菊之助——その前で三五郎一家の博徒達と雲助達は酒盛りをしているのだが、かなり悪酔いの状態に陥っている。

雲助の二、三人が赤褌一つで立ち上がり、奇妙な声で唄をうたいながら踊り出したが、

「くそ面白くもねえ、やめろ」

と、博徒達は茶碗を投げつけて、

「それより、その若造のケツを青竹でぶって少し、声を上げさせてみろ。その方が面白いぜ」

と、がなり立てた。

「このままじゃ、ケツをひっぱたく事は出来ねえな。よしこっちへ来な、お坊っちゃん」

柱を背にしたままではケツはぶてねえと雲助達は菊之助の足を縛った麻縄を解き柱から身体を解き放した。

緊縛されたままの菊之助を道場へ引きずり降ろし、鴨居につないだ荒縄にその縄尻をつなごうとするのだが、菊之助は逆上したように暴れ出す。

「その前のものをブラブラさせて暴れなさんな」

顔面を真っ赤にして、緊縛された裸身を暴れさせる菊之助を雲助達は面白がって、足払いを

喰わせ、道場の床の上に転倒させると、

「ざまを見ろ、生意気な小僧めが」

と、がなり立てながら腰といわず、背といわず足で蹴り上げるのだった。

「おのれ、下郎めがっ」

菊之助は緊縛された裸身を床の上でのたうたせながら狂ったようにわめき立てている。

「ちょいと、そんな乱暴をするのはおよしよ。相手はまだ子供じゃないか」

と、お銀は茶碗酒を口に運びながら雲助達の足蹴にされている菊之助に好色そうな粘っこい眼を向けていった。

「野郎、立ち上がれ」

酔った雲助達は半泣きになっている菊之助の肩を押さえて引き起こすと、鴨居に結んだ荒縄に菊之助の縄尻を素早く結びつける。

「そら、お坊っちゃん、あんよを大きく開きな」

「あっ、何をするっ。離せっ」

豚松と平助が左右から菊之助の下肢に手をかけ、力一杯にたぐり始めると、菊之助は激しい狼狽を示し、前髪を狂おしく揺さぶった。

割り開かせた肢の脛のあたりに青竹を押しつけて二人の雲助は馬鹿力を発揮し、麻縄を素早く巻きつかせていく。

「野郎、覚悟はいいか」

雲助達は別の青竹を持ち出してくると、菊之助の背後に廻った。

「この野郎、女みてえにいい恰好の尻をしてやがるぜ」

平助はそういって笑うと、力一杯、菊之助の尻を青竹でぶちのめした。

「うっ」

菊之助は前髪を慄わせ、細い眉をさも苦しげにしかめた。

「うちの仲間は手前の手にかかってばっさり斬られちまったんだ。これ位で音を上げるな」

更に一撃、また一撃と、平助は眼をつり上げて菊之助の弾力のある臀部を青竹で撃ち続ける。

そこへ、控えの間から熊造と伝助が出てきたので、権三は菊之助の一物を手放し、

「どうだね、そちらの首尾は。いつになったらお呼びがかかるのかとこちらはいらいらして待ってるんだぜ」

こんな若僧を玩具にしているより、脂の乗った武家女をいたぶる方がずっと面白えだろうからな、と、権三は卑屈な笑い顔を熊造に見せていうのだ。

青竹で尻をぶちまくられる激痛と屈辱に肩先を激しく波打たせて、苦しげな表情を見せていた菊之助だが、熊造と伝助の顔に気づくと、たちまち憤怒の色を火照った顔面に滲ませた。

「熊造っ、姉上を、姉上を貴様達は何とする気だ。姉上を羞ずかしめるような真似をすれば、容、容赦は致さぬ」

菊之助が逆上して吐いた言葉に雲助達はどっと笑いこけた。

「容赦は致さぬとはよかったたな」

熊造も吹き出して、つい菊之助の前に寄って行くと、

「姉上の身体の奥まで残らず拝見させて頂いたぜ。俺の手管に大層お悦びになって、貝柱をおっ立てながらヒイヒイお泣き遊ばしたという所だ」

と、顎をつき出すようにしていうのだった。

やくざも雲助もそれを聞いてどよめいた。

それから、それから、と熊造の話のつづきを身を乗り出して所望するやくざもいる。

「驚いたね。あの女剣客は名器の持ち主だ」

と、熊造が調子づいて語り出すと、やくざや雲助の間から溜息と興奮が洩れ始める。

「一刀流の使い手か何だか知らないが、やっぱりあされりゃ女だね。俺の手管に煽られてあんっ嫌っ、嫌っ、と鼻を鳴らしながら、たちまち身体をぐっしょり濡らすじゃねえか、可愛いもんだ」

やくざ達はまた、どっと笑い出した。

「黙れ、ああ、黙れっ、熊造っ」

縄尻を鴨居につられて、開股縛りにされている哀れな菊之助は大声を出し、熊造の姉を冒瀆《ぼうとく》

した卑猥な言葉を耳から振り払うように激しく前髪を揺さぶったが、すぐに声を上げて泣き出すのだった。

「ああ、姉上っ、姉上っ」

叫んでは泣き、泣いては姉の名を呼ぶ菊之助を雲助達は小気味よさそうに見つめている。

「おい、この泣き虫小僧の尻をもっとぶちのめせ」

と、やくざ達はせせら笑っていった。

「ね、ちょっとお待ちよ。可哀そうにお坊っちゃんのお尻こんなに腫《は》れ上がってしまったじゃないか」

お銀は青竹を再び手にした雲助を制して、ゆっくりと立ち上がった。

「こんな美しい若衆にそんな乱暴な真似はおよしよ。それより、どうしてもいじめたいというなら別の方法があるだろう」

お銀は前髪をフルフル慄わせて屈辱の口惜し泣きをしている菊之助の女っぽい下ぶくれの顔を淫靡な潤みを滲ませた瞳でじっと見つめるのだった。

「熊造さん、ちょっと」

お銀は含み笑いしながら熊造の耳に口を寄せて小さくささやく。

「へへへ、なるほど、そいつは面白え。やってみましょう」

熊造は伝助に眼くばせして、嗚咽に咽《むせ》んでいる菊之助の左右に立った。

「よ、お坊っちゃま。青竹なんぞでぶったたくのは可哀そうだとお銀姐さんがお慈悲をかけて下すったぜ。そのかわりうんといい気分にしてやったらどうだとおっしゃるんだ。へへへ、俺達二人が腕によりをかけてせんずりをかけてやるからな」

熊造はそういって、菊之助の股間の肉塊を軽く指先ではじいたが、その瞬間、菊之助の頬は怖いばかりに引きつった。

「そいつは面白え。酒の席のいい余興になるぜ」

と、やくざ達はわめいて大口を開けて笑い出す。

「よ、前髪の可愛いお侍さん。おめえはこれから憎い親の仇の手でせんずられ、したたり出して見せなきゃならねえんだ。さぞ、口惜しいだろうな」

雲助達も手をたたいて笑いこけるのだった。

「この小鉢でいいかね」

と、お銀に手渡された漬物の小鉢を熊造は菊之助の下腹部へ近づけて、

「いいかい。手前のしたたらせたものをこの小鉢に受け入れ、張形責めに合ってヒイヒイお泣き遊ばす向こうの姉上に見せてやろうと思うんだ。菊之助も親の仇の手にかかり、このようなものをしたたらせました。ですから、姉上もどうかお気を軽うなさって下さいまし、とおめえの言葉を伝えてやる」

熊造と伝助は腹を揺すって笑い出す。

「お、おのれっ、熊造っ」

菊之助は憤怒と憎悪で真っ赤になった顔を熊造の方へキッと向けたが、全身が凍りつくばかりの屈辱感のためにもうそれ以上、声も出ないのだ。

「ホホホ、役者のように綺麗な顔をしているのになかなか負けん気の強い若衆だね。私しゃますます気に入ったよ」

ね、私にも少し、手伝わせておくれよ、とお銀はいい、雲助達の中に混じって酒を飲んでいる娼婦のお春に椿油を持って来させた。

「ね、お銀さん、私達にも遊ばせておくんなさいよ。こんな綺麗な若衆、一生に一度、相手に出来るかどうか、わかんないもの」

お春のあとについて、娼婦のお紋も酔い痴れた身体をふらつかせるようにして菊之助のそばへやって来る。

「いい男は幸せだな。女郎連中にこんなにもてやがって」

雲助達は女郎達にからみつかれ、激しい狼狽を示している菊之助を見て黄色い歯をむき出しながらはやし立てるのだった。

「離せっ、ああ、離せというのがわからぬのかっ」

左右から酔った女郎二人に抱きつかれて、狂気したように菊之助は緊縛された裸身を揺さぶるのだったが、

「いいや。誰が離すものか」

と、菊之助の男にしてはしなやか過ぎる肩や麻縄を強く喰いこませている滑らかな胸のあたりに唇を押しつけた女郎二人は、そのまま、身体をゆっくりと下方へ沈ませていき、激しくうねらせている二肢にまで唇と舌を使って愛撫し始めるのだった。

青竹の足枷をかけられて大きく左右に割り裂かれている菊之助のスラリと伸びた下肢がその両腿を女郎達の唇でくすぐられる事によって断続的にブルブル慄え始める。

「ああっ、な、なにをするっ」

お春の両手が遂に菊之助の男の肉塊に触れ、それを包みこむように持ってゆっくりとしごき始めると、菊之助の顔面は火がついたように真っ赤になった。

「ああ、何と男らしく若々しい、見事なものでござんしょう。ええい、憎らしい。もうこうしてやるわいな」

お春は芝居もどきにもどかしげに身をくねらせてそういうと、両肢を縛りつけられている菊之助の両腿を両手でしっかりと抱きかかえるようにして、いきなり唇を押しつけたのだ。

「ああっ」

と、菊之助は傷ついた獣のようなうめきを上げ大きくうなじをのけぞらせた。血を吐くような汚辱の思いで火照った顔面は歪み、菊之助の全身に屈辱の戦慄が走る。

博徒と雲助達も、女郎にそんな愛撫を受けている菊之助を眼にすると、小躍りせんばかりに喜び合い、身をよじらせて嘲笑するのだった。

お春は男達のそんな騒ぎには耳をかさず、全身を痺れ切らせて菊之助を舌先と唇を使って粘っこく愛撫しているのだ。次第に恍惚となった表情を見せてお春は娼婦の技巧をはっきり発揮するようになる。

深く唇に含んで、吸い上げながら、両手で肉袋を柔らかく包みこみ、ゆるやかに揉みほぐすなど、そんな娼婦の手管を受ける菊之助の狼狽と汚辱感は正に言語に絶するもので、キリキリ奥歯を嚙み鳴らしながら真っ赤に火照った顔を右に左に激しく揺さぶり続けている。

「ちょいと、お春さん、もうその位にしておきなよ」

お銀は一途になって菊之助を追い上げようとしているお春を見ていると、ふと嫉妬《しっと》が生じたのか、うしろからお春の背を軽くたたいた。

「私達の楽しみはあとにするとして、この場で熊造さんと伝助さんにけじめをつけさせた方がいい。菊之助を仇の手で返り討ちにさせてしまうのさ」

お銀はそういってお春を菊之助の下腹部から引き離しにかかると、

「まあ、フフフ」

お銀は菊之助のそれが熱気を帯びて高々と屹立しているのに気づいて、思わず吹き出した。

「ハハハ、よ、可愛いお侍さん。明日、そいつをチョン切られる時も、そのように男らしくおっ立てなきゃ駄目だぜ。いさぎよく根元からすっぽりと斬り落としてもらうんだからな」

やくざ達は自分の意志を裏切って屹立させ、羞恥と狼狽を示している菊之助を見ながら手をたたいて哄笑している。

「それはともかくとして、今夜はこいつにうんと楽しい思いをさせてやるからな」

熊造はニヤニヤして腰をかがませ、熱っぽく膨張させてしまったそれをからかうように指で押すのだった。

「いいかい、お坊っちゃん。もうこうなりゃ、駄々をこねず、親の仇の手で優しくモミモミされ、御見物衆の眼の前でたっぷりしたたらすんだね。お姉様だって熊造さんの手管で悦びの潮を吹き上げたそうじゃないか。何も気兼ねする事なんかありゃしないよ」

お銀は前髪をフルフル慄わせて屈辱の涙をしたたらせている美少年を見ているうち、可愛さ余って憎さが百倍といった嗜虐の情念がメラメラと燃え立ち、ふと冷酷な微笑を口元に浮かばせていった。

「じゃ、始めるか」

と、熊造が行為を開始しようとすると、

「ちょっとお待ちよ。お前さんのそんなごつい毛むくじゃらの手でせんずられるんだ。毛ずれを起こしちゃ可哀そうだよ。少し、油を塗っておいてやろうじゃないか」

と、お銀は身を乗り出して竹の器に入った椿油を指にたっぷり掬い取り、菊之助の怒張を示す肉塊にたっぷりとすりつけ始めるのだった。

張り裂けるような屈辱感と同時に腰骨までが痺れるような快感がこみ上げて来たのだろう。菊之助は、ううっ、とうめき、細い女っぽい眉根を悲痛なばかりに歪めて上気した頬をさっと横へねじ曲げる。

剛《こわ》い繊毛で縁どられて屹立した肉塊はお銀の手で塗りつけられる粘っこい油の感触を敏感に反応させて一層膨らみ、表皮は更にはじけて新鮮な薄紅色の生肉をはっきりと硬化させている。

「フフフ、いよいよ頼もしくなって来たじゃないか。可愛いね、全く」

お銀ははっきりと反応を示し始めた菊之助をそっと両手で包むように握りしめながら汗ばむほど心は昂ぶり、息使いも荒々しくなるのだった。

「お銀姐さん、まるで涎でも流しそうな顔をしてるじゃないか」

女郎のお春とお紋が手に握りしめたそれに頬ずりでもしたい衝動にかられているお銀を見てからかうと、お銀は照れたように手を離し、

「それより、この油をこの若衆のお尻にも塗っておやり。そこは伝助さんにいたぶられるそうだからね」

伝助の分厚い指先で尻の穴をほじられりゃ、肉が裂けちまうかもしれないから、そこん所を少し柔らかくほぐしておやり、と、お銀に声をかけられると、二人の女郎は歓声をあげて菊之

助の背面に廻るのだった。

「あっ、よせっ、よさぬかっ、ああっ」

菊之助は悲鳴に似た声でわめき出す。

女郎二人の手で臀部の肉が二つに割られ、内腿深くの微妙な個所をまさぐられる感触は、まるで全身の骨がバラバラにされるような耐えられない屈辱感だが、その一方、名状の出来ない鋭い快美感めいたものがこみ上げ、菊之助はその得体の知れぬ感触を振り切ろうとして激しく前髪を揺さぶった。

しかし、その部分を女郎二人が揉みほぐすようにして油を塗りつけ始めると、もうどうにもならぬ被虐性の情念がはっきりと菊之助の全身を溶かし始め、先ほどまで見せた狂気めいた嫌悪感は水が引くように薄れていく。

「まあ、可愛いじゃないか。段々と柔らかくなってきたよ、ねえ、伝助さん」

女郎二人の手で美少年の臀部の白い肉は二つに割られ、可憐な菊の蕾は無理やり露わにさらけ出されている。

「ハハハ、この前髪のお武家さん、よっぽど自分を酒の肴にしてほしいとみえて、とうとうお尻の穴までむき出しにしちまったぜ」

伝助は小鼻に皺を寄せて笑った。

女郎達の手で執拗に椿油を塗りこまれ、粘っこく揉みほぐされるその蕾の部分は甘い筋肉の弛緩《しかん》を示し始め、同時に前面の屹立は最高潮に達したように、焼けた鉄棒と化して腹部にまで達しそうになっている。

「まあ、元気のいい事。天にもとどきそうじゃないか」

お銀は火柱のように燃え上がってしまった菊之助にうっとり見惚れながらいった。

菊之助はもうそばにつめ寄る熊造や伝助に毒づく気力とてなかった。上気し、臙脂をぼかしたような柔らかい頰を横に伏せて、口惜しげに眼を閉じながら熱っぽく息づいているのだ。

菊之助の臀部をいたぶっている女郎が割った両腿の間より手をくぐらせて悪戯《いたずら》っぽく股間の屹立をまさぐり出したりしているが、もうそれにすら、屈辱に打ちひしがれている菊之助は反発を示そうとはしない。

「もうそれ位でいいだろ」

と、菊之助の臀部を嬲るだけ嬲った女郎達の手を引かせたお銀は、熊造と伝助の顔を面白そうに見て、

「さ、菊之助もどうやらその気になってきたようだよ。一思いに返し討ちにしておしまいな」

といった。よしきた、と熊造は手に唾をして菊之助の前に腰を低め、伝助は菊之助の背面に廻って腰をかがめる。

「前とうしろから同時責めだ。覚悟はいいかい、お坊っちゃん」

と、熊造はせせら笑い、菊之助の屹立した肉塊をそっと片手で握りしめた。

「うっ」

菊之助は喰いしばった歯の間から鋭いうめきを洩らした。

何よりも哀れなのは熊造の毛むくじゃらの手で翻弄し尽されている十七歳になる菊之助のまだ稚さを匂わせている屹立した肉塊である。

「どうでえ、俺の稚児いじめの手管もまんざら、捨てたもんじゃねえだろ」

熊造は酒の肴にしている男達を得意そうに見廻して、自分の手管を見せつけようとしている。

「雁首はこのように指でくるんでしごくんだ。袋はこっちの手で優しく撫ぜさすってやる」

雲助達は熊造の手管で今はもう完全に肉芯まで燃え立たせ、ハア、ハアと熱っぽく喘ぎ出した菊之助を見ると互いの肩をたたき合って笑いこけた。

「よ、どうしたい、お坊っちゃま。この間、俺と伝助を川原の土手まで追いつめたあの時の威勢のいい啖呵《たんか》をもう一ぺん、ここで切ってみな。匕首を投げ出して平謝りしている俺達に小刀を投げつけやがって、男らしく尋常に立ち合えとぬかしやがった。へへへ、あの時、俺達に情けなんぞかけずバッサリ斬りゃよかったんだ。こんな生恥をさらさずにすんだのによ。ざまあみやがれ」

「ね、お銀姐さん、姫路じゃ、この菊之助は若い娘達の間じゃ大もてでござんしてね。こんな唄が若い娘の間にはやっていましたよ」

菊之助のブルブル慄える尻をぐっと片手で押さえこみ、指先を含ませて美少年の啼泣を更に強めさせた伝助は、ニヤニヤしながら奇妙な声で唄い始めた。

袖は紫、小姓姿、桜吹雪《ふぶき》を前髪に、あれに行くのは菊之助、ほんに綺麗な花小姓——

稚児いじめ

美少年をいたぶるというものが、これほど、痛快なものであるとは、熊造も伝助も手を下すまで最初、思ってはいなかった。

「こいつは下手な女を玩具にするより、ずっと面白いぜ」

と、雲助達も哄笑し合うのだ。

熊造の毛むくじゃらの大きな手で柔らかく握られ、ゆるやかに、そして、小刻みに揉みしごかれる菊之助の肉塊は焼けた鉄棒のように熱く硬化し、抜きさしならぬ怒張を示すのだった。

「フフフ、まあ、何て頼もしい。何だか、私、胸の中心がカッカッと燃えてきちゃったよ」

雲助にいたぶられて、口惜しくも肉体を怒張させてしまった前髪の美少年にとろんと欲情に溶けた視線を向けていたお銀は手にしていた茶碗酒をぐいと一息に飲んで、そばに坐る女郎のお春やお紋に照れたような笑いを見せていうのだった。

お春とお紋は、そういうお銀に相槌を打つのも忘れて、とろんと情感にただれた瞳を熱っぽく喘ぎ続けている菊之助に向けている。

女にしてもおかしくはない美貌の菊之助が薄い栗色がかった滑らかでしなやかな裸身を悶えさせながら、憎さも憎し、親の仇の手で当てがきをされている――その哀れさがむしろ、女達の嗜虐の情念を熱くさせ、もっと、もっと羞ずかしめればいい、口惜し泣きをさせればいい、といった冷酷さを生じさせて来るのだった。

「ううっ、くっ、くうっ」

菊之助は大きく首筋をのけぞらせ、歯を喰いしばりながら悲痛なうめきを洩らした。伝助の指先がその筋肉を強引に割って内部へ喰いこもうとするのである。

「よっ、前髪の若衆、ケツの穴をこんな事されるのは辛えか。へへへ、そんなに辛そうな顔する所を見ると、まだ手前、お殿様の御寵愛《ごちょうあい》を受けちゃいねえようだな」

めでたく仇討ちの本懐を遂げて帰参すれば、ういやつじゃ、ういやつじゃといってお殿様に可愛がられる段取りになっているんだろ、と、酒盛りする雲助とやくざ達は哄笑する。

「ハハハ、それがお気の毒に、仇に生け捕られてケツの穴をほられる事になるとはな」

ざまあ見やがれ、と、やくざ達は嘲笑するのだった。

親の仇である熊造と伝助の二人に前面と後面を同時にいたぶられるという言語に絶する羞ずかしめを受け、声を慄わせて口惜し泣きする前髪の菊之助――おのれ、おのれ、と自分を満座で羞ずかしめる熊造と伝助に対し、血を吐くような憎悪感で全身を悶えさせ、気持ちを逆上させていた菊之助だったが、そんな心とは逆に、無念にも切なさを伴った疼くような快感が下腹部の方にこみ上げてくる。

伝助に臀部をたち割られ、菊の座を凌辱された瞬間は全身が凍りつくばかりの汚辱感と苦痛しかなかったが、次第にその苦痛が被虐味を帯びた一種の快感にうつりかわっていくのを菊之助は苦悩の中でぼんやり知覚するのだった。

「おい、おめえの簪をかしな」

伝助はお春の髪より珊瑚《さんご》玉のついた簪を抜き取った。

「よ、可愛い若衆、こいつを呑みこんでみな」

伝助は珊瑚玉の方からその簪を菊之助の臀部へ押しこめていこうとする。

「うっ」

と、菊之助は昂ぶった声を上げ、全身をガクガク痙攣させた。

「こういうのが稚児いじめっていうんだ。わかったかい、お坊っちゃん」

伝助はせせら笑いながらジワジワと虐《いじ》めていくのだ。

「痛えのは我慢しな。お前さんにたたっ斬られた雲助の事を考えてみろ。これ位の痛さじゃなかったはずだぜ」

「ああっ」

美少年の可憐な菊花は珊瑚玉をしっかりと咥えこむのだった。

「もっと深く呑みこんでごらん」

お春は残忍な発作に見舞われたのか、腰をかがませて簪の柄に手をかける。

「フフフ、だけど、ほんとに可哀そうな若衆だね。親の仇を討ちに来て、こんな淫らな返り討ちに遭うとは——」

簪の柄に手をかけながらそういって笑うと、伝助もニヤニヤして、また、一つ、菊之助の尻を平手打ちし、

「よ、どうでい。親の仇の手でケツの穴までむき出しにされた気分は。口惜しそうにうめいてばかりいず、何とかいったらどうなんだ」

と、いい、深々と珊瑚玉の簪を咥えこんだ菊之助の滑稽な肉体を見て吹き出すのだった。

「ハハハ、この若衆、尻尾《しっぽ》を生やしたぜ。狐の化け損ないか、手前は」

手を離しても簪は菊之助のその部分にきつく喰いしめられて落下せず、それを眼にした雲助達は手をたたいて笑いこけた。

菊之助は気の遠くなるような羞ずかしめを血を吐く思いで歯を喰いしばり、必死になって耐えているのだ。

——耐えるのです。たとえ、どのような羞ずかしめに遭おうと熊造と伝助を討ちとるまでは、死んだ気持ちで耐え抜くのです——と、姉の浪路はいい残すように諭して、嬲りものにされる

のを承知で引き立てられて行ったが、ああ、それにしても、武士であるこの身がこのような屈辱に耐え切らねばならぬとは――菊之助は姉の言葉を非情なものに感じるのだった。

しかし、菊之助にとって、この屈辱の中でも耐え切れぬ辛さは、自分の狂おしい無念さまで無視した如く、屈辱とは別に官能の芯が昂ぶり出した事であった。

簪でえぐられたとたん、熱い刃物を突き立てられたような激烈な痛みが生じたが、寸時の後にはその苦痛が名状の出来ぬ鋭く甘い肉欲の痺れとなって、腰までが疼き出し、熊造の手に握りしめられている肉塊はそれに反応したように鉄火のような熱気を帯びて来たのである。

それをすぐに感じとった熊造は、大声で嘲笑し、

「この若造、すっかり気分を出してやがるぜ。見てくれ、この張り切りようを」

と、付根のあたりをむんずとつかんで、熊造は酒を飲む博徒や雲助達を得意そうに見廻した。

「こりゃ、凄えや。天にも届けとばかりに、おっ立てていやがる」

雲助達は熱気をはらんで屹立した菊之助を眼にすると、ガラガラ声で笑い出す。我が身のあまりの浅ましさと情けなさに菊之助は真っ赤に火照った顔を右に左に揺さぶって激しい嗚咽の声を洩らすのだった。

「ね、熊造さん。いつまでもそのようにしておくのは可哀そうじゃないか。そんなに血が昇っているんだもの。いいかげん、絞り出させておやりよ」

熱っぽく喘ぎ続ける菊之助に情欲にむせた粘っこい瞳を向け、自分も菊之助につられたよう

に激しい息使いになっていたお銀は、菊之助の足元に坐ってまた茶碗酒を飲み出した熊造に向かってせき立てるようにいった。

「へへへ、この若衆はお銀姐さんのいい玩具になりそうですね」

一息入れていた熊造は残った茶碗の酒を一気に飲み乾して、よし、とばかりに腰を上げた。

「あまり血を昇らせておくと身体に毒だよ。お銀姐さんが気を使って下さったんだ、ありがたく思いな。じゃ、こってりと絞り出させてやるぜ」

熊造が酒気を帯びた顔を手でこすっていうと、

「おっと待ちな。その前にちょっと細工しておこうじゃねえか」

伝助は口元を歪めて笑い、ぱっと裾まくりすると、薄よごれた褌をクルクル外し出した。

「何をしよってんだ、伝助」

熊造が不思議そうな顔つきになっていうと、

「俺の褌でこの野郎に猿ぐつわをかますんだ。俺様の匂いをたっぷり嗅がせながら昇天させてやろうってんだ。どうだい面白えだろ」

菊之助にここで骨身にこたえるほどの汚辱感を与え、土手の上で追い廻された時の恨みを徹底して晴らそうというのである。

「なるほど、そいつは面白えや」

いたぶり抜かれる菊之助を酒の肴にしている雲助もはやし立てた。

外した褌を二つ折りに縦にたたんで伝助は菊之助につめ寄っていく。

「よ、前髪の可愛いお武家さん。俺の褌で猿ぐつわしてやるぜ。さ、アーンと口をあけな」

憎悪の的以外の何ものでもない親の仇の褌を口に巻きつけられる——菊之助にしてみれば全身の毛穴から血が噴くばかりの屈辱である。それがわかっているから、伝助も熊造も嵩にかかって菊之助に徹底した追い討ちをかけようとするのだ。

もはや、半ば気が遠くなるばかりの汚辱感に打ちのめされている菊之助は、反発する気力も稀薄になり、それを口に嚙まされようとするとおびえたように二度三度、首を振ってさけたものの、すぐに熊造に顎を押さえられ、伝助の手で無理やり唇を割られていき、強引に歯と歯の間へ一本にねじった褌の布をねじこませていく。

「ハハハ、いいざまだぜ」

伝助の褌で出来た猿ぐつわをきびしく歯と歯の間に嚙まされ火照った頰を歪めている菊之助を見た熊造は腹をかかえて笑った。

「どうでえ。俺の肌の匂いは。まんざらでもねえだろ。そんな情けねえ顔せず何とかいってみな。といっても猿ぐつわされちゃ声が出ねえか」

ハハハ、と伝助も顔中くずして笑いこけた。

全身の肉がズタズタに引き裂かれるような屈辱感で菊之助は半ば気が遠くなりかけている。

伝助の黒ずみ、垢じみた褌できびしく猿ぐつわをされたとたんむっとする悪臭が鼻をつき、反吐《へど》を催したくなるような不快さに菊之助は眉根をぎゅうとしかめたが、菊之助のその苦痛と屈辱の表情が博徒や雲助達にしてみれば何とも痛快で、手をたたき合って喜ぶ。

三五郎一家の代貸である武造は菊之助が差していた備前兼光の名刀を持ち出して来てスラリと引き抜き、自慢するように乾分達に見せている。

「見ろ。こいつはその丸裸の若衆が昨日まで恰好よく腰に差していた名刀だ。重四郎先生の鑑定によると、備前兼光。天下の名刀だそうだぜ」

武造はふと腰を上げると、面白そうに菊之助のそばに近寄り、手にした刀の峰で菊之助の左右に割り開いている太腿や腹部そして胸のあたりを軽くたたき、次に顎の下へ差し入れて、ぐいと猿ぐつわされた菊之助の赤らんだ顔を上へこじ上げるのだった。

「へへへ、みんな見ろ。どうでい、この情けなさそうな面は」

武造の持つ名刀の峰で顔をはっきり正面にこじ上げられた菊之助はさも哀しげに頬を歪め、固く眼を閉じ合わせているのだが、その閉じた眼尻からは屈辱の口惜し涙がとめどもなくしたたり落ち、歯と歯の間に強く嚙まされた汚辱の布を濡らしているのだ。

「この備前兼光の名刀で俺と伝助をわざわざここまで斬りに来たってわけだな。それがこんな結末となり、親の仇の前に一物をおっ立てて見せる事になろうとは、へへへ、夢にも思っちゃいなかったろう」

熊造は武造の手から刀を受け取り、菊之助の盛り上がった臀部をピチャピチャと峰でたたきながら更につづけるのだった。

「だが、昨日までのおめえはなかなか恰好がよかったぜ。白鉢巻に白襷、眼をキリリとつり上げてこの名刀を正眼に構え、おのれ、父の仇、いざ、勝負、ってな具合にな」

熊造が悪のりして、刀を構え、物真似して見せると、酒気を帯びた雲助達はいっせいに黄色い歯をむき出してゲラゲラ笑い出す。

熊造が手にしている兼光の名刀はずっしりと重みがあり、身幅の広い長身で、先反りも張っていたが、それを熊造はまたふざけて菊之助の屹立とくらべるようにし、

「この若衆の方が兼光より先反りの点じゃ一枚上だ」

などといい、仲間達を笑わせるのだった。

「とにかく明日になりゃ、この兼光で手前のその一物はチョン切られるわけだ。兼光の試し斬りが出来ると重四郎先生は楽しみにしてなさるからな」

手前の刀で手前の股間の一物が斬られる事になろうとは夢にも思わなかったろう、と、熊造はくり返し菊之助に揶揄を浴びせてから、

「じゃ、一つ、仕上げてやろうか」

と、刀を武造に返し、腰を据え直して菊之助の屹立を、再びしっかりと握りしめるのだった。

ここで菊之助に対し、とどめを刺すかのように最後の赤恥をかかそうというわけだ。

「もうこうなりゃ、遠慮する事はねえぜ、気分が乗りゃ、皆さんの前でたっぷりしたたらせな」

熊造は一気に菊之助を追い落とすべく、両手をからませて激しく揉み上げる。

「ううっ」

たちまち菊之助の顔面は真っ赤に上気し始めた。

包皮がはじけ、綺麗な紅色の生肉を露呈させた先端を片手で包みこむように持ち、たれ袋から付根あたりをもう一方の手で粘っこく撫でさすりながらゆるやかに揉みほぐす熊造の手管は、こんな稚児いじめの経験もかなりつんでいるものと見え、巧妙を極めていた。


うっとりと潤んだ眼で熊造に責め上げられる菊之助に見入っていたお銀とお紋はもうじっとしていられなくなったのか、自分達もそわそわと立ち上がり、吸い寄せられるように懊悩《おうのう》の極にある菊之助へまといついて行く。

青竹の足枷をかけられ、左右に大きく割り開いている菊之助の両方の太腿のあたりにお銀とお紋は口吻を注いだり、掌でさすったり、また、腰を上げて滑らかな腹部から胸のあたりに頬ずりしたり、舌を押し当てたり、そして汗ばむほどの興奮を示して汚辱の布をキリキリ歯で噛みしめている菊之助の上気した頬を唇でくすぐり始めるのだった。

「フフフ、可愛いねえ。必死になって我慢してるじゃないか」

菊之助がもはや自分の意志ではどうしようもない状態にまで追いこまれているのに、そのような狂態だけは断じて示すものかとばかり激しく前髪を慄わせて耐え抜こうとしているのがお銀には、いじらしく思われ、甘く胸の内が疼くのである。

「へへへ、先走りの涎なんぞ出しやがって。もうすぐおっ始めやがるぜ。用意しておくんなさい。お銀姐さん」

熊造が激しく揉み上げながら声をかけると、あいよ、とお銀は酒の席から小鉢を拾い上げた。

「さ、この中にしたたらせるんだよ。いっぱい出してさ、もう菊之助も立派な男だって事をお姉様に見せてやろうじゃないか」

お銀が含み笑いしながらそういい、身をかがませると、菊之助は真っ赤に上気した顔をひきつらせ麻縄できびしく縛り上げられた上半身を力なく、くなくな左右によじらせた。

どうだ、さ、どうだ、と、熊造はまた嵩にかかったように荒々しくしごき出し、菊之助は遂に耐えようのない限界にまで追いつめられる。

「うっ」

下腹部がジーンと痺れ、被虐性の甘い悩ましさを伴った快感が腰骨を突き破るようにズキン、ズキンとこみ上げて来たのだ。

熊造や伝助、その他、卑劣な博徒や雲助の凝視している前で、生恥を更にさらけ出さねばならぬ恐怖と屈辱――菊之助は汚辱の布切を再び、キリキリ噛みしめながら、最後の気力を振り絞るようにして耐え抜こうとしたが、もう我慢がならなかった。

（姉上っ、お許し下さいっ）

「ううっ」

耐え切れず、遂に我慢の堰は崩潰《ほうかい》した。歯と歯の間に喰いこんだ汚辱の布を激しく嚙みしめながら、むせ返るようなうめきを菊之助は洩らし、しっかりとつかんでいる熊造の両手の中へ汚辱の熱いしたたりを噴き上げるのだった。

「ああっ」

「あ、やりやがった」

とたんに熊造はあわて気味に手を離し、お銀の手にある小鉢をひったくるようにすると、ほとばしりの先にぴたりとあてがうのだ。

「馬鹿野郎、この小鉢の中へ吐き出すんだ」

菊之助が噴出させたとたん、お銀も熊造と一緒に狼狽気味に忙しく動きながら、小鉢の中へ一滴たりともあまさず絞り出させようとするのである。

「とうとうやってくれたわね。女のように可愛い顔していても、やっぱり男の子だねえ」

お銀は情感のこみ上げた潤んだ眼差で、さも頼もしげに見つめながら絞り尽すように優しく揉み上げている。

それじゃまるで、牛の乳絞りをしているみたいだ、と、酒を飲む博徒や雲助は大声で嘲笑し、いっせいにはやし立てている。

お銀にゆるやかに揉みほぐされながら糸を引くように最後の一滴まで小鉢の中へしたたらせた菊之助は息も絶え絶えに疲れ切ったように、がっくりと前髪を前に垂れさせた。

と同時に今まで鉄火のような屹立を見せていた肉塊は嘘のように萎縮していく。

「おい、若造、見な。よっぽど気分がいいと見えて、手前こんなに洩らしたんだぜ」

熊造はうなだれている菊之助の乱れた前髪に手をかけ、ぐっと正面に顔を起こさせた。

さも無念そうに固く眼を閉じ合わせている菊之助の上気した横顔を、熊造は小気味よさそうに見つめながら、さ、見ろ、と手にした小鉢を菊之助の気品のある鼻筋に近づける。

耳たぶまで真っ赤に染めて、必死にそれから眼をそらせる菊之助の女よりも女っぽい羞じらいぶりに胸を疼かせながらうっとり見惚れていたお銀は、

「熊造さん、そんなにしつこくいじめるんじゃないよ。可哀そうに猿ぐつわの中でシクシク泣いているじゃないか」

と、熊造の手から小鉢を取り上げるのだ。

しかし、ふと自分もその中に眼を向けて、ますます胸が緊めつけられるのか、頬まで染めたお銀は、ねえ、と甘ったるい声を出し、緊縛された菊之助のしなやかな肩先を横から抱きしめるようにする。

「私しゃ、年甲斐もなく、お前に惚れちまいそうだよ。ああ、こんな思いは久しぶりさ」

火照った菊之助の頬に赤く染まった頬をすり寄せているお銀を眼にすると、三五郎一家の乾分達はゲラゲラ笑い出す。

「いいんですかい。お銀姐さん。そんな所をうちの親分に見つかると、叱られますぜ」

いいじゃねえか、と、武造が茶碗酒を一息に飲み乾していった。

「明日になりゃ、重四郎先生の試し斬りですっぽり根元から切り落とされ、松茸の焼酎漬けになるんだ。今夜一晩ぐらい、お銀姐さんの玩具にさせたっていいだろ」

いいか、若造、と、武造は打ちひしがれている菊之助を痛快そうに見ていった。

「もうしばらく休んだら、今度は女達の手で当てずりしてもらうんだ。若えんだから、あと一度や二度しごかれたって平気だろ。今みてえに元気よく噴き出させて見せるんだぜ」

グウの音も出ねえ位に今夜は絞り出させてやるからな、と乾分達ははやし立てるのだ。

「さて、今度は少し、姉上どのの方の御様子をのぞきに行くか」

熊造は伝助をうながし、菊之助のしたたりを受けた小鉢を持って立ち上がる。

「じゃ、姉上にこいつを見せ、おめえが一人前の男である事を報告してやるからな」

熊造が楽しそうにいうと、菊之助は猿ぐつわされた顔を上げ、何ともいえぬ悲痛な表情を熊造に見せた。その哀しげな眼にはねっとり涙が滲んでいる。

「ううっ、ううう――」

急にお銀とお紋が再び菊之助に汚辱の思いを味わわせるべく、腰をかがませ、鞭のように固く緊まった両腿を撫でさすりながら、股間のそれをまさぐり始めると菊之助は激しい狼狽を示し、猿ぐつわの中で悲鳴ともうめきともつかぬ声を洩らした。

「大丈夫さ。若いんだから。しばらくこうしていりゃすぐに元通りになるさ」

お銀は萎えた菊之助の肉塊をつかんで媚を含んだいい方をしながら優しさをこめてゆるやかにしごき出している。

「もうここまで恥をさらしちまったんだから、も一度、恥を忍んでしたたらせ、仇討ちの事なんぞ綺麗さっぱり忘れちまいな」

十七歳とはいえ、一刀流の女剣士、戸山浪路の実弟だけあって、剣を持たせれば美しい顔立ちに似ず、なかなかの使い手で油断はならない。だから、こうして徹底して男の精気を絞りとり、腰くだけにさせるのだとお銀は淫猥な笑いを口元に浮かばせながら理屈をこねているのだ。

さも苦しげに汗ばんだ額をしかめ、極端なまでの嫌悪の表情を見せる菊之助だったが、それとは無関係にお銀のいう通り菊之助の肉塊は女の手の中で元通りの屹立を示していくのである。

「ハハハ、もうその気になっているじゃないか。じゃ、今度はお姐さんの方にたっぷり楽しませてもらうんだぜ」

熊造は猿ぐつわの中で苦しげに喘ぎ出した菊之助の紅潮した頬を指ではじき、道場から出て行くのだった。

第十章　初めての悦び

肉の修羅場

一方、道場の控えの間の方では戸板の上の浪路に対する淫虐責めが最高潮に達していた。

戸板の上にその上背のある優美でなよやかな裸身を人の字型に縛りつけられている浪路は乳色に輝く全身に脂汗を滲ませて激しく喘ぎ、それをぎっしりと取り囲んでのぞきこむ浪人達の間からは熱気を帯びた溜息と興奮の吐息が渦巻き登ってくるのだった。

定次郎と重四郎の指先で一枚一枚剝がされ、今は羞じらいを示すゆとりもなく、美麗な生肉を浅ましい位に露呈させつつ、怪しげな油を奥深くまで塗りこめられた浪路は進退窮まったような身悶えと共に嗚咽の声を洩らし続けているのだった。

「どうだ。少しは痒くなって参ったかな、浪路どの」

「ああ、もう、もう、もう、許して下さいましっ」

左右に割り裂かれた優美な二肢を切なげによじらせ、得もいえぬ妖しい官能味を持った両腿をくねらせつつ、浪路は荒々しい喘ぎをくり返すようになったのだ。

「どうだ、痒いか」

「痒いっ、ああ、痒いっ」

浪路は美しい富士額をぎゅうとしかめ、白い歯を見せて苦しげに身をよじらせる。

奥深くまで塗りこめられた責め油はますますその効力を発揮し、ズキンズキンと腰骨までが突き上げられるような痒みに浪路は襲われる事となった。同時に魂までが溶かされるような妖しい快美感がそれに伴い、浪路は自分が一体、どうなっているかわけがわからなくなっていく。

「よし、琳の玉をつめろ、健作」

重四郎はふと一息入れて、肉の手管師である健作に声をかけた。

「私にも手伝わせて下さるんですか。こいつはかたじけのうござんすね」

今まで煙管を横に咥えながら侍達のする事をニヤニヤ見つめていた健作はポンと煙管を煙草盆に置いて腰を浮かせた。

「それじゃ、奥様。気が乗った所でこいつを深く含んで頂きましょう」

健作は取り出した二つの怪しげな玉を掌の上に転がしながら狂おしく身悶えをくり返している浪路にまといついていく。

「ああ、こ、これ以上、浪路をどうしようというのです。ああ、みじめです」

浪路は完全に取り乱して、健作の手で浮き立つ柔らかい繊毛が撫で上げられ、それを呑まされようとすると綺麗な頬をひきつらせながら力なく左右に首を振った。

「ちょっと面白い細工をさせて頂くだけですよ。ま、こっちへ任せて頂きましょう」

この道の玄人であるという健作はニコリともせず、生真面目な顔つきでそういうと、浪路のその真綿を積み重ねたような柔肌にゆっくりと呑ませていくのだった。


まるで魚屋が魚の腹を手際よく処理するような手馴れたあざやかさで、たちまち二つの玉を含ませた健作はふと重四郎の方を見て、

「一度はこういう気位の高い武家女をこんな目に遭わせてやりたいと思っておりましたよ。こんなに早く機会がめぐってくるとは――」

皆様のおかげです、などといい、汚辱の極に投げこまれて、ひと際激しい啼泣を洩らし始めた浪路を表情も変えずに見つめるのである。

「ああ、浪路は気が狂いそうでございますっ」

と、熱く熟した体に冷たい銀玉を含められた浪路は切なく搔き立てられるような狂おしい情感が一層つのり、見栄も羞じらいもなくしたように悲鳴に似た声をはり上げるのだった。

痛烈な痒みとも、快感ともつかぬものが一緒になってカッカッと燃え上がり、浪路の頭の芯もジーンと痺れ切る。

そして、腰枕を当てられて露わに浮き出させている浪路は甘美な肉体を生々しく開花させ、すでにくねくねと軟体の生物のような毒っぽい収縮さえ示しているではないか。

これが、道場の門弟達が、一せいに襲いかかっても太刀打ち出来なかった女剣客、戸山浪路のなれの果ての姿か、と重四郎は信じられない気持ちになり、浪路ののたうちを凝視しているのだった。

なれの果て、とはいえ、これほど、悲惨なばかりに淫猥な女の姿があるだろうか。

「どうすればいいのとおっしゃいましてもね、奥様。その痒みとじれったさを解いてもらうにゃ、先生方にこんなものを使って揉みほぐしてもらうより他に、方法はないじゃありませんか」

健作は太巻きの筒具を持ち出して浪路の上気した優雅な頰をくすぐった。先ほど、重四郎に使われようとして浪路が激しく嫌悪し、拒否を示したずいき巻きの張形であった。

「もうこうなりゃ嫌でもこいつを先生方に使ってもらうより仕方がない。ね、そうでしょう。戸山家の若奥様」

と、いい、健作は初めてニヤリと顔の筋肉をくずした。

「ところが今度、こいつを使われりゃ、こんな羞ずかしい音を皆様の耳に聞かせる事になる」

健作はついと戸板の浪路につめ寄って、そっと指先を含めていく。

あっと浪路は健作の指先を感じたとたん、悲鳴を上げた。たちまち浪路は火でえぐられるような鋭い快美感をジーンと感じたが、とたんに狂気したように首を振り、

「嫌ですっ、ああ、嫌っ」

と、昂ぶった声をはり上げる。

怪しげな油を塗りつけられて濡れた海綿のように熟し切っている浪路は、健作の小刻みの愛撫によって羞ずかしい音を響かせ出したのだ。戸板の周囲を埋める浪人達は笑いこけ、浪路は我が身のあまりの浅ましさに声を上げて泣き、

「ああ、もうおやめ下さいっ。お、お願いですっ」

と、甲高い声で許しを求めるのである。

健作は浪路の悲鳴と同時に責めを中止した。

「こういうわけでございますよ。いかがです。太巻きを使われりゃもっと派手に響かせなきゃならないわけですぜ」

「嫌でございますっ、こ、これ以上、生恥をかかせないで下さいまし」

「今さら、生恥も赤恥もないではないか、浪路どの」

と、重四郎は冷淡に笑っていった。

「拙者だけではなく、当道場の門弟を女だてらに打ち据え、我々に大恥をかかせた罪の報いだ。一つ、詫びを入れる意味で悩ましい肉ずれの音を聞かせて頂こう」

と、重四郎はいい、つづけて、

「まだ痒さが足りぬと申されるなら、太巻きを用いる気になるまで、幾度でも油をお塗り致そう。おい、定次郎。かまわん、浪路どのがその気になるまですり鉢の中のものをたっぷりお塗りしろ」

「ああ、もう、浪路には耐える力がございませぬ。お、お許しをっ」

「つべこべ申されるな。これ以上、塗られるのが嫌ならご自分の口から張形責めを所望される事だな」

定次郎は口元を歪めてそういい、すり鉢の中味をたっぷり指先に掬いとると、浪路の下腹部ににじり寄る。

「さ、始めるぞ、浪路どの」

「あっ、あああっ」

腰から背筋にかけての骨が痺れ切るばかりの激烈な痒み、それをキリキリと耐え続け、全身汗まみれになっている浪路に更におぞましい油が塗りこめられるのだった。

「ああ、もう耐え切れませぬ。許してっ、許して下さいましっ」

「では、我等に詫びを入れるというのだな」

「――は、はい」

「自分の口ではっきりと張形責めをねだって見せるというのだな」

自分の意志をすっかり喪失してしまった浪路は哀しげに眼を閉ざしたままで小さくうなずいて見せるのだった。

重四郎は満足げにうなずいて戸板の周囲を埋めている門弟達の顔を得意そうに見廻した。

こうまで浪路が屈伏を示すとは思いもしなかった事で、その原因は何といってもカラス婆の製造した姫泣き油の効力だろう。まさしく、それは強烈な麻薬の役目を果している。浪路はそれに酔い痺れて完全に自分を失っている。

この機を逃さず、重四郎は浪路を汚辱のどん底に突き落とし、この気性の激しい美貌の女剣客も一皮むけばこうなるものだと落花無残のみじめさを徹底して味わわせ、門弟達の眼にさらさせようとしているのだ。


熊造と伝助がそこへ外からひょっこり戻ってきた。

「よい所へ戻って来たな、熊造。これから浪路に詫びを入れさせる所だ」

貴様達にも浪路の口から詫びを入れさせてやる、と重四郎は片頬に薄笑いを滲ませていった。

眼をパチパチさせている熊造と伝助に、

「何をぼんやりしておる。早くこっちへ来て坐れ」

と、定次郎も笑いながら声をかけ、次に戸板の上へ緊縛された裸身を仰臥させている浪路のそばへ再びにじり寄る。

「よいな、浪路どの。その詫びの口上は拙者が教えて進ぜよう。教えられた通りの事をはっきり口に出して頂こう」

定次郎は気が狂うばかりの痒さと戦っている浪路の耳元にニヤニヤしながら口を近づけた。

浪路にあるのは肉体を切り刻むような痒さとそれに伴う失われた意志だけであった。

「さ、詫びて頂こうか、浪路どの」

定次郎が激しく喘ぎ続ける浪路の火照った頰を軽く指で突くと、浪路はわなわな唇を慄わせながら、かすれた声音でいった。

「女の身でありながら、わきまえもなく、道場荒らしの暴挙に出ましたる段、真に申し訳なく存じます。御門弟衆をまた、女だてらに木剣にて打ち据えましたる事、重ねて心よりお詫び申し上げげます――」

どうした、さ、次を続けて頂こう、と定次郎がつめ寄るようにして声をかけると、浪路は固く閉ざした眼尻より熱い涙をしたたらせながら、

「――口でいくら詫びようと、御門弟衆のお怒りを解く事はかないませぬ。そ、それ故、浪路はこれより皆様方の手で張形責めの羞ずかしめを甘んじて受け――」

――一刀流を習得したとはいえ、浪路は女である事の証拠を皆様にお見せ致したく、どうか、それを酒の肴の余興にとおぼし召し下さいまし――浪路が嗚咽に声を慄わせながらやっとそこまで口に出していうと、戸板を取り囲んでいる浪人達は手をたたいて笑いあった。

「それは殊勝な心掛けでござるな」

鎖鎌の村上進三郎は顔中皺だらけにくずして喜んでいる。

「となると、やはり、浪路どのを責める相手は熊造と伝助がふさわしいようだな、そうは思わぬか、定次郎」

と、重四郎が痛快そうにいったが、熊造、伝助の言葉が耳に入ったとたん、自分の意志を喪失していた浪路が、ぞっとおびえたように眉根をしかめ、赤らんだ頬を横へねじるのだった。

「熊造と伝助はこの道にかけては健作同様、玄人でござるからな。この両名の扱いを受ければ浪路どのも大して苦労なしに悩ましい音が奏でられようというものだ」

健作よりこれから開始されようとしている責めの要領を聞かされた熊造はえびす顔になってうなずき、健作の手より太巻きの筒具を受け取った。

「へへへ、こっちへ任せて頂きましょうか。戸山家の若奥様。俺と伝助が腕によりをかけて、悩ましいせせらぎの音と一緒にそのたまらねえ痒みを解きほぐして差し上げますよ」

よ、伝助、手前、さっきみてえに奥様のおっぱいを優しくおもみしな。いい音をたてさすにはうんと気分を出してもらわにゃならねえ、と、熊造が声をかけると、よしきた、と伝助は腕まくりして配置につくのである。つづいて熊造がいそいそとして浪路の下腹部に近づき、でんとあぐらを組むと、浪路は緊縛された柔媚な裸身をよじらせ、声をひそめて泣き出した。

「いかがなされた、浪路どの。親の仇の手にかかって羞ずかしい肉ずれの音をたてるのはたまらなく辛いと申されるのか」

重四郎はシクシクと泣きじゃくる浪路の乱れ髪をもつらせた火照った頬に狡猾《こうかつ》な眼を向けながらいった。

「あ、あまりにもみじめ過ぎまする。ああ、舌を嚙んで死ぬ事の出来ぬこの身が恨めしい」

「ハハハ、幾度も申す通り、舌など噛んでもらっては困るぞ。そんな事をされれば菊之助のあそこをすぐに拙者は斬らねばならぬ事になる。菊之助がくたばれば大鳥家の再興はおぼつかない。この点、よく分別された方がよいぞ、浪路どの」

熊造は舌なめずりして浪路の麻縄に緊め上げられた両乳房を包みこむように両手で握りしめ、上下へゆるやかに揉み始める。黐のように粘っこく、熟れた白桃のように柔らかい浪路の美しい乳房は伝助の掌で溶かされるように甘く揉み上げられるのだ。

頃を見計らって、熊造はぴったりと浪路にまといつき、しばらく指先だけを使って愛撫したが、すると、あたかもその行為を待ち受けていたかの如く、熱く熟した肉体は更に甘く溶け崩れておびただしい反応を示してくる。

激烈な痒みがわずかずつ溶かされていく甘く切ない快美感に浪路は唇をかすかに開きながら熱っぽい喘ぎをくり返すようになり、一瞬、見せた熊造と伝助に対する心の抵抗も肉の痺れと一緒に溶け流れていくのだった。

（ああ、じれったい、もっと強く）

そんなせっぱつまった気分になった浪路は熊造のわざとじらすようなゆるやかな愛撫をもどかしがり、何かせがむように開股に縛りつけられた二肢と腰部を我を忘れてよじらせたりし、そんな自分の浅ましさにハッと気づいて真っ赤に頬を染めたりしている。

「それでは浪路様。こいつを咥えて頂きましょうか」

遂に浪路は熊造の手で太巻きの筒具を押し当てられる。そのいたぶりに対し、当然、生じる反発や抵抗も、全身を火柱のように燃え立たせてしまった浪路にはもはや微塵も生じなかった。

「へへへ、こんなに素直に受け入れて下さるとは――嬉しいね、全く」

熊造は浪路が荒々しい喘ぎと一緒に蠱惑の花を開かせて受け入れていくのを見ると、官能の芯がジーンと疼き出し、眼を血走らせた。

「そう、そう、その調子だ。こうなりゃ、遠慮はいらねえ。うんとしっかり呑みこむんだ。そしてもう仇討ちの事なんかすっかり忘れてしまおうじゃありませんか、え、戸山家の若奥様」

浪路は息の根も止まるような鋭い快美感を知覚して、あっと獣のようなうめきを洩らした。

「よいか、浪路どの。熊造の申す通り、もう仇討ちの事など忘れ、楽しむだけ楽しまねば損だと心得るべきだな」

重四郎はここぞとばかり、情感に溶けただれた浪路に対し、声をかけている。

伝助に甘く乳房を愛撫され、熊造に巧妙な筒具責めを受けている浪路は薄紙を慄わせるような甘美な啼泣の声を洩らしながら、すでに熊造や健作達が名器と賞讃した一旦吸いつけば離れぬという女の機能を発揮しているのだ。

浪路は遂にむせび泣くような羞恥の楽を奏し始める。

息をつめて戸板の上を凝視していた浪人達はそれを耳にすると、一瞬、顔を見合わせ、次にどっと哄笑した。

「これ、これ、浪路どの。剣術御指南番、戸山主膳の妻女ともあろうものが、そのようなはしたない響をたてるものではござらぬ」

いかに浪人達に嘲笑され、揶揄されても浪路はもはや、どうにもする術はなかった。ひきつったような啼泣と一緒に笑いこける浪人達へ濃厚な山百合《やまゆり》の匂いにも似た甘い女の体臭をまき散らし、堰を切ったように豊かな反応をしたたらせている。

身を切り刻まれるような痒みは熊造の責めによって解きほぐす事ができたが、かわって肉芯が焼き尽されるような官能の痺れは倍加し、浪路は自分がもう悦楽の極限にまで追いつめられている事に気づいた。

熊造に掻き鳴らされている肉体の響は自分の耳にも貫通し、そのため一層、官能の芯は燃焼し始めて、全身の肉はメラメラ燃え上がっていく。

熊造にいたぶられ、淫情の極限を思い知らされる恐怖が冷たい汗となって浪路の額からタラタラ流れ落ちた。浪路の狼狽を見透かしたのか、責め具を巧妙に操作している熊造が片頬をくずしながら声をかけた。

「何も遠慮する事はねえよ。俺のこうした手管で気をやって下さりゃこっちにとってこれほど、嬉しい事はねえ。俺は浪路様と仇討ちの事は水に流して、仲よしになりてえのですよ」

そして、熊造は一気に浪路を追い上げるべく、責め具の操作を次第に激しいものにした。

浪路の全身はカッと熱くなった。抜き差しならぬ状態に追い上げられた浪路は唇を血の出るほど、固く嚙みしめ、観念の眼を閉じ合わせるのだった。

(菊之助、こ、このように姉はみじめな女になりました。許して、許して)

浪路は熊造達や卑劣な浪人達の眼前で、女にとって死ぬより辛い狂態をさらさねばならぬ自分を胸の中で詫び、閉じ合わせた眼尻から熱い涙をとめどなくしたたらせたが、すると、浪路の溶けるような柔らかい乳房に接吻していた伝助が、まるで、浪路の胸の内を見すかしたかのようにいった。

「菊之助に気兼ねする事はねえぜ。奴だって、さっき、熊造に当てがきされて、こってり楽しみやがったんだからね」

そら、これが何よりの証拠だ、と伝助は戸板のそばに置いた小鉢を引き寄せる。

狂乱の中にあって、浪路の表情は一変した。

小鉢の中のものが何であるかに気づいた浪路はあっと狼狽して視線をそらせ、

「菊之助っ、ああ、菊之助っ」

と熱病に冒されたように声をひきつらせて口走るのだった。

「何を血迷ってわめいているんだよ。菊之助もこのように俺達を可愛がってやったといってるんだ。命には別状ねえから心配すんねえ」

ふと手を止めた熊造はせせら笑いながらいい、

「だから浪路さまも菊之助に気兼ねせず、俺達に可愛がられりゃいいといっているのだ。ハハハ、明日になりゃ、赤貝の焼酎漬けにされるんだぜ。せめて、今日一日は菊之助みてえにいい思いをさせてやるからな」

さ、続けるぜ、と、熊造は腰を据え直して、操作を急調子なものにし、浪路に汚辱のとどめを刺そうとするのだった。

柔肌狂乱

浪路は熱い炎で官能の芯が焼かれるばかりの快美感と名状の出来ぬ恐怖を同時に感じとり、人の字型に縛りつけられた裸身を狂おしくうねり舞わせつつ、咆哮に似たうめきを上げた。

「しかし、どうです、重四郎先生。俺も随分と女に手をかけて来ましたが、こんな見事な道具立てを持った女は初めてですよ」

この女がもし、女郎にでもなれば抱えた女郎屋は連日、大入り満員、大繁昌、間違いなしってところですね、と、熊造は筒具を動かせる手は休まず、重四郎の方を楽しそうに見ていった。

浪路は時がたつにつれてその強い収縮力を発揮し始めている。まるで黐のように、からみつけば離さぬという粘っこさを示し始めているのだ。その度、その部分から悩ましい啼泣も洩れ流れて、それに一層の羞恥と狼狽を示し、浪路は羞ずかしい響を打ち消そうとするかのように激しく悶え、悲鳴に似たすすり泣きの声を洩らすのだ。

「全く、これこそ名器というものだ。な、定次郎、おぬしもそうは思わぬか」

重四郎はギラギラ光る眼を定次郎に向けてうめくようにいった。

それにしても女ながらも一刀流の達人である浪路が何百人、いや何千人に一人ともいう女の武器を持っていたとは——重四郎も定次郎も信じられない気持ちになっている。

熊造の巧みな操作で二つの玉が女の内部でこすり合い、小さな鈴が触れ合うような哀しげな音色を響かせると、重四郎の胸は切ない位に疼き出し、酔い痺れた気分になるのだった。

そこまでいたぶり抜かれるのは由緒正しい家柄の妻女、しかも、一刀流の女剣士である戸山浪路であり、そこまでいたぶり抜いているのは浪路にとっては憎さも増し、父の仇である熊造と伝助——そう思うと重四郎の嗜虐の情念は異常に昂ぶるのだった。

「仇を討ちに来た武家女をこのような方法で返り討ちにするとは、古今にそう例はあるまい」

重四郎は得意げな顔をして戸板のそばにつめ寄る門弟達にいった。

父の仇である熊造の手管で言語に絶する屈辱感と、魂までが溶かされるような快美感を同時に味わわされる苦悩——その被虐感が官能の火照りを更に白熱化させる事になるとは。

浪路が快楽の頂上を極めるのもあとわずかだと覚った伝助は熊造の操作に呼応するよう一層の巧妙さを発揮して浪路の熟れ切った美しい乳房を両手で揉みしごいた。

「あっ、あああっ」

浪路は、被虐性の狂おしい情感が一層迫り、絹を裂くような悲鳴を上げた。

自分は今、この世で一番憎い男達の手で羞ずかしめを受けている、という痛烈な汚辱感と共に、生まれて初めて肉の悦びといったものを思い知らされた感じになる。このような灼熱の感覚といったものがこの世にあったのかと浪路は乱れた神経の中で夢うつつに思うのだった。

ああ、自分はこのままいけばどうなってしまうのか、いい知れぬ恐怖ともうどうともなるがいいといった捨鉢な気分とが交錯する。もはや、自分の肉体をどう処理する事も出来ないのだ。自分にとっては憎悪の権化といえる熊造と伝助の手管に煽られつつ、灼熱の未知の渦の中へひきずりこまれていく自分を浪路はぼんやりと意識する。

浪路が極限の状態に追いこまれそうになったのを知覚すると、熊造はほくそ笑み、次第に動きを速め出した。

浪路の啼泣はもうすっかり自分を失って荒々しいものになる。同時に浪路の快楽源は熱気を更にましていく。押せば喰い緊め、引こうとすればそうはさせじとばかりに水中の藻のようにからみつくのだ。それはもう浪路から離れた別の生物であるかのような錯覚さえ生じてくる。

「浪路どの。あなたに残された武器はもうそれしかないのだ。それを使って仇の熊造と戦うより他に方法はないと心得られよ。そう、そう、そのようにしっかりとまきつかせ、相手の武器を打ち砕くばかりに緊め上げて御覧じろ」

　定次郎は手をたたいて笑いこける。

　先ほどは後手に縛り上げたままの素っ裸で道場に追い立て、熊造達に木刀で打ちかからせたが、それでも浪路は巧みに体をひねって熊造の木刀をそらせ、足を使って二人を打ち倒した。

しかし、どうやら今度はそういうわけには参らぬようだな。と、定次郎は熊造の巧みな攻撃に崩潰寸前にまで五体を溶けさせ、女っぽい啼泣と一緒におびただしく樹液をしたたらせる浪路を小気味よさそうに見つめながらいった。

「どうやら今度という今度は熊造側に軍配が上がりそうだ」

　重四郎はニヤリとし、荒々しく息づき、熱っぽく喘ぎつづける浪路の真っ赤に上気した頬を頼もしげに見つめるのだった。

「ああっ、もう、もう――」

　浪路は遂に極限の状態に追いこまれたのか、むせ返るような甘いうめきを洩らした。

「どうなされた、浪路どの。ハハハ、我慢の堰ももはやこれまでと見えるな。何も遠慮する事はない。この場で気をやって見せるのだ」

　熊造と伝助の前で浪路が快楽の頂上を極め、狂態を示す事になるのだと思うと、重四郎は息づまるほどの嗜虐の悦びを感じるのである。遂に気丈な浪路が仇とつけ狙った熊造と伝助の手管に破れて屈服を示す事になると思うと、これまでの溜飲が一気に下がったような気になる。

「しかし、さぞ辛い事でござろうな。不倶戴天の仇である熊造と伝助の手にかかり、この場で観音開きの大往生を遂げなければならぬとは」

わざとそんな意地の悪い揶揄を重四郎が浴びせると、浪路は狂ったように元結の切れた黒髪を揺さぶりながら号泣するのだ。

「さ、戸山の若奥様。もうこうなりゃ羞ずかしがる事はねえでしょう。俺達は奥様に剣の道より色の道の方がどれほど楽しいかという事をお教えしているんですからね。こってりと気をやって仇討ちの事なんか一切、忘れてしまおうじゃありませんか」

そんな事を熱い息使いと一緒に耳もとへ伝助は吹きこんでくるのだが、それを払いのける気力も浪路にはなかった。自由自在に二人の男にあやつられるままとなり、全身からは力が抜け始め、ふと濡れた長い睫毛を開くと浪路はねっとり情感の迫った潤んだ瞳で空虚に宙の一点を見つめ出すのである。

そして、その部分から稲妻のような強烈な快美感が突き上がり、ジーンと背骨の方にまで響き渡ると、浪路は美しい眉根をギューとしかめて大きく汗ばんだうなじをのけぞらせた。

「ううっ」

と、絶息するようなうめきを上げ、

（ああ、菊之助っ、許してっ）

と次に心の中で血を吐くように浪路は菊之助の名を呼ぶのだった。

再び、のっぴきのならない火のような感覚が腰骨から頭の芯にまで貫通し、浪路は、あっとつんざくような、悲鳴のような声を上げた。

全身が痺れ切り、背中に冷たい汗が走って浪路の眼は眩《くら》んだ。下腹部がカッと熱くなり、開股に縛りつけられている両腿の筋肉は断末魔の痙攣を示す。

と同時に浪路のその部分は無意識のうちに異様な収縮を示して息の根も止まるばかりの強さでぐっと緊めつけたのだ。

「ああ、あうっ」

絶息するような生々しいうめきを上げ、浪路は遂に悦楽の絶頂に到達する。

それは、浪路にとって生まれて初めて味わう強烈な肉の痺れる悦びであった。

浪路が稲妻に打たれたように緊縛された全身をのけぞらせ、脂汗にねっとり濡れたうなじを大きく浮き立たせながら瘧にでもかかったように全身を痙攣させると、今まで息をつめて浪路の狂態を凝視していた浪人達はその極限の緊迫感に思わず生唾を呑みこみ、魂まで溶けそうになる気分に浸り切る。

「へへへ、随分と手数をかけやがったが、とうとう極楽往生を遂げやがったぜ」

ようやく責め具の攻撃を止めた熊造《や》は、急にがっくりと上気した熱っぽい頬を横に伏せさせた浪路を見て、勝ち誇ったようにいった。同時にようやく我に返った浪人達はどっと声を揃えて哄笑する。

「ハハハ、浪路どの、勝負は熊造達の勝ちだ。そちらも異存はあるまい。もはやぐうの音も出ぬ有様ではないか」

重四郎のいう通り、浪路は声を出す気力もないほど、がっくりと打ちひしがれている。

ただ、いまだに筒具は陰密な奥深い悦楽の余韻を浪人達の哄笑と嘲笑の中で伝えているのだった。と同時に快楽源を突き破られた浪路は最奥の堰も切ったようなおびただしいしたたりを責め具に伝えてくる。

それに気づいた重四郎はまた揶揄して、

「さすがに一刀流を使う女剣客だ。往生際もなかなか派手でござるな」

すると、定次郎も笑いこけながら調子を合わせ、

「熊造の激しく押して出る矛先を、最後に、おのれ、父の仇とばかりに緊め上げ、せめて一矢報いんものとおびただしいしたたりを浴びせかけてくる。気性の強い浪路どのでなくては出来ぬ芸当だ」

などというと、熊造も伝助も健作も共に大声で笑いこけた。

しかし、浪路はいかに揶揄され、嘲笑されても、狼狽を示す気力とてなかった。元結の切れ

た乱れに乱れた黒髪を汗に濡れた頬にべったりともつれつかせながら固く眼を閉じ、悦楽の余韻の切なげな喘ぎをくり返している。それにしても今のこの世のものとは思えぬ痛烈な肉の疼きは何だろう。今の一瞬、自分には物の怪《け》がとりついたのではないだろうか――。

何という忌わしい女――と、浪路は両手両足を縛りつけられた不可抗力の状態とはいえ、憎い、うらめしい熊造と伝助の両人にいたぶられて心とはうらはらに肉体を妖しく燃焼させた事は事実であり、自分のあまりの浅ましさに声をあげて泣きじゃくるのだった。

自分が女である事の哀しさ、口惜しさを思い知った気分になったのである。

「少しは女っぽくなってきたようだな。よ、どうしたい。俺を仇討ち呼ばわりして追い廻した威勢のよさはどこへ消えちまったんだよ」

熊造は浪路の火のように熱気を帯びた肉体が次第に弛緩してきたのを認めて筒具をゆっくり引き揚げながらいった。

「おい、おい、熊造。そう意地の悪い言葉を吐くな。憎みても余りある仇の貴様に嬲り抜かれ、遂に気をおやり遊ばした浪路どのの気持ちになってみろ。いたわりや慰めの言葉を少し位吐いてはどうだ」

定次郎は茶碗酒を口に運びながら楽しそうに熊造の顔を見ていった。

「へへへ、なるほど、そうでしたね」

熊造は卑屈な笑い方をして、部屋の片隅で酒を飲んでいるカラス婆のお松に声をかけ、チリ

紙の束を受け取ると、

「それじゃ、戸山の若奥様。俺達があとを優しく綺麗にお掃除してあげますからね」

と、戸板の上の浪路に含み笑いしながらいった。

「おい、伝助、手前も手伝いな」

熊造と伝助は浪路の優美な二肢を割り開いた下腹部に左右からぴったりと身を寄せつける。

「一度、綺麗にお掃除をしてからこの柔らけえ茂みでもお剃りしようじゃありませんか。どうです、浪路さま」

伝助は舌なめずりをしていい、念入りに薄紙で拭い始めるのだった。

ああ、と浪路は美しい眉根をさも辛そうにしかめ、真っ赤に上気した頬を横へそむけている。

情念の極限を知覚した肉体はまだ悦楽の残り火をくすぶらせているのだが、その余韻を熊造達に拭われるという羞恥と汚辱感は筒具責めに合わされることよりも耐えられないものだった。

「どうです、俺達のこんな優しさがしみじみ胸にこたえるでしょう、戸山の奥様。俺達を仇として追い廻した事が後悔されやしませんか」

それにしても、随分と派手に潮をお吹きになったものだ。武家女の方が色好みに出来ているんでしょうかね、などと伝助は薄笑いを口元に浮かばせていった。

「無理もねえよ。亭主の戸山主膳は稽古で背骨に怪我し、女を悦ばせる事の出来ねえ身体になっちまったんだから」

だから女盛りの身体の火照りをおさえるため、浪路様は女だてらに剣の修業に励まれたってわけよ、と、熊造は淫猥な笑いを頬に浮かべていった。

「今までおさえていた肉の疼きがたった今、一気にほとばしり出たってわけだ。張形責めであったにせよ、気をやるなんて事は浪路様にとっちゃ初めての経験じゃねえかな。そいつを身体に教えてくれたのが因果な事に憎さも憎し、親の仇というわけだ」

熊造がそういうと重四郎は痛快そうにうなずいて見せるのだった。

「熊造の申す通りではござらぬかな、浪路どの。もうここに至っては熊造達を仇として狙うのも奇妙な話だ。仇討ちの事など綺麗さっぱりと水に流し、熊造達に甘えて更に肉の悦びを教えられた方が得策だと思うが、いかがでござる」

浪路は今はもう無念さも羞じらいも忘れたように、いや、まるでその被虐の陶酔の中に浸り切るかのようにうっとりと柔らかく揃った睫毛を閉じ合わせ、熟した生々しい女体まで熊造と伝助の手で露わにされている。魂までもをこの二人の悪鬼にゆだねてしまったように、身心ともにくたくたに疲れ切った浪路は身動きもせず、されるがままになっているのだ。

「どうだ、熊造。貴様は遂に一刀流の女剣士、戸山浪路を色責めによって返り討ちにしたのだぞ、天にも昇るような心地がするのではないか」

重四郎が冷かすようにいうと熊造はニヤリと笑って顔を上げた。

「へえ、これも先生方のおかげと、麻縄のおかげというもんです」

「ほう、麻縄のおかげとな」

「へえ、縄ってやつは便利なものですよ。こんな具合に浪路をかっちり戸板に縛りつけ、手足の動きを封じたればこそ、こちらは安心して得意の手管を使う事が出来たんですからね」

そうでなきゃ、相手は女ながらも一刀流の達人、こんな具合に琳の玉を含ませて張形責めにかけるなんて真似は出来やしませんよ、肌に手が触れただけではね飛ばされていたに違いない、と熊造は苦笑を見せ、その縄で人の字型に身動きも出来ぬ位にきびしく縛りつけられている浪路の内部をゆっくりとさぐりつつ、奥深くに含ませた二つの玉を抜き取るのだった。

「なるほど、縄とは貴様のいう通り、便利なものだな。剣の名手で気性の激しい浪路どのを張形責めで昇天させるなど、普通なら出来る事ではない」

赤く火照った頬に乱れ髪をもつらせている浪路は容易にやまない余韻の熱っぽい喘ぎをくり返しつつ、真っ赤に火照った顔を無気力にくなくなと揺り動かしている。

これが何日か前のこの道場において、自分を始め、門弟の何人かを、木刀で片っ端から打ち据えた女剣士なのかと信じられない気分になる。

氷のように冷たい美しさは妖艶さに変貌して、元結の切れた長い黒髪を慄わせつつ、今はむせ返すような色っぽさを発散させているではないか。

ともかく――あの時の殺気をはらませた浪路が今は一糸まとわぬ素っ裸に剝がれ、戸板の上にあられもない開股の姿態でかっちりと縛りつけられ、女の羞恥の源を腰枕まで当てられて生々しいばかりにさらけ出すなど、俺は今、夢でも見ているのではないかと重四郎は思うのだ。

しかも、いたぶり抜かれる浪路は事もあろうに父の仇である熊造の巧妙極まる張形責めにあって、悦楽の頂点を極めてしまったのだ。

「へへへ、全く可愛いじゃねえか。花の蕾をこんなに膨らませやがって。こいつはお駒のアマより愛くるしいぜ」

白刃を振り廻しゃ、侍だってかなわねえ一刀流の浪路様もこんなものをヒクヒクさせて嬉し泣きするところを見りゃ、やっぱり女なんだな、と、熊造は骨太の指先でそこをつまみ上げ、浪人達をどっと笑わせている。

あまりの汚辱感に半ば気が遠くなり始め、浪路がひきつった啼泣を洩らすと、茶碗酒を飲み始めた伝助が赤く酔った頬をニヤリとくずし、

「おい、熊造、浪路様はこうおっしゃってるぜ。俺達を討ち取ろうとして追い廻した事は申し訳なかったとよ。そのお詫びの意味でもっと赤恥をさらしたいとおっしゃってんだ。どうだい、茂みを剃って、武家女の桃割れ姿ってやつを拝見しようじゃねえか」

悪くねえな、じゃ、剃刀の支度をしてくれ、と、熊造が調子に乗っていうと、

「まあ、そう何もかも一度に楽しむ事はないぞ、熊造。浪路をいたぶる事の出来た貴様の嬉しさはわかるが、ちと悪のりし過ぎておる」

と、重四郎は笑いながら熊造を制した。

「浪路の茂みを剃るのは明日、焼酎漬けの刑にする時まででよいではないか。それよりもまずここで菊之助に姉のこの哀れな姿をとくと見せてやりたいものだ」

重四郎が片頬を歪めてそういうと、今まで上気した頰を伏せたまま、シクシクと嗚咽していた浪路は急に冷水を浴びせられたように、ハッとして泣き濡れた瞳を開いた。

「嫌っ、嫌でございます。弟に姉のこのような浅ましい姿を見せるなど、ああ、それだけはお許し下さいっ、重四郎様」

浪路は緊縛された上半身と開股に縛りつけられていた優美な二肢を交互に狂ったようによじらせながら泣きわめくのだ。

菊之助をここへ連れて来るという事でそれほどおびえ切り、恐怖のために血の気まで失った浪路を見て、重四郎はその反応の凄《すご》さに驚くのだ。そして、次に嗜虐の冷笑を口元に浮かべる。

「それほどまでに浪路どのがうろたえるのなら殊更《ことさら》面白い。菊之助に姉上のその見事な開けっぷりを見せてやろうではないか」

菊之助をすぐこれへ連れて参れ、と、重四郎は嬉しそうな表情で健作に向かっていった。

「そ、それだけは、ああ、何卒、お許しをっ」

浪路は泣きじゃくりながら乳色の官能味を持つ両腿を激しくうねらせ、悲痛な声をはり上げるのだった。

「ハハハ、そうしていくらでも悶えるがいいぜ。ますます口が開いてそれを見た菊之助は眼を白黒させらあ」

熊造と伝助は一緒に大口を開けて笑い合った。

健作が菊之助をこの場へ引き立てるため、外へ飛び出すと、浪路は絶望的な悲鳴を上げた。


姉のこのようなみじめで浅ましい姿だけは菊之助に見られたくない。自分のこんな姿を眼にした菊之助の狼狽と驚愕《きょうがく》を想像すると浪路は羞ずかしさと情けなさに気が狂いそうになる。まだ十七歳の弟の眼に姉のこんな淫らな姿を目撃されるぐらいなら、まだ野卑な男達の手でいたぶり抜かれる方が耐え切れるとさえ浪路は思うのだ。せめて、両足を左右に広げ切ったこんな卑猥な姿だけは覆い隠したい。

「せ、せめて、両肢にかけたこの縄だけは解いて下さいませ。後生です。重四郎様っ」

と、悲鳴に似た声をはり上げた。

「何をいわれる。その生恥をさらしておられる姉の姿を菊之助の眼にさらさせるのがこちらの狙いなのだ」

重四郎は泣きじゃくる浪路を痛快そうに見下ろしていった。

「これ、これ、そのように激しく悶えるから腰枕が外れてしまったではないか」

重四郎が笑っていうと、熊造と伝助が浪路の双臀の下より横にはみ出た枕をつかみ、元通りに素早く押しこんだ。

「もう菊之助に剣の使い方なんか教えなくていいんだ。今度は女の身体の出来具合ってものを姉上みずからむき出しにして菊之助に教えてやってもらいてえんだよ」

熊造と伝助はニヤニヤ笑って、さ、もっとはっきり赤貝をのぞかせな、などといい、削いだように割り開いた肉づきのいい両腿の付根、むっと浮き立った生暖かい漆黒の繊毛を鳥の羽毛などでさすり上げるようにするのだ。

「こ、このような浅ましい姿をどうしても菊之助の眼にさらさせるというのなら、浪路は、舌を嚙むより仕方がございませぬ」

「馬鹿な事を申されるな。ここまで屈辱を耐えてきて、それが水の泡になっては馬鹿馬鹿しくはないか、浪路どの」

浪路どのが自害すれば不本意ながら拙者達、菊之助を斬らねばならなくなる。幾度も申す事だが菊之助が斬られれば大鳥家は断絶する事になるのだ。

家名を保つために浪路どのは生肌をさらしているようなものと心得られよ、と、重四郎は楽しそうにいうのだった。

浪路がさも無念そうに固く眼を閉じ、唇を強く嚙みしめると、重四郎はそんな浪路に更につめ寄って行き、

「よいか、浪路どの。ここへ菊之助が参れば、浪路どのの口から菊之助を説得し、もはや、仇討ちの事は断念した事を姉弟声を揃えてここで誓うのだ」

嗚咽の声を更に強める浪路に向かって今度は定次郎が愉快そうに声をかけた。

「ここへ鬼ゆり峠の雲助や三五郎一家の身内共も立ち合わせる事にするからな。それらの連中に対しても、女だてらに剣を振り廻した事を心より詫び、酒席の慰みものにしてほしいと御自分の口より申し出て頂こう」

そこまでやってのける事が出来れば武士に二言はない。菊之助の一命だけは必ず助けて進ぜる、と、定次郎と重四郎は声を合わせるようにしていうのである。

「そうだ、菊之助をうまく説得してくれればよく、出来ぬなればこの場において菊之助の玉を座興に斬り落とす事にする。菊之助の命を救うも救えぬもこの場における浪路どのの努力次第という事になる」

重四郎と定次郎は熊造よりも悪のりして、身をよじらせてすすり泣く浪路につめより、菊之助を説得する要領みたいなものを教え始めるのである。

「ああ、そ、そのような事を菊之助に告げよとは——出、出来ませぬ。浪路には、浪路にはとてもそのような真似は出来ませぬ」

定次郎がそっと耳元に口を寄せて何かニヤニヤしてささやきかけると、浪路は耳たぶまで真っ赤に染めて泣きじゃくった。

熊造や伝助達の愛撫を受けて自分は女としての真の悦びを感じたとか、女として開眼したとか、そのような事をどうして菊之助に告げられようか。

また、この場で菊之助と一緒に酒席の慰みものにされるなど、そして、それを姉の口から菊之助に納得させることなど、姉が弟に色仕掛けで口説くなどという事が出来るはずはない。

「出来なければ困るのだ、浪路どの」

と、定次郎は薄笑いを浮かべながらいった。

「菊之助の玉を斬られるのが嫌ならば浪路どの、定次郎の申す通りに演じて頂かなくては困る。わかったな」

と、重四郎は号泣する浪路に対し、きめつけるようないい方をするのだった。

無理難題

「へい、ごめんなさいよ」

と、道場の控えの間の襖が開き、酒気を帯びた雲助と博徒達がなだれこむように入って来る。

「お招きにあずかりまして、ありがとうございます。お呼びが今かかるか、今かかるか、と実は先ほどより待ち疲れていたんですよ」

ふざけた調子で、いい気分に酔っ払っている雲助が黄色い歯を見せて戸板の周辺に坐りこんでいる浪人達にいった。

酔っ払って単衣ものの裾をだらしなく引きずっているような田舎やくざ達やそれこそ文字通

り蓬頭垢面で襤褸《ぼろ》姿をした雲助達が混然となってなだれこんでくると浪人達は苦笑した。

「浪人にやくざに雲助、何とも奇妙な集団だな。田舎芝居の一座が組めるぞ」

定次郎も微苦笑したが、酒くさい息を吐いて部屋の中へもぐりこんできた雲助ややくざ達は戸板の上へ人の字型に縛りつけられている素っ裸の浪路を眼にすると、いっせいにヒャーと奇声をあげ始めた。


武家女の見事に均整のとれた肉体の眼に沁み入るような色の白さもさることながら、腰枕までして女の羞恥の源を誇張されているようなそのあられもない姿態にはさすがに雲助達も度肝を抜かれたのだ。

「こりゃ凄えや」

博徒達も雲助達も吸い寄せられるようにフラフラと戸板のそばへ近づいていく。

これより雲助達を混じえての酒盛りを始める故、今一度、慰み物になって頂こう、と定次郎や重四郎に因果を含められた浪路は押し寄せてきた野卑な男達の騒がしさを冷たく無視したように涙に濡れた長い黒髪をもつらせる面長《おもなが》の端正な頬を横に伏せているのだった。

「へへへ、こうもまともに女芯まで広げて見せつけられちゃ、黙ってる手はねえぜ。散々、煮湯を呑ませてもらったお礼に腰を据えていたぶってやろうじゃねえか」

酒くさい息を吐きかけながら雲助達が、痺れた思いになって浪路に手出ししようとすると、

「待たんか、貴様達。いたぶるにしても順序というものがある。浪路どのは貴様達に詫びを充分に入れ、悦んで嬲りものになるとおっしゃっておるのだ」

それより、菊之助はどうした、と、重四郎がキョロキョロ見廻すと、

「ハイ、菊之助、ここに見参」

というお銀の声がうしろの方で聞こえた。

「ちょっと、道をあけとおくれよ」

ぎっしりと埋め尽した雲助や三下達をかき分けるように、お銀と娼婦のお春達が健作に縄尻を取られている菊之助を先導するように入ってくる。一糸まとわぬ素っ裸を後手に縛られた前髪の美少年が、前かがみに上体を落としながら足もとをよろめかせて引き立てられてきたのだ。淫猥ないたぶりを受けていまだに腰骨のあたりが疼くのか、苦しげな息を吐きつつ歩む菊之助は足元を危なっかしく乱れさせ、その場に膝をつくのである。

それを見て重四郎の門弟達はゲラゲラ笑った。

「だらしないぞ。一度や二度、当てがきされた位で腰をくだけるとは。貴様、それでも武士か」

菊之助が近づいた事に気づいた浪路の赤らんだ頰は名状のできぬ位、哀しくひきつった。ああ、このような浅ましい姉の姿を菊之助の眼に遂にさらさねばならぬのか――あまりにも恐ろしく、あまりにも羞ずかしく、浪路はこのまま自分の肉体と心が石か岩に変じてくれないものかと及びもつかぬ事を念じたりしている。

「立て、菊之助、さ、こっちへ来てこの戸板の上をよく見ろ」

浪人達は面白がって腰を落としている菊之助の女っぽいしなやかな肩先をつかみ、強引に引き起こした。

浪人達は菊之助の股間の肉塊が弛緩しているのを見てまた哄笑する。

菊之助は疲労困憊の極に達していてまともに顔も上げ得ず、浪人達の刀の鞘で腰や尻を小突き廻されても反発する気力もない有様だったが、ふと、浪人達に示されて戸板の上へ哀しげな光の射す眼を向けた。そのとたん、いきなり冷水を浴びせかけられたように菊之助はあっと声を上げ、その場に棒立ちになってしまったのである。

「気がついたか、菊之助。その戸板の上に股をおっぴろげたまま、身動きも出来ず縛りつけられているのは誰であろう、貴様の敬愛する姉上だ」

菊之助は驚愕のあまり、わなわな唇を慄わせた。蒼ざめた顔からは更に血が引いていく。

「姉、姉上っ」

思わず逆上したように菊之助は昂ぶった声をはり上げたが、とたんに戸板の上の開股の姿態で縛りつけられている浪路も身をよじらせながら悲鳴に似た声をはり上げた。

「菊之助っ、なりませぬ。このような姉の姿、見てはなりませぬ。ああ、菊之助っ」

つんざくような声音でそう叫ぶと同時に浪路はさっと横に真っ赤に染まった頬を伏せ、乱れた長い黒髪を慄わせて号泣するのだった。

同時に菊之助もうろたえ気味に眼をそらせる。

一時は呼吸も止まるばかりの恐怖のため、菊之助の気は遠くなりかけた。心臓は激しく高鳴り、額からはタラタラと冷たい汗が流れ落ちる。

「これ、浪路どの、打ち合わせ通りにやって頂かぬと困るではないか。姉の姿を見てはならぬと菊之助に告げるなど言語道断、拙者の教えたのはその逆でござるぞ」

太腿をブルブル慄わせて嗚咽する浪路に定次郎は冷やかな声を浴びせるのだ。

そして、浪路よりもむしろ顔を真っ赤に染め、ガクガク膝のあたりまで慄わせている菊之助を定次郎はほくそ笑んで見つめるのだ。

「おい、菊之助、何をそうガタガタ慄えておるのだ。弟にもそろそろ女の身体を教えねばならぬ時期だと姉上はおっしゃるのだ。それで御自分からあのように股を割り、貴様に女の身体の構造を示して下されたのだぞ。ありがたく思ってとくと拝見しろ」

「よ、前髪のお坊っちゃん、早くこっちへ来て坐んな。そら姉上様が腰をもじもじさせていなさる。可愛い弟に奥の院まで見せてやるんだとさ」

酔った雲助達が戸板の周囲に割りこむようにして坐りこみながら小刻みに慄える菊之助を手招きしているのだ。

「色々と面白い余興が出そうだが、まず――」

と、重四郎は立ち上がってぎっしり座敷を埋め尽している人間共を愉快そうに見廻した。

「一つここではっきりさせておきたい事がある。浪路どのの口より、仇討ち断念の意志をはっきり聞き出す事だ。拙者としては張形を用いて見事に返り討ちを果した熊造、伝助両人を真底から安心させてやりたいからな」

重四郎の注文を受けて三下達が、もう一枚の戸板を剝がし、控えの間へ運んでくる。

「よし、それを浪路の横へ並べて置け。菊之助も姉と同様の姿にして縛りつけろ」

浪路同様、身も心も打ちひしがれている菊之助はもはや、抵抗の力はなく、

「さ、手前も戸板の上に仰向けに寝るんだ」

と、三下達に押し立てられると、つんのめるように戸板の上へ腰を落とすのだった。

しかし、菊之助はそこには断じて見てはならないものがあるように浪路のつながれている戸板の方からは必死に視線をそらせている。

浪路も菊之助の方より火照った顔を逆にねじるように嗚咽の声を洩らしているのだ。

三下や雲助達に肩を押されて、菊之助は緊縛された裸身を戸板の上に仰向けに倒していった。

「そう、姉上と同じよう手前も肢を開くんだよっ」

菊之助はさも無念そうに固く眼を閉ざし、男達の手で両肢を左右に引き裂かれていき、青竹の足枷をかけられるのだった。

美しい武家の女とその弟の前髪の美少年、この二人が一糸まとわぬ素っ裸で戸板の上にあられもない形でつながれると、男達はいっせいに手をたたき、悦び合った。

今、この二つの戸板に縛りつけられている美女と美男は昨日までの浪路と菊之助ではない、と重四郎は思った。浪路は武家女として菊之助は武士としてもはやその資格を喪失したも同然の羞ずかしめを受けたのだ。しかも、倶に天を戴かざる父の仇の手で嬲り尽されたのである。

そして、その敗戦のみじめな姿を今、こうして満座の中に酒の肴としてさらしている。両腿を割ってくっきりと浮き立たせている浪路の女の部分と菊之助の男の部分はまるで獄門台にさらされた二つの首と同じ意味を持つような感じさえするのだ。

「ああ、姉上っ」

菊之助は泣きじゃくりながらうめくようにいった。

「私達、姉弟、このような生恥をさらしてまでもなお生き続けねばならぬのですか。もはや、父の仇を討つ望みも断ち切られ、その上、この身には言語に絶する羞ずかしめを受け、これ以上、菊之助は生き抜く勇気を持ちませぬ」

「いけませぬ。菊之助。この姉と固い約束をしたではありませんか。たとえ、身を切り刻まれるような責め苦を受けようと、自分で命を断つ真似をしてはこ、これまで耐え忍び続けた事がすべて水の泡です」

浪路は奥歯を噛み鳴らしながら嗚咽の声と一緒に菊之助にいうのだった。

「せめて――六日、いえ七日の間は死んだ気になって――」

耐えて下さい、菊之助、と浪路はすすり上げながら暗示めいた事を口にする。菊之助は姉のいわんとしている事は理解出来た。

小間使いの千津は仇の居場所をつきとめた浪路の密書を持って一昨日、姫路へ出発している。無事、密書が姫路へ到着すれば手はず通りこの土地へ助太刀の人数がくり出される事になっているのだ。それが到着するまでの日数は六日か七日、それまでの間、姉は死んだ気持ちになって時を稼げと自分に諭している――自分達姉弟の手で熊造、伝助を討ちとる事が不可能となっても、助太刀達の手で僧い仇の両名が討ち取られるのを眼にしない限り、死ぬにも死ねぬと姉はいっているのだ。

しかし、それまで自分達をこの連中は生かしておくはずはない。すでに重四郎は自分を明日、試し斬りにするとはっきり口にしている。しかも、その試し斬りとは――想像するだけでも菊之助はあまりの屈辱に息が止まりそうになる。ああ、嫌だ、武士としてこうまで生恥をさらしたあげく、そのようなみじめな死恥までさらさねばならぬとは――そんな死に方をする位なら、いっそこの場で舌を嚙み切りたいとさえ菊之助は思うのだが、そんな菊之助の苦悩を見すかしたように浪路は、悲哀のこもった声音で菊之助にいうのだった。

「たとえ命乞いしてでも生きのびるのです、菊之助。それはあなたにとってどれほど、辛い事かわかります。でも、女である私でさえ、こ、このような生恥を耐えているではありませんか」

ひきつった声でそこまでいった浪路はまた急に胸がぐっと哀しさに緊めつけられて耐え切れ

ず激しい鳴咽の声を洩らすのだった。

お松やお里が運んで来た徳利の酒を廻し飲みし、口をモグモグさせてスルメを齧《かじ》り、酔っ払ってわめいたり高笑いをしたりする男達は、戸板の上の浪路と菊之助を再び揶揄し始めた。

「何をそこでメソメソ話し合っているんだよ、そんな不景気な面なんかせず、姉弟で何か歌でも唄っちゃどうだ」

「姉弟で仲よく貝と松茸をむき出しにした気分はどうでえ。俺達に見くらべてほしいってか」

「よ、昨日までの元気はどうしたんだ。黙りこんでいねえで何とか俺達に挨拶しな。手前達の振り廻した刀でこちとらは随分と怪我人を出したんだぜ」

と、三下や雲助は戸板の上の二人に向かって口々に毒づくのだった。

「さて、浪路どの、この連中の申す通り、黙っていては埒《らち》があかぬ。女だてらに白刃を振って連中の仲間を傷つけたる事、この場で心より連中に詫びて頂こうか」

定次郎は顎をさすりながらニヤニヤして浪路と菊之助の悲痛に歪んだ顔を見下ろしている。

女だてらに白昼、白刃を抜き、皆様の御身内衆を殺傷致しましたる不とどき、罪、万死にあたい致します。何卒、心ゆくまで浪路の身を羞ずかしめ、いたぶり抜き、皆々様のお腹立ちを柔らげて頂こうと存じます——と、浪路が定次郎に教示された言葉を固く眼を閉ざしながらはっきりと口に出していうと、かなり酔っている三下や雲助達はわあっと歓声を上げた。

野卑な雲助達にそんな屈辱の詫び入れをする姉の無念さを思うと菊之助は耐えられない気持ちになり、また男泣きするのだ。

浪路が定次郎に強制されたそんな詫び口上を吐いている間にも雲助達は舌なめずりし合いながら、浪路の堂々とばかり広げ切った色白の肉づきのいい両腿を掌でそっと左右から撫でさすり、生暖かく盛り上がった艶っぽい繊毛の底にニヤニヤ眼をこらすのだった。その潤んだような鮭肉色の甘美な花の層は触れれば溶けるような柔らかい感触を思わせ、羞じらいを含ませて浮き立つ花芯はこれが一刀流を使う烈女とは信じられない位の可憐さで、雲助達は痺れ切った気分になり糸を引くような涎さえ洩らす者もいた。

もう我慢し切れなくなった雲助達が思わずそれに唇を押しつけようとすると、

「こら、待て、まだ、おあずけだ」

と、定次郎が笑いながら連中を押しのける。

「まだ、貴様達にいたぶらせる前にすませておく事があるのだ。もう少し辛抱しろ。あわてなくとも浪路どのはもはや覚悟の上だ。それ、あのように由緒正しい武家の妻女でありながら花びらを潤ませ、城門を開いて貴様達のいたぶりを今か今かとお待ち兼ねだ。相手をじらすというのも軍略の内だぞ」

と、定次郎がおかしそうにいうと、重四郎が熊造や伝助と一緒に一通の封書を持ってくる。

「浪路どの。これは旅籠にあった浪路どのの着がえ衣裳の中より見つけたものだ。昨日までの浪路どのと菊之助にとって何よりも大切なものだと思うが」

それは仇討ちの認可状であった。

それを重四郎に見せつけられた浪路と菊之助は悲痛な表情を見せ、そのまま無念そうに眼を閉じ合っていく。

「俺達の名前まではっきりと中に書いてあらあ。参ったねえ、こりゃ」

と、熊造は戸板の周辺を埋めている浪人達に舌を出して苦笑する。

「こいつを懐に、悦び勇んで故郷を出、俺達を討ちに来たっていうわけだな」

伝助はその仇討ち免許状をくるくると筒に丸めて菊之助の赤らんだ頰をつつき、

「そうなんだろ、お坊っちゃん。それが何と、こういうていたらくになり、討ちとるつもりの仇の二人にせんずられ、満座で大恥をかかされたってわけか」

と、次に丸めた免許状で菊之助の股間の肉塊を軽くポンポンたたくのだった。

「戸山家の若奥様は菊之助の助太刀人という形になっているんだね」

伝助の手から丸めた免許状を取り上げた熊造はそれで浪路の麻縄に緊め上げられた美しく形のいい乳房をくすぐりながら、

「十七歳の弟をけしかけて仇討ちにやらしたのはどうやら奥様の方らしいね。女とはいえ、一刀流免許皆伝の自分がついている限り、よもや不覚はとるまいと過信なさったのがまずうござんした。生け捕りにされて素っ裸の嬲りもの、元、中間の親の仇に張形責めを喰い、満座で気をやっちまうとは、とんだ仇討ちもあったものだ」

かなり酩酊しているらしい熊造と伝助は、調子づいてペラペラまくしたてるのだった。

とにかく、仇討ちにやって来た姉弟をようやく返り討ちに仕とめる事が出来たという悦びで二人は酔い痴れているのである。固く閉じ合わせた浪路の切れ長の眼尻からも菊之助の眼尻からも無言の熱い涙が幾筋も糸を引くように流れ落ちている。

「では、浪路どの。この仇討ちの認可状、この場で焼き捨てるが異存あるまいな」

重四郎はしっとり翳りのある端正な頰に乱れ髪をもつらせている浪路の方に眼を向けると口元を歪めていった。

「どうだな、浪路どの。ここに至ってもまだ熊造と伝助を仇と思い、つけ狙う所存か」

重四郎はせせら笑うようにしてそういうと、熊造の方を向き、

「火を持って来い。このいまわしい仇討ち認可状をこの場で焼き捨ててくれるわ」

と、声をかけたが、その時、浪路は涙を振り切るようにして重四郎の方に悲哀のこもった眼を向けた。

「お、お待ち下さい、重四郎様。そ、それは、お許し下さい。その仇討ち免許状を焼き捨てる事は、何卒、何卒、お許し下さいませっ」

喉の奥から絞り出すような声で浪路は哀願し始めたのである。

重四郎はびっくりした表情になり、ふと、熊造達と眼を見合わせた。

第十一章　地獄の入口

仇討ち放棄

「ほう、ここまでの羞ずかしめを受けてもまだ熊造達に対し、屈伏出来ぬと申されるのだな」

重四郎は冷酷な微笑を口元に浮かべて戸板の上の浪路にいった。

「張形責め位の羞ずかしめではまだ物足らぬとでもいわれるのか」

と、重四郎は乱れ髪をもつらせている上気した浪路の頬を指で突き、では次にどうしてくれようか、と、楽しそうに熊造の顔を見るのである。まだ親の仇である熊造と伝助に対し、降伏し切れない心を浪路と菊之助が残していると思うと重四郎はそれが小癪《こしやく》でもあり、痛快でもあるのだ。

相手が反発し、抵抗してこそ責めは面白く、責め手の嗜虐の情念はますます煮えたぎる事になる。苦しみ、悶え、泣きわめかせてこそ責め手の方は手応えというものを感じるのだ。

「姉弟仲よく両股をおっぴろげ、仇の眼前に赤貝と松茸をはっきりさらしている位では羞ずかしさなど感じぬといわれるのだな」

などと重四郎は茶碗酒を口に運びながら意地悪く笑って雲助達の方に眼を向けた。

「よし、この両名の両肢をこのまたぐり上げて鴨居につなげ。熊造達の眼前に尻の穴まではっきりむき出しにさせるのだ」

よしきた、と雲助達はいっせいに腰を浮かせた。

二つの戸板が並べられたちょうど真上に鴨居があり、それに雲助達は麻縄を数本、素早くひっかけ出したのである。

「よし、手伝うぜ」

と博徒達も腰を上げ、浪路と菊之助の足枷になっている二本の青竹に左右より手をかけて、引きずり上げて行くのだ。

「あっ、そ、そんな」

浪路と菊之助は開脚に縛りつけられた二肢が男達の手で二つ折りにするように持ち上げられていくと激しい狼狽を示し、真っ赤に火照った顔面を狂おしく左右に揺さぶった。

強引にたぐり上げた二本の青竹を雲助達は鴨居につないだ麻縄に素早く結びつけていく。

浪路と菊之助の二肢は宙に向けて割り開いた形で直角に伸びた。

「ああっ」

浪路の妖しい白さを持った優美な下肢はぐっと削いだように浮き上がり、思わず浪路はひきつったような悲鳴を上げた。

野卑で卑劣な雲助や田舎やくざ達の眼前に浪路は内腿深く秘められた可憐な菊花の蕾まで無理やり露わにされるというあられもなき姿をさらす事になったのである。

菊之助も姉の浪路同様、二肢を宙にたぐり上げられたため臀部を浮き立たせ、秘められた微妙な蕾まで露呈させるとそれを眼にしたお銀や娼婦のお春達はキャッキャッと笑いこけた。

「お坊っちゃんの方も見てごらんよ。ほら、可愛いお尻の穴だこと」

美しい姉と弟は首筋も真っ赤に火照らせて互に眉根をギューと寄せ、言語に絶する羞ずかしめをキリキリ奥歯を噛み鳴らして耐えている。

「さ、二人共、もう一度、この枕をケツの下に敷きな」

と、雲助達は浪路と菊之助に更に屈辱の追討ちをかけるべく、座布団を二つ折りにして二人の双臀の下へ差しこもうとする。

浪路の量感のある悩ましい双臀は雲助達の毛むくじゃらの手でどっこいしょ、と持ち上げられ、素早くその下へ座布団をあてがわれ、その微妙な愛くるしい菊花は幾重にも見せている上層の柔肌と並行して更に、露骨にさらけ出された形となった。

微妙な皺の縁どりまで見せた秘密っぽい菊の蕾が一層、誇張されたように生々しくさらけ出されると、重四郎も定次郎も眼をギラつかせ、嗜虐の疼きで全身はカッカッと火照り出すのだ。

浪路と菊之助が共に双臀をでんと座布団の上に乗せ上げられ、もはや逃げも隠れもならず共

に菊花の蕾まではっきりさらけ出すと、加虐の悦びに酔い痴れた雲助や田舎やくざ達は手をたたいてはやし立て、

「さあ、こいつを酒の肴にしても一度、飲み直しだ」

と、わめき出す。

痛烈な羞恥と痛烈な屈辱感――いや、浪路と菊之助の苦悩はそんな言葉ではいい尽されないものだった。野卑な男達の手で魂までえぐり出されたような汚辱感で姉も弟も半ば気が遠くなりかけている。

「菊、菊之助っ」

浪路は気が狂いそうになる自分にキリキリ踏みこたえながらうわ言のようにいった。

「耐えるのです、菊之助。私達にはこの羞ずかしめに耐え切るよりもはや手段はありませぬ。死、死んだ気になって――」

「姉、姉上っ」

菊之助も懊悩の極の中で声を慄わせて姉を呼び、あとは言葉にならず前髪を慄わせて泣きじゃくるのだった。

「熊造、伝助、ここへ坐って酒を飲め」

浪路と菊之助の二肢を宙づりにされている双臀の前にどっかりあぐらを組んでいる重四郎は

熊造と伝助を手招きして呼び、自分のそばに坐らせた。

「貴様を討ちとりに来た姉弟をこのような恰好にし、酒の肴にする気分は格別だろう」

重四郎は熊造と伝助の手に茶碗を手渡し、それに定次郎が徳利の酒を注いでやる。

「まさか、貴様にとって主筋に当たる浪路どのが菊之助と共に尻の穴まで見せて下さるとは思わなかったろう」

重四郎はそういって腹を揺すって笑った。

「そちらの御姉弟の御気分はいかがかな」

と、相当に酒に酔った定次郎は戸板につながれている浪路と菊之助の間へ身体をもぐりこませていくのだった。

「憎い仇の眼の前にケツの穴までさらけ出した御気分はどうかと聞いておるのだ」

それに対し、浪路と菊之助は紅潮した頬をそらせ合い、声を揃えて泣きじゃくるのだ。

「ほほう、これが一刀流の女剣士、戸山浪路どのの隠された奥の穴というわけでござるな」

定次郎は指の裏でそっとそれを撫でさすったが、とたんに浪路はあっと昂ぶった声を上げ、座布団の上に乗せ上げられた双臀を激しく揺さぶった。

「もはや、菊之助も浪路も羞ずかしめの限りを尽されたはずでございます。こ、これ以上のいたぶりはどうぞお許し下さい」

と、浪路は悲痛な声音で哀願するのだった。

と、定次郎は鼻でせせら笑った。

「当道場の門弟数人を女だてらに木刀で打ち据えただけではなく、道場主の重四郎先生や拙者にまで太刀を向け、怪我を負わせた不とどき女め。素っ裸にし、張形責めにかけたぐらいでこちらの溜飲が下がると思うか」

な、重四郎先生、と定次郎は重四郎の方を向いてニヤリと笑った。

自分は八つ裂きにされてもかまわぬ、そのかわり弟の菊之助の命だけは救ってほしいと、浪路どのは申されたのではないか。もはや、羞ずかしめを受ける気力はないなどと弱気な事を申されるな、と重四郎も片頬を歪めていった。

「さて、いつまでもこうして二つの穴をさらさせているだけでは能がない。次はいかにいたぶるかな、どうだ、熊造」

重四郎は舌なめずりするような顔をして熊造にいった。

「糸通しをやってやろうじゃねえか」

と、熊造は伝助の顔を見て面白そうにいった。

「よし、そいつは面白えや」

伝助は娼婦のお春に一尺ばかりの長さのタコ糸を二本用意してくれといった。

「何だ、糸通しというのは」

「何をいうか」

定次郎が奇妙な顔をすると、熊造は、

「女郎を折檻する時なんかによく使う手なんですがね」

と、口元を歪めていった。

簪の柄や火箸の先を使って尻の穴にタコ糸を押しこんでいくんですよ、こいつにかかっちゃ鼻っ柱の強い女郎だってヒイヒイ声を上げて泣き出しますからね、と、熊造はいった。ここで浪路と菊之助に糸通しをして姉弟仲よくヒイヒイ泣かせてやろうっていう趣向なんですよ、と、伝助がいった。

「面白そうだな。よし、やれ」

と、定次郎はゲラゲラ笑いながらいった。

娼婦のお春が持って来たタコ糸を一本ずつ指につまむと、熊造は浪路に伝助は菊之助の方にそれぞれつめ寄って共に浮き上がらせている臀部を掌で撫でさするのだった。

「いいかい、御両人。どちらが先に一尺の糸を腹の中に入れるか競争だぜ」

先に呑みこんだ方から御褒美として二か所責めの醍醐味に浸らせてやるからな、と熊造はせせら笑った。熊造と伝助は一本ずつの金火箸を手にして浪路と菊之助に対し、その淫虐な責めを開始したのだ。

けたたましい悲鳴が姉弟の口から同時に迸《ほとばし》り出た。

「ああっ、な、なんという事を——嫌っ、嫌ですっ」

思わず浪路の口から出た女っぽい悲鳴を耳にすると重四郎と定次郎は顔を見合わせてほくそ笑んだ。

菊之助も悲鳴を上げて宙づりにされた二肢を狂気したようにのたうたせている。

「二人とも大仰な声を上げるない。手前達は武家育ちなんだろう。これ位で音を上げるなんてみっともねえぜ」

田舎やくざ達はつんざくような悲鳴を上げ合う浪路と菊之助を交互に見て手をたたき、大声で笑った。

浪路は艶っぽいうなじを反り返らせ、苦痛にキリキリ奥歯を噛み鳴らしながら、菊之助、ああ、菊之助、とうわ言のようにうめき続けている。

菊之助もまた、額に汗をべったり滲ませながら姉上、ああ姉上、とひきつった声で叫びつづけているのだ。

「ああっ」

座布団の上に乗せ上げられた双臀の奥深く、その微妙で小さな蕾の奥に金火箸を使ってじわじわ糸を送りこまれていく苦痛はこの世のものとは思われぬ位激烈なものだった。

「辛いか、どうだ、浪路どの」

わずかに金火箸を喰いこませ、その部分の筋肉が苦痛のあまり痙攣を示している浪路をのぞきこむように重四郎はいった。

「ああ、こ、このような羞ずかしめ、も、もう耐え抜く力がございませぬ」

浪路は苦しげに喘ぎながらいった。

「せ、せめて、菊之助だけは許してやって下さいまし。後生です、重四郎様っ」

「ハハハ、とうとう音を上げられたな」

重四郎はほくそ笑んで、再び、仇討ちの免許状を懐から取り出した。

「では御自分の口からはっきりと申されよ。その仇討ち免許状、破り捨てて下さいまし、とな」

浪路の上気した頰は悲痛なばかりにひきつった。

「仇の熊造や伝助に糸通しのようないたぶりを受けて今さら、仇討ちでもあるまい。どうだ、御両人」

もはや熊造や伝助殿を親の仇とは思いませぬ、とはっきりここでいうのだ——定次郎も懊悩の極にある浪路に向かって愉快そうに声をかけるのだった。

「いえぬとあらば仕方がない。糸一尺を全部、身体の中に呑みこます事だな。熊造、つづけろ」

重四郎が眼くばせすると熊造と伝助は再び、糸通しの責めを開始する。

一方の指で押し当てた糸を一方の手に持つ金火箸でわずかずつ押しこめていくという淫虐極まる責めが再開すると浪路も菊之助もまた声を揃えるようにして切れ切れの悲鳴を上げ合うのだった。

「よ、お前達、何か一つ、景気よく三味線でも弾きな」

田舎やくざ達は責められる菊之助のそばに坐りこんでキャッキャッ騒ぎ合っている娼婦達に声をかけた。

「あいよ」

と、お春が三味線を取り上げる。

「一つ、この余興に合いの手を入れようか」

お春が細棹《ほそざお》の三味線を爪びきながら卑猥な端唄《はうた》を唄い始めると情欲を燃え立たせた男達はもうおさえがきかなくなったように、

「よし、俺達も手伝うぜ」

と、戸板の上でのたうち廻っている浪路と菊之助に襲いかかるのだった。

「ああっ」

浪路のその上層の艶っぽい繊毛を撫でさすり、甘美な花肉を露わにさせる者、ゆさゆさと麻縄を巻きつかせた形のいい乳房を揉みほぐす者、また一方では菊之助の根元あたりをつかんで前後に揉みほぐす者、それは正に色地獄の様相を呈して来たのである。

「待って、ああ、待って、下さいましっ、浪路は仇討ちを断念致しますっ」

浪路は菊之助の血を吐くようなうめきを耳にすると悲鳴に似た声で叫んだ。

「よし、皆んな、手をひけっ」

　と、重四郎は戸板の上の二人に貪りつく血に餓えた狼達を追っ払った。

「では、浪路どの。も一度、熊造と伝助にはっきり誓って頂こう。そうすれば、これ以上の責めは受けずともすむのだ」

　浪路は眼尻から大粒の涙をしたたらせながら、

「——熊造殿、伝助殿、浪路は仇討ちを断念致しました。今まで、あなた方のお命をつけ狙いましたる事、何卒、お許し下さい」

　と、わなわな唇を慄わせていい、胸の内につき上げて来たものをおさえ切れず、わっと号泣するのだった。

「姉上っ」

　菊之助も一声、悲哀のこもった声で叫ぶとそのまま、さっと横に紅潮した顔を伏せ、前髪と肩先とを同時に慄わせて号泣する。

「聞いたか、熊造。浪路どのは仇討ちを断念すると自分の口からはっきり申されたぞ。これで胸の内が晴れたであろう」

　重四郎は次に激しく嗚咽する浪路の鼻先に仇討ち免許状を押しつけるようにして、

「では、今よりこの仇討ち免許状をズタズタに引き裂くが異存はないであろうな」

　と、念を押すようにいうと、浪路はそれより視線をそらせて、

「異、異存はございませぬ」

と、一言声を慄わせていい、またひと際、激しい声で泣きじゃくるのだった。

重四郎はこれ見よがしに仇討ち免許状をその場でズタズタに破り捨てた。

周囲に群がる雲助や博徒達はわっと歓声を上げる。熊造と伝助も何ともいえぬ痛快な気分で顔を見合わせ、笑いこけるのだった。

それとは逆に戸板の上につながれた浪路と菊之助は宙づりにされた二肢までブルブル慄わせながら号泣し合っているのである。

「菊、菊之助」

「姉上っ」

「へへへ、浪路と菊之助はこうして捕えたんだから別にどうってわけじゃねえが、本人の口から仇討ちを断念するといわれりゃ、まんざら、悪い気はしねえもんだな」

熊造と伝助は勝利者の快感に酔い痴れ、それとは逆に浪路と菊之助は敗者の屈辱感を骨身にしみこませている。

「よし、浪路どのが自分の口より仇討ち放棄を申し出られたのだ。その優しい心根に免じて浪路、菊之助に対する本日のいたぶりはこの辺で打ち切る事にする」

重四郎がそういうと今まで笑い合っていた雲助達の頬が強張った。

「冗談じゃねえ。俺達はまだ、何も楽しんじゃいない。ここで遊びを打ち切る事はねえだろ」

と、口をとがらせる雲助に向かって重四郎は笑いながらいった。

「楽しみは一度にするものではない。明日という日もあるではないか。いくら浪路どのが一刀流の女剣士でもそのような大勢を相手に一つ一つ腰を使っていては身体が持つまい。今夜は浪路どのもかなりお疲れの様子だ。ゆっくり一晩、休ませて日を改めてから貴様達の一人一人の相手をさせてやる」

今夜の所はひとまず引き揚げろ、と、重四郎は手を上げていった。

縄人形

酒に酔った重四郎の門弟達に縄尻をとられてきびしく後手に縛り上げられた素っ裸の浪路と菊之助が廊下を引き立てられていく。

浪路も菊之助も心身ともに疲れ切ったように、前かがみに身体を曲げ、一足歩むごとにふらふらと足元をよろめかせるのだった。

「どうした、どうした、しっかり歩かんか」

浪路と菊之助の縄尻を持つ門人達は片手に持つ木刀で二人の背を押したり、尻をたたいたりする。

「いい尻をしとるのう」

浪路の縄尻を持つ門人は悩ましく盛り上がった量感のある臀を眼を細め見つめながら笑った。

「さっきの糸通しは面白かったな。一寸も呑みこまさぬうち、お開きになってしまったのは残念だった。明日の朝、もう一度、あれをやって一尺の糸をどうしても呑みこませてやる。楽しみにしておれ」

以前、浪路に道場で打ち据えられた岩崎新八郎はその恨みを返すかのように浪路の双臀の暗い翳りを含んだ亀裂の間へ木刀を押し入れ、あっと浪路を狼狽させるのだった。

「どうした、どうした」

門弟達は大きく足元をよろめかせて前につんのめりかかる浪路を見てまたどっと笑いこける。

再び、縄尻を強くたぐられて足を踏みしめるようにそこに突っ立った浪路の正面に鎖鎌の村上進三郎が廻りこみ、浪路の股間をニヤニヤのぞきこむようにするのだ。艶っぽい漆黒の繊毛が武家女めいたつつましやかさでふっくらと盛り上がり、先ほどまで奔放さを見せていた花肉はぴっちりと覆い隠されている。

「全く尻のまろみといい、生えっぷりといい、申し分なしだ」

と、声を立てて笑うのだった。

「先ほどの熊造の押し立てる張形に襞をまきつかせての嬉し泣き、思い出してもぞくぞくする」

「玉に瑕《きず》はこの女、これで一刀流免許皆伝という事だ」

などと薄汚れた侍達はすっかり抵抗の意志をなくしている浪路と菊之助をまるで半死のネズ

ミをいたぶる猫のようにあっちへ押しやり、こっちへたぐり寄せたりしながらもてあそんでいるのだ。

浪路も菊之助も固く眼を閉じ、半開きになった唇より苦しげな息を吐きつつ、男達のするがままになっている。

「おい、おい、いいかげんにせんか。また、明日の楽しみがある。今日一日でくたばらせては面白くないではないか」

重四郎は浪路と菊之助にしつこくからみついている酔った門人達を制した。


「さ、浪路どの、こちらへ来るんだ」

重四郎は廊下の突き当たりまで先に歩いて行くと、正面の壁を肩でどんとひと押しする。どんでん返しになっている壁は鈍く音を軋《きし》ませて奥に開いた。

「熊造、伝助、この二人を地下牢へ御案内しろ」

あとからついて来た熊造達の方に重四郎は振り返っていった。

「へい」

と、熊造は近くの壁にひっかけてあった龕灯《がんとう》をとり、中の蠟燭に火をつける。

「当道場にはこのような仕掛けもしてあるのだ」

重四郎はどんでん返しになっている壁を自慢するかのように手でさすり、

「この中には鬼ゆり峠の雲助より買いとった女を閉じこめる牢屋がある。閉じこめた女はしばらくの間、熊造と伝助に磨きをかけさせ、それから女郎屋にいい値で売り渡す事になっているのだ」

当節は不景気故、道場だけではやっていけず、そのような内職まで手がけるようになった、と重四郎は笑いながら縄尻をとられている浪路の白蠟のように冷えた横顔を見つめた。

浪路は一言も口をきかず、綺麗に揃った柔らかい睫毛を固く閉じ合わせている。その切れ長の眼尻から涙が一筋流れ落ちて、その端正な白い頰を濡らすのだが、重四郎はもう一切を諦め切ったような浪路のそんな暗色の翳りを持つ横顔が世にも美しいものに見えるのだった。

「とにかく浪路どのにはもう少し生きていて頂こう」

と、重四郎はいった。

「明日、核抜きの刑にする予定だったが、ここの門人達や雲助共をもうしばらく楽しませてやって頂きたい。死ぬのはいつでも死ねる」

浪路どのが門人や雲助共を相手にして仲よく腰を使い合っている間は菊之助の命はまず無事だと思ってよい、などともいい、定次郎と顔を見合わせてほくそ笑むのである。

「とにかく、今日よりお二人はこの地下牢にしばらく暮して頂く事にする」

と、重四郎がいうと、龕灯を手にした熊造は、

「では、戸山家の若奥様、御案内致しましょう。どうぞ、こちらへ」

と、嘲笑して先に立ち、そこより地下に続く石の階段に足を踏み入れて行った。

重四郎の門人達に縄尻をたぐられ、背筋を突かれたりして浪路と菊之助は熊造と伝助のあとにつき、冷たい石の階段を素足で踏みしめながら薄暗い地下に降りて行く。

「足元に気をつけるんだよ、お坊っちゃん」

熊造は浪路と並ぶようにして石段を一歩一歩、降りて来る菊之助の足元を龕灯で照らし、その龕灯を菊之助の股間にちらとぶつけて当てたりし、

「お姉様の赤貝も御立派だが、弟の松茸もなかなかどうして見事なものだ。どうでい、さっき、俺にしてもらった当てがき、楽しかったかい」

などとからかうのだ。

菊之助は熊造のそんな揶揄を受けると赤らんだ下ぶくれの頬をさっと横にそらしたが、急に耐えられなくなったように、石の壁に額を押しつけてわっと号泣するのだった。

「菊、菊之助」

浪路は取り乱した菊之助に緊縛された裸身を近づけ、おろおろしながら、

「取り乱してはなりませぬ、菊之助。姉とても死ぬ以上の羞ずかしめに耐えているのです。人間を捨てた気になってこの屈辱に耐えて下さい、菊之助」

と、半分は自分にいい聞かせるつもりで浪路は菊之助に対し、必死な声を出すのだった。

「ハハハ、仇の手でモミモミされ、絞り出された口惜しさ、羞ずかしさ、泣きたくなる気持ち

はわかるけどよ。もう仇討ちの免許状は破り捨ててしまったんだ。何もそうこだわる事はねえだろう」

と、熊造はいい、伝助と一緒に笑いこけるのだった。

「お姉様の方にしろ、俺のくり出す張形をしっかりと喰い緊めて、ヒイヒイいい声でお泣き遊ばし奥の方からこってりと絞り出し――」

「おい、熊造、悪ふざけが過ぎるぞ」

重四郎は調子づいて菊之助や浪路をからかい続ける熊造をたしなめた。

「御両人ともひどくお疲れのようだ。何はともあれ宿舎の方へ早く御案内しろ」

地下は二つの間取りになっていた。かなりの広さである。

一方は木馬や木の寝台などが並び、黒光りした柱などが立っていて一見してすぐ拷問部屋という事がわかる。天井の鴨居や梁からは細い鎖、それに麻縄などが無数にぶら下がり、何とも不気味な空気が垂れこめていた。

これは折檻部屋ではなく、女を素直にさせる部屋だと熊造はいった。

「半分は拙者の趣味でござるよ」

と、重四郎は浪路の硬化した横顔を見ながらいった。

「こんな道具まで並べてみたが、近頃はとんと不景気でいい獲物が手にかからぬ。今、牢舎につながれているのはついこの前、雲助達から買いとったばかりの江戸の町娘一人だけだ」

拷問部屋の奥に岩をくりぬいた穴があり、そこに入ると横に並んで頑丈そうな樫の木の格子をはめこんだ牢屋が三つばかりつらなっていた。岩穴の入口に近い牢屋の中に若い女が一人閉じこめられている。

「何だ、また素っ裸にされたのか」

重四郎は中をのぞきこんでゲラゲラ笑った。

「どうもまだ、この娘、ききわけがねえので困りますよ。俵緊めの要領がまだ呑みこめねえのです。それに相対嘗めをどうしてもいやがる」

だからまた丸裸にして色縄をかけてやったのですが、と、熊造は重四郎に説明するのだった。


牢舎の中に閉じこめられている娘は江戸より役者と駈落して来て鬼ゆり峠の雲助に捕まり、身ぐるみ剝がされた上、凌辱の限りを尽されたお小夜であった。

牢舎の中のお小夜は素っ裸のまま麻縄で後手に縛られ、荒筵の敷かれた上に膝を二つ折りにして坐っている。無残にもお小夜の卵の白身のような艶っぽい肌にかけられた麻縄は雁字搦目に上半身を縛り、その縄尻は二つ折りにしたお小夜の腿の間をくぐって双臀の方にまでたぐり上げられ縦一文字に股間をえぐっているのだった。

お小夜は涙も枯れ果てた空虚な表情を見せ、光のない視線をぼんやり一点に向けている。

「何だ、全く元気がないではないか」

「へい、この伝助の奴が悪いんで、見せなくともいいのに雪之丞の松茸の焼酎漬けをこのお小夜に見せちまいやがったんです」

それからお小夜は少し気が変になったようだ、と熊造はいうのだ。

そういってる間にもお小夜はほとんどまばたきもせず、シーンと凍りついたような表情を床の上に向けているだけだった。島田に結った黒髪は跡かたもない位に乱れ切って白磁の肩先までもつれかかり、ふと悲惨な感じがある。股間を強く縛り上げている一本の麻縄は淡くて柔らかそうな繊毛のふくらみを情け容赦なく無残な位にえぐり抜いているのだが、それすら痛痒《つうよう》の感覚を失っているのか表情一つ変えず、身動き一つ示さない。

「無理もないわさ」

うしろからやって来たお銀も格子の間から牢舎の中をのぞきこんでいった。

「雲助どもにとっ捕まって手籠《てごめ》にされ、恋しい男は殺され、そのあげくの果てがこの穴倉地獄で女郎修業――気がおかしくなるのは無理ないよ」

「笑い事ではないぞ、お銀。気がおかしい女郎という事になれば売りものにならなくなる」

お銀は紅ぐも屋の黒幕で、これにこんなところを見られたのは失敗だったと重四郎はうろたえるのだった。

「おい、何とかいえ、何とかいわんか」

重四郎は刀の鞘を格子の中に差しこんでお小夜の肩先を小突いた。するとお小夜はふと重四郎の方に哀しい光の射す眼を向けて、しばらく重四郎を見つめていたが、急に激しい口調で、

「人でなしっ、鬼っ、けだものっ」

と、わめき出し、わっと肩先を慄わせて号泣するのだった。

お小夜に大声で罵倒された重四郎は、しかし大喜びするのである。

「口をきいたぞ、おい、お小夜が口をきいたぞ」

と、熊造や伝助の顔を見て重四郎ははしゃぎ出している。

「それだけの元気があれば大丈夫だ」

満面に喜色を浮かべて重四郎がいうと、お銀はふと片頰に淫猥な微笑を浮かべて、

「ね、重四郎先生、お小夜をもっと元気づかせる方法があるじゃありませんか」

というのだ。

「ほう、何か妙案があるかな」

「お小夜は恋しい恋しい雪之丞に死なれてすっかり元気がなくなったのですよ。だから、新しい恋人を持たしゃ、また元気になるかもしれないじゃありませんか」

お銀は浪路と一緒に奥に引き立てられて行く菊之助の背を指で示し、クスクス笑った。

「なるほど、そいつは妙案だ」

重四郎はうなずいて、

「おい待て」

と先に進む一行に声をかけた。

「お坊っちゃんはこっちへ来るんだ」

熊造と伝助は菊之助の肩をつかんでうしろへ引き戻させようとする。

「菊之助をどうしようというのです」

浪路は連れ去られようとする菊之助を見るとおろおろしていった。

菊之助も姉のそばから離れたくないという風に熊造と伝助の手の中ではかない悶えをくり返している。

「御心配なされるな。何も菊之助の玉を斬り落とすのではない」

定次郎がうしろから浪路の肩を押さえこむようにしていった。

「菊之助に花嫁を世話してやろうといってるのだ」

熊造はそういって笑った。


浪路のそばから無理やり菊之助を引き離した熊造はそのまま菊之助の縄尻を引っ張るようにしてお小夜の閉じこめられている牢屋の前まで連れて来る。

「そら、中を見てみな。可愛い娘さんだろ。ちょうど、年もおめえとどっこいどっこいだ。当分の間はおめえはその娘と一緒にしておいてやるぜ」

恋人に死なれてこの娘、すっかり元気をなくしているんだ。色々と慰めてやんな、と、熊造はいい、お小夜の監禁されている牢屋の扉を開くのだ。

菊之助もこの中へお小夜と一緒にして閉じこめようというのである。

「さ、入んな。何も照れる事はねえやな。中にいる娘は今まで雲助が連れて来た女の中じゃ一番の上物なんだぜ」

牢舎の中に股間縛りにされた裸身を縮めているお小夜、牢舎の外で熊造と伝助の手の中で無気力な悶えをくり返している菊之助、この若い二人の視線がその瞬間、チラと接触した。

絶望のどん底に打ちひしがれているお小夜の凍りついた頰と菊之助の蒼ざめた頰に一瞬、初々しい羞じらいの紅がさっと流れ始める。

「ハハハ、両方とも照れ合っていやがる」

必死になって視線をそらし合い、紅潮した頰をわなわな慄わせ合っている菊之助とお小夜を交互に見ながら熊造と伝助はゲラゲラ笑った。

「おっと、待ちな。これじゃ不公平だぜ。娘の方は股ぐらにまで縄を通されて身も世もあらずの羞ずかしさなんだ。若衆の方もあの羞ずかしさにつき合ってやらなきゃな」

熊造は伝助に別の麻縄を持って来させた。

「しゃんと立ちな、お坊っちゃん」

菊之助をしっかりとそこに立たせて、熊造は縛りの上に縛りをつけ加えるように縄がけしていくのである。

胸のあたりを亀甲型《きっこう》にしてしっかりと縄で緊め上げ、それから胴にかけて二巻き三巻きと緊め上げていき、あまった縄尻をたぐりながら菊之助の股間の肉塊の根元に巻きつかせようとするのだ。

あっと菊之助は狼狽して尻ごみしたが、伝助が悶えまくる菊之助の肩先を背後からがっちりと押さえつける。

「中にいる娘と同じように手前にも股縄をかけてやろってんだ、おとなしくしな」

伝助は懸命に身を揉む菊之助を背後から羽交絞《はがいじ》めするようにし、せせら笑いながらいった。

「ううっ」

熊造はたぐった縄を素早く菊之助のその付根にキリキリと巻きつける。

菊之助は真っ赤に火照った顔面をのけぞらせるようにし絶息するようなうめきを洩らした。

「もっと大きくせぬか。縄のかけやすいようにな」

重四郎が菊之助のそれを無造作につかみ上げると、再び、菊之助は屈辱のうめきを洩らした。

「そんな乱暴しちゃ可哀そうじゃありませんか。そういう事は私に任せておくんなさいよ」

と、お銀は含み笑いをしながら重四郎に代わって菊之助のそれを両手で包みこむように柔らかく握りしめ、小刻みにしごき始める。

耳たぶまで真っ赤に染め、前髪をフルフル慄わせて屈辱の嗚咽を洩らす菊之助をお銀は酔い痴れた気分でうっとり見上げながら、そのたれ袋まで優しく撫でさすりつつ刺激を加えて硬化させるとそれを待っていたかのように熊造は再び縄をたぐってその付根にしっかりと巻きつかせ、すぐに股間に縄尻をくぐらせていった。

「伝助、頼むぜ」

「よしきた」

熊造が菊之助の陰根を縛った縄の余りを前からうしろへ通すと伝助はすぐにそれをつかんで菊之助の臀部の割れ目にキリキリ喰いこませながら引き絞っていくのだ。

「そら、若衆の方も股縛りの出来上がりだ」

菊之助をかっちり股間縛りに仕上げた熊造と伝助は菊之助の何ともみじめで滑稽な姿に改めて眼をやり、腹をかかえて笑い出す。

男根の付根を麻縄で縛り上げられ、縄尻を股間に通された菊之助の屈辱に歪んだ表情を見た重四郎も腹を揺すって笑い出した。

そして、根元を緊め上げられたため、充血し、下方に向かって屹立した菊之助の肉塊を見ると重四郎は、

「そのみじめな姿を一度、姉上に見てもらうがよい」

といい、いきなり菊之助の肩をつかんで浪路のいる方向へ前面を向けさせるのだった。

重四郎の門人の新八郎や進三郎に縄尻をとられて少し離れた所に立たされていた浪路は菊之

助のその無残な姿を眼にしたとたん、菊之助よりも赤く頬を染め、さっと横に視線をそらせた。

「ああ、何というむごい事を――」

浪路は上背のある緊縛された裸身をわなわな慄わせながら悲痛な声音でいい、固く閉じ合わせた眼より熱い涙をしたたらせるのである。

菊之助はもう声も出ぬほどの屈辱に打ちのめされ、ただ、真っ赤に染まった頬を横にねじらせ、苦しげに喘いでいる。

「さ、入れ。いい話し相手が出来てお互に幸せだのう」

重四郎はお小夜の監禁されている牢舎に菊之助を突き入れた。

菊之助がつんのめるようにして牢舎の中に足を踏み入れて来たとたん、お小夜はさっと身をよじらせ、前かがみに小さく身を縮めさせる。お小夜の頬から首筋にかけてが燃えるように真っ赤になった。

菊之助も羞じらって、背を向けるお小夜に自分も背を向けながらその場に小さく身を縮みこませるのだった。

「おいおい。二人とも背中や尻を向け合ってもじもじする事はあるまい。これを見合の場だと思え。お互に気に入ったならば夫婦にしてやってもいいのだぞ」

重四郎は楽しげにそういって、牢舎の扉の錠前に鍵をかけるのだった。

三つの枕

「さ、浪路どのはこの牢屋だ。入って頂こうか」

一番奥まった牢舎の扉を定次郎は開けたが、

「ちょっと待て、定次郎」

と、重四郎はふと何かを思いついたように声をかけた。

「明日からは、門弟達の一人一人と腰を使い合うわけだから、とにかく浪路どのは忙しくなる。だから今夜のうちに熊造と伝助両名との床入りだけはすませておきたいのだ」

とたんに浪路の頬は見る見る蒼く硬化する。

「本当は拙者と定次郎が浪路どのと最初の立ち合いを致したかった。しかし、定次郎と相談の上、ここはやっぱり返り討ちを完全なものにさせるため、熊造達に花を持たせる事にしたのだ」

先ほどの張形責めだけでは熊造達も物足らぬであろう、やはり、とどめを刺させなければ、返り討ちを果した気分になるまい、などと重四郎はいうのだった。

「左様、業腹だが一番手は熊造と伝助にゆずってやらねばなるまい」

定次郎は熊造達の顔を見て、どうだ、熊造、嬉しいか、今宵、貴様達二人を浪路どのと水入らずにさせて遊ばせてやるといっておるのだ、と、いうと、熊造と伝助は何ともいわれぬ嬉しそうな顔つきになるのだった。

「浪路どのは仇討ちを断念すると申された。しかし、口先だけではどうも信用出来ぬ。だから早いうちに貴様達二人と夫婦の契りを結ばせてみようというわけだ」


熊造達と夫婦の契り――重四郎のそんな言葉を耳にした浪路の蒼ずんだ頰は更に恐ろしいばかり硬化するのだった。

もはや、卑劣な手段で嬲りものにされた自分、この上、どういたぶられようと好きにさせるしかないと一切自分を諦めた浪路であったが、やはり、父の仇である熊造と伝助両人に凌辱されねばならぬのだと思うと、顔面よりたちまち血の気が失せ、ぴったり揃えさせている膝のあたりが屈辱のためにブルブル慄えるのである。

「いかがなされた、浪路どの。顔色が急に蒼ざめたではないか。もはや、覚悟は出来ているはずではないのかな」

重四郎が浪路のさも哀しげに歪める優雅な頰をニヤニヤして見つめながらいうと、浪路は悲痛な顔を重四郎に向けていった。

「重四郎様、浪路はもはやどのような羞ずかしめに遭おうと菊之助の命を救うて下さる約束を信じて耐えるつもりでございます。でも――」

「でも、何だ」

「父の仇と、情を通じなければならぬとは――ああ、あまりにもむごい。あまりにも非情ななされかた――」

浪路は大粒の涙をその端正な頬にしたたらせながらわなわな唇を慄わせて恨みっぽく重四郎に告げるのだった。

「何をいうか、熊造と伝助の田楽刺しを受けねば返り討ちされた事にはならないではないか。まだ、熊造達を仇と見て恨みを捨てる気にならぬと申されるならば、仕方がない」

菊之助の一物を斬り落とすだけだ、と、また重四郎は切り札を持ち出して浪路を懊悩の極へ追いこむのだった。

進退窮まったように浪路は横に顔を伏せ、乳色の艶っぽい肩先を慄わせて泣きじゃくったが、わ、わかりました、と悲痛な声で重四郎にいった。

「それでは、一つだけ、一つだけ、重四郎様にお願いがございます」

「何だな、申されよ」

「熊造、いえ熊造殿たちと浪路が情を通じたという事は、何卒、菊之助の耳には入れないで下さいまし。親の仇と姉が肉の契りを結んだ事など菊之助が知ればきっと逆上する事になります。何卒、この事だけは――」

菊之助には告げないでほしいと、くり返し浪路は重四郎に哀願して、耐え切れなくなったように号泣するのだった。

「心得た。菊之助にはこの事は秘密にしておく。安心なされよ」

泣きじゃくる浪路に向かってそういった重四郎は、引き立てろ、と、菊之助の縄尻を持つ新八郎に眼くばせを送った。元来た道を、浪路は新八郎に縄尻をとられ、熊造と伝助に左右を挟まれるようにして、再び歩き始める。

「姉、姉上っ」

牢舎に閉じこめられている菊之助は引き立てられていく浪路を格子越しに見たとたん、二つ折りに縮めていた上体を起こしておろおろした声を出すのだ。

「姉上はお小用がしたいと申されてな。これから厠《かわや》までお連れする所だ。心配致すな」

と、定次郎は菊之助に向かって愉快そうにいった。

浪路は菊之助の方に見向きもせず、氷のように冷たく、白く冴えた顔をじっと前方に向けながら幻でも見つめながら歩くように静かに石段の方へ進んでいくのだった。

——浪路は重四郎の寝室の床柱に縄尻をつながれて膝を折り、畳の上に正座している。

しばらく、ここにお待ちあれ、といったまま、重四郎は熊造達を連れて次の間へ引き揚げてしまったのだ。また、そこで浪路と菊之助を捕えた事の祝盃を内輪だけであげているようだ。

浪路は後手に縛り上げられた素っ裸をぴっちり膝を折って正座させられながら凍りついたような表情で空虚な眼を一点に注いでいる。今はもう熊造と伝助に凌辱されるのを待つだけの浪路であった。

憎悪を感じる以外の何者でもない鬼畜の二人にいよいよ肌を犯される事になるのだと思うと観念したとはいえ、浪路の胸は口惜しさと哀しさに押し潰されそうになっている。

あの二人に言語に絶する張形責めの屈辱を受け、その一瞬、恨みも口惜しさも忘れ、狂態を示してしまった浪路だったが、少し時がたてば白々しく自意識がこみ上がり、あの一瞬、自分には何か物の怪がとりついたのではないのかと自分が自分でわからなくなるのだった。それとも――重四郎が嘲笑していったように夫が不能故の欲望の不満が――ああ、そのような事があってもいいものだろうか、そのような淫らな女だと自分を思いたくない。浪路は元結が切れて乳色の肩先にまで垂れかかる黒髪をゆさゆさ左右に揺さぶりながら急に胸をつまらせて嗚咽するのだったが、それは自分に対する口惜し泣きであった。

父の仇、憎さも憎し、熊造と伝助、その両人にこれから再びいたぶられ、先ほどのような浅ましい狂態をまた示さねばならぬのか。嫌だ、嫌だ、二度とあのような醜態は演じたくない。石のように身も心も固くし、無抵抗を示さねばなるまい――

急に襖が開いたので、浪路はハッとして全身を硬くした。

入って来たのはお銀に娼婦のお春、お紋達である。三人ともまたかなり酔い出していて床柱に縄尻をつながれ、膝を折っている素っ裸の浪路の方をクスクス笑いながら見つめるのだった。

「随分と待たせてすまないねえ。今、ちょっと面白い相談が持ち上がり、熊造さん達は重四郎先生と話しこんでいるのだが、もうすぐここへやって来るさ」

お銀は床柱につながれている浪路のそばへ身をかがませ、その絖のように光沢を帯びた美股をしげしげと見つめた。

「全く綺麗ないい身体をしているねえ。いくら見ても見飽きないよ、どうだい、おっぱいといい腰つきといい全く色っぽく出来てるじゃないか」

お銀は酔った眼をとろんとさせて緊縛された浪路のしなやかさと官能味を持った身体を見つめていたが、お春達に眼くばせして浪路のすぐ眼の前に床を敷かせ始めるのだ。

娼婦達は床入りの支度をするため、先にやって来たものらしい。押入れからひっぱり出した夜具を二つ重ねにして敷き、枕を二つ出して並べたが、それを見たお銀は首を振っていった。

「枕は二つじゃなく三つだよ。女一人に男二人じゃないか」

ああ、そうか、と娼婦達は押入から更に一つを取り出して並べた。赤い女物の枕をはさんで男物の黒い枕が左右に二つ、ぴったりとくっついている。

浪路はそれに気づくと何ともいえぬ哀しげな表情になって深くうつむいた。浪路の柔らかく翳った睫毛にはしっとり涙が滲んでいる。

「お床入りを前に花嫁がそんな辛そうな顔しちゃいけないよ。花婿二人に失礼じゃないか」

お銀は浪路の涙をしたたらせた優雅な頬に狡猾そうな笑いを浮かべてじっと見入るのだった。

第十二章　獣たちの夜

床化粧

親の仇である熊造と伝助二人に凌辱される時を待つだけの哀れな浪路に、お銀とお春はつめ寄って、持って来た化粧箱をそばに置き、さ、寝化粧をしてあげましょうよ、と二人は浪路のおどろに乱れた黒髪を櫛を使って梳き上げ、牡丹刷毛《ぼたんはけ》を使って白粉《おしろい》を頬から艶っぽい首筋にかけて塗り始めるのだった。浪路は鬼畜の二人にいよいよ肌身を犯されるという胸の張り裂けるような屈辱感を奥歯を噛みしめ必死に耐えている。

固く閉じ合わせた柔らかい睫毛の間から口惜し涙が一滴二滴したたり落ち、浪路の蒼ずむほどに冷たく冴えた象牙色の頬を濡らすのだったが、それを見たお銀は、

「ちょいと、せっかくお化粧してやってるのに涙を流す奴があるかい。馬鹿野郎。お化粧が台なしになってしまうじゃないか」

と、ふくれ面して浪路の柔軟な肩を邪険に手で押すのだった。

「そりゃ、親の仇とからんで腰を使い合うってのは辛いだろうけどさ」

お銀は浪路の顎に手をかけ、浪路の唇に紅筆で紅を引きながら含み笑いしていった。

「仇討ちも自分の口ではっきり諦めるといった事だし、こうなりゃ、いさぎよく返り討ちに合ってあの二人にとどめを刺させてやるべきだよ。ね、そうすりゃ弟の菊之助の命は助けて頂けるんじゃないか」

いかにも元やり手婆らしい口をきくお銀は、浪路の悲痛に歪めた横顔を狡猾そうな表情で見つめた。

端正な頬を凍りつかせている浪路の唇に唾でしめした口紅を引いて赤く潤ませたお銀は、

「これでまた女っぷりが一段と上がったよ。花婿二人はきっと大喜びするだろうか」

といってお春達と顔を見合わせてクスクス笑い合う。

熊造と伝助二人を悦ばせるための床化粧、ああ、このようなみじめな末路になろうとは、と浪路は血が逆流するばかりの汚辱の思いに打ちひしがれたよう前かがみに顔を伏せた。


「支度は出来たかな」

障子が開いて重四郎と定次郎が並んでのっそり部屋の中へ入って来た。

「ほう、もはや床化粧もなさったようだな、浪路どの」

重四郎は髪の乱れを直し、白粉を塗り、口紅までつけた浪路を見て、何ともいえぬ楽しそうな表情を見せる。

浪路は重四郎に気づくとさも悲しげに視線をそらし、固く唇を噛みしめるのだった。

「床化粧までして熊造達を受け入れる気になって下さるとは真にもって殊勝な心がけ――」

などと重四郎はいい、

「ところで今、熊造達と相談した事だが、一つ折り入って浪路どのに御相談したい事がござる」

と、重四郎はニヤニヤして床柱に縄尻をつながれている浪路に近づくのだった。

「この山麓の宿場町に紅ぐも屋という女郎屋があるのだが、実は今日より七日後、三五郎一家では花会が催され、関東の名のある親分衆を花会のあと、そこへ招く事になっている」

その時の余興を浪路どのにつとめて頂きたいのだがいかがでござる、と、重四郎はいうのだ。

「余興といっても別にむつかしい事ではない」

と、定次郎がいった。

「熊造や伝助はお座敷の芸人で、時折、田舎大尽や親分衆のお座敷に出て女郎とからみ、床遊びの芸を披露している。ところが相手は何しろ田舎女郎でお面相のよくない相方ばかり、とても名のある親分のお座敷へ出せるような玉ではない」

その相方を浪路どののような美人がつとめて下されば拙者の面目が立つというものだが、と、重四郎はつづけていうのである。

一瞬、浪路の表情は恐ろしいばかりにひきつった。重四郎は自分を親の仇の熊造と伝助二人に凌辱させただけではあきたらず、女郎屋につれこんで熊造とからませ、見世物にしようという魂胆なのだ。正に悪鬼の化身としか思われない。

「重四郎さま。あ、あなたは、そ、それほどまでこの浪路をお憎みでございますか」

浪路は声を慄わせてそういい、涙に潤んだ切れ長の美しい瞳に口惜しさを一杯に滲ませて重四郎を見上げた。

「ああ、憎い、憎いとも」

重四郎は恨みっぽくこちらを見つめる浪路の柔媚な美しい顔を睨み返すようにしていった。

「浪路どのに対する拙者の恋心は今では無残に打ち砕かれて憎悪と変じ、息を吹き返しておるのだ。浪路どのを奈落の底に追い落とす事のみが今の拙者の生甲斐でござる」

と、重四郎は熱っぽい口調でいった。

「どうだな、浪路どの」

早い話が七日か八日、浪路どのはこの世に生き長らえる事が出来るというわけだ、と重四郎はいうのだ。

「それまでの間、大いに生恥をさらして頂きたい。つまり、このまま嬲りものにしただけでは殺すには惜しいというわけだな」

どうだ、七日か八日の間、自分の命をのばしてみる気にはならぬか、と、くり返し重四郎はいって浪路の凍りついたような横顔に見入るのである。

七日か八日の後には姫路より仇討ちの助太刀人達がこの地へ到着する事になっている、と浪路は信じ切っている——重四郎の計略はそこにあった。まさか使者に出した女中の千津が鬼ゆり峠で雲助共に捕われ、あの密書を奪われてそれが重四郎の手に握られているとは夢にも浪路は知らぬだろう。

浪路は菊之助の命を救いたい一心で何とかして姫路より救援者が到着するまでの間、時を稼ぎたいと思っているに違いない。そこが重四郎のつけ目であった。一思いに殺してはつまらない。七日間の間は徹底して浪路をいたぶり抜いてやるのだと嗜虐の情念をまた燃え立たせてそれを浪路に納得させようとして迫るのだ。

「浪路どのがこの世に生きている間は菊之助もまた無事にこの世に生き残れるという事だ」

熊造や伝助とからみ、親分衆の酒の余興にお座敷へ出て頂けるかな、浪路どの、と、重四郎は蒼白く硬化させた浪路の片頬に鼻先を近づけ、せせら笑うようにいうのだった。

「では、その七日間の間は菊之助に羞ずかしめを与えぬという事はお約束して下さいまし、重四郎様」

浪路は眼を伏せるようにしながらさも哀しげに蒼白い頬をそよがせていった。

「よろしい。それは約束致そう」

重四郎はそんな浪路の悲壮味を帯びた優雅な頬を見つめながらいった。

「では、熊造や伝助とここでしっかり夫婦の契りを結び、七日後の酒宴の余興を演じて下さるというそちらの約束は間違いあるまいな」

重四郎がそういうと打ちひしがれている浪路の柔軟でしなやかな肩先はブルッと痙攣する。熊造や伝助とここで夫婦の契りを結び、という重四郎の言葉からはもはや逃がれられぬ運命だと覚悟はしているものの、肺腑をえぐり、背中に悪寒のようなものが走るのだ。

「菊之助さえお救い下さるなら、浪路は、浪路は、もうどうなろうとも――」

「それを聞いてこちらも安心致した」

重四郎は定次郎と顔を見合わせてほくそ笑んだ。

「おい、熊造っ、伝助、ちょっとここへ来い」


定次郎が大声を上げると、障子が開いていい気分に酔っている熊造に伝助、それに健作の三人がニヤニヤしながら顔を出す。やはり、浪路は熊造や伝助が顔をのぞかせたとたん、生理的にも嫌悪感が走るのか、反射的にさっと顔をねじり、固く眼を閉じ合わせるのだった。

「これ、これ、花婿が御入来だというのに、そんなすげない態度をとるものではない」

重四郎は必死になって熊造達から視線をそらせている浪路を痛快そうに見つめながらいった。

そして、次に熊造の顔を見ると、

「浪路どのは、はっきりと申されたぞ。この場にて悦んで貴様達と夫婦の契りを結び、三五郎一家の花会の夜には親分衆の酒席で床遊びの余興を演じて下さるそうだ」

と、いうのだった。

「俺達と組んで親分衆の酒席の余興をつとめてくれるとは嬉しいね。女一人に男二人がからみつく色事の芸を一度、俺達はお座敷で演じてみたかったのさ」

早返、明日からそのための稽古をみっちり積もうじゃないか、と、熊造は楽しそうな表情になっていうのだった。

「それにはまず俺達とお前さんが夫婦の間柄にならなきゃ、この芸はやってのけられねえからな。一つ、今夜は仲よく俺達二人としっぽり濡れ合おうじゃねえか」

と、つづけて伝助も愉快そうにいうのだった。

「卍《まんじ》どもえの色事はな、少々、普通のよりきついぜ、わかってるのかよ、戸山家の若奥様」

と、熊造は更に身を縮ませている浪路のそばへつめ寄って行き、同時に二人を受け入れるには二つの方法がある、女の部分に一人をつながらせ、もう一人を唇と舌を使って楽しませる、また、別の方法としては同時に尻の穴を使うやり方だと説明し、伝助と顔を見合わせて笑い合った。

「おい、熊造、そのような方法を最初から浪路どのに説明してもおいそれと受け入れられるものではない。まず、今夜は浪路どのと貴様達が肉の契りを結ぶ事が先決だ。そうすれば浪路どのも心が落ち着き、明日からの稽古に励む事になるだろう」

口惜し泣きをする浪路の肩にそっと熊造と伝助が手を触れさせていくと、その瞬間、浪路は激しく黒髪を揺さぶって二人の手を発作的に払いのけようとする。

「それ、そのように熊造達の手が触れるだけでまだそのようにむずかりを示すではないか」

熊造と伝助の手の中で懸命に身を悶えする浪路を見て重四郎は大口を開けて笑うのだった。

「まず、その性根を直してくれねば困る。一つ、そこで熊造と仲良く舌を吸い合って御覧じろ」

熊造がえへらえへらと笑いながら前かがみに身を伏せようとする浪路の艶っぽい肩先に手をかけてひっぺ返し、酒くさい唇を浪路の紅唇に押しつけようとする。

すると思わず浪路は、け、けがらわしいと悲鳴に似た声で叫び、紅潮した頰を横に伏せて熊造の唇をさけようとするのである。

「けがらわしいだと」

熊造は眼をつり上げてどなった。

すっかり観念したつもりであったが、浪路はいきなり熊造に組みしかれ、唇を奪われようとして思わず逆上したのであり、熊造を罵倒した瞬間、自分でもハッとしたのだ。

「浪路どの。この期に及んで熊造に対し、けがらわしいとは何たるいい草だ」

と、重四郎はわざと気色ばんで見せ、刀の鞘でトンと畳の上をたたいた。

「こちらが下手に出ればつけ上がりおって」

と、定次郎も重四郎の真似をして怒った顔つきになる。

「菊之助にまた恥をかかせてくれと申すのか」

「いえ、私が、私が悪うございました」

菊之助を持ち出されると浪路は再び、おろおろと狼狽を示して重四郎と定次郎に詫び入るのである。

「花婿に思う存分けがらわしいなどと申す花嫁がどこの世界にある。さ、花婿に甘えかかり舌を吸ってもらうのだ」

重四郎が強い口調でそういうと浪路は進退窮まったように深く頭を乗せさせてすすり泣く。そんな浪路に熊造がまたからみつくように横から肩先に手を巻きつかせ、もう一方の手で浪路の顎をこじ上げ、その唇に唇を強引に触れさせていくのだ。

浪路は美しい眉根をさも哀しげにギューとしかめ、歯を喰いしばるように固く結んだ唇だけで熊造の唇を受け、くなくなとすりつけるようにしているのだ。

「何だ、その熱のない接吻は」

と、重四郎は苦笑して刀の鞘で浪路の艶っぽい肩先を小突いた。

「まだ熊造に対する敵意は捨て切れぬものと見えるな、浪路どの。もっと柔順な態度を示さぬとまた面倒な事になるのではないかな」

重四郎に再びおどされた浪路は、もうどうともなれと熊造の抱擁の中に身を投げこませた。

熊造に緊縛された上半身を強く抱きしめられながら強く押しつけて来る熊造の唇に唇をぴったり重ね合わせ、強引に口中へ押し入れてくる熊造の酒にただれた舌先に舌先をからませた浪路はその瞬間、屈辱の極地に呼吸も止まりそうになった。それとは逆に浪路の甘い練絹のような舌触りをはっきり舌先に感じた熊造は魂まで痺れ切るような恍惚の思いに浸っている。

浪路の汚辱の喘ぎが熊造には女の陶酔の息吹に感じられてじーんと全身が官能的に疼き出すのだった。

定次郎が重四郎の耳に口を寄せていった。

「熊造の奴も大胆ですな。相手は親の仇を討ちに来た浪路だ。ひょっとしてここで舌を噛み切られるという怖れがないのでしょうか」

「いや、ここで熊造の舌を噛み切った所でもはやどうしようもないと観念したようだ。熊造を噛み殺してその報復に菊之助の玉を斬られる。考えれば何とも損な勘定になるからな」

と、含み笑いしながらいうのである。


背後からまといつく伝助に麻縄で緊め上げられた熟れた乳房を揉みほぐされ、前面から強く抱きしめてくる熊造とぴったり唇を重ね合わし、今はもう自棄《やけ》になったように舌を吸われるままになっている浪路はようやく熊造の唇が離れると自分もまた全身が痺れ切って頭が朦朧となり、身動きが取れなくなってしまっている。

「その要領でいいのだ、浪路どの。今日より七日の間、浪路どのは熊造達二人の妻となるわけだからな。今までの事はすっかり水に流して二人の亭主にこれからうんと甘えられるがよい」

と、重四郎が魂が抜けたように朦朧とした表情で空虚なまばたきをくり返している浪路に皮肉っぽい口調でいった。

「あと半刻あまりの辛抱だ。我々と仕事の打ち合わせがすめばすぐに亭主二人はここに戻り、お床入りという事にするからな」

そのために花嫁の下半身を柔らかく溶かし、花婿の愛を深く受け入れるよう支度しておかねばならぬ、と、重四郎は金盥の中を指さしていった。

そこには、先ほど、健作の持ってきたずいき縄が湯の中に浸っている。湯に浸した方がずいきの繊維が柔らかく溶け、樹液が浸透し、それだけ効力が増大するのだと重四郎は説明してから、股縄をかけてくれるよう自分の口から花婿にねだるのだと迫るのだ。

「さ、花婿に甘くねだってみるのだ、浪路どの」

と、重四郎は縄尻を定次郎に持たせ、自分は浪路の正面へ廻って、その白々と陶器のような光沢を帯びる浪路の均整のとれた素っ裸をしげしげと見つめながらいった。

「そーら、見な。ずいき縄が盥の中でこんなに水気を含んで膨らんで来たぜ。こいつで股の間を緊めつけられちゃ、たまらねえ気分だろうな。すぐにカッカッと身体が燃え立つだろうよ」

と、熊造は金盥の中からそれを指でつまみ上げて浪路のしっとり翳りのある優雅な頬を小気味よさそうに見つめるのだった。

「股、股縄を浪路にかけて下さいまし」

浪路は固く眼を閉ざしながら自分で自分を奈落の底へ蹴落とすような捨鉢めいた気持ちではっきり口に出していった。

よしきた、と、熊造と伝助はしなやかさの中に官能味を盛り上げている武家女の裸身に前後からつめ寄り、素早くそれを腰部のなよやかなくびれの上に一巻きしてしっかり結びつけ、乳房から胴廻りにかけて巻きついている麻縄につなぎ始める。そのあまりを熊造はたぐりながらねっとり乳色の光沢を浮かべている肉づきのいい太腿の間にくぐらせようとするのだ。

さすがにそれが股間をくぐろうとすると浪路は狼狽気味に思わず両腿をぴたりと閉じ合わせるのだったが、

「何もここまで来て羞ずかしがる事はねえだろう。さ、通しいいように少し肢を開きな」

と、熊造は剣術の稽古で鍛えたためか見事に肉の引き緊まっている浪路の太腿をピシャリと平手打ちした。

「さ、通すぜ」

ふと浪路の優美な二肢のもつれた隙に、熊造は素早くずいき縄を股間に通し、女盛りの妖艶ささえ感じさせる漆黒の柔らかい茂みに縦一文字に喰いこませ、それをまた背後に待ち受けている伝助が余りを受けとってキリキリと双臀の間を緊めつけ、引き絞っていく。

「うっ」

と、その瞬間、浪路は昂ぶった悲鳴を上げ、ブルッと腰部を痙攣させた。

「駄目だよ。少し的が外れているじゃないか。もっとちゃんと谷間に喰いこませてやらなきゃ」

面白そうに見物していた娼婦のお春とお紋が近づいて来て熊造達の仕事を手伝い始める。

「女の眼にはごまかしはきかないよ。さ、桃割れにしっかり通すんだ」

と、自分達も嗜虐の遊びに加わって、もう一度、浪路の股間に喰いこんだずいき縄を外し改めてその中央へ強く喰いこませ、一気に双臀の方へ力一杯、たぐり上げる。

あっと浪路は頭の芯まで突き上げて来るような痛みとも痺れともつかぬ苦痛に優雅な頬を真っ赤に火照らせ、カチカチ歯を噛み鳴らした。股間の急所の部分を湯に濡れたずいき縄は真一文字に深くえぐり、浪路の全身の感覚はたちまち甘く痺れ出したのだ。

「よし、どうやらうまく喰いこんだようだな」

熊造と伝助は浪路の深い翳りのある亀裂に喰いこませたずいき縄を更に引き絞るようにして腰縄にしっかりと結びつける。その部分を通して火のように鋭い痒さとも快感ともわからぬものが背骨のあたりまで貫き、浪路はもうその場に立っている事は出来ず、畳の上に膝を折り曲げて縮みこんだが、そうすればそうしたでおぞましいずいき縄が更に強く花芯をえぐる。

浪路は進退窮まったように黒髪を激しく揺さぶりながらひきつったような悲鳴の声を洩らすのだ。

「もう少し、そのままで辛抱するのだ。そのうち、ずいき紐の樹液が身体の潤みと混じり合い、ますます効果が現れて来る。親の仇であろうが何であろうが、男であるなら誰でもいい。肉棒で早く田楽刺しにされたいと切実に望むようになってくる」

重四郎はそういって悶え泣く浪路を見下ろしながら腹をかかえて笑った。

「今に股縄を喰いこませているその茂みが嫌でもぐっしょり濡れてくる。その時を見計らって熊造と伝助がお相手致すそうだ」

それでは熊造、も一度、あちらの部屋で飲み直すと致そうか、と、重四郎が声をかけると、へい、と熊造と伝助は同時に腰を上げた。

「重四郎先生、ちょっと待っておくんなさい」

熊造は、へへへ、と淫猥な笑いを口元に浮かべていった。

「お床入りを待つ花嫁に花婿の匂いをたっぷり嗅がせてやりてえ。恋しい男の匂いを嗅ぎながら抱かれる時を今か今かと待つ女――へへへ、どうです、重四郎先生、面白い趣向でしょう」

熊造はそういって単衣物の裾をまくり上げると自分の赤褌をくるくる解き始めたのである。

それを見た重四郎と定次郎は顔を見合わせて笑い合った。

「なるほど、それは面白い。しかし、熊造、貴様の褌は汚な過ぎるぞ。たまには洗濯しろ」

熊造は黄色い歯をむき出して笑いながら解いた赤褌を二つに折り畳み、股間縛りされた裸身を縮ませている浪路につめ寄っていく。

「うっ」

熊造の手にしたそれで口を覆われようとした浪路はあまりの汚辱感に激しく身悸いし、狂気したように顔を揺さぶった。

「よ、おとなしくしねえか。こいつをしっかり口に巻きつけ、俺達の匂いをたっぷり嗅ぎながらお床入りまで待っているんだ」

激しく身悶える浪路を熊造と伝助は左右から押さえつけ、顎をつかんで強引に赤褌の猿ぐつわを嚙ませるのである。

浪路に徹底した汚辱感を与えようと熊造も伝助も必死な思いになっている。

「ハハハ、赤ふんの猿ぐつわか。よく似合うぜ」

熊造は無理やりそれで鼻と口を固く緊め上げられた浪路の何ともいえぬ口惜しげで哀しげな横顔をのぞきこむように見て嘲笑した。


気品のある線の綺麗な鼻の先から口までを熊造の薄汚れた褌で固く覆われた浪路は美しい眉根を歪め、長い睫毛を固く閉ざして必死に憤辱に耐えているのだ。その赤らんだ端正な横顔にはふと凄惨な色気が滲んでいるようで重四郎も恍惚とした気分になり、浪路の悲壮味を帯びた横顔をそのまましばらく凝視している。

「では、参ろうか、熊造」

重四郎は熊造をうながして再び、座敷の外へ出て行った。

「ホホホ、じゃ、そのままでもうしばらくの間、おとなしく待っているんだよ」

口と鼻を同時に固く覆ったその薄汚い布からは恐らく嘔吐を催したくなるほどの悪臭が鼻腔に突き通り、浪路は汚辱の極地に半ば気が遠くなりかけているのだろう。股間縛りに縛り上げられた優美な裸身を二つ折りに縮めながら浪路は小刻みの慄えをくり返し、固く閉じ合わせた長い睫毛の間から大粒の涙をしたたらせているのだ。浪路の流す涙は浪路の熱く上気した滑らかな頰を伝わり、汚辱の赤い猿ぐつわまで濡らし続けている。

祝い酒

「うむ。たしかに」

と、重四郎は紅ぐも屋の主人、勘兵衛の差し出した五十両をたしかめて懐へしまいこんだ。

「あと三日ぐらいでお小夜は紅ぐも屋へ送りこむ事が出来る。もうしばらく待つがよい」

「一つ早い目にお願いしますよ。何しろうちは今、女郎の数が足りねえので困っているんです」

勘兵衛は重四郎の持つ盃に銚子の酒を注いでいった。

「そこでもう一人、武家屋敷の女中を運びこむとおっしゃいましたが、それはいつ頃になりますので」

「ああ、千津の事か」

重四郎は盃の酒をうまそうに喉に流しこみながらそばに坐る定次郎の顔を見た。

「雲助共の餌食《えじき》になった千津はその後、どうなっているのかな」

「今頃はまだ、雲助部落でいたぶり抜かれているでしょう。近頃は雲助共も相当、頭に血が上っていますからな。ちょっとやそっとでは手渡しそうにない」

ハイ、お待ち遠様、と娼婦のお春とお紋が盆に銚子を数本のせて部屋の中に入って来る。

「近頃は江戸の小町娘のお小夜といい、武家女中の千津といい、上玉が続々と入って来て紅ぐも屋も御の字じゃないか」

熊造と伝助に交互に酒の酌をされていい気持ちに酔っているお銀は卑屈な微笑を浮かべている小柄な勘兵衛に濁った眼を向けていった。

「へい、これもすべて三五郎親分と重四郎先生のおかげでございますよ」

ま、お一つ、と勘兵衛はお銀のそばににじり寄るようにして近づき、銚子を差し向ける。

「聞けばお銀姐さんも、何か可愛い玩具をお手に入れなすったそうで、へへへ」

「可愛い玩具？」

ああ、菊之助の事かい、と、お銀はニヤリとして、重四郎の方に酒に酔ってとろんとした眼を向けると、

「ねえ、重四郎先生。ほんとに菊之助を早まってバッサリやっちゃ嫌だよ。あと、二、三日はどうしても生かしておいてくれなきゃあね。私だってたまにはあんな可愛い稚児さんを玩具にさせて頂きたいものだよ。どもりで赤ら顔の親分のおもりばかりじゃ、息がつまっちまうよ」

重四郎も勘兵衛もゲラゲラ笑い出した。

「私はね。ああいう菊之助みたいな前髪の稚児侍を見ると無性に可愛くなったり、無性に憎くなったり、ちょっと不思議な気分になってしまうんだよ」

と、お銀は熊造と伝助の顔を交互に見ながら照れたように笑った。

「さっき、熊造に当てがきされ、真っ赤に頬を染めて口惜し泣きした菊之助の顔、今、思い出してもぞくぞくしちゃうよ」

お銀は菊之助に対してどうも嗜虐性の情欲がそそられるらしい。

「その割にはあの若造、他愛もなくおっ立ててびっくりするほどしたたらせやがったぜ」

熊造は一座を見廻して大口を開けて笑った。

とにかく、はるばる姫路より親の仇である自分達を討ち取ろうとしてやって来た浪路と菊之助の姉弟——自分達にとっては何よりも恐ろしかったその姉弟を計略を用いて生け捕り、ただこのまま殺すのは物足らぬとばかり、散々嬲り尽したのだから熊造も伝助も嬉しさに酔い痴れているのだった。

「おい、おい、伝助も熊造もそう調子に乗って酒を飲むな。腰がふらついたらどうする。これから貴様達、浪路に対してとどめを刺さなくてはならぬのだぞ。張形ではなく肉棒でな」

ハハハ、と重四郎は愉快そうに腹を揺すって笑った。

熊造と伝助の助勢をして二人に浪路と菊之助を返り討ちにさせたという悦びではない。横恋慕して激しくしっぺ返しを喰った浪路に対し恨みを返せた事が息づまるほど、嬉しいのだ。それに青山家の剣術指南番を勤める戸山主膳に対する劣等感——そうした恨みも一気に返す事が出来たと思うと重四郎は胸の内が疼くほどの嬉しさを感じるのである。

（ざまを見ろ、主膳め。貴様の恋女房は今や俺の思いのままだ。煮て喰おうと焼いて喰おうがこちらの自由。これから七日の間、思いきりいたぶり抜き、最後には赤貝を抜きとって焼酎漬けにしてくれるわ）

と、重四郎は酔いが廻るにつれて狂暴な昂ぶりを感じ出し、胸の中で吐き出すようにいった。

浪路の密書をたずさえて姫路に向かうはずの女中の千津は鬼ゆり峠で待ちかまえていた雲助に捕われ、密書は奪われた上、身ぐるみ剝がれて雲助共の嬲りものになり、やがては紅ぐも屋の女郎にたたき売られる事になっている。

すべてが予定通り、運んだ、というより、浪路の仇討ち劇はこのようにみじめな結果で終了したという事になる。

あとは身も心も無残に打ち砕かれた浪路をあやつって七日後に開かれる三五郎一家の花会で夜の酒席の余興など演じさせればよい。そして、その翌日には雲助部落へ引き立て、菊之助ともども淫猥な処刑を行えばよいのだ、と重四郎は自分にいい聞かせて悦に入っているのだ。

次の間の床柱につながれている浪路の様子をそっとのぞきに行った健作がニヤニヤしながら

戻って来る。

「大分、ずいきの効き目が現れたようですぜ。可哀そうに腰をモジモジ揺さぶりながら赤褌の猿ぐつわの中でシクシク泣いてまさあ。そろそろ花婿二人が慰めに行く頃合だと思いますがね」

健作がそう報告すると、

「よし、熊造に伝助、貴様達、そろそろ出番だぞ」

と、重四郎は痛快そうにいった。

「とどめを刺す武器は大丈夫だろうな」

「へへへ、大丈夫、この通りでさあ」

熊造は盃を置いて立ち上がると重四郎の前で、真っ平御免、といい単衣物の裾をパッとめくり上げる。

「ほほう、これは見事だ。これでは馬も顔負けだのう。しかし、何と垢ずんで汚い一物だ。もうよい。しまえ、しまえ」

重四郎は苦笑して酔った熊造がむき出して見せた巨大で醜悪な肉塊より眼をそらし、片手を左右に振った。

「仇を討ちに来た女が討つべき男と夫婦の契りを結ぶなど、正に前代未聞の話でござるな」

と、定次郎が笑いながらいうと、重四郎はふと、何かを思いついて狡猾そうな笑いを口元に浮かべた。

「我々は熊造達の助勢人だ。熊造が浪路にとどめを刺すのを見とどける義務があるぞ」

おい、熊造、と重四郎は熊造の方に顔を向けた。

「貴様、俺に今、見せつけたそのむさいものを浪路にしゃぶらせろ。俺達の前でな」

「何も嫌な顔をする事はない。貴様はその行為を酒席で演ずるのが商売ではないか。我々に見せられぬという事はないだろう」

この機を逃さず、徹底していたぶり抜くのだ、と重四郎はいった。

色修業

再び、重四郎や定次郎がお銀や娼婦達も連れてどやどやと部屋に入って来ると、床柱に縄尻をつながれている浪路はハッとしたように上気した顔を横へそらせ、身を固くした。

身を固くしても股間を緊め上げるずいき縄はその効力を発揮して浪路の腰部は断続的に激しい痙攣を示している。赤い猿ぐつわで覆われた優雅な顔をさも苦しげに歪め、うしろの柱に汗ばんだ額を押しつけて柔軟でしなやかな肩先まで浪路は慄わせているのだ。

「いかがかな、浪路どの。大分、汗を流されているようだが」

重四郎が近づくと、浪路の慄えは一層、激しくなり、股間縛りにされた裸身を前かがみに縮ませた。

股間を強く緊め上げるそのおぞましい縄のために浪路の肉体はもうどうしようもない位に熱く疼き、燃えあがっていたのだ。ずいきは女の体内に喰いこんで溶けたように樹液を滲ませ、そのために身体の芯まで疼くような甘い悩ましさを伴う痒みが生じていつかそれは名状の出来ぬ不思議な被虐性の快美感となり、浪路は熱っぽく汚辱の赤い猿ぐつわの中で喘ぎ出しているのだ。

おぞましい股縄から発散させる樹液に煽られたように女の樹液が滲み出し、浪路はその浅ましさと羞ずかしさに狼狽して身を揉み、気をそらせようとあせるのだが、むしろ逆に快美の戦慄は昂まって浪路の下腹部は溶け出し、したたりは露わになっていくのだった。

ああ、何という浅ましさ——自分のみじめさに浪路は汚辱の猿ぐつわの中で声にならぬ嗚咽を洩らしている。重四郎や定次郎が近づくと浪路はおびえ切り、必死になって緊縛された裸身をねじ曲げ、前かがみに身を伏せるのだが、それは浅ましくも露わに濡らしたそれを気づかせまいとするからであった。

しかし、定次郎はすぐにそれに気づいて、

「浪路どの、大分、御気分をお出しになっておられるようだな。何もそう隠す事はあるまい」

と、うしろから浪路の乳色に輝く柔軟な肩先に手をかけ、こっちを向くのだ、と裸身を正面に向けさせようとする。浪路は赤い猿ぐつわを嚙まされた顔を真っ赤に染め、嫌っ嫌っとむずかるように首を振って激しい狼狽を示すのだ。

「ハハハ、何とまあはしたない。股にはさんだ縄をもうそのように濡らしおって」

重四郎も定次郎に手をかして身を伏せようとする浪路を強引にひっぺ返すようにしたが、その股間に喰いこませている縦縄をすでにしとどに濡らしているのに気づくとわざとわめくようにいって嘲笑するのだった。

浪路は美しい眉根をさも辛そうに歪め、赤い猿ぐつわの中で激しく喘ぎ続けている。額にも肩先にもべっとり脂汗が滲み、ずいき紐を喰いこませブルブル慄える熟れた肉づきの両腿も汗ばんでいるようだ。

「どうだ、浪路どの。ずいきの股縄、少しは身にこたえたか」

重四郎が横手から浪路の雪白の粘りのある肩先を片手で抱きしめ、ぴったり身を寄せつけていると浪路はもうどうにもならなくなったように重四郎の胸に抱き寄せられながらも羞ずかしげにうなずいて見せ、猿ぐつわの中でシクシクすすり上げている。

重四郎の胸に抱き寄せられて頰を押し当てて甘え泣きしているような、そんな浪路の女っぽい変貌を眼にすると定次郎はニヤリと片頰をくずした。

「股間に喰いこんだずいき紐は浪路どのに女心を眼覚めさせたようでござるな」

定次郎は重四郎の胸に火照った頰を当ててすすり泣く浪路とその股間の濃密な悩ましい繊毛に喰い入る縦縄を眼を細めて見つめながらいった。その縦縄は耐えようもなくしたたらせる浪路の甘い樹液によってしっとり濡れているのが熊造や伝助の眼にもはっきり映じるのだった。

浪路が身心ともに悦楽と痒みと混合した陶酔の中で痺れ切り、疲労困憊の状態に陥っているのに気づいた重四郎は、浪路を一気に追い落とすのはこの時とばかりにほくそ笑むとすぐに浪路の口から汚辱の猿ぐつわを解き出した。

猿ぐつわをやっと外された浪路ははあはあと大きく息づき、緊縛された裸身を重四郎の膝の前にフラフラとくずしかける。

「しっかりせんか」

重四郎は異様な陶酔の中ですっかり自分を失っているような浪路を面白がって再び肩に手をかけ、上体をしっかり起こさせた。

「重四郎様。お願いでございます、こ、この腰に喰いこむ縄目をどうか、解いて下さいまし」

羞じらいを顔面一杯に浮かばせて、両肩を両手で支える重四郎に浪路は声を慄わせていった。

「そんなに辛いか、浪路どの」

「辛うございます。もはや、先ほどより腰が痺れ切り、痒さのあまり気が狂うような思いでございます」

もはや意地も張りもなくした浪路は重四郎に肩を抱きしめられながら切なげな喘ぎと一緒に肉体の苦痛を訴えるのだった。

「よしよし、これから熊造と伝助がその股間を外し、疼いた部分を充分に解きほぐしてくれることになっておる。よいか、今夜は明け方まで熊造と伝助にたっぷり可愛がってもらうのだ」

重四郎は麻縄に緊め上げられている浪路の形よく熟れた柔らかい乳房にそっと手を触れさせていきながら痺れたような気分になっていた。

「恨みもつらみも忘れ、熊造と伝助を交互に身体に乗せ、しっかりと腰を使い合うのだ。よいか、娼婦にでもなったつもりで熊造達を充分に楽しませるのだ」

もし、途中でこの両名に対し、嫌悪の情を示したり、反発を示したりすればたちまち菊之助にとばっちりがいく、よく肝に銘じておかれるがよい、と、重四郎はそんな自分の言葉に酔い痴れている。

「浪路どのが娼婦のように振る舞って柔順に熊造達を受け入れたか、それはあとで熊造の口から聞く事にする。熊造の報告いかんでは菊之助は玉を斬り落とされる場合もあるのだ。だから、ここは何としても熊造達の機嫌をとり結ばねばなるまいな、浪路どの」

と、定次郎も耐えられぬほどの楽しい気分で浪路を言葉でいたぶるのだった。

「そこで、どうだ、定次郎」

と、重四郎がいった。

「拙者達、熊造共の助勢人として二人がとどめを刺すのを見とどける義務があるが、明け方に及ぶ乱状を目撃するのはちと骨が折れる。そこで浪路どのに最初、熊造をしゃぶらせ、それを見とどける事によって立ち合いの義務を終えた事に致そうではないか」

「なるほど、名案でござるな」

と、定次郎はゲラゲラ笑いながらうなずいた。

「熊造の布で男臭い肌の匂いをたっぷり嗅いだはずだ。今度は熊造のじかの肉棒を口に含むのでござる、よいな、浪路どの」

定次郎がそういうと、その意味がわかった浪路は顔色を変え、再び、前かがみにした裸身をガタガタ慄わせた。

「熊造のしたたりを浪路どのが口に受け入れるのを見とどけて我々は安心し、引き揚げる事に致そう。あとで存分に熊造と伝助に楽しませてもらえばよい。わかったな、浪路どの」

つまりこれは浪路どのが熊造達と夫婦になる儀式のようなものだ、と重四郎はいうのである。

「と申しても、何しろ浪路どのは由緒正しい武家の妻、そのような娼婦の手管は御存知ないかもしれぬ。ここにいる玄人の女共にそのコツをちょっと教わった方がいいだろう」

重四郎が眼くばせすると娼婦のお春とお紋はあいよ、とうなずいて重四郎にかわり、あまりの恐ろしさにもう声も上げられぬ浪路の左右につめ寄るのだった。

娼婦のお春は用意して来た手ぬぐいにくるんだものを袂の間から取り出してくる。

手ぬぐいを開くと中から出て来たものは太い竹輪だったので重四郎と定次郎は一緒に笑い出した。それを使ってお春とお紋は娼婦の口を使う技巧を浪路に教えこもうとするのである。

「ちょいと、人がこうして真面目に教えてやろうとしているのに眼をそらすなんて失礼じゃないか」

お春が真っ赤に火照った顔を横にそらせて固く眼を閉ざしてしまった浪路を見ると腹立たしげにいった。

「重四郎先生の前で熊造さんに対し、これをして見せなきゃ、菊之助の玉は斬り落とされてしまうんだよ、まだ、わからないのかい」

と、お銀も仲間に加わって浪路にそう毒づく。

浪路は陰険な眼つきでこちらを見つめているお春とお紋に涙に濡れた眼をおどおどと向ける。

「いいかい、今、お紋さんがやって見せてくれるからよくコツを覚えるんだよ。お紋さんは紅ぐも屋の中では一番の床上手といわれているんだからね」

お春が浪路の肩に手をかけてそういうと、お紋は手にしていた竹輪の先端を口に持って行き、その先端をくねくね顔を動かしつつ大きく舌先をのぞかせて犬のように嘗め廻すのだった。どうも竹輪じゃ気分が出ない、などと笑いながらお紋はペロペロ嘗め廻し、唇に含んだり、また、吐き出して舌先だけを使ったり――それをお春に顎を押さえられて眼にした浪路はあまりの浅ましさに幾筋もの熱い涙を滑らかな頬にしたたらせるのだった。

「そら、わかったかい。付根から先端までを何度もこんな風に大きく舌先をのぞかせて嘗めさすってやるんだよ。ただ、ペロペロやっているだけじゃ能がない。時々、おっぱいを押しつけたりして揉みほぐしながら、もっと大きくしておくんなさいまし、なんて甘い声を出して気分を出すんだよ」

お紋は浪路の悲痛なばかりに歪んだ顔を見ながら笑っていった。

「そうして充分に相手が固くなったと見るやこんな風に」

と、いい、再び、手にしていた竹輪を口中に含んで舌の音を激しく鳴らしながらしゃぶり抜くのだった。

「そら、お紋さんのやってる事をよく見ておくんだよ。あんな風にたっぷり唾を出して相手を濡らし、悩ましい音をたてさせて唇と舌を使いまくる。喉の奥にまで入れて吸い上げるんだよ」

相手をその方法で自失させる方法をお春は熱心に浪路に教えるのだった。

「さ、今度はお前さんが竹輪を口に含んでやってごらん」

「ああ、そ、そのような真似、と、とても浪路には出来ませぬ」

お紋が口から抜き出したそれを浪路の口元にいきなり近づけていくと浪路は激しい狼狽を示し、真っ赤に火照った頬を横にねじって身も世もあらず悶え泣くのだ。

「出来なきゃ、菊之助の玉は斬り落とされるんだよっ」

と、お銀は叱咤するようにいい、お春と一緒に前に伏せようとする浪路の顔を強引に引き起こした。そして、お紋が手にした竹輪をすぐに浪路の形のいい紅唇に押しつけていく。

「せっかくお稽古つけてやろうってのにそのふてくされた態度は何だよ。お前さんは今日から七日間の間、女郎の修業をする事になったんだろ。先輩女郎に対し、そんな生意気な態度をとるとほんとに菊之助は――」

「ああ、わかりました。お、おっしゃる通りに致しまする」

お銀が昔とった杵柄《きねづか》でぱっと裾前をまくって赤い蹴出しを見せ、やり手婆めいた荒っぽい口調になると、浪路はもう抗す術を失って泣きじゃくりながらうなずいて見せ、お紋の押しつけて来た竹輪の先端に固く結んだ唇をそっと触れさせるのだった。

「何だよ、そ、それ、教えてやった通り大きく舌先を出して嘗めないか」

「先端から付根まで心をこめてペロペロ嘗めさするんだ」

娼婦達は調子づいて浪路の調教にとりかかっている。

浪路は大粒の涙をしたたらせながら娼婦達に命じられるまま赤い舌先をのぞかせてくなくなとそれにすりつけるのだった。すぐそばで酒を飲みつつそれに眼を注いでいた重四郎達は顔を見合わせ、こみ上げて来る嗜虐の悦びを噛みしめ合っている。

「どうだ、熊造、見ているだけで貴様、ぞくぞくするだろう。浪路どのは貴様をしゃぶり抜くためのお稽古に励んでおられるんだぞ」

定次郎は熊造の肩を手で叩きながら頬を崩した。

「そいつはたしかに身に余る果報でござんすがね」

「どうした？」

「俺の一物はあんな竹輪のようにひょろひょろしたもんじゃねえ。長さも太さも筋金入りだ。

浪路さまのあのおしとやかな美しいお口で咥えこむ事が出来るか、心配なんですがねえ」

熊造がそういって黄色い歯をむき出すと重四郎と定次郎も膝をたたいて笑いこけるのだった。

娼婦の手管

「よし、熊造、貴様、そこの卓の上へ腰かけろ」

頃はよしと見て重四郎は熊造に声をかけた。

健作と酒を飲んでいた熊造はよし来た、とばかり帯を解き、単衣物をざっとかなぐり捨てて全裸になると卓の上にでんと腰を据えた。

熊造の背中に一面に彫ってある閻魔《えんま》の刺青が酒の酔いのせいか真っ赤に染まって見える。

さあ、よく見てくれとばかり、股間の隆起を両腿を割って誇示しながら熊造は薄馬鹿めいた笑い方をするのだった。

少し離れた所では股間縛りにされた裸身を正座させている浪路が娼婦のお春とお紋二人に左右からつめ寄られ、口技の技巧を伝授されているのだ。

羞じらいやためらいを浪路が示せばたちまちそばからお銀が、菊之助のあそこが斬られてもいいのかい、とおどしにかかり、浪路はもはや抗す術はなく、娼婦達に教示され、強要されるまま竹輪の稽古棒に対して熱っぽい鼻息を吐きかけながら大きく舌先をのぞかせて嘗めさする

ようになり、

「さ、口を開いてしっかり呑みこんでごらん」

と、つづいて娼婦達が叱咤するように指示すると自棄になったように固く眼を閉ざしたまま花びらのような唇を開いてそれを深く口中に含むのだった。

「そう、そう、なかなかうまくなったじゃないか」

お春とお紋は顔を見合わせてほくそ笑んだ。

固く閉じ合わせた眼尻より屈辱の熱い涙をしたたらせ、端正な象牙色の頬をふくらませつつ口中に含んだそれを舌先を使って愛撫している浪路を眼にすると、重四郎と定次郎も信じられない思いになって思わず顔を見合わせるのだった。

そんな娼婦の技巧を強制的に伝授されているうち、浪路は今まで自分でも気づかなかった淫らな毒婦めいた情欲が身内の奥底からこみ上がって来たのかもしれない。神経をすっかり麻痺させたように口中深く含んだそれをうっとり眼を閉ざしながら無我の心境になってしゃぶり抜く——そんな風に重四郎の眼には映じるのだった。

「もっと舌先を使って強く吸い上げるんだよ。少しずつ唾を吐きかけながら雁首の下のあたりに舌を押し当ててくすぐりつづける。フフフ、剣術の極意を持つお前さんじゃないか。これ位の事、わけはないだろう」

娼婦達はそういってからかったが浪路は無我の境地になって娼婦達に命じられるまま吸い上げ、嘗めさすり、熱っぽい喘ぎと一緒に娼婦の口技をその稽古棒相手に発揮するのだった。

「もっと激しくやらなきゃ相手はしたたらせてくれないよ。喉にまで呑みこんで遮二無二、吸いあげるんだ」

と、手にした竹輪を浪路に押しつけているお春は荒々しい声を浴びせかけ、自分もまた浪路と一緒に息をはずませるのだ。

「もうそれ位でいいだろ。熊造が先ほどから待ちくたびれておる。そろそろ実物を相手にさせてはどうだ」

重四郎が横手から調教中のお春とお紋に声をかけた。

「熊造を見ろ、あのように屹立させてジリジリしているではないか」

定次郎も笑いながら卓の上にあぐらを組んでいる熊造の方を指さしていった。

健作に注がれた茶碗の酒をうまそうに飲みながら熊造は酔って冷酷さを滲ませた瞳を浪路の方に向け、

「さ、いいかげんにこっちへ来な。そんな竹輪みてえなもんじゃ物足らねえだろう。実物をたっぷり味わわせてやるぜ」

と、顎を突き出すようにしていうのだ。

そこまで追いつめられた浪路を見て熊造はもう浪路に対する恐れなど微塵も抱いていないよ

うだ。ここで浪路に汚辱のとどめを刺してやる、と酒の酔いにつれて気持ちを異様なばかり昂ぶらせ、さ、こっちへ来な、と、わざとらしく両腿を割り開き、股間の肉塊を揺さぶったりし、大口を開いて笑い出している。

「それじゃ、花婿のそばへ行こうか。あまり待たせると花婿の頭に血が昇りつめるかもしれねえからな」

と、健作がいい、浪路の背後に廻って縄尻を手にとった。

浪路の口から竹輪を抜き取ったお春は含み笑いして浪路の顎に手をかけ、卓に坐る熊造の方へ強引に顔をねじ曲げる。

「そら、ちょっと見てごらん、これからあんなでっかいのを相手にするんだからね。しっかりやるんだよ」

浪路は熊造の方にふと涙に濡れた眼を向けたとたん、ハッと真っ赤に染まった頬を伏せた。

「何もそんなに照れる事はないじゃないか、女郎試験を受ける気でしっかりやるんだよ」

女郎達は浪路の両肩を左右からつかむようにして強引に立ち上がらせ、卓の上にでんと腰を据えている熊造の前に押し進めて行く。

親の仇である熊造に対し、女郎の技巧を発揮しなくてはならない。ああ、これ以上の屈辱があるだろうかと浪路は一瞬、気が遠くなりかけた。

また、そのような拷問を思いついた重四郎や定次郎も、浪路に対しこれ以上の羞ずかしめはないだろうと嗜虐の昂ぶりに全身を痺れ切らせているのだ。

「さ、浪路どの、熊造の前にお行儀よく坐るのだ」

と、浪路を引き立てて来る健作や娼婦達に手をかして浪路を熊造の前に強引に引き据えるのだった。

浪路がすぐ眼の前に股間縛りにされた優美な裸身を前かがみにして坐らせると熊造はこれ見よがしに腿を割り、股間のそれを浮き立たせるようにしてせせら笑った。

「へへへ、それじゃ始めて頂きましょうかい。戸山家の若奥様」

浪路の端正な頰は蒼ずみ、硬化してその上を固く閉じ合わせた長い睫毛の間より屈辱の熱い涙が幾筋も糸を引くようにしたたり流れているのだった。

父の仇である鬼畜に等しい熊造に対し、恨みを忘れてその醜悪な肉塊に口吻の奉仕をしろと重四郎は迫る。

菊之助の命を救うためと一旦は死んだ気持ちになってその汚辱の行為を演じようと決心した浪路であったが、熊造のせせら笑いと背筋に悪寒が走るばかりのその醜悪な肉塊を前にして浪路は毛穴から血が吹き出すほどの憎悪と嫌悪を感じ、ぴっちりと正座させた両腿をブルブル慄わせるのだった。

「いかがなされた、浪路どの。拙者共は熊造の返り討ちを見とどける義務がある。もはや仇討ちを断念された浪路どのがどのように柔順な態度で熊造に舌先の奉仕をするか、それをこの眼でしっかと見とどけねばならぬのだ」

早く致さぬか、と、重四郎は魂も押し潰されるばかりの屈辱感を必死にこらえている浪路のしなやかな白い肩先をうしろから足で押すのだった。

「いつまでもぐずついていると菊之助の一物は斬り落とされる事になるのだぞ」

と、つづいて定次郎が浴びせかけた。

「今、お稽古させてもらった要領でやりゃいいんだよ。菊之助の命が救いたいのなら一生懸命、唇と舌を使って熊造さんを有頂天にさせ、絞り出させる事だね。そこまでの努力を示せば私もうちの親分に頼んで菊之助の命は保障させてあげるよ」

と、お銀も徳利の酒を茶碗に注ぎながら小刻みに慄え続ける浪路にいうのだった。

「そのかわり、いいかい。身も心も女郎になって奉仕しなきゃ駄目だよ。熊造さんが気をやって下さりゃありがたく思って一滴も洩らさないよう飲み乾すんだ。あわてて口を離すような真似をすりゃそれまでの努力が台なしになるって事もあるんだからね」

浪路は遂に乳色の肩先をブルブル慄わせながら耐えられなくなったように号泣する。

「泣けといったんじゃないよ。早く熊造さんに奉仕しろといってるんだ」

お銀は激しく嗚咽する浪路を冷酷な眼で見つめながらいい、ふと重四郎の顔を見上げて、

「これじゃ仕方がないね。やっぱり菊之助はばっさりやってしまった方がいいようじゃないか

しら」

と、わざと声を大きくしていうと、

「待、待って下さいまし」

と、悲痛な声をあけるのだ。

「お、おっしゃる通りに致します故、お願いでございます。菊之助だけは何卒――」

お助け下さい、と涙に喉をつまらせながらいった浪路は、再び元結の切れた黒髪を慄わせて激しくすすり泣くのだった。

「左様か。では、これ以上、手こずらせずに始めて頂こう」

重四郎はあぐらをどっかと組んでお銀の酌でさもうまそうに茶碗酒を飲むのだった。

「では、始める前にこれまで熊造の命をつけ狙った事の詫びも入れさせろ。健作、お前はそういう事が得意だろ。浪路どのに要領を教えてやれ」

重四郎は茶碗酒を口に運びながら健作にいった。

浪路は熱っぽい火のようなものが喉元にこみ上げて来るのを必死にこらえながら健作の言葉を耳に受けている。

「さ、熊造さんの股ぐらにちゃんと眼を向けながらはっきり口に出していって頂きましょうか」

健作がそういって軽く肩を押すと浪路は涙に濡れて深い翳りを持つ瞳をそっと開いた。

すぐその眼前に熊造の醜悪などす黒い肉塊が反り返るばかりに屹立している。思わず恐怖の

慄えが生じて浪路は再びうろたえ気味に視線をそらせるのだったが、

「いつまでもそんな態度を取ると承知しないよ」

と、お銀が浪路の乱れ髪を鷲づかみにしてごしごし荒っぽくしごくのだった。

「――あ、あなた様を仇としてつけ廻し、お命を狙いましたる事、心、心よりお詫び申し上げます」

浪路は熊造のその醜悪な肉塊に悲痛な眼差を向けながら声を慄わせていった。

「――そ、そのお詫びにこれより浪路は――」

そこまで口にした時、浪路はもうそれ以上、熊造の醜悪な肉塊を眼にする勇気はなくなったのか、思わず眼をそらせ、むせび泣くのだったが、娼婦二人が険悪な表情になって左右より浪路を小突き廻すのである。

「菊之助を救いたいのだろ。そんなら人間を捨てたつもりで気持ちをしっかり持たないか。それでも武家の女房なのかい」

などとお銀はいい、浪路の蒼ずんだ優雅な頰をぴしゃりっと平手打ちするのだった。

浪路は再び、熊造に泣き濡れた瞳を注いだ。

「――これより浪路は、あなた様に対し、心をこめて御奉仕させて頂きます。さ、浪路に心いくまでしゃぶらせて下さいませ」

と、自棄になったようにいい、腿と腿を動かして熊造の股ぐらに身をにじり寄せるのだった。

「さ、今度はその火のように熱くなった熊造さんの肉棒におっぱいを押し当てて優しく揺さぶりながら——」

こんな風にいうのだ、と健作は再び浪路の耳元にニヤニヤして口を押しつけたが、もう浪路はそれに対し、ためらいも羞じらいも示さなかった。この連中の残忍さに自分の神経と肉体がどこまで耐え得るか、それを命がけで試すような気持ちになっている。

浪路は健作のいうまま立膝になり緊縛された一方の乳房を熊造のそれにぴったり触れさせてくすぐるように身をよじらせた。

熊造のその醜悪な肉塊が自分の乳房に触れ、その火のような熱が肌に伝わった瞬間、浪路の呼吸は屈辱の極に乱れ、額に汗が滲んだが、浪路はもうどうともなれと捨鉢になって乳房や薄紅色の乳頭をその先端にすりつけつつ、

「ああ、このように隆々として、何と頼もしい。これはもう浪路のもの。誰にも渡しは致しませぬ」

などと健作に教えられた通りの言葉を口にするのだ。

「——これより浪路は人の生血を吸う魔物となってあなた様をしゃぶり抜き、恨みを返す所在でございます。あなたと戦うのはもはや、それしか手段はございませぬ」

浪路は次にもう一方の乳房を熊造のそれに押し当てて喘ぐような口調になっていうのだ。

「ハハハ、親の仇の生血を吸うとは面白い言い方だ」

重四郎は健作が浪路にいわせた言葉が気に入ってゲラゲラ笑い出すのだ。

浪路は自棄になったように身をよじらせて熊造に乳房を押しつけていたが、それは自分の神経を狂わせ、官能的に無理に自分を酔い痺れさせようとする努力であったのかもしれない。

再び、ぴったりと両腿を折り曲げて坐りこむと今度は熱く火照った頰を熊造のそれにそっと甘く押し当てていき、しばらく、くなくなと頰を揺り動かせるのだった。頰に伝わる屈辱の熱い涙をまるで熊造の怒張した肉塊で拭うかのように熱い頰をすりつけていた浪路はやがて緊縛された裸身を向き直らせ、固く眼を閉じ、固く結んだ唇をその先端にそっと触れさせていったのである。

嗜虐の酒宴

重四郎と定次郎は酒をくみ交わしながら何ともいえぬ嬉しそうな表情を向け合っている。

浪路が遂に父の仇である熊造の股間にその端正で優雅な顔を埋め酸鼻な接吻を開始したと思うと、重四郎達もお銀も身内が痺れるほどの嗜虐的な悦びを感じるのだ。

「ハハハ、いかがでござる、浪路どの。親の仇をそのような方法で愛撫される御気分は」

などと大酔した定次郎が嘲笑したが、浪路はそんな揶揄などもう耳に受けつけぬとばかり無表情を装って眉を苦しげにしかめ、固く眼を閉じ合わせてくなくなと柔らかい紅唇をさすりつけているのだった。

最初、熊造のその悪臭を発するばかりの醜悪な肉塊に唇を触れさせた時、心臓が止まるほどの屈辱感に浪路の全身はわなわな慄え、一瞬、血の気は消えて額より汗がたらたらと流れ落ちたが、自分はもはや人間ではない、悪鬼の生血を吸う魔物に変じたのだと必死に自分にいい聞かせつつ、浪路は気が遠くなりかける自分に懸命になって耐え続けようとする。

「ちょいと、いつまでそんな生っちょろい事をくり返しているんだよ。さっき教えてやったように大きく舌を出して犬のようにペロペロ嘗めないか」

浪路の左右に立膝になって身を低めているお春とお紋は浪路の技巧を検分しながら気に喰わないとすぐに叱咤するのだ。この二人の娼婦は新入りの女郎を仕込んでいる気分になっている。

浪路は遂に娼婦達に命じられるまま舌を出し、熊造に思い切って押し当てる。

呼吸も止まるばかりの汚辱感を必死になって耐えながらしっとり唾液に濡れた甘美な舌先で遂に浪路は熊造に対し粘っこい口吻を注ぎかけるのだった。

二人の娼婦に指示されるまま練絹のような柔らかさで先端から付根にかけて嘗め廻す浪路の固く閉じ合わせた長い睫毛の間から大粒の涙が赤く上気した頬に幾筋もしたたり落ちるのだ。

「ポロポロ涙を流して嘗め廻す奴があるかい」

と、お春は笑って浪路の艶っぽい肩先をパチンと平手でぶつのである。

心では鬼畜のように憎んでいる熊造だが、その熊造のかもし出す男の性の妖気に知覚が痺れ出し、大粒の涙をしたたらせながらも浪路のそうした接吻は次第に本能のような激しさを帯びて来たのだ。

熊造は最初、浪路の紅唇が自分に触れた瞬間より、かつては影すら踏めなかった高貴な女の口吻を受けているという異様な感激でたちまち官能の芯は痺れ切ってしまったのだが、今思いがけなく浪路が熱っぽい喘ぎと一緒に緊縛された裸身をもどかしげによじらせて濃厚で粘っこい愛撫を注ぎかけて来たのでたちまち下腹部をジーンと痺れ切らせ、ふと狼狽を示すのだった。

(許して、菊之助。熊造に対し、このような生恥をさらす姉をどうか許して)

浪路は胸の中で血を吐くように叫びながら自分に狂気をけしかけ、遮二無二、舌先を這わせ、唾液を塗りたくるばかりに嘗めさするのだった。

重四郎も定次郎も浪路が何かにとり憑かれたように激しさを加え、遂には花びらのような形のいい紅唇を開いて自ら咥えこみかかったので、ほほう、と感嘆の声を上げた。

「なかなかやるではないか、浪路どの。剣術だけではなく色事においても、なかなかどうして見事な技を身につけておられるようだ」

浪路の左右につめより、その汗ばんだ乳色の肩先に手をかけながら浪路の口技を見つめている二人の娼婦も浪路が知覚を痺れ切らせ、没我の状態に落ち入っているのに気づいて満足げな微笑を浮かべた。

「もっと激しく舌を使うんだよ。もっと唇を動かさなきゃ駄目じゃないか」

二人の娼婦は交互に左右から浪路に声をかけた。


浪路は命じられるまま娼婦の技巧を発揮する。今はもう熊造に対する憎悪も嫌悪もなく、浪路は一匹の性獣になり切っているのだ。

まるで男の妖しい性の匂いと肉の味わいに肉芯までどろどろに溶かせたよう無我夢中で舌先をからませ、唇を動かし、浪路は極彩色の靄《もや》の中に吸いこまれていくような恍惚の気分に浸り切っているようだ。それと同時に浪路にそんな激しく巧妙な愛撫を注ぎこまれる熊造もやはり骨まで砕けるような恍惚と陶酔の状態に陥り、もうすでに自失の直前にまで追いこまれてしまった自分を意識する。俺とした事が——と熊造は他愛もない位に高揚してしまった自分が不思議になるのだった。

「どうだ、熊造、これほどのいい女になると気分もまた格別だろう。何もそのように歯を喰いしばって耐える事はないぞ。浪路どのにたっぷりと御馳走してやれ」

「へへへ、もうこうなりゃ俺達は夫婦だ。遠慮せずこのまま思いを遂げさせてもらうぜ」

長い睫毛を固く閉じ合わせ、火のように熱い鼻息を吐きかけつつ大きく開いた唇に含んで愛撫し続けていた浪路は熊造のその言葉にふと今までの激しさが弱まり出す。

「馬鹿だねえ。そこで気を抜いちゃ駄目じゃないか。一気に追い上げるんだよ」

お春は耐えられなくなったようにふと唇を離した浪路の汗と涙に濡れた熱っぽい頬をぴしゃりと平手打ちするのだった。

「ハハハ、女郎の修業というものはなかなかきびしいものだな」

重四郎は定次郎と顔を見合わせて笑い合った。

「さ、この塩を少し口に含んでごらん。そうすりゃもっと唾が出るようになる」

顎も痺れ、口中も乾き切ったのか、ハアハアと苦しげに息づく浪路の顔を無理やりこじ上げたお春は袂よりチリ紙にくるんだ塩を取り出し、浪路の口中へ指先で押し入れるのだった。

「さ、あと一息だよ。親の仇の生血を吸い取る気持ちでがんばるんだ」

娼婦達はクスクス笑いながらそういい、もう一度、浪路を押しこんでしっかりと咥えさせるのだった。

「さ、浪路どの、熊造はもう耐える力を失っておる。あと一息でござる。おのれ熊造、父の仇、と胸の内でほざきながら一気に生血を絞り出させるのだ」

相当に酔った定次郎は再び激しさを取り戻した浪路にぴったり寄り添いながらその汗に光った浪路の雪白の肩を撫ぜたり、揺れ動く双臀を撫ぜたりしている。

その艶っぽい背筋の中ほどに重ね合わせて縛りつけてある浪路の手首も白い指先も汗を滲ま

せ、麻縄まで濡れているのだ。

娼婦達にけしかけられて浪路の愛撫は一気に熊造を追いつめようとするかのように異様な激しさとなった。熊造はたちまち自失寸前に追いこまれて上ずった声をはり上げながら前屈《まえかが》みになり、乱れ髪をべっとりと頬にまとわりつかせている浪路の顔を両手で抱きしめるようにする。浪路は淫婦の悪霊にとり憑かれたように狂気めいて真っ赤に上気した顔を激しく前後に揺さぶりながら遮二無二、熊造を絶頂に追い上げていく。

(さ、思いを遂げるがいい、熊造。浪路はこのような娼婦に成り果てたが、いつかは必ず、この恨みを――)

浪路は動乱する胸の中で血を吐くように口走った。

「ううっ」

と熊造は浪路の狂気めいた激しさに引きこまれ、息づまった声を出し、遂に絶頂へ到達したのだった。浪路の汗みどろの両肩を両手で強くつかみながら熊造は全身を激しく痙攣させる。

その瞬間、浪路もまた熊造と共に絶え入るかのようなうめきを洩らし、思わず身を引こうとしたが、そうはさせじとばかり二人の娼婦は左右からしっかりと浪路の汗みどろの肩先を押さえつけるのだった。

「口を離すんじゃないよ。しつけのいい女郎はね、綺麗に後始末をするもんだ。お前さんは両手を縛られちまってるんだから舌先を使わなきゃ駄目じゃないか」

別に毒じゃないんだから、一滴余さず飲み乾してしまうんだよ、と、お春は押し潰されたような苦しげなうめきを洩らす浪路に荒っぽい声を浴びせかけた。

浪路は美しい眉根をギューとしかめ、額よりたらたら汗を流しつつ熊造の発作に合わせてガクガクと頭を慄わせている。反吐にも似た汚辱のしぶきを舌に受けたとたん、さすがに浪路の顔面は恐怖と嫌悪に蒼ざめ強張るのだったが、もはや自分は人間ではない、色欲外道に落ちた淫獣なのだと捨鉢になって熊造がしたたらせたものを貪るように受け入れるのだった。

「そうだよ、その要領でいいのさ」

熊造の激しい発作をうっとり情感に酔い痺れたように眼を閉じ合わせ、黒髪をもつらせた柔媚な頬をふくらませて吸い上げている浪路を眼にしたお春とお紋は自分達も情欲の昂ぶりで全身を熱くし合っている。

重四郎も定次郎もくなくなと甘く顔面をくねらせながら喉まで鳴らし、熊造のしたたりを余さず受け入れている浪路を恍惚とした表情で見つめているのだ。

浪路に対し、遂にとどめを刺したという息づまるばかりの感激がこみ上げてくる。

「どうだ、熊造、天にも昇る心地だろ。浪路どのは貴様に対し、恨みつらみを忘れ、そのような奉仕さえして下さったのだ。貴様ほどの果報者はめったにないぞ」

と重四郎が笑いながら声をかけると熊造はフウフウ息を切らしながらニヤリと歯を見せて重四郎の顔を眺め、

「全く浪路さまにこのような事までして頂けるとは夢にも思わなかった。先生方に俺は心より感謝致しますよ」

と、いうのだった。

「ちょっと熊造さん、そんなにガタガタ動いちゃ駄目だよ。今、浪路さまが一生懸命、後始末なさっている所じゃないか」

お春にいわれて、ああ、そうか、と熊造はいまだに自分の股間に深く顔を埋めている浪路を嬉しそうに見下ろした。

浪路は娼婦達に命じられるまま、熊造の汚れを拭い取っているのだ。そんな行為をくり返す浪路の火照った横顔は元結の切れた黒髪を煙のようにもつらせて今までには見られなかった淫婦めいた凄艶な色気が滲み出ている。

浪路の行為が終わるのを待って重四郎と定次郎は手をたたき合った。

「これで熊造は浪路どのをものの見事に返り討ちにしたというわけだ。まずはめでたい」

重四郎は定次郎に注がれた酒をうまそうに一息に飲み乾していった。

「いかがでござった、浪路どの。父の仇、熊造の男の味わいは？」

つづいて定次郎もがっくり精魂尽き果てたように頭を前に垂れさせた浪路に向かって揶揄するのである。

急に張りつめていた気が抜けたのか、汚辱の極地に気が遠くなったのか、浪路は緊縛された裸身をスーと前のめりに倒していく。

「どうなされた、浪路どの。しっかりせんか」

重四郎と定次郎はめまいを起こした浪路を抱き上げるようにして、

「一刀流の女剣客がこれしきの事で気を失うとは情けないではないか。熊造だけをしゃぶるのでは不公平だぞ。伝助にも奉仕してやらねばなるまい」

といいながら揺さぶると、浪路は情念に溶けたような潤んだ瞳をぼんやり見開いて重四郎を物哀しげに見つめるのだった。

「もうここまで汚れ切った身でございます。何なりとも、恥をさらします。そのかわり、何卒、菊之助をこれ以上、羞ずかしめるような真似だけはなさらないで下さいまし」

菊之助に手出ししなければ自分は娼婦にでも淫婦にでもなって見せる、と浪路は悲痛な声音で重四郎に告げるのだった。

「よしわかった。ならばこのあと、伝助をしゃぶり抜き、次は両人を相手にして明け方まで腰を使い合うのだ。よいな、途中で音を上げたりすればその約束、守れぬ事になるやも知れぬぞ」

と、重四郎は片頬を歪めて楽しそうにいうのである。

第十三章　菊之助の涙

娼婦と少年

もう明け方に近い。

地下牢に閉じこめられている菊之助とお小夜は初めて丸裸で出会った時の狼狽と羞じらいは次第に薄らぎ、共に地獄に落ちているというみじめな境遇から悲哀をこめた口調で言葉をかわし合うようになっていた。

といっても、お小夜も菊之助も股間縛りにされた哀れでみじめな素っ裸、狭い牢舎の中で距離を置き、背と背を向け合うようにして羞じらいを示し合いながら言葉をかわし合っているのである。

お小夜は鬼ゆり峠で雲助達に捕われ、身ぐるみ剝がされて凌辱の限りを尽されてからここへ連れこまれた事を涙をしたたらせつつ菊之助に語った。共に手をとって駈落して来た江戸の女形役者、雪之丞は無残な殺され方をし、それを口にした時、お小夜は耐えられなくなったように白磁の肩先を慄わせて号泣するのだ。

菊之助も父の仇を討ちに来て仇敵の奸計《かんけい》にかかって捕われ、もはや仇を討つどころか、仇敵に姉も弟もいたぶり抜かれるという生恥をさらした、と声を慄わせて語り、これも我慢のならない口惜しさがこみ上がって来たのか、前髪を慄わせて泣き出すのだった。

「菊之助様、この屋敷に巣くう浪人も博徒も人間ではありませぬ。すべて地獄の鬼なのです」

お小夜は泣きじゃくりながら悲痛な声音でいった。

その地獄の鬼どもに連れて行かれた姉は今、どのような羞ずかしめを受けているのか、菊之助はそう思うとじっとしていられない気持ちになり、牢舎の格子に額を押しつけると、姉上、ああ、姉上、と口の中で叫びつづけるのだった。

「どうだい。御気分は」

三五郎一家の博徒に健作が加わってニヤニヤしながら牢舎の中をのぞきこんでいる。

つづいて重四郎と定次郎が地下の階段を降りて来たので博徒達は道を開けた。

「充分、休養はとったか、菊之助」

重四郎は、こちらにチラと憎悪のこもった視線を向けすぐにその眼を横にむけた菊之助に向かって含み笑いしながらいった。

「休養をとったかといって眼の前にそのような美女が一緒なれば落ち着けなかったのではないか。しかし、お互に股縄をかけられていては仲よくなる事も出来ず、気の毒であったな」

「姉上はどこなのだ。姉上を貴様達、ど、どうしたのだ」

菊之助は重四郎のからかいに反発するかのように横に伏せていた眼をキッと重四郎の方に向けて声を慄わせながらいった。

「やい、小僧。生意気な口のきき方はよせ。重四郎先生に向かって貴様達とは何だ」

三五郎一家の三下が眼を剝いて手にしていた青竹を牢格子の中に突っこみ、身を縮ませている菊之助の肩先を強く突いた。

「重四郎先生のおかげで手前は今日、お仕置されるのを助かったんだぞ。地べたに頭をすりつけて感謝するのが当然じゃねえか」

「菊之助が命びろいしたのは拙者のおかげではない。すべて姉上の浪路どのが努力されたからだ。な、定次郎」

と、重四郎が楽しそうにいうと、

「左様、菊之助、貴様は姉上に大いに感謝すべきだ」

と、まだ酔いが覚めず足元をフラフラさせている定次郎は牢格子の間から菊之助をのぞきこむように見ていった。

「貴様の姉上はな、菊之助を救うて下さるならもう我が身はどうなろうといとわぬと申され、熊造、伝助両人に喜んで身を任せられたのだ」

「おい、おい、定次郎。それを口に出して菊之助に告げては酷ではないか。浪路どのも熊造達に身を任せた事は何卒、弟には秘密にしてくれと、あれほど頼んでおられたのに――」

　重四郎はわざとらしくニヤニヤして大きな声で定次郎にいうのだ。

「何、かまうものか。仇討ちの惨憺《さんたん》たる結果を菊之助に思い知らせた方がいい」

　といって定次郎はほくそ笑み、

「昨夜から始まった貴様の姉上と熊造達の情事は今朝になってもまだ続行中だ。姉上もなかなかどうして、色事にかけても大したものだぞ。親の仇である事などとっくに忘れ、汗みどろになってからみ合い、熊造と伝助を交互に相手にしながら腰を激しく使い合っているのだからな」

　といって菊之助の狼狽ぶりを楽しげに観察するのだった。

　それにしても、一昨日までおのれ、父の仇と白刃を振り廻して熊造達を追い廻していた浪路どのが今日は仇の両人と仲よく尻を振り合って夫婦の契りを結び合うとは、いや全く、不思議な事もあるものだ、と重四郎も定次郎も調子を合わせ、大口を開けて笑うのだった。

　菊之助はたまらなくなったように緊縛された裸身をわなわな慄わせて号泣する。

　ああ、姉上――と身をよじらせながら泣きじゃくる菊之助を小気味よさそうに見つめていた三下達は、

「何もそんなに嘆く事はねえだろ。手前の姉上は、ああ、熊造さん、もっと、もっと、可愛がって、と悩ましいよがり声を出して結構、楽しんでるんだぜ」

　と、嘲笑し、菊之助の苦悩に追い討ちをかける。

「菊之助様。このようなけだもののいう事に腹立て、ムキになってはなりません」

お小夜は男達に揶揄され、嘲笑されて歯を嚙み鳴らして口惜しがる菊之助に涙に潤んだ眼を向け、おろおろしながらいった。

まだ十九歳だが、お小夜はそれでも菊之助よりは二つ年上であり、この地獄屋敷の捕われ人としては先輩に当たるわけだから、姉代わりになって打ちひしがれる菊之助を慰めようとしているのだ。

「さ、二人とも出て来な」

健作は懐から鍵を出して牢舎の南京錠を外した。

「お小夜は昨日につづいて三段緊めの手ほどきを受ける。菊之助にはお銀達の遊びの相手になって頂こう」

と、重四郎は三下達に無理やり牢舎から引きずり出されて来たお小夜と菊之助を見ながら痛快そうにいった。


二人とも股間縛りにされているため、牢舎の外へ引きずり出されてもまともに立つ事は出来ず、小さく腰を縮め合っている。

「立たんか、菊之助。お銀がぜひともお前を連れて来てくれと申しておるのだ。これからの事について色々と相談したい事があると申しておる」

重四郎がそういうと、やい、小僧、立ちやがれ、と三下達は屈辱に慄える菊之助の肩に手をかけて強引に引きずり起こした。

「ほう、今朝はまた一段とたくましく張り切らせておるではないか、お銀やお春が見れば大喜びするぞ」

――菊之助は健作に縄尻をとられ、左右を重四郎と定次郎に挟まれた形で廊下を歩き、お銀や娼婦のお春が待機している部屋へ連れこまれる。

「はい、可愛い玩具を連れて参りましたよ」

と、健作が声をかけると、お春の酌で朝酒を飲んでいたお銀は何ともいえぬ嬉しそうな表情になった。

「男達にいじめ抜かれてさぞ辛かったろうね。これから私が優しく慰めてあげるからね。もう何もこわがる事はないんだよ」

などといい、お銀はふと立ち上がると重四郎に紙に包んだ小判を手渡すのだった。

「うちの親分は嫉妬深いから内緒にしておくんなさいよ、重四郎先生」

ああ、わかっておる、と重四郎は相好をくずして小判を懐中にしまいこんだ。

菊之助の童貞を自分に破らせてほしいとお銀は重四郎に頼み、それを重四郎は心得たと承知したのだ。

「おい菊之助、貴様はお銀姐さんに水揚げしてもらうのだ。せいぜい可愛がってもらうんだぞ」

重四郎は菊之助の縄尻を取って引きずるように酒や肴の並んだ卓の前に押しやり、その場にぺたりと坐らせる。すると、お銀とお春が左右からべったりと菊之助にからむように坐りこみ、

「ね、一杯ぐらいいいだろ。お酒をお飲みよ」

と、盃に酒を満たし、無理やり菊之助の肩をつかんで飲ませようとするのだった。

菊之助は苦しげに眉を寄せて歯を喰いしばり、お銀に押しつけられる盃を首を振ってさけようとする。

「フフフ、可愛いね。お前がそうしてむずかれば一層、可愛く私にゃ思えてくるんだよ」

お銀は菊之助のいかにも美小姓といった線の綺麗な顔立ちと臙脂をぼかしたように染まっている女っぽい下ぶくれの頬にうっとり見とれながら、菊之助のしなやかさを持った肩に片手をからませるのだった。

お銀のもう一方の手はぴっちり二つ折りに坐らせている菊之助の引き緊まった小麦色の腿のあたりをしきりに撫でさすり、その腿と腿との間の肉のふくらみをそっと握りしめようとする。

菊之助が顔面を真っ赤に染めてうろたえ、腰を浮かそうとすると、重四郎は刀の鞘の先端で菊之助の胸を突いて尻をつかせ、

「じたばた致すな。貴様を男にしてやろうといってるのだ。ありがたく思え」

と、笑いながらがなり立てるのだった。

「よいか、貴様はこれからお銀に可愛がられて立派な男に仕上げてもらうのだ。男女の契りとはどのようなものか、とくとお銀に教わるがよい」

それが終われば、貴様は明日からうちの門弟と雲助どもの衆道遊びの相手をするのだ、というのである。

「うちの門弟も博徒達も雲助共も貴様達姉弟にはなみなみならぬ恨みを抱いておるからな。連中に手傷を負わせた詫びを入れ、一人一人と腰を重ね合わせて頂かねばならぬが何しろ数が多い。姉上一人だけでは身が持つまい。だから貴様も手伝って雲助共に尻を貸すのだ。貴様ほどの美貌を持つ小姓ならば下手な女と遊ぶよりずっと面白いと連中は申しておる」

重四郎がそういうと菊之助は一瞬、呼吸が止まったように蒼白な表情になり、後手に縛られた裸身を小刻みに慄わせながら、

「重四郎っ、いや、重四郎殿、武、武士の情け、この菊之助の首をはねて下さい。もはや、これ以上の屈辱に耐える力はありませぬ」

といい、あとは言葉にならず、歯を噛み鳴らしながら嗚咽するのだった。

「馬鹿者っ、拙者達は貴様の姉上に頼まれた故、貴様の命を救うてやる気になっておるのだ。貴様がここで死ねばこれまでの姉上の努力は水の泡になる。それがわからぬのか」

と、重四郎は声をはり上げていうのだった。

貴様が死ねば、これまでの姉上の犠牲がまるで無駄になる、という重四郎の言葉が菊之助の

肺腑を鋭くえぐるのである。

(ああ、姉上、菊之助はどんな羞ずかしめを受けましても決して死には致しませぬ)

菊之助はたとえ相手に命乞いいたしても生き長らえる事、これを私の最後の言葉と思って下さい、といった姉の言葉を思い出し、悲壮な決心をするのだった。

自分はもう武士も捨て、人間も捨て、一匹の畜生に変じて姉のいいつけだけを守るより仕方がない——そう決心するとまた胸に熱いものがこみ上げて来て泣くまいとしても涙はとめどなしに頬を伝って流れ落ちるのである。

「心配しなくたっていいさ。今夜は雲助共のでっかい芋をぶちこまれたって受けて立てるように私達が菊之助の菊の花に磨きをかけてやるからさ」

と、娼婦のお春が前髪を慄わせて嗚咽する菊之助を胸を疼かせて見つめながら楽しそうにいった。

「そうだよ、男達に任せるととにかく乱暴ばかりするからね。女達だけで優しく揉みほぐし、菊の蕾を大きく開かせてやろうじゃないか」

と、お紋はいい、健作に向かって、椿油に綿棒、それに手頃な太さの張形などを用意してここに持って来てくれないか、というのだ。

「ハハハ、菊之助、よかったな。明日に備えて女郎頭の二人が貴様のケツに磨きをかけてくれるそうだ。貴様からもよくお願いして流通をよくしてもらった方がいいぞ。何しろ、雲助のものはむさい上にでっかいと来ておるからな。下手をすると、肉が裂け、猿のように真っ赤に腫れ上がるかもしれぬ」

　衆道のコツを女郎達に教わるのも一興だ、と重四郎は腹を揺すって笑うのだった。

「それはあとの事にして、お銀姐さんは、さ、どうぞ、隣の部屋にお支度がしてございます」

　と、お春は立ち上がって襖を開けた。

　次の間にはすでに艶めかしい赤い友禅の夜具が敷かれ、枕元には行燈や煙草盆などが型通りに置かれてある。

「お床入りの支度はありがたいが、花婿がこんな風に縄つきじゃ、何とも艶消しじゃないか」

　と、お銀は麻縄で後手に縛られた裸身を縮ませている美少年の方を指さし、照れたような笑い方をして見せた。

「いや、その縄を解かぬ方がよいぞ。大分、性根は治って来たようだが、何といっても浪路の実弟、優しい顔に似合わず腕前もなかなか立つからな。また、ひと暴れされればこちらも相当に手こずる事になる」

　縄つきのままでこの美しい小姓を男に仕上げた方が無難だと重四郎はいい、

「さ、菊之助、お床入りだ。寝室の方に来い」

　といっていきなり菊之助の縄尻を手にとり、強引に立ち上がらせるのだった。

「どうだ。これでいいだろう」

寝室の方から定次郎と一緒に出て来た重四郎は娼婦のお春と酒をくみかわしているお銀に向かって声をかけた。

お銀は酔った身体をフラフラ立ち上がらせて重四郎の指さす夜具の上に眼を向ける。

菊之助は後手に縛り上げられた裸身を夜具の上に仰向けに寝かされ、身動きも出来ぬ位その上に別の縄を使ってかっちりとくくりつけられている。一本の麻縄は布団の下を通り、菊之助の二肢は大きく割り裂かれ、足首と足首とはつなぎ合わされているのだ。

お銀はそんな菊之助を眼にすると微笑を浮かべた。

「よいな、菊之助。たっぷりとお銀姐さんに可愛がってもらうのだ。貴様も十七歳、そろそろ女を知ってもいい頃だろう」

定次郎はそういって笑うと夜具の上に仰向けに縛りつけられている菊之助に一歩つめ寄り、刀の鞘で股間の肉塊を小突くのだ。

「遠慮せず、そこをもっとおっ立てろ。お銀姐さんが喜ぶようにな」

菊之助が顔面、真っ赤に染め、歯がみして口惜しがるのを見ると、定次郎は一層、面白がって、どうだ、こうか、それともこうか、と、更に刀の鞘の先端で菊之助のそれをぐりぐり押し上げているのだった。

「ちょいと、定次郎さん、そんな野暮な悪戯はおよしなさいな」

と、お銀が含み笑いしながら定次郎の手を押さえた。

「ま、このあとは私に任して頂きましょう。菊之助とこのお銀を水入らずにして下さるという約束でしたわね」

「おやおや、追い立てを喰わされたぞ」

定次郎は重四郎の方を苦笑して見つめた。

「では、お銀さん、ゆっくり楽しむ事だな」

重四郎と定次郎は笑って、部屋から出て行く。娼婦のお春も、それでは私もこの辺で退散致しましょう、と二人のあとに続こうとしたが、

「お春、お前はいいじゃないか、私と一緒に菊之助と遊ばないかい」

と、お銀は声をかける。

「あら、お銀姐さん、私も遊ばせて頂けるんですか」

お春は口元を淫猥に歪めてフフフと笑った。

「その道の玄人がそばについていてくれりゃ、こっちも心強いからね」

お春はお銀のお気に入り娼婦であり、こんな可愛い御馳走はやっぱりお前にもお裾分けして

やりたい、というのである。

重四郎と定次郎が部屋から出て行くと、お銀とお春は申し合わせたように帯を解き、長襦袢姿になった。

菊之助は白粉の匂いをプンプンさせた二人の女が左右からつめ寄って来ると全身を石のように硬化させ、固く眼を閉じ合わせた。

お銀は、身を寄せつければ激しく狼狽し、開き股に縛りつけられている腿のあたりをブルブル慄わせている菊之助が何ともいじらしいものに見えてクスクス楽しそうに笑うのだ。

「ね、そんなにかたくなにならず、楽な気分におなりよ」

お銀は緋の長襦袢の胸元を大きくはだけさせ、それを菊之助の胸に押し当てるようにしながら菊之助の唇に唇を重ね合わせようとする。すると、菊之助は眉をギューとしかめ、さもけがらわしいものを追い払うように狂おしく左右に首を振るのだ。

「重四郎先生に聞いたろう。あんたの姉上は親の仇の熊造や伝助達と仲良く腰を使い合い、随喜の涙を流しているんだよ。お前だってこうなれば骨が溶けるほど、楽しませてもらう気にならなきゃ駄目じゃないか」

仇討ちの事をすっかり忘れさせるため、私達はこのようにお前さんを可愛がってやっているんだよ、と、お春が含み笑いしながらいった。

「ああ、姉上っ」

「ねえ、菊之助、ねえ、菊之助」

お銀は激しく左右に揺さぶる菊之助の前髪に手をかけ、ひきつらせている菊之助の熱い頬や首筋や肩のあたりに唇を遮二無二、押しつけ、舌先を這わせるのだった。

菊之助ははっきりと嫌悪の表情を見せ、歯を喰いしばり、お銀が唇を求めて顔を覆いかぶせて来ると、

「け、けがらわしい。よせっ、女のくせに男を嬲りものにする気なのかっ」

と、思わず吐き出すように叫んで狂おしく左右に顔を揺さぶり、お銀の顔をはねのけようとするのだった。

「けがらわしいだって、よくも私にそんな口がきけたものさ」

お銀は菊之助に罵倒されると急にけわしい表情になって大声を出した。

「こっちが優しく出りゃ大きな口をたたいて、何さ、まだそれでも武士でいるつもりなのかい」

こんなものまで、むき身にして、よく大きな口がきけたもんだ、と、お春はふと上体を起こし、菊之助の股間の肉塊を片手でぐっと握りしめるのだった。

うっと菊之助はうめき、今にもベソをかきそうな何ともいえぬ情けない表情を見せる。

「昨日は仇の熊造の手でこいつを揉みかきされ、男の精を絞り出されたのはどこのどなたでしたっけね」

と、お春はゲラゲラ笑いながら片手をからませたそれをゆるやかにしごき出すのだった。

「うっ、な、なにをするっ。やめろ、やめぬかっ」

菊之助はお春の手で小刻みに愛撫されると、顔面を真っ赤に染め、激しい狼狽を示した。

「さっき、重四郎先生がいったように、お前は私達の手で男に仕上げてもらうんだよ。さ、ブツブツいわず男ならもっと隆々しくおっ立ててごらん」

お春は淫らな微笑を浮かべながら巧妙に指先を使い始め、と同時に次第に熱気を帯びて屹立して来たそれをさも愛らしいものを愛撫するように優しさをこめ、唇で撫でさするのだ。

菊之助の意志とはうらはらにその部分は見る見る火のような熱気を帯び、固く張りつめる。

「まあ、男らしくなって来たじゃないか。なかなか頼もしいねえ」

お銀はお春の手管を受けて火で焼いた鉄棒のように隆々と屹立させてしまった菊之助のそれを眼にすると、ジーンと胸を疼かせ、今はただ、荒い息をはずませ喘ぎつづけるだけの菊之助にぴったり身を寄せつけると、その熱く火照った頬に頬をすりつけるのだった。

「さ、口を吸い合おうじゃないか、ね、菊之助」

お銀は再び、菊之助の上体に身を覆いかぶせていき、菊之助の唇に唇を強引に重ね合わせようとする。

「重四郎先生達はお前を雲助共の嬲りものにさせる気でいるけれど、私は決してそんな事をさせやしないよ。あんな連中にお前の可愛いお尻の穴を使わせるなんて、誰がさせるものか」

だからさ、私のいう事を聞くんだよ、菊之助、悪いようにはしないからさ、と、お銀は気もそぞろになっている菊之助に熱っぽい声を浴びせかけ、半開きにして喘ぎつづける菊之助の唇にぴったり唇を重ね合わすのだった。

もはや菊之助にはお銀の執拗な口吻を拒否する気力はない。カチカチと歯の音を立てさせながらがむしゃらに覆いかぶさってくるお銀の唇に唇を合わせ、小刻みに慄えながらその粘っこい口吻に応じるのだった。

「もうお前は私のものさ、誰にも渡すものか」

と、お銀は無我無中になって乱れた長襦袢の伊達巻を解き、さっと上半身裸になると、再び菊之助に覆いかぶさり、今夜は菊之助のわなわな慄わせる唇を舌でこじ開けるようにし、相手の舌先を強く吸い上げるのだった。

菊之助はこの性悪な二人の女の手管にすっかり捲《ま》きこまれて、全身の官能をすっかり燃え立たせてしまった。

この淫らな女達に対する嫌悪も薄れ、もはや女達のするがままに身をゆだね、お銀に舌先を強く吸い上げられながら、下腹部のそれはお春の舌先で強く吸われるようになっている。

「ああっ、もう、もう、お許しを――」

菊之助の唇からようやく唇を離したお銀が今度はお春と一緒に菊之助の怒張し、硬化した熱い肉塊を愛撫し始めると、菊之助は遂に女っぽい悲鳴を上げげた。

おのれ、悪女共、手を離せ、とつい今しがたまで狂乱して毒づいた菊之助だが、殿の御寵愛を受ける美小姓の本性をひきずり出されたかのように菊之助は女めいたすすり泣きの声を洩らすのだった。

「もう、こ、これ以上、恥をさらしたくはない。ああ、お、おやめ下さいっ」

火のように熱くなった身をお春の指先は包みこむように持って優しくしごき、お銀は掌で袋を軽く撫でさすり、菊之助がはじけるばかりに熱気を帯びて屹立すると、まるでその熱を冷ますかのようにお春とお銀は交互に唇に含んで唾を注ぎかけるのだった。

「ああ、もう、菊之助は、我、我慢し切れませぬっ」

放心忘我の状態に落ち入った菊之助は真っ赤に火照った顔面を右に左に激しく揺さぶり、神経を倒錯させて口走る。

それで、お銀とお春は菊之助が一度は殿様に衆道を迫られた小姓である事にはっきり気づいたのである。

追いつめられた菊之助はかつて殿様にいじめ抜かれたあの被虐の情感そっくりのものを知覚する事になったのだろう。そのように取り乱した菊之助に煽られたようにお銀とお春はカッカと燃えて腰巻までかなぐり捨て菊之助と同じように素っ裸になる。

「菊之助、あんた、やっぱり殿様の御寵愛を受けた事があるんだね」

生娘じゃなかったというわけだね、と、まるでそんないい方をして、お銀とお春は共に握りしめた菊之助の硬直した肉塊をゆるやかにしごきながらクスクス笑った。

「なら、本当は衆道の壺も知っているわけだろう。ね、どうなのさ」

知っているなら、ガツガツしている雲助共にお尻を貸してやりなよ、とお春がいうと、菊之助はすすり泣きながら激しく左右に首を振るのだった。

「そうかい、勇ましく仇討ちの旅に出たとはいえ、やっぱりまだお稚児なんだねえ」

と、お銀とお春は雲助に尻をかしてやれといわれて前髪を慄わせてすすり泣く菊之助を可愛げに見つめるのだった。

「雲助にいじめられるのが嫌なら、素直になって私達のいう事を聞くんだよ、いいね」

お銀は菊之助が心の抵抗も次第に失い出した事に気づくとますます楽しい気分になって、こちらのたずねる事には正直に答えるのだよ、と再び聞く。

「殿様にお尻を可愛がられた事があるのかい」

菊之助は左右に首を振って泣きながら否定した。

「じゃ、こんな風にして可愛がられた事はあるんだね」

と、お銀が菊之助の固く張りつめた肉塊をまたもやゆるやかにしごきながら次にたずねると、菊之助はさも哀しげに赤く染まった顔を横に伏せながら消え入るようにうなずくのだった。

その生娘の示す含羞にも似た菊之助の羞じらいの風情にお銀は一層、胸をしめつけられる。

「よし、わかったよ。そのように可愛い稚児にお前が戻るなら、雲助達に羞ずかしめられる事だけは防いであげる。安心するがいいさ」

そのかわり、と、お銀は淫猥さと狡猾さを織り混ぜたような含み笑いをして、いきなり大胆な行為を演じるのだった。

お銀は菊之助の上に正面から覆いかぶさり、男と女の肉体をはっきり交接させようとしたのだが、すると菊之助はおびえ切ったように泣き濡れた眼を大きく見開き、けたたましい声で、

「なりませぬ。ああ、そ、それだけは、お、お許しをっ」

と、叫んで激しく身を揺さぶるのだった。

「どうしてなんだよ。殿様に可愛がられるより男にとっちゃこの方がずっと楽しいはずじゃないか」

と、菊之助の上にのし上がったお銀は荒々しい息を吐きながらいった。

「知らなきゃ、私が教えてやるといってるんだよ。うん、じれったいねえ。そんなにビクビクせず、私の身体にしっかり突き通さないか」

お銀はもどかしげに上から菊之助を押さえこみながらわめくようにいい、腰をのたうたせるのだった。

二匹の狼

浪路は一体、自分が今、どういう状況に置かれているのか、それすらわからない位、意識は朦朧となり、肉体は痺れ切ってしまっている。

縄の解かれない裸身の上に熊造を乗せていたかと思うと、次にはいつの間にかその緊縛された裸身を伝助の上に乗せ上げられ、彼等の手管に煽られながら同調し合うように腰部を反復させ合い、身体と身体をからませ合っているのだ。

熊造と伝助の徹底した報復を受けているといった感じで、浪路は息も絶え絶えに疲れ切り、もう声すら上げられない状態であった。

「さ、次は俺とまた交代だ。今度はこんな風にしてやろうじゃねえか」

一人とからんでいる間にその一人との情事が浪路が絶頂を極める事によって終了すると、休息していた一人とまた汗みどろのからみ合いを演じる事になる。

「ああ、もう、もう、許して」

ようやく伝助が身体から離れて浪路は畳の上に投げ出され、肩先を大きく波打たせながら喘いだが、そこをまた熊造に揺さぶり起こされると遂に浪路は泣いて解放される事を願った。

「何でえ、一刀流の女剣客がこれ位で音を上げるなんて情けねえぞ」

と、今、浪路とからみ合った伝助はせせら笑いながらいい、どっかりと畳の上にあぐらを組んで徳利を片手で引き寄せた。

「これが浪路さまに対する俺達の果し合いというものなんですぜ。先に音を上げた方が負けという事になる」

そちらが負けを認めたなら菊之助の命は保障出来なくなるのですぜ、いいのですかい、と、熊造は浪路の汗ばんだ肩先を揺さぶっていうのだった。

「さ、俺の膝の上にしっかりまたがるんだ」

熊造は乱れた夜具の上にどっかと腰を落とし、投げ出した両腿の上に浪路を乗せ上げようとする。

「どうしたんです。へへへ、負けを認めるというわけなんですかい」

熊造が哄笑すると浪路は気力を振り絞るようにして腰を浮かせ、緊縛された裸身を熊造の膝の上へ乗せ上げるのだった。

「へへへ、そう来なくちゃ」

浪路がねっとり乳色に輝く優美な両腿を左右に広げるようにして膝の上にまたがると熊造はニヤニヤして両腕で浪路の汗ばんでいる柔軟な肩先を抱きしめた。

「さ、もっとぴったりこっちへ身を寄せな」

熊造は滑らかな背中の中ほどでかっちり縛り合わされている浪路の両手首に片手をかけ、もう一方の手で婀娜っぽい浪路の双臀をかかえこみ、ぐっと自分の方に引き寄せて二つの肉体を一つに合致させた。

「うっ、ううっ」

熊造の肉棒が奥までしっかりと自分の体内に入ったとたん浪路は歯を喰いしばってうめいたが、熊造は、そのままでゆうゆうと最初の助走を開始する。

「これで浪路さまはめでたく俺と伝助の女房になったというわけだ。へへへ、嬉しいね、全く。俺はまだ夢を見ているような気分だ」

熊造はすっかり敵意を喪失させてしまった浪路の耳元に口を寄せてニヤニヤしながらささやいた。

「それにしても、ついこの前までは浪路様に俺は、おのれ、親の仇、と刀を持って追いかけ廻されていたんだからな。それが今、こんな風に仲よく腰を重ね合わせて尻が振り合えるなんて、全く信じられない思いがするぜ」

「ああ、もう、もう、そのような事は、口にしないで下さいまし」

浪路は熊造の動きに合わせて自分も双臀をうねり舞わせながらひきつった声でいった。

乳色の柔軟な肩から滑らかな背筋にかけて浪路は汗びっしょりになり、元結の切れた長い黒髪を大きく揺さぶりながら今はもう一匹の淫獣に化したよう、熊造と呼応し合い、うねらせるのであった。

もう私は畜生地獄に落ちた女、という荒々しい哀しみに胸が緊めつけられ、浪路は何もかも忘れたい一心、この淫虐地獄の炎に骨まで焼き尽されたい倒錯した気持ちで狂おしく熊造とからみ合っているのだ。

「だが、一刀流の達人である浪路様がこうも緊め具合まで申し分なしの女だとは正直、気がつかなかった。こんないい道具を持ちながらどうして今まで色気のねえ剣術の修業なんかに励んでいたのです。正に宝の持ちぐされというやつじゃありませんか」

「あっあああっ」

と、熊造は浪路の汗ばんだ背と量感のある双臀を同時に両手で支えながら反復運動を開始し、浪路もいつしか一途に燃え上がり、咆哮に似たうめきを洩らしつつ狂おしく揺さぶるのだった。

そのたびに熊造は自分のものを強く喰い緊めてくる浪路の甘美さに魂まで痺れるような思いになる。

「正にこいつは名器ってやつだぜ。俺も色々な女と遊んできたが、こんな味のいい女に出喰わしたのはこれが初めてだ」

熊造は浪路の汗ばんだ上体をしっかり抱きしめながらフウフウ息を切らしつつ、そばでニヤニヤ酒を飲む伝助の方に眼を向けていった。

「へへへ、それが親の仇だとこっちをつけ狙ってた女だから皮肉な話じゃねえか」

と、伝助はいい、しかし、敵だ、仇だとぬかしても女と男の間柄は所詮、松茸と蛤の関係だといって笑い合うのだった。

元結の切れた長い艶のある黒髪を汗ばんだ肩先にまで垂れさせて熊造に抱きすくめられている浪路は伝助のそんな言葉ももう耳に入らぬ位、身体の芯まで酔い痴らせ、熱っぽい喘ぎの声を一段と昂ぶらせている。

「熊造さん、浪路は、浪路はまたーああっ」

浪路は気もそぞろになって、激しく嗚咽しながら絶頂感が近づいた事を告げるのだった。

「そうかい、遠慮せず何度でも気をやるがいいぜ」

熊造の方はむしろ余裕を持って、そんな風に取り乱した浪路を冷静に観察している。

そして、更に揺さぶりにはずみをつけ、浪路を一気に追いこもうとすると、浪路は真っ赤に火照った顔を狂おしく左右に揺さぶりながら、

「浪路ばかりでは嫌でございますっ。あ、あなたも浪路と呼吸を合わせて下さいましっ」

と、せっぱつまった悲痛な声音で叫ぶのだった。

いくら狂態をこちらが示しても熊造の方は緊張を解放せず、しばらく女を休ませてから今度は伝助と交代するという風に徹底して責めさいなむのである。

浪路は疲労困憊の最悪の状態に陥っている。

熊造の緊張を早く解放させ、この地獄の情事を一段落させたいと浪路はそれだけを必死に願っているのだ。

「ハハハ、玄人にかかっちゃ、さすがの浪路さまも小娘同然じゃありませんか。この道だけは剣術のようなわけにはいかねえようですね」

俺達は自分の身体を適当に調節する事が出来るのだという意味の事を熊造はいって笑うのだ。

「続けろといえば一刻でも二刻でも続ける事が出来るんですぜ」

「ああ、もう、もう、浪路はこれ以上、耐えられませぬ。お、お願い、浪路と一緒に昇りつめて下さいましっ」

浪路は火のように喘いで口走った。

「そう催促されたって、うまくいくもんじゃありませんよ。そちらは九合目まで登っているかもしれねえが、こちとらはまだ二、三合目の浅瀬でピチャピチャやっているような気分なんですからね」

そんな浪路を茶碗酒を飲みながらニヤニヤして見ていた伝助はふと廊下の方から指で障子に穴を開け、誰かがのぞきこんでいるのに気づき、

「誰だ」

と、驚いて声をかけた。

「ハハハ」

障子を開けて入って来たのは重四郎と定次郎である。

「何だ、先生方ですか。なら何も障子穴からのぞきこむ事はねえでしょう、堂々と入って来ればいいじゃありませんか」

「あまりにも仲むつまじい光景なので座敷に入るのをためらっていたのだ。しかし、浪路どの、まるで見違えるように女っぽい女になられたではないか」

と、重四郎は熊造の膝に乗っかる浪路のそばに寄り、その脂汗に濡れ光っている雪白の背筋を頼もしげに撫でさするのだった。

「いや、これはせっかくの所、お邪魔して申し訳ない。さ、続けるがいい、熊造、女っぽく成長された浪路どののよがり声をしばらく聞かせて頂こう」

重四郎と定次郎は交接している男女の両側にぴったりと腰を据えつける。

「へへへ、重四郎先生に一つ、俺達の仲のいい所をうんと見せつけてやろうじゃないか」

熊造はそういって、闖入者《ちんにゅうしゃ》にふとおびえ、一瞬全身を硬化させた浪路を再び、しっかりと抱き寄せながら座位型による激しい抱擁を開始するのだった。

流れる汗も真っ黒ではないかと思われる熊造の黒ずんだ褐色の肌、それに対する浪路の雪を溶かしたような艶っぽい肌、それが粘っこくからみ合い、やがて、共に荒々しい息をはずませつつ双臀をうねらせ合うのを見て重四郎は、まるで雪で墨を溶かしているような光景だな、と定次郎の方を向き、皮肉っぽい笑いを口元に浮かべる。

浪路はそばに重四郎達がいるのさえ忘れ果てたかのように、再び、熊造の手管で全身を情欲の炎で溶かせていき、哀切的な喜悦の声を洩らすのだが、やはりその内には武家女としてのつつましやかさ、身だしなみは忘れまいとするかのような弱々しさが感じられるのだ。それでいながら、この悪魔のような肉体を持つ熊造を何とか自失に追いこもうとし、時には後手で縛り上げられた優美な裸身を自分の方から押して出て、熊造のそれこそ熊のような胸毛に麻縄に緊め上げられた乳房を押しつけるようにし、なまめかしく弧を描くように双臀をうねらせたりする。
「熊造、浪路どのがこのように努力して、貴様と共に頂上を極めたいと申されておるのだ。いつまでもいじめ抜かず、そのあたりで思いを遂げてやれ」

自分一人の狂態を再び示したくはない。入るならせめてこの憎い熊造も共に連れて、といわんばかり、浪路はキリキリ奥歯を噛んで自分に耐えながら熊造と必死になってからみ合っているのだ。

仇を討つ女と討たれる男がこのように汗みどろの痴態を演じることになるとは——それを強制した重四郎だが、今、眼前に展開しているすさまじい光景を見て、ふと、信じられない思いになっている。女というものの肉体にひそむ魔性を今、はっきりと眼にしたような気持ちになるのだ。
「浪路どの、熊造を追い落とすのはもう一息でござるぞ。何をしておられる。さ、もっと激しく腰を使うのだ」

　重四郎が声をかけると、浪路は荒々しく息を吐きながら髪振り乱し、重四郎の命じるままに反動までつけながらもどかしげに婀娜っぽい双臀を揺さぶるのだった。

「そこで、熊造の舌をしっかり吸うのだ。さ、浪路どの」

　と、つづいて定次郎が声をかけると浪路はその通り、耐えようのなくなった激情をぶつけるかのように熊造の分厚い唇に自分の方からぴたりと唇を押しつけ、貪るように熊造の舌先を吸い上げるのだった。

「ああ、もう駄目っ、もう我慢出来ませぬっ」

「じゃ、一緒に天国に昇ろうじゃないか。ええ、俺とぴったり呼吸を合わすんだぜ」

　浪路は熊造に強く抱きしめられながら、真っ赤に上気した頬をわなわな慄わせつつ、深くうなずいて見せている。

　そんな二人はまるで長年つれ添った夫婦のように何とも仲むつまじく見え、重四郎は定次郎と顔を見合わせてほくそ笑んだ。

　熊造が最後の追いこみをかけるように、ひと際激しく揺さぶると、浪路は武家女の見栄も体裁もかなぐり捨てたような生々しい悲鳴を上げ、陶酔の頂上を極めたのだが、熊造もそれに合致させせ、はりつめた緊張を解放させせる。

はっきりとそれを感じ取った浪路は身体中の筋肉を痙攣させ、もう一度、歯の間からむせ返るようなうめきを洩らすと無我夢中になって熊造のごつい肩先に嚙みつくのだった。

浪路の今、極めた絶頂感がその狂態からしてもいかに激しいものであったか、それを感じて重四郎の胸は熱く疼き出す。

浪路の乳色の滑らかな背の中ほどに縛り合わされている手首も、熊造の膝の上に落とした双臀も、またがるようにして左右に割った熟れた太腿も、強烈な悦楽の余韻に激しい痙攣を示しているのだ。


「よ、これで俺達はめでたく夫婦の契りを終えたというわけだぜ、な、そうだろ」

熊造は自分の胸元にがっくり首を垂れさせている浪路を揺さぶるようにしながら痛快そうにいった。

浪路は熱っぽく喘ぎながらそのまま消え入るような風情でうなずいて見せている。

熊造は片手で浪路の顎をこじ上げるようにし、唇を求めた。浪路は長い睫毛をうっとり閉じ合わせながらためらいもなく熊造とぴったり唇を重ね合わせ、今の悦楽の余韻の甘美さを訴えるように熊造の舌先を強く吸い、自分もまた熊造の口中に深く舌先を差し入れて強く吸わせるのだった。

そんな濃厚な悦楽のあとの接吻をかわし合う二人を見て、重四郎は胸を熱く疼かせながら幾度も満足げにうなずいた。

「これで、めでたく返り討ちが果せたというわけだな、熊造」

「正に天にも昇る心地でござんすよ」

熊造にしっかりと上半身を両手で抱きしめられていた浪路は次第に余韻がおさまり出したのか、収縮力が少しずつ弱まり、同時に全身からスーと力が抜け落ちたように前のめりになっていった。

「おや、おや、気を失ってしまいやがった」

浪路が熊造の膝から滑り落ちるように畳の上へ緊縛された裸身をスーと倒していったので伝助は頓狂な声をはり上げた。

浪路は完全な失神状態に陥っていた。汗ばんだ形のいい乳房をゆるやかに波打たせ、半開きにした唇から喘ぐように息は洩れているけれど、固く眼は閉ざされて、意識は失っている。

「無理もねえやな。夜明けから昼近くまでかかっての色事遊びだもんな。しかも、二人の男とかわり番にからまってよ。どれ位、気をおやりになったか、数え切れねえだろうよ」

伝助は熊造の顔を見て笑った。

浪路が失神状態に陥った事を見て熊造も伝助も一層勝ち誇った気分になっている。

乳色の光沢を帯びた妖しくも美しい裸身を流木のように畳の上に横たえ、麻縄に緊め上げられた形のいい乳房を息づかせながら完全に意識を失っている浪路に向かって伝助は、

「ざまあ見やがれ」

と、吐き出すようにいい、量感のある双臀を軽く足で蹴り上げるのだった。

「とうとう浪路にとどめを刺す事が出来ましたよ。ほんとに両先生には何から何までお世話になりまして」

と、熊造は腰に褌を巻きながら重四郎と定次郎にえびす顔を見せた。

「浪路と菊之助の仇討ち劇も無残な返り討ちという結果で幕というわけだな。それにしても一時はどうなる事かと冷汗が出たぞ」

重四郎は意識を失っている浪路の黒髪をもつらせた優雅な横顔を見つめながら薄笑いを浮かべていった。

「あとはこの女に手傷を負わされた者共を集め、この女を嬲りものにするわけだ。それから三五郎一家の花会の余興を演じさせる。よいな、熊造、それは貴様の受け持ちだぞ。浪路とからんで面白い余興を考えろ」

「へい、それはこっちに任しておくんなさい。伝助と相談して何か面白い事を考えます」

「もう貴様達はこれで浪路と夫婦の契りをはっきり結んだのだからな。これから浪路に気兼ねする事はあるまい」

と、重四郎は腹を揺すって笑いながらいった。めでたく返り討ちが果せたならば、あとは出来るだけ浪路をこの世に生かしておき、三五郎親分のお役に立てる事だ、と重四郎は熊造にいうのである。そして、哀れにも、七、八日の後には国元からこの土地へ救援隊がかけつけてくる事を信じている。

「それで、その花会終了後、浪路と菊之助はいかがなされるつもりですか」

と、定次郎がたずねると重四郎は浪路の意識がいまだに回復しない事を見定めてから小声で、

「そのあとは鬼ゆり峠の雲助部落に連れて行き、両名を処刑する」

と、いうのである。

「予定通り、赤貝と松茸の焼酎漬けを作り、三五郎親分に献上するのだ」

重四郎はそういって片頰を歪めた。

とにかく、両名の命はあとせいぜい七日ほどだ、その間にこちらも美女と美少年を楽しむだけ楽しまねば損だぞ、と重四郎はいうのである。

「そうだ、熊造。浪路にとどめを刺したのなら菊之助の方にもとどめを刺さねば片手落ちになる。一息入れたならお銀のいる部屋へ参れ」

と、いって重四郎は定次郎をうながし、腰を上げた。

酔うお銀

お銀とお春は長襦袢一枚だけをまとっただけでまた酒をくみ合い、すっかりいい気持ちに酔

っ払っている。

少し離れた所に敷かれた夜具の上には菊之助が先ほどのままで人の字型に縛りつけられていたが、眼を真っ赤に泣き腫らしているのだ。

「フフフ、ねえ、菊之助。お前はこれで立派に男になったんだよ。何もそんなにメソメソする事はないじゃないか」

菊之助はもう抵抗の意志を喪失させてお銀のするがままに頬ずりをさせている。

「ね、口を吸っとくれ、菊之助、いいだろう」

お銀は一口茶碗酒を口に含んでから、片手を菊之助の頸の下に差し入れ、覆いかぶさるようにして菊之助の唇に唇を合わせようとする。菊之助はお銀の酒くさい息に女のような細い眉をさも不快そうにしかめながら固く結んだ唇でお銀の唇を受けているのだ。

「うん、そんな熱のないのは嫌だよ、ねえ、菊之助」

情交が終わったあとの後戯を迫るようにお銀は再び、菊之助にからみついているのだが、それを酒を飲みつつ眺めていたお春は自分も加わらねば損だとばかり這うようにして乗り出した。

「ちょいと、菊之助、お前、お銀姐さんの身体の中で本当に思いを遂げたのかえ」

お春は菊之助の下腹部へ顎を乗せるようにしてまつわりつき、菊之助のいまだに硬化し、屹立させている肉塊をそっと握りしめながらいった。

「だって変じゃないか、また、こんなに固くしちまって。フフフ、お前、ごまかしたんだね」

それを聞くとお銀も振り返り、あら、といって熱気を帯びているそれに手を触れさせるのだった。

「昇りつめたふりをしてごまかしたのかい、菊之助」

菊之助は真っ赤に火照った頬を横にそむけて口をつぐむのだ。

「まあ、憎らしい。よくも私に恥をかかせてくれたね。それなら、こうして絞り出させてやるから」

「あっ、もう、もう、それだけは――決して偽ったのではありませぬ」

「ごまかそうたって駄目よ。ええい、こうしてやる」

お銀が更に激しさを加えると菊之助は後手に縛りつけられた上半身を狂ったようにのたうたせて悲鳴を上げつづけるのだった。

「何だ、まだ、続けておるのか」

いきなり襖が開いて重四郎と定次郎が再び入って来たので、お銀はふと手をとめた。

「困りますよ、先生。人の恋路の邪魔をしちゃ、今、こちらはいい所なんですからね」

と、お銀は酔ってすわった眼を重四郎の方に向けながら恨めしそうにいった。

「実はね、お銀姐さん、今のうち、はっきりけじめをつけておきたい事があるんだ。しばらく菊之助をこっちへ貸してくれぬか」

定次郎がそういうとお銀は菊之助の上に覆いかぶさるようにしながら、

「嫌ですよ。菊之助は私のもの、誰にも渡したくはない」

と、酔って呂律《ろれつ》も怪しくなった口調でいうのだ。

「実はね、お銀さん。あんたの力も借りたいのだ」

と、重四郎が薄笑いを口元に浮かべて近づき、お銀の耳元に口を寄せて小声でささやくと、お銀の酔って潤んだ眼に狡猾そうな妖しい光が、ふとよぎった。

「承知してくれるか」

「まあ、それはけじめだから仕方がないじゃありませんか」

重四郎はうなずいて定次郎に眼くばせし、夜具につながれた菊之助の二肢を解きほどいた。

「立つんだ、菊之助」

重四郎は菊之助の縄尻を引いて立ち上がらせると、片手で次の間との境にある鴨居を指さし、あれでよかろう、と定次郎にいった。


浪路が熊造に凌辱される事によって気性の激しさ、気位の高さといったものが木っ端微塵に破壊され、女っぽく変貌したように菊之助もまた、お銀達の手でいたぶり抜かれた事によって不可解なほどの変貌を遂げている。姫路時代の小姓に逆戻りしたように稚児めいた可憐な女っぽいしなやかさを取り戻しているのだ。

むしろ、菊之助の場合、小姓仲間でも評判の美少年であり、衆道の稚児として仲間より追い廻されていた位であったから、それが本然の菊之助の姿だったろう。仇討ちのために変身し、男っぽさを身につけていたのが、今、その仮面を口惜しくも剝ぎ取られたのだといえるかもしれない。

重四郎と定次郎の手で縄尻を鴨居に吊られ、そこにすっくと立った菊之助はさも無念そうに固く眼を閉ざしているが、もはや、昨夜見せたような荒々しい反発の気力は失せていた。罵倒する事もなく、毒づく事もなく、重四郎の前にさらした素っ裸を恥じ入るかのよう赤く染まった頬をねじり、眼を伏せているのだった。

「どうだ、菊之助。貴様、衆道の覚えはあっても女は初めてだろう。お銀さんに色々楽しい事を教わったか」

重四郎は菊之助の高雅さを匂わせる美しい横顔に眼を注ぎながら愉快そうにいった。

菊之助は眼を伏せたまま、固く口をつぐんでいる。

「武士でありながらそうして一物をむき出しにしたままの日々、さぞ辛い事だろうな」

と、定次郎がからかうようにいうと、菊之助は閉じ合わせていた眼をようやく開いた。そして、濡れ光ったその哀しげな瞳をじっと重四郎に注ぎ、

「いわれる通り、武士でありながらこの屈辱、死ぬよりの辛さです。重四郎どの。武士の情け、何卒、せめて下ばきぐらいはお与え下さい」

と、声を慄わせていうのだ。

「褌をさせてくれというのか、ハハハ、年に似合わず立派なものをぶら下げておるではないか。包皮もはじけ、亀頭の色合もなかなか美しい。何もそのような立派なものを覆い隠す事はあるまい。切り落とさせる日が来るまでそうしてブラブラさせておれ」

定次郎はそういって大声で笑った。

「それに貴様と姉上は近くのこの道場より紅ぐも屋という麓の女郎屋へ移動する。貴様のような美男が前のもの丸出しで女郎屋へ入って見ろ。女郎共は泣いて喜ぶぞ」

そういった定次郎は娼婦のお春がどこからか持ち出して来た長い青竹を受け取って重四郎と一緒に腰をかがませた。

「肢を開け、菊之助。足枷のかわりにこの青竹を用いるのだ」

「な、なにをしようというのです」

「今にわかる。ブツブツいわずに開かんか」

定次郎は菊之助の尻を一発平手打ちし、重四郎と一緒に菊之助の二肢に手をかけ、強引に左右に割り裂かせると、刀の下げ緒を使って素早く菊之助の二つの足首を青竹につなぎ止めるのだった。縄尻を鴨居に吊られ、両腿を大きく割ってそこに立つ菊之助の周囲を定次郎は一度、二度、廻って見て、よし、とうなずいている。

「お銀姐さん、頼むぞ」

定次郎が声をかけるとそれを待ちかまえていたようにお銀とお春が小さな壺と太い火箸のよ

うなものを手にして襖のうしろから顔を出すのだった。

「前に一度、味わった事があるだろう。驚かなくてもいいさ。あの時のように椿油を塗ってあげるだけなんだから」

お春の手にしている小壺の中には椿油が入っていたのだ。それに指を入れてたっぷり掬いとったお銀は菊之助の背後に腰をかがませ、お春と一緒に菊之助の双臀を割り始めたのである。

「あっ」

と菊之助は大きく首をうしろへのけぞらせ、全身をガクガク慄わせた。

お銀とお春はまるで桃でも割るように無造作に菊之助の双臀をたち割り、その奥に秘められた菊花の蕾を露わにさせ、椿油をべったり塗りつけ出したのだ。

菊之助は激しい狼狽を示した。

「な、なにをするのですっ。や、やめて下さい」

菊之助は女達の指先がそれに触れたのを知覚するとたまらない嫌悪感を感じ、女達の手を振り切ろうとするかのように双臀を狂おしく揺さぶるのだった。

「熊造さんと勝負するからにはここん所をよくほぐしておかなきゃあね。あんな馬並みのものをまともにぶちこまれちゃ肉がはじけ飛んじゃうよ」

お銀のその言葉を聞くと、菊之助は魂が打ち砕かれたような衝撃を受け、赤く上気した頬が真っ青に変じた。

「熊、熊造を——」

菊之助は気が遠くなりかける。恐怖の戦慄で開股に縛りつけられている両腿の筋肉が断続的に慄えた。そんな菊之助の恐怖にひきつった表情を重四郎は楽しそうに眺めて、

「そう情けない顔するな。貴様の姉上は熊造が父の仇である事などとうに忘れたように実に仲むつまじく夫婦の契りを結んだのだ。熊造の精を深く受け入れたのだぞ」

つまり、浪路どのは悦んで熊造の返り討ちに合われたわけだ、と重四郎はいうのだった。

「だから貴様も熊造に返り討ちのとどめを刺させる。そうしておかなければ片手落ちだからな。貴様は熊造の矛先を尻の穴で受け入れろ。ハハハ、わかったか」

重四郎がそういった時、襖が開いて熊造と伝助が、入ってもよござんすか、と顔を見せる。

「おお、ちょうどよい所へ来た。今、菊之助はお前を受け入れるために尻の穴に磨きをかけておる所だ。もうしばらくここに来て待つがよかろう」

と、重四郎は手招きして二人を呼び入れるのだ。

菊之助は父の仇である熊造、伝助両人の顔を見ると、さすがに口惜しげに歯を噛みしめ、さっと視線をそらせた。

熊造には昨日、今思い出しても気が狂いそうになる羞ずかしめを受けたが、今度はそれ以上の屈辱を——そう思うと菊之助は息が止まりそうになるのだった。

第十四章　悶える姉弟

獣の戯れ

菊之助の頬は恐ろしいばかりに歪み、蒼ざめている。この場で熊造、伝助、両人と衆道の契りを結ぶのだ、といった重四郎に菊之助は悲痛な表情を向けて、

「そ、それればかりは、ああ、お許し下さい。重四郎どのっ」

と、半泣きになってわめくようにいうのだった。

「どうした。親の仇に尻を貸すというのはそんなに辛いのか」

重四郎はせせら笑っていうと、

「そ、そのような羞ずかしめに耐える気力はございませぬ。ひ、ひと思いに首をはねて下さい」

と、再び菊之助は大粒の涙をしたたらせながら蒼ざめた顔を激しく左右に振るのだった。

「何度いったらわかるのだ。貴様の姉上は貴様の命乞いをして、そのため、素直に熊造達と肉の契りを結んだのだぞ。貴様が命を落としてはこれまでの姉上の努力は水の泡になる。少しは姉上の気持ちを察してみろ」

（ああ、姉上、菊之助はこのような屈辱を忍んでまで、命を守らねばならぬのですか）

菊之助は胸の中で血を吐くように叫んだ。倶に天を戴かざる熊造達と男色の契りを結ぶなど、想像するだけでも菊之助の心臓は止まりそうになる。

「それが返り討ちのとどめというわけだ。立合人として拙者達が最後まで見とどけてやる」

重四郎が愉快そうにそういうと、菊之助の背後に廻っているお銀と娼婦のお春が菊之助の双臀の肉に再び手をかけぐっと左右に割り開く。

「あっ」

菊之助は女達の指先がそれに触れ、再び、淫靡ないたぶりを開始すると狂ったように左右に首を振った。

「もっとよく揉んで柔らかくしておかなきゃ駄目だよ。これから馬並みのでっかいものをぶちこまれるんだろ。下手すると肉がはじけ飛んじゃうんだから」

お春とお銀はクスクス笑いながら菊之助の双臀深くの隠微な蕾を露わにさせ、しきりに油を塗りつけつつ、指の先で微妙に揉みほぐすのだった。

菊之助の繊細な頰は真っ赤に上気し、女達の淫靡な指の動きに歯をカチカチ嚙み合わせながら堪えていたが、お春の指先がぐっと深く内部に押し進むと、ひきつったような悲鳴を上げ、激しく前髪を慄わせながら身悶えする。

「大丈夫かね、こんな可愛いお尻の穴で熊造さんのものを受ける事が出来るのかしら」

お春は菊之助の身悶えや嗚咽を無視して、奥深い蕾を指先で遮二無二愛撫しながらそっと、細長い金火箸の先端をあてがうのだった。

とたんに菊之助はあっとつんざくような悲鳴を上げ、開股に縛りつけられた二肢をブルブル慄わせた。痛烈な屈辱感と苦痛が一つのものとなって全身に痙攣が走る。

自分の隠微なその部分に金火箸が押しこまれたと感じたとたん、菊之助はあまりの汚辱感に気が遠くなりかけた。

「や、やめて下さいっ」

一瞬、視界が真っ暗となり、そして殿に無理に挑まれるのを泣いて拒否した稚児の頃に戻ったかのように、激しく嗚咽する菊之助だったが、それはむしろお春とお銀の嗜虐の情念に油を注ぐ結果となる。

「男の子だろ。これ位、我慢できないでどうするんだ。熊造さんを受け入れられるよう私達がこうしてお尻に磨きをかけてやってるんじゃないか。お礼の一言ぐらいいったらどうなんだよ」

などといい、お春とお銀は泣きじゃくる菊之助を更にいたぶり抜くのだった。

深く秘められた菊の蕾はお春とお銀の指先で露わになり肉は柔らかくふくらみ、金火箸の先端をしっかりと咥えこんでいるのを眼にした重四郎はゲラゲラ笑い出した。

「もうそれ位でよかろう」

重四郎は熊造と伝助の方に眼を向けて、

「そろそろ、とどめを刺せ」

と、愉快そうにいった。

お銀は菊之助に含ませた金火箸を抜き、さあ熊造さんと伝助さんに可愛いがってもらうんだよ、と、汗を滲ませている菊之助の肩を押す。焼けつくような臀部の痛みは引いたが、続いて熊造と伝助がニヤニヤしながら近づいて来ると菊之助は戦慄し、赤く上気した頬を強張らせた。

「へへへ、さ、まずは俺達が相手だ。まず、俺が手前を田楽刺しにしてやる」

熊造はせせら笑いながら単衣物を脱ぎ、赤褌を解いた。

全身に刺青をした赤銅色の汗ばんだ肌を熊造が正面からぐっと押しつけて来ると菊之助は嫌悪の戦慄で激しく身を縮み始める。

「何もそうおびえる事はねえだろ。そら、もうこんなにおっ立っているじゃねえか」

丸裸になった熊造はガクガク慄え続ける菊之助の前に立つと青竹を足枷にして、左右へ割り裂かれている両腿の間へそっと滑りこませていくのだ。

「ううっ、ああ」

菊之助は前髪をブルブル左右に振って、悲痛なうめきを口から洩らした。熊造の武骨な毛むくじゃらの手で菊之助はしっかりと握りしめられている。

「そんな情けねえ面すんな。二、三日前は、おのれ親の仇、と俺に勝負を迫ったじゃねえか」

白鉢巻に白襷、ほんにあの時のお前さんは凜々しく、恰好よかったぜ、と、熊造は笑いながらそういい、愛らしいものでも撫でさするように握りしめ、柔らかく揉み始めるのだった。

「ううっ」

菊之助は細い女のような眉毛をギューと口惜しげにしかめ、嫌悪と屈辱にカチカチ奥歯を噛み鳴らしている。

再び、憎みても余りある親の仇、熊造に嬲られる気が狂うばかりの汚辱感——しかし、カッと頭に血が昇るばかりの憎悪感とはうらはらに口惜しくも熊造の掌でゆるやかに揉みほぐされる菊之助のそこは意志とは関係なく見る見る固く膨張していくのだ。

「伝助、見てみな。この可愛いお坊っちゃん、大人なみにでっかく膨らましてやがったぜ」

熊造は伝助の顔を見てゲラゲラ笑い、薄紅色の綺麗な肉を熱っぽく息づかせてそれを更に面白そうに掌でいたぶり続けている。

「どうだい。刀のかわりにお互いの抜き身で勝負しようじゃねえか」

と、熊造はついと立ち、菊之助の慄えるしなやかな両肩で両手をつかみ、自分の怒張した巨大な肉塊を菊之助に押し当てたのである。

「さ、抜き身と抜き身とこすり合わせ、この親の仇と一騎討ちしたらどうだ」

熊造が、屈辱の極致に追いこまれ、真っ赤に頰を染めている菊之助をしっかり両手で抱きしめながらそれを強く押し当て、こすりつけ出したのでお銀もお春も笑いこけた。

熊造のその醜悪なものを押し当てられ、ぐいぐいとすりつけられる菊之助の世にも哀しげで、口惜しげな表情――それが痛快でならず、重四郎も定次郎も手をたたいて笑い合っている。

事実、菊之助は熊造のそれが身に触れたとたん、ぞっとする嫌悪感と汚辱感で顔面をひきつらせ、全身に悪感が走ったようガタガタ慄え出しているのだ。

ああ、父の仇の熊造に何という羞ずかしめを――菊之助は遂に声を上げて泣きじゃくった。

熊造はそんな菊之助を満足そうに見つめながらふと腰を引いて自分の先端をわざと、菊之助の口惜しくも熱気を帯びて屹立した先端にぴったり触れさせて、

「さ、剣術の要領でその抜き身を振り廻さなきゃ駄目じゃねえか。しっかりしろい」

と、嘲笑するのだった。

「お、おのれ、私をどれほど、羞ずかしめれば気がすむと申すのか、熊造」

菊之助はあまりの屈辱感に頭の芯がじーんと痺れ切り、思わず喘ぐように熊造を罵倒する。

「おや、久しぶりに、おのれ、熊造が、出たじゃないか、お坊っちゃん」

熊造は片頬を歪めて、菊之助の真っ赤に上気した美しい顔を見つめた。

「もう仇討ちの事は忘れて俺と衆道の契りを結ぼうってのに、そんないい方はねえでしょう」

熊造は自分のそれで菊之助の怒張した肉塊を小突き、

「もうこうなりゃお互いに仲良くしようじゃねえか。姉上の方はすっかり俺達に身を任せ仇討

ちの事など綺麗さっぱり忘れちまったんだぜ」

といい、さ、お前は稚児に戻って俺のものになるんだ、まず、仲良く舌を吸い合おうじゃないか、と、今度は髭面をいきなり菊之助の美しい顔面に押しつけようとするのだ。あっと菊之助は唇を重ね合わせようと顔を寄せて来た熊造におびえ、さっと赤らんだ顔を横へねじった。

熊造とこの場で衆道の契りを結ぶなど、想像するだけでも菊之助は気が遠くなる。

「姉上のいいつけだぞ、菊之助。熊造や伝助に逆らわず、求められれば身を任せろと姉上はおっしゃっているのだ。姉上のいいつけにそむいてはならんぞ」

と、定次郎が酒を飲みながら笑って大声を出した。

「面倒くせえ、てっとり早くやっつけるか」

熊造はそれでも菊之助が口吻をはっきり拒否すると薄笑いを浮かべて菊之助の背後に廻った。

「ああっ、な、なにをするっ」

緊縛された菊之助の裸身を熊造は今度は背後からしっかりと抱きしめ、鉄のように硬化した肉塊を今までお銀達にいたぶられて赤くふくらみかけた蕾に一気に押し入れようとした。

「そ、そのような真似は断じてさせぬっ、お、おのれ、貴様は父の仇っ」

と、わめいて狂気したように腰部を揺さぶったり、また、急に女っぽい悲鳴を上げて、

「そ、それだけは、何卒、お許しを――ああ、あまりに自分がみじめでございます」

と、号泣したり、菊之助は小姓になったり稚児になったり、すっかり神経を動乱させ、悶え

まくっている。

「みっともないあがきはおよし。こうなりゃ、観念して返り討ちに遭うのさ。憎い親の仇に水揚げされるというのもまんざら、悪くはないだろう」

いい気持ちに酒に酔ったお銀とお春は冷酷な微笑を片頬に浮かばせて立ち上がり、狂気したように身悶えする菊之助の左右に立ち、両手をからませてそれを封じようとするのだった。

懸命になって臀部を揺さぶり、熊造が押しつけて来るそれをはねのけようとする菊之助の狼狽と身悶えは言語に絶するものといえる。

「嫌ですっ、ああ、それだけは何卒――」

と、わめき散らし、

「父の仇とこのような行為を演じるなど、ああ、姉上、菊之助は、どうすればいいのですっ」

と、正に気も狂わんばかり、支離滅裂な言葉を吐いて、大声で泣きじゃくるのだったが、遂に熊造にがっちりと組み敷かれ、ぴったりと自分のそれに触れられたとたん、菊之助の唇から絹を裂くような悲鳴がほとばしり出たのだ。

つづいて、菊之助は、全身を熱病にかかったようにブルブルと痙攣させながら汗にべっとり濡れた首筋を大きくのけぞらせる。

「ううっ」

秘められたその個所に熊造の鋼鉄の硬さを持つ肉塊が一気に押し入って来たのだ。

菊之助は息の根も止まるばかりの激痛とそれに伴う屈辱感とで熊造に穢《けが》されている臀部をガクンガクンと波打たせ、汗ばんだ全身を反り返らせるようにして苦痛の絶叫を上げるのだった。

今、菊之助のいじらしい小さな蕾が熊造のその巨大な肉塊を受け入れたと思うと、お銀もお春も息づまるばかりの嗜虐の昂ぶりを感じ、息使いも荒々しくなる。

「へへへ、どうだい。こうなりゃこっちのものだ。よくも俺を下郎呼ばわりし、刀で追い廻しやがったな。うんと可愛がってやるからな」

熊造も荒々しい息を吐きながら背後より麻縄を巻きつかせている菊之助の胸元に両手をからみつかせてしっかりと抱きしめ、どうだ、と腰を揺さぶりつつ押して出るのだ。

青竹の足枷をかけられ、左右にすらりと伸びた菊之助の色白の滑らかな二肢がそれにつれて一層の痙攣を示し、菊之助は傷ついた獣のようにのたうちながらすさまじいばかりの悲鳴を上げるのだった。

熱い刃で突き抜かれるような鋭い痛みと痛烈な汚辱感——そして、それに伴う言葉では説明出来ない被虐の不思議な快美感が菊之助の全身を襲ったのである。

熊造は遂に菊之助に侵入する。

菊之助は再び、悲鳴を上げ、大粒の涙をポロポロ流した。腰も背骨も頭の芯もたちまち痺れて、それな苦痛なのか、屈辱なのか、快感なのかもうわけがわからぬ位、全身は麻薬に冒されたようただれ切っている。

「ハハハ、どうだ、菊之助。親の仇に尻を貸し与えた気分は」

「まだそれでも武士のつもりか、菊之助」

「仇に尻を嬲られ、男色の情を通じる武士など聞いた事がないな」

重四郎と定次郎は交互に菊之助を揶揄しまくり、楽しそうに酒をくみ合うのだった。

そんな重四郎のからかいも耳に入らぬ位、菊之助はめまいが生じるような灼熱の感覚に全身をのたうたせている。

熊造は背後から両手でしっかりと菊之助の胸をかかえこみ、菊之助の火のように熱くなった頬に粘っこく頬ずりしながら、

「さ、舌を吸ってやるぜ。こっちへ顔を廻しな」

と、荒々しく息をはずませながらいうのだった。

菊之助は泣きじゃくりながら必死に首を振って熊造の酒くさい唇から逃れようと身を揉んでいる。しかし、全身の肉は一度に燃え上がってしまい、菊之助は激痛と同時にこの世のものとは思えぬ陰密な被虐性の快感をはっきりと知覚したのだ。

その証拠に菊之助の肉塊は宙に向かって高々と屹立し、快楽の慄えを示している。

「へへへ、すっかり気分を出して来やがったぜ」

伝助は荒々しい喘ぎをくり返している菊之助の前につめ寄り、ブルブルと痙攣させている菊之助の硬直した熱い肉塊を指ではじいた。

「そうかい。親の仇に田楽刺しにされた気分はそんなに楽しいかい」

と、笑い出し、

「熊造さんがもうすぐ思いを遂げて下さるからな。そうすりゃ手前も嬉し泣きしながらぴったり呼吸を合わせて思いを遂げるんだ」

といい、腰を据え直すようにしてブルブル慄える菊之助の屹立を両手で包みこむように握りしめるのだった。

「ああっ、嫌っ、嫌ですっ」

菊之助が新たな狼狽を示し、いかにも衆道の稚児めいて女っぽく身を揉み始めるとお銀とお春はジーンと胸を痺れさせ、

「こんなに胸が掻きむしられるような思いになったのは久しぶりだよ。美しい若衆をいじめるのがこんなに面白いものだとは思わなかった。カッカッと身体が燃えて来ちゃったじゃないか」

と、そわそわしながら茶碗酒を一息に飲み乾すのだった。

伝助は菊之助を背後から責める熊造と同時に自失させるべく両手でしっかり握りしめたそれをゆるやかにしごき出している。

あっあっと断続的な悲鳴を上げて狂おしく身を揉む菊之助――すかさず背後の熊造はぐっと

押すと見れば身をわずかに引いてまたすぐぐっと押し出る。菊之助はそれこそ進退窮まった苦痛のうめきを洩らし、自分は今、どうなっているのか判断がつかない位、頭の中は麻のように乱れてしまっているのだ。

「ちょっと伝助さん、そんなに激しくしごいちゃ可哀そうに皮がすりむけてしまうじゃないか。さ、この椿油を塗っておやり。そうすりゃ滑りがよくなるし、気分もよくなるってもんだよ」

お銀はただ酒を飲んでじっと見ているだけでは我慢出来なくなったのだろう、椿油の壺を持ってフラフラと立ち上がる。

「私達が手伝ってやるよ。ちょっと待っておくれ」

熊造と伝助の攻撃を中断させてお銀とお春は苦しげに喘いでいる菊之助の前に腰をかがませ、二人で油をたっぷり塗りつけるのだった。

耳も首筋も下ぶくれの女っぽい頰まで真っ赤に火照らせて、菊之助はすすり泣いている。

「フフフ、仇討ちがとんだ結末になっちまったね。憎い熊造のほとばしりをお尻の奥に注ぎこまれるなんて、本当に可哀そう。でも、人間、諦めが肝心だからね」

こうなれば熊造と伝助両人にとことんまで生恥をかかされるがいいさ、と、お銀はクスクス笑いながら、菊之助にたっぷりと油をつけるのだった。

「フン、さっき私が可愛がってやった時は洩らさなかったんだろ。何さ、男二人に可愛がられるとこんなに大きく膨らませて」

女二人に油をたっぷり塗りつけられ、菊之助は我が身の浅ましさを恥じたように真っ赤な頬を横にねじって号泣するのだった。

「身体の方はこんなに悦んでいるじゃないか。何も声をだして泣く事はないだろ」

お銀は小気味よさそうに菊之助の見事といいたい位の隆起を見つめてそういい、熊造と伝助に、続けて菊之助をいたぶるよう眼くばせするのだった。

男達の技巧

「まずこれで浪路、菊之助の仇討ち劇もめでたく結末を迎えたわけでござるな」

定次郎は徳利の酒を重四郎の持つ茶碗の中へ注いでニヤリと白い歯を見せた。

「そういう事だ。これで神変竜虎道場の面目もたったというもの。まずはめでたい」

重四郎も定次郎に酒の酌をしてやり、すぐ眼前で熊造と伝助両人に嬲り尽されている菊之助をさも愉快そうに見つめるのだった。浪路もすっかり変貌したが、菊之助も心の仮面が剝ぎ取られたのではないかと思う位、人間が変わったように重四郎の眼には映じるのだった。

おのれ、熊造と、つい昨日まで見せていたあの燃えるような敵意は嘘のように消え失せて衆道の可憐な稚児になり切ったように熊造に臀部を凌辱され、伝助に肉棒の屹立を小刻みにしごかれながら女っぽい激しい啼泣を口から洩らしている菊之助。

それは親の仇に凌辱されているという苦悩と口惜しさだけではなく、息の根も止まるばかりの異様な快美感に全身を燃やしている事もたしかである。

それにしても、あれほどまでに敵意と反抗を示した仇の両人にすっかり魂までゆだねたよう、されるがままとなって、官能的に火柱のように燃えさかってしまった菊之助を見ると重四郎はふと信じられない思いになるのだ。

その思いは菊之助の双臀を田楽刺しにしている熊造にとっても同じであった。今、こうして俺に双臀をすっかりゆだねている乙女のような稚児は、ついこの間、白鉢巻に白襷、細い眉をキリリとつり上げ、尋常に勝負致せ、と備前兼光の名刀をつきつけた美小姓と同じ者なのかと何とも信じられない思いになっている。

男色の経験もかなり積んでいる熊造は、美小姓の奥深い快感にいつしか有頂天になっていた。

「この小姓は商売ものにしても結構いけるぜ」

と、熊造は脂汗をねっとり滲ませている菊之助の肩から胸にかけて両手を背後からしっかり巻きつかせ、腰部をうねらせながら前にまといついて巧みな指さばきで菊之助を追いつめている伝助に声をかけた。

熊造が揺さぶりをかけるうち、菊之助は徐々に強い緊縮力を示すようになり、熊造は女のそれとはまた違った恍惚とした痺れを感じて思わず昇りつめそうになるのを幾度も歯を喰いしばって耐えたほどであった。

もうすっかり自分を失っている菊之助は汗みどろになったうなじを大きくのけぞらせて熊造に強く頬ずりされたままその動きに合わせて腰部を前後にうねらせている。

すっかり熊造と伝助の男色の手管に巻きこまれ、肉体はそれに順応させられたよう、何か甘えかかるように熊造と頬ずりし合い、熱い悦びを告げるような切れ切れの啼泣を洩らしている菊之助を見るとお銀はまたもや切なく胸がかき立てられて、酔い痺れた身体を浮かせるのだ。

「いいかい、二、三日前まで敵同士の間だったが、これでお前は熊造さんや伝助さんの夫婦の契りが出来たってわけさ。もう何も遠慮はいらないさ。うんと二人に甘えてごらんよ」

と、ぞくぞくした気分でいった。

背後から責める熊造と呼応するように伝助は開股に縛りつけられた菊之助の側面にぴったり身を寄せつけて、手馴れた手管でゆるやかに撫でさすり小刻みに揉み上げている。

伝助の両手の中で翻弄されているそれがもはや限界に達したのか、鉄火のように屹立しているのに気づくとお銀は淫猥な笑いを口元に浮かべていった。

「衆道にも礼儀ってやつがあるだろう。熊造さんよりも先にしたたらせるんじゃないよ。ぴったり呼吸を合わせなきゃ駄目さ。いよいよ我慢が出来なくなりゃ熊造さんに合図を送るんだよ」

熊造に舌吸いをねだるのがその合図になるんだよ、とお銀は今にも絶え入りそうな熱い喘ぎをくり返すようになった菊之助の真っ赤に上気した頬を軽く指で押していうのだった。菊之助がもうどうにも耐えようのない限界にまで到達しそうになっているのに気づくとお銀はお春に丼茶碗を持って来させる。

「昨日はお行儀悪く畳にまき散らしてしまったが、今日は上手にこの中へしたたらせなきゃいけないよ。いくら若いからといったって今日から主のある若衆なんだからね。少しはお行儀よくしなくちゃ」

と、お銀は含み笑いをしながらいった。

伝助はお銀の手からその丼茶碗を片手で受け取るともう一方の手でゆるやかに揉みしごきながら、切なげに喘ぎ続ける菊之助を見上げた。

「へへへ、俺に任しておきな。備前兼光の名刀で追いかけ廻されたお礼に、この中へたっぷり絞り出させてやるからな」

菊之助はそんな揶揄を浴びせられても神経はすっかり麻痺してしまっているのか、真っ赤に上気した頰をひきつらせているだけで官能の荒波の中に揉み抜かれている。そして、急に、もうどうにも耐えようがなくなったように激しく前髪を慄わせ、

「も、もう、我慢が出来ませぬ。ああっ早く――」

早くと菊之助が催促するのは熊造に共に自失せよという事か、それとも自分のしたたりを茶碗に受けよ、という事か、とにかく昂ぶった声音を菊之助がはり上げたので、お銀も、

「熊造さんに舌を吸わせるんだよ、さ、早く」

と、叱咤するようにいうのだった。

「じゃ、いいな。俺と一緒に思いを遂げるんだぜ」

と、熱い息を吐きかけながらいうと、菊之助は乙女のように初々しい羞じらいを見せてこっくりうなずき、さ、舌を吸ってやろう、こっちを向きな、と、熊造がうしろより指先で顎に手をかければそのまま甘えかかるようにぐっと上気した顔をねじ曲げて熊造の厚味のある唇にぴったりと唇を触れさせるのだった。

それを見たとたん、お銀とお春は同時にキャーと黄色い声をはり上げてはやし立てる。

重四郎も定次郎も菊之助が親の仇である熊造の方に甘えるように顔をねじり、うっとりと眼を閉じ合わせ、舌先を吸わせているのに気づくと、腹をかかえて笑い出した。

すっかり自分を失い、官能の荒波の中に揉み抜かれているとはいえ、事もあろうに菊之助さえもが倶に天を戴かざる熊造と接吻を演じるとは——重四郎は何か信じられない思いになるのだった。神経を麻の如く乱れさせた菊之助に物の怪がとりついたようにも感じられる。

粘っこく、火のように熱い衆道の接吻を熊造とかわした菊之助はやがて唇を離すと真正面に羞恥に火照った顔を向け、観念したように固く眼を閉ざす。この場で再び生恥をさらす覚悟が出来たのだろう。

背後からまといつく熊造が、じゃ、いくぜ、いいな、とでもいったのか何か淫靡な笑いと一緒に耳元に小さくささやきかけると、菊之助は乙女のように何ともいえぬ羞じらいの風情を示して眼を伏せながら小さくうなずいて見せている。と同時に熊造は背後から菊之助の骨が折れるばかりの強さでヒッシと抱きしめ、先ほどから耐えていた緊張を一気に解いたのだ。

「ああっ」

菊之助はもうすっかり麻痺してしまった自分のその陰密な部分に熱湯のようなものが貫くのを知覚すると稲妻にでも打たれたように、開股に縛りつけられた両腿の筋肉を激しく痙攣させた。名状の出来ない汚辱を伴った快感が頭の芯にまで貫き、再び、菊之助はうううっと熱い悦びのうめきを上げる。

「おい、伝助。ぼんやりしねえで早く昇らせてやらなきゃ駄目じゃねえか」

がっしりと羽交締めにするように菊之助を背後から抱きしめている熊造は相次ぐ発作を菊之助に伝えながら伝助に声をかけた。

菊之助の全身をガクガク慄わせる悦びとも苦痛ともつかぬ戦慄をふと指先を休めてニヤニヤ見つめていた伝助は、こりゃすまなかった、とあわてて腰を据え直し、しっかりと握りしめ、一気に追い落としにかかる。

菊之助にもはや耐える余裕はない。あっ、あっと切れ切れの女っぽい悲鳴を上げるともうそれで下腹部がジーンと痺れ切り、上気して真っ赤に染まった頬をわなわな慄わせたかと思えば、

「は、はやくっ、お手を汚してしまいます。何かを早くっ、下さい」

と、うわ言のようにそれを処理する布か器を要求するのだった。

「さすが、お殿様の御寵愛を受けていたお小姓だけあり、しつけがよく出来ているじゃないか」

お銀は笑い出し、そして素早く畳の上の丼鉢を取り上げて菊之助にあてがったが、ほとんどそれと同時に脈打つような発作が生じたのだ。


菊之助は絶息するようなうめきを洩らし、一種凄艶な表情になって再び、脂汗を滲ませたうなじを大きくのけぞらせるようにしたが、そこをまたすかさず熊造が頬を押しつけて行き、強引に唇を求めると菊之助はためらわず、半開きになって喘ぐ唇を熊造の厚い唇にすり合わせていくのだった。

お銀とお春が持ち添えている丼鉢にはそのとたんに激しい勢いで白いものが流れ落ちる。

「まあ、今日は凄いじゃないか、菊之助。よほど、今日は楽しかったんだね」

一瞬間をおいてまた噴き上げるのに驚いたお銀はホクホクした表情で菊之助を見上げた。

菊之助はお銀のそんな言葉ももう耳に入らぬよう恍惚とした表情になって熊造とくなな唇を甘くさすり合わせ、舌先を熊造に吸わせているのだが、神経を倒錯させてしまっているのだろうか、主君に寵愛された当時の夢心地にそのまま浸っているかのようにも思われる。

やがて、唾液の糸を引き合いながら熊造より唇を離した菊之助はそのまま精も魂も尽き果てたように前髪をがっくり前に落とした。

熊造もようやく菊之助から身体を離してフーッと一息ついている。

「よし、これでめでたく返り討ちのとどめを刺したというわけだ。な、熊造」

重四郎は満足そうに茶碗酒を口に運びながら、褌をしめている熊造にいった。

何から何までみんな両先生のおかげですよ、と熊造はニヤリと顔をくずした。そして、肩先で息づいている菊之助に近づき、その赤らんだ熱い頬を指ではじき、せせら笑うのだ。

「これでおめえと俺とはもう他人じゃねえってわけだな。ついこの間まで敵同士だったおめえと俺がそんな関係になるとは夢にも思わなかったぜ」

菊之助は身も心も打ちひしがれたように前髪を深く垂れさせたまま、もはや口をきく気力もなくただ押し寄せる官能の余韻に体を慄わすばかりだった。

そんな菊之助の前にお銀とお春は今だに膝を折って、萎縮しかかるそれを惜しむようにゆるやかに掌で撫でさすり、糸を引くような余韻のしたたりまで丼鉢の中へ吐き出させてからいそいそとチリ紙で始末しているのだった。

「本当に今日はお行儀がよかったよ、菊之助。一滴洩らさずこうして丼鉢の中へしたたらせたのだからね」

お春は菊之助の白い生血が入った器を手にしてそれを熊造の眼にも見せるのだった。

「そら、今日はこんなに――フフフ、よほど、燃え上がったようだね」

「俺も久しぶりの稚児遊びで妙に燃えちまったよ。こってり奥まではじき飛ばしてやった」

熊造はそういってゲラゲラ笑った。

重四郎と定次郎は立ち合いを終えたといった気分でようやく腰を上げた。

「では、菊之助、しばらく休んで今度は伝助の精も受け入れろ。ハハハ、そこまで徹底しておけばもう仇討ちも何もあったものではあるまい」

重四郎はお銀に、この後の事はそちらに任せる、と言い定次郎をうながして座敷から出て行くのだった。

新入り

どんでん返しになっている壁がギーと音を軋ませて開く。

「さ、入るのだ、浪路どの」

重四郎に縄尻をたぐられて一糸まとわぬ素っ裸を後手に縛り上げられている浪路はよろよろと足元をふらつかせて壁の内側に入り、冷たい石の階段を素足で踏みしめる。

熊造と伝助二人に凌辱の限りを尽された浪路は、正に生ける屍《しかばね》も同然で血の気のない白蠟のように冷たい表情をぼんやり前に向けながら一歩一歩、ゆっくりと石の階段を降りて行く。

綺麗に揃った柔らかい睫毛をいささかも動かさず、光のない空虚な瞳をぼんやり見開きながら浪路は重四郎に縄尻をとられて牢舎に向かって引き立てられていくのだ。

「何しろ熊造と伝助は大喜びでござったよ、浪路どの。ついこの間まで浪路どのに首を打たれるのではないかと両人ともおろおろしておったが、今日はその恐ろしい浪路どのと仲よく尻を振り合い、めでたく夫婦の契りまで結ぶ事が出来たのだからな」

定次郎は浪路の暗色の翳りを持つ端正な頬に眼を向けてさも嬉しそうにいった。

「それにしても、あの両人を交互に相手どり、あの長時間よくぞ腰を振り合えたものだと感服つかまつった。浪路どのもその道はお嫌いな方ではないらしいな」

重四郎と定次郎は顔を見あわせ、哄笑する。

身も心も打ちひしがれた浪路は重四郎に揶揄されても凍りついたような表情を持続させたまま固く口をつぐんで歩き続けるのだった。

地下は二つの間取りになっていてかなりの広さである。

その一方は木馬や木の寝台などが並び、それに黒光りした柱、天井の鴨居や梁からは細い鎖が不気味に垂れ下がり、それは重四郎が自分好みに作った拷問部屋である事は浪路も知っていた。その拷問部屋は重四郎にいわせると女の折檻部屋ではなく、紅ぐも屋へ送りこむ女を柔順に飼育するための道場だという。

「つまり、色道塾というわけでござるな」

その色道塾の立柱を背にして今素っ裸の娘が一人、後手に縛りつけられている。その左右に突っ立っているのは、健作と娼婦のお紋で、何やら叱りつけるようにお小夜に声をかけている。

「あの二人にお小夜の身体を鍛えさせているのだ。紅ぐも屋では女の顔、身体で買い値をきめるが、それに加えてあの部分の機能が優れておれば割増し料を支払う事になっておるからな」

重四郎は得意そうにそういって浪路の顎に手をかけ、お小夜の縛りつけられている立柱の方へ顔を向けさせた。

江戸の小町娘、お小夜はまだ二十歳《はたち》にもならない小娘だというのに、鬼ゆり峠で雲助達に捕らわれたのが運のつき、散々凌辱された揚げ句、恋人は殺され、ここへ連れ込まれたかと思えば今度は日夜この色道塾と称する拷問部屋で辛い責め苦に遭わされているのである。

もはや、流す涙も枯れ果てたような虚脱した表情で空虚な眼差をぼんやり宙に向けている。

上半身は亀甲縛りでかっちりと麻縄を肌身にくいこませ、身動き出来ないよう立柱に裸身を縛りつけられているお小夜は、腰をかがませた健作の手で太い筒具をその女の源泉に沈められようとしているのだ。

「どうだ、お小夜の調子は」

浪路の縄尻を手に持ちながら重四郎が声をかけると、健作はふと振り返ってニヤリと笑った。

「どうもまだ、本調子が出ねえようですね。これだけのいい器量をしているんだから、もう少し、ここの具合がよけりゃ申し分ねえのですが――」

緊め方にどうも力が一つ足りねえようです、生娘じゃないにしろ、男のものをまだ咥え慣れてはいないからなんですかねえ、などといいながら健作は細工師が何か仕事をしているような要領でお小夜の淡い煙のような繊毛を微妙に撫で上げ、内部を小刻みに指先を使って揉みほぐしながらその襞に潤みを持たせると、今度は手慣れたやり方で徐々に筒具を含ませていく。

お小夜は眉を苦しげにしかめ、白い歯を噛み合わせてはっきりと不快の表情を見せている。

「何さ、その感じの悪い顔は」

娼婦のお紋はお小夜がさも不快そうに顔を歪めると白いしなやかな肩先にまで垂れかかっている乱れ髪をつかんで激しく揺さぶった。

「さ、お小夜ちゃん。思い切ってグッと緊めてみな」

お小夜の甘美な襞の層に筒具をようやく含ませた健作はぴったり閉じ合わせたまま小刻みにブルブル慄わせているお小夜の雪白の太腿を掌でさすりながら薄笑いを浮かべていった。

「女郎になるには二段緊め、三段緊めという男泣かせのコツを覚えなきゃならないんだよ。さ、思い切って腰を浮き出すようにしながらぐっと緊め上げてごらん」

お紋は再び、お小夜のぐったりくずれた高島田を手でつかんで邪険に揺さぶりながらいった。

お小夜は華奢な線で取り囲まれた雪白の裸身をブルブル慄わせて嗚咽の声を洩らし始めた。

「泣けといったんじゃないよ。下をぐっと緊めろといってるのさ」

お紋は今度はお小夜の薄い耳たぶをつねり上げ口元を冷酷に歪めていった。

「仕様のない娘だね。紅ぐも屋の女郎になるためには相当な修業をつまなくちゃならないんだ。

さ、おっぱいを揉んであげるからしっかり襞を巻きつかせて緊め上げるのさ」

お紋は柱のうしろへ廻って麻縄を喰いこませているお小夜のまだ熟れ切っていない蒼味のある乳房を両手で巧みに揉み上げるのだ。

ああ、この世にこのような地獄があるのか、と浪路は娼婦に折檻されながら女郎のむごい修業をつまされている娘の方にはもう眼をむけられず、深く首を垂れさせてしまうのだったが、そんな浪路の縄尻を持つ重四郎と定次郎は大口を開けて笑いながら緊め稽古に入っているお小夜をからかっている。

「お小夜、しっかり稽古に励め。もうすぐお前は先ほどまで檻の中で一緒だった美しいお小姓を稽古台に選べる事になるのだ。どうだ、嬉しいだろ」

そういった重四郎は、さ、浪路どの、参ろうか、と浪路の光沢ある滑らかな背を押した。

拷問部屋の奥に岩をくりぬいた穴があり、そこに入ると横に並んで頑丈そうな樫の木の格子をはめこんだ牢舎が三つ並んでいる。

その岩穴の入口に近い牢舎には菊之助が押しこめられていたはずなのにその姿はなく、浪路はハッとしたように足を止めた。

「ああ、菊之助か。心配なさるな、処刑したのではない」

重四郎は菊之助の姿が消え、おびえたような表情になった浪路をおかしそうに見ていった。

「重四郎様。菊、菊之助をいかがなされたのでございます」

一体どこへ菊之助を連れ出したのかと浪路は不安ともどかしさを顔にあらわし、重四郎を哀しげな翳りの射す眼でじっと見つめるのだった。

自分がここまで生恥をさらしながらおめおめと生き続けているのは菊之助の一命だけは何としても姫路より救援者が来るまでの間、守り通したい一心からなのだ。菊之助の身に万一の事があれば自分とて生きておれない。そんな思いをこめて浪路は涙を潤ませた瞳で喰い入るように重四郎の眼を見つめるのである。

「ま、何もそのようにこわい顔せずともよかろうに、のう浪路どの」

と、酒気を帯びている定次郎は背後から柔軟な乳色の肩先を両手で抱きしめるようにし、麻縄に緊め上げられている豊満で形のいい乳房を掌でつかみ取ろうとする。

「菊之助の事を聞いているのです。お、おやめ下さい」

浪路はむずかるように緊縛された裸身を揺さぶり、うしろから絡みつく定次郎を振り切ろうとしている。しかし、浪路のそうした悶えは何日か前までのあの鋭い敵意と反発を示した激しさではなく、すねてもがくような女っぽい悶えであった。熊造と伝助に完膚《かんぷ》なきまでにいたぶり抜かれた浪路に、もう敵に対する備えも構えもなく、そこにはただ一切の望みを断ち切られた女の哀れさだけが漂っているようだ。

そして、今までには見せなかった妖艶な色気が浪路の全身に泌み入っている。

定次郎にうしろより絡みつかれて、片手で乳房を押さえられ、もう一方の手が腰部を廻り、妖しい色香を持つ太腿の付根あたりをまさぐり出すと、嫌っ、嫌でございますっ、と鼻にかかった声でむずかりながら浪路は茂みに分け入ろうとする定次郎の指先を、悩ましく腰部を動かしてそらせようとしているのだ。

思いなしか浪路のその部分を覆って形よく盛り上がる生暖かそうな繊毛は長時間、熊造達のそれとすり合わせた故か濃密さを増したよう、また妖しい艶っぽさも滲み出た感じがする。

「おい、定次郎。いいかげんにせんか。浪路どのは長時間、熊造や伝助とからみ合い、身も心も疲れ切っておられるのだぞ。せめて夜まで牢舎の中でゆっくり休ませてやろうではないか」

「しかし、重四郎先生」

定次郎は浪路の艶やかな肩を抱きしめながら重四郎に向かって不服そうにいった。

「何も熊造と伝助両人にいい思いばかりさせる事はないと思いますな。拙者どもはただ見物するばかりで一向に面白くない」

一体、いつになったら、この女と情を通じ合えるのですか、と、定次郎は口をとがらせた。

「ハハハ、それは浪路どのにじかに聞けばいいだろう。浪路どのが熊造と伝助と肉の契りを結んでとにかくこのたびの仇討ち劇はめでたく終了したのだ。あとは自由。浪路どのさえその気になって下さるならば、これからでも我々がお相手つかまつっていいわけだ」

重四郎が笑ってそういうと、なるほど、と定次郎はうなずき、再び浪路の肩を強く抱きしめ、

「浪路どの、重四郎先生もああいっておられる。お疲れの所、申し訳ないが、拙者、今、妙に気持ちが昂ぶってならぬのだ」

拙者の思いも今、ついでに遂げさせて頂けぬかな、とその顔を浪路の冴えた優雅な頬にすりつけるようにし、含み笑いしながらいうのであった。

「菊之助をど、どこへ連れて行かれたのでございます。そ、それを教えて下さいませ」

今すぐ拙者どもに身を任すというのだな」

「浪路はもはや嬲り尽された身です。あなた様がこの上、何をなさろうと驚きは致しませぬ」

と浪路は定次郎に悲痛な表情を見せてわなわな唇を慄わせながらいうのである。

「されば、教えて進ぜよう」

定次郎は重四郎の方をニヤリと見てから浪路にいった。

「菊之助は熊造、伝助両人と衆道の契りを結んだのだ」

定次郎がそういったとたん、浪路の表情は恐ろしいばかりにひきつった。顔だけではなく、全身から血の気が引いたように硬直し、呼吸を止めて定次郎の顔を強く見つめたのである。

「菊、菊之助が熊造達と衆道の契りを——」

美しい顔をひきつらせてうめくようにいった浪路はめまいが生じたのか、その場によろめく。

「大丈夫か、浪路どの」

浪路のあまりの驚きように重四郎も驚き、浪路がそのままくらくらとその場にぶっ倒れるのではないかと肩先に手をかける。

「恨みます、呪います、重四郎様。浪路が羞ずかしめに甘んじるなれば、菊之助に羞ずかしめは加えぬと約束なされたではありませんか」

それも、父の仇であり、自分を嬲り抜いた熊造と伝助両人に弟の菊之助まで凌辱されるとは、何というむごい仕打ちなのか、と浪路は世にも哀しげな顔になり、ひきつらせた頬に大粒の涙をポタポタしたたらせるのだった。

「と申しても、熊造と伝助と情交の最中、浪路どのは気を失ってしまったではないか。熊造と伝助はもうおわかりのように精力絶倫の男達だ。あれ位ではまだやり足らぬと不平を並べ出した。やむを得ず奴等の余った精力を弟の菊之助に処理させたというわけだ」

熊造達と最後まで演じ合えなかった浪路どのが悪いのだと重四郎はいい、定次郎と一緒にゲラゲラ笑い出す。

しかし、菊之助はあれでもなかなか、けなげな小姓でござったな。これ以上、絶倫男の熊造に続けさせると姉上の命があぶないというと自分よりすすんで熊造と衆道の契りを結び、可愛い菊花を精一杯にふくらませて二人の精気を吸い上げおった、と、定次郎もそんないい方をして一人ではしゃぎ出すのだった。

「ああ、菊之助っ」

浪路は岩穴の冷たい壁に額を押しつけるように柔軟な肩先を激しく慄わせながら号泣する。

菊之助はとにかくこの重四郎や定次郎に強制され、熊造達と男色の情を通じたに違いない。父の仇、そして姉をも凌辱した憎さも憎し熊造や伝助に犯された菊之助の屈辱感は言語に絶するものだろう。それを想像すると浪路は気が狂いそうになる。

「このように浪路どのが取り乱してしまっては拙者と情を通じるのはしばらく間をおいた方がよさそうだな」

元結の切れた長い黒髪を揺さぶって泣きじゃくる浪路を見て定次郎は苦笑した。

「では、牢舎に御案内致そう。中に入って心ゆくまで泣かれるがよい」

重四郎は再び、浪路の肩を押して一番奥の牢舎の前にまで引き立てた。内部は岩をくりぬいて作った、畳二帖が敷かれてあるだけの狭い牢舎であった。

「そういつまでもお泣きなさるな、浪路どの。菊之助が処刑されたわけでもあるまいし」

重四郎は鍵を出して牢の扉の南京錠を外しながら笑った。

「先生、重四郎先生」

その時、岩穴の方へ健作が小走りに入って来る。

「重四郎先生。鬼ゆり峠から駕籠がやって来ましたぜ」

「何だ？　駕籠だと。一体、どういう事だ」

重四郎が不思議そうに聞くと健作はニコニコしていった。

「雲助連中が運んで来たんですよ。そら、その女が姫路へ使いにやらせたっていう千津とかいう女中ですよ」

こいつ、まずい事しゃべる、と重四郎は思わず舌打ちした。

千津が雲助達に捕まって身ぐるみはがされ、嬲りものにされた事は浪路には隠してある。浪路は姫路へ仇の居場所を書いた密書が到着する事に一縷《いちる》の望みを託しているのだ。その望みを持たせておいて浪路と菊之助を徹底して嬲り抜こうというのが重四郎の作戦であった。最後の望みをもし断ち切られた事を知ったなら、浪路と菊之助は舌を嚙むような事をしでかすかもしれない。それを重四郎は恐れたのである。

浪路の前で、まずい事いうな、と重四郎はあわてて健作を睨みつけたが、もうおそい。

雲助が千津を駕籠に乗せて運んで来たという健作の言葉を耳にした浪路は慄然として瞳を見開くと、泣き濡れた顔を起こした。

重四郎の眼くばせには鈍感で、健作は得意そうになってペラペラしゃべり出している。

「可哀そうに千津って女中、あの雲助部落で一晩中、責められっ放しだったんでしょう。魂の抜けがらみてえにボーとしてまさあ。しかし、これもなかなか色が白くて餅肌のいい女ですぜ。結局、こいつも紅ぐも屋行きって事になるんでしょうね。となると紅ぐも屋は近頃、別嬪で粒揃いの女郎を抱えた事になる。こりゃ、やっぱり三五郎親分が紅ぐも屋へ持ちこんだあの松茸と赤貝の焼酎漬け、こいつの御利益というもんでしょうかね」

第十五章　無念の再会

望みの綱

千津が鬼ゆり峠で雲助共に捕われた――と健作の口から聞かされた浪路は全身から力が抜け落ちたようにその場へ膝を落としてしまった。

望みの綱を無残に断ち切られた気分で浪路は完全な虚脱状態に陥ってしまったのである。

健作め、馬鹿な事を口にしたものだ、と重四郎は舌打ちしたがもうおそい。

「気の毒でござったな浪路どの。御女中まで捕われたとなればもはや姫路に連絡する手だてはなくなったわけだ」

何もかも諦めて頂くより仕方がない、とせせら笑った重四郎は長い睫毛を物哀しげにしばたたかせて空虚な横顔を見せている浪路の肩先に手をかけ、

「さ、牢に入って頂こう」

と、縄つきのままの浪路をひとまず牢舎へ押しこみ、バタンと扉を閉じた。

浪路は狭い牢舎の中の荒筵の上に力なく膝を折り、精も魂も尽き果てたようにがっくり前かがみに顔を垂れさせている。

「そう嘆き悲しむ事はあるまい。姫路より救援隊を呼び寄せる事は不可能となったが、菊之助の命は拙者が保障すると申しておるのだ。浪路どのが我々に対して素直な振る舞いを見せる限り、菊之助の身は安泰だと心得られるがよい」

と浪路の願いを無視して菊之助を熊造と伝助の慰みものにしておきながらそんな事をいった。

牢舎の扉に南京錠をかけようとした時、こちらの通路に雲助達がどやどや入って来る。

雲助達は千津を引き立てて来たのだ。

「新入りが一人、やって来ましたぞ、浪路どの」

一糸まとわぬ素っ裸を麻縄で後手に縛り上げられている千津を見ると重四郎も定次郎も舌なめずりして顔面一杯に喜色を浮かべる。

一晩中、雲助部落で凌辱の限りを尽されたのだろう。千津は元結の切れた黒髪を肩にまでもつらせながら心身共に綿のように疲れ切り、夢遊病者のような足どりで雲助達に引き立てられて来たのだ。

無残に打ちひしがれている千津だったが、しかし、その適度の肉づきを持った柔軟な身体つきは小娘でありながらも婀娜っぽく、肌の色も艶々と薄光りした乳白色で、粘っこい柔らかさを帯びている。

「ほう、いかにも腰元らしい餅肌をしておる。主人が美女なればそれに仕える腰元もなかなか味わいのある美人ではないか。それに体つきも申し分なしだ」

重四郎は雲助に引き立てられてこちらに近づいて来る千津に眼を細めながらいった。

後手に縛り上げられている千津の艶々と光る暖かそうな乳色の肌を定次郎もほくそ笑んで見つめ、乳房の柔らかなふくらみ、腰の悩ましいくびれ、そして、肉づきのいい両腿の間にむっと丸味を持って盛り上がる悩ましい漆黒の繊毛にも眼を落として、

「これは正に上玉だ。紅ぐも屋はまた大喜びするぞ」

と、ニヤニヤ片頬を歪めていった。

千津は重四郎の前によろめくように引き立てられて来たが、ふと、牢舎の中にその緊縛された優美な裸身を縮ませている浪路に気づいたとたん、いきなり冷水を浴びせられたようにハッとしてその場に棒立ちになった。

「奥、奥様っ」

悲痛な声音で一声叫んだ千津は突然の再会に全身を慄わせ、血の気の引いた顔を一層、強張らせる。

「千津、あなたまで捕われの身になろうとは――」

牢舎の中の浪路はわなわな慄える優雅な頬に幾筋もの涙をしたたらせながら深く首を垂れさせてしまうのだった。

「主従がここで素っ裸同士の御対面とはな。ハハハ、真においたわしい話でござる」

重四郎は共に視線をそらせ合うようにして牢の中と牢の外で泣きじゃくる二人を痛快そうに見つめた。

「主従、つもる話もあろう事でござろう。今日一日は共に同じ牢舎に閉じこめて進ぜよう」

重四郎は健作に眼くばせを送る。

「さ、入んな」

健作は雲助の手から千津の縄尻をとるとすぐ千津の裸身を突き出すようにして浪路の閉じこめられている牢舎へ押しこむのだった。

「奥様っ、申し訳ございませぬ。こ、このようなみじめな結果となり、何とお詫びしてよいか」

千津は牢舎に投げこまれると足元をもつらせて床に転がるように坐りこんだが、すぐ身体を整えぴっちりと膝を曲げて正座すると、頭を土間にすりつけんばかりにして浪路に詫び入るのだった。

こんな状況にあっても主人の浪路に対して距離を置き、緊縛された裸身を二つ折りに縮めて頭を下げ続けるという千津の礼の尽し方を重四郎と定次郎は面白そうに牢格子の間からのぞきこんでいるのだ。

「いいえ、千津。私こそ、こ、このような浅ましい姿をあなたの前にさらし、これを何と説明してよいやら」

浪路は千津から眼をそらし消え入るように頭を深く垂れさせ、声を慄わせていうのだった。

浪路も嗚咽し、千津も泣きじゃくっている。父の仇討ちに随行して来た千津とこのように浅ましいばかりにみじめな姿でここに再会する事になろうとは、浪路も夢にも思わなかっただろう。そう思うと重四郎は何とも痛快な気分になるのだ。

「拙者共がそばにいてはつもる話も語り合えまい。ではひとまず御遠慮致そう」

重四郎は定次郎や健作をうながしてその場より引き揚げて行く。

男達の姿が消えると今まで張りつめていた気が解けたように浪路と千津はひと際、激しい声で嗚咽し合い、白い肩先を慄わせ合うのだった。

「無、無念でございます、奥様」

「無念です、千津」

父の仇とその仲間の手に捕われ、一糸まとわぬ素っ裸が共に縄がけされて主従が再会するなど、何という悲惨な結果になったのかと浪路も千津も生恥をさらしつつ生き長らえている自分達を呪いたくもなる。

千津は泣きじゃくりながら鬼ゆり峠にて雲助に捕われ、身ぐるみ剝がされた上、凌辱の限りをされた顚末を浪路に語るのだった。

「いっそ、舌を嚙んで自害致そうと幾度思ったか知れませぬ。でも、この結果を奥様に伝えなければ死ぬにも死ねぬとこれまで恥を忍んで生きて参りました」

それにしても奥様までがこのようなおいたわしいお姿になっておいでとは——と千津は肩にまで垂れかかった黒髪を慄わせて激しく嗚咽した。

武士の娘でありながら雲助に肌身を汚されるなど、ああ、千津はこれまでよくもおめおめと生きられたもの、奥様、千津をお叱り下さいまし、と嗚咽しむせびながら、

「千津、何をいうのです。この浪路の受けた羞ずかしめにくらべれば、あなたなど、まだしも——」

と浪路は声を慄わせていい、耐えられなくなったように、唇を慄わせて号泣するのだった。

「千津、浪路は恐ろしくて口にも出せない位です」

優雅で滑らかな頬に大粒の涙をとめどなくしたたらせながら浪路は思い切ったように千津に告白するのだった。

「この浪路は父の仇、熊造と伝助両人に肌身を犯されたのです」

えっ、と千津ははじかれたように顔を上げ、血の気の失せた表情で号泣する浪路を見つめた。

「千津、嗤《わろ》うて下さい。嘲《あざけ》って下さい。浪路は父の仇に肌身を汚されながらこのようにおめおめと生き長らえているのです」

それだけではありませぬ、重四郎、定次郎のような無頼の徒にも口ではいえぬ数々の羞ずかしめを受けました、と浪路は乱れ髪をもつらせた頬をわなわな慄わせながら千津に告白するの

だった。

千津は一瞬、息をつめ、恐怖に頬を強張らせて涙を流す浪路を見た。

浪路様が憎さも憎し父の仇である熊造達に凌辱された——千津は衝撃の大きさにすぐには声も出なかった。

ああ、何という事か、故郷の姫路では当代随一の美女とうわさされ、しかも剣を持たせては女ながらの一刀流の免許皆伝、嫁ぎ先である浜松の戸山道場では夫の主膳の代稽古を務めたほどの烈女でもある浪路様が今はここに素っ裸にされて捕われている——それだけでも千津にとっては信じられない事なのに、すでに仇の熊造や伝助達に肌身まで汚されているとは——千津はあまりの恐ろしさと悲惨さにブルブル慄えるのだった。

また、打ちひしがれたように身を縮ませ、乱れ髪を慄わせて嗚咽する浪路にはこれまで見せた事のない女っぽい哀愁が漂い、妥協を許さぬ手きびしさと冴えて凍りついたような浪路の美貌だけを見て来た千津にとっては、不思議な気持ちになるのである。たしかにこれまでの浪路には見られなかった情感というか女っぽさというか、一種の色香が浪路の全身に匂い立っている事はたしかであり、浪路様は女になられたという感懐を千津はおびえながら抱いたのだ。

「千津、聞いて下さい。私がこのように言語に絶する羞ずかしめを受けながら、なお生恥をさらしつつ生き続けていますのは——」

浪路はすすり上げながら千津にいった。

菊之助に万一の事があれば大鳥家は断絶する事になる、と浪路はいうのだ。

「菊之助を仇討ちに出す事はまかりならぬ、と最初、殿からきついお叱りを受けました。でも、それでは仇討ちの名目がたちませぬ。佐野喜左衛門様のお計らいにより、ただ仇の所在をつきとめるだけという条件で私共は仇討ち旅に出たのです」

それが相手は下郎二人とあなどり、果し合いを挑んだ結果が重四郎達の罠にかかって、この悲惨な結末、これでは殿まで騙した事になり、佐野様を裏切った事になる。このまま自分一人、死んで詫びてもこの罪を償えるものではない、浪路は嗚咽の声と一緒にいうのだった。

「何としても菊之助だけは無事、姫路へ戻したい。それにはどのような羞ずかしめにも耐えて時を稼ぎ、姫路よりの救援を待とうと決心したのです」

菊之助が、無事、救出され、熊造、伝助両人が助勢人の手によって討ち取られるのを見とどけてから浪路は自分の命を断つ気でいたと千津に泣いて語るのだった。

「でも、姫路に使いに立ったあなたが捕われたとなれば、もはや、望みは断たれました」

浪路はさも口惜しげに奥歯を噛み鳴らしながら牢舎の冷たい壁に額を押し当てて両肩を慄わせている。

「奥様、望みは全部、断たれたというわけではございませぬ」

絶望に打ちひしがれた浪路に対して千津は昂ぶった声を出した。

千津のその言葉に浪路はハッとしたように泣き濡れた顔を上げた。

「望みはあるというのですか、千津」

「ハイ、それを私は奥様に申し上げたかったのでございます」


千津は姫路に向かって宿を出発したあの日の事を語り出した。

途中で草鞋の紐を切らした千津は峠の茶屋に寄り、新しいのと履きかえたのだが、その時、浜松に向かう飛脚が休息をとっているのに千津は気づいた。

ふと、その時、千津は浜松にいる浪路の夫、戸山主膳にも仇の所在地が確認出来た事を伝えるべきではないか、と思いついたのである。戸山主膳は五万石、青山因幡守の剣術師南番であり、妻の父の仇討ちとはいえ、助勢に赴くのは殿の許しを得ねばならない。浪路にしてみればたかが敵は下郎二人、主君を持つ夫の神経をわずらわせる事はあるまいと考えていたようだが、千津は仇の居所を突きとめた事ぐらい知らせておく必要があると見て浜松に向かう飛脚に手紙を書いて託したのだ。

「飛脚が浜松に着くのには幾日もかかりませぬ。奥様のお帰りがおそいのを不審に思われたらきっと御主人様は殿様に願い出てこの地へ救援にお越しになるはずでございます」

望みを捨ててはなりませぬ、奥様。菊之助様をそれまで懸命になってお守り致しましょう。私共の残った望みはそれより他にございませぬ、と、千津が必死な口調になっていうと、浪路は涙に濡れた切れ長の瞳でじっと千津を見つめた。

「よくいって下さいました。千津、恩に着ます」

浪路は後手に縛り上げられた裸身を坐り直すようにしながらハラハラと涙をこぼしつつ、千津に向かって頭を下げようとするのだった。

「もったいない。何をなさいます。奥様」

千津は自分に向かって頭を下げる浪路を見ると狼狽して、これも後手に縛り上げられた裸身を立て直しながら声を慄わせるのだった。

畏敬し、崇敬の念を持って長く仕えて来た浪路とこのように生まれたままの姿同士で一つの場所に閉じこめられている——それだけで千津は驚愕し、ともすれば恐ろしさと羞ずかしさで全身が慄え出すのだ。しかも浪路に、あなたの恩は忘れませぬ、菊之助を救うため、何卒、この浪路に力をかして下さいまし、と、声をかけられると千津はまた恐懼《きょうく》し、じーんと胸が痺れて、この美しい主人のためなら命を投げ出しても悔いはないといった昂ぶりが生じてくる。

「それよりも奥様。菊之助様は今、どこにいらっしゃるのでございます。御無事なのでございますか」

千津がそういうと急にまた浪路は美しく引き緊まった頬をひきつらせて、ああ、千津、と悲痛な声を上げると思わず千津の方に裸身をすり寄せた。

「菊之助も熊造達に口ではいえぬ羞ずかしめを受けたのです。菊之助の辛さ、苦しさを思うと浪路は胸が張り裂けるような思い――」

浪路は胸をこみ上げて来る悲哀をぶつけるように千津の肩先に額を押し当て、そのまま、激しく泣きじゃくる。

菊之助までが憎さも憎し熊造や伝助達に凌辱され、無理やり男色の契りを結ばされた事を浪路の口から聞かされた千津は慄然とした。

「な、なんという むごい事を――」

千津はわなわな唇を慄わせ、浪路の悲痛な啼泣に合わせて肩先をおののかせながら泣き出すのだった。

菊之助まで嬲りものにするとは、何という卑劣な男達――千津は浪路と同様、胸の張り裂けるような思いになって、それに加えて浪路の哀れさが胸の内に突き通ってくる。

これまで千津はこんなに取り乱した浪路を見た事がなかったし、気性の激しい浪路が涙を流す場面までも一度だって見た事がない。

気弱で甘えん坊の菊之助はこの気性の激しい浪路にビシビシ教育されて成長したようなもの、それがこうも変貌するとは千津にとっては不可解な位。浪路は、ああ、菊之助、さぞ無念であったろう、と、激しく嗚咽し、千津のなよやかな肩先を涙で濡らすのである。

浪路の肌が自分に触れて悶え泣く――それすら千津にとっては一つの衝撃であり、浪路の熱い涙が自分の肌を濡らすたび、千津は全身の感覚が甘く痺れるような不可思議な陶酔を感じるのだった。

涙の主従

重四郎と定次郎が健作を伴って再び浪路と千津の押しこめられている牢舎をのぞきに来たのはそれから一刻ばかりたってからであった。

「いかがでござる。つもる話もそろそろ尽きた頃と思われるが」

定次郎は牢舎の奥の壁を背にして立膝に身を縮め合っている浪路と千津を交互に見て愉快そうにいった。

浪路も千津ももはや流す涙も枯れ果てたような空虚な表情でじっと空気でも見つめるように一点に眼を注いでいたが、重四郎と定次郎が牢格子の外からこちらをのぞきこんでいるのに気づくと、血の気を頰に浮かべ、憎悪の色を瞳に滲ませた。

「菊之助をいつまで嬲りものにするつもりなのです。早く連れ戻して下さいまし」

浪路はさも口惜しげに重四郎を睨みつけていった。

「ほう。しばらく休息をとったので元気を回復されたようでござるな、浪路どの」

「菊之助様をよくも熊造達の慰みものに――あなた達はけだものです。雲助よりも下等な男達ですっ」

重四郎の言葉に覆いかぶせるようにして千津が吐き出すようにいった。

「ハハハ、雲助より下等な男とは恐れ入ったな。鬼ゆり峠の雲助どもに可愛がられて、千津、貴様は雲助びいきになったのではないか」

重四郎は千津の今にもベソをかきそうな顔を面白そうに見ていった。

「実はな、今紅ぐも屋の主人の勘兵衛がやって参って熊造達に可愛がられた菊之助を見て大層、気に入ったようなのだ。ぜひ、紅ぐも屋に引き取りたいと言っておる。聞けば紅ぐも屋では今、稚児遊びが人気をよんでいるらしい」

菊之助ほどの美少年が女郎屋に入り、衆道遊び専門の客の相手を務めるという事になれば商売繁昌間違いなしと勘兵衛は踏んでおると重四郎はいうのだ。

「それに菊之助は熊造に教えられてあの道のコツもはっきりと呑みこんだようだからな。来たる三五郎一家の花会にもお座敷狂言として熊造達と組ませてみようと思うのだ。一応、姉上の許可も頂いた方がよかろうと思い、やって来た。どうだな浪路どの」

「な、なりませぬっ」

浪路は白蠟のような頬を更に蒼くして反射的に激しい声音で叫んだ。

「こ、これ以上、菊之助に辛いみじめな思いをさせないで下さい。菊之助は辛さに耐えかね、舌を噛んで死ぬやも知れませせぬ」

と、浪路は肩先をブルブル慄わせていい、

「そのかわりこの浪路はもはや汚された身でございます。女郎にもなりますし、花会というものの余興を演じまする。何卒、菊之助にはこれ以上の屈辱を与えないで下さいまし」

浪路は興奮して大粒の涙をしたたらせながら必死になって重四郎に哀願するのだった。

「では、悦んで花会の余興を演ずると申されたのだな」

重四郎は定次郎の方に意味ありげな微笑をチラと見せてから浪路にいった。

「おい、そこの御女中、そっちも菊之助を救うためには女郎に身を落としても異存あるまいな」

と、定次郎が声をかけると千津は屈辱感に身を慄わせながらも、

「私とて汚された身です。今さら、我が身をかばったとて何になりましょう」

といい菊之助の身代わりに立てるなら、たとえこの身は八つ裂きにされてもいとわぬという意味の事をはっきりと口にするのだった。

「よし、しからばこちらに考えがある。ちと面白い座敷狂言を考えついたのだ」

健作、貴様の口から説明してやれ、と定次郎は健作の顔を見て顎をしゃくった。

へいい、と健作は懐から鍵を出して牢舎の扉を開け、腰をかがませて入って行く。

素っ裸を共に麻縄で縛り上げられている浪路と千津は健作がニヤニヤして中へもぐりこんで来ると共に警戒態勢を示し合い、立膝に身を縮ませ合いながら全身を石のように硬くした。

「そうおっかない顔しなさんな」

健作は柳眉をつり上げるように冷たい視線を向ける浪路と千津をせせら笑うように見て、

「武家女であるお前さん方二人にこんなものを使って頂きたいんだよ」

と懐から奇妙な筒具を取り出したのである。

それは中央の鍔を境目にして二つの張形をつなぎ合わせたもので、

「御殿の奥女中なんかがこっそり仲間同士で楽しんでいるという相対責めの張形なんだ。こいつは有名な細工師が作った浜千鳥という珍品だぜ」

と、健作は講釈を加え、いきなりそれを二人の眼の前に突きつけるようにした。

その瞬間、浪路も千津もハッと狼狽して視線をそらせ、頬もうなじも真っ赤に染め合った。

「何もそんなに照れ合う事はねえじゃねえか」

健作は後へ後へと緊縛された裸身を尻ごみさせているような浪路と千津を見ると淫猥な笑いを口元に浮かべた。

「ちょうど紅ぐも屋の旦那が遊びに来ていなさるんだ。菊之助を連れて行かれたくなかったら一つ旦那の前でこいつを使い、酒の余興を演じて頂こうか」

耐えきれず千津が羞恥に火照った顔を上げ、おろおろした視線を重四郎の方に向けた。

「そ、そればかりはお許し下さい。浪路様は私の主人でございます。女中風情の私が自分のお仕えする御主人様と、そ、そのような淫らな真似を――ああ、何卒、それだけはお許し下さい」

千津は身悶えして哀願する。

「美しい女主人と女中のお前が肉のつながりを持つ、そのような光栄に浴する事が出来るとは実に幸せな事ではないか」

重四郎は大きく口を開けて笑った。


女中といっても千津は播磨国、酒井家の足軽頭鈴川弥兵衛の娘でれっきとした武士の娘で、行儀見習いのために大鳥家の女中に住みこみ、浪路の身の回りの世話をしていたという事を重四郎は大鳥家の元中間であった熊造に聞かされて知っている。格式のある武家の行儀作法を千津は浪路に教えられた事もあり、浪路は千津の仕える女主人であると同時に師匠であるのだ。

そして、千津はこの天性の美貌と知性、それに加えて武芸まで身に備えた浪路を、心から尊敬しているという事も重四郎は知っていた。

「千津、お前は心より崇拝する浪路どのと女同士の特別な肉のつながりを持つ事が出来るのだ。どうだ、女冥利につきる悦びだろう。ハハハ、恐れ多くて腰が慄えるか」

重四郎は腹を揺すって笑い出した。

「嫌、嫌でございます。そ、そのような恐ろしい事は、ど、どうか、お許し下さい」

千津はおびえ切った表情になり、狂気したように首を振った。

「嫌なら嫌でいいのだ。菊之助は紅ぐも屋へ即刻、連れて行き、商品に仕上げる。女郎達の慰みものにしてくれるわ」

あれだけの美少年を連れこめば紅ぐも屋の女郎達は大喜びするだろう、衆道遊びの客の相手をし、仕事がすめば女郎達の玩具になる、これではいくら精力があっても身が持つまい、いつまで寿命が持つか楽しみだ、などといい重四郎は健作を呼び戻した。

「では、健作、菊之助を駕籠に乗せて紅ぐも屋へ運ぶのだ」

重四郎が健作にそういい、その場から引き揚げようとすると、今まで深く消え入るように首を垂れさせていた浪路がハッとしたように顔を上げた。

「お、お待ち下さいっ、重四郎様っ」

浪路の悲痛な声音を聞くと重四郎はそれを待っていたようにくるりと振り返った。

「いかがなされた、浪路どの」

と、重四郎はとぼけたような声を出す。

「菊之助をそのような所へ連れて行き、この上、まだ、生恥をさらさせるつもりなのですか、あ、あまりにもむごい仕打ち、それでは菊之助の命を断つも同然です」

「という事はこちらの条件をのむという事でござるか。お座敷狂言、浜千鳥を千津と演じて下さるのかというておるのだ」

三五郎一家の花会まであと幾日も日はない、御承知下さるなら早速、これから稽古に入りたいがと、重四郎は浪路の悲哀の翳りを湛えた顔をニヤニヤして見つめながらいった。

浪路は急に荒々しい悲しみをぶつけるように千津の方へ顔を向け、

「千津っ、菊之助の急場を救うため、お願いです。この浪路と共に地獄の羞ずかしめに耐えて下さい」

と、声をひきつらせていったのだ。

千津は一瞬、慄然としたように身をすくませたがすぐに、

「奥様、千津はもう死んだも同然の女でございます。千津に対する御気づかいなど無用でございます」

と、やはり声を慄わせて答えた。しかし、浪路と千津の契りをこれより強制されるのだと思うと急に呼吸は乱れ、全身がカッと火照り出す。

それを見た重四郎と定次郎は顔を見合わせてほくそ笑んだ。

「どうやらお二人共、決心がついたようだな。よろしい。では早速、これより稽古にかかる事に致そう。健作、両人を牢から引き出せ」

重四郎は顎を突き出すようにして再び健作に命じるのだった。

千鳥の契り

地下道から石段を上がり、道場の廊下に連れ出された浪路と千津は紅ぐも屋の主人、勘兵衛

が酒を飲んでいるという奥座敷に向けて引き立てられて行く。

共に一糸まとわぬ素っ裸を麻縄できびしく後手に縛り上げられ、浪路の縄尻は重四郎がとり、千津の縄尻は定次郎がとっているのだ。

浪路の優雅で端正な頬はもう一切を観念したように冷たく冴え、美しく澄み渡っているような感じさえする。

千津は下ぶくれの滑らかな頬を真っ赤に染め、一体、これよりどうなる事やらと心臓を激しく動悸させ、浪路とは逆に羞恥と恐怖とで落ち着きをなくしているのだ。

浪路様と千鳥の契りを結ぶ——そう思うだけで千津の額からタラタラと冷たい汗が垂れてくる。千津はおずおずと少し離れた所を重四郎に縄尻を取られて歩かされている浪路の方に眼を向けるのだった。

（何と美しいお身体をなさっている事か）

薄暗い牢舎の中でははっきり気がつくゆとりはなかったが、今、ここでふと眼にした浪路の裸身の美しさに思わず眼を吸い取られそうになる。

その肌は高貴な白さで艶々と輝き、全身は優雅の中に官能味を盛り上げた悩ましい曲線で取り囲まれている。無残にも非情な麻縄を上下に二重三重と巻きつかせているその乳房にも気品があり、何ともいえぬ形よさ、そして溶けるように瑞々しい。

千津は我を忘れて恍惚とした気持ちに陥りそうになった。浪路の下肢の線も美しく、陶器のような艶っぽさを持ち、武芸で鍛えた故なのか、太腿の肉づきなどは見事に引き緊まっている。そして、その両腿の付根に隠す術もなく生暖かく盛り上がった繊毛の艶々しさと形よさ——ふとそれを眼にした千津は、何かキューと胸が緊めつけられるような切ない気持ちになり、あわててさっと視線をそらした。

千津の心臓はまた激しく高鳴り出した。顔面が真っ赤になり出したのが自分でもわかるのだ。そして、浪路の肉体の美しさに女の身でありながらこんなにも胸を昂ぶらせるなど自分が何とも浅ましく思われ出し、恥じ入るように深く首を垂れさせて肩先を慄わせる。

そんな千津にふと気づいた浪路は千津が悪鬼共に対する憤怒と口惜しさで身を慄わせているのだと感じたのだろう。おろおろして千津の方へ緊縛された裸身をすり寄せて来る。

「千津、お願い、死んだ気になって耐えて下さい。浪路はあの世へ行ってもあなたに受けた恩は忘れませぬ」

浪路は両手を縛られていなければ千津をヒシと抱きしめたい衝撃にかられたろう。

「これまで色々と苦労させた千津に最後にまたこのような辛い思いをさせねばならぬとは。ああ、千津、許して、許して下さいね」

浪路は乳色の光沢を持つ肩先を千津の肩先に触れ合わせるようにしながらすすり上げるようにいい、涙の出そうになった顔を横へそらすのだった。

「ああ、奥様、何をおっしゃいます。千津はむしろ、奥様のお供をして奈落の底へ沈む事を幸せに思っているのです。千津の事をどうかそのようにお気づかいなさらないで――」

そういいながら千津は急に胸がつまって嗚咽してしまうのだった。

「何をボソボソと語り合っているのだ。どのようにからみ合い、千鳥の契りを結ぶか、その打ち合わせをしているのかな」

千津の縄尻をとる定次郎は愉快そうにいった。

健作が座敷の障子を開けると、床の間を背にして紅ぐも屋の主人である勘兵衛があぐらを組んで坐り、紅ぐも屋からこの道場にまで出張していた娼婦のお春とお紋の酌を受け、上機嫌に酔っていた。三五郎の妾であるお銀に返盃した勘兵衛は卑屈な笑いを作って、

「紅ぐも屋がこんなに繁昌する事になったのは、ここの重四郎先生のお力添えと何てったって三五郎親分の肩入れがあったからなんです。一つ、親分にはよろしくおっしゃって下さい」

といい、俺がこんな床の間を背にしていちゃもったいない、俺はただ重四郎先生と花会の余興の打ち合わせに来ただけなんですから、と、急にそわそわ腰を上げようとし、まあ、まあ、旦那は今日のお客様じゃありませんか、とお銀にたしなめられると、また、ぺたりと座布団に腰を落として、へへへ、と笑い、何とも落ち着きのない男だった。

月々、この勘兵衛には、これはお銀さんの化粧代、親分にはどうぞ御内分に、といってお銀は個人的にかなりの小遣銭をもらっているので勘兵衛が現れると下にも置かぬもてなしをする

ようになっている。

また、この道場の師範代理という事になっている村上進三郎と栗田卯兵衛も勘兵衛が現れるたびにかなりの酒代をもらっているので、こんな時には必ず挨拶に出向く事になっているらしい。今も、勘兵衛の前に進三郎と卯兵衛は二人して進み出て、

「お酌を致そう、勘兵衛殿」

といい、銚子を取り上げ、酒が残り少なになっているのに気づくと、

「これは無調法。おい、お紋、何をしておる。もっとどんどん酒を持って来ぬか」

と、叱りつけているのだった。

「酒の肴を連れて参りましたぜ」

と、健作が声をかけると勘兵衛は手にしていた盃の酒をあわてて吸いこみ、酔いで充血した眼を上げた。

重四郎と定次郎に縄尻をとられた素っ裸の武家女が二人、座敷の中へ引き立てられて来ると、

「おう、待ちかねたぞ」

と、進三郎と卯兵衛は嬉々とした表情で立ち上がり我等の師範にお手数ばかりかけて申しわけない、と二人はあわてて重四郎と定次郎の手より武家女二人の縄尻を受けとった。

「どうした、勘兵衛」

重四郎は、急に息が止まったようにびっくりした表情で武家女二人の全裸像を口を開けて凝

視している勘兵衛を面白そうに見て言った。

「女郎屋の親父が女の裸を見て肝を潰す事はあるまい」

「そ、そりゃ、そうですが、何とまあ。美しい。正に生き弁天じゃありませんか」

俺も女郎屋商売を始めて随分になるが、こんなに顔といい身体といい、天女みたいに美しい女を見たのは初めてだ、と勘兵衛はうめくようにいうのである。

とりわけ勘兵衛が心を奪われたのは、やはり今、村上進三郎に縄尻を取られて座敷の中央にまで引き立てられて来た浪路の方なのだろう。

蒼ずむほどに白く冴えた端正な頬に元結の切れた黒髪を煙のようにもつらせながら陶器のように艶やかな下肢をすり合わせるようにして前に進んで来る浪路を見ると勘兵衛はその美貌と優美な肉体に圧倒され、恐怖に似たものさえ感じるのだった。

「どうだ、勘兵衛、これまでお前の見て来た女の肌とはちと桁が違うだろう」

重四郎は進三郎と卯兵衛に命じて浪路と千津を勘兵衛とすぐ眼の前に立ち上がらせ、二人の武家女の全身像を勘兵衛の眼にはっきりくまなく見分させようとしている。

「桁が違うも何も、俺は武家育ちの女を眼にしたのは、これが初めてですよ」

勘兵衛が初めて眼にした武家女二人は共に固く眼を閉ざしながら、後手に縛り上げられた素っ裸をはっきりとその前にさらしているのだ。

「引き合わせて置こう。間もなく紅ぐも屋で座敷狂言を演じて頂く事になるお二人だからな」

重四郎は進三郎に縄尻を取られて凍りついたような表情のままでそこに立つ浪路のそばへ近づいていく。

「この麗人は播磨国、酒井家の家臣、大鳥善右衛門の息女にて、当年とって二十八歳。女ながら文武両道に通じ――」

などと重四郎は半分、ふざけてペラペラしゃべり出したが、勘兵衛にとってはそんな武家女の生い立ちなどどうでもいい事だった。重四郎の説明など上の空で聞き流しながら進三郎に縄尻を取られてそこにすっくと立ち、全裸像をさらしている浪路に喰い入るような視線を注いでいるのである。

嘗め廻すように見廻して勘兵衛は官能味のある浪路の両腿の付根に視線を集中させる。丸味を持ってほんのりと盛り上がった漆黒の茂みは女盛りの婀娜っぽさと武家女のつつましやかさを同時に含んだような何ともいえぬ悩ましさ――勘兵衛は見惚れているうちに我を忘れて手にした盃を下へ落としてしまうのだった。

「こちらの女性《にょしょう》は浪路どののお付きの女中で千津。同じく酒井家の家臣、鈴川弥兵衛の娘で年齢は二十一――」

重四郎は次に卯兵衛に縄尻をとられている千津のそばへ近づき、千津の略歴を弁じようとしているのだが、勘兵衛はそんなのには耳をかさず、千津の粘りのありそうな白い餅肌と麻縄に緊め上げられている豊かな乳房や腰の形、そして、ブルブルと汚辱の慄えを伝えている肉づきのいい両腿の付根にまた同じようにモヤモヤと柔らかくふくらんだその繊細な茂みを、浪路の妖艶さを匂わせるそれと見くらべるようにしながら、もうすっかり全身を痺れさせている。

「重四郎先生、もうこの二人の生い立ちの説明なんかいいじゃありませんか。勘兵衛さんはそれより早くこの武家女二人の余興を御覧になりたがっていますよ」

と、健作が乗り出して来て耳打ちするように重四郎にいった。

父の仇である熊造と伝助を討ち取るためにこの二人の主従は姫路より当地に入り、哀れにも策にかかって捕われの身となり、このように主従共に素っ裸のみじめな姿をここにさらしている。などとそんな経過に至るまで重四郎は自分一人で楽しむかのようにペラペラしゃべりまくっているのである。

「勘兵衛、先ほど、お前が買いとりたいといった美小姓の菊之助はこの浪路どのの実の弟だ」

と、定次郎が浪路と千津の裸身をとろんとした眼つきで見くらべている勘兵衛に教えると、

「なるほど、これだけの美人を姉に持っているんだからね。菊之助が二枚目の役者みてえにいい男って事がよくわかりましたよ」

と、勘兵衛は納得出来たように浪路のしっとり翳りを含んだ横顔を見つめながらいった。

「この菊之助の姉は人一倍の弟思いでな」

重四郎は浪路が弟の菊之助を花会の余興に出すような真似は断じてしてくれるな、と泣いて頼んだ事を勘兵衛に語った。

「そのかわり、自分がお付き女中の千津を相手にして千鳥の契りを結ぶ故、それを来たる花会の余興にしてはもらえぬかと申すのだ。由緒正しい武家の妻が腰元と素っ裸でからみ合い、尻の穴まで嘗め合うて千鳥の舞いを踊ったならば必ずや親分衆の喝采を受ける事になると拙者も思うが、どうだ、勘兵衛」

事もなげにそんな事を重四郎は口にしたが、千津はそのとたん、耳たぶまで真っ赤に染めてさっと眼を伏せ、全身を恐怖と羞恥にガクガクと慄えさせる。

それに気づいた定次郎はニヤニヤとして小刻みに慄える千津に近づき、からかうように羞恥に火照った千津の顔をのぞきこみながらいった。

「どうした、千津。何もおびえて慄える事はあるまい。本心は憧れの浪路様と千鳥の契りを結べる事が天にも昇るような嬉しさなのだろう。これから、花会の稽古に入るのだ。まず相対嘗めのコツをお春達に教わるがよい」

「共に舌先を使ってかき分け、探り合い、息の根も止まるほど、吸い合うのだ。どうだ、美しい女主人浪路様とそのような狂態を示し合う事が出来るのだぞ、聞くだけで、魂が痺れるばかりの感激だろう、千津」

重四郎も定次郎につられたように千津を淫猥に揶揄するのだったが、千津は急に気が遠くなったように足元をフラフラと乱れさせて畳の上へ膝を落としそうになった。

（浪路様と、ああ、そのような、何と何と恐ろしい——）

重四郎と定次郎の卑猥でむごい言葉が肺腑をえぐり、千津は一瞬めまいが生じたのだ。

「どうした、千津、しっかりせんか」

定次郎はよろめく千津の肩をゲラゲラ笑いながら支えるようにしたが、浪路も急におろおろして、緊縛された裸身を千津に寄せつけるようにしながら、

「千津、し、しっかりして下さい。気をたしかに持って」

と、失神しそうになっている千津に心配げな顔を向けるのだった。

「大丈夫でございます。取り乱して申し訳ございませぬ、奥様」

ふっと我に返って千津は小さく息をすくませながらすすり泣いた。

「気にする事はないよ。感激のあまりちょっとめまいが起こっただけさ」

健作はお紋と一緒に押入れより敷布団を引っ張り出している。

「今、お二人のために土俵の支度をしてやるからな。少し待っていな」

健作は浪路と千津が身を寄せ合っているすぐ前に二人に千鳥の契りを結ばせるための夜具を敷き始めるのだった。

「ああ、奥様っ、千津が奥様と千鳥の契りを結ぶなど——何と恐ろしい。千津は気が狂いそうでございます」

眼の前に敷かれていく夜具に気づくと千津はぞくっと肩先を慄わせ、耐え切れず叫んだ。

浪路も哀しい光の射す潤んだ瞳をすぐ前に敷かれた夜具に向けたが、たちまち顔を横にそむ

け、さも苦しげに長い睫毛を固く閉じ合わせる。閉じ合わせた浪路の切れ長の眼尻より糸を引くように熱い涙が一滴、薄紅く染まった浪路の頬にしたたり落ちた。

千鳥の契りという女同士の性愛があって、うわさによれば男子禁制の大奥などで腰元達の間に流行しているという事だが、そうした同性愛がある事は知っていても、もとより浪路や千津にそんな体験がこれまであろうはずはない。

「あんた達、これまで誰かと千鳥の関係になった事があるかい。フフフ、どうやらそんな経験はなさそうだねえ」

その女同士の契りを結ぶ技法を伝授してやれと重四郎に頼まれた娼婦のお春は身を寄せ合ってすすり泣いている浪路と千津の前に近づきながらいった。

「千鳥のからみ方ってのはね、男とおっ始めるような、たやすいものじゃないんだよ。たっぷり時をかけて粘っこくやり合うもんなんだ。こいつを酒の席の余興でやるって事になると何てったって逆がらみの相対嘗めがうけるのさ」

お前さん達は奥方と腰元の関係なんだから互に気心も知り合った間柄、気兼ねも遠慮もいらないんだから互に尻の穴深くまで舌で嘗め合う事も出来るはずだ、とお春は浪路と千津の汚辱の火照りで真っ赤に染まっている頬を交互に見つめながら得意そうな顔つきになって言った。

「そのあとは互に腿をしっかり開き合って襞の奥まで懸命にしゃぶり合う。ま、そのコツはこれから、みっちり私が教えてあげるさ」

女が舌先だけの技巧で女を昇天させるってのは案外とむつかしく根気も必要だが、この手管を覚えれば玄人の域に達した事になる、だから、しっかり私について学ぶ気にならなきゃ駄目だよ、とお春は師匠気どりになって愉快そうにいうのだった。

お春が何か一言発するたびに浪路も千津も汚辱に打ちひしがれ、真っ赤に頬を染めて小刻みに慄え合っている。

「では、お春、そろそろ、二人にそのコツを伝授しろ」

「待って下さい、重四郎先生。先にこの二人をてっとり早く結びつけてしまおうじゃありませんか。千鳥の間柄に早く仕上げた方が細かい技巧が教えやすいと思うんですよ」

「いいだろう。お前に任す。好きなようにしろ」

お春はうなずいて、健作に鴨居に二本の麻縄を結びつけてくれ、といった。

「早いとこお前さん達をただならぬ関係にしちゃいたいんだよ。立ったままで浜千鳥を使い、てっとり早くつながっておくれ。そうなった方が気分が落ち着き、尻の穴の嘗めっこだって出来るだろう」

お春はそういって重四郎の方に顔を向け笑いこけた。

「さ、浪路どのも千津も、も一度、立ちなせい」

定次郎は健作が二間続きになっている座敷の襖を開け、そこの鴨居に二本の麻縄を吊り下げたのを見ると、芝居もどきに見得を切って浪路と千津に声をかけた。

再び、進三郎と卯兵衛が二人の縄尻を取って強引に引き起こし、鴨居の下にまで引き立てる。

「奥様っ」

「千、千津っ」

鴨居の下に向かい合わせに立たされた浪路と千津は互いの涙に濡れた視線がはっきり合うと、せっぱつまった悲しさをこめて昂ぶった声で呼び合い、その視線をさっと横へそらし合った。

二人の肌と肌とが密着する位にぴったり近づかせて立たせると、各々の縄尻を進三郎と卯兵衛は鴨居から吊られている二本の縄に結びつける。このままの形で道具を用い、二人に千鳥の契りを結ばせようというのだろう。

「どうだ勘兵衛、このような余興はめったに見られぬぞ。武家の美しい若奥様が武家奉公の娘と縛られたままの素っ裸同士で腰部を押しつけ合い、千鳥の契りを結ぼうというのだ」

重四郎が笑いながらそういうと勘兵衛は眼を血走らせながら音をたてて生唾を呑みこんだ。

「何しろ俺は、素、素っ裸にされた武家女なんぞ見たのは、こ、これが初めてでござんすから」

勘兵衛は興奮して、激しく吃《ども》り出している。

上背があり、高貴の白さで艶々と輝く浪路の裸身がこちらにむっと悩ましく盛り上がった双臀を見せて、千津の裸身と向かい合っているのだ。

重四郎は一座の者を、ぴったり向かい合って立たされている浪路と千津を取り巻くようにさせて坐らせた。それにお紋とお春が徳利を運び、酒を飲む茶碗を配って廻る。

「おい、健作。肝心の道具がなくてはお二人、心ゆくまでの契りが結べぬではないか、道具はどうした」

へい、と健作は懐から相対責めの張形を取り出し、ニヤリとして重四郎に示した。

「このままじゃ、硬過ぎて気分が乗ってこねえかもしれねえ。ずいき巻きにして、当たりやこすれのいいようにしてやろうと思うんです」

双頭が黒光りした水牛の角《つの》で出来ているその珍具に健作はずいきの皮を巻きつけてもいいかと重四郎にたずねている。

「よかろう。うんと楽しみ合えるよう細工してやれ。お前の思いやりにお二人は感泣し、思い切って腰を揺さぶり合って下さるだろう」

重四郎は大きく口を開けて笑い出した。

健作は畳の上にあぐらを組み、用意して来た乾いたずいきの繊維でその二つの先端をグルグル巻きに巻きつけていく。

浪路と千津は屈辱の極に立たされたように真っ赤に火照った顔を交互にねじり合うようにして、共に歯を喰いしばっているのだ。二人の悪寒めいた屈辱と恐怖の慄えはいくら止めようとしても止めることは出来なかった。

「頃を見て浜千鳥は取りつけてやるからよ」

それまでに甘え合ってお互の身体を柔らかくほぐし合いな、と、健作はずいき皮を筒具に巻きつかせながら慄え合っている浪路と千津にいった。

「何をいつまでモジモジ照れ合っているのさ」

と、お春は淫靡に笑って二人に近づくと両方の艶やかな肩に手をかけて、

「さ、しゃんと向かい合って、もっとぴったり身体をくっつけなきゃ駄目じゃないか」

と、いい、二人を無理やりに密着させようとする。

「じゃ、まず、二人で舌を吸い合うのさ」

お春がそういったとたん、浪路と千津は首筋まで真っ赤に染めながら反射的にさっと顔をそむけ合った。

陶器のように白い冷たい頸のあたりまで慄わせ身も世もあらずといった風情で必死に顔を伏せながらすすり上げる千津の肩先をお春はわざと邪険にどんと押した。

「美しい御主人様と舌が吸い合えるなんて幸せな話じゃないか。ガタガタ慄える事はないだろ」

第十六章　禁断の接吻

肉の踊り

これから卑劣な連中の前で酒の肴に千鳥の契りを演じ合わねばならぬ——そう思うと浪路と千津は名状の出来ぬ汚辱感に取りひしがれ、心臓は高鳴り、身体中の血が逆流するような思いになる。

「よ、いつまでじらしやがるんだ。紅ぐも屋の旦那がイライラしていなさるぜ。ぴったり乳房をすりつけ合って舌を吸い合わねえか」

両首という女同士で用いる張形に乾いたずいきをぐるぐる巻きつけている健作は薄紅く染まった頬を互にそむけ合い、さも辛そうに眉根をしかめ合っている浪路と千津をあぐらを組んだまま睨みつけるようにしてどなった。

「素直に演じて頂けぬとなると、菊之助はただちに紅ぐも屋へ駕籠で運ばねばならぬ事になる。それでもいいのでござるか、浪路どの」

と、また重四郎は含み笑いをしながらねちっこく浪路を脅迫するのだ。

浪路は悲痛な決心をしたように、膝元をガクガク慄わせている千津の方に顔を向け直す。

「千津、この浪路と共に地獄に落ちて下さい。もはや、こうするより逃れる道はありませぬ」

血を吐くような思いでそういった浪路は、横に伏せた千津の頬に頬をすりつけていった。

「奥様っ、千津は、千津は幸せでございますっ」

千津は浪路の頬ずりを受けるとその瞬間、全身に甘い疼くような感覚がこみ上がり、思わずブルッと肩身を慄わせながら叫んだ。

事実、浪路の肌が自分に密着した一瞬、千津は揉み抜かれるような恍惚感が先に立って思わず、幸せでございますっと夢心地になって口走ったのだ。そして、卑劣な重四郎や下劣な勘兵衛達の淫らな酒の肴にされているという事がわかっていながら浪路の熱い頬が自分の頬に重ね合わさったとたん、身体の芯にまでじーんと響くような甘い悩ましさを感じてしまったのはどういう事なのかと千津はそんな自分を恐れ、ガクガクと一層、裸身を慄わせるのである。

「ちょいと、頬をすりつけてるばかりじゃ面白くないよ。熱を入れて舌を吸い合わなきゃ駄目じゃないか。お前さん達は千鳥の間柄になるんだよ。わかっているのかい」

と、紅ぐも屋の主人、勘兵衛のそばに膝をくずして坐るお銀は、勘兵衛の持つ盃に酒を満たしながら、熱っぽく頬ずりし合っている浪路と千津に声をかけた。

「おい、お銀姐さんのいう通り、もっと打ちくだけて仲よくやらんか」

と、村上進三郎が茶碗酒を一気に飲み乾すとついと立ち上がり、刀の鞘で浪路の官能味のある盛り上がった双臀をぐいと押した。

栗田卯兵衛もそれを真似してフラフラ立ち上がると、

「こら、しっかりやらんか」

と、千津の丸味を持った双臀を同じく刀の鞘でぐいぐいと押しまくり、その婀娜っぽい縦長の亀裂へ鞘の先端を突き入れようとする。

ヒイッと千津は悲鳴を上げた。

進三郎はゲラゲラ笑いながら今度は自分が卯兵衛の行為を真似て同じく鞘の先を浪路の双臀の深い翳りを含んだ亀裂の内へ押しこもうとする。

「無、無体な真似はおよし下さいっ」

浪路もその瞬間、あっ、と狼狽して双臀を激しく悶えさせ柳眉をつり上げながら息づまった声を上げた。

「ハハハ、そう怖い顔して怒るな。しかし美人の怒った顔とは、なかなかいいものだな」

と、進三郎は大きく口を開いて笑った。

「おい、おい、進三郎、悪戯が過ぎるぞ。それではせっかく気分を出そうとしているものを邪魔しているのと同じだ」

重四郎が笑いながら進三郎と卯兵衛を叱った。

「さ、浪路どの。ぐずぐずするとこういう邪魔が入る。早く始められた方が得策というものだ」

これから共に襞の奥から尻の穴まで嘗め合う千鳥の契りを結ばねばならぬというのに舌吸い位で何を迷っておられるのだ、と定次郎も嘲笑するのである。

「ああ、千津。許して」

浪路は胸の内に熱っぽくこみ上げて来たものを打ち当てるようにも一度、千津の火照った頬に強く頬をすりつけてから顔を起こし、涙を滲ませてギラギラ輝く悲哀をこめた瞳でじっと千津の眼を見つめたのだ。千津も息をつめて哀しげに潤む黒眼をじっと浪路の視線を合わせる。

深い悲しみの色を湛えた濡れた瞳をそっと閉じ合わせた浪路はその羽毛のように柔らかい唇を千津の唇に近づけ、千津も固く眼を閉じ合わせ、全身、痺れ切った思いになって浪路の唇に唇を重ね合わせたのだ。

浪路の甘美な唇が唇に触れたとたん、千津の心臓は高鳴り、全身は小刻みに慄え、頭の芯がジーンと痺れ切る。

（浪路様と接吻を――ああ、私は夢を見ているのではないか）

尊崇し、憧憬し、畏敬して来た浪路の唇が今、自分の唇に触れたと思うだけで千津は畏怖とめまいが生じるほどの感激を同時に感じとり、何か雲の上に身体が浮き上がっていくような恍惚感が生じるのだった。

くなくなと固く結び合った唇を甘くすり合わせる浪路と千津を見て、お銀やお春達が黄色い声をはり上げ、何かはやし立てているが全身が甘く痺れ切った千津の耳にはよく聞こえない。

「激しく舌を吸い合うんだよ。そんな血の通わぬ千鳥の接吻なんか見ていてちっとも面白くない。こっちは人形芝居を見ているんじゃないんだからね」

お春ががなり立てると、浪路は息をはずませながら更に強く千津の唇へ唇をすりつけ、濡れ絹のようにしっとり濡れた柔らかい舌先を千津の唇を割って中へ差し入れようとする。

千津は浪路の甘美な感触の舌先が自分の口中へ柔らかく侵入して来たのを知覚すると思わずブルッと全身を痙攣させた。一瞬、呼吸も止まり、玉の緒も凍る思い――その次には官能の芯が溶けこむような切ない疼きに千津はもう我を忘れて思わず強く浪路の舌先を吸い上げたのだ。

もうどうともなれと恐ろしさも羞ずかしさも忘れ、また、卑劣な男や女達の笑いものになっているのも忘れ、このまま浪路様と一つになって雲か水に同化したいといった狂おしい気持ちとなる。千津は火のように熱い鼻息を洩らしながら浪路の甘く溶けるような舌先に舌先をからませ、強く吸い、また、浪路に吸わせるべく自分のそれを浪路の口中に差し入れるのだった。

千津が一度に火がついたように激しく打って出て来たのに浪路も呼応するよう緊縛された優美な裸身をもどかしげにくねらせながら千津と濃厚な接吻を続行する。

恨みも口惜しさも屈辱もこの倒錯に酔い痴れる事によって一切、忘却しようとし、自棄になっているようでもあった。

「千、千津、許して。我が手であなたにこのような羞ずかしめを加えねばならぬとは――」

浪路はふと唇を離すと千津の熱く上気した頬に頬を強く押し当てて激しく泣きじゃくる。

「何をおっしゃいます。奥様。手前こそ、奥様にこ、このような汚らわしい振る舞いを――」

もはや、二人は自意識を喪失して、健作やお銀に命じられると麻縄に緊め上げられた乳房と乳房まで強く触れ合わせ、強くさすり合わせたり、こすり合わせたりまでするようになった。

重四郎も定次郎も手をたたいて哄笑する。

「腰もぴったり押しつけ、互の茂みをすり合わせるのだ。両首の浜千鳥を取りつけるためには土手の高さをくらべ合って頂く必要があるからな」

重四郎がそういうと進三郎と卯兵衛が鉄棒を持っておどす地獄の鬼のようにまた刀の鞘を使って浪路と千津の悩ましく揺れ動く双臀を左右からぐいぐい押した。

「土手をこすり合えと申しておるのだ。いわれた通りさっさとやらんか」

進三郎が荒々しい声を出すと、浪路と千津は嗚咽し合いながら腰部と腰部を触れ合わせ、その部分をたしかめ合うように身をすり合わせていく。

浪路と貪り合うような濃厚な接吻のあと、乳房まで触れ合わせてよじり合い、千津はもうすっかり官能の芯を燃え上がらせて、頭の中も痺れ切っている。そして、今、もう熱く潤んで来たその部分まで腰をよじらせ、浪路と共にまさぐり合わねばならぬ事まで強制されると、千津の心臓は戦慄めいて高鳴った。

「ああ、奥様」

「千、千津、許して」

激しく嗚咽しながら双臀をくねらせ合い、遂に熱い茂みと茂みを触れ合わせたが、とたんに恐ろしい衝動に打ちのめされたように二人は、あっ、と声を上げ、火のように熱い頬と頬とをぴったりとくっつけて苦しげに眼を閉ざした。

「お互に高さと高さをくらべ合って仲よくこすりっこするんだ」

健作が身を乗り出して来て、緊縛された裸身をぴったりくっつけながら互の肩に額を押しつけ合ってすすり泣く二人の武家女に激しい口調でいった。

「胸をすり合わせ、茂みをこすり合い、身体を互に柔らかくほぐし合うんだ。頃を見て、道具は取りつけてやるぜ」

健作はずいきを固く巻きつかせた両首の張型を片手に握りながらゲラゲラ笑っている。お銀もお春も立ち上がって、何をしてるのさ、もっと気分を出して身体をすりつけなきゃ駄目じゃないか、と笑いながら催促し、また進三郎と卯兵衛が刀の鞘で二人の背面を邪険に押しまくる。

浪路と千津は進退窮まった感になり、荒々しい悲しみをぶつけ合うように乳房をまた強く触れ合わせ、甘くこすり合いながら腰部と腰部も密着させ、もどかしげに双臀をくねらせ合うのだった。

「千津、ああ、千津」

浪路はこの淫虐地獄に落ちた千津の苦悩と苦痛を少しでも忘れさせるためには千津をこの倒錯した愛欲の炎で燃えさせねばならぬと感じたのだろう。それには自分が淫獣と化して千津を責め、千津の肉体と神経を自分の努力で溶け崩させねばならぬと悟ったのか、千津の熱い耳たぶに唇を寄せつけ、切なげな熱い吐息と一緒に、

「千津、もう、もうこうなれば行きつく所まで恥をさらし合いましょう。浪路は千津をもう他人とは思いませぬ」

と声を慄わせていった。

もう他人とは思いませぬ、という浪路の甘いうめくような一言が耳に入ると千津は全身が朱色の雲の中へ浮き上がって行くような痺れ切った気分になる。

「千津も、千津も、もう奥様を――」

と、魂まで緊めつけられるような思いになって口走った時、浪路の絹のような感触の生暖かい繊毛が溶けこむように自分に触れ、何かを求めるように甘くさすりつけて来たのだ。

「ああ、奥様っ」

全身の官能という官能が燃えさかり、千津はたちまち激しく煽られて、思わず自分も腹部と腰部を突き出すようにしながら浪路に強くすりつけていき狂おしく双臀を揺さぶり始めたのだ。

もうこのまま、浪路と一緒に凍りつき、石にでもなってしまいたいようなせっぱつまった気

分になる。千津は浪路と緊縛された裸身をのたうたせ、波打たせてすりつけつつ再び、唇を重ね合い、無我夢中で舌を吸い合うのだった。

いつの間にか何かにとり憑かれたように全身に汗まで滲ませ、そんな狂態を示し合うようになった二人の武家女を重四郎と定次郎は何ともいえぬ痛快な気分で見つめていた。

豊かで形のいい乳房をすり合わせると同時に浪路と千津は丸味を持って悩ましく盛り上がるその柔らかい繊毛まで狂気めいてさすり合い、大粒の涙を頬に伝えながら貪り合うよう舌を吸い合っているのだ。

「どうやらこの分では千鳥の契りを結ばせるのに大して骨折る事もないだろう」

と、重四郎は定次郎の顔を見てニヤリとしながらいった。

何しろ、千津が憧憬の眼で見つめながら仕えて来た浪路と肌を触れ合わせて感激し、身も心もすっかり燃えたたせている、という事がはっきり重四郎にはわかるのだ。ずっとこれまで千津は浪路に対し、同性の倒錯した情を密かに抱いていた事がこれではっきり立証されたようなものだと重四郎はほくそ笑む。

「どうした、勘兵衛」

手にした盃を飲む事も忘れ、美しい武家女二人が肌をすり合わせ、舌を吸い合う同性の狂態を痴呆のようにポカンと見つめていた勘兵衛は、重四郎に背中をたたかれてハッと我に返った。

「どうだ、こうして女の心が通い合えばあとはこちらの仕込み次第で何とでもなる。女同士のこうしたからみも花会の余興に入れてはどうかと思うのだが」

「結、結構でございますね。こりゃ、大受けしますよ」

勘兵衛は立位のままでその美しい柔軟な裸身を密着させ、全身すり合わせつつ接吻し合う武家女二人の方から眼を離さず重四郎にいった。

女郎の床手管の調教師という事で勘兵衛からも月々、手当てをもらう事になった健作は、

「そろそろ、浜千鳥を使わせましょうか」

と、勘兵衛の方に顔を向け、口元に淫猥な薄笑いを浮かべた。


官能の嵐で千津の心を引きさらい、汚辱感を稀薄させようと攻勢に出た浪路だったが、今ではむしろ千津に逆襲された形で、千津の狂ったような頬ずりや口吻、さもじれったそうに乳房をすりつけ、相手の茂みを茂みでまさぐるような激しい腰の揺さぶり、そんな一途に燃え上がった狂態を示してくる千津に対して、浪路の方が辛うじて受身に出ているといった感じになっている。

そして、健作がおぞましい筒具を手にしてニヤニヤしながら身を寄せて来たのを千津に舌を激しく吸われながらふと気づいた浪路はさも哀しげに美しい眉根をしかめ、さっと千津から唇を引いて真っ赤に染まった頬を横にそむけた。

「へへへ、そろそろこんなものが使いたくなったんじゃねえのか」

健作が手に握りしめているそれを、荒々しく肩を波打たせている千津の鼻先に近づけるとさすがに千津もハッとし、たちまち耳たぶまで熱く染めて顔を隠すよう、浪路の柔軟な乳白の肩先に額を押しつけるのだった。

「そこまで熱気が出て来たんだから、何も照れる事はあるめえ。こいつを使ってこそ千鳥の契りは成立するんだからな」

だが、立ったままじゃ、どうもやりにくいな、と健作は二人の密着させている腰部に眼を落としていった。

「よし、床でつながる事にしようぜ。その方が相営めだって出来るし、腰だって使いいいだろ」

ちょっと待っていな、今、支度にかかるからな、と、健作が一旦、身を引くと、代わってお春が羞じらいと恐怖の互の肩に顔を伏せ合う二人に向かって、

「ぼんやりせずにもっと身体を溶かし合わなきゃ駄目じゃないか。いよいよ道具を入れ合って契りが結べる事になったんだよ」

と、含み笑いしながらいい、さ、こういう風にして御覧と、千津の両腿にお銀と一緒に手をかけてやや開きかげんにさせ、その中へ浪路の熟れ切った一方の太腿を無理やりくぐらせるようにした。

「ど、どうしろとおっしゃるのです」

お春に片肢を持ち上げられて狼狽し、浪路は真っ赤に染まった顔を哀しげに歪めていった。

「縛られているので手が使えないんだろ。なら、こんな風にして相手の股ぐらを腿で甘くさすってやるのさ」

肝心の所をお互に腿でくすぐり合って柔らかくしておかないと道具を使えないからね、と、お春は笑いながらいうのである。

もうどうとでもなれ、と浪路は自分に残忍で淫らな気持ちをけしかけ、片一方の膝を折り、むっちり緊まった太腿を千津の股間にくぐらせ、その熱い漆黒の茂みに触れさせていった。

「ああっ、奥様」

千津は浪路の妖しい官能味を持つ太腿の表皮が自分に触れ、ゆるやかに振動し始めると羞恥と狼狽で両頬に乱れかかる黒髪を激しく揺さぶった。

「千津、互に淫婦になるのです。畜生になったつもりで淫らに振る舞うよりもう逃れる術はありません」

千津の心と身体を傷つける苦しさに泣きながら、しかし心を鬼にして、浪路は凄艶な表情になってそういうと、

「ね、千津、千津はもう私のもの」

と、今度は甘い溶けるような声音で千津の耳元にささやきかけながら更に千津の淫情を掻き立てようとして太腿を押し上げ、千津を粘っこく揉みほぐすのだった。

千津の感覚は痺れ切り、この世のものとは思われぬ揉み抜かれるような恍惚感――もう下腹部は甘く切ない快美感に断続的な痙攣を示すようになる。

思わず、ギューと自分の両腿を緊めて甘く自分をいじめて来る浪路の太腿を挟みこんだり、また、自分の方から双臀をうねらせて浪路の腿に自分の両腿を激しくすりつけたり、また浪路の妖しい悩ましい太腿の肉の感触を自分のものにするばかりに深くに引き入れ、もうじっとり潤んだ体をすりつけたり――そんな痴態を千津は我を忘れて演じるようになってしまったのだ。

浪路は千津を責める自分の太腿の表皮がいつの間にか千津のしたたらせる熱い樹液でねっとり濡れているのに気づき、赤く染まった頬を一層、火照らせた。

（千津、許して。とうとう私はあなたをこのように浅ましい姿にしてしまいました）

浪路は心の中で泣きながら、千津の哀れさがまた自分の心に沁み入る情感となり、官能の疼きともなって、自分も千津同様、浅ましい姿にならねばと自虐的になる。

「さ、千津。今度はあなたが――」

と屈辱の極地へ自分の身を投げ入れるように浪路は次に自分の方が両腿を割り、千津の腿による愛撫をねだるのだった。

「さ、支度が出来たぜ。二人ともこっちへ来な」

座敷の中央に夜具を敷き、小道具などの配置を終えた健作は立ち上がって、鴨居に縄尻をつながれ、狂態を示し合っている浪路と千津に声をかけた。

立位の裸身を密着させ合っている二人の武家女をいつの間にかぎっしり取り囲むようにして浪人達や酌婦達は手をたたき、笑い合っている。その中に勘兵衛も加わって、酒に火照った真っ赤な顔で何か卑猥にからかい、重四郎と一緒になって笑いこけているのだ。

健作やお春などに催促され、相手の股間に交互に太腿をくりこませて刺激し合い、共に全身を朱色に燃えたたせて頬ずりし合い、舌を吸い合う浪路と千津の痴態が強烈な淫風を座敷内にふりまいているのだ。

「支度が出来たそうでござるぞ、浪路どの」

重四郎は進三郎と卯兵衛に鴨居につないである浪路と千津の縄尻を外させた。

今まで自分を失って淫猥で露骨な姿態を立位のままでからませ合っていた浪路と千津は縄尻が解かれると同時に急に全身から力が抜けたようにその場にフラフラと膝をくずしてしまった。

「さ、熱の冷めぬうち、土俵に登ってはっきりと契りを結ぼうではないか」

重四郎と定次郎は熱い息を吐き合っている浪路と千津の汗ばんだ肩に手をかけ、引き起こすと、すぐに二人を夜具のそばへ追い立てていく。

浪路の妖しい官能味を持つ太腿の表皮は千津の汗とも体汁ともつかぬもので粘っこくべっとり濡れていたが、お春はそれをおかしそうに指さして健作にいった。

「ね、健作さん、見て御覧よ。この千津という腰元、虫も殺さぬ顔をしていながらこんなに身体は敏感に出来ているんだよ」

まだ、本格の行為を演じないうち、こんなに身体を濡らすなど、武家女の中にもこんなのがいるとは驚いた、という意味の事をお春はいうのだが、支度の整った夜具の上に浪路と一緒に小さく膝を折って坐りこんだ千津はそれを耳にすると身も世もあらず羞恥に悶え、浪路と艶々とした象牙色の背中へ身をすり寄せ、すすり泣くのだ。

もう浪路とはただならぬ仲になったように千津は甘えかかり浪路の背中へぴったり肌身を寄せ、浪路のねっとりした乳色の肩先へ頬を押し当てながらさも羞ずかしげにシクシクとすすり上げている。

「そう意地の悪い事を申すな、お春。千津にしてみれば密かに千鳥の愛を感じていた浪路どのといきなり素っ裸同士で対面し、肌まですり合わせる事が出来たのだ。感激のあまり身体を濡らしてしまうのは無理ならぬ事ではないか」

重四郎がそういって笑うと、浪路にぴったり寄り添い、気も遠くなるばかりの羞じらいの悶えを見せていた千津は一層、消え入るように身を伏せながら、

「奥様、ああ、千津はあまりの羞ずかしさに気が、気が狂いそうでございます」

と、すすり上げ、ガクガク腰のあたりを慄わせた。

「千津をそのようにしたのはこの浪路ではありませんか。もう千津も浪路も淫婦なのです。共に人の心を捨てましょう。ね、千津」

浪路は線の綺麗な優雅な頬を千津の泣き濡れた頬にそっと当ててやるようにしながら長い睫毛を哀しげに閉じ合わせていった。

千津はこんな汚辱と屈辱に打ちひしがれた状態にありながらも浪路の心のどこかには砕こうとしても砕かれぬ、犯そうとしても犯されぬ芯の強さが残っている事をふと感じとる。悲哀の翳りを含んだ美しい瞳でじっと一点を冷たく見つめている浪路の乱れ髪をもつらせた端正な頬にはやはり気高さ、きびしさといったものがキラリと冷たく光る時があるのだ。そんな浪路のふと見せる冷やかさが千津は恨めしくなったり、その高雅さを自分の女神と見て取りすがりたくなったりする。

重四郎と定次郎も浪路が暗く沈んだ翳りのある片頬をふと冷たく強張らせているのに気づき、それが小憎らしくなったのか、

「浪路どのは潤みかげんが千津にくらべ、大分、足りぬようでござるな。やはり、女中風情の千津と情を通じるという事は由緒ある武家の妻として気位が許さぬと申されるのか」

と皮肉っぽい口調になっていった。

浪路は形のいい優雅な頬を強張らせ、翳りの深い潤んだ眼差を重四郎の方へすぐに向けた。

「気位が許すも許さぬも、すでに浪路は娼婦に成り果てているではありませんか。さ、これからどのような方法で千津と契りを結べば御満足頂けるのか、お教え下さいまし」

　と、これも皮肉っぽく重四郎に対する蔑みを含めていうのだった。

「左様か、では、この道の玄人である健作とお春の説明を聞いて頂こう」

　重四郎がせせら笑っていうと、健作は、

「千津の方の縄は解いてやっていいですかい、重四郎先生。二人とも縄つきのままじゃ、ちょっとやりにくいだろうと思うんですよ」

　と、重四郎の顔を見ていった。

「千津の方なればよいだろう。だが、浪路どのの縄はめったに解いてはならぬぞ。大分、柔順になられたようだが、何といっても一刀流を用いる女剣客だ。虫の居所が悪ければ素っ裸のままでも暴れ出すかもしれぬ。のう、定次郎」

「左様、拙者の腰の刀など奪い取り、あの風呂場の時のよう暴れ出されたりすれば一大事だからな。かなりのいたぶりを加えたとはいえ浪路どのだけは警戒するに越した事はない」

　と、定次郎も楽しそうにいった。

　浪路はただ黙って柔らかい睫毛を閉じ合わせ、端正な顔を凍りつかせている。

　千津はもう官能の美酒に酔い痴れ、反抗や抵抗の気力など微塵も残っていないと見た重四郎は健作の手で千津の裸身を緊め上げている麻縄を解かせたのである。

両手の自由を得た千津は衝動的に、奥様っと叫び、緊縛されたままの浪路の優美な裸身にヒシッと取りすがると浪路の肩に顔を埋めて号泣し始めた。

説明の出来ない悲しみとも怒りともつかぬものを浪路に激しく訴えるよう千津は両手で浪路の肩を力一杯抱きしめ声をはり上げて泣きじゃくるのだ。

そんな千津の動乱した心をなだめるように浪路は千津の涙に濡れた頬に頬を甘く押し当てたが、千津の号泣にひきこまれて急に胸がつまり、瞼一杯になって来た涙が頬にこぼれかかるのを防ぐようあわてて艶のある滑らかな頬を横にそむけるのだった。

「では、浪路さんの方はそのまま布団の上におねんねして頂きやしょう」

健作は浪路の肩に手をかけて、夜具の上へ仰向けに倒れさせようとする。

「これからが大事でござるぞ、浪路どの」

と、重四郎が片頬に淫靡な笑いを浮かべていった。

「菊之助の身代わりに紅ぐも屋で娼婦を演じてもいとわぬと申されたな。つまり、ここに坐る勘兵衛に我が身を売りこむわけだ。勘兵衛に女の道具立てなどくわしく見せ、気に入られるように振る舞い、我が身を引き取って頂くよう切に頼まねばなるまいな」

それともう一つ、と重四郎はこみ上げて来る嗜虐の高ぶりに顔を熱くしながら、

「そこで泣き続ける千津は羞ずかしめを受けたのが辛くて泣くのではない。長い間、思いこが

れていた浪路どのと肌を触れ合わせる事の出来た嬉し泣きなのだ。ここに至ればもう浪路どのもためらう事もあるまい。割れ口を開き、拡げ、奥の襞まで千津の眼にさらしてやるがよい」

千津は一層、嬉し泣きするに相違ない、と重四郎はいい、定次郎と一緒に哄笑するのだった。

「よいか、千津、奥様はまだ潤みが充分ではない。浜千鳥を含ませる前にお前が指先や舌先などを使い、奥様がしとどになるまで充分、御奉仕申し上げるのだ」

定次郎が浪路にすがって泣きじゃくる千津の慄える肩先に手をかけてそういうと、千津は、ああっ、と悲痛な声を上げ、両手で耳を覆いながら浪路のぴっちり重ねている膝に俯した。

「ハハハ、どうした、千津、聞くだけでもう身体が燃えさかったと申すのか」

両耳を両手で覆ってガクガク縮めた膝を慄わせている千津を面白がり、定次郎は千津の耳を押さえる両手を取り上げて、

「相対嘗めなどして一度、奥様にお前の手管で気をやらせろ。それから浜千鳥をお前の手で奥様に取りつけ、あとは二人で天国をさ迷うのだ。よいな」

「ああ、お、お許し下さい。そ、そのような事、千津には出来ませぬ」

定次郎に両手を取られた千津は右に左に首を振り、激しい狼狽を示しながら悲鳴に似た声で叫んだ。

「出来ぬ事はあるまい。お前は十九の年から二十一になるまでずっと浪路さまのお付き女中をしたというではないか。忠義者のお前の指先で愛撫され、優しく舌で嘗められれば、浪路さま

も感激し赤貝を慄わせて悦楽の頂点を極めて下さるはずだ」

定次郎がそういって笑うと、周囲をぎっしりつめかけている赤鬼青鬼達は手をたたき合って哄笑した。

その間、浪路は夜具の上に正座したまま人間の恩讐を一切、放げ捨てたよう観念し切って固く眼を閉じ、元結の切れた黒髪をもつれさせたその横顔はふと冷たい美しく冴え切ったように千津の泣き濡れた眼に映じるのだ。

「いかがかな、浪路どの」

重四郎は身動きもせず、優雅な頬を凍りつかせて口をつぐんでいる浪路のそばに身を寄せつけて行く。

「お聞きになった通りでござる。菊之助の身代わりになりたくば、この場に仰向けに寝て、以前のように青竹の足枷をかけられ、堂々と下肢を割り、今度は千津の手管を受けてあの悩ましい声を聞かせて頂きたい。とは申せ、千津はまだ若く、その腕前も未熟なものと思われる故、そこは何としても浪路どのの口からツボを教え、指導してやらねばならぬというわけだ」

武家の妻の見栄も体裁もかなぐり捨て、身も心も娼婦、淫婦になり切ったと我々が判断した時、菊之助の女郎屋送りは中止する事に致そう、と、重四郎はいうのだった。

浪路どのも千津も責任重大というわけだな、由緒正しい武家の妻と女中とはいえ、武家育ちの娘が共にこの場で淫婦になり切るという事はむずかしい、と、定次郎がいうと、いや、すでに乳房をすり合わせ、互の腿でくすぐり合うという淫らな振る舞いを二人は演じているではないか大丈夫、出来るとも、と、卯兵衛がいい、むしろ、若い千津を年増の浪路にいたぶらせた方が円滑にいくのではないか、と進三郎がいうと、やりとりは一巡して重四郎の所へ戻り、

「いや、年増美女の指導で若い娘が奉仕させられる所が面白いのだ。まあ、見ておれ」

と重四郎は腹を揺すって笑った。

重四郎の目くばせを受けた健作は再び、浪路を押し倒そうとしてその柔肌に手をかける。

「奥様っ」

千津はひと際、激しく泣きじゃくりながら健作に押し倒されようとする浪路に取りすがった。

「千津、菊之助を救うためと思い、鬼になってこの浪路を責めて下さい。共にこの地獄の中の淫らな鬼になり切るより菊之助を救う方法はありません」

艶やかで滑らかな頬に大粒の涙を一滴したたらせて、お願い、千津、と奥歯をキリキリ噛みしめながら哀切をこめて千津に声をかけた浪路はそのまま健作の手で夜具の上へ押し倒されていった。

それと同時に進三郎と卯兵衛が青竹を持ってニヤニヤしながら仰臥した浪路の足をからめとろうとする。

すると、浪路は寄りたかって来る淫鬼達に戦いを挑むよう凄艶な表情になり、

「さ、手かげんは無用です。肢をしっかり縛って下さい」

と、自分の方から乳色の粘りのある両腿をぐっと左右に割り、下肢を左右からつめ寄る進三郎と卯兵衛にゆだねようとするのだった。

思いがけない浪路の大胆な行為に進三郎と卯兵衛は一瞬度肝を抜かれた顔つきになる。

「よし、心得た」

と、二人は浪路の陶器のように冷たい脛のあたりに手をかけて力一杯、左右にたぐり、形のいい細工物のような両の足首を青竹の両端に素早く麻縄で縛りつけるのだった。

なよやかな線と官能味を持つスラリと伸びた浪路の下肢は大きく割り裂かれて縛りつけられ、ねっとりと妖しいばかりに乳色の光沢を持つ婀娜っぽい太腿は艶々しい内腿まではっきり見せて扇のように開いている。

「どうだ、勘兵衛。いい肢をしているだろう。さすがに武術で鍛えただけにしなやかさの内にむっちり肉が緊まっている。それに弾力もある」

浪路を風呂場で襲った時も、この伸びのある見事な肢でうちの門弟共、何人蹴り上げられたかわからぬ、と重四郎は開股縛りにされた浪路の下肢を指さして楽しそうに勘兵衛に説明するのだったが、勘兵衛のギラギラした眼は浪路の伸びのある下肢よりも両腿の付根に釘づけされているのだった。

「見事ですな、私も女郎屋商売をやっているので女の道具の鑑定の眼はこえているつもりですが――」

と、勘兵衛はいい、一眼見ただけで名器である事がわかると重四郎にいうのだった。

「ね、浪路さん、勘兵衛さんがお前さんのお道具を一眼見ただけで感心なさっているよ。だまってさらけ出しているだけじゃ能がないじゃないか」

売りこむにゃ、女中の千津に手伝わせて、自分で宣伝しなきゃ駄目だよ。わからないならそのコツを教えてやろうか、と、お春は自分も娼婦だけに抱え主の勘兵衛が素人である武家女のその部分を見て感動しているのを見るとはなはだ面白くない。ふと、悪戯気を起こして片手に茶碗酒を持つと夜具の枕元に寝そべるようにして浪路の耳元に口を寄せ、売りこみの要領といったものを教え始めるのだった。

「玄人の意見はよく聞くものでござるよ、浪路どの。お春は娼婦に相成られた浪路どのの大先輩なのだからな」

先輩の意見に逆らうと菊之助の立場が悪くなる、などと重四郎はいい、長い顎をさすってニヤニヤ笑っている。

哀しき媚態

娼婦らしく、勘兵衛さんに色気を見せて、売りこみにかかるんだよ、と、お銀にも催促されると浪路は、涙に潤んだ瞳をそっと開き、すぐそばの畳の上に泣き伏している千津の方を物哀しげに見つめた。

「千、千津——」

浪路に声をかけられた千津は、ハ、ハイ、奥様、と泣き濡れた顔を上げ、おろおろしながら浪路の悲哀の色を滲ませた顔に眼を向ける。

「紅ぐも屋の御主人にもっとくわしく浪路の身体を御覧になって頂くのです。お願い、浪路の腰の下にそこの枕を当てて下さい」

お春に命じられた事を浪路は必死になって平静さを装いながら千津に告げるのだ。

「ああ、奥様、そ、そんな」

「私のいう通りにして、ね、千津」

浪路は凍りつくような凄艶な表情になり、キラリと美しい黒瞳に妖しい情感の光まで走らせている。

千津は射すくめられたようにおどおどしながら畳の上に投げ出されている枕を手にとり、浪路の腰の下へ入れようとした。

「よし、よし、手伝ってやろう、浪路どののお尻はなかなか重いからな」

進三郎と卯兵衛が左右に割った浪路の熟れた太腿と双臀の下に手を差し入れ、どっこいしょ、と腰を宙に浮き上がらせた。

その間、浪路は自分に淫鬼の精が宿る事を念じるかのよう固く眼を閉ざし、美しい眉を寄せて口を結んでいる。

進三郎と卯兵衛の手で枕が差し入れられ、その上に浪路はでんと双臀を乗せ上げたが、千津はその瞬間、見てはならぬものを前にしたようにハッと眼をそらせ、小さく身を縮みこませてしまった。

「ねえ、千津、どうして眼をそらせるの。私がそんなに嫌いなのですか」

浪路は情感が迫ったような濡れた黒い瞳をそっと開いて千津に向かい甘い声音でいった。

「いえ、奥様、嫌いだなんて、そんな――」

千津がガタガタ肩先を慄わせて足をすくませながらいうと、

「では、はっきりと見て。これからあなたに可愛がって頂く浪路の身体ではありませんか」

と、浪路は鼻を鳴らしてむずかるようにいうのだ。

紅ぐも屋の勘兵衛やここにずらりと腰を据えている淫鬼達を悦ばせるために心ならずも浪路がお春の指示通り懸命になって媚態を示している事は千津にもわかるのだが、そこまで自分を深く傷つけ、みじめに崩壊させていく浪路の苦衷を思うと、千津は耐えきれない思いになって畳に手をつき、号泣するのだった。

勘兵衛が舌なめずりして身を乗り出し、ぴったりと浪路の下腹部に寄り添って喰い入るよう

な視線をそれに向けると、

「さ、くわしく見て下さいまし。お気に召しましたれば、何卒、菊之助のかわりにこの浪路を紅ぐも屋にて働かせて下さいまし」

と、浪路は閉じた眼尻より糸を引くような涙をしたたらせつつ、しかし、懸命になって枕に乗せた双臀をくなくなと揺さぶり媚態を見せて哀願するのだった。

「もっと悩ましくお尻をもじつかせなきゃ駄目よ。それに言葉が武家女だけに固過ぎらあね。いいかい。こんな風に女郎らしくやってみなよ。見てェ、見てェ、お尻の穴までみんな見てェってな具合にね」

浪路の枕元で寝そべりながら茶碗酒を飲みつつ浪路に指示していたお春は急に甲高い頓狂な声を出して重四郎達をどっと笑わせるのだった。

するとお銀が笑いこけながらお春の真似をして、浪路の紅潮した頬を指で突き、

「こんな風にもやらなきゃ駄目だよ――見てるだけじゃいやーん。舌でペロペロお嘗めしてえーっ」

と、また、変な声を出し、一座をキャッキャッとわかせるのだった。

浪路は耐え切れず、熱く火照った頬を横に伏せて、乱れ髪を慄わせながら遂に泣き出した。淫婦になり切ろうとしてもこれらの淫鬼には到底、太刀打ち出来ぬ事を知り、さも口惜しげに

歯を嚙み鳴らし、浪路はとめどなく閉じた眼尻より熱い涙をしたたらせるのだが、千津もまた、そんな浪路のそばで浪路と声を合わせるようにして嗚咽している。

「ちょいと、いわれた通りにやらないか。由緒ある武家の女だか女剣士だか知らないが、女郎になりゃ客への甘え方を覚えなきゃ駄目なんだよ。何だい、御立派なお道具をお持ちだそうだが、愛想がなさ過ぎるじゃないか」

さ、いやーん、いやー、とやってごらんよ、と、すすり上げている浪路の熱い耳たぶをつまみ上げてお春とお銀が酔った勢いでわめき出すと、

「そうガミガミやるな。まあ、落ち着け」

と、重四郎は二人の女を笑いながらなだめた。

「そうお前達がワイワイ騒ぐと勘兵衛もゆっくり浪路どのの道具立てを調べる事が出来ぬではないか。お前達は少し酔い過ぎておる。しばらくおとなしくしておれ」

重四郎はそういって定次郎と一緒に浪路の宙に浮かせた下腹部を挟みこむようにして腰を据えた。

先ほどから痴呆のように浪路の開いた二肢の間に身体を滑りこませて浪路の露わに浮き出たそれを凝視している勘兵衛に向かって、

「どうだ、勘兵衛。見事な上つきであろうが」

と、重四郎は自慢するようにいった。

「何しろ、この女は女ながらも一刀流の達人、尋常では我等といえども歯が立たず、計略を用いて苦労の上、捕えたのだが、それだけにひとしお、値打ちを感じる女なのだ。見ろ、この見事に盛り上がった高い丘、見ろ、この一文字割れ目の色っぽさ——」

などと重四郎は鷹狩りなどで捕えた獲物の自慢でもするようないい方で、腰枕を当てられて誇張的に浮き上がらせている浪路を指さしながら、勘兵衛に妙な説明をするのである。

ぐっと宙に突き出たそれは生暖かく盛り上がった柔らかい繊毛を浮き立たせ、両腿を割るため重四郎のいう縦一文字の割れ口をくっきりとさらけ出し、溶けるように柔らかそうな鮮肉色の綺麗な女体まで露わにしている。

「どうだ、この肉体の美しさ、まるで生娘のような感がするだろう。ほら、これにのぞかせる可愛い蕾、何とも可憐でとても一刀流を用いる女剣客とは思われまい」

重四郎はそういってそっと両手をその部分に触れさせていく。

「うっ」

と、浪路はだしぬけに重四郎の手が肌に触れてきたので、眉根を寄せ、狼狽を示したが、

「何もうろたえる事はあるまい。拙者共は浪路どのを助けて勘兵衛に売りこんでいる所だ」

と、重四郎はゲラゲラ笑うのだった。

重四郎は三五郎一家の花会が開かれるまでにはまだ七日の日数があり、その間、浪路を紅ぐも屋へ送りこんで日だていくらで貸しつけようと狡猾に考えたのである。

三五郎の命令で三五郎の花会が終わった後、浪路と菊之助は処刑せねばならぬ。だから、今のうち、その二人に稼ぐだけ稼がせておかねば損するといった気持ちになったのだ。

「どうだ、勘兵衛、一日、五両では」

「一日、五両ですって」

勘兵衛は眼をむいた。一番、稼ぎ頭の女郎だって月に店で受けとる配当は五両にはならない。それなのに一日、五両とは法外過ぎるといった顔を勘兵衛は見せたが、

「何しろ、これだけのいい女だぞ。しかも、血統は申し分のない武家女――それに加えてここは名器ときておる」

と、重四郎はいい、鰭《ひれ》の形や襞の形をもっとよく見ろ、と、腰を据え直すと、定次郎と一緒に手馴れた手管で浪路のそれを覆う絹のような感触の繊毛を掌で優しく撫で上げ縦一文字を料理人が魚の内臓を取り出すような器用さで更に露わに開花させていくのだった。

浪路は苦しげに歯を噛み鳴らしながら、ねっとり汗ばんだうなじを大きくのけぞらせている。

ふっとそれに涙に濡れた眼を向けた千津はハッと戦慄し蒼ざめた表情になる。これまで自分を罠にかけた不良浪人共からも口に出していえぬ位の淫虐ないたぶりを受けて来たと浪路は泣いて告白したが、それはこういう事だったのかと千津は逆上した思いになる。

「何となく見れば可憐な花の蕾だが、こうしてみれば形のいい野苺だ。こういうのは鰭と申し、

燃え上がればたちまち膨れて屹立し、小刻みに慄え、つまり、色の道にすこぶる敏感だという証拠なのだ。万人に一人とか申す貴重なもの、だから、これを三五郎親分に奉納するためやがては焼酎漬けに――いや、これは関係のない話だが――」

と、ペラペラ奇妙な講釈をしていた重四郎は大口を開けて笑い、武骨な指先でつまみ上げ、揉みほぐすようにしながら勘兵衛の眼に示している。

あっ、あっ、と浪路は重四郎に小刻みにいたぶられて真っ赤に上気した顔を狂おしげに打ち振りながら舌足らずの悲鳴を上げ、緊縛された上体を苦しげに激しくよじらせているのだった。

「お、おのれっ、何という淫らな真似をっ」

と、叫んだのは浪路ではなく、先ほどまで畳の上に俯し嗚咽をくり返していた千津であった。

頭に血を昇らせて千津は浪路をいたぶる重四郎の片手へ飛びつき、その手に嚙みついたのだ。

「あっ、何をするっ」

重四郎はびっくりしてうしろへ尻もちをついた。

「狂ったか、千津」

たちまち千津は定次郎や健作に押さえつけられ、畳の上に顔を押しつけてわっと泣き出す。

自分の主人、浪路が重四郎の手でいたぶられるのを見て憤怒のために逆上したというのではなく、それは千津の狂おしい嫉妬であった。浪路の苦しげな喘ぎの中に甘い切ない悩ましさに耐えかねたような喜悦のうめきを感じとると千津はもう居ても立ってもいられぬ苛立たしい気持ちに追いこまれ、カッとなり、重四郎の手の甲に噛みついてしまったのだ。

「千、千津。いけません。耐え抜くほか今の私達はなす術がないのです」

浪路はおろおろして、畳の上に再び泣き伏す千津を見つめ、声を慄わせて叱咤するのだった。

今、短気を起こせば二人して生恥をさらした事が水の泡になるかもしれぬという必死な思いをこめて浪路は潤んだ悲痛な眼差を千津の方に向けるのだった。

「やい、重四郎先生の手に噛みつくとは何て事をしやがるんだ。こっちが優しくして縄なんか解いてやりゃ早速、こういう真似をしやがる。よ、覚悟は出来ているだろうな」

と、健作が俯している千津の背中をどんと足で蹴り上げると、まあ、待て、と重四郎が千津に噛みつかれた手の甲に油を塗りながら薄笑いを口元に浮かべていった。

「拙者に対する深い恨みがあったわけではあるまい。浪路どのを拙者に取られるのではないかという嫉妬から思わずカッとなったのであろう。な、千津、そうではないか」

千津は泣きじゃくったまま顔を上げない。

「浪路どのと千鳥の契りを結ばせてやるといいながら長くおあずけを喰わせたこちらも悪かったのだ。よし、よし、では、千津、こちらへ来い」

重四郎は千津の白い手をつかんで浪路の縛りつけられている夜具の上へ押し出すようにした。

「では、千津、拙者共の話を聞いて奥様を悦ばせるコツが大体、呑みこめたであろう。よし、始めろ、奥様の身体を優しく揉みほぐし、悦びにのたうたせ、この場で悶絶の状態になるまで責め続けるのだ」

重四郎がそういうと、千津は仰臥している浪路の胸元に顔を伏せ、肩先を激しく慄わせる。

「奥様、ああ、千津は、ど、どうすればいいのです」

「重四郎様のいいつけ通り、この浪路を責めるのです。自分を悪鬼だと思いこみ、浪路にうんと淫らな真似をするのです。そうするより、菊之助を救う手段はありません」

浪路はしっとり濡れて悲哀の翳りを帯びたしたたるように美しい黒瞳でじっと千津の泣き濡れた顔を見上げるのだ。もうどうにもならぬ絶望感と悲哀感と情感とを湛え合ってじっと眼と眼を黙って見つめ合う浪路と千津――それをすぐそばで酒を飲み合っているお春とお銀は面白そうにのぞきこみにやって来る。

「そう、そう、今、浪路さんのおっしゃった通りよ。しっかりやんな、千津。嘗めたり、さすったり秘術を尽して何としてでもここで浪路さんに気をやらせなきゃ駄目だよ。でなきゃ、菊之助は紅ぐも屋送りになっちまうんだからね」

足元がよろめくほど酔っているお春がそういう。

「左様。今、お春が申した通りだ。菊之助を救うも救わぬもお前の努力にかかっているようなものだぞ」

と重四郎は愉快そうにいい、定次郎に注がれた徳利の酒をうまそうに飲み乾した。

「となると、浪路様も黙って千津一人に任せておくわけにはいかないじゃないか。自分が昇りつめるための努力をしなくちゃならない。おっぱいの揉み方、鰭のくすぐり方なんかを千津に教えてやるんだよ」

とお春よりも酔っ払っているお銀が呂律の廻らぬ舌でそういって笑い、立ち上がりかけてどしんと後へ引っくり返った。

「ようがす、重四郎先生。一日五両、七日間で三十五両とおっしゃいましたね」

勘兵衛は重四郎の顔を見ていった。

「その武家女、明日から紅ぐも屋に引き取ろうじゃありませんか。それだけの器量にそれだけの身体、その上名器とくりゃ一日五両は安いもんだ」

「ほう、では商談成立というやつだな」

重四郎は満面に喜色を浮かべて、お春の方を向き、

「おい、もっと酒を運べ、祝いの酒盛りだ」

と、がなり立てるようにいった。

「ところで重四郎先生」

と、勘兵衛は重四郎の耳元に口を当てて小さくいった。

「あの菊之助も必ずお願いしますぜ。姉と一緒に運びこめば別にどうって事もねえでしょう」

わかっておる、わかっておる、と、重四郎は幾度もうなずいて見せた。

第十七章　千津の恋

白と白

「いかが致した。千津、早く始めぬか」

重四郎は夜具の上に青竹を足枷にして開帳縛りにされている素っ裸の浪路と、浪路の胸元に顔を伏せてすすり泣く素っ裸の千津を交互に見つめながら声をかけた。

息苦しいばかりにムチムチとした年増盛りの浪路の裸身、そんな官能味のある脂の乗り切った人妻をそのお付き女中である千津がどのように料理するか、これはこの場の酒の肴になると重四郎は思ったのだろう。

「早く致せ、千津。ぐずぐずすると菊之助は紅ぐも屋へ駕籠で運ばれる事になるのだぞ」

定次郎は浪路の胸元に額を押し当てて嗚咽する千津のしなやかな肩先を刀の鞘で小突いた。

「浪路様を可愛がる小道具が欲しいってんだな」

健作が、さ、用意してやったぜ、と、盆の上に鳥の羽毛やら水牛の角で出来た張形やら貝殻に入った姫泣き油という塗り薬など載せて泣き伏している千津のそばへ近づくのだ。

膝元に置かれたそれにふと泣き濡れた眼を向けた千津はハッとしたようにあわててそれから眼をそらし、頬も耳も燃えるように真っ赤に染めて縮めた膝のあたりをガクガク慄わせている。

「さ、こうして支度までちゃんと整えてやったんだ。腰を据えて奥様を可愛がるがいいぜ」

健作はゲラゲラ笑って千津の小刻みに慄わせている白い肩先をピシャリと平手でたたいた。

「ああ、そ、そのような事を奥様に――千津には出来ませせぬ。とても、真似は出来ませせぬ。お、お許しをっ」

千津は健作に見せつけられたその淫猥な小道具より逃れるように身をよじり、畳の上に俯して激しく泣きじゃくるのだった。

「ここまで膳立てさせておきながら今になって何をいいやがる」

健作は鼻で笑って、いつまでじらす気だ、さ、始めねえか、と千津のくずれた髪を手でつかみ、ぐいぐいとしごき上げている。

「ああ、千、千津っ」

先ほどから長い綺麗な睫毛を固く閉じ合わせ、すっかり自分を諦めたように白々と冴えた頬を蒼ずませたまま身動き一つ示さなかった浪路は千津が健作の折檻を受けようとしているのに気づくと耐えられなくなったように涙に濡れた瞳を開く。

「人間の心を共に捨てようと誓い合ったではありませんか、千津。今も申したように共に淫婦となるより菊之助を救う手立てはないのです。お、お願い、千津」

菊之助を救うために時を稼ぐのだと思い、死んだ気になってこの浪路に淫らな責めを加えるのです、という魂も緊めつけられるような悲哀感をこめて、浪路は涙をねっとり潤ませた翳りのある瞳を千津の方に向けるのだった。

「奥様っ」

千津は弟の菊之助のために自分を捨て切ろうとしている浪路の凄絶ともいえる悲壮な胸の内をはっきり知って思わず浪路の胸に取りすがった。

「奥様、お許し下さいまし。千津は、千津は毒婦になって奥様を容赦なく責めまする」

「浪路も淫婦になって千津の責めを受けるつもり――ああ千津」

浪路と千津の胸を裂いて新たな慟哭《どうこく》が溢れ出る。仰臥した浪路の優雅な頬に千津は涙に濡れた頬を強く押し当てるようにして二人は共に激しく嗚咽し合うのだった。

「ちょいと。そうと話がきまったら熱が冷めないうちに早くおっ始めて頂こうじゃないか。さっきから紅ぐも屋の旦那がしびれを切らしてお待ちかねだよ。お前さん達のメソメソ泣き合っているのを見てたってちっとも面白かないよ」

と、娼婦のお春が酔った身体をだるそうに起こして嗚咽し合っている二人のそばへフラフラと近づいて来る。

「お前さん達の千鳥遊びを三五郎一家の花会の余興にしたいと勘兵衛さんは考えておいでなんだからね。試験を受ける気でしっかりやるんだよ」

お銀も茶碗酒を手に持ちながら浪路の枕元にべたりと坐りこみ、

「ね、浪路さん、何てったって主人のお前さんが女中の千津を指導してやらなきゃ駄目だよ。熟れはじめた年増女の急所はどこかも教えてやり、嘗めさせたり、張形を使わせたりしながら昇りつめて見せるのさ」

菊之助を紅ぐも屋の男娼にさせたくなかったらそれ位の事は出来るだろう、とお銀はクスクス笑いながらいった。

「さ、私達がここで審査の役を買ってやるよ、始めないか、千津」

と、お春は浪路の頬に頬を押し当てたままの千津に鋭い声を浴びせた。

「千津――」

浪路はそっと顔を動かすようにし、ふと上にあげた千津のおどおどした顔を哀しさとも情感ともつかぬしっとり濡れた深い翳りのある黒瞳でじっと見上げ、そのしたたるような美しい瞳をうっとり閉じ合わせると、接吻を求めて甘えるように顎を上げるのだった。

浪路のその妖しい溶けこむような媚態に千津はたちまち引きこまれる。

「ああ、奥様――」

と、うめくと思わず千津は後手に麻縄で縛り上げられた浪路の両肩を両手で抱きしめるようにし、浪路の羽毛のように柔らかく甘い唇に再び強く押しつけていくのだった。

浪路は甘美な香りのする唇で千津の唇を覆うようにするとすぐに甘い唾液でしっとり濡れた柔らかい舌先を千津の口中に差し入れ、それを千津は無我夢中で激しく吸い上げるのだった。浪路もまた千津の舌先を舌先でからめとるようにしながら強く吸い上げる。共に熱く荒々しい息を吐き合いながら薄紅く上気した顔をねじり合っての濃厚な粘っこい女同士の接吻——荒々しく悲しさをぶつけ合い、屈辱も汚辱もこの一瞬に押し潰そうとするかのような激しい接吻と身悶えを二人はくり返すのだった。千津は浪路の舌先をその根も痺れるばかりに吸い上げながら片手で浪路の麻縄に緊め上げられている乳房をまさぐり始めている。

先ほど、浪路と共に緊縛されたまま立位で対向し唇を初めて交し合った時は、畏敬と同時に憧憬の眼で見て来た浪路とそんな行為を、と思っただけで何よりも恐ろしさが先に立ってしまった千津であったが、今はそうではなかった。先ほどの何か雲の中へ身体が吸いこまれる不思議な受身の恍惚感ではなく、今、この地獄の業火の中で憧れの浪路をはっきり自分のものにするのだといった凄絶さが千津の全身にみなぎっている。

「ほう、腰元の方はやる気を起こしたではないか」

と重四郎の笑声がふと耳に入ったが、千津はそんな嘲笑などもう気にならなかった。自分の官能が高揚し過ぎて神経も冒され、逸脱しているのにもふと気づいたがそれも気にならなくなっている。

このまま狂い死んでも悔いのない気持ち——千津はポロポロ大粒の涙を流しながら、奥様、ああ、奥様、と苦しげにうめき、麻縄に緊め上げられた浪路の情感のある形のいい乳房を片手でゆさゆさと揉み上げ、浪路の熱く上気した頰や耳たぶ、艶やかな首筋にまでチュッチュッと音までさせて接吻の雨を降らしまくる。

「ああ、千、千津——」

何か物の怪にとり憑かれたように狂おしい激しさで自分を責めたててくる千津におびえたのか、浪路は頰に長くもつれかかる艶々しい黒髪を揺さぶり、白珠のような歯をカチカチ噛み鳴らして、細かい汗を浮かばせた美しい富士額をさも辛そうに歪めている。

千津は浪路の情感的な美しい乳房をやがて両方の掌で包みこむようにしながら粘っこく揉み上げ、また、熱い頰を押し当ててその豊かな白い丘を愛撫し、また、薄紅い可憐なその乳頭を唇に含んで柔らかく吸い上げる。

千津の情欲に血走った眼に、浪路のその胸の絖のような光沢を持つ美しい乳房は大鳥家の庭に咲いていた白い芙蓉《ふよう》のように夢幻的に映じるのだった。浪路は芙蓉の花が好きで茶室には必ず一輪、竹筒に差していた事を千津は浪路の乳頭を吸い上げながら乱れ切った脳裡にふと夢のように思い出している。

浪路は長い睫毛を固く閉じ合わせながら形のいい唇を小さく慄わせて切なげに喘ぎ出し、それを眼にした千津は一層、煽られたようになって浪路の滑らかに光った鳩尾、艶やかな腹部、そして、左右にぐっと割り裂かれている悩ましい官能味を湛えた乳色の両腿にまで身をずらしていきながら激しく唇と舌を使って愛撫するのだった。

浪路の喘ぎはますます激しく、熱っぽくなっていく。

ああ、千、千津っ、と何かを甘くねだるような、せがむようなひきつった声音と一緒に荒々しい喘ぎをくり返し、枕を下敷にされた腰部をくなくなとさも切なげに悶えさせるのだった。

青竹の足枷に二つの足首を縛りつけられ、見る者の心に沁み入るような優美な線を描いてスラリと左右に伸び切った浪路の二肢も情感の昂ぶりを訴えるようにモジモジ悩ましく揺れ動くのだったが、腿の付根近くまで無我夢中で接吻の雨を降らしまくった千津は浪路のあまりにも露わにさらされているその個所に情欲に溶けた視線を当てたとたん、さすがにハッとしたように火照った頬を横に伏せるのだった。千津の胸は激しく高鳴り、呼吸も激しく乱れ出す。

「これこれ、千津、肝心の所にまで来て何をためらっておるのだ。これからが本当の腕の振い場所なのだぞ」

と、定次郎と酒をくみかわしていた重四郎は生々しく浮き立たせている浪路の女の部分をはっきり眼にし、一瞬、おびえたような視線をそらせてしまった千津を面白そうに見ていった。

「そうだよ。そこまで調子よく運びながら肝心の所で何をまごついているのさ。さ、この鳥の羽毛を使って優しく茂みをさすり上げながら、指先を充分に使ってまず柔らかくほぐしてやらなきゃ駄目だよ」

本人はその気になって待っているんだからね、とお春は笑いながらモジモジ身を揉んでいる千津の真っ赤に染まった頰を指で押すのだ。

「ちょいと、浪路さんの方もハアハア喘いでいるだけじゃ駄目じゃないか。若い女中を指導してやるって約束になっていたろう」

お銀は美しい富士額を歪めて切なげに熱い息を吐き続けている浪路の耳をつまみ上げながら、さ、千津に何とか声をかけなよ、と冷酷な薄笑いを片頰に浮かべていった。

「——千、千津。斟酌は無用です。さ、この浪路に羞ずかしめを——」

浪路がわなわな唇を慄わせて固く眼を閉ざしながらそういうとお銀はぷっと吹き出した。

「斟酌は無用だなんて、そんな色気のない科白《せりふ》を吐かないでおくれよ。お武家の奥様はこれだから困っちゃうよ」

と、お銀は重四郎の方に眼を向けて苦笑して見せた。

花会のあとの酒席の余興でそんな固い武家言葉を使い合いながら千鳥の舞いを演じれば親分衆は眼を廻してしまうじゃないか、とお銀はお春とも顔を見合わせて笑いこける。

「仕方がない。余興の日のための稽古だと思って私が要領を教えてやるよ。ね、こんな調子で千津に甘くねだるんだよ」

お銀は浪路の熱い耳に口を寄せていき淫靡な薄笑いと一緒に何か小声でささやいたが、とたんに浪路は、ああ、と哀しげに眉をギューとしかめ、お銀のささやきから逃れるように火照った頬を反対側にそむけた。

「そ、そのような淫らな言葉、と、とても口に出しては申されませぬっ」

泣きながら浪路が強くはねつけるようにいうと、

「そら、そんな調子だから色気のない色事になってしまうんだよ。菊之助を救いたいのなら少しは女郎らしく演じてみなよ。淫婦になり切るとたった今、口でいったばかりじゃないか」

と、お銀はいい、ここには花会の親分衆がつめかけ見物していると思って精一杯、はすっぱ女郎の媚態を演じるようにしろと浪路を調教する気になっている。

一方、お春も千津につめ寄り、女の色の部分の責め方というものを、ああして、こうして、という風に細かく教えこもうとしているのだ。

「ハハハ、二人の女軍師に軍略を教わり、いよいよ両者の合戦が始まるというわけでござるな」

重四郎と定次郎は腹を揺すり合って笑っている。

淫婦の手管

遂に千津は自分に残忍な心をけしかけ、嗜虐の鬼と化すつもりで浪路に攻撃を仕かけた。浪路様と共に淫獣になり切り、血肉をむさぼり合い、ここで狂い死にするのだとそんな血走った気持ちである。

浪路もまた被虐の鬼に化したつもりで千津の責めを官能の悦びとして受け入れるべく必死な思いになっている。共に官能の嵐の中に溶けこんで互の心を引きさらわねばならぬとそんな倒錯した気持ちなのだ。千津がお春に手渡された羽毛でその部分を柔らかく包む浪路の絹の感触に似た悩ましい繊毛をゆるやかにさすり上げると、浪路もそれに反応を示して自分の方から粘っこくそれに擦りつけるかのようにくなくなと腰枕の上の双臀をくねらせる。そして、鼻にかかった甘い声で、

「ねえ、千津。邪魔なればその茂みを剃り取ってもいといませぬ。浪路の女を千津の眼ではっきりとたしかめてほしいのです」

言葉は固いが、お銀に強制されたねだりの言葉を浪路に懸命になって口にしている。

「そう、そう、その調子だよ」

と、お銀は健作に注がれた茶碗酒を一口飲んでからまた悪戯っぽく笑って浪路の耳元に口を寄せつけていく。

お銀に強要される千津に対するおねだりの言葉を熱っぽい喘ぎと一緒に吐き続けているうち、自分の言葉に酔い痴れたよう浪路の官能は妖しく疼き出す事になるのだが、それはお銀の計算のうちに入っているのだろう。

「ね、千津。浪路のその丘の高さ、割れ口の形、千津の気に入るかどうか、もっとくわしく見てほしいの。ああ、千津」

浪路は真っ赤に火照った面長の頰を横に伏せながら火のように熱い喘ぎをくり返しつつうめくようにいった。

「ああ、奥様っ」

千津はお銀に強制されてそのような淫らな言葉まで口にしなくてはならぬ浪路の苦悩を思って泣きつつもそんな浪路の凄艶さに煽られる形となる。情念を一層、掻き立てられて慈しむように夢のような柔らかい漆黒のふくらみを羽毛と掌を同時に使いながら上方へさすり上げた千津は、また、声を上げて泣き出すのだった。

「千、千津は奥様をお慕い申しておりました。以前より奥様に自分の身分もわきまえず千津は千鳥の思いを抱いていたのでございます」

気持ちが顚倒してしまっている千津は自分達が今、置かれている状況もすっかり忘れて浪路に千鳥の愛を必死な思いで告白しているのである。


そして千津は今、自分がいたぶり尽している浪路のそれに情欲に溶けただれた潤んだ瞳を喰い入るように注ぎこむ。腰枕を当てられてせり上がった浪路は千津の使う羽毛で生暖かい飾り毛を梳き上げられ、甘美な柔肉まで露わにした縦長の深い亀裂をくっきりと浮き立たせている。

（ああ、これが浪路さまの――）

千津は息苦しいばかりに小高く盛り上がったそこに蠱惑の毒っぽい徒花《あだばな》をくっきり咲かせた

ような浪路を喰い入るように見つめて全身を痺れ切らせた。これが今まで畏敬し、崇敬し、また秘かに慕情の念を抱いて来た浪路さまの女の源流なのか、そう思うと心臓は妖しく高鳴り、額からは汗がタラタラと流れ散り、めまいに似た感激さえ生じて来る。

「奥様はもうこの千津のものでございます。誰にも渡しは致しませぬ」

と、千津は気持ちをすっかり動乱させて口走り、もうどうともなれと自棄気味になって指先を滑りこませていった。

その瞬間、千津は呼吸も止まるほどの感激の衝動に打ちのめされてガクガク慄え、浪路も、うっと、美しい眉根をしかめて喰いしばった歯の間からむせるようなうめきを洩らし、左右につながれた優美な二肢をピーンと強張らせる。

「さ、覚、覚悟なさいまし、奥様。そのように両手も両足も縛られてはもはや防ぐ術はありませぬ。千津は思いのまま奥様をいたぶり抜き、自分のものにするつもりでございます」

などと千津は叫び立てながら泣き、指先のいたぶりを開始する。

興奮と感激のあまり千津の神経は乱れ切り、可愛さ余って憎さが百倍の嗜虐的な兆候さえ帯びて来たのだ。

ああ、それにしても浪路さまのこれは何という甘美さなのかと千津はおずおずとまさぐりながら恍惚とした気分に陥っていく。二十八になった人妻であり、熊造達に凌辱の限りを尽されたとはいいながらまるで事情を知らぬ十七、八の乙女のように新鮮な魚肉にも似て薄紅く綺麗な色に潤み、情感が迫った事の証拠に固い屹立を見せる微妙な蕾も赤い野苺のような可憐さなのだ。しかし、それでいながら内部はもう焼けつくような熱さを千津に伝えてじっとり潤み、千津はそれに気づくとまた魂が緊めつけられるような痺れを感じて、奥様ああ、奥様っ、と叫び立てながら激しい愛撫を一途になって加えるのである。

「そんな遠慮した手管じゃ、浪路さんを心から悦ばせる事は出来ないよ。もっと激しく責めたてなきゃ駄目じゃないか」

と、横手から娼婦のお春が笑いながら千津に声をかけてくる。

「玄人の私なんかから見りゃまるでお前さんのやり方は浅瀬でパチャパチャやっているようなものさ」

相手は女ながらも一刀流の使い手、仇討ちにやって来てこれまで散々暴れ廻った今様、巴御前《ともえごぜん》なんだからね。そりゃお前さんが一番よく知っている事じゃないか、そんなおどおどしたやり方じゃ、心から燃え上がっては下さらないよ、と、お春は口を歪めて皮肉っぽいいい方をするのだ。

「ちょいと、のいてごらん」

といってお春は無雑作に浪路に手を触れさせていき、下腹部をたしかめるようにして、

「そら御覧、まだ肉が固いし、潤みも足りない」

玄人筋の熊造さん達に可愛がられた時なんかは凄かったよ。相手が親の仇だなんて事はすっかり忘れて、襞まで慄わせ、まるで堰が切れたようにしたたらせたんだからね、と浪路の顔をわざと見て含み笑いするのだった。

浪路は汗と涙に濡れた熱い頬を伏せたままさも辛そうに眉を寄せ、固く眼を閉ざしている。

「ね、浪路さん。千津が一生懸命、奉仕しているんだから自分の方からその要領をもっと説明してやらなきゃ駄目じゃないか。親の仇の手管から気分が乗っても女中の手管じゃ馬鹿らしくて身体を溶かす事が出来ないというのかい」

と、お春は浪路の気持ちを一層、みじめにするためそんな毒っぽい揶揄を浴びせかけるのだったが、すると浪路はその屈辱から逃れるためか、まるでその憤りを千津にぶち当てるかのようにさっと顔をよじらせた。

「さ、千津、始めて。もっと淫らにこの浪路を扱うのです。激しく、うんと激しくこの浪路を責めたてて下さい」

と、熱っぽい光を湛えた瞳を千津の方に向けながら浪路は口走ったのだ。

肉の合戦

「どうだ、勘兵衛、このように武家女二人の千鳥遊び、花会の余興にはうってつけであろうが。

奥方と腰元、真昼の情炎とでも題してはどうかな」

もう酒を飲むのも忘れ、すぐその前で演じられている武家女二人の狂態を生唾呑んで凝視している勘兵衛は重四郎に声をかけられても振り向こうとはしなかった。

冷たいほどの光沢を放つえた乳色の美しい裸身を仰臥させ、両腿を押し開いたままで縛りつけられている浪路——そして、身を寄せつけて激しく泣きつつ、懸命になって愛撫を加えている千津も素っ裸であり、その白く霞《かす》んだ厚味のある肉づきは汗を滲ませて切なげに揺れ動いているのだった。

そして、浪路も千津も恍惚と陶酔に酔い痴れ、完全に自分を失って共に淫鬼になり切ったような痴態を示し合うまでになっている。

「浪路どの、もっと燃えろ。もっといい声を出さんか。身体を溶け潰して真の悦びを示さなければ菊之助を救う事は出来ぬのだぞ」

と、定次郎が茶碗酒を口に運びながら意地悪く嘲笑すると、お春はまた横から手を出して千津の責め立てている部分をたしかめ、

「駄目、駄目、まだ潤みが足りないよ。女中の手管だけじゃ気をやれないから熊造さんを呼んで来てくれというのかい」

などとおどしたり、からかったり、そのたびに浪路は、ああっ、と上気した頬を悲痛なばか

りに歪めて、千津、もっともっと、奥の方まで激しくっ、と我を忘れて思わず昂ぶった声をはり上げるのだった。

　そして、横から添寝するように身を寄せつけ、ゆるやかに浪路の柔らかい乳房を片手で揉み上げながらお銀が含み笑いをしてささやいて来ると、浪路はためらいもなく唇を慄わせながら、

「千津、お、お願い、舌、舌を使って」

　と、すすり泣くような声で催促するのだった。


　自分の肉体を千津の手管で溶かすため、自分も努力しなくてはならぬとは、ああ、何と辛い仕事なのか、浪路はひきつった声で泣きじゃくり、自分と千津を同時に傷つけなければならぬこの苦しさと恐ろしさに悶え泣くのである。

　奥様っ、お許しをっ、と激しく一声叫んで千津はのっぴきならぬ自分の昂ぶりをぶち当てるよう唇を触れさせた。

　あっ、と浪路は突然、火でも押し当てられたような艶やかなうなじを、うっ、とのけぞらし左右につながれた優美な二肢をブルブル慄わせる。

「ああ、千津。あ、あなたをこのように傷つけてしまった浪路を許してっ」

「何をおっしゃいます、奥様。千津こそ奥様をこのようにみじめに傷つけているのではありませんか。ああ、もう何もおっしゃらないで。千津は淫婦なのです。奥様の生血をすする妖怪に

まで成り果てました」

千津はわめくようにそういうと落花無残とばかり深く舌先を滑りこませていく。

ううっ、と浪路は汗ばんだ富士額を極度に歪め、喰いしばった歯をカチカチ嚙み鳴らした。魂が溶けてしまいそうな汚辱を伴う快美感がぐっとこみ上がり、浪路は火を吐くような喘ぎを洩らし始めたのである。

千津の全身の肉という肉も官能の美酒に酔い痴れたよう甘く溶けてしまっている。女の肉を一つ一つ剝がすように粘っこく愛撫しながら唇に含み、吸い上げると浪路は玉の緒も凍りつくばかりの戦慄めいた痙攣を示し、ああっ千津っ、と上ずった声をはり上げるのだった。

お銀がまた浪路に次の手段を教えようとして耳元にニヤニヤしながら口を寄せていくと全身を灼熱の炎で焼かれている浪路はお銀の言葉を半分も聞かぬうちに、

「ね、千津、浪路にも千津を愛させてっ、ねえ、それを浪路にもさせてっ」

と、ひきつった声で叫んだ。

一瞬、ハッとし、狼狽を示す千津の波打つ背中にお春が手をかけて、

「何も照れる事はないじゃないか。浪路様は相嘗めがしたいとおねだりなさっているんだよ」

と、笑いながら逆体位で千津を乗せ上げようとする。

「そ、それは、ああ、いけませぬ。と、とてものような、ああ、許して――」

などと羞ずかしさと狼狽のあまり千津は気持ちを顚倒させて支離滅裂な言葉を口走りながら

尻ごみするのだったが、

「何いってやがる。ぐずぐずすると浪路さまの熱が冷めちまうぜ。おめえだって恋しい、いとしい浪路さまとそれをやりてえのは山々なんだろ、ちゃんと顔に書いてあるぜ」

と、健作が乗り出して来ていい、さ、乗っかりな、と、身をすくませようとする千津の肩に手をかけて強引に浪路の上体へ千津を追い上げるのだった。

「ハハハ。千津のあのうろたえようはどうだ」

と、重四郎と定次郎は顔を見合わせて哄笑する。

「何を今さら、迷っておるのだ。千津。貴様達は千鳥の間柄になるのではないか。相嘗めぐらいで照れてどうする。さ、そう羞じらわず、御主人様の顔の上へしっかりと腰を当てろ」

仰臥縛りにされた浪路の上に逆体位で身体を打ち伏せたものの自分の腰部はよじらせて浪路の顔面からそらせている千津を見ると、相当に酒気を帯びた、卯兵衛や進三郎などは立ち上がり、また、刀の鞘で千津の弾力のある双臀を突きまくり、ちゃんと腰を乗せんか、とわめき立てる。

「千津。何もためらう必要はありません。私達はもう淫婦同士ではありませんか。さ、早く」

と、浪路は熱っぽく喘ぎながら千津に催促するのだ。

千津は激しい嗚咽の声と一緒に、奥様っ、と絶叫し、身を噴火の中へ投げ入れるような逆上した気持ちで浪路の左右に割れた両腿を両手でしっかり抱きしめると、腰部を激しくよじらせ浪路に覆いかぶさっていったのだ。

周囲を埋める悪鬼達は美しい武家女が淫娼まがいの痴態を示すと手をたたいて面白がった。

（許してっ、許してっ、浪路様っ）

と、千津は妖しい悩ましさを持った浪路の両腿を強く両手で抱きしめ、遮二無二、生暖かく盛り上がった甘美な肉体に狂おしい口吻を注ぎこみながら、浪路を徹底して冒瀆する自分の恐ろしさに泣き、しかし、もうこうなれば行きつく所まで行くより方法はないのだと自分の狂おしい気持ちに淫虐なものを吹きかけた。そして、捨鉢めいて自分を浪路に擦りつけていったのである。

あっ、とつんざくような悲鳴を上げたのは浪路ではなく、千津の方であった。

自分のしどろに潤み切っている女体に浪路の舌先をはっきり感じた千津は火のような熱い悦びと恐怖の戦慄とで全身を熱病にかかったようにブルブル慄わせた。

ああ、浪路様の唇と舌が自分の汚れたものに――そう思うと名状の出来ぬ畏怖と羞恥とで千津はガタガタ慄えながら激しい啼泣の声を洩らした。

そんな千津の激しい狼狽をなだめるかのように浪路はゆるやかに舌先を使い、ゆるやかに首を動かせて鼻先で微妙にくすぐっている。

千津は生まれて初めて味わったこの感覚の息の根も止まるばかりの陰密な快感に咆哮に似た

鋭いうめきを上げ、陸に打ち上げられた魚のようにのたうち廻った。しかも、自分にそんな妖しい悦楽の思いを与えるのは浪路さま——これはこの世の出来事かとさえ思い、浪路に味わされる骨まで溶けるような快美感をまた浪路に伝えるかのように黐のように粘っこく熟れた浪路に千津は必死になって愛撫を注ぎこむのだった。

恐らく浪路さまの美しい顔面は敏感な体質の自分でしどろに濡れ汚れているかもしれない。しかし、ここに至ればもうどうしようもないのだ。自分達は淫獣になり果てたのではないか。何もためらう事はない、と千津は昂ぶる心に叫び立てながら狂ったような愛撫を続行し、腰部をもどかしげによじらせたりする。

自分達は今、魂を痺れ切らせて悦楽の法悦境をさ迷い合っているのだ。この陶酔が覚めた時はもはや生きてはいられまい、と千津はそんな血走った気持ちになっている。

(好きです、ああ、千津は奥様が好きっ)

千津は脳の中で狂おしく叫び立て、浪路を息も止まるほど愛撫すると、浪路は千津の両手で抱きとられた汗ばんだ両腿を激しく痙攣させながら千津の下で陰密なうめきを上げ自分もまた千津に激しい愛撫を加えて来たのだ。

ああっと千津は甲高い悲鳴を上げる。頭の中に朱色の光が交錯して千津は悦楽の頂上に追いあげられていき、気が遠くなりかけた。

熱くねっとりと舌先にからみつく浪路、蒸れた香料と小百合《さゆり》の匂いがからまったように甘美で濃厚な浪路の深い体臭――それらに酔い痴れる千津の脳裡は乱れに乱れて網膜の中には万華鏡のような鮮明な色彩がまたたき、過去の様々な風景が走馬灯《そうまとう》のように流動して来たりした。

千津の網膜の中に大鳥家の庭先で菊之助に剣術の稽古をつけていた浪路の冴え切って凍りついたような美しい横顔が幻のように浮かび上がって来る。共に凜々しく白鉢巻、白襷をかけて早咲きの桜の木の下に木刀を備え合う姉と弟との優雅で真剣な表情――その時千津の見た印象が今、美しい錦絵となって浮かび上がってくるのだ。すさまじいかけ声をかけ合って木刀を交え合い、その時、そよ風にあおられた乳色の桜がヒラヒラ降りかかって菊之助の前髪にも浪路の艶々しい島田髷の上にも降りつもり、芝居の一場面のような何とも美しいあの日の情景――

「おい、千津。どうした。しっかりせんか」

定次郎に背中を揺さぶられて恍惚と夢心地に浸っていた千津ははっと正気に戻った。

いつの間に失神してしまったのか、千津は甘い夢の中をさ迷っていたのである。

悦楽の頂上を極めて浪路の上で自分が絶え果てていた事に気づいた千津は耳も首筋も真っ赤に染めながらあわてて浪路から身を離し、畳の上に俯し、死にたくなるような羞ずかしさとみじめさに泣きじゃくる。

重四郎も定次郎もお銀達も大きく口を開けて笑っているのだ。

「どうやら本望を遂げたようだな、千津。御主人様をお前はそれ、あのように汚し奉ったのだ」

重四郎はゲラゲラ笑いながらお銀の持つ布で濡れた顔面を拭われている浪路の方を指さした。

人の字型に夜具の上へ縛りつけられたままの浪路は汚辱の余韻を告げるような熱い息を吐きつつ、固く眼を閉ざしたお銀の手で粘っこく濡れた顎や唇などを念入りに拭き取られている。

「千津って女中は本当に敏感な身体なんだね。こんなに潮を浴びせられて浪路さまもさぞ面食らった事だろうよ」

お銀がクスクス笑いながら火照った浪路の端正な頬を指で突いているのを見ると、千津は居ても立ってもいられぬ羞ずかしさに縮ませた膝のあたりをブルブル慄わせ、耐えられなくなったのか再び浪路の胸のあたりに取りすがりわっと号泣するのだった。

「奥様、千津はあまりの羞ずかしさに舌でも噛みたい思いでございます」

「何をいうのです、千津。二人はもう千鳥の間柄、そのような気づかいは変ではありませんか」

下からじっと千津の泣き濡れた顔を見上げる浪路の潤んだ瞳には欲情的な熱っぽい光がキラキラと滲み、千津の心をなごませるためか片頬に気弱な微笑さえ浮かべるのだった。

「でも、千津だけが――」

自失の狂態を示し、奥様は真の狂態を示さなかったという恨めしさを千津は告げたいのだろう。子供がすねたり駄々をこねたりするように千津は「嫌っ、嫌っ、千津だけがあんな羞ずかしさを奥様に知られるなど、嫌っ」乱れ髪を慄わせて浪路の胸の上に火照った顔を埋めながらすすり上げている。

どうせなら二人共に恥ずかしい絶頂を極め合い、悪鬼共の前もいとわず狂態を演じ合いたかったという恨みを千津は訴えたがっているのだ。

悪鬼共に相嘗めという言語に絶する屈辱の行為を強制されてもはや自分達は淫婦だ、身も心も溶け合わせて千鳥の契りを結ぶのだ、と浪路は千津に諭し、そして、自分も狂おしい身悶えと一緒に燃え上がり、身体をねっとり潤ませもしたが、それ以上の情感の昂ぶりはなく、どこかわずかに白々しい自意識を残しているような所がある。こんな淫鬼のような行為の中に投入していても何か犯し切れぬ武家女の芯の強さといったものを千津はふと感じ取ってもどかしさ、いら立たしさまで感じるのだった。

それは千津だけではなく、お銀やお春も気づいている。

「ちょいと、も一度、よく見せてごらんよ」

と、お春はまるで産婆が体調を調べるような調子で浪路へつめ寄り、手馴れたやり方でさすり上げ、熟した女体を調べ出す。

その間、浪路はさも辛そうに唇を嚙みしめながら固く眼を閉ざしているだけで、もう自分を捨て切ったような狼狽も反発も示さなかった。

「相手が女中だと真底から悦べないようだね、浪路さん」

お春がそういうと浪路は閉じ合わせていた長い睫毛を慄わせながら開き、悲哀の色を濡れた瞳に滲ませながら、

「浪路は真底から淫らな女になり切り、身も心も痺れるような思いに浸りました」

と、怖ず怖ずしながらかすれた声でいった。

「じゃ、どうして気がやれないんだい」

お春は顎をつき出しせせら笑うようにいった。

乱れた長い黒髪をもつらせている片頬を悲痛に歪めて浪路はお春より視線をそらせる。

ここまで生恥をさらさせながら、まだ飽き足らぬのかと浪路の胸に口惜し涙が充満した。

「こ、これほどまでに女をいたぶり抜きながら、何が、何が不足と申されるのですか。千津も浪路も今、畜生に似た浅ましい真似を演じたのです。これ以上の羞ずかしめがこの世にあるとは思われませぬっ」

と、浪路は耐え抜いていた火のような憤りがぐっと胸元にこみ上げて思わず高ぶった声を出したのだ。

「おやおや、浪路どのが激怒されたぞ。女中風情と相嘗めまでさせられてよほど、腹が立ったのだろう」

定次郎はふと柳眉をつり上げた浪路の怒気を含んだ凄艶な横顔を見ながら声を立てて笑った。

「しかし、浪路どの。そのように赤貝の中身までむき出して怒っても様にはならんぞ」

「それ、そんなに身を揉んで口惜し泣きすれば貝柱までフルフルと慄えるではないか」

進三郎と卯兵衛もふと反発を示して身悶えし、耐え切れず口惜し泣きする浪路を調子づいて揶揄するのだった。

「人間か、それでもあなた達は血の通うた人間か」

　つい今まで中身のない人形に化したよう浪路は悪鬼達のいいなりに屈辱と汚辱の浅ましい行為を死んだつもりになって演じていたが、彼等の異常な執拗さのため、発作的に自意識が蘇ったのだろう。肩先を慄わせて嗚咽しながら鬼畜にも似たこれらの連中をうめくように呪い続けるのだった。

汚辱花

「やむを得ぬな。浪路どのが大事な客人を前にしてこのように取り乱し、激怒してしまっては仕方がない」

　重四郎は浪路の状態を冷静に観察しながらいった。

「では、勘兵衛、駕籠の用意を致すから菊之助を紅ぐも屋へ運ぶがよい」

　重四郎が勘兵衛の方を向いてそういうと、とたんに千津も浪路もハッとしたように乱れ髪を垂らした頰を硬化させた。

「つまり、二人で演じたこれまでの努力が無駄になったというわけでござるな。菊之助は今日より紅ぐも屋で男娼として働く事になったわけだ」

菊之助を百姓町人相手の衆道遊びの稚児に仕上げるが、何しろ、あれだけの美小姓故、客はわんさとつめかけよう。たちまち尻の皮はすりむけようし、命とてもどこまで持つかおぼつかぬ、などと重四郎は浪路と千津のおびえ切った顔を面白そうに見つめていった。

「お、お待ち下さい。菊之助様の身代わりになって手前共は紅ぐも屋へ参る決心をしたのです。今になって、約束を反古《ほご》にされるとは、あ、あまりでございます」

と、千津は涙ぐみ、重四郎に声を慄わせていった。

「その言葉はそのまま浪路どのに聞かせた方がいいぞ。千津。二度と我々に敵意を抱かず、娼婦に成り切ると誓いながら何だ。我々をまたけだもの呼ばわりしたではないか。約束を反古にしたのはそちらなんだぞ」

重四郎がわざと吐き出すようにいうと千津は頬をねじらせたまま嗚咽している浪路に取りすがるようにしながら、

「奥様、重四郎様に謝って下さいまし。二度と怒りを現さぬ事を誓って下さいませ。菊之助様がそのような事になれば、私共のここでさらした生恥は——」

何の役にも立たぬ事になる、と、すすり泣きながら諭すようにいうのだった。

つい今しがたまでは浪路に因果を含まされ、人間の恩讐を一切断ち切る事を諭された千津だったが、今はその立場を変えた形になっている。

「菊之助様をお救いする事だけが私共に残されたつとめではありませんか。怒りを抑えねばなりませぬ、奥様」

　と、千津が必死な気持ちで諭すと、浪路は切長の眼尻より大粒の涙をしたたらせて、

「千津、よくいって下さいました。人間の恩讐を千津に捨てよといいながら自分ではまだ捨て切れぬ浪路は、未練で卑怯な女。もう二度と人の心は持ちませぬ」

　と、唇を慄わせていい、心にふん切りをつけたようさっと乱れ髪を横に打ち振りながら重四郎の方へ濡れ光った黒い瞳を向けた。

「重四郎様。お、お許し下さい。もう二度と毒づくような真似は致しませぬ。何卒、菊之助だけは――」

　お救い下さい、という言葉は涙で喉がつまり、はっきりと声にならなかった。

「本当に生意気な雑言《ぞうごん》は吐かぬと誓われるのだな」

「誓、誓います」

「では、今一度、千津に我が身を責めさせ、この場で見事に極楽往生をして見せるのだ。次は張形責めと参ろうではないか。どうだな、浪路どの」

「――」

「これこれ、返事はどうした、浪路どの」

　苦しげに眉根を寄せて、火照った頬を再び横にねじった浪路を重四郎は痛快そうに見つめながらいった。

「ハ、ハイ」

と、さも哀しげに固く眼を閉じて消え入るように浪路がうなずいて見せると、重四郎も満足げにうなずき、

「お春、それでどうだ」

と、直接、浪路に毒づかれた娼婦のお春の方を見た。

「それ位じゃまだこの武家女の鼻っ柱をへし折る事は出来ませんよ。淫婦になり切ると自分の口ではっきりいってるじゃありませんか。なら、もっと淫婦らしい真似事をさしてやった方がいいと思いますね」

と、お春は不服そうに口をとがらせた。

そうだ、こんなのはどうだいお春、とお銀が含み笑いをしてお春の耳に口を寄せた。

「そいつは面白そうじゃないですか。おかみさん」と、お春は吹き出し、

「じゃ、浪路さん、その要領は私が教えてやるからね。千津を上手に仕事させなきゃ駄目だよ」

といって浪路の耳に口を押しつけ、クスクス笑いながら小声でささやいた。

「ああ、そ、そのような――」

浪路はお春の言葉を聞くと、青竹の足枷につながれた二肢をよじらせて苦悶の表情を見せた。

「大してむずかしい事はないじゃないか。一度、熊造さん達にしてもらって悩ましい肉ずれの音を聞かせたろ。あれをここにいる勘兵衛さんにお聞かせするだけの事さ」

売りものの値打ちを音出しで宣伝するというわけさ、淫婦らしい売りこみ方というものじゃないか、と、お春はのけぞるように横へそむけた浪路の熱い頰を指ではじいていった。

千津もお銀にその淫ら責めの要領を聞かされたのだろう。思わず両手で耳を覆い、その場に俯したまま恐ろしさと羞ずかしさに激しく首を振っている。

「いいね、浪路さん。千津と協力し合ってうんと悩ましいせせらぎの音を勘兵衛さんに聞いて頂くんだよ。音出しがうまく出来なきゃ菊之助は紅ぐも屋へ連れて行かれるんだからね」

お春は嗜虐の悦びに胸を痺れ切らせて浪路に再び浴びせかけるのだ。

「たっぷり自分も楽しんでそのまま極楽往生すりゃいいんだよ。そうすりゃ菊之助は助かるという寸法さ。わかったね、浪路さん」

浪路が声を上げて泣き出すと、お春は口元を歪めて、

「何だい。たかが女中と相嘗め位で、これ以上の羞ずかしめがこの世にあるかなんてよくいえたもんだよ。紅ぐも屋へ連れて行かれりゃ、もっと辛い責めがいくらだって待っているんだ」

ちょいと泣いていちゃわからないよ、千津を誘いこんでそいつをやってのけるのかい、それとも菊之助を紅ぐも屋へ運ばせるのかい、はっきり返事しなよ、と、お春は邪険な声を出した。

「わ、わかりました。おっしゃる通りに致します」

激しい嗚咽の声と一緒に浪路が唇を慄わせていうと、

「やる気を起こしたようだよ、健作さん。太巻きの用意をしておくれ。それから姫泣き油をもっとたっぷり持って来ておくれよ」

と、お銀ははずんだ声を出す。

「千、千津」

「ああ、奥様」

再度、二人は互の決心を求め合うように涙をねっとり浮かべ悲哀の翳りを帯びた瞳と瞳を見合わせた。

「今度こそ、浪路は本当に淫婦になって見せますわ」

ここにつめ寄る悪鬼達に反逆するたった一つの方法はこの連中の期待する娼婦の淫らさを発揮するより他にないのだと浪路は覚ったのだろう。冷酷なばかりの邪悪な淫婦になり切る事だけがこの悪鬼に立ち向かう方法なのだと浪路には捨鉢めいた覚悟が生じて来たのだ。

「そら、このすり鉢に入っているのが姫泣き油、こいつがずいき巻きの太筒だ」

と、健作が責め道具を千津の膝元に用意すると浪路はすぐに長い綺麗な睫毛をうっとり閉じ合わせていきながら、

「さ、千津。浪路に油を塗って、うんと優しく――」

誘いこむような甘い声音で千津にささやきかけるのだ。

「千津も、千津も、奥様に負けない淫婦にきっとなって見せますわ」

と、千津も挑みかかるような悲痛な声音でいい、すり鉢の中身を指先に一杯掬いとるとぴったり浪路の肌に寄り添い、片手でいたわるように浪路をさすり上げ、微妙な優しさをこめて塗りこめていく。

浪路はそのおぞましい油が柔らかい肌に触れたとたん、ゾクッとしたように枕の上へ乗せ上げられた双臀を慄わせたが、その感触を快美として受け入れようとするのか、官能味のある太腿をすねてもがくようにうねらせるのだ。

「もっと、もっと、沢山塗って——」

「ハ、ハイ」

千津は再び、すり鉢の中身を指で掬い上げ、なぞるようにして塗り始める。

「このようなやり方でいいのでございますか、奥様」

「もっと、深くにまで——ああ、千津、手かげんなどしてはなりませぬ。浪路が声を上げて泣き出すまで塗りつけるのです」

体内の潤みと溶け合ってそのおぞましい油は効果を発揮し始めるのか、浪路は腰骨までが溶け出すようなむず痒さを感じ出し、それは官能の甘い疼きを誘発してたちまち浪路は全身汗ばむほどの興奮を示し出したのだ。

「続けて、千津。この浪路をとろとろに溶かすまで、続けて下さいっ」

浪路はこのむず痒さを更に激烈なものにして我が身をさいなみ、自分が人間である事すら忘却しようと必死になっている。

「奥様、千津ももう容赦は致しませぬ」

奥深くまで塗りつけられた浪路が露わな生々しい悶えを見せ始めると、淫婦同士が相討つのだといった昂ぶった気持ちで千津はまたもやたっぷり指に油を掬いとる。

「あっ」

と、浪路は絶息するような鋭い悲鳴を上げる。

「千、千津っ、そ、そこは嫌っ」

「いえ、千津は淫らな鬼。情け容赦は致しませぬ」

千津は狂人めいた眼で緊縛された裸身をのたうたせる浪路を凝視しながら菊花の可憐な蕾にまで塗りたくる。どちらが責めてどちらが受けているか、もはや判別することもかなわない。受身に廻っていた千津が自分は淫の鬼だといって出れば浪路は激しい啼泣を洩らしながら責められる強烈な汚辱感にガクン、ガクンと腰枕の上の双臀を上下に揺さぶり出すのだ。

浪路はもう自分の意志ではどうにもならない官能の荒波に揉み抜かれ、千津の細い華奢な指があやかしの二つの華を愛撫すると心臓が緊めつけられるような切ない、そして狂おしい快美感にのたうち廻るのだった。

奥深く塗りこまれた特殊な油はますます効力を発揮して浪路の腰骨から背骨あたりまではジーンと痺れ切り鋭い焼けつくような痒みで脈打ち、千津の眼にもお春の眼にも浪路の官能の芯は完全に燃焼したという風に映じるのだった。

「フフ、さっきと違って今度は本物のようね。千津、早くその太筒を奥様に呑みこませるのよ」

と、お春が素早く責め具を千津の手に握らせる。

「この調子ならすぐに昇りつめてしまうからね。そうなりゃ面白くない。ゆっくり出し入れしてなるたけ長く羞ずかしい音を響かせてやるのさ」

お銀とお春は荒々しく喘ぎ続ける浪路の左右へ躙《にじ》り寄り、

「さ、浪路さま。これから名器の音出しにかかろうじゃありませんか。千津の手管でそこにいる勘兵衛がニタリとするような悩ましい音を響かせるんだよ」

といい、どれ、少しでも気分が乗っていい音が出せるよう、おっぱいを揉んであげようか、と二人は浪路の麻縄に固く緊め上げられている溶けるような情感を持つ美しい乳房に左右から手をかけた。浪路の乳房を緊め上げているどす黒い麻縄も浪路の汗を吸って濡れしめっている。

「それでは千津、始めろ、一旦、吸いつけば離れぬという名器は興奮の極に達せば悩ましい音をかき鳴らすという。筒具を使うこつは浪路どのの口からじかに聞き出すがよかろう」

と、重四郎はいい、進三郎や卯兵衛などの門弟と一緒に腹を揺すって笑い合った。

汗と涙

女主人を責める腰元——それを酒の余興にして浪人達も娼婦達も手をたたき、笑いこけている。夜具の上に人の字型に縛りつけられた素っ裸の浪路、それを筒具で責める千津も素っ裸であった。

浪路は汗と涙でしどろに濡れた頰に乱れ髪をべったりからみつかせながら荒々しく喘ぎ、千津、ああ、千津、とうわ言のように半開きになった口から呻き続け、そんな浪路の女の部分を懸命になって責めたてる千津も額にねっとり脂汗を滲ませて、奥様っ、ああ、奥様っ、と激しく泣きつつ叫び立て、強く押して出したり、小刻みに動かしたりをくり返している。

先ほどまではどこかにまだ心の抵抗があった浪路も姫泣き油を塗りつけられ、その効果が現れるのを待って遮二無二、千津に責められてはもはや耐え切れず、激しい嗚咽とすすり泣きの声を折り混ぜながら火柱のように燃えさかった肉体をのたうたせるようになる。麻縄で後手に縛り上げられた上半身を左右によじり、開股に縛りつけられている熟れた肉づきのいい両腿をくねくねとよじらせながら進退窮まったような激しい啼泣を洩らすのだった。そこはもう焼けつくばかりの熱さでじっとり濡れ、甘美な肉層が濡れた真綿のように熟すのを待って千津は健作に手渡された淫らな筒具を攻撃に切りかえたのだが、それからの浪路の昂ぶりようは更にすさまじくなる。

「ああ、千津、浪路は、浪路はもう気が狂いそう――」

奥歯を嚙み鳴らして浪路はうめいたが、それが深く塗りこめられた油と樹液に溶け合って筋肉の震動を伝えて来ると、千津も羞恥の恐怖の衝動に打ちのめされそうになったが、浪路の狼狽ぶりはすさまじいほどだった。

「嫌っ、ああ、千津っ、そ、そのような羞ずかしい思いを――ああ、許してっ」

と、あまりの屈辱感に浪路は狂気したように激しく左右に首を振った。

浪路が淫鬼共の計略にかけられてそのように羞ずかしい肉ずれの音を搔き立てられ、泣きわめくようにして悶えると、それは一層、淫猥な姿態を露骨にさらす事になる。

周囲を埋め尽す悪鬼達の中からは吐息と興奮が渦巻き、勘兵衛などは涎まで流し、魂も奪われたようなとろんとした眼つきを注ぎかけているのだった。

「ハハハ、浪路どの。何もそううろたえる事はない。何よりもそれが女であるという証拠だ。もっと羞ずかしい思いを味わい、女だてらに刀を振り廻した事をよく反省される事だな」

重四郎は千津に搔き立てられて激しい狼狽を示す浪路を見ると腹を揺すって笑った。

「千津、手かげんしてはならんぞ。浪路どのが昇天するまでもっと派手に責めたてろ」

と、定次郎も笑いながら筒具を使う千津に声をかけた。

浪路を責めたてる千津は何かにとり憑かれたように必死な形相になっている。悪鬼どもの命じるままに淫獣となってこうしなければ菊之助は救われぬのだと自分に残忍なものをけしかけながら浪路を落花無残に責めたてながら、いつしか千津は官能の法悦境の中へどっぷり浸り始めるのだった。

奥様、ああ、奥様、お許し下さいまし、と激しく泣きつつ浪路の心を引きさらい、自分の中へ引きこもうとするかのように千津は半ば自棄になって浪路を責めさいなみ、微妙な肉の響をますます露わなものにさせていく。

「まあ、よく平気でそんな羞ずかしい音を響かせるもんだ。これで由緒正しい武家の妻というのだから笑わせるじゃないか」

などと娼婦のお春は甲高い声で笑いこけたが、官能の炎に身を焼き尽されてしまっている千津と浪路にはそんな嘲笑や揶揄などもう気にはならなくなる。千津は気持ちを顛倒させて嗜虐の鬼に化したように一途に責め、浪路は被虐の奴隷になったように狂おしげな悶えをくり返し一途に燃え上がっていくだけであった。猫が舌鼓して油を嘗めるような我が身の羞恥の響ははっきりと浪路の耳にも聞こえ、そのたびに浪路は燃えるように真っ赤に染まった頬をひきつらせながら、兼っ、兼っ、兼っと悲鳴に似た声をはり上げ、左右に割り裂かれた熟れ切った優美な太腿をガクガクと慄わせている。

　そんな浪路の狂態をほくそ笑んで見つめている重四郎は、

「これが一刀流を用いる女剣客、戸山浪路どののなれの果ての姿だ。皆んなよく見ておけ」

　と、そばに坐る門弟達の顔を楽しそうに見廻していうのである。

「ハハハ、浪路どの。それ以上、辛い羞ずかしい思いを味わうのが嫌なら千津の手管で気をやって見せるのだ。情欲に溶けただれたうんと色っぽい顔を見せて頂こう。我々も浪路どのの美しい乱れ顔を見るのがたのしみだ」

　重四郎は茶碗酒を一息に飲み乾してギラギラする眼を注ぎかけながらいった。

「奥様、そうするよりこの羞ずかしさから逃れる方法はありませぬ。ねっ、奥様」

　千津は額からタラタラ汗を流しながら激しい息使いと一緒にいった。

　浪路をこの息の根も止まるような羞恥地獄より救うには浪路の肉体を崩潰させるより他に手段はない。浪路の果て知れぬ辛さ、苦しさをひと思いに楽にしてやるためには自分が嗜虐の鬼となって浪路に淫情のとどめを刺すより方法はないのだ。そう思うと千津は更に自分の悪鬼の心を振るい起こさせ、

「さ、奥様、思いを遂げて下さいまし。そして、この苦しさから早く逃れて下さいまし」

　と、必死になって声をかける。

　せっぱつまった浪路は汗ばんだ富士額を苦しげに歪め、荒々しく喘ぎながらうなずいて見せ

るのだ。そして、一段と千津が激しさを加える張形責めに腸が絞られるような響をたてさせつつ、うっ、うっ、と絶息するようなうめきを洩らすのだ。

浪路は千津の責めの矛先をもう先ほどからしっかりと包みこんで強い収縮を示している。その一旦咥えれば離さぬといった浪路の粘りのある強い吸引力には千津も驚くのだった。それが浪路さまのものだとはふと信じられない位の貪欲な吸引力――黐のような粘っこさでねっとりからみつく浪路の柔らかさや、時折無意識に発揮する強い緊迫感など、それを感じるたびに千津は魂が溶けるばかりの官能の疼きと悲哀を感じるのだった。浪路のしたたらせる熱湯のような樹液はまるで堰を切ったようにとめどなく、すると千津はこうまで奥様が自分の手管で肉を燃やしてくれたという悦びと恐れが交錯してあとはもう野となれ山となれの血走った気持ちで一気に追い上げようとする。

浪路も自分を淫情に崩潰させるべく、千津の攻撃の中に身も心もすっかり投げ入れていくのだった。受身に立つだけではなく浪路は左右につながれた優美な二肢をくなくな揺さぶり、その昂ぶりようは言語に絶するものとなった。

お銀と娼婦のお春はそんな狂態を示す浪路の左右につめ寄って、含み笑いしながら、

「どうしたの、まだ気がやれないのかい、浪路さん。いつまでもそんな羞ずかしい音を響かせるのは辛いだろ」

などとからかったが、悲鳴に似た啼泣を洩らして人の字型に縛りつけられた熟れた裸身を狂

気したように悶えさせていた浪路は、我を忘れ、

「乳、乳房を揉んで下さいましっ」

と、ひきつった声で叫ぶのだ。

お銀とお春は顔を見合わせ、ほくそ笑んだ。浪路が自分を打ち砕くために必死な気持ちになっている事を知ってお銀は口元に薄笑いを浮かべる。

「よし、よし、じゃ、手伝ってあげるよ」

麻縄をきびしく巻きつかせている汗みどろの浪路の乳房をお銀とお春は左右から二つの掌に包みこむようにしてゆるやかに揉みほぐすのだ。

「いいおっぱいだねえ、浪路さん。形もいいし、溶けるように柔らかいし——」

それに感度もいいようだしとお銀とお春はクスクス笑い合いながらその薄紅い乳頭にも粘っこい口吻を注ぎかける。

二人の女に乳房を巧みに愛撫される事によって浪路の情感はまた急速に昂ぶり、緊縛された汗みどろの上体をのけ反らせながら、うっ、ううっ、とむせ返るようなうめきを上げた。

「さ、千津さん、奥様はもうすぐ極楽往生だよ。休まず責め立てないか」

浪路の波打つ乳房を激しく揉み上げながらお春も息をはずませて千津の方を向き、叱咤するようにいった。

熱病に冒されたようにガクガク全身を慄わせ、言葉にならないうめきを上げつづける浪路の

火照った頰にお銀は頰を押しつけるようにして、

「どうなんだい、浪路さん。もうそろそろ往生しそうかい」

と、乳房を揉む手を休めずに声をかけると、のっぴきならぬ状態にまで追いつめられている浪路は夢うつつにうなずいて見せている。

そして遂に千津の押して出る責めの矛先に快楽源が突き破られ、あられもなき狂態を示さねばならぬと知覚した浪路は火のような喘ぎと一緒に、

「千、千津。浪路は、もう、もう駄目ですっ」

と鋭くうめき、つづいて哀切極まりない声で、

「お、お願い、千津。生恥をさらす浪路を笑わないでっ、笑わないと約束してっ」

と叫んで激しく泣きじゃくるのだった。

浪路に徹底した筒具の責めを加え、浪路の身も心も官能の嵐に巻きこんでいる千津も激しく泣きながら、奥様っ、と叫び、心を鬼にして責め立てる。


浪路は断末魔のうめきを上げた。無様で浅ましい自分の狂態を千津の眼前にさらす恐怖と羞恥が一瞬、浪路の胸を緊めつける。淫情に破れるならばせめて千津と一緒に極めて、自分だけのみじめな姿を千津に知られたくない。しかし、もう耐えようがなく、浪路の下腹部はかっと火照り、名状の出来ぬ疼くような快感がそこから背骨にまで貫いたのだった。

「ああ、千津っ」

と、浪路は鋭く叫び、稲妻に打たれたように後手に縛り上げられた上体を再び、ぐっとのけぞらせた。左右に割り裂かれてつながれている官能味のある浪路の太腿が張り、次に断続した痙攣を示す。その瞬間、浪路の熟し切った女体が息づまるほどの強さで悦楽の発作をはっきりと千津に伝えて来るのだ。

「奥様っ、許して、許して下さいまし」

千津はようやく我に返ると見てはならぬものから逃れるようにさっとそれから視線をそらし畳の上に泣き伏した。

「何も泣く事はないじゃないか。お前さんの努力の甲斐があって浪路さまはとうとう極楽往生を遂げて下さったのだよ」

お銀は泣き伏す千津に笑いながら声をかけ、汗でしどろに濡れたうなじを大きくのけぞらせながらじっと眼を閉じ、半開きにした唇を今だに慄わせている浪路の熱い頬を指で小突いた。

「どうだい、浪路さま。気をやる事が出来て、すっきりして天に昇る気持ちかい」

浪路は熱っぽい喘ぎをくり返しながら消え入るような羞ずかしさで小さくうなずいて見せるのである。べっとりと汗ばんだ面長の柔媚な頬に長びいた乱れ髪を煙のようにもつらせながら、悦楽の余韻に喘ぐ浪路の横顔は凄艶なばかりの色っぽさで、重四郎達ばかりではなくお銀もお春も溶けたような気分になる。

「ぞくぞくするような色っぽさだよ。さ、はっきり千津に顔を見せておやり」

お春は泣き伏している千津を浪路の顔の方へ追い立てるようにする。そして、がっくりとして横に伏せようとする浪路の火照った両頬に手をかけて無理やり正面に向けさせるのだった。

浪路はすすり上げながら千津が近づいて来たのに気づくと薄く閉じ合わせていた長い睫毛を気弱にそっと開いた。情欲に溶けただれたような浪路のとろりと潤んで、しかも熱っぽく、妖しい色香をジーンと滲ませた瞳で見つめられた千津は金縛りに合ったような気になる。ただ切なげに喘ぐだけで浪路はしたたるような情感をこめた粘っこい瞳で千津をじっと妖しく見つめているだけなのだ。

「みんなの前でまた赤恥をさらした御褒美に浪路様の舌を吸っておやりよ、千津」

と、お銀がクスクス笑いながら千津の背中を強く押して浪路にかぶせかけようとする。

「奥様っ」

と、胸の内に燃えたつものを浴びせかけるように千津は激しく浪路の肩にしがみついた。

千津に強く抱きしめられた浪路は翳りを帯びた長い睫毛をうっとり閉じ合わせていきながら貪るように押しつけて来る千津の唇にぴったり唇を重ね合わせる。

千津は娼婦や浪人達の嘲笑など無視して浪路の甘美な舌先に舌先をからませ、無我夢中になって吸い上げると、

「もう奥様は私のものでございます。ね、そうでございましょう。そうだとおっしゃって」

と、激しく泣きながら浪路の熱っぽい頬に自分の激情をぶつけるかのように強く頬をすりつけるのだった。

浪路はもはや千津に魂をすっかりゆだねてしまったように、じっと薄く眼を閉ざしながらされるがままとなり、再び、千津が唇を求めればためらわず顔を向け、甘えかかるように唇を合わせ千津の口中に深く舌先を差し入れるのだった。

「では、お千津さん。ちゃんと浪路の後始末をしておやり」

浪路とこういうつながりになって感激に酔い痴れ、夢うつつになっている千津を面白がってお銀とお春はまた千津の肩に手をかけ、浪路の下腹部の方へ引き戻す。

千津は悪鬼共の邪悪な強制にも逆らう気持ちを喪失していた。

お銀にチリ紙の束を無理につかまされると女達の命じるまま淫情に破れたあられもない浪路の身体を清めにかかり、浪路もまた千津のそんな行為に対してためらいや羞ずかしさを示す気力を喪失している。

青竹の両端に両足首を固く縛りつけられて左右にピーンと張った優美な下肢をわずかにくねくねと甘くうねらせるだけで、浪路は千津の行為を固く眼を閉ざしたままで甘受しているのだ。

淫らな責めで崩潰を示した浪路のそれは妖艶な感じさえする生暖かい繊毛まで濡らして容易にやまぬ悦楽の余韻を伝えていたが、千津はシクシクすすり上げながら優しさをこめて念入りに浪路の濡れた身体を拭い出すのである。

「千、千津――」

浪路は千津の行為を受けて美しい眉根をふと哀しげに曇らせながらわなわなと小さく唇を慄わせていった。

「とうとう千津と浪路はこのような間柄になったのね。お願い、恥知らずになってそのような事まであなたにさせる浪路を笑わないで。笑わないでね」

そういって浪路の固く閉じ合わせた切れ長の眼尻より熱い涙がスーと一筋、したたり落ちた。

「いいえ。千津は、千津は幸せでございます。もうこれで奥様と千津は千鳥の間柄。奥様と御一緒なれば千津は地獄の底の底までもお伴致します」

千津も声を慄わせていった。

今、自分の手で悦楽の頂上を極めた浪路のそれが今また自分の手で清められている――千津は全身、揉み抜かれるような恍惚の思いに浸っているのだ。千津はもうためらいもこだわりも感じず、自分と千鳥の間柄になった浪路の女をはっきり自分の眼に焼きつかせようとして、生暖かく悩ましく浪路の濃密な繊毛をそっと掌で撫で上げるようにし、内部を露わにさせていく。

縦長の婀娜っぽい女の亀裂がくっきりさらけ出されても、浪路はもはや狼狽を示す事はなく、千津に命を預けてしまったよう、固く睫毛を閉じ合わせ乱れ髪の一筋を口に噛みしめたまま身動き一つしなかった。

第十八章　淫らな記憶

女の嫉妬

身も心も完全に打ち砕かれて千津に薄紙で始末されている浪路を眼にすると、重四郎やその門弟達はニヤニヤして更に身を寄せつけて来る。

「どれ、拙者共も往生遂げられた浪路どのの身体をとくと見分させて頂こうか」

勘兵衛、もっとそばへ寄らんか、と重四郎は笑いながら勘兵衛の手をとるようにし、浪路の開股縛りにされた下腹部のかたわらに坐らせるのである。

「どうだ。浪路どの、親の仇である熊造達に凌辱され、今また女中の千津と千鳥遊びまでさせられてはもはや立つ瀬はあるまい。武家女の面目など木端微塵ではないか」

こうなれば紅ぐも屋の女郎にでもなるより致し方あるまい、と重四郎は酒に酔った調子で笑い声と一緒にわめき立てるのだったが、浪路は哀しげに固く眼を閉ざしているだけで無視したように一言も口をきかなかった。

そんな浪路がふと小憎らしくもなったのか重四郎は更につづけて、

「では、この場でも一度、我々に詫びを入れて頂こう。ここには門弟の卯兵衛や進三郎も顔を見せておる。女だてらに当道場で大暴れした事の詫びを最後に入れるのだ」

と、がなり立てた。

こんな風な要領で御門弟衆に詫びを入れるんだよ、と、娼婦のお春がまたしゃしゃり出て打ちひしがれている浪路に教え始めると、

「待って下さい。もうこれ以上、奥様にむごい仕打ちはなさらないでっ」

と、千津が耐えられなくなったように泣き濡れた顔を上げ、お春に喰ってかかった。

「千津、もう浪路をかばうような真似をしてはなりませぬ。浪路は覚悟をきめているのです。おっしゃる通り、重四郎様の門弟の方々にも詫びを入れるつもり、さ、外れかかった枕をしっかり腰に当てて下さい」

薄く眼を閉じながら浪路は観念し切ったような冷たい横顔をそよがせていった。

すすり上げながら千津が浪路に腰枕を当て、浪路のその溶け潰れた中心部を更に露わにさせると、お春の指示に哀しげに眼を閉ざしたままで小さくうなずいて見せていた浪路は、

「千津、さ、浪路の女をもっと露わにして重四郎様を始め、御門弟衆にお見せして」

と、横に頬を伏せたまま小さく唇を慄わせていうのだった。

これ以上、淫らであられもない姿があろうはずはなく、千津は浪路の悲哀のこもったねだりの言葉を聞いて、おびえたような表情になる。

「ど、どうせよとおっしゃるのでございます、奥様」

「もっと、もっと羞ずかしい女の姿を御門弟衆にお見せするのです」

と、浪路はふとまた情感が迫って来たように小さく喘ぎながらいった。

「でも、こ、これ以上の――」

女として羞ずかしい、あられもない姿があろうか。千津はおろおろするばかりだったが重四郎は笑いながら千津に声をかけた。

「参考までに拙者の門弟へ浪路どのは女剣客の身体の構造を見せてやると申しておるのだ。女だてらに一刀流を用い、道場荒らしまでした浪路どのの女の奥部をもっとくわしく見たいもの。さ、指先を使って浪路どのの城門をもっと押し広げい」

千津は泣きながら、嫌っ、嫌でございます、と首を振った。自分の眼の前にこれ見よがしに赤貝むき身にさせるなどそのような真似がどうして出来ようか。

「千津、浪路はもう身も心も破れ果てたのです。浪路をもう女と、いえ、人間と思うてはなりませぬ」

さ、重四郎様のおっしゃる通り、浪路をもっと羞ずかしめ、辛い思いを味わわせるのです。

そして、御門弟衆に対しての、浪路の詫びを入れさせて下さい、と、浪路は固く眼を閉ざしたままですすり上げながらいった。

「お前さんがどうしても出来ないってのなら、私達がしてやるよ」

と、お銀とお春は、邪魔だ、のきな、と千津を突き出すようにし、開帳縛りにされている浪路の下腹部を左右から挟みこむようにして坐りこんだ。

「ああっ」

千津はお銀とお春の両手が無造作に浪路のその部分に触れていくとまるで自分の女の部分を汚されたような悲鳴を上げ、両手で眼を覆った。

「さ、浪路さま、進三郎さんと卯兵衛さんに詫びを入れるんだ。そして、二度と敵意を抱かぬ事を心から誓うんだよ」

ああもいえ、こうも誓えと酒気を帯びたお銀とお春は心身ともに屈伏の状態にある浪路に声をかけ、汚辱のとどめを刺そうとするのだ。

「進、進三郎様。卯兵衛様。さ、もっと浪路のそばにお寄り下さい、浪路の身体をくわしく御覧になって下さいませ」

浪路はすっかり自虐的になり、お春に命じられるまま自分を捨てて唇を慄わせている。

進三郎と卯兵衛が好色な笑いで片頰を歪めながら浪路の女の中心部に眼を近づけていくと、

「女だてらに道場荒らしを働き、お二人にお怪我までさせたる事、心よりお詫び致します。こ、これよりは心を入れかえ、剣の修業を色事の修業に切りかえ、殿方に可愛がられる女に立ち戻るつもりでございます」

と、嗚咽とも喘ぎともつかぬ声で浪路ははっきり口に出していうのだった。そして、左右に割れた両腿の表皮をくすぐるようにしたり、そそり立つ濃密な繊毛を撫で上げるようにしながら挟みこんでいるお銀とお春に浪路は情感の熱気を潤ませたキラキラする黒瞳を向け、

「さ、浪路の女をもっと露わにして、進三郎様と卯兵衛様の眼にさらして下さいませ」

と、甘えかかるような口調でいうのだった。

「そう、そう。そういう風に女郎らしく色仕掛けを折り混ぜて詫びを入れるのさ。さ、こうしてあげるからね」

お銀とお春は淫猥な笑いを口元に浮かべながら二人で同時に指先を使い、思い切って押し開いていく。

「こっちはまるで浪路さんのお産を手伝っているようなものだね」

などとお銀はのぞきこんでいる卯兵衛達に話しかけて笑い出し、無残な位に浪路の小高い丘の谷間を生々しく広げていくのだった。

落城した城門が敵兵の手で大きく開門され、内部の状態をくわしく検閲されるようなものだが、敗軍の将である浪路は火照った頰を横に伏せて固く眼を閉じたまま、何の反発も狼狽も示さなかった。

「どうだい。幾度見ても綺麗だねえ。それに生娘みたいに初々しいじゃないか。そら、この蕾の可愛い事。とても男相手に大立廻りを演じる女剣客には思えないよ」

ね、進三郎さん、よく見ておやりよ、と、浪路の臓物に至るまでむき出しにさせたお銀は薄

笑いを浮かべて貪るような視線を注ぎ入れている。進三郎にも語りかけている。

「正しく見事な割れ口を持った女だ。これでいながら女とは思えぬ絶妙な太刀さばき。子供一人連れただけで仇討ちにやって来た度胸など、全くもってあっぱれ、あっぱれ」

卯兵衛は女二人に開かれ、幾重もの熟した女体を露わにさらしたまま、ぐったり横に顔を伏せている浪路に向かってからかうようにいった。

「しかし、我々のように日頃、宿屋女郎のすり切れたものばかり見ている眼で見れば、これは正に名品でござる。さすが、青山五万石の剣術指南、戸山主膳の御妻女だ。名門の若妻らしく開いた体にも気品があるではないか」

などと進三郎もからかって周囲につめかける男達をゲラゲラ笑わせている。

夫の戸山主膳の名を耳にすると、死んだようにぐったり横に伏せている浪路の頬が悲痛なばかりに歪むのだ。

国元で自分の帰りを待つ夫の主膳はよもや自分が親の仇である熊造、伝助の両人に凌辱の限りを尽され、しかも、不良浪人達の手でこのような言語に絶する羞ずかしめを受けているとは夢にも思ってはいないだろう。

よいか、菊之助は殿の御寵愛を受けている小姓だ。万一の事があってはならぬぞ。くれぐれも注意するように、と浪路は夫の主膳にもいい聞かされていたのだ。菊之助に万一の事があれば大鳥家は断絶する事になるとそれも夫の主膳に忠告されている。それ故に浪路は我が身は八つ裂きにされるような羞ずかしめを受けても、時を稼ぎ、何とか菊之助の命だけは守り抜こうと、それに自分を賭けているのだ。

　もとより、自分はもう死んだも同然として浪路は人間の意志を投げ捨てている。自分一人が敵に捕われたならばとうに舌を噛み切って自害出来ていたのにと思うと、ふと、菊之助が恨めしくなる事すらあった。

「ちょいと、浪路さん。どうしたんだよ、急にしょんぼりしちゃってさ」

「もっとお色気をたっぷり含んで詫びを入れなきゃ駄目だと教えてやっただろう。さ、こんな風にいってごらんよ」

　と、お銀とお春はふと口をつぐんだ浪路に対してゲラゲラ笑いながら浴びせかける。

「進三郎様、卯兵衛様、もっと近くに眼を寄せて浪路の奥の奥まで御覧になって下さいまし」

　すっかり自虐的になって浪路はお銀に指示された通り、左右に割れた妖しい官能味を持つ雪白の両腿を挑発的にうねうねと悩ましく悶えさせて見せた。

「こ、これが道場破りを働いた浪路の女の中身でございます。さ、うんとお笑いになって下さい。うんと淫らな言葉を投げかけて下さいまし」

　そして、自分のそうした自虐の言葉に汗ばむほどの被虐の情感が昂ぶって来たのか、浪路は熱っぽく喘ぎ出し、左右より両腿を押さえこむ二人に、もっと、もっと、開かせて下さいまし、とうめくようにいったり、喰い入るように凝視している進三郎達に向かって、さ、何なりとお好きなようになさって。どのように淫らな真似をなさってもかまいませぬ、と喘ぎながらいったり、浪路は何かにとり憑かれたような狂態を示すのだった。

「奥様っ、気をたしかになさって下さいまし」

千津は浪路があまりの屈辱感に耐え切れず乱心したのだと感じて、うろたえながら揺れ動く浪路の肩先にとりすがる。

重四郎はニヤリとして定次郎の顔を見た。

「どうやら浪路は身も心も我等に屈伏したという感じではないか。この分では紅ぐも屋へと運びこんで充分、商売になりそうだ。勘兵衛の顔を潰す事もあるまい」

重四郎が含み笑いしながら小声でいうと定次郎も片頬をくずしてうなずいて見せた。

「とにかく女剣客というのが気にかかるが、稀代《きだい》の美女である事はたしかでござるからな。一日、五両で勘兵衛に貸しても高くはありますまい。しかし、これだけの美女を七日後に処刑するというのは何とももったいない話ではありませんか」

もはや、仇討ちの事など全く断念しているのだから、出来るだけ長く生かしておき、千津や菊之助共々、紅ぐも屋で働かせば一財産出来ると思われますが、と定次郎は無念そうにいうのだったが、

「今さら、そうもなるまい。三五郎親分に約束してしまった事だからな。実に見事な核を持つ女だと浪路の事を話してしまったのだ。それに菊之助の美小姓に似合わぬ見事な一物の事もな」

「やっぱり、松茸、赤貝の焼酎漬けでござるか」

定次郎は微苦笑していった。

「そら、定次郎、見てみろ。実に見事な鰭だ。情感が迫った時、あれをあのように固く屹立させる女というのは珍しい」

重四郎は卯兵衛と進三郎の手でいたぶられている浪路の方を顎で示していった。

進三郎は指先を熟した内部へ含めていたぶり抜き、浪路は人の字型に縛りつけられた裸身を右に左によじらせるようにして悶え、熱っぽい喘ぎと啼泣を一緒に洩らしているのだが、薄紅色な甘美な肉層の間より野苺にも似たそれが固く屹立し、悦楽の慄えを示しているのに気づくと定次郎はほうと眼を瞠った。


重四郎のいう通り、浪路のそれは情感が迫るとはっきり膨張し、屹立を露わにするようで、進三郎もそれに気づいて面白がり、

「ほほう、浪路どの。拙者も随分と女遊びをしたが、ここをこうまで露わにさせる女は珍しい。女だてらに剣の腕が立つ秘密はどうやらここにあるようでござるな」

と、からかいながら指先で挟みつけるようにする。すると、浪路は、ああっ、と緊縛された全身を反り返らせるようにし、

「嫌っ、嫌でございますっ」

と、すねてもがくように左右につながれた優美な二肢をうねらせながら昂ぶった声をはり上げるのだった。

進三郎が再びそれをつまみ上げ、小刻みにしごき出すと、浪路は、あっ、あっ、と断続した悲鳴を上げ、

「ああ、そのような事をされると、切ない、切のうございます。も、もう、お許しを——」

と、キリキリ歯を嚙み鳴らして号泣する。

千津は自分に代わって今度は重四郎の門人達に責められている浪路を見るに耐えられず、浪路の枕元に俯して泣きじゃくっているのだ。そして、時々、顔をきっと上げ、憤怒に燃える瞳で浪路をいたぶり抜く進三郎と卯兵衛を睨みつけるようにする。

「ハハハ、おい、千津のあの嫉妬に燃える顔はどうだ。今にも進三郎に喰いつきそうだぞ」

重四郎は千津の口惜しげな顔を愉快そうに見ていった。

「千鳥の間柄になると男より嫉妬深くなるようですな」

と、定次郎も千津の方に眼を向けて笑った。

浪路をいたぶり抜く進三郎は指先の動きは休ませず、ひょいと顔を上げて千津の方を見るとせせら笑った。

「おい、千津。浪路様を貴様の一人占めにするというわけには参らんぞ。俺達の方が優先だ。それだけはよく覚えておけ」

つづいて卯兵衛も千津の方に眼を向け、

「それから、参考のために進三郎の手管をよく見ておけ。浪路様の最も弱い個所がわかったろう。そら、あんなに悦んで梅の実のように大きくなさっているではないか。急所はあそこだ。女のくせにそれ位の事がわからんのか」

と、いって声を立てて笑うのだった。

「ああ、千、千津、ど、どうしよう」

浪路は上ずった声で、泣き伏す千津に抜き差しならぬ情感が迫って来た事を訴えるのだった。

「お、お願いでございます。もう奥様を許して下さいませ。これだけ羞ずかしめを加えたならばあなた方も充分ではありませんか」

千津がひきつった声で進三郎達にいうと、

「何をぬかすか。浪路どのはうんと淫らな真似をしてほしいとおっしゃっておるのだ。これ位ではまだまだ、拙者達の溜飲が下がらぬわ」

と、卯兵衛はいい、浪路の乳房を揉むお春に、

「浪路どのにもっと詫びを続けさせろ。泣いたり、喘いだりしているだけでは面白くない」

と、がらがら声をはり上げた。

「浪路さん、そら、どうしたんだい詫び口上は」

と、お春は浪路の熱くなった耳にまた口を寄せてささやくようにいった。

「詫びますわっ、いくらでも詫びますわっ」

浪路は鬼畜共の粘っこさに激昂《げっこう》し嵐のように乱れ髪を揺さぶっていった。

「浪路が剣を捨て、女に立ち戻った証拠をお見せ致します。さ、どなたでもかまいませぬ。浪路の口へ咥えさせて下さいませっ」

女の秘密

ふっと浪路は眼を開き、朦朧とした眼差で周囲を見廻した。

薄暗い元の牢舎の中である。いつ、ここへ連れ戻されたのやら浪路は覚えていなかった。進三郎だったか、卯兵衛だったか、どちらかの生身が自分の体内に、それと同時にどちらかの生身が自分の口中に押し入って来た時、自分はあまりの汚辱感で気を失ってしまったのではないか——悪夢の糸をたぐり出すようにして浪路は思い出した。素っ裸のままだがいつの間にか麻縄は解かれている。そして、冷たい床の上に寝ていた自分の身体の上には薄い夜具が一枚かぶせられていた。

か細いすすり泣きの声が聞こえ、浪路は驚いて上体を起こす。

「ああ、千津」

牢舎の後方に縮みこんだ千津が額を押し当てるようにして嗚咽しているのだ。

千津の柔軟な白い肩先は小刻みに慄え、嗚咽の声は次第に激しくなっていく。

浪路は千津の方へ身を寄せようと身体を動かしたが、身体の節々が急にキリキリと痛み出し、うっと眉をひそめて床に手をついた。特に下腹部のあたりはいまだに何かくさびを打ちこまれているようで痺れ切っている。

「あ、奥様」

千津は浪路が正気づいたのに気づき、あわててつめ寄った。

「大丈夫でございますか、奥様」

千津は美しい眉根を苦しげに歪めている浪路を見ておろおろしながらしきりに背をさすり始めている。

「いつ、ここへ連れ戻されたのでしょう。はっきり思い出されませぬ」

元結も切れた艶やかな黒髪を白磁の肩にまでなびかせている浪路は深く、息をつくようにそういったが、ふと、千津と視線を合わせると急に滑らかな頬を赤く染め、横に眼を伏せた。千津も耳たぶまで熱くして浪路の艶っぽい背をさすりながら消え入るように深く頭を垂れさせた。

「千津――」

浪路は千津より視線をそらせながら片手をのばして千津の手をそっと握った。

「許して、千津。昨夜はさぞ辛い思いを味わったでしょう。ああ、浪路は羞ずかしくて、あなたの顔をまともには見られませぬ」

浪路が声を慄わせてそういうと、奥様っ、と千津はこみ上げて来た激情を当てつけるように背後から浪路のしなやかな雪白の肩に取りすがり、激しく嗚咽するのだった。

「でも、千津は幸せでございました。奥様と千津はもう——そう思うと、もったいなさやら、ありがたさやらが身に沁みて——」

千津は浪路の肌理の細かい滑らかな背筋に顔を埋めるようにして、むずかるように首を振りながら、幸せです、ああ、千津は幸せです、とうめくようにくり返すのだった。

あれは妖しい夢ではなかったのか、という疑いさえ千津はもつのである。大鳥家に女中奉公してから浪路に対する千津の印象は、冴えて凍りついたような美貌と妥協を許さぬきびしい性格といったものであった。浜松の戸山家に縁づき、お付き女中として千津も浪路に従い、戸山家に入ったのだが、浪路の美貌はそれからますます磨き抜かれたように冴え渡り、稀代の美女と市中のうわさにもなったほどだが、浪路の強い男勝りの性格は変わらず、夫の主膳に師事した形で一刀流の免許をとり、女ながら道場の師範代となって世間をあっといわせたほどなのだ。

そんな浪路が昨夜の暴虐の嵐の中で狂態を示した浪路なのだろうか——千津は何か信じられない思いになるのである。

千津はふと浪路が重四郎達の策略にかかって捕えられた事をありがたく思い、すぐにハッとして、そんな恐ろしい事を思う自分を呪いたくさえなった。しかし、浪路が悪党共に捕えられる事によって女中の自分と同時の立場になった事は事実であり、普通なら想像するさえおぞましさを感じる主従関係の千鳥の契りが実現したのだ。憧れの眼で見つめて来た凜々しく、そして、美しい浪路さまと女同士の秘密のつながり——そんな夢を実現させてくれたのは重四郎であり、熊造なのではないか。

何よりも千津にとって嬉しいのは重四郎に捕えられ、素っ裸に剝がれ、凌辱の限りを尽された浪路に何か本当の人間的な美しさが滲み出て来たような感じがする事であった。と同時にこれまで見られなかった女っぽい情感と色香がたちこめて来た感がある。

「千津、昨夜のあられもない浪路の姿、ああ、あれは忘れて。ね、思い出して笑ったりしては嫌よ、千津——」

浪路は千津に肩を抱かれながら甘くすねて見せるようないい方をし、さも羞ずかしげに眼を伏せているのだ。

「いいえ、忘れませぬ。奥様の露わにお開きになった身体の奥の奥まで今でもはっきり千津の眼に焼きついております」

千津が思い切ってわざとそんないい方をすると、浪路は狼狽し切って激しく首を左右に振り、

「ああ、そのような意地の悪い事を——ここで浪路をまた泣かせる気なのですか」

と、もう頰を真っ赤に染めながら恨めしげにいうのだ。

「奥様、千津は奥様がおやすみになっている間、ずっとここで泣いていたのです。なぜだかおわかりですか」

「それは、わかっています。娼婦のように私が振る舞い、千津にねだってあんな淫らな真似をさせたのですもの。千津がどんな辛い、羞ずかしい思いをしたか、許して下さいね、千津」

「そうではありませぬ。千津はそんな事で泣いたのではありませぬ」

千津はすねるように肩を揺さぶりながらいった。

「あの浪人二人に奥様は愛撫され、私の前であのように燃えさかるなど——ああ、口惜しい」

「ああ、そ、それはいわないで、千津。昨夜の事はすべて悪鬼共におどされて、やむを得ず自分に淫らな心を呼び寄せ、狂態を演じたのです」

「嘘、嘘、奥様は我を忘れるばかり、心から燃えていました。千津は恨みに思います」

「我を忘れなければ、あのような屈辱、耐え切れるはずはないではありませんか。自分に淫らな心を振るい立たせる苦しさ、千津、わかって下さい」

「いいえ、わかりませぬ」

いわゆるヒステリー。自分の感情を統制出来なくなった千津は半泣きになり浪路に喰い下がるのだった。

「では、千津の場合も奥様は仕方なしに無理な努力をなされたわけでございますか」

などと妙な事までいい出すのだが、責めるというより浪路に対する千津の甘えのようなものであった。

「お、お願い、千津、そんなに私を苦しめないで」

浪路は胸のふくらみの上で交錯させていた手を解き、顔を覆った。


昨夜、千津にいたぶられ、また、重四郎の門人に羞ずかしめられ、自分の見せたあの痴態、狂態は何だったのかと浪路は自分が自分でわからなくなってしまっている。憎悪も嫌悪も官能の嵐の吹きすさぶ中には粉々に飛び散り、他愛もなく女の肉体というものは落花無残の狂態を示す事になるのだろうか。一時の激しい荒波が引き揚げたあとでは、もうそれは自分に対する嘲りと悔恨だけが残るのである。とすれば、女の肉体というものは何と困果なものであろう。と浪路は悲しくも口惜しくもなるのだった。

「お許し下さい、奥様」

瞼一杯に熱っぽい涙をためている浪路に気づいた千津はあわてて浪路の白い手をとり、

「私のいった事がお気にさわったのならお許し下さい。つい、気持ちが昂ぶって手前勝手な事を申してしまいました」

と、おろおろしながらいうのである。

浪路は白い繊細な手を千津にとられながら、

「いいえ、あなたのいった通りですわ。千津」

と、眼を伏せるようにしていった。

「浪路の身体の中には何か淫らな魔物が住みついているのではないか、そんな恐れを感じるようになりました」

浪路の滑らかな象牙色の頬にハラハラ大粒の涙がしたたり落ちる。

「あのような卑劣な浪人達の手で羞ずかしめを受けながら、たしかに心とはうらはらの肉の悦びといったものを浪路は感じとった気がするのです」

「何をおっしゃいます、奥様。そんな事はありませぬ。奥様は菊之助様を救うため、心ならずあの娼婦達の命じるまま、あのような手管を使われたのですわ」

今度は逆に千津の方が浪路の我を忘れた狂態を否定するのだった。

「何か全身に情感が迫ると、浪路はたしかに自分がわからなくなり、どのような行為まで演じたのか、はっきり後で思い出せなくなるのです。あとで自分が恐ろしくなる――」

浪路の冷たい頬に苦悩の色がありありと滲んだ。

急に浪路は何かにハッと気づいたように千津の方に涙に潤んだ切れ長の瞳を向けた。

「ね、千津。今、あのような手管といいましたね。教えてほしいのです。昨夜、あの浪人に対し、浪路はどのような手管を用いたのですか」

浪路は進三郎と卯兵衛のいたぶりを受けた時は千津に長時間愛撫され、絶頂の思いを味わった後だけに身も心も痺れ切り、自分がどうなっているのかはっきり覚えていないと千津にいうのである。

「このような事を聞くなど羞ずかしい事ですが、もう千津と私は千鳥の間柄。どんな事でも話し合える仲ではありませんか」

ね、教えて下さい、あの連中が自分にどんな羞ずかしめをくわえ、自分がどんな狂態を演じて失神したのか、と、浪路はその時、そばに寄り添っていた千津に問い正そうとするのだった。

「存じませぬ。昨夜の事は忘れてほしいと奥様もおっしゃったではありませんか」

千津は浪路から眼をそらせ、おびえたように左右に首を振った。

どうしてそんな事を浪路が知りたがるのか、千津は不思議な気持ちにもなる。

「千津、笑わないで下さいね。私、自分の身体に人にいえない秘密が一つあるのです」

と、浪路が思いがけない告白をしようとするので千津は思わず息をつめた。

「女同士だし、こういう間柄になったのだし、千津にだけは話してもいいと思うのです。生きているうち、同性の誰かには一度、話してみたいと思っていました」

浪路は長い睫毛に滲む涙をそっと繊細な白い指先で拭いながら、気弱で哀しげな微笑を口元に浮かべるのだった。

「それに気づいたのは十六、七の頃でした。なかなか寝つかれぬある夜、床の中でふと指先で触れてみた時、私は寸時にして五色の雲の上に乗っかっていくような不思議な恍惚感に見舞われたのです。次に万華鏡のような不思議な世界が網膜の中に現れ、その中には無数の裸の男女がからみ合い、のたうち廻っている様が見えるのです。男女の性の部分が見えたと思えば花火のように消え、どこからか淫らな言葉がひっきりなしに私の耳に響いて来る――」

乙女の時代に時々見る性夢としては少し異常で、浪路の場合はそれに淫靡な刺激を加えるとたちまちにして恍惚と陶酔の中に没入し、淫らな奇想と連想が渦巻き、完全に自分を失ってしまうというのだった。

「自分の身体の中には悪魔を呼び出すものがあると知った時の驚き、これは千津も想像出来ない事だと思います。それからというものは十六歳の頃の悪癖などぴったり止まりましたが、そのころから自分の女の部分に恐れさえ持つようになったのです」

気高く冴えた美しさと男勝りの気性の激しさを持っていた浪路にもそんな女の秘密があったのかと千津は呆然とした思いになる。

「戸山家の嫁となった時の私の悩みもわかるでしょう、千津。主人にこの秘密が知れればどうしようと私は夫婦の床に入る時が恐ろしくてならなかったのです。夫婦だからそのように案じる必要はないと思うものの自分を忘れたあられもない取り乱し方を主人に見られる事を想像すると――」

羞ずかしくて耐えられませぬ、と浪路は床の上に視線を落としたままでいうのだった。

幸か不幸か、夫の主膳はその方にかけては淡白過ぎるほどの男であったから浪路は自分の秘密を見破られる事はなかったわけだ。

そのうち、主膳は稽古試合で受けた傷が原因して性的には不能になり、以来、浪路は剣の修業に女の仕合わせを見出すようになったという。

「千津、怒らないで下さいね。あの浪人共のいたぶりを受けているうち、口惜しくも浪路は悦びのくさびを打ちこまれたような肉の昂ぶりを感じたのです。あまりの恍惚にすっかり何もかも忘れ、自分がどうなってしまったのか思い出す事すら出来ませぬ」

ひょっとしてあの浪人共は自分の羞ずかしい秘密を探り当てたのではないか。あれを知られて嵩にかかって責められるような事になれば、自分は悪霊にのりうつられたようにどのような淫らで浅ましい狂態を示す事になるやも知れぬという意味の事を浪路はいうのだった。

「では、奥様は昨夜、浪人達に嬲られた時の事は何も覚えていないのですか」

千津は呆然とした表情で哀しげな潤みを湛えている浪路の眼を見つめるのだった。

「ほんとに、覚えてはいないのです」

と、浪路がうなずいて見せると、

「奥様、あの連中は奥様の秘密をすっかり知ってしまいましたわ。昨夜、あの進三郎という浪人は嵩にかかって奥様のそれを——」

と、千津は悲痛な表情になってはっきり浪路に告げた。

「そ、それでは、やっぱり——」

浪路は眉根を哀しげに歪めて唇を嚙みしめる。

「進三郎は泣き伏している私に向かってこんな事を申しました。これが奥様の泣き所だぞ、よく覚えておけ、と。もうそのあと、進三郎が奥様に対し、どのような悪戯をしたか、千津はとても口に出しては申す事は出来ませぬ」

そういった千津は浪路の裸の膝に額を押し当てて激しく肩を慄わせた。

進三郎の指先につまみ上げられ、小刻みにしごかれながら浪路の口から迸り出た咆哮にも似た激しい啼泣が今でも千津の耳に聞こえるような気がするのだ。

「ああ、どうすればいいの、千津」

浪路も千津の裸の肩に顔を埋めてすすり上げた。

自分の弱点をつかんで責めさいなみ、淫らな情念をかき立てられて狂喜する自分をあの重四郎や定次郎などは、見ろ、戸山主膳もなかなか物好きだ、こういう色気違いの女を妻にしよって、とかいって笑いものにするだろう。

急に牢舎の格子を誰かたたいたので浪路と千津は同時にハッとして泣き濡れた顔を上げた。

「へへへ、いい話を聞かせてもらったぜ」

牢格子の外に立っているのは熊造と伝助なのだ。

「女同士ってのはなかなかきわどい話をするもんだな。実に面白かったぜ。こっそり様子を見に来た甲斐があったというものだ」

と、熊造はせせら笑いながらいい、

「そうかい。浪路さんの人並み以上の泣き所ってのはやっぱりそこだったんだな。なら、もっと早く正直にいえばよかったのによ。ま、いいや、これからだっておそくはねえ。重四郎先生なんかに報告してヒイヒイ泣けて来るような面白い方法を考えてやるからな」

と、つづけていうと伝助と肩をたたき合ってキャッキャッと笑いこけるのだった。

紅ぐも屋

「おい、熊造、駕籠の支度が出来たそうだ。これより浪路どのと千津を紅ぐも屋へ運ぶからな。手をかせ」

うしろから急に重四郎に声をかけられて熊造と伝助はあわてて振り返った。

地下の階段を重四郎が定次郎と連れ立って降りて来る。そのあとから村上進三郎達、重四郎の門人共がぞろぞろとついて降りて来たのだ。

「あ、若様っ」

浪路と裸身を縮め合っていた千津は菊之助が門弟の一人に縄尻を取られ、引き立てられて来たのを眼にすると強烈な衝撃を受けたように身慄いした。

この重四郎の道場の地下へ連れこまれてから初めて見る菊之助の無残な姿であった。自分達と同じように一糸まとわぬ素っ裸にされて頑丈な麻縄できびしく後手に縛り上げられている菊之助の悲惨なばかりにみじめな姿、千津は正視するに耐えられずさっと横に顔を伏せ、両手で眼を覆うようにしながら号泣する。

何とおいたわしやな、まだ、十七になったばかりの前髪のお小姓ではないか、それをこのように無残な姿にして引き廻し、羞ずかしめの限りを尽すなど、この浪人共は果して人間なのだろうかと千津は耐えられず浪路の滑らかな背に額を押し当てて激しくすすり泣くのだった。

「ああ、菊之助っ」

と、浪路も牢格子に手をかけると浪人達に囲まれてそこに立つ哀れな菊之助に向かって悲痛な声を出し、こみ上げて来る慟哭を必死になって耐えるのだった。

菊之助は魂のない人形のように虚脱した表情で空虚な視線をぼんやり前に向けていたが、ふと我に返って牢舎の姉と千津に気づくと、

「ああ、姉上っ、千、千津っ」

とひきつった声をはり上げ、急に視線を横にそらせると下ぶくれの白い頬を哀しげに歪め、懸命になって嗚咽を喰いとめている。

「菊之助、気をたしかに持つのです。くじけてはなりませぬ。望みを失ってはなりませぬっ」

浪路は心身共に打ちひしがれているような菊之助を眼にすると、何とか勇気づけようとして声を振り絞るのだった。

「武士の子であるあなたが敵側の手でそのような羞ずかしめを受けねばならぬ事は女の私共より辛い事だと思います。けれど、幾度も申したように命を捨ててはなりませぬ。最後の最後まで望みを持つのです」

浪路は涙を潤ませながら牢格子に手をかけて、必死な思いで菊之助に声をかけるのだった。

「おいおい、浪路どの、今さら、我々を敵などというのは薄情ではないか。我々の前で演じた御自分のあの狂態を思い出して見られよ。あれは敵側に見せた痴態とはどうしても思われぬぞ」

と重四郎はいって笑い出した。

「重、重四郎様」

浪路は牢格子の間から重四郎の方に泣き濡れた瞳を注ぎかけながら声をつまらせていった。

「菊之助を紅ぐも屋と申す所へ連れて行くのは何卒、御容赦下さい。先ほどの事で、手前に固く約束して下さったはずでございます」

「ああ、千津と演じた千鳥の契りの事でござるな」

重四郎は前髪を前に深く垂れさせてがっくりなっている菊之助のふくよかな頬を指で突いた。

「おい、菊之助。姉上はな、女中の千津と先ほど、千鳥の熱い契りを我々の前で結んだのだぞ。千鳥の契りというのはわかっておるか。女同士の激しい肉の交わりの事だ。後学のために貴様にも一度見せてやりたかったな」

重四郎がそういって笑うと浪路の白磁の肩に取りすがるようにして嗚咽していた千津はハッ

としたように浪路から身体を離し、床に俯して号泣するのだった。

「いや、浪路どの。菊之助も一応、紅ぐも屋へ連れて行く事になった」

「そ、それでは約束が違うではありませんか、若様をそのような恐ろしい場所へ行かせぬために奥様と私はあのような事を――」

床に泣き伏していた千津は重四郎の言葉に激しい憤りを感じて涙に濡れた瞳を上げると浪路よりも先に重四郎に言葉を投げかけた。

「いや、何も菊之助を紅ぐも屋で稚児狂いの客相手に商売をさせるというのではない。やはり、姉上のそばに置いてやった方が菊之助のためによろしかろうと思ったからだ。姉上も自分の眼のとどく所に菊之助を置いた方が安心というものではないか」

ここに置いておけば雲助共が出入りし、菊之助にまたどのような悪さをするかもしれぬ、な、浪路どの、菊之助も共に連れて紅ぐも屋へ移動した方が気が休まるのではないかな、と重四郎は浪路の苦悩する蒼ずんだ横顔を見て顎をさすりながらいうのだった。


重四郎のいう通り、ここに菊之助を残したままではむしろ一層、危険であるかもしれない、といって紅ぐも屋へ連れて行かれる菊之助の身にはまたどのような残忍な仕打ちが待ち受けているかもしれぬ、一体、どうしていいのか浪路は判断力を失っていた。

そこへまた三五郎一家の身内である武造、仙吉、源次などがお小夜の縄尻を取って階段を降りて来る。

　お小夜も一糸まとわぬ素っ裸のまま荒縄で後手に縛り上げられ、心身ともに疲れ切ったように、がっくり前かがみに頭を垂れさせたままでやくざ達三人に引き立てられて来たのだ。麻縄をきびしく巻きつかせている乳房などはどこかまだ少女っぽい固さを感じさせているが、全体にはもう女っぽい成熟味を匂わせて肌は雪白に艶々と輝き、腰から太腿に至るまでの線はなまめかしく引き緊まっているお小夜の全裸像を重四郎は片頬を歪めて見つめた。

「お小夜、お前も今日から紅ぐも屋へ身を移すのだ。菊之助と一緒なら異存はあるまい。それに菊之助の美しい姉上や腰元の千津も一緒だ。淋しい事もあるまい」

　さ、もっとこっちへ来い、と重四郎はやくざ達に縄尻を取られているお小夜のしなやかな白い肩先に手をかけて牢舎の前に菊之助と並んで立たせようとする。

　お小夜はそこに菊之助を見るとたちまちポーと頬を赤らめ、モジモジと緊縛された裸身を羞恥に悶えさせるのだった。

「何を羞ずかしがっておるのだ。菊之助をもう、いとしいとも恋しいとも思うようになったのであろうが。どうだ、お小夜」

　隠さずともこっちにはわかっておる、さ、遠慮致さず、もっとこっちへ来い、と重四郎はお小夜の肩を抱き寄せるようにして菊之助と無理やりそこへ並ばせるのだった。

　菊之助とお小夜は共に薄紅く染まった頬を横にそむけ合い、固く眼を閉じ合っている。

「お小夜は千津とは初対面であったな」

重四郎は牢舎の前に菊之助と並んで小刻みに慄えるお小夜の熱い耳たぶを鼻でくすぐるようにしながらいった。

「これからは仲良くやっていく間柄だからな、紹介しておこう」

牢舎の中で浪路どのと一緒に縮みこんでいるのは浪路どののお付き女中で名は千津と申し、今では女主人の浪路どのと熱い千鳥の関係にある、などと千津をお小夜に引き合わせ、また、お小夜の事は、

「この娘、お小夜と申し、江戸、猿若町、呉服問屋の箱入り娘であったらしい。気の毒に若衆歌舞伎の役者と駈落して途中で悪い雲助に捕まってこのざまと相成ったわけだ」

と、千津に説明するのだった。

「一緒に駈落した役者は雲助共に嬲り殺しにされ、生きる望みを失ったお小夜だったが、今は違う。菊之助という美形の小姓が新しい恋人として現れたのだからな」

な、そうであろう、お小夜をからかうように重四郎はお小夜のますます紅潮した頬を指で小突くのだった。

「何をおっしゃいます、お、お小夜は、そんな——」

身も世もあらず緊縛された裸身をモジモジ悶えさせるお小夜を見て重四郎も彼の門人達も一緒に笑い出した。

「菊之助もお小夜が今では唯一の生き甲斐になって来たのではないか。な、そうであろう。好きならば好きだとはっきり申したらどうだ」

と、定次郎は刀の鞘で菊之助の股間の肉塊を軽く小突く。

うっ、と眉をしかめる菊之助の肩をつかんでお小夜の肩にぴたりと触れさせながら重四郎は、

「どれ、浪路どの。この二人、似合いの夫婦になるとは思わぬか」

と、牢舎の中をのぞきこんで笑うのだった。

「年の頃もほぼ同じ位だし、もう二人とも身体も充分に出来ておる。それ、二人の松茸と蛤もこうして並べてみると、なかなか似合いには思えぬかな、浪路どの」

門弟達に縄尻を取られてそこに立つ菊之助とお小夜の下腹部に眼を注ぎながら重四郎は卑猥な笑みを片頬に浮かばせた。

剛い茂みで根元を縁どられた菊之助の肉塊は包皮もはじけて淡紅色の亀頭をはっきりと露呈させていたし、お小夜のそれは煙のように淡くて繊細な茂みで覆われて、ふと可憐さと稚《おさな》さを感じさせるものの小高い丘は充分に女の成熟味を匂わせている。

そして何よりも重四郎と定次郎の胸を疼かせるのはそんな抒情味さえ感じさせる美少年と美少女の身も世もあらぬ羞恥の風情で、二人は肩と肩とを触れ合わせたまま共に真っ赤に火照った頬をねじ合うように横に伏せつつ、閉じ合わせた腿と腿とをモジモジ羞恥に悶えさせるのだ。

「しばらく一緒に檻に入れてやったのにどうしてお前達、夫婦にならなかったのだ。拙者は気

をきかせてやったつもりだぞ」

重四郎は固く眼を閉じ合い、哀しげに眉を寄せ合う若い二人に向かって笑いながらいった。

「何も照れる事はあるまいに。よしよし、紅ぐも屋へ参ったなら、拙者共が介添してお前達を早速、夫婦にしてやる」

重四郎がそういうと、お小夜は耳たぶまで真っ赤に染めて消え入るようにうつむいた。

「重四郎様、菊之助をまだ羞ずかしめるつもりなのですか。千津と浪路にあのように満座で生恥をかかせながらまだそれだけでは飽き足らぬと申されるのですか」

浪路は口惜しさに歯がみしながら牢格子の間より重四郎を睨みつけるようにしていった。

「満座で生恥だと。何をいわれる。二人とも結構、楽しんで狂態を演じられたのではないか。それをこっちの故にされるとははなはだ迷惑でござるな」

重四郎は浪路の涙に濡れた切れ長の黒瞳をせせら笑って見つめながら、

「菊之助を羞ずかしめるのではない。嫁を持たせてやろうと申しておるのだ」

と、いい、菊之助とお小夜の縄尻をとるやくざ達に、

「では、一足先に菊之助とお小夜を紅ぐも屋へ運べ。拙者達はあとから浪路どのと千津を連れて行く。よいな」

と、声をかけた。

「菊之助っ、お小夜どのっ」

菊之助とお小夜がやくざ達の手で引き立てられようとすると浪路は悲痛な声で二人を呼んだ。

「どのような羞ずかしめに遭おうとも二人とも耐え切るのです。悪い夢を見ていると思い、歯を喰いしばって耐え抜くのです。お小夜どのも必ず救われる日が来る事を信じて下さい。決して自分で自分の命を奪うような真似をしてはなりませぬ」

必死な声を牢舎の中よりあげている浪路の方に菊之助もお小夜も泣き濡れた瞳を向けるのだ。

「浪路様」

お小夜は何か浪路に向かって声をかけようとしたが、胸元が哀しく緊めつけられて思わず眼をそらし、白磁の肩先を慄わせて号泣する。

「姉上、菊之助はもう武士ではありませぬ。姉上の顔はもうまともに見る事は出来ませぬ」

熊造と伝助、その両人に凌辱の限りを尽された事を菊之助はいっているのだろう。前髪を急に激しく揺さぶりながらお小夜の嗚咽につられるように号泣するのだった。

「おい、いつまでメソメソしてやがるんだ。とっとと歩かねえか。向こうへ着きゃ面白くてたまらねえ事をさせてやるからよ」

菊之助とお小夜の縄尻をとる博徒達はどっとはやし立てながら二人を強引に引き立てていくのだった。


（下巻につづく）

この作品は一九九七年六月太田出版より刊行された『鬼ゆり峠〈上〉狂愛の宴篇』を元に、再編集したものです。

GENTOSHA OUTLAW BUNKO

鬼《おに》ゆり峠《とうげ》(上)

団《だん》鬼《おに》六《ろく》

平成20年12月5日　初版発行
平成21年11月25日　2版発行

発行人――石原正康
編集人――菊地朱雅子
発行所――株式会社幻冬舎
〒151-0051東京都渋谷区千駄ヶ谷4-9-7
電話　03(5411)6222(営業)
　　　03(5411)6211(編集)
　　振替00120-8-767643
印刷・製本―株式会社 光邦
装丁者――高橋雅之

幻冬舎アウトロー文庫

ISBN978-4-344-41240-8　C0193　O-2-43